KB240402

열린 생각 열린 책읽기

열린 생각 열린 책읽기 문학

저 자 | 이태동 외 62명
펴낸이 | 손상목
펴낸곳 | 도서출판 인디북
편 집 | 김연순 신선균 조혜민
디자인 | 디자인 텔
기 획 | 안승철
마케팅 | 최영태 박현수 정현철
웹 기획전략 | 박연조
관 리 | 김봉환 길은자

초판 1쇄 인쇄 | 2004. 8. 25
초판 1쇄 발행 | 2004. 8. 31

등록일자 | 2000.6.22
등록번호 | 제10-1993호
주 소 | 서울시 마포구 현석동 105-56 3층
전 화 | 02-3273-6895,6 팩 스 | 02-3273-6897
홈페이지 | www.indebook.com

ISBN 89-5856-027-4 04800
       89-5856-022-3(세트)

잘못 만들어진 책은 구입처나 본사에서 교환해 드립니다.

열린 생각 열린 책읽기

문학

이태동 외 62명 지음

사고력과 상상력을 키우는 가장 오래된 미디어 '책'과 '책읽기'

인디북

머리말

독서의 중요성은 아무리 강조해도 부족함이 없다. 독서를 통해서 다양한 경험을 쌓고 폭넓은 지식을 얻을 뿐만 아니라 이러한 것을 계기로 해서 삶 그 자체를 풍요롭게 할 수 있기 때문이다. 독서는 여행과 비슷하다. 잘 알려져 있는 바와 같이 여행을 통해서도 우리는 낯선 고장에서 낯선 풍물을 만나고 낯선 사람들과 어울리는 동안 경험과 인식의 지평을 넓히고 삶과 존재에 새로운 의미를 부여하게 되는 것이다. 그러나 놀랍게도 독서는 비록 간접적인 경험을 통해서 일구어내는 성과임에도 불구하고 그 폭과 깊이에 있어서, 그리고 그 수준과 지속성에 있어서 여행을 훨씬 넘어선다는 점이 다르다. 여행은 주로 지각적 경험에 의존하지만 독서는 기본적으로 우리의 상상력에 호소하기 때문이다. 그렇다면 독서는 우리에게 무엇이며 또 무엇이어야 하는가?

우선 독서는 일종의 만남을 의미한다. 이미 언급한 바와 같이 독서를 통해서 우리는 여행에서처럼 낯선 고장의 낯선 풍습과 낯선 사람들을 만난다. 그리하여 그들의 이질적인 사고방식과 생활태도를 접하게 되고 그것을 이해하고 또 거기에 적응하려고 애쓴다.

우리는 에밀리 브론테의 『폭풍의 언덕』에서 '히스클리프'의 사랑과 출세와 몰락을 만나고, 셰익스피어의 '햄릿'이 지닌 고뇌에서 인간의 역설적인 상황을 배운다. 우리는 그들이 당면한 특수한 상황과 시대적인 배경, 문화적인 이질성을 함께 겪음으로써 오히려 그것을 극복하려는 노력을 기울이고 이러한 노력을 통해서 문화적 보편성과 인간성의 본질을 만나게 되는 것이다.

그러나 독서는 이러한 만남을 만남 그 자체로 머물러 있게 하지 않는다. 그러한 만남을 통해서 독서는 우리를 창조의 세계로 인도한다. 석가나 예수, 공자나 소크라테스와 같은 성현들이 남긴 지혜를 통해서 많은 것을 깨닫기도 하지만 동시에 그러한 것을 우리의 현실에 맞게 해석하고 적용함으로써 우리는 새로운 시대와 문화를 창조한다. 만약 독서의 방법이 아니라면 어떻게 우리가 그렇게 먼 옛날의 깊은 가르침을 만날 수 있으며, 그것을 근거로 해서 새롭게 의미 있는 삶을 설계할 수 있을 것인가. 이것은 여행이 호기심을 자극하여 또 하나의 여행을 계획하게 하듯이 독서가 인간의 내면적 세계를 끝없이 방황하게 하는 가장 큰 매력이기도 하다. 이와 같이 독서는 내면의 황무지를 끊임없이 개척하여 마침내 새로운 옥토를 창조하는 것이다.

그러나 이러한 창조가 동시에 인류문화의 진보를 의미하지 않으면 안 된다. 만약 우리가 창조한 것이 단순히 과거의 유산이나 다른 문화의 내용과 차별화되는 것에 그치고 좀 더 진전되는 것이 아니라면 구태여 독서의 중요성을 강조할 필요가 어디 있는가? 그러므로 가령 우리는 단군신화로부터 우리의 정체성을 확인할 뿐 아니라 분단의 시대에 어떠한 방식으로 새롭게 민족적 활로를 개척해야 하는지 가늠해야 하고 또한 우리의 민족과 조상에 자랑할 만한 조국을 실제로 보여 주어야 하는 것이다.

그렇게 하기 위해서는 독서의 의미를 좀 더 차분하게 음미하고 그것을 화초처럼 정성껏 가꿀 마음을 먹어야 한다. 독서는 어느 특정한 개인의 지적 작업이며, 그렇기 때문에 각자 자기에게 필요하고 유익한 서적을 선택해야 하고 그것에 접근하는 적합한 방법이 요구되는 것이다. 그렇게 할 때 독서는 비로소 하나의 만남일 뿐 아니라 창조이고 진보의 의미를 지니게 될 것이다.

이번 『열린 생각 열린 책읽기』의 출간은 이러한 독서의 의미를 확인하고 그것을 더욱 심도 있게 하는 계기가 될 것이다. 서평을 쓴다는 것은 프란시스 베이컨이 말했듯이 '씹는 자세로' 독서해야 가능한 것이며 그러한 비판 정신을 다시 읽는다는 것은 만남과 창조와 진보의 의미를 한층 심화하는 작업이 될 것이기 때문이다. 아무쪼록 이 출판물이 널리 읽히기를 바랄 뿐이다.

서평위원회 위원장
엄정식

차 례

책은 한 권 한 권 하나의 세계다.

― 워즈워드

맹목(盲目)과
수사학(修辭學)의 비밀

이태동 서강대 인문대학장 · 영문학

『詩人』

이문열 지음 / 1991 / 미래문학

近자에 우리 시대에 가장 주목을 받고 있는 '대형작가'인 이문열이 그의 문학관과 세계관을 뚜렷하게 드러내어 놓는 또 한 편의 탁월한 소설, 『詩人(시인)』을 발표해서 우리 문단에 적지 않은 파문을 일으키고 있다. 다시 말하면, 이 작품은 우리들에게 놀라움과 경의의 충격을 가져다주는 한편 눈밝은(?) 젊은 비평가들 사이에 찬반(贊反)으로 골이 깊게 파인 심한 이념적인 논란을 불러일으키고 있다.

이를테면, 이남호는 이 작품을 두고, "관념적인 문제를 소설로 변용시키는 역량이 뛰어나며 한문 속에 숨겨져 있는 독특한 미학을 현대소설의 공간 속에 재창조하는 데 성공한 소설"이라고 했고, 또 박

덕규는 "예술가·시인·문학가가 진정으로 인습, 이념, 이데올로기의 종속을 요구하는 시대에 어떤 양상으로 맞서 존재할 수 있는가를 형상화한 예술가의 소설"이라고 평가한 반면, 김철은 『詩人』을 가리켜 "소설이 구체적 현실과의 회로를 차단하고 관념의 조작만으로 초월에의 의지를 형상화할 때 그것이 어떠한 지경에 이르는가를 여실히 보여 주는 작품"이라고 비판했다.

이 작품이 이러한 논란을 불러일으킨 것은, 그것이 비록 소설이지만, 문단의 일부에서 비판을 받아 온 이문열 자신의 문학적 입장과 시각을 너무나 극명하게 나타내고 있기 때문이다. 그런데 다른 한편으로 생각하면, 작품 『詩人』이 우리 문학의 현 단계에서 이러한 논쟁을 다시 불러일으킬 수 있다는 것은 그것이 그만큼 많은 문제성을 지니고 있다는 것을 의미함과 동시에 한 사람의 예술가로서, 또 한 사람의 인간으로서 극복해야만 하는 모순되고 경직된 이념적인 상황이 상존하고 있다는 것을 증명해 주고 있다.

사실, 이문열이 작가로서 탄생한 이래 지금까지 집요하게 추구해 온 주제는, 그것이 인간적인 조건이든지 혹은 사회적인 조건이든지 간에, 주어진 억압적인 상황에서 벗어나 자아의 존재를 확인하고 실현하려는 노력에 관한 것이다.

작품 『詩人』 역시 이러한 작가적인 주제를 실현하기 위해, 이조(李朝) 말엽의 불운했던 방랑시인 김병연(김삿갓)의 비극적인 문객(文客) 생활과 그의 예술을 소설 형식으로 재구성(再構成)하고 있다. 여기서 작가 이문열은 그 자신을 역사 속에 있는 어떤 실존인물과 포개어 놓고, 그의 생애에 나타난 '고뇌와 절망'을 그의 독특한 시점과 이해로써 우리들에게 설명하고 있다. 그 결과 이문열은 김삿갓의 눈을 통해 세상을 보고, 또 그의 입을 통해서 세상을 논하기 때문에, 그를 비판하는 세력과의 논쟁에서 그가 취하는 몸짓은 뭇사람들이 위로 쳐다보아야만 하는 어떤 거인(巨人) 그것과 유사하다. 이러한 그의 태도는 그가 뼈저리게 체험한 진실을 그의 특유의 눌변(訥辯)으로 말해야만 하는 시대적인 상황과도 결코 무관하지 않은 듯하다.

내가 김삿갓이란 특이한 시인의 생애에 문학적 관심을 가지게 된 것은 1984년 여름부터였다. 그전에도 그에 대해서는 읽고 들은 게 적지 않았으나 그 해 들어 새삼 문학적 관심으로 다가가게 된 것은 아마도 『英雄時代(영웅시대)』의 출간과 관계된 시비 때문이었던 성싶다. 지나친 단순화의 위험은 있지만 『영웅시대』는 본질적으로 아버지에 대한 부인(否認)이라는 의미를 띠는데, 일반적으로 믿어지는 바로는 김삿갓을 방랑으로 내몬 최초의 동기 또한 그와 유사한 데가 있다.

한번 관심을 가지고 살피기 시작하니 김삿갓의 일생에는 생각보다 훨씬 흥미 있고 인상적인 부분이 많았다. 특히 설화 속에 감춰진 정치적 · 사회적 의미들은 때로 내게 전율과도 같은 감동까지 주었다.

시대는 다르지만, 작가 자신과 어느 정도 유사한 정치적 · 사회적 상황 속에 살았던 시인 김삿갓이 체험하는 시적 변용은 이문열의 문학적 편력과 많은 부분이 일치되는 듯하다.

방랑시인 김삿갓은 어릴 때부터 총명함이 비상하여 어려운 상황 속에서도 스스로 많은 학문을 익혀 몰락한 가문을 일으키고, '신분 회복'이라는 자기의 뜻을 실현하기 위해 과거 시험에 응시하러 갔을 때, '고뇌와 절망'이라는 첫 시련을 겪는다. 과거장의 동헌 높이 내 걸린 시제(時題)가 홍경래의 난이 일어났을 때, 역적에 가담했던 그의 할아버지 김익순에 관한 것이었다. 그는 그 시제 앞에서 절망에 가까운 혼미 속에서 자신에게 주어진 현실과 할아버지와 그를 얽어매고 있는 혈연 사이에서 처절한 갈등을 하지만, 결국 과거에 응시하기로 결심하고 피눈물을 흘리면서 기성체제를 뒷받침하는 공령시(功令詩)를 썼다.

궁궐을 드나들던 바로 그 무릎,

서북으로 돌아앉아 역적에 끓었구려.

넋인들 황천으로 드실 수 있겠소.

그곳에는 먼저 가신 임금님들이 계실 터이니.

당신은 임금을 저버렸고 부모도 잊은 사람.

그러나 그가 위와 같은 시를 쓰고 난 후 자기 검정을 하는 순간, 어느 술자리에서 만난 기개가 높은 노진(魯禛)이라는 관서(關西)사람으로부터 자신이 핏줄기와 관련이 있는 효(孝)에 관한 윤리를 배반했다는 폐부를 찌르는 듯한 말을 듣고 피를 토한 후 심한 좌절감에 빠진다. 곧 그는 마음을 가라앉히고 청운(靑雲)의 꿈을 실현시키기 위해 집을 떠나서 명문세가집에 문객 노릇까지 하면서 출세의 길을 찾으려고 했다. 그러나 그는 비정한 인심과 부패한 기성체제의 이념 때문에, 그가 입문(入門)하려는 사회로부터 추방을 당한다.

그 결과 그는 영원한 국외자(局外者)가 되어 홍경래가 그의 활동의 근거지로 삼고 있었던 평안도의 다복동(多福洞)으로 들어가서, "젊은 그의 고뇌와 절망이 어디에 근거하고 있는가"를 깨닫고 그 자신이 김익순의 손자임을 밝히고 목놓아 울었다. 그는 그곳에서 홍경래가 차별이 없는 평등사회로 향한 이른바 공화국(共和國)에 대한 꿈을 실현시키기 위한 대의(大義)를 가지고 난을 일으켰다는 사실을 전해 듣고 그의 조부를 이해하고 자신의 불효에 대해 용서를 빌었다.

그래서 시인 김삿갓은 홍경래의 유토피아 사상을 그대로 믿게 되었고, 이로 말미암아 그는 부패한 지배계층이나 그 보조계급보다는 자신과 같이 소외당한 계층 쪽으로 다가가서 세상을 조롱하고 야유하는 시를 썼다.

선화당 위에는 화적떼가 득시글

(宣化堂上宣火黨)

백성 즐기란 정자에는 백성들 눈물만 뚝뚝.

(樂民樓下落淚)

함경도 백성이 모두 다 놀라 달아나니

(咸境道民咸驚逃)

조기영의 집구석 어찌 오래 가겠느냐.

그러나 그는 그곳에서 민초(民草)들과 어울려 한참 지내는 동안 그들과 일체감을 느꼈으나, 시간의 흐름에 따라 그들이 "누리는 삶의 양식과 그들이 지닌 감정의 형태가 그 시대 문화의 특징을 규정하는 바는 틀림없지만, 그들의 삶, 그들의 감정 그 자체가 바로 문화는 아니다"라는 사실을 발견하고, 자신이 "민초들의 한에 슬그머니 올라타 오히려 가여운 그들을 알겨먹는 것"이 아닌가 하는 자의식과 함께, 자신의 시를 '일상성의 진창'으로부터 구해서 질서가 있는 하나의 문화양식으로 승화시켜 그 모양을 갖추어야만 된다고 생각했다. 이 무렵 그는 "홍경래와 그자의 주위에 있던 무리들도 조정 높이 앉은 왕이며 대신의 무리와 조금도 다를 바 없다"는 것과 "권세와 힘을 그 무엇보다 높이 여기고 그걸 움켜쥐기 위해서는 못 할 짓이 없다"는 것들이라는 사실을 알고, 할아버지에 대한 믿음이 뿌리째 흔들림을 느낀다. 그는 이때 또다시 길 위에서 노진을 만나 자신의 행각에 대해 통렬한 비웃음을 당하고 또 한 번 피를 토했다.

노진으로부터 칼로 찌르는 듯한 날카로운 비난과 '몇 해를 농짓거리와 기행(奇行)'으로 흘려보낸 자신에 대해 느끼는 깊은 자괴심 때문에, 관서지방을 떠난다. 그후 그는 노진에게 받은 마음의 충격을 가라앉힌 후 불혹(不惑)의 나이에 접어들면서 그는 모든 이념과 세속의 사슬에서 벗어나 자연과 친화(親和)하는 모습을 보이면서 자아 탐색이라는 새로운 시적 변용을 했다.

네 다리 소반 위에 죽 한 그릇

하도 묽어 하늘빛 흰 구름이 함께 비치네.

주인이여 낯없다 말하지 마오.

물 속에 비치는 청산을 내 사랑한다오.

이렇게 그는 슬프고도 아름답게 자연 속으로 소멸해 가며, 자신의 존재양식과 일치되는 관조와 자기침잠(自己沈潛)의 정서를 구조로 해서 '노자' 사상을 담은 듯한 격조 높은 시를 써서 남겼다.

작가 이문열이 설화 속에 담겨 있는 자료들을 현대적으로 해석하면서, 어떠한 경직된 이념으로부터도 완전히 일탈한 시인 김삿갓을 하나의 완전한 형태로 심화시킨 것은 그것대로의 충분한 이유가 있다고 한다. 이문열은 기회가 있을 때마다 밝혔듯이, 그와 그의 부친은 남과 북의 체제로부터 똑같이 시달림을 당했고, 또 그 이념 때문에 수많은 사람이 희생당하는 것을 보았다. 사실 그는 그의 부친의 유토피아 건설 이념 때문에 그의 가족과 함께 빈사상태에서 허덕였을 뿐만 아니라 그것 때문에 또 다른 체제에 의해 한참 동안 추방당하듯 소외됨을 느꼈다.

그래서 그는 어떤 종류의 이념이든지 간에 자신의 창조적인 자유를 부당하게 억압하거나 속박하는 것에 대해서는 혐오감을 느껴 왔다. 한 가지 예만 들어 보자. 그는 젊은 시절에 그의 형님과 더불어 고향의 선산 발치에 있는 황무지를 2만 평이나 뙤약볕 아래서 개간해서 일구는 일을 하던 것이, 그의 아버지가 '건국사업'이라는 이름 아래 일구려고 했던 '유토피아'의 축도이자 거울이 될 수 있는 '고아원에 딸린 농원에서의 그 진절머리 나던 작업'보다는 훨씬 즐거웠다고 술회하며, 시인의 기질을 가졌던 그의 형님이 스스로의 힘으로 개척해 놓은 땅을 보고 감동해서 "나의 대지는 붉다……"라고 시정(詩情) 어린 말을 한 것을 아름다운 추억으로 회상하고 있다.

어느 평론가는 이문열이 『詩人』이라는 "소설 공간을 자신의 왜곡된 세계관을 전파하는 지루한 설교장을 만들고 인물은 생명 없는 인형에 머물고 있다"고 리얼리스트적인 편견으로 비판하고 있지만, 필자에게 있어서 『詩人』에 나타난 이문열의 세계관은 결코 왜곡된 것이 아니고 경험으로 얻은 진실로 가득 차 있음을 발견하고, 지루함이란 조금도 없었고, 오히려 감동적인 충격으로 자기반성을 하도록 해서 전율마저 느꼈다. 물론 현대사회에 있어서는 김삿갓 같은 인물이 존재할 수 있는 가능성은 희박할지 모른다. 그러나 이조시대에는 그와 같은 인물이 엄연히 존재했다는 것은 틀림없는 사실이다.

그런데 무엇보다 중요한 것은 작가가 이 작품의 주인공인 시인 김삿갓으로 하여금 이념적인 모든 것에서 일탈하게 만들어 자연으로 귀의(歸依)하게 만든 것은 작가 이문열뿐만 아니라, 오늘날 이 땅에 살아가는 많은 사람들이 경직된 이념에 의해 강요되는 억압과 위선으로 말미암아 입은 심한 상처를 드러내어 균형된 시각으로 고발하기 위함이리라. 이러한 시점에서 볼 때, 작가 이문열이 그린 김삿갓의 비극적인 생애와 문학은 관념으로의 도피가 아니라, 부조리한 사회체제와 그 운용에 대한 차원 높은 비판이다.

물론 표면적으로 보면, 시인 김삿갓이 공리주의적 현실로부터 초월해서 자연과 친화하면서 '노자'의 세계로 들어가는 것은 리얼리스트들에게는 이해하기 어렵고, 이동하(李東夏)가 지적한 것처럼 우리들에게 '상당한 거리감'을 가져다주는 것은 틀림없다. 그러나 자세히 살펴보면, 이 작품의 마지막 부분에서 시인이 자연과 조화로운 친화를 이룩하는 것은 도가사상(道家思想)을 구체화하기 위한 관념을 위한 관념이 아니라, 경직된 추상적인 이념과 세속적인 욕망에 얽매여, 억압받고 있는 신성(神性)이나 인(仁)으로 표현할 수 있는 참된 인간의 가능성을 자유롭게 풀어 주어 꽃피우자는 노력이자 또한 그러한 인간적인 노력에 대한 문학적인 비유를 마련하기 위함이다.

익균은 난생 처음으로 아버지에게 시를 물었다.
"저기 저 꽃이 아름답다고 했다."
아버지가 애매한 표정으로 길가의 바위벽을 가리켰다. 아버지가 손가락질할 때는 틀림없이 벌건 바위벽이었는데―놀랍게도 그 바위벽을 쪼개고 한 줄기 눈부신 자색(紫色)의 천남성(天南星)꽃이 피어오르는 게 아닌가.

여기서 바위가 억압적인 이념의 현실을 상징하며, 아름다운 자색 꽃이 인간의 가능성을 완성한 것을 은유적으로 나타내고 있다는 것은 새삼스레 밝힐 필요도 없다. 아들 익균이 아버지를 찾아서 집으로 가는 동행길 위에서, 그가 순간순간 아버지를 너무나 열심히 집요하게 찾을 때 없어지고, 찾지 않을 때 나타나는 것도 허구적인 표현이 아니라, 추상적인 이념이라는 이름 아래서 무엇을 지나치게 강요할 때, 가졌던 모든 것도 없어지고, 자유로울 때 그것이 다시 나타난다는 것을 심오한 동양적인 비유를 통해서 말해 줄 뿐이다.

아무튼 이 작품에서 역시 이문열이 보인 모습은 단순히 '능란한 이야기꾼'도 아니고, 관념주의자도 아니며, 인간의 참된 진실은 물론 인간과 사회적인 관계를 알레고리적인 측면에서 우주적인 차원으로까지 확대시킨 우리 시대의 가장 탁월한 예술가이자 수사학자이다. 그의 작품을 두고 끝없는 논쟁을 되풀이하는 것은 스스로 진실을 보아도 이해하거나 깨닫지 못하는 눈먼 자임을 증명할 뿐이다. 작품 『詩人』은 오늘을 살아가는 누구나 마음을 비운 상태에서 편견 없이 한번 읽고 음미해 볼 만한 책이다.

북한문학의 실상과 이해

김시태 한양대 국어교육학과 교수

『북한의 현대문학』 (Ⅰ, Ⅱ)
이형기 · 이상호 지음 / 1990 / 고려원

북한의 출판물들이 지금은 남한 사회에서도 두루 찾아볼 수 있을 만큼 거침없이 쏟아져 나오고 있다. 서점가에 나가 보면 누구나 곧 깨닫게 되는 바이지만, 세상이 참 많이 변했다는 느낌을 받게 된다. 예컨대 『피바다』니 『꽃 파는 처녀』니 하는 것들은 북한 당국이 예로부터 정치적 선전의 무기로 사용해 온 대표적인 예에 속할 것이다. 그런데, 이런 작품들이 이곳 남한의 독자들에게 자유롭게 읽히고 있다는 것은 참으로 놀라운 일이 아닐 수 없다.

비록 늦은 감이 없지는 않으나 지난 88년, 우리 정부가 월북 작가에 대한 해금 조치를 취한 것은 이러한 변화를 가져오는 데 결정적인 역할을 했다. 처음에는 물론 이런 급격한 변화에 대해 우려를 표하는 사람들이 더러 있었지만, 결과적으로 보면 이 조치는 대단히 유익한 것이었다고 평가되고 있는 듯하다.

문제는 우리 사회가 북한문학의 실상을 바르게 이해하는 데 필요한 여건들을 어느 만큼 갖추고 있느냐는 데 있다. 이 점에 대해서는 누구보다 문단이나 학계에서 충분한 검토가 있어야 할 것이다.

다 아는 바와 같이, 북한문학은 우리와 전혀 다른 체제에서 나온 것이다. 그렇기 때문에, 우리의 일반적인 상식으로는 도저히 이해할 수 없는 부분들을 내포하고 있다. 이는 지난 3년 동안 남한에서 출판된 북한의 저작물들만 보더라도 누구나 쉽게 깨달을 수 있을 것이다. 그런데, 이런 책들이 별다른 예비지식이 없는 일반 독자들의 손에 넘어갈 경우, 자칫하면 많은 오해를 불러일으킬 수도 있다. 이런 점들을 감안해서 볼 때, 이번에 나온 『북한의 현대문학』 시리즈는 책 이름 그대로 북한문학의 현주소와 그 실상을 널리 알리는 데 기여할 것으로 보인다.

우선 북한에서 사용되는 용어들만 보아도 특이한 것들이 많다. 이를테면, '종자' 니 '속도전' 이니 하는 것들이 그런 것들이다. 뿐만 아니라, 우리가 흔히 쓰고 있는 용어들이라 하더라도 그 개념이 전혀 다르게 설정되어 있다. 이는 물론 북한 사회의 특수성을 반영하는 것이라 할 수 있다. 그렇기 때문에, 북한에 대한 예비지식이 없는 일반 독자가 접할 때에는 심각한 오해를 일으킬 소지가 충분히 있다. 이 시리즈에 참여한 연구가들은 무엇보다 이 점에 특별히 유의하면서 북한문학의 실상을 가급적 있는 그대로 소개하는 데 주력하고 있는 듯하다.

이 책들은 북한의 문학사 서술에 초점을 맞추고 있다.

즉, 제1권에서는 북한의 문예정책을 제시한 것으로 『주체사상에 기초한 문예리론』(평양, 사회과학출판사, 1975)을 선택해서 그 논리적 골격을 요약한 다음, 이 땅의 근대문학 형성 과정이 저쪽에서는 어떻게 서술되어 왔는가를 밝히는 데 주력하고 있다. 분석의 텍스트로는 주로 『조선문학통사』(평양, 사회과학출판사, 1959)와 『조선문학사』(평양, 과학백과사전출판사, 1978), 『조선문학개관』(평양, 사회과학출판사, 1986)을 사용하고 있는데, 저자는 이 책들을 비교·대조함으로써 당의 정책 변화에 따라 문학사의 서술 관점이 근본적으로 바뀌어 왔음을 지적하고 있다. 다시 말하면, 당의 정책 변화에 따라서 작품의 평가기준이나 시기 구분 등이 달라지고 있다는 것이다. 그 구체적인 예로, 김일성 주체사상이 확립되기 이전의 산물인 『조선문학통사』와 이후의 산물인 『조선문학개관』을 대비해 보면, 앞 책에서 높이 평가되었던 작가가 뒤에서는 완전히 배제된다든가, 그 작품평가가 뒤바뀌고 있다는 점 등을 들 수 있다. 이는 어떠한 문화현상도 통치력에 의해 컨트롤 될 수 있다고 보는 통제사회의 한 단면을 보여 주는 것으로 풀이된다.

이러한 북한의 실정은 이 책에서 더욱 세밀하게 밝혀지고 있다. 여기서 일일이 다 예시할 수는 없겠으나, 근대문학사의 형성 과정을 "반일의병문학 → 애국문화운동 → 계몽문학 → 진보적 낭만주의 →

비판적 사실주의 → 프롤레타리아문학 → 항일혁명문학"이라는 관념적 도식으로 귀결시키고, "김일성의 등장에 연유한 1926년을 문학사의 중대한 전환점을 설정하고 항일혁명문학을 드높이 평가하는" 것들을 그 뚜렷한 본보기로 삼을 수 있다.

다음, 제2권에서는 해방 이후의 북한문학사를 분석의 대상으로 선택하고 있다. 독자의 이해를 돕기 위해, 이 책의 저자들 또한 『주체사상에 기초한 문예리론』을 중심으로 북한의 문예정책과 그 논리적 배경을 면밀히 검토하는 한편, 주체사상의 등장을 기점으로 해서 북한의 해방 이후 문학사가 어떻게 변모하고 있는가를 밝히고 있다.

이 책의 저자들은 1959년의 『조선문학통사』가 마르크스-레닌주의를 표방하고 있는 데 반해서 1986년의 『조선문학개관』이 주체사상 쪽으로 기울고 있다고 보고, 두 시기의 차이점을 다음과 같이 요약하고 있다.

『조선문학통사』와 『조선문학개관』은 서술의 기본 관점에서부터 큰 차이점을 보여 준다. 한마디로 『조선문학 통사』는 마르크스-레닌주의의 기본 관점을 비교적 철저히 따르는 반면 『조선문학개관』은 그 자리를 주체사상이 차지하고 있다. 앞서 서술한 '주체사상의 인간관과 문학이론'에서도 밝힌 바 있듯이 주체사상은 마르크스-레닌주의의 변주이면서도 그것과 많은 부분은 마르크스-레닌주의의 입장이 노동 계급에 초점을 맞추고 있는 반면 주체사상은 모든 것을 김일성에게 집중시키고 있기 때문이다. 이러한 차이점은 "근로인민대중이 모든 것의 주인이며 모든 것을 결정"한다고 하여 마르크스-레닌주의 계승인 것처럼 보이다가는 "결국 자주적 인간의 가장 고귀한 생명인 사회정치적 생명은 로동계급의 위대한 수령이 주며"라고 김일성에게로 귀결시키는 부분에서 분명히 드러난다. 마르크스-레닌주의와 주체사상의 근본적인 차이점은 바로 그것이다.(『북한의 현대문학Ⅱ』, 113쪽)

이것은 정치체제의 변화와 함께 문학사의 흐름도 근본적으로 달라지고 있음을 가리킨다.

이러한 변화의 시각에 맞추어, 이 책의 저자들은 해방 이후의 북한문학을 1. 혼란기(해방으로부터 6·25동란까지) 2. 진행기(6·25동란 이후부터 60년대 말까지) 3. 확정기(60년대 말부터 현재까지)의 세 시기로 구분하고, 각 시기의 문학 동향을 구체적으로 점검하고 있다. 그 결과, 북한에서는 새로운 양상이 나타나고 있음을 밝히고 있다.

중요한 사항들만을 간단히 요약해 보면,

첫째, 해방 직후에는 북한문학의 전통을 카프 중심의 프로문학운동에서 찾고 있었으나, 주체사상의 확립기에 해당하는 60년대 말부터는 김일성 위주의 항일혁명문학에 그 전통을 두고 있다는 점.

둘째, 주체사상의 형성 과정을 통하여 초기의 북한 문단을 주도했던 식민지 세대가 몰락하고, 해방 후의 신진 세대가 등장함으로써 '집단 창작'이니 '속도전'이니 하는 새로운 주장들이 제기되는 한편, 문학의 투쟁무기화 현상이 그 어느 때보다 강화되기에 이르렀다는 점 등을 들 수 있다.

이런 점들을 감안하여, 이 책의 한 저자는 다음과 같은 결론에 도달하고 있다.

북한의 현대문학은 사회주의 국가 건설을 비전으로 제시하는 목적문학(目的文學)으로 출발하였다. 그 다음 북한의 인민대중은 당에 충성을 해야 한다는 방향으로 수정되면서 북한의 현대문학은 도구문학(道具文學)으로 변신하였다. 그리고 다시 북한의 현대문학은 김일성 주체사상을 인민대중의 신앙의 교시가 될 수 있도록 형상화 작업을 하는 교시문학(敎示文學)으로 변신하여 오늘날에 이르고 있다.(『북한의 현대문학Ⅱ』, 39쪽)

이런 점에서 볼 때, 오늘의 북한문학은 그밖의 어떤 공산권 문학과도 다른 독특한 성격을 지니고 있다. 그 독특함은 한마디로 말해 중세적 봉건성으로 요약될 수 있다. 우리는 이 점을 특히 주목해야 할 것이다. 이 북한문학 연구시리즈의 저자들이 한결같이 강조하고 있는 부분도 바로 이 대목일 것이다.

오늘의 북한문학에서 발견하게 되는 이러한 현상은 말할 것도 없이 북한 사회의 구조를 그대로 반영하고 있는 것이다. 겉으로는 사회주의 국가임을 표방하고 있으나, 실제에 있어서는 전제군주 국가로서의 성격을 지니고 있는 북한 사회가 결국 그 통치 이념을 마르크스-레닌주의에서 주체사상으로 바꾸어 놓았듯이, 그들의 문학 또한 주체사상에 입각한 김일성 유일체제의 확립에 봉사하고 있기 때문이다.

지금 우리는 북한을 이해하고, 그 실상을 명확히 파악해야 할 단계에 있다. 지난 3년 동안 남한사회에 소개된 북한의 문학작품과 이론서들은 이러한 관점에서 볼 때 유익한 자료로 선택될 수 있다. 그렇지만, 그것은 어떻게 수용하고 평가해야 될 것인가 하는 점에서는 많은 어려움이 기다리고 있다. 40여 년간의 분단 상황을 통해서 남·북한의 골이 그만큼 깊어졌기 때문이다.

이 두 권의 북한문학 연구서는 이러한 우리 시대의 요구에 부응해서 나온 것으로서 일단 주목되어야 할 것이다.

열쇠의 시학과 소설사

박철희 서강대 국문과 교수

『**현대 한국소설사(1945~1990)**』

이재선 지음 / 1991 / 민음사

1

　이재선 교수의 『현대 한국소설사(1945~1990)』는 한국소설에 대한 종래의 일방통행인 단선적인 연대기적 재구성이 아니다. 저자 스스로 '책머리'에서 밝혔듯이 '테마 추출지향적인 방법 내지 시대적 성격의 주조적인 단면해석'에 바쳐지고 있다. 그동안 문학사 서술방법이 거개가 연대기적 기술인 단선적 진화론에 의존하고 있음을 상기할 때, 이 책은 앞으로 한국문학사가 어떤 방향으로 쓰여야 하는가에 대한 뜻 깊은 시사가 아닐 수 없다. 그만큼 이 책은 시대의 중심

테마인 ‘길’, ‘분단’, ‘감옥’, ‘병’, ‘도시’, ‘운동’ 등을 구심점으로 해서 그 원심적 여파를 소설을 통하여 공시·통시 양면에 걸쳐 다루고 있다. 그러기에 이 책은 처음부터 종적으로 하나의 시야에 일관된 퍼스펙티브(원근법)와는 무관하다.

그런 의미에서 이 책은 통상적 의미의 ‘소설사’는 아니랄 수 있다. 엄격한 의미에서 한국 현대 ‘소설론’ 내지 ‘사적 유형학’이라고 할 만하다. 여덟 개의 항목으로 이루어진 이 책은 각 항목이 독립된 논문으로 그 자체로서 완결성을 갖고 있다. 그러면서도 하나하나의 항목이 독립성을 유지하면서 전체와 긴밀한 관련을 맺고 사적 통일을 확보하고 있는 것도 무시할 수 없다. ‘열쇠의 시학으로서의 현대소설’과 같은 이 책에서 가장 힘들임 직한 글이 보여 주듯이 저자의 관심은 ‘열쇠의 시학’에 입각하여 1945년 해방 이후 80년대 말에 이르는 한국소설의 특성과 그 전개양상을 밝히는 데 있다. 사실 문학이란 원래 잠겨진 것의 열림이 아니던가.

2

시대와 사회가 어떻게 바뀐다 해도 소설은 시대성에 대한 문학적 반응, 잠김과 열림이라는 역설적 고정, 그 사실만은 틀림이 없다. 하지만 그 어느 때보다도 소설의 기능으로서 ‘열쇠의 시학’이 강조된 것은 그만큼 이 시대가 잠김의 시기임을 실감케 해 준다. “남북 분단으로 인한 민족공동체의 이데올로기적 분열과 갈등현상, 폭력적인 재앙인 전쟁으로 인한 훼손과 분단고착 및 이산의 확산, 절대권력의 전체적인 지배와 통제, 근대적인 산업사회로의 전이와 거기에서 파생되는 도·농의 단층화와 도시 사회에 내재되어 있는 삶과 사회의 병리적인 징후현상, 여성의 존재론적인 제약, 역사의 비인간적인 위력과 그 역사 속에서의 개인의 운명, 거듭되는 학원통제와 학생운동, 공장 또는 기업공간에 있어서의 대응의 소용돌이……" 등등 외적 상황성이 '열쇠의 시학'을 더욱 가속화시켰다고 할 수 있다. 외적 상황성은 잠김을 강요하나, 소설은 인간의 해방에 기여한다. 분단극복을 위해서 오히려 분단현실을 다루지 않으면 안 되었던 모순,『진혼』(선우휘),『아버지의 땅』(임철우),『엄마의 말뚝』(박완서) 등과 같이 분단현실과 이산의 고통(자물쇠 상황)을 환기(열쇠)한다는 것은 민족통일의 염원이 그만치 절실하기 때문이다. 감금의 이미지 또한 그 자체가 열림과 자유에의 염원이었다.

이런 뜻에서 상황과 소설을 자물쇠와 열쇠의 대응관계로 본 것은 그 유추가 매우 적절하다. 물론 소설이 '거울의 원리'로 작용하고 있는 것도 무시할 수 없지만, 세계의 잠김과 대응해서 비판하고 승화하는 '열쇠의 원리'로 작용하는 양식임은 틀림이 없다. 현대의 소설은 전통적으로 생각해 왔듯이 단순히 재미있게 꾸민 하나의 이야기가 아니다. 현실을 충실하게 반영하거나 묘사하는 거울로서 언제까지나 연연할 수 없다. 소설은 이제 거울이 아니고 그 자체가 하나의 존재론이다. 그만큼 현대의 소설은 현실적인 삶과 상대적 상황들이 가하는 중력과 잠김에 대거리하는 반항으로서의 탈중력과 열림을 드러내고 있는 것이다. 해방 이후 오늘에 이르는 한국의 현대소설은 그러기에 잠김과 열림이라는 '열쇠의 시학'을 기층구조로 한 문학적 변이가 되어 준다.

'전쟁과 분단인식'이 보여 주듯이 6·25 전쟁과 그 상처 그리고 이산확산이 외적 상황이라면 『인간접목』(황순원), 『흰 종이 수염』(하근찬), 『오발탄』(이범선), 『어둠의 혼』(김원일) 등은 한결같이 그 '피해와 상처를 제시함은 물론 이데올로기의 배타성과 비인간성, 그것이 조성하는 갈등과 증오, 전쟁의 파괴력과 고통·비극적 상처'를 쉬지 않고 상기시킨다. '닫힘과 열림의 상상력' 또한 60년대 이후 절대권력의 지배와 통제에 대한 문학적 조응과 대응이 이 시대의 공간상징으로서의 '감옥' 이미지와 그 속에 갇혀 있는 인간조건의 제시로 나타나고 있다. 자유로운 상태를 위해서 오히려 역설적으로 속박된 세계를 얘기하지 않으면 안 되었던 모순, '현대소설의 병리적 상징'과 같이 사회와 시대적 병리현상을 진정하고 치유하기 위해 오히려 신체적 고통이나 정신적 이상의 증후현상을 앓는 주인공을 얘기하지 않으면 안 되었던 역설, 그 모순과 역설 속에서 감추어진 진실, 뒤바뀐 정의, 숨겨진 아름다움을 새로운 모습으로 제시하고 보다 자유로운 삶을 실현하는 것이 소설의 탐스러운 기능의 하나가 아닌가.

〈해방과 교착시대의 소설〉, 〈전쟁과 분단의 인식〉, 〈닫힘과 열림의 상상력〉, 〈현대소설의 병리적 상징〉, 〈도시공간의 시학〉, 〈역사적 경험의 미적 형태〉, 〈대학생의 행동·고뇌·방황〉, 〈파업과 폐업의 대응역학〉 등 이 책에 실린 여덟 개의 논문은 해방 후 80년대 중반에 이르는 한국 현대의 소설을 일정한 시각에서 고구하고 있다. 그 일정한 시각이란 전술한 바와 같이 '열쇠의 시학'이다. 이렇듯 일관된 방법적 자각에 의한 기술은 무엇보다 이 책의 매력과 강점이 되어 준다.

그렇다고 그의 방법과 관점이 단선적이 아니다. 그만큼 다양하다. 한국소설의 테마 추출지향이 사회 윤리적 비평이 유포하고 있는 역사성에 기울어진 것은 이 경우 너무도 당연하다. 하나의 소설을 평석할 때, 언어예술로서의 내재적 층위만이 아니라 작가의식, 시대정신, 사회현상이라는 외재적 층위 사이의 통합체로 보고, 잠김과 열림의 통합이 바로 심미적 경험을 이룬다는 종합적 관점이 바로 그것이다. 이러한 관점을 통하여 그동안 우리가 보아 온 한국 현대의 소설에 대한 자의적이고 인상적인 시야를 개선하고 소설을 새롭게 보게 한다. 이 책을 읽은 사람이라면 누구나 한국 현대의 소설이 질·양 양면에서 풍요에 값한다는 것을 발견하고 놀라워할 것이다.

사실 지금까지 우리는 한국 현대의 소설의 현상적 측면을 헤아리는 데 급급한 나머지, 한국소설의 근저에는 무엇이 있으며, 그 정체는 과연 무엇인가에 대한 인식과 비판에는 대체로 인색한 편이다. 이 책은 그러한 인식과 비판이 낳은 책이다. 그러기에 이 책은 방법론적 모색 못지않게 소설의 실제분석에 역점을 두고 있어 한국소설을 이해하는 데 균형 있는 감각을 부여하고 있다. 그동안 우리는 한국 현대의 소설을 다룸에 있어 지나치게 문제의 사회적 측면만 강조하여 상대주의에 빠지거나, 아니면 반대로 역사성을 배제하여 문제를 수직적으로 보려는 절대론에 머물고 있었다. 그런 점에서 이러한 이분법적 사고를 경계하면서 미학과 사회성이 상보성이라는 일종의 종합적 관점에서 소설작품의 정체를 밝히고 있는 것이 이 책의 특징이자 미덕이다. 역사적 관점과 미학적 관점이 나란히 동행한 것은 이 때문이다. 그리하여 『장길산』(황석영)의 한계점으로 "역사의 조망법이 계급적인 이분법의 세계분화를 너무 강조한 나머지 역사의 전개를 지나칠 만큼 비역사적으로, 계급적 앤티고니즘"으로 단순화하고 있다고 지적하는가 하면, 80년대 대학생이 등장하는 소설 거개가 지나치게 '상투화되고 정식화' 되고 있다는 비판이 한 예다. 그러나 뭐니뭐니 해도 여덟 편의 논문 중 〈현대소설의 병리적 상징〉과 〈닫힘과 열림의 상상력〉은 주목되는 귀중한 성과이다.

〈현대소설의 병리적 상징〉은 60년대 이후 한국소설에 신체적 질환이나 정신적인 병리상태가 주제로서 혹은 은유나 상징으로 여하히 원용되고 있는가를 살피고, 그 결과 "우리 소설의 한 특징 양상이 온갖 병과 고통과 증후와 정신의 불건강함의 병리적 세계로 이루어지고 있다"고 본 것은 새로운 시각이며 하나의 성과라고 할 만하다. 또한 〈닫힘과 열림의 상상력〉에서 다음과 같이 70, 80년대 작품에 나오는 상황공간으로서 또는 비유나 이미지로서 '감옥'에 대한 상상력의 파장 내지 이미지의 표상내용을 추출한 것은 가장 뛰어난 비평적 성취이다. 1. 갇히거나 제약된 정치적·사회적 현실의 상황구조 및 닫힌 인간 실존의 상징 또는 비유이다. 2. 자유에 대한 몽상의 장소이다. 3. 법의 제도적 정당성과 개인의 자유의지가 상충되는 처벌과 불복의 자리이며 정의 실현의 기능보다는 통제와 권력장치로서 전화되어 버린 법의 존재에 대한 그리고 교정제도의 비인간성에 대한 반론의 대상이다. 4. 바깥의 세계와는 그 시공성이나 의미표상이 반대되거나 이질적인 시공이다. 5. 반역적인 인간이 프로메테우스적인 인간상으로서 긍정화되기도 하며 이념적인 인간의 현주소이다 등.

4

이 책에서 해방 이후 80년대 말에 이르는 동시대 소설을 선택하여 집중적으로 다룬 것은 전에 없었던 일이다. 저자의 고백 그대로 이 시기에 대한 기존의 소설사적 모형이 전연 없는 상태에서 현재의 역사화 내지 현재의 역사쓰기란 그만큼 모험 부담을 안고 있기 때문이다. 18세기 중엽부터 현재에 이르는 『현대비평사』의 저자인 르네-웰렉조차 20세기에 관하여 쓴다는 것은 18세기나 19세기에 관해서 쓰는 것보다 힘들다고 하지 않았던가. 현재의 역사쓰기란 그 성취 여부는 어쨌든 저자의 한국소설에 대한 남다른 애정과 지속적인 추구가 아니면 생각할 수 없는 처리요 착상이라고 생각한다.

그러나 무엇보다 중요한 것은 해방 이전과 이후의 문학을 자체 내에서 함께 이해할 수 있는 새로운 시야를 시사했다는 점이다. 그것은 한마디로 한국소설의 자기정의라고 할 만하다. 다만 아쉬운 것은 논의의 전개에 있어 그 준거를 너무 저쪽의 이론에 의존하고 있는 것이다. 그리고 그것은 글 속의 인용이나 주석에 너무나 분명하게 드러나 있다. 오히려 인용이나 주석이 이 책의 내용이나 작품 이해에 거추장스러운 방해물이 되고 있다는 부정적인 측면도 간과할 수 있다.

인간적 존재와
문학적 존재에 대한 물음

권영민 서울대 국문과 교수

『임화연구』
김윤식 지음 / 1989 / 문학사상사
『임화문학연구』
김용직 지음 / 1991 / 세계사

1

한 사람의 작가를 바르게 이해한다는 것은 무엇을 말하는가? 그것은 개인의 가치와 중요성에 대한 인식을 우선으로 하는가, 아니면 문학이라는 세계가 지향하는 보편성의 의미를 우선으로 하는가? 한 사람의 작가를 통해 우리는 무엇을 배울 수 있는가? 이런 질문은 문학연구의 영역에서 작가 문제에 대해 던져 볼 수 있는 가장 기본적인 과제들이라고 할 수 있다. 물론 문학의 세계를 그 창작의 주체가 되는 작가와 분리시켜 보고자 하는 주장도 없지 않다. 문학 텍스트의 독자적인 존재 의미와 가치를 중요시한다는 점에서는, 작가의 문제가 문학 외적인 요건으로 치부될 수 있다는 것도 부인할 수 없는 일이다. 그러나, 문학과 삶의 문제를 해체시켜 놓는 문학주의적 태도가 문학을 바라보는 통합적 관점에서 크게 벗어난다는 사실도 간과해서는 안 된다. 작가에 대한 연구는 문학 연구이면서 동시에 한 인간에 대한 연구이기도 한 것이다.

그렇기 때문에, 문학 연구의 영역 가운데에서 작가에 대한 연구는 항상 방법의 통합주의가 요구된다. 한 작가의 문학적 행위는 삶의 총체적인 연관 속에서 의미를 부여받는 것이다. 문학 연구는 궁극적으로 그 문학이 인간을 위해서 어떤 가치를 창출하고 있는가를 묻는다. 문학 연구의 출발점도 바로 이러한 물음의 끝에 있다는 것은 논의의 여지가 없다.

이러한 사실을 전제하고 볼 때, 김윤식 교수의 『임화연구』와 김용직 교수의 『임화문학연구』는 한 사람의 작가와 그 문학에 대한 이해를 위해 가능한 방법과 태도를 대조적으로 보여 주는 노작들이다. 이 두 권의 책은 모두 임화라는 인물의 역사적인 존재와 그 의미에서부터 논의를 시작하고 있다. 식민지시대 계급문화운동가로서 활동했고, 시인이며 비평가로서 신문학사의 연구에도 선구적인 업적을 남겼으며, 해방 직후의 격동기적 상황 속에서 계급이념을 내세우며 월북하여 버린 임화의 행적은 그동안 문학사의 금기지대 안에 갇혀 있었던 것이 사실이다. 그러나 지난 88년도의 해금조치와 함께 이념적 개방화의 과정 속에서 임화는 월북 문인 또는 좌익 문학인이라는 지칭에서 자유로워지고 있다. 임화의 존재에 대한 인식 자체가 우리 근대문학 연구에서 볼 수 있었던 이념적 배제론의 한계를 극복할 수 있는 가능성을 지니게 되었음을 생각해 볼 때『임화연구』와『임화문학연구』와 같은 적극적인 연구 결과가 바로 그러한 가능성의 지표가 되고 있다는 점은 주목할 만한 일이다.

2

김윤식 교수의『임화연구』는 임화(1908~1953)라는 문학사적 인물에 대한 평전 형식의 작가 연구이다. 그러나 이 책은 임화의 개인사에 대한 추적에만 관심을 기울이고 있는 것이 아니라, 1920년대 중반부터 1950년대 초반까지 문학과 이념의 충돌과정을 통해 우리 근대문학의 내면적 풍경을 총체적으로 조망해 볼 수 있는 인식의 틀을 제공하고 있다. 이러한 특징은 물론 임화라는 인물의 문제적인 성격과 그 문단 활동의 영역과도 연관되는 것이지만, 문학의 정신과 역사를 통합적으로 이해하고자 하는 저자의 노력과 태도에 직결되는 것이라고 할 것이다.

『임화연구』에서 우선적으로 주목되고 있는 것은 작가 연구의 방법 문제이다. 이 책은 임화라는 한 인물의 개인사를 추적하면서, 문학사의 전체적 흐름 속에서 그 존재를 규명해 내고 있다. 정밀한 자료의 검증과 그 정리 작업은 이 책의 방대한 규모를 확실하게 뒷받침해 주는 근거가 된다. 특히 이념의 금기지대에 파묻혀 아무런 역사적 의미도 부여받지 못하던 임화의 문학적 활동이 이 책 속에서 새로운 시간성을 획득하고 있는 것은 주목할 만한 일이다. 실증적인 방법에서 강조되는 인과율과 필연성에 대한 관심을 넘어서 저자가 힘을 기울이고 있는 것은 창조적인 것으로서의 정신에 대한 해명이다. 다시 말하면, 실증주의의 방법과 정신사적인 해석을 조화시키고자 하는 가운데에서 임화의 생애와 그 문학의 의미가 되살아나고 있다고 할 것이다. 그 결과 『임화연구』는 작가의 연구를 하나의 인간에 대한 연구로 확대하고 있다. 시인 임화와 혁명가 임화라는 두 가지의 인간상을 저자 자신의 살아 있는 의식 속에 끌어 담고자 하는 의욕이 이 책의 전편에 넘쳐흐르고 있는 것도 이같은 특성에서 비롯된다.

『임화연구』는 임화라는 인물을 논의의 거점으로 하여 우리 근대문학의 이념사적 구조를 해명하고 있다. 임화와 비슷한 시기에 활동했던 김기진·박영희·이북만·백철·김남천·한설야·지하연 등을 서로 연결시켜 놓음으로써, 1920년대 중반부터 해방 직후까지 계급문학 운동의 이념적 지향과 그 속성을 전체적으로 파악할 수 있게 한다. 계급문단의 조직과 그 대중적 확대, 계급이념의 의식과 그 정치적 실천 등을 놓고 벌어진 이론투쟁의 과정은 식민지시대 계급문학 운동사의 윤곽을 말해 주는 요건이다. 임화는 박영희를 통해 계급문단의 조직과 이념에 눈뜨고, 동경에 건너가 이북만을 만나면서 조직 운동의 실천 역량을 키운다. 그리고 나서 귀국 후에는 후기 카프의 주도권을 쥘 정도로 그의 활동 범위가 확대되는 것이다.

『임화연구』는 이같은 임화의 변모과정을 운명적인 것으로 설명하며, 그 내면의식의 추이로써 그러한 설명을 뒷받침한다. 물론 상황으로부터의 고립화가 아니라, 직관적인 종합을 의도한다. 여기서 저자는 루시엥 골드만의 말을 빌어 '두 사람이 함께 책상 만들기'라는 인물의 병치 방법을 원용하고 있다. '임화와 김기진', '임화와 박영희' 식으로 이어지는 서술의 과정 속에서 임화라는 인물은 정치적인 것과 시적인 것 사이를 헤쳐 가는 문제적인 존재가 되고, 그와 맞섰던 인물들은 함께 문학과 이념의 충돌을 보여 주는 역사의 그물 속에 서게 된다. 임화의 문학적 지향과 정치적인 이념, 이것을 저자는 운명이라는 말로 결합시켰지만, 임화는 '혁명가의 표정을 짓게끔 운명지어진 시인'으로서 식민지 시대를 살았고, 식민지 시대를 벗어나는 순간부터 '시와 정치의 균형감각'에서 파탄을 빚기 시작한 것으로 설명되고 있다. 바로 그 균형감각의 상실이 '온전한 시인'으로 돌아간 임화의 모습과 통한다는 점을 지적한 대목은, 정치적인 이유로 임화를 숙청한 북한의 논리가 아무런 의미를 지니지 못한다는 결론과도 직결되는 것이다.

결국 『임화연구』는 시인으로서의 임화의 존재 의미를 확인시켜 놓고 있으면서, '시라는 불패의 무기를 손에 쥔 시인 임화의 정치적 패배'라는 운명성에 핵심을 둔다. 저자 자신은 임화의 운명성을 그의 내면적 복합심리에서부터 도출하고자 하는 시도까지 보여 줌으로써, 인간의 존재 의미에 대한 그 나름의 깊이 있는 천착을 드러낸다. "시인이자 혁명가가 동시에 될 수 있는가"라고 이 책의 서두에서 저자가 던진 질문은 시인일 수밖에 없었던 임화를 내세움으로써 결국 부정적인 해답을 산출해 내고 있는 셈이다.

3

　김용직 교수의 『임화문학연구』에는 '이데올로기와 시의 길'이라는 부제가 붙어 있다. 저자는 이 책에 '문학'이라는 두 글자를 넣음으로써, 대상에 대한 평가와 파악의 기준을 문학에 둔다는 의도를 분명히 한다. 평전의 형식을 취하고 있음에도 불구하고, 이 책이 작가연구가 아닌 문학작품 비평의 성격을 더욱 짙게 드러내고 있는 이유가 여기에 있다.

　『임화문학연구』는 "임화가 그렇게 믿고 추구하려던 시와 예술이란 어떤 것이었던가. 그리고 그가 모든 행동의 구심점으로 추구하려던 시와 예술이란 어떤 것이었던가"를 질문한다. 이러한 질문은 임화라는 한 인간의 존재를 묻는 것이 아니라, 임화의 문학에 대한 관심으로 표출된다.

　한 인간의 삶과 그 존재 의미에 대한 논의는 어차피 주관주의적 서술에 의존하기 마련이다. 대상으로서의 인간의 삶의 모습이 있는 그대로 드러날 수 있다고 생각하는 것은 환상이다. 서술자의 관심과 능력에 따라서 한 인간은 그 서술자의 관점에 따라 각색되고 재창조되고 새로운 비전을 부여받게 될 것이다. 앞서 검토한 김윤식 교수의

『임화연구』가 결국은 저자 자신의 비전의 산물이 되고 있음을 부인할 수 없는 일이다.

그러나, 객관주의의 입장에서 문학 연구의 과학성을 생각할 때 이같은 주관주의적 편향이 문제로 제기된다. 문학작품의 가치가 존재론적인 실재성의 의미를 지니고 있으며, 어떤 인간적 관계에서도 독립되어 있다는 것은 절대적인 명제가 되고 있다. 김용직 교수의 『임화문학연구』는 바로 이같은 객관주의의 관점을 기반으로 한다. 문학에 대한 모든 논의는 문학에서 출발하여 문학으로 귀결되어야 한다는 문학주의적인 입장도 객관주의의 관점을 통해 강화된다. 『임화문학연구』는 그렇기 때문에 『임화연구』에 비해 보다 더 분석적이다. 여기서 '분석적'이라는 말은 『임화연구』에서 볼 수 있는 주관적 서술 성과의 대비를 염두에 둔 것이다. 물론, 이러한 기술방식은 기술된 내용의 가치와는 별로 상관없는 것이지만, 논리 전개에 상당한 영향을 미치는 것이다.

『임화문학연구』는 임화의 시적 활동을 크게 세 단계로 구분해 놓고 있다. 1920년대 중반부터 카프의 해체에 이르기까지의 계급시 활동이 그 첫 단계이다. 그리고 1930년대 중반부터 일제 말기까지의 시 활동을 둘째 단계로 손꼽는다. 8·15 해방 이후의 활동이 세 번째 단계에 속함은 물론이다. 이 세 가지 단계의 구분은 문단적 상황 변화와도 밀접한 관련을 맺는 것이지만, 임화의 시적 변모 과정에서 드러나는 내재적인 논리가 더욱 강조된다. 저자의 분석에 의하면, 임화의 첫 단계 작품에 속하는 이른바 단편 서사시 계열의 작품은 특정의 이념적 시각에서 볼 때에만 성공적이다. 당대의 소월, 만해, 상화 등의 시적인 성과와 비교할 경우, 시적 구조와 그 진술방식에 상당한 결격 사항이 지적될 수 있기 때문이다. 임화 자신의 입장에서는, 그 자신이 강조하고 있는 계급주의의 이념과 그 시적 실천을 일치시키고 있다는 해석이 가능하지만, 바로 그러한 일치 자체가 시의 형상성을 저하시킨다는 것이다.

그러나 임화의 시는 둘째 단계인 일제 말기에 들어서면서 표면적으로 고수하고 있는 듯이 보이는 이념성과 점차 격차를 드러낸다. 『임화문학연구』는 이러한 변모를 '역사 현실의 수용'과 '예술성 확보'라는 특징으로 설명하고 있으며, 그 대타적인 요건으로 모더니즘의 시적 경향을 예시하고 있다.

해방 직후의 임화 시는 사회주의 사회의 실현을 정치적인 행사시로 발표하였고, 6·25 전쟁 당시에는 전쟁시의 한 가능성을 확보한 『전선시집』을 내놓고 있다. 그리고 이 시집에 수록된 시들이 보여준 시적 형상성의 문제가 임화 숙청의 논리적 근거가 되고 있는 점을 『임화문학연구』는 비판적으로 적시하고 있다.

『임화문학연구』는 결국 임화의 시적 경향에 대한 분석을 토대로 그 성패의 객관적 해설을 시도하고 있다. 임화 시의 내적 구조라든지 리듬이나 어조라든지 상징성의 의미 등이 이 책에서 깊이 있게 검토되고 있는 것은 다행한 일이다. 임화의 시를 계급적 관점에서 이해하고자 했던 사람들이 바로 그 가치론의 차원에서 시의 표현구조를 도외시했던 점은 이 책의 내용을 통해 충분히 비판되고 있다고 할 것이다. 한 가지 첨언해 둘 것은, 소문으로만 무성했던 『전선시집』이 이 책에서 처음으로 본격적인 검토의 대상이 되고 있다는 사실이다. 테스트의 일차적 중요성을 강조해 온 저자의 또 다른 노력의 성과라고 할 것이다.

4

『임화연구』와 『임화문학연구』는 분단 상황 속에서 이념 배제의 원칙에 따라 문학사 연구의 대상에 제대로 포함되지 못한 금기 지역을 넘어서는 업적들이다. 이 두 권의 책이 갖는 의미는 통합적 관점의 중요성으로 요약된다. 임화라는 문학사적 인물을 한 사람의 인간으로 보고 그 정신의 궤적을 따라잡는 작업의 진지성을 『임화연구』에서 확인할 수 있는 것처럼, 『임화문학연구』는 하나의 문학작품이 이념적 요건과 정치적 요구에서 자유로울 수 있는 가능성이 어디 있는지를 설득력 있게 보여 주고 있다.

물론 이 두 권의 책은 전자가 보다 더 평전적 성격이 강하고 후자가 비평적이라는 특징으로 대별되며, 작품 해석의 편차도 적지 않게 드러난다는 점을 지적할 수 있다. 이러한 차이는 두 책의 저자들이 지니고 있는 문학관과 방법론의 차이와도 연관될 것이다. 역사주의적인 요건들을 동시에 나누어 가지면서도, 전자가 주관주의의 해석을 드러내며, 후자가 객관주의적 비평에 주력한다는 점은 이 책의 독자들이 쉽게 구별해 볼 수도 있을 것이다.

그러나, 이같은 편차는 논쟁적 의미를 갖는 것이 아니다. 두 책의 출발과 목표가 서로 다르기 때문이다. 다만 구체적인 문제 영역에서 제기되는 다음과 같은 문제들은 『임화연구』와 『임화문학연구』의 뒤를 이어 나갈 또 다른 연구 작업을 통해 해명되어야 할 것이다.

첫째, 임화가 계급문화에 입문하는 과정이 여전히 문제 상태로 남아 있다. 개인적인 콤플렉스라는 내재적 요인도 이 문제를 완전히 해명해 주지 못한다. 당시의 사회운동과 문예운동의 흐름에 대한 인상적인 설명으로도 부족한 느낌이 없지 않다. 이데올로기의 선택이라는 것을 개인사의 운명으로만 파악한다는 것은 지나친 심정주의라고 할 것이다.

둘째, 1930년대 계급문단에서 소장파인 임화가 주도권을 잡는 과정이 제대로 설명되지 못하고 있다. 이 문제는 계급문학의 조직운동에 대한 총체적인 규명을 필요로 한다. 기왕의 계급문학에 대한 연구가 대부분 문단적 쟁점 위주로 진행되어 왔고, 조직운동의 논리적 근거와 그 사회적 기반을 제대로 설명하지 못한 점을 놓고 볼 때, 1930년대 계급문학 운동의 후반에 대한 연구는 새로운 접근법을 필요로 하고 있다.

셋째, 해방 공간의 이념투쟁과 임화의 노선 문제이다. 이 점은 『임화연구』의 관점이 『임화문학연구』의 방법과 좋은 대조를 이룬다. 『임화연구』는 남로당의 노선 자체를 좌우 합작의 논리에도 관련지어 보고자 하는데, 『임화문학연구』는 계급주의 이념 속에 한데 묶어 두고 있는 것이다. 이 문제는 조선문학가 동맹의 실체를 어떻게 볼 것인가 하는 문제와 함께 앞으로 더욱 깊이 있는 검토가 필요하다.

『임화연구』와 『임화문학연구』가 보여 주고 있는 관점과 방법의 성과는 해방 이후 근대문학 연구 가운데 특히 작가 연구의 영역에서 하나의 분기점을 이룬다고 볼 수 있다. 근대문학사 연구가 빠져들어 있었던 단절의 논리와 배제의 원칙은 가치론적인 차원에서의 문학의 편향과 문학 현상의 왜곡을 자초해 온 것이 사실이다. 이 두 권의 책에서 근대문학사의 전체성 회복이라는 당위론적 명제가 두드러지게 강조되고 있다는 점은 근대문학 연구의 새로운 방향 모색을 위해서 더욱 값진 결론이라고 할 것이다.

다이 허우잉(戴厚英)의
사람이야, 사람!

차주환 단국대 교수

『사람아 아, 사람아!』
다이 허우잉 지음 / 신영복 옮김 / 1991 / 다섯수레

현재 소설가로 활약하고 있는 중국 대륙의 여류 작가 다이 허우잉(戴厚英, Dai Hou-ying : 1938~)은 장편 삼부작(三部作) 소설 『詩人之死(시인의 죽음)』, 『人啊, 人!(사람이야, 사람!)』 및 『空中的足音(공중의 발자국 소리)』를 발표하여 중국 문단에서 두각을 나타냈고 세계적으로도 널리 알려지게 되었다. 그중에도 둘째 작품인 『人啊, 人!』(新菊判 354쪽, 香江出版公司, 1987, 제2판, 香港)이 강렬한 반응을 불러일으켰고 중국 내에서는 물론이고 구미 각국을 포함한 여러 외국에서도 갖가지 언어로 번역되는 등 큰 환영을 받았다. 제목에 '사람'을 되풀이한 것으로도 짐작이 가겠지만 인간성이 메마른 중공

치하에서 과감하게 휴머니즘을 추구하는 경향의 작품을 줄기차게 써 낸 것이다. 이 책 제 2장 첫 절에서 허 징푸(何荊夫, He Jing-fu)가 순 위에(孫悅, Sun Yue)에게 열렬하게 늘어놓은 내용에 다이 허우잉이 자기 소설 제목으로 되풀이 ‘사람’을 내세운 저의가 잘 나타나 있다.

허 징푸는 일단 “무산계급(無産階級 : 프롤레타리아트)에 인도주의 (人道主義 : 휴머니즘)가 있는가?”라고 자문하고 나서 이어 스스로 다 음과 같이 열렬하게 대답한다. “있어요, 순 위에. 있고말고요! 당신 은 마르크스와 엥겔스의 책들을 읽었겠지! 착실히 몇 차례 읽으면, 이 두 분 위대한 사람의 마음속에는 다 사람인(人)자, 크게 쓴 사람 인(人)자 하나가 들어 있다는 것을 틀림없이 발견하게 될 것이오. 그 들의 이론과 그들의 혁명 실천은 다 이 ‘사람’을 실현하려는 것이고, 사람으로 하여금 ‘사람’이 되지 못하게 만드는 모든 현상과 원인을 소멸해 버리려는 것이오. 가석하게도, 우리들 중에 일부 마르크스주 의를 신봉한다고 자칭하는 사람들은, 단지 그들의 수단을 기억했을 뿐이지, 그들의 목적을 잊어버렸거나 혹은 잃어버리고 말았소. 마치 혁명의 목적이 바로 사람의 개성을 소멸시키고, 사람의 가정을 파괴 하고, 사람과 사람을 갖가지 울타리를 써서 격리시키는 것 같소. 우 리는 봉건적인 경제의 등급을 소멸해 버리기는 했지만 도리어 또 인 위적으로 허다한 정치 등급을 제조해 냈소. 나는 흑팔류(黑八類 : 문 화대혁명기에 경멸적으로 열거된 지주 등 8가지 해악을 끼치는 부류)에 속 하고 당신은 취로구(臭老九 : 역시 문화대혁명기에 지식분자를 멸시해서 부른 말. 위의 흑팔류 다음으로 아홉 번째에 꼽혔다)요. 우리들의 아이는 교화 가능대상 자녀요. 사람이 아직 태어나지도 않았는데 모자는 이미 씌워 있으니, 이게 그래도 유물주의요?”

이 허 징푸의 말은, 중공 치하에서의 정치 작태는 마르크스·엥겔스의 이론에도 배치되고 유물주의도 아닌 인간성 말살이라는 가공할 방향으로 사람들을 몰고 가고 있다는 비판의 소리인 것이다. 일견 마르크스·엥겔스의 이론이나 유물주의의 진실된 실천을 갈구하는 듯한 말투이기는 하나 결국은 그러한 것들까지도 포함된 중공의 정치에 실망하고 인간을 존중하는 정치사회의 도래를 갈망하는 의식이 담겨 있다고 하겠다. 이『人呵, 人!』의 구성도 제목에 내세운 것같이 사람들을 두루 내세우는 것으로 이루어져 있다. 전체가 4장으로 이루어져 있는데 각 장마다 사람 이름을 절(節)의 제목으로 하여 중복이 많기는 하나 다음과 같이 도합 27회에 걸쳐 내세워져 있다.

제1장 : 1.趙振環 2.孫悅 3.何荊夫 4.許恒忠 5.孫憾 6.奚流

제2장 : 7.何荊夫 8.趙振環 9.孫悅 10.憾憾 11.李宣寧 12.陳玉立 13.何荊夫 14.孫悅

제3장 : 15.小說家(章早立) 16.趙振環 17.何荊夫 18.孫悅 19.憾憾 20.何荊夫 21.孫悅

제4장 : 22.奚流 23.孫悅 24.何荊夫 25.游若水 26.小說家 27.趙振環

이『人呵, 人!』은 장편소설이라고는 하지만 서술 내지 전개수법에 다소간 특이한 점이 있다. 도합 27절로 나뉜 이 소설은 한 절마다 각각 따로, 제목으로 제시된 사람이 자술(自述)하는 것으로 되어 있다. 이야기는 중국 대륙 C성(城)의 대학 중국문학과의 동기생들이 주로 졸업 후 문화대혁명이 시작하기 몇 해 전부터 사인방이 붕괴된 이후의 시기에 걸친 세태의 변화에 대응하면서 엮어 내는 비환이합(悲歡離合)을 다룬 것으로, 제목에 중복이 많은 사람들이 주요 인물이 되어 있으리라는 것은 쉬 알 수 있다. 여주인공 격인 순 위에를 둘러싸고 소설이 전개되어 있다. 순 위에는 타고난 미모에 명석한 두뇌를 갖춘데다 명랑하고 활달하며 자연스럽다. 그녀는 같은 고향 출신의 고등학교와 대학의 동기 동창인 자오 전환(趙振環, Zhao Zhen-huan)과 다른 동창생들의 대단한 선망을 받으며 결혼하여 딸 하나를 낳기까지 한다.

그러나 대학 졸업 후 당의 지령에 따라 순 위에는 C성의 대학에 남아서 일하게 되었으나 자오 전환은 C성에서 1천여 리나 떨어져 있는 A성(省)에 가서 일하도록 지령이 떨어졌다. 당의 명령을 거역할 수도 없고, 또 어떠한 개인적인 요구도 내놓을 수 없던 당시의 중공 치하에서는 두 사람의 임지를 같이 할 수 있는 방향으로 조정을 시도한다는 것은 엄두도 낼 수 없는 일이었다. 그래서 순 위에는 고향에서 자오 전환의 모친 즉 시어머니를 모시고 살며, 자오 전환은 A성의 임지로 떠나가 버렸다. 결국 두 사람은 결혼하고도 본인들의 의사와는 전연 다르게 먼 거리에 헤어져 살아야 했던 것이다. 처음에는 잦은 서신 왕래를 유지하며 그래도 명랑성을 잃지 않고 살다가 하루는 자오 전환이 써 보낸 이혼증서가 순 위에에게 배달되었다.

자오 전환은 미모의 여인 펑 란상(憑蘭香, Feng Lanxiang)과 결혼하기 위해서 그렇게 했던 것이다. 펑 란상은 미모이기는 하였으나 꾸밈이 많았고, 처자가 있는 왕 팡즈(王胖子, Wang Pang-zi : 뚱뚱이 왕씨)와 친밀하게 지내던 여인이었다. 처자가 있는 왕 팡즈와는 도저히 결혼할 수 없어서 A성에 혼자 와 살고 있는 미남자 자오 전환과 결혼해 버린 것이다. 순 위에는 자오 전환의 이혼증서를 받은 후 곧 자오 전환에게 시를 한 수 써 보냈다.

어려서 손잡고 같이 춤을 추었고 / 10년 동안 서로 사랑하다가 결혼하여 부부 되었다. / 천리가 지척인 한 줄기 강물 사이인 양 / 심혈을 쥐어짠 두 곳에 오간 편지. / 날개가 부러져서 비로소 상전벽해의 도리를 알게 되어 / 피를 핥고 상처를 어루만지니 아픔이 어떠한가? / 고개 숙여 다만 시어머님의 부르시는 소리 듣는데 / 하늘 끝 어디에도 가 있을 데가 없구나.

자오 전환은 순 위에의 이 시를 펑 란상 앞에서 발기발기 찢어 버리기는 하였으나 순 위에의 시구들은 그의 가슴속 깊이 파고들어 마음을 아프게 했고 순 위에를 그리워하는 마음은 가시지 않았다.

순 위에는 딸 하나를 데리고 생과부로 수절하는 꼴이 되어 버렸다. 그런데 순 위에는 나이가 들어가는데도 교양이 뒷받침된 미모가 남달라서 동창생들과 C성 대학의 남성 관계자들 사이에서 그녀는 자연 관심의 대상이 될 수밖에 없었다. 순 위에는 한동안 중학교에서 교편을 잡고 있었으나 C성의 대학으로 돌아와 중문과를 맡아 보라는 연락을 받고 대학에서 일하게 되었다. 한번은 사인방 전성기의 일이었지만, 10년 가까이 고생하다 후에 당위원회 서기가 된 시 류(奚流, Xi Liu)가 대중 앞에서 비판을 받는 이른바 비투대회(批鬪大會)에 끌려 나갔을 때 순 위에는 보황파(保皇波)니 극우분자니 하는 성토를 받으면서, 천 위리(陳玉立, Chen Yu-li)라는 다른 한 여인과 함께 시 류의 정부(情婦)로 낙인 찍혔다. 순 위에는 시 류 정부는 아니었다. 사생활의 비밀도 대중 앞에서 폭로되고 하여 세상살이의 어려움이 사실 이만저만이 아니었다.

쉬 헝중(許恒忠, Xu Heng-zhong)이, 시 류가 천 위리에게 보낸 연애편지를 대중 앞에서 폭로했는데 거기에는 시 류가 "나는 한 마리의 개같이 되기를 원한다……"라는 말이 나온다. 그리고 시 류는 그 편지를 자기가 썼다고 시인하였다. 쉬 헝중은 시류를 비판할 무렵에는 사인방의 앞잡이같이 굴었는데 사인방이 몰락할 무렵에는 사인방을 비판하는 글을 발표한다. 그런데 쉬 헝중은 얼마 전 상처하고 어린 아들 하나를 데리고 살면서 순 위에에 마음을 두고 접근을 시도한다. 시 류는 순 위에에게 쉬 헝중이 글을 발표하지 못하게 막으라고 권하는데, 순 위에는 그것이 당의 정책과 국가 헌법에 부합하지 않는 것이 아니냐고 말한다. 이미 시 류의 아내가 되어 버린 천 위리는 곁에서 끼어들어 순 위에를 보고 소문이 좋지 않으니 갓 상처한 쉬 헝중과는 일정한 거리를 두고 지내는 것이 좋을 것이라고 말한다. 곁에서 이 소리를 듣던 시 류는 질색을 하고 자기 처의 말을 제지한다.

허 징푸는 더욱 운수가 나빠서 견딜 수 없는 고생도 남보다 더 하고, 40이 넘도록 결혼도 못하고 골골하며 독신으로 산다. 그런데 사실은 대학 재학시절에 순 위에를 열애하였고 국내 연극 때 순 위에의 아버지 역으로 나갔다가 "아빠" 하고 허 징푸의 몸에 기대는 장면에 이르러서 허 징푸는 연극의 줄거리를 잊어버리고 두 손으로 순 위에의 머리를 치켜올리고 그녀의 얼굴을 보면서 "순 위에!" 하고 낮은 소리로 불렀던 것이다. 이렇게 연극을 망치고 나서 순 위에에게 사랑을 고백하였으나 그녀에게는 이미 자오 전환이라는 남자 친구가 있었다. 허 징푸는 시 류를 비판하는 대자보 사건으로 우파로 몰려 대학에서 제적되고 갖은 고초를 다 겪은 끝에 다시 C성의 대학으로 돌아와 순 위에에 대한 애정을 못 잊고 그녀에게 접근을 시도하였는데 순 위에는 결국 허 징푸와 애정의 결합을 하고, 펑 란상과 이혼하고 돌아와 전과 같이 되기를 바라는 자오 전환에게 간곡한 사연을 써 보내 재결합을 거절하였다.

이 다이 허우잉의 『人啊, 人!』은 『사람아 아, 사람아!』라는 제목으로 신영복 씨에 의해 번역되어 금년 3월에 다섯수레사에서 간행되었다. 신국판 458면으로 편폭이 꽤 긴 편에 속하는 역서이다. 첫머리에 붙은 '작가와 작품의 배경' 말미에서 신영복 씨는 이렇게 말했다.

"본 서의 번역은 홍콩 출판공사(香江出版公司) 1985년판 『人啊, 人!』을 대본으로 하고, 일어판을 참조하였다."

이 말대로라면 신영복 씨는 중국어 원본을 가지고 번역하고 일어판은 단순히 참조한 데 불과하다. 그러나 신씨의 한역본을 읽어 보니 일어판을 중역하고 중국어 원문의 독해력을 갖추고 있지 않은 것 같다. 많이 나오는 인명의 중국음에 따른 전사는 기왕에 우리 문교부에서 제정 발표한 중국음의 한글표기법에도 따르지 않고, 그렇다고 중국음에 가까운 전사법을 사용하지도 않았다. 신씨는 일본음으로 전사한 것을 다시 한글로 전사해서 중국음도 아니고 일본음도 아니고 한국음도 아닌 희한한 인명을 줄기차게 써넣었다. 다이 허우잉의 작품을 알리는 의의는 없지 않을 것이나 중국의 현대문학 작품의 번역으로서는 별로 거론될 대상이 못 된다.

건강한 세태소설의 모형

조남현 서울대 국문과 교수

『저문 날의 삽화』

박완서 지음 / 1991 / 문학과지성사

『저문 날의 삽화』는 『부끄러움을 가르칩니다』(1975), 『배반의 여름』(1979), 『엄마의 말뚝』(1982), 『꽃을 찾아서』(1985)에 이어 나온 박완서의 다섯 번째 창작집이다. 이 창작집에는 〈로열 박스〉(1982), 〈소묘(素描)〉(1983), 〈저문 날의 삽화 1~5〉(1987~1988), 〈복원되지 못한 것들을 위하여〉(1989), 〈여덟 개의 모자로 남은 당신〉(1991) 등 14편의 단편들이 묶여 있다. 『저문 날의 삽화』는 작가 박완서에게나 우리 소설사로 보나 매우 의미 깊은 창작집이라 아니할 수 없다. 이 창작집은 박완서가 참으로 감당하기 어려웠던 비극을 겪고 난 후 맞게 된 회갑을 후배 문인들이 기념하는 뜻에서 주선하여 낸 배경을 갖고 있다. 또한 이 소설집은 박완서가 80년대에 발표한 중·단편들 가운데서 수작(秀作)을 추려 낸 그 결과인 만큼, 많은 독자들에게 80년대 우리 사회나 개인을 대상으로 한 풍경화나 초상화가 될 수 있을 것이라는 기대를 안겨 줄 것이다. 박완서는 이미 70년대에 바로 우리네의 삶이라든가 풍속이라든가 하는 것의 그 비밀스러운 저층(底層)을 때로는 당차게 때로는 야무지게 읽어 내고 들려주곤 했던 것이다. 박완서의 작가적 관심의 최종 목표는 가시적 현실의 소묘보다는 그 현실의 은밀한 배후나, 근인(近因)의 파악과 폭로에 있었다. 대부분의 작가들이 최소한의 리얼리스트 노릇하는 것도 힘겨워했던 70년대에 박완서는 '세태작가', '풍자소설가' 등과 같은 당시의 비평에 걸맞은 수준의 리얼리즘을 성취해 내었던 것이다. 따라서 80년대의 박완서의 소설들을 보면서 80년대의 한국인들과 한국사회는 과연 어떠한 모습이었으며 또 무엇이 문제점이었는가 하고 궁금해하는 것은 너무나 자연스런 말이 된다. 80년대에 들어와 '거울'보다는 '확성기'를 들고 다니기 좋아하는 작가들이 훨씬 많아진 현상이 빚어졌던 만큼, 박완서와 같이 '정확하게' 찍어 내고, 그리고 보여 주는 데 힘쓰는 작가의 존재는 더욱 소중하게 느껴지기도 한다.

박완서는 별난 소재나 특수한 제재를 다루는 그 자체로 한몫 보는 작가들과는 대극적(對極的)인 자리에 선다. 박완서 소설의 재료는 일상적이고 흔해 빠진 것이다. 그러나 이러한 재료들은 이제는 날카로워질 대로 날카로워진 시선과 의미의 크기와 무게를 능란하게 조절할 줄 아는 손길을 통과하는 사이에 어느덧 비범한 서사구조로 바

꿰게 된다. 평범하기 짝이 없는 소재를 의미와 긴장감 넘치는 이야기로 연금해 내는 박완서의 작가적 능력은 특히 소설의 결말 처리 과정에서 잘 입증된다. 가령, 〈로열 박스〉에서는 평소 권위적이고 비정하기 그지없던 시아버지가 '생각지도 않게' 며느리에게 외로움을 달래는 전화를 주는 것으로 끝이 나 있고, 〈저문 날의 삽화 4〉에서는 고장난 차를 밀고 가는 노부부가 응당 한숨짓고 슬퍼해야 함에도 예상을 뒤엎고 '용솟음치는 힘으로 차를 밀어 올리는 것'으로 마무리를 짓고 있다. 그런가 하면 〈霧中〉, 〈家〉, 〈복원되지 못한 것들을 위하여〉 등의 작품들은 주인공들이 어느 정도 예상했던 것과는 아주 어긋나는 방향으로 이야기의 끝을 맺고 있다. 〈霧中〉에서 바로 옆집에 사는 젊은 남자에 대한 여주인공의 호기심과 공상은 졸지에 그 남자의 정체가 드러나면서 안개처럼 사라져 버리게 되었으며 〈家〉에서는 외할머니를 향한 일말의 귀찮은 감정이, 〈복원되지 못한 것들을 위하여〉에서는 주인공인 여류 작가의 그동안의 고민과 노력이 일시에, 그것도 완전히 무색해지고 마는 결과가 빚어지고 있다. 〈우황청심환〉에서 문득 아내가 민중운동가로 가출해서 통 소식이 없는 둘째아들을 그리워하고 원망하면서 우는 것으로 끝나고 있는 것도 독자들을 당혹감으로 몰아가기에 충분하다. 이때의 당혹감은 신선감을 고쳐 부른 것일 수도 있다.

한마디로, 박완서는 독자들의 속마음을 잘 헤아리고 있으면서 동시에 독자들을 잘 속일 줄도 안다. 이는 곧 박완서가 독자들의 예비 반응의 체계보다는 진실을 들려주고자 하는 작가적 사명에 더욱 충실하다는 의미가 된다. 소설의 끝 부분에 가서 이야기를 일거에 뒤집어 버리거나 전혀 예상치 못했던 방향으로 끌어가 버리는 데 능하다는 것은 단순한 표현기교의 뛰어남 정도로 다 설명되는 것은 아니다. 이는 핵심을 건져 낼 줄 아는 현실 파악과 인식, 그 표증(表證)으로 볼 수도 있다. 반전(反轉)이나 급전(急轉)의 묘를 통해 충분히 입증되고 있는 박완서류의 현실인식은 정확성과 광범위성 그리고 탄력성을 지키기 위해 때로는 이념주의를 넘어서기도 한다. 뿐만 아니라 이념주의로부터 등을 돌리기까지 한다.

박완서도 80년대의 대다수 작가들과 마찬가지로 '운동가'와 같은 특정인물과 '운동가의 큰 시련'과 같은 특정 모티브를 자주 설정했다. 〈霧中〉, 〈저문 날의 삽화 1〉, 〈저문 날의 삽화 2〉, 〈우황청심환〉, 〈여덟 개의 모자로 남은 당신〉 등은 그 좋은 예다. 그런데 이들 작품들은 이러한 특정인물과 특정 모티브를 대체로 단편적으로 다루고 있다. 물론, 이런 인물과 모티브에게 큰 무게를 준 〈저문 날의 삽화 2〉와 같은 예외적 작품도 있기는 하다. 그러나 이 소설도 다른 작품들과 마찬가지로 운동권 인물을 직접 등장시키고 있지 않다. 운동권 인물은 박완서의 소설 속에서는 피와 살을 갖추고 있지 못하다. 주인공이나 다른 작중인물의 회한(〈저문 날의 삽화 1〉), 그리움과 원망(〈우황청심환〉), 연민과 원망(〈저문 날의 삽화 2〉) 등과 같은 감정을 통해서 구체화되고 있다. 그러나 작품이 끝나는 그 순간까지 이 인물들은 독자들의 눈앞에 나타나지 않는다. 게다가 박완서는 대체로 부모의 입장에서 운동대열에 뛰어든 자식을 바라보는 그런 방법을 취하였다.

말하자면, 박완서는 부모가 자식을 포용하는 식으로 운동권 인물과 그 주장을 받아들이려 한 기본태도를 취했던 것이다. 이러한 기본태도는 동지의식으로 운동권 인물에 다가간 작가들의 태도와는 분명 거리가 있는 것이다.

박완서의 작가로서의 궁극의 관심은 노년기의 삶의 모습과 의식 세계를 파헤치는 데 있었다. 뿐만 아니라 그는 세태소설(世態小說)의 양식을 가장 마음이 놓이고, 자유로운 서술공간으로 여겼다. 실제로 박완서는 날카로우면서도 적극적인 인식보다는 '자유로운' 인식을 더 바람직한 것으로 꼽아 왔었다. 자유로운 인식의 경향을 더욱 바람직한 것으로 꼽는 태도는 결국 삶을 다원적이며 탄력적인 시각으로 접하겠다는 각오를 다진 것이 된다. 박완서에게 있어 가장 궁금한 것은 삶의 실체요 의미다. 그리고 가장 소중한 것으로 떠오르는 것은 '삶에의 강한 의지'다. 시어머니와의 관계에 본격적으로 뛰어들어야겠다는 의지를 표출하는 것으로 끝이 난 〈소묘〉, 체면과 관습과 감상에 짓눌려 사는 한 여인에게 그 옛 선생이 자립의 필요성을 역설하고 있는 〈저문 날의 삽화 2〉, 젊은 시절을 떠올리며 힘차게 살아야겠다는 의욕을 과시하고 있는 〈저문 날의 삽화 4〉 등은 삶에의 강한 의지를 역설한 작품이라는 이름 아래 하나로 묶이게 된다. 앞서 암시한 바와 같이 박완서의 소설들은 늙었거나, 길들여졌거나, 연약해 빠졌거나, 버림받았거나 한 인물들이 끝판에 가서 홀연 정신적 소생을 꾀하게 되는 그런 구성방법을 분명하게 구사해 보이고 있다. 이런 구성방법은 박완서의 뛰어난 작가적 역량을 잘 입증해 주는 것이

기도 하다. 또한 이러한 구성방법은 모든 개인에게 초극력(超克力)
이 잠재되어 있는 것임을 긍정하고 있어 작가의 휴머니즘적 눈길과
손길이 유별난 것임을 잘 일러 준 것이 된다.

〈저문 날의 삽화 1~5〉, 〈家〉, 〈엄마의 말뚝 3〉, 〈여덟 개의 모자로
남은 당신〉 등이 잘 보여 주고 있는 것처럼 노년기에 든 인물들을 주
인공으로 하거나 내레이터로 설정한 작품들의 양적 비중이 급격히
커진 점은 박완서의 소설이 80년대에 들어와서 보여 준 변화의 하나
라고 할 수 있다. 노인을 주인공이나 화자로 설정하는 경향이 두드러
지게 되었다는 것은 우선 작가 박완서가 자연인 또는 생활인으로서
의 자신의 삶의 변화를 관심 있게 또 정직하게 응시했다는 의미가 된
다. 그런가 하면 무욕(無慾)의 경지에 다가가면서 종합적인 안목을
갖추려는 뜻에서 노인들을 자주 내세운 것일 수도 있다. 노인의 입과
눈을 통해 오늘 여기를 파악하고 묘사하는 것은 허세(〈소묘〉), 속물
근성(〈초대〉), 독선(〈저문 날의 삽화 2〉), 현세중심주의(〈복원되지 못한
것들을 위하여〉) 등으로 점철된 오늘의 우리 삶과 사회를 균형을 갖추
어, 그러면서도 깊이 있게 인식하는 것으로 이어지기 쉽다. 말하자
면, 창작집 『저문 날의 삽화』는 들떠 있고, 흔들리고 있고, 앓고 있는
우리 사회에 대해 진정제나 냉각제로서의 효과를 갖는다는 것이다.
박완서의 소설들에 나오는 노인들은 비록 사회를 만들어 가고 역사
를 이끌어 가는 대열에서 밀려나기는 했지만, 그 대열에게 올바른 방
향을 일러 주기도 하고 늘 깨어 있으라고 충고하기도 한다.

박완서 소설 속의 노인들은 가령 〈소묘〉에서처럼 최소한 권위도

유지하지 못하거나 〈家〉에서처럼 빈털터리가 되기도 하지만 건전한 윤리의식의 마지막 보루로서의 역할을 보여 주기도 한다. 박완서 소설 속의 노인들은 첫 등장을 할 때부터 이미 선량한 존재로 부조되어 있다. 그러니까 이때의 노인들은 대체로 어떻게 사는 것이 가치 있는 것인가 하는 근본적인 질문을 떠올리게 하는 장치가 된다. 그러나 박완서는 노인들을 중심에 놓고 있는 가운데서도 부잣집 며느리, 평범한 가정주부, 술집 여자, 연변동포, 여류 작가, 실향민, 젊은 사업가, 정신병 환자 등 오늘 여기의 부호적(符號的) 존재들을 폭넓게 설정하여 견고한 세태소설의 틀을 짜고자 하였다. 세태소설 그 자체의 운명과 위상은 곧 박완서의 것이기도 하다. 세태소설이 사상성 빈약, 이야기의 중심 또는 일관성 결여, 상식주의에의 함몰 가능성 등의 비판을 간혹 가다 듣는 것처럼 박완서 창작집 『저문날의 삽화』도 이런 비판 앞에 얼마간 노출되어 있는 것이 사실이다. 그럼에도 역시 시간은 박완서의 편이다. 그의 소설은 갈수록 골이 깊어지고 메아리가 겹겹이 쌓이고 있으니 말이다.

진정으로 땅을 소유하는 사람들의 이야기

김설자 아주대 영문과 교수

『보호주의자』

나딘 고디머 지음 / 최영 옮김 / 1987 / 지학사

國제적 명성을 지닌 남아프리카 문학의 거인으로 오랫동안 간주되어 온 나딘 고디머 여사가 91년도 노벨 문학상을 수상했다. '남아공의 끊임없는 백인의 양심'이라 불리우는 고디머가 한국 독자들에게 폭넓게 알려졌다고 보기는 어렵지만 그의 장편 『보호주의자』 및 몇 편의 단편들이 이미 최영 교수 및 이태동 교수 등에 의해 우리말로 번역되어 소개되었으므로 낯선 작가는 아니다. 고디머의 작품들은 그가 주장하는 대로 현재 그가 살고 있는 남아공이 처한 독특한 역사의 산물이지만 더 나아가서는 현대인들의 모습을 적나라하게 보여 주는 까닭에 공간과 문화를 초월해 우리 독자들에게도 호소력을

지닌 훌륭한 작품들이라 믿어진다.

나딘 고디머는 1923년 요하네스부르크의 이스트랜드의 작은 광산 촌인 스프링즈에서 태어났다. 유태인 보석상인 아버지와 영국 후예인 어머니 사이에 태어난 고디머는 일찍이 9세 때부터 글을 쓰기 시작하여 5세에 이미 《포름》잡지에 단편을 발표했고 현재까지 10편의 장편소설과 200여 편의 단편을 완성했다. 그녀의 세 소설들은 남아공에서 출판이 금지되었으며 1970년 이래로 점점 급진전이 된 고디머는 현재 자신을 사회주의자로 묘사한다. 제임스 테이트 블랙 기념상, 부커상, 그랑 데글르도르상 등도 수상한 고디머는 넓은 독자층을 가져서 그녀의 전 소설이 모두 페이퍼백으로 출판되었고 여러 나라 말로 번역되었다.

고디머는 자신을 '일종의 세력'으로 작용하는 역사의 산물로 간주한다. 아무도 역사를 도피할 수 없다고 주장하는 고디머는 "우리는 모두 역사에 묶여 있으며, 나는 세계 어느 곳에서고 역사에 매어 있지 않은 진지한 작가를 생각해 낼 수 없다. 우리가 글을 쓰는 양식은 우리가 사는 곳뿐만 아니라 우리 시대에 의해 형성된 의식과 상당히 깊은 관계에 있다"라고 1991년 10월 4일자 《가디안》지와의 인터뷰에서 밝힌다.

이러한 고디머의 생각은 그녀의 소설과 대중연설에서 그녀로 하여금 흑인 차별의 잘못을 가차 없이 반대하며, 노출시키게 만들었다. 작가가 되는 일, 좋은 작품을 쓰는 일에 삶의 목표를 두었지만, 작가인 동시에 한 인간임을 강조하는 고디머는 알베르 카뮈의 말을 빌려서 자신의 작가로서의 입장을 밝힌다. "작가 이상이 될 수 없는 그 순간부터 나는 글쓰기를 그만두겠다." 그러므로 그녀의 조용한 요하네스부르크 집 밖의 거친 소음들이 계속해서 그녀의 삶 속으로 흘러들어온다. 그래서 고디머가 살고 있는 남아공의 흑인, 백인, 인도인들이 갈등 속에서 살아가는 오늘의 독특한 현실은 고디머 작품의 배경을 이루며 이들 인종간의 문제는 그녀의 작품에서 되풀이되는 주제이다.

1974년에 출판되어 스탠리 미들턴과 함께 영국의 권위 있는 부커상을 수상했으며 스웨덴의 한림원으로부터도 그녀의 3대 걸작 중 하나라는 칭찬을 들은 『보호주의자』도 예외는 아니다. 고디머의 작품 중에서도 비교적 복잡한 기교가 사용된 『보호주의자』는 우리 일반 독자가 읽기에 매우 수월한 작품이라고 할 수는 없다. 따라서 고디머가 이 작품에서 사용하는 몇 가지 수법을 이해하는 것이 이 소설에 보다 정확히 접근하는 데 도움이 될 것이다.

우선 고디머는 헬리 콜러웨이의 『아마 줄루의 종교체계』에서 따온 인용문을 소설 속에 포함시켜서 남아공의 인종관계를 나타내 주는 중요한 수법으로 삼는다. 이 소설이 전면은 백인들의 이야기이나 실상 흑인들의 이야기이기도 하다는 것을 암시해 주는 효과적인 방법이다. 에피소드 사이에 끼어드는 이 인용부분들은 주인공 메링의 이야기와 더불어 또 한 부분의 이야기를 이루어 소설의 사건을 소개하거나 강화시키는 역할을 한다. 47쪽의 옥수수에 대한 기원으로 시작하는 이 인용문들은 모두 단지 10쪽에 불과하지만 흑인들이 결국 계속해서 땅을 차지할 것이라는 것을 암시하는 역사적 전망을 확대시켜 준다. 즉 고디머는 소설의 사건들 속에 감추어져 있는 논리를 신화적인 웅변을 통해 효과적으로, 경제적으로 나타내 주고 있는 것이다.

고디머가 그의 주제를 효과적으로 나타내는 또 다른 기교는 동시 투영법이다. 주로 농장에서 일어나고 있는 일들과 동시에 뒤섞이어 나타나는 것은 메링의 의식 속을 흐르는 과거에 대한 회상과 내면적 독백이다. 그의 회상의 주종을 이루는 부분은 그 자신과 옛 애인이며 정치적인 이유로 영국에 망명 중인 안토니아와의 복잡한, 논쟁적인, 일방적인 대화이다. 그와 안토니아의 대화는 그의 세상을 감지하는 힘과 세상과의 관계를 잘 드러내 주는 도구인데 그의 안토니아와의 관계는 흑인들과의 관계가 그렇듯이 성공적이지 못하다. 그가 백인 우위주의를 고수하며 흑인들이 대대로 살아오던 아프리카에서 지배계급으로 군림하려는 것과 정반대로 안토니아는 이상적이며, 정치적인 행동에 가담하고 변화를 가져올 수 있다는 가능성을 믿기 때문이다.

안토니아와 정반대로 정통적인 백인 남아프리카인의 세계관에 젖어 있으며 그것이 보존되어야 한다고 믿는 메링과 흑인들 간의 갈등을 고디머는 소설의 첫 장면에서 암시한다. 언어문제로 흑인아이들과 의사소통이 안 된 메링은 그가 찾던 제코버스가 그에게로 달려오는 모습을 보고 "그러나 제코버스를 찾고 있는 것은 바로 그가 아닌가. 어딘가에 무엇이 잘못되고 있어 ─아니라면 자기를 부른다는 것은 저 사내가 어떻게 이미 알 수 있었겠는가?"(17쪽)라 생각하는데 "어딘가에 무엇이 잘못되고 있어"라는 것은 소설 전체를 통해 나타나는 백인과 흑인들 사이의 관계를 예시해 주는 것이다. 이것은 농장이 이들 각자에게 어떤 의미를 지니는가에로 연결된다. 농장은 메링에게는 그의 유휴자본을 상징하는, 혹은 사업이나 그런 것 이외에 많은 다른 것들을 즐기는 '완전한 인간' (30쪽)이 되기 위한 표시에 지나지 않는 반면에 제코버스에게 농장은 그의 생사가 달린 일터이며 생활의 터전이다.

이 농장을 무대로 제3목장에서의 시체 발견, 매장, 솔로몬의 피습, 들불, 메링의 아들 테리가 반나절 동안 농장을 방문하는 것, 테리의 방문과 우연히 일치하는 농장에서의 흑인들의 잔치, 홍수, 죽은 자의 장례식 등의 사건들이 바뀌는 계절을 배경으로 표면적인 소설의 현실을 이룬다. 메링은 이러한 사건들을 거치며 더욱더 농장에 집착하게 되며 백인 동료들과의 사교적인 모임을 등한시하기 시작한다. 그가 백인 동료들과의 관계를 소홀히, 혹은 두절시키며 갖는 안토니아와의 격렬한 환상적 대화는 독자들이 안토니아를 통해 그의 모습을 꿰뚫어 볼 수 있게 해 준다.

난 알 수 있어요. '그 사람은 농장에 빠져 있어' 라고 그들은 말할 거예요. 하지만 당신은 그들이 와서 돌아다니고 젖 짜는 여자들과 노는 것을 원치 않지요. 어쩌면 당신은 그것이 진정으로 사랑이라고 믿을지 모르지요. 새로운 종류의 인간이 개입되지 않는 보다 우월한 종류의 사랑. (215~216쪽)

안토니아가 여기서 지적하듯이 메링은 농장의 자쪽은 보존하고자 하는 반면에 인간관계의 보존이라든가 인간에의 믿음과 신뢰는 소홀히 한다. 흑인 관리자 제코버스가 가족의식, 지역의 유대감, 종교의식 등을 통해 풍부한 인간관계로 풍성한 삶을 사는 반면에 농장주인 메링은 아내와 이혼했고, 애인은 영국으로 망명했으며 아들과의 의사소통에 실패하며 아들은 뉴욕의 어머니에게로 떠나고, 고작해야 과거를 회상하며 독백이나 하는 고립된, 메마른 삶을 산다. 이는 겉으로 보기에 성공한 사업가이며 실용주의자인 메링이 인간관계의 유대를 통해 현실에 뿌리내린 삶을 살지 못하는 부초와도 같은 인물임을 엿보게 해 주는 것이다.

고디머는 메링이 유럽에서 수입한, 뿌리에 유럽의 토양이 붙어 있는 두 그루의 밤나무를 흑인들에게 지시해 가면서 심는 광경을 통해 그가 그 농장에 뿌리박고 싶어하는 바람을 나타낸다. 그리고 이러한 그의 열망이 얼마나 타당한 것인가라는 의문이 홍수를 통해 제기된다. 고디머는 농장에서 일어난 홍수를 통해 새로운 남아프리카의 비전을 제시해 주는 듯하다. 홍수로 인해 길이 끊기고 전화선이 끊겨서 농장은 백인 주인에게서, 도시에서 두절되었다. 메링의 지시 없이도 제코버스는 복구작업을 성실히 잘 해낸다. 홍수 후 메링의 지시가 없는 농장을 복구하는 제코버스는 집안을 둘러보기 시작하는데 "사람이 죽은 후에 소유품을 가려내듯이 그는 찬장을 열고 물건들이 마치 이제는 일관되게 이해되지 못하고 결코 설명되지도 못할 삶의 기초 언어나 상징이라도 되는 듯 옆으로 밀쳐놓았다."(283쪽) 메링의 존재는 이 농장에서 이미 있으나 없으나 한 것이다. 고디머는 이를 통해 백인 중심적인 남아프리카 사회의 파괴와 흑인만의 새로운 남아프리카의 미래를 암시하는 듯하다.

홍수로 인해 땅이 씻겨서 모습을 드러낸 제3목장에 묻었던 시신의 모습은 메링을 사로잡아서 그는 도시로 돌아가는 차 속에서 안토니아와의 환상적 대화 사이로 그 시신이 무엇을 뜻하며 자신의 모습이 어떠한지를 깨닫는 듯하다.

하늘로 치달은 악취! 불탄 버드나무는 다시 자랐고 갈대숲은 새들의 덤불이 되었으며 옥수수는 혈청과 유액과 정액의 달콤함을 저장하고 있다. 농장에 있는 모든 것들이 죽은 사내로부터 솟아 나오고 싹이 텄다. 과일즙을 밀대로 빨아먹듯이 그의 정기를 빨아들이면서.(299~300쪽)

마지막 부분에서 메링이 실제로 백인 테러범의 공격을 받았는지는 애매하다. 그러나 이 사건은 백인이 아프리카에서 가지는 막연한 공포감, 죄의식 등을 나타내 준다. 중요한 것은 마지막 장면, 그의 농장에서 치러지는 죽은 남자의 장례식에 메링이 아무런 역할을 할 수 없다는 것이다. 메링에게 "당신이 어디에 묻혔는지는 아무도 기억 못할 거예요"(215쪽)라던 안토니아의 대화와 대조적으로 이 이름 없는 흑인 사나이가 정식 장례식을 거쳐 이 농장에 묻히게 됨은 그가 진정으로 이 땅을 소유하는 흑인들의 상징이라는 것을 더욱 두드러지게 해 준다. 그러므로 소설의 처음 장면부터 갈대밭에 묻혀 침묵하는 이 이름 없는 사나이는 메링처럼 아프리카 땅에 대한 환상을 가지는 유럽인들에게 승리하는 흑인들의 미래의 모습인 것이다. 결국 타이틀에서 말하는 '보호주의자'로서의 메링은 고디머의 아이러니를 표현하는 수단임에 틀림이 없다.

아프리카 땅에 진정으로 뿌리를 내릴 수 없었던 패배자 메링의 모습은 폐쇄된 자아 속에서 타인과의―가족관계를 포함한―관계가 단절되어 오로지 독백과 과거의 회상 속에서, 환상적인 대화 속에서 소일하는 누군가이면서 아무도 아닌 비극적인 현대인의 모습이기도 하다. 그를 통해서 고디머는 고립된 섬으로 표류하는 현대인이 회복해야 할 것이 무엇인지를 제시하고 있다고 보여진다.

〈보호주의자〉 이외에 이 책에는 고디머의 단편소설 〈리빙스턴의 동료들〉, 〈신생 아프리카〉, 〈제3의 존재〉 등이 실려 있어서 장편뿐 아니라 많은 단편을 쓴 고디머의 역량을 이해하는 데 큰 도움이 되고 있다.

이 책의 번역은 사소한 몇 군데를 제외하면(가령 13쪽의 첫 문단의 마지막 문장―오식이 아니었는지?―에서 아주 작은 새들의는 그 앞 문장에 '조그만 둥지를 뭉개고' 대신에 '아주 작은 새 떼들을 날리며'로 쓰여야 할 것 같다) 대체로 만족스러우나 '보호주의자'라는 타이틀이 약간 오해될 소지를 안고 있는 것 같다. '보존주의자'라고 함이 오히려 그 원어의 뜻에 더 가깝지 않았을까? 그리고 사소한 것이지만 재판 (1991년 판)에서 맨 뒤에 달고 있는 작가 연보가 1980년으로 끝나고 있는데 그후로도 계속 고디머가 작품을 썼으므로 좀 더 현재까지의 작품을 포함한 작가 연보였으면 하는 아쉬움이 있다. 역자가 책 뒤에 쓰고 있는 고디머와 그의 작품에 대한 소개는 이 소설을 읽는 독자들에게 많은 도움을 줄 수 있다고 믿어진다. 그러나 줄루 신화의 인용문에 대한 역주가 있었더라면 소설 이해에 더 큰 도움이 될 것 같다. 또한 이 소설을 번역할 때 어떤 판을 사용했는지에 대한 언급도 있었으면 더욱 좋았으리라 믿는다.

이효석의 생애와 문학에 대한 깊이 있는 성찰

김상태 이화여대 국문과 교수

『이효석 – 문학과 생애』
이상옥 지음 / 1992 / 민음사

이효석에 관한 이러저러한 글들은 많다. 그러나 그의 생애와 문학을 본격적으로 조명한 글은 그리 많지 않은 편이다. 더구나 이상옥 교수의 본 저서처럼 오로지 이효석을 주제로 내세워 단행본으로 발간한 경우는 이번이 처음이 아닌가 한다. 그런 의미에서 본 저서는 이효석 연구에 있어서 한 획을 그었다고 말할 수 있다.

특히 필자의 주목을 끄는 것은 영문학도가 이효석 평전을 쓴 점이다. 언젠가는 그런 날이 오기를 고대하고 있었다. 그것이 이상옥 교수에 의하여, 효석이 서거한 지 꼭 50년 만에 이루어졌다는 것은 묘한 느낌마저 든다. 이효석이 1907년이니까, 이상옥은 아마 30여 년 후배가 될 것이다. 같은 교정에서 공부한 동문 후배가 되는 셈이다. 이효석이 대학에서 영문학을 전공했다고 해서가 아니라, 그의 작가적 정신이 적지 않게 영문학의 교양에 의거하고 있다는 점을 간과할 수 없기 때문이다. 그간에도 효석 연구에 있어서 비교문학의 방법이 적용되지 않았던 것은 아니다. 그러나 그것은 대체로 국문학도들에 의하여 이루어진 작업들이었다. 필자가 국문학도라 그런지 어딘가 미흡하다는 느낌이 그대로 남고 있었던 것이다.

필자가 묘한 느낌이 든다는 것은 학부에서 효석을 배우고 있었던 무렵, 당시 같은 대학의 영문과 학생이었던 이상옥을 떠올렸기 때문이다. 삼십오륙 년 전의 일이라고 기억된다. 효석에게 영향했던 원천의 작가들을 배우고 있었던 것 같은데 영문학의 맨스필드, 싱, 로렌스 등이라고 기억된다. 이 강의에서 우리들은 우리들 나름대로 한국의 작가를 선정하여 그 원천의 작가를 추적하고 있었을 때인 만큼 영문학에도 얼만큼은 관심을 두고 있었다. 그런데 이 무렵 문리대 교지가 발간되었고, 당시 학부 3학년이었던가 4학년이었던 이상옥이 교지에 〈헤밍웨이론〉을 게재했었다. 한 학년 밑의 국문학과 학생으로서 필자는 그 소논문을 잊지 못하고 있다.

헤밍웨이의 이른바 건조체(Hard-boiled Style)가 한국의 전후 문단에 적지 않게 영향했다고 수업시간에 발표한 필자가 이상옥의 이 논문을 정독했기 때문이기도 하지만, 당시 학생 논문의 수준을 벗어날 만큼 깔끔하고 존존했기 때문이었다. 이후 그는 영문학에 계속 정진하여 일가를 이루었을 뿐 아니라, 콘라드 연구로는 독보적인 위치를 점하고 있는 것으로 안다. 콘라드 연구를 읽어 보지 못하여 필자는 무어라 말할 수가 없지만, 이번의 효석론을 보면서 그의 콘라드론 역시 상당한 수준이었을 것으로 짐작이 간다.

저자가 효석에 대해 관심을 갖게 된 것은 순전히 우연이었다고 서문에서 밝혀 놓고 있다. 덤핑 가격으로 구득한 효석전집 때문이라는 것이다. 그러나 그 우연은 우리 국문학을 위해서 여간 다행한 일이 아니었다. 한 유능한 영문학도를 국문학에 전용할 수 있었기 때문이다.

본 서는 5장으로 나누어져서 제1장은 '심미주의의 길', 2장은 '동반작가(同伴作家)의 전신(轉身)', 3장은 '인간, 성(性) 그리고 자연', 4장은 '문학과 예술에 대한 견해', 5장은 '순응과 도피의 평전 — 이효석 평전'으로 되어 있다. 각 장은 각기 하나의 독립된 논문으로서 문학지나 논문집에 발표했던 것을 본 서에 한데 묶어 놓은 것이며, 5장은 본 서를 위해서 쓴 것으로 되어 있다. 그러니까 앞의 4장은 이효석에 대하여 공시적인 연구라면 5장은 통시적인 접근인 셈이다.

이제 각 장마다 좀 더 자세히 살펴보기로 하자. 먼저 높이 사 두고 싶은 것은 이상옥 교수의 정독술이다. 효석전집을 철저히 읽고, 그의 주장을 뒷받침하는 효석의 원문을 요소요소에 적절히 배치하고 있는 점이다. 대단한 강기(强記)이거나, 용의주도한 메모를 해 두지 않았다면 불가능하지 않았을까 하는 생각이다. 제1장 '심미주의의 길'에서는 이효석의 심미의식을 알아보고 그것이 그의 작품 속에 어떻게 구현되고 있는가를 살펴보고 있다. 이효석의 작품에 나오는 인물들은 대체로 일견 쾌락주의자들의 모습을 하고 있기 때문에 인간과 삶에 대하여 긍정적인 태도를 지니고 있는 것처럼 생각하기 쉽다. 그러나 이상옥 교수에 의하면 "이효석이 마음속에 품고 있던 인간관의 참모습은" 효석 자신의 말을 빌려 "인간은 언제 어디서나 추잡한 것"이라는 것이다. 효석은 그렇지만 체념이나 절망만 하고 있지 않고, 그의 특이한 심미관에 의하여 구제가 가능하다고 믿고 있었다는 것이다.

"문학의 심미역이야말로 환멸에서 인간을 구해" 낼 수 있다고 믿은 것이다. 이 심미역은 효석의 '시적 정신'과 상통한다. 효석이 소설을 통해 시를 구현하려고 한 이유도 여기에 있다는 것이다. 이상옥 교수는 효석의 심미관을 조목조목 분석한 뒤에 서구의 심미주의와도 비교 검토한다. 결론적으로 말해서 효석의 심미관은 데카당스적인 요소를 많이 지니고 있다고 보고 있다. 그것을 작품 속에서 그는 일일이 예거하면서 지적하고 있다.

그의 작품 속에서 보여 주는 몰도덕성이라든지, 병적인 것을 미화한다든지, 모순어법의 표현 등이 바로 그러한 증거다. 요컨대, 이효석의 "탐미는 이국적인 것에 대한 강렬한 동경으로 물들여져" 있고 "그의 이국취향은 자기가 태어난 나라에 대한 깊은 실망에서 출발한 것이기 때문에 절실한 자기보상적 욕구를 곁들이고 있다"고 요약한다. 이 교수가 이 책의 서문에서 밝혔듯이 그것은 "당대의 현실 속에서 부족 혹은 결손을 인식하는 데서 출발했다"는 점과도 깊은 관련이 있을 것이다.

제2장 '동반작가의 전신'은 효석이 데뷔 초기에 동반작가로 활동하

다가 후에 완전히 변신하여 어떻게 자기의 문학세계로 돌아갔는가를 밝혀 놓은 것이다. "이효석이 외관상으로 프롤레타리아 문학에 동조하고 있는 것처럼 보임에도 불구하고 실은 엄밀한 의미에 있어서 그가 프롤레타리아 작가는 될 수 없었다"는 것이 이 장의 골자다.

이러한 결론은 이효석을 아는 사람이라면 이미 상식으로 되어 있지마는, 이 교수는 초기의 작품, 경향적인 색채가 뚜렷하게 드러난 작품들을 면밀히 분석해 보이면서 그의 작가정신이 그곳에 있지 않음을 낱낱이 보여 주고 있다. 요컨대, "이효석은 프롤레타리아 문학에서 요구하는 사회주의 리얼리즘을 행하기에는 너무나 여린 정감과 예리한 감수성을 갖추고 있었다"는 것이다.

제3장 '인간, 성 그리고 자연'에서는 그의 작품 속에 일관되게 나타나 있는 작가의식을 추적한 것이다. "이효석은 인간에 대해 부정적이고 비관적인 견해를 가진 작가였다"고 단정한 저자는 그렇다면 그것을 극복할 수 있는 신념이나 방편은 무엇일까 하고 숙고한다. 심미주의에의 귀의라고 잠정적으로 말한 바 있다. "그러나 그것은 일시적인 현실도피의 길을 열어 줄 수는 있을지언정 결코 인간에 대한 우울한 성찰을 근원적으로 해소해 줄 수는 없었다"고 단정한다. "인간을 구하는 길을 다른 데서 찾을 수밖에 없었고, 이때 그가 귀의한 곳이 성과 자연이라는 인간본능 혹은 인간본연의 상태였다"라고 전제하고 그의 작품 속에서 이를 추적한다.

소란한 도시, 현란한 문명, 병든 현대에 대하여 효석은 개탄하고 있는 것은 사실이지만, 그렇다고 해서 그의 신념이 이에 대하여 확고

하냐 하면 그렇지는 못하다는 것이 이 교수의 주장이다. "원시적인 방법과 고향을 그리는 마음과 순박한 시골생활 따위를 대치시킨다 하더라도" 이들에 대한 대안으로서 제시된 것은 아니라는 주장이다. 효석은 "두 대립하는 가치를 공인하는 쪽으로 기울고 있다"는 것이다.

효석의 작품에는 성이 풍성하게 나타나고 있어서 이에 대한 생각을 정리하지 않고는 항상 의문에 싸일 수밖에 없었다. 그래서 한때는 로렌스의 성관과도 관련이 있지 않을까 하고 탐구한 문학도도 있었다. 그러나 효석에게는 성이 보다 즉흥적이고 감각적인 차원에 머물러 있다는 것이 이들의 고백이다. 그러나 이 교수는 효석의 소설, 수필, 평론 등에서 추구된 성에 대한 사상을 하나하나 점검한 뒤에 요약한 결론은 "그에게 인간의 성적 욕구는 무엇보다 비이지적이고 반계약적이며 금기타파적이고 해방적이다. 그리고 그 욕구는 동물적 본능과 깊이 관련되어 있다는 뜻에서 무엇보다 자연 친화적이다. 이런 몇 가지 측면을 놓고 생각할 때 성은 본질적으로 창조적인 성격을 띤 무엇이다"라는 것이다. 그러나 "성이 반드시 건전하고 자연스러운 것만"이 아니라고 이내 수정도 한다. 왜냐하면 그의 성에는 데카당스적인 요소도 많이 곁들이고 있기 때문이라는 것이다.

제4장 '문학과 예술에 대한 견해'는 문학과 예술에 대한 효석의 생각을 세 부분으로 나누어서 검토하고 있다. 첫째 부분은 문학과 예술에 대한 일반론을, 둘째 부분은 소설에 대한 견해를, 셋째 부분은 산문 문체에 대한 견해를 살피고 있다. 현실주의라기보다 이상주의적 경향을 띤다든지, 표현에 무엇보다 중점을 둔다든지, 소설에서 시

정신을 구현한다든지, 그리하여 참신한 은유 사용에 각별한 주의를 기울인다든지 하는 소론은 결코 우리들이 미처 생각하지 못했던 것은 아니다. 그러나 이 교수의 추론 과정이야말로 우리로 하여금 머리를 끄덕이게 한다.

제5장 '순응과 도피의 여정'은 부제가 붙어 있는 것처럼 이효석의 평전을 평이하게 쓴 것이다. 지금까지 나온 어느 것보다 풍부한 자료로 기록되었을 뿐 아니라, 설득력 있는 서술이 펼쳐져 있다. 한때 총독부 검열과에 취직하여 세인의 비난을 받은 바 있는 효석이지마는 이 교수의 조사에 의하면, 일제의 '신체제'에 속을 빼놓고 찬동한 적은 한 번도 없었다는 것이다. 그것은 아마도 효석이 일제보다는 자신의 양심을 더 무서워했기 때문이 아닌가 한다.

본 저서에서 아쉬움이 있다면 그간의 효석의 연구에서 밝혀 놓은 것에 대해서는 별로 관심을 갖지 못했다는 점이다. 물론 이 교수의 형형한 통찰로 그 점을 충분히 보상하고 있다고도 말할 수 있지만, 그래도 학문적 업적으로서는 흠이 되지 않을 수 없다.

효석이 위대한 작가인지 아닌지는 아무도 단언할 수 없겠지만, 적어도 이상옥 교수 같은 감상자가 존재하는 한 그는 행복한 작가라고 말할 수 있다. 물론 이 교수는 때로 신랄한 비판도 아끼지 아니했지만, 저서 전편에 흐르는 느낌으로는 "이효석에게 〈메밀꽃 필 무렵〉과 같은 걸작 단편소설이 다섯 편만 더 있었더라면 얼마나 좋았을까" 하는 안타까움이 있다. 이는 효석에 대한 이상옥 교수의 지극한 사랑의 표시라고 생각된다.

죽은 자만이 행복한 것은 아니다

김승옥 고려대 독문과 교수

『살아남은 자의 슬픔』
박일문 지음 / 1992 / 민음사

우리의 헌정사는 서구의 다른 나라들보다 짧은 기간이지만, 가장 길고도 명확하게 정치사의 발전을 보여 주는 영국의 긴 헌정사와 비교해도 버금간다고 할 수 있는, 거의 모든 것을 경험하면서 민주주의를 얻게 되는 것 같다. 서구가 수백 년간 민주화를 단계적으로 실현하여 나갔다고 한다면, 우리는 그것을 아마도 십년 단위로 체험하며 나가는 것이 아닐까 생각될 정도다. 해방 전의 좌우익의 분열과 6·25전쟁, 4·19와 5·16 군사혁명, 유신 그리고 5·17과 최근의 6·29에 이르기까지, 이 모든 격랑을 체험한 세대가 아직도 살아 있는 것을 보면 한평생에 너무나 벅찬 사건들이 줄을 이어 일어난 것이다. 소위

'반만년' 이라는 긴 역사 가운데서도 얻지 못한 자유를, 짧은 현대사에서 얻은 자유는 비록 고통을 겪은 후이기는 하지만, 후세 사람들에게 부끄럼 없는 체험일지도 모른다. 이 시대의 사건은 아마도 후사에 많은 문학작품을 만들어 내는 문학적 보고(寶庫)가 될 것이다.

4·19세대의 문학 활동이 60년대에서 지금까지 주류를 이루어 왔다면 2000년대를 앞둔 지금은 아마도 70년대 중반부터 80년대까지의, 소위 스스로 제3세대라고 부르는, 이데올로기 투쟁의 시대가 그 문학적 주류를 이루게 될 것 같다. 박일문의 『살아남은 자의 슬픔』도 그런 부류에 속하는 것이다.

그의 작품이 누구의 것과 유사성이 있다는 비판을 받고 있기는 하다. 또 결론적으로 말하여 그의 작품이 성공한 작품은 아니다. 그러나 그의(혹은 그들의) 의식세계는 방황하는 가운데서도 앞의 세대와는 다른 것을 보여 준다. 이 소설의 주인공이 스스로 '아스팔트 킨트'라고 불렀듯이 그들은 농촌에서 태어났어도 이제 '촌놈'은 아니다. 그보다는 현학적인 면이 있기는 하지만, 또 이 현학적인 생각들과 그 사상이 덜 익은 열매처럼 떫거나, 시거나 혹은 쓰기는 하지만, 그들은 모두가 한가지로 매운 맛을 지니고 있다. 그들의 반항은 서구에서 있었던 이유 없는 반항이 아니라 기성세대가 이루지 못하였던, 또는 겁많은 얼굴로 침묵하였던 '자유'를 쟁취하려는 정치세력인 것은 틀림없을 것이다. 물론 주인공 '나'만이 정치화된 것이 아니라, 많든 적든 혹은 입으로 발설하지 않든, 목청이 터져라 외치든, 한국인 전체가 정치화되었고, 수도인 서울만이 정치무대가 아니라 온 국토가 정치무대가 되었다는 것을 알 수 있다.

이미 말하였던 것처럼 이 작품은 소설이라고 볼 수 없는 '나'의 20대의 체험을 기록한, 다큐멘터리에 가까운 하나의 보고서다. 보고서라 하더라도 시간의 흐름이 불규칙하고 짜임새가 잘 되어 있지 않은, 보고서의 초고라고 하는 편이 나을 것이다. 건물을 잘 지을 건축사이기는 하나 정교한 건축물을 짓듯이 벽돌을 하나하나 쌓아 올린 것이 아니라, 우선 가건물을 세우듯 마구 건축자재를 올려 얹은 느낌이 드는 작품이다. 건축물 전체 설계 도면은 아직 보이지 않고 좋은 건물을 지으려고 가건물 안에 쌓아 놓은 자재와 여기저기 건물 내부구조의 상세한 설계도가 마구 뒤섞이어 펼쳐져 있다. 문학적 소양이 풍부하나 급하게 서둔 느낌이 들고, 무엇인가 시간에 쫓기듯 이 소설의 주인공처럼, 지명 수배되어 도망다니는 듯한 느낌이 소설의 도처에 보인다. 소설은 소설의 문법에 맞게 써야 할 것이다.

소설의 제목이 시사하듯 주인공인 '나'는 살아 있다는 것이 이데올로기의 실천 투쟁에 실패하여 슬픈 것이 아니라 사랑하는 여인을 버리고 살고 있다는 사실이 슬픈 것이 아닐까. 라라가 아니었으면 이 소설은 쓰지 않았을 것이라고 도처에서 말하고 있으니까.

그러나 이 소설에서 주인공의 생에 대한 진지함은 우리가 눈여겨 보아야 할 것이다. 그는 어쩌면 작가와 동일 인물인지도 모른다. 작가 자신이 그렇게 진지하지 않으면 그런 주인공은 태어나지 못하였던 것이다. 이 작품을 읽는 독자는 '나'라는 인물과 작가가 자꾸 오버랩되는 것을 피할 수 없다. 그것은 그만큼 진지하게 나를 그 안에 반영하였기 때문일 것이다.

이 소설을 읽으면 80년대의 이념투쟁의 와중에 있는 한국 젊은이의 한 단면을 이해할 수 있다. 또는 이데올로기 투쟁의 내부구조를 잘 알 수 있다. 소설 도처에서 말하고 있듯이, 직접으로 나타나 있지는 않지만 '조직'의 명령에 절대 복종해야만 하는 좌파의 비인간성도 볼 수 있다. 그들은 위에서 결정한 것에 결코 이의를 달 수 없는, 그래서 결국 내부의 비판 세력을 용납하지 않아 소련에서 보이듯 자멸하게 되는 것도 유추할 수 있다. 그러나 그것에 반대하여 살아 있다는 것이 결코 슬픈 일은 아니라고 말하여 주고 싶다.

여러 가지의 결점이 있는 작품이기는 하지만 이 소설을 통하여 우리는 이 작가가 스스로 결심한 것처럼 앞으로 '출가 납자'의 마음으로 소설을 쓴다면, 좋은 작가가 될 수 있을 것이라는 확신을 독자는 가늠할 수 있을 것이다.

인간세계에 일격을 가한 도의적 분노

김정숙 홍익대 영문학과 교수

『걸리버 여행기』
조나단 스위프트 지음 / 신현철 옮김 / 1992 / 문학수첩

한국에서의 외국문학의 연구는 특히 영문학의 연구에 편중되어 있다는 사실은 주지하는 바이다. 유행이나 새것을 따라가기 좋아하는 우리들의 습성은 영문학 연구에도 적용되는 듯, 주로 최신 작가나 조류 등에 관심이 많이 쏟아지는 경향을 방관해 온 것도 사실이다. 이런 상황에서 18세기 영국의 작가와 작품들이 냉대를 받아 온 것도 자연스러운 현상이었다고 할 수 있겠다.

특히, 영문학 연구에서 18세기가 관심의 대열 끝으로 밀려나게 된 또 다른 이유는 역사적 흐름에서 찾을 수 있다. 즉, 20세기 초에 신비평적 작품 읽기를 주도하면서 소위 '통합과 감수성'을 주장하던 엘

리엇(T. S. Eliot)이 리비스(F. R. Leavis)의 뒷받침을 받으며 18세기 이성의 시대 영문학이 감수성을 분열시킨 대죄를 범했다고 선고를 한 것이다. 양차대전 전·후 4, 50년 동안 영미문학을 주름잡은 바 있는 신비평의 두 거두의 이러한 선고는 본고장인 영국에서까지도 18세기를 멀리하게 된 결과를 가져온 것이다.

이와 같은 영문학 연구의 절름발이 현상을 시정하는 데에 관심을 갖는 입장에서 『걸리버 여행기』의 완역본이 출판된 것은 경사가 아닐 수 없다. 그동안은 일본어로 중역한 축소·삭제된 문고판의 형태로 어린이 동화 정도로나 취급되어 온 이 작품이 역자 나름대로의 열성과 노력으로 하나의 완성된 번역 작품으로 빚어진 것에 찬사를 보내고 싶다.

'번역 작품으로 빚어지' 는 작업이 18세기 영국의 문학작품인 경우에 특히 어려운 것은 이 시대 특유의 문학적 규범에서 오는 언어표현 양식이 우리에게 생소하고 전문적 지식을 요하기 때문이다. 거기에다 『걸리버 여행기』 같은 작품이 내뿜는 신랄한 풍자와 그에 따른 독한 익살 등이 제대로 우리말로 옮겨지기가 쉽지 않은 것은 당연한 일인 것이다.

18세기 영문학이 난해하다고 생각되어지는 또 다른 이유 중의 하나가 이 풍자적인 요소임을 상기하면서 이성의 시대를 풍미했던 풍자문학을 소개함으로써 『걸리버 여행기』의 완역 출판의 의미를 재인식해 보기로 하자.

풍자문학은 그리스와 로마 때부터 존재해 왔고, 그 이후 스페인,

불란서 그리고 영국 등지의 문학에서 중요한 요소로 작용해 왔다. 특히 18세기 영문학에서 풍자는 꽃을 피웠다고 할 수 있다. 그 이유는, 일단은 문학이 대중화되면서 정치적인 도구로 사용되고, 그래서 적대시하는 정치집단을 상대로 독설을 뿜어내는 풍자가 활용되었던 것이다. 그러나 좀 더 근본적으로 살펴보면, 이성을 가장 중요한 신앙으로 여겼던 이성의 시대가 필연적으로 경험하는 인간적인 한계가 풍자적인 충동을 불러일으켰고 그것이 문학적인 표현으로 연결된 것이었다. 이런 현상은 또한 이 시대에서 성행했던 이론적 사고 체계와도 관련이 있었다. 즉 인간이 이 세상에서 인지할 수 있는 모든 신학적 원리는 이성에 의해서만 가능하다는 신념을 전통적인 기독교 신앙이 세속화 또는 개방된 결과였음은 다 아는 사실이다. 그런데 문제는 인간의 인간됨에서 기인하는 이중적 모호성이었다. 18세기 이신론적 우주질서 개념에 의하면 인간이 우주의 등급체계(The Great Chain of Being)에서 차지하는 위치는 신성과 동물성의 중간의 것이었다. 포우프(Alexander Pope)의 표현대로 "옹색한 중간 위치(This Isthmus of a Middle State)"에 끼어 있는, "아둔하면서도 지혜롭고, 거칠면서도 위대한 존재(A Being Darkly Wise and Rudely Greet)"가 바로 "인간이라는 동물"인 것이다.

이와 같이 모든 것의 중간에 위치하면서 이상의 등급도, 이하의 등급도 원할 수 없는, "이 세상의 영광과 조롱과 수수께끼"의 요소를 모두 갖춘 인간의 인간됨을 스위프트(Jonathan Swift)는 못 견뎌 했다. 실제로 이 시대가 내세운 합리와 이성 그리고 모든 낙관적 사고

체계는 아우구스투스 황제의 시대 못지않은 이상지향적인 것이었다. 그러나 그러한 이상을 표면에 내세운 인간의 세계에 악취 나는 분비물과 어두움이 필연적으로 존재한다는 사실을 스위프트는 경멸한 것이다.

인간의 약점을 애정을 가지고 꼬집어서 그것이 윤리적인 교훈이 되게 하는 것을 목적으로 하는 호레이스풍의 풍자보다는 스위프트의 풍자에서 독침의 매서움이 더 강하게 일관되는 이유가 여기에서 기인한다. 예컨대 라퓨타나라 사람들의 하릴없는 걱정거리나 릴리퍼트의 작은 사람들과 브롬딩낵의 큰 사람들의 자기본위로 제한되어 있는 안목과 생각을 조롱거리의 대상으로 삼는 것의 기본입장이 이러한 인간혐오에서 생기는 것이다. 브롬딩낵의 거대한 파리가 걸리버의 음식에 끔찍스러운 배변을 한 것을 과장스럽게 묘사했을 때는 이러한 상상은 일반적인 재치의 소산이라기보다는 그것을 잉태하게 하는 문학세계나 인간관의 결과라고 해야 더 설득력이 있다. 『걸리버 여행기』의 클라이맥스라고 하는 4부의 후이넘 기행도 일차적으로는 이러한 맥락에서 이해되어질 수밖에 없다.

스위프트의 이러한 인간혐오는 위에서 언급한 바, 이성의 시대의 부산물이었다고 해도 무리가 아니다. 신고전주의적 이성중시 경향은 감성을 무시하기에 이르렀고, 그것도 신성과 동물성의 양면을 모호하게 타고났다고 생각된 인간에게는 또 다른 부조리를 불러일으킬 일이었다. '적절한 이성(Right Reason)'을 내세우며 정치적, 종교적 비리를 일삼았던 18세기의 세태가 스위프트의 독설의 대상이 된 것이다.

그러나 풍자문학의 전성기라고 할 수 있는 18세기가 이렇게 욕설과 혐오로 끓어오르는 배설물로 가득 찬 풍자만을 생산한 것은 아니었던 것을 기억할 필요가 있다. 이 시대의 정치풍자의 기틀을 잡은 드라이든(John Dryden)에 의하면 재치 있는 풍자란 조롱거리 대상의 잘린 목이 제자리에 붙어 있도록 목을 재치 있게 자를 때 온전한 것으로 성취된다고 한다. 또한 스위프트와 절친한 사이였었던 포우프도 『바보열전(Dunciad)』에서처럼 증오하는 개인들을 우스꽝스럽게 만드는 경우에는 스위프트 못지않는 배설물과 오물 속에서 풍자를 엮어 가지만, 또 한편으로는 『머리타래의 강탈(The Rape of the Locke)』에서와 같이 유사영웅시체(Mock-heroic Style)의 형식을 빌려 아주 사소한 소재를 다루면서도 대서사시의 분위기를 창출함으로써 우스꽝스러움이 더욱 강조되게 만드는 재치의 풍자문학을 이룩했던 것이다.

사실에 있어서 스위프트가 혐오했던 것은 인간이라는 종(The Species)이 어쩔 수 없이 타고난 양면성에서 오는 모순이었지 인간개입에 대한 것은 아니었다. 결국, 어떻게 보면, 스위프트의 욕설은 다정한 의미의 도덕적 가르침이 그 목적이었다고 할 수도 있으리라. 걸리버의 기행문에 등장하는 모든 파괴적 아이러니는 이성의 시대의 총아이며 합리주의자였다. 스위프트가 이성을 내세우며 위선과 잔인함과 부정을 마구 행사하는 인간세계를 향해 던진 도의적 분노의 일격이었다고 할 수 있다.

또 한편으로 스위프트는 풍자가 주요 무기로 하는 아이러니의 기법을 통해 독자를 누구보다도 더 즐겁게 해 주는 작가임을 간과해서는 안 된다. 못된 법조인들을 휘두르는 걸리버가 부리는 호기는 독자를 얼마나 유쾌하게 만드는가. 그렇게 생각하면 그의 아이러니는 겉으로 보기에는 파괴적인 것 같지만, 어느 정도의 윤리의식이 기본되어 있다고 생각할 때는 상당한 통쾌함까지 제공하는 것을 부인할 수 없는 것이다.

아이러니의 원래 목적이 쾌감을 통해 교훈을 주는 것이라고 할 때, 스위프트 풍자에서 바로 그 통쾌함을 제거하는 일은 그의 아이러니를 단순화시키는 오류를 범하는 결과를 만드는 것이다.

번역이라는 작업은 대단히 기계적이면서도 창의성을 요구하는 일이다. 더군다나 특정한 시기의 특정한 문학작품을 제대로 번역하기 위해서는 언어 자체는 차치하고라도 관련된 작가와 작품에 대한 전문적인 지식이 뒷받침되어야 한다는 것을 여기에서 새삼 거론할 필요가 없다. 앞으로도 우리 주위에 숨겨져 있는 수많은 외국문학작품들이 성실하고 창의적인 번역을 통해 우리에게 알려져서 외국문학작품이 주는 간접경험의 폭을 넓히는 일에 관심을 기울였으면 하고 바란다.

한국적 상황의 범인류적 이해

유한근 문학평론가

『한줌의 흙』

하임 포톡 지음 / 오호근 옮김 / 1992 / 영림카디널

유태계 미국인 작가 하임 포톡은 우리에게 잘 알려진 작가는 아니다. 그는 대학에서 영문학과 철학을 전공한 작가로 정통 유태교 랍비이기도 하며, 1956년부터 16개월간 종군목사로 한국에 파견되어 근무했다는 우리와의 특별한 관계와 그 체험으로 인해『한줌의 흙』이란 한국 소재 소설이 창작되었다는 데 우리가 어느 작가보다 주목하게 된 이유가 있다.

한국을 소재로 하여 영어로 쓰인 기존의 소설은 김은국의 소설『순교자』외에 별로 없었던 것으로 안다.

따라서 소설『방황』,『선민』,『약속』그리고『애셔 레브의 선물』등

으로 미국 문단에서 주목받고 있는 작가 하임 포톡이 한국을 소재로 하여 『한줌의 흙』을 썼다는 데에는 우리의 특별한 관심이 모아지지 않을 수 없게 된다.

그는 미국 내의 소수 혹은 특수 계층이라 할 수 있는 민족인 유태인의 이야기를 주로 소설 속에서 다루는 작가로 알려져 있다.

그는 자신의 작품세계를 말할 때 제임스 조이스의 말을 인용하여 "좁고 작은 소재에서도 인류의 보편성을 찾아낼 수 있고", "어떤 인간이나, 인간 집단에 관해 글을 쓸 때 깊이 또 깊이 파고들어 가면 결국은 인간성의 원초적 동질성을 찾아내게 된다"는 원초적인 인간 본성의 탐색을 자신의 작품세계로 피력하고 있음이 전해지고 있다.

이를 주목할 때, 우리는 소설 『한줌의 흙』의 창작 배경을 미루어 짐작할 수 있게 된다. 작가의 단순한 한국과의 짧은 인연으로 해서 이 작품이 쓰였다기보다는 한국의 상황, 한국적인 이야기가 보편적인 인간 본성을 드러내는 데 적합한 소재 인식으로 느껴져 한국전쟁의 한 상황을 이 소설의 서사구조로 하였다는 점이 그것이다.

여기에서 한국의 상황은 6·25 한국전쟁을 의미한다. 그리고 한국적인 상황이란 이 소설에서 '아내'라는 이름으로 등장하는 할머니의 인정을 디테일하게 살려 묘사하는 한편 한국인의 샤머니즘적 신앙, 초월주의에 작가는 깊은 관심을 가지고 있는 점이다.

불 옆에서 졸면서 아내는 어지러이 꿈을 꾸었다. 어떤 꿈에선 자신이 그네를 높이 뛰다가 떨어졌고 개가 쫓아와서 피가 흐르는 다리를 핥아 주는 것이었다. 언뜻 꿈에서 깨어났을 때는 단 몇 분밖에 잠들지 않았던 것 같았지만 이미 해가 서산으로 기울고 있을 때였다. ……노인과 소년의 얼굴을 닦아 주고 나서 노인에게는 물과 진흙을 먹였고 소년에게는 국을 먹였다. 작은 개는 소년의 상처를 다시 핥았다.

위의 인용 부분은 소년의 상처를 극진히 보살피는 할머니(아내)의 정성을 꿈에 의탁하여 처리하고 있는 부분이다. 비몽사몽간에도 소년에게 향해 있는 할머니의 마음, 그 등장인물의 내면적인 심리묘사를 동양적인 인식과 사고로 그려 놓고 있는 적이 놀랍게 한다.

이 소설의 서사구조는 단순하다. 피난길에서 신음하는 한 소년을 노부부는 발견하고 그에 대한 연민과 동정, 자식 잃은 대리모적 심리에 의해 그 소년을 간호하며 피난길을 떠났다가 다시 되돌아오는 피난길에서 일어나는 잡다한 이야기로 구조된 것이 그것이다.

결국 이 소설에서 우리가 주제를 찾는다면 전쟁의 비인간적 상황에서의 인간 휴머니티를, 한 할머니와 소년의 관계를 통해 보여 주고 있음으로 이해하면 된다. 이 책에서 보내는 찬사 "역경 속의 한국적 여인상에 바쳐진 찬사", "너무나도 인간적, 원형적 삶의 모습처럼 질박하며 정돈된", "인간의 본성이 새삼 마음에 부딪쳐 오는 책" 등등은 이를 두고 하는 말이다. 그러나, 이 소설에서 주목되어야 할 부분은 위와 같은 감동적인 휴머니티도 중요하지만, 이 작가가 애써 나타내고자 하고 있는 동양의 신비정신이다. 이 소설의 등장인물인 아내의 귀신에 대한 기원 등이 그 한 예이다. 이러한 삽화는 이 소설의 곳곳에서 나타난다.

아내는 소리 죽여 흐느끼면서 조상의 혼백에 감사드리는 말을 중얼거
렸다. 노인은 마을에 솟아오르는 흰 연기를 보면서 가슴이 뛰고 머리카락
이 쭈뼛해지는 것을 느꼈다. 마을이 무사하다는 것에 대한 큰 기쁨, 드디
어 살아 돌아왔다는 놀라운 사실 그리고 이 모든 것이 신들린 소년 덕이
아닌가 하는 의심 등으로 노인의 마음은 착잡했다.

저 녀석은 신들린 게 틀림없어. 산삼이 영약이라지만 이보다 나을 수
있겠나. ……조상의 혼백에 감사드리는 말을 중얼거리며 아내는 집안으
로 들어섰다.

이 소설에서 작가는 '신들렸다' 는 개념이나 '조상의 혼백' 에 감사
드린다는 말의 의미에 대해서 디테일하게 묘사하고 있지는 않다. 그
것이 정령신앙인지, 아니면 샤머니즘 무속신앙인지, 아니면 단순히
조상숭배의 개념인지 파악하고 있지는 못한 듯하다. 그러나 분명한
것은 그 힘을 이해하고 있으며 인정하려 하고 있다는 점이다.
한 부분을 다시 보자.

아내는 앰뷸런스의 적십자를 쳐다보고 있었고 노인은 아내가 뭐라고
혼자 중얼거리는 것을 보았으나 무슨 소린지 알아들을 수 없었다.

조상의 혼백이 보살펴 주셨지만 저 빨간십자 귀신도 우릴 도운 거야.
이럴 땐 어떻게 공양하지? 즈덜 노래를 부르면 되는 건가? 내 모든 것이

주님 손에 있으니 내 모든 것이…….

위의 인용문을 볼 때, 작가는 '아내'를 범신론적인 인간형으로 그 성격을 창조한 동시에 한국인의 토속신앙을 '아내'의 신앙적 모습으로 표현하고 있는 것은 아닌가 하는 생각을 갖게 한다.

한국의 민속신앙을 조상 숭배로 보고 이에 따른 부수적 신앙으로 범신적인 믿음의 형태로 파악하고 살 것은 아닌가 하는 의혹이 그것이다. 기독교의 예수조차도 빨간십자 귀신으로 인식하는 한국인의 종교관을 범신적인 것으로 작가는 이해하고 있는 것으로 생각되기 때문이다.

어떤 측면에서 볼 때 하임 포톡의 이러한 이해는 설득력이 없지 않아 있다. 그러나 아쉬운 점은 한국인의 기원 신앙의 본질적인 모습을 좀 더 리얼하게 그려 놓았더라면 좋았을 것이라는 생각이다.

어떤 종교이든 그것을 받아들여 토속적인 기원 신앙의 형태로 변용시킬 줄 아는 한국인의 신비스러운 주력 혹은 마음을 좀 더 그려 놓았더라면 더욱더 한국적이지 않을까 하는 생각이 그것이다.

다시 이 글은 서두로 돌아가서 작가 하임 포톡이 이 소설에서 찾아내려 했던 인류의 보편적인 인간성, 그 인간의 원초적 동질성은 무엇인가?

그것은 '처참한 전쟁과 절대 빈곤이라는 극한상황에서도 사라지지 않고 잿더미 속에 남아 있는 불씨와 같이 우리를 따뜻하게 해 주는 한국의 인간상, 한국인의 혼'인가? 아니면 이 소설의 데뉴망 부분이 '한줌의 흙'으로 표상되고 있는 그 무엇인가?

> 자리에 앉은 소년은 창밖으로 노인과 목수를 바라보았다. 그들은 플랫폼 흙바닥에서 묵묵히 쳐다보고 있었다. 소년이 손을 흔들자 그들도 손을 흔들었다.
>
> 늙고 초라한 두 늙은이! 그러나 내 앞에 펼쳐진 막막함보다 얼마나 더 편안하고 따뜻한가? 날 좀 도와다오. 이 한줌의 흙!

우리는 이 소설의 결말 부분인 위의 인용 부분을 이렇게 이해해야 될 것이다. 요람처럼 편안하고 따뜻했던 노인 부부로부터 떠나며 그 노인 부부를 한줌의 흙으로 인식하는 인간 회귀처 인식으로 이를 이해해야 할 것이다.

한줌의 흙으로밖에는 돌아갈 수 없는 인간, 그 귀의처가 땅이며 흙이라는 삶과 죽음에 대한 철학적 인식, 그것이 작가 하임 포톡이 말하려 했던 인간의 원초적 동일성이 아닌가 하는 것이다.

이런 맥락에서 이 소설을 이해할 때 이 작가의 한국인의 토속신앙에 대한 적절한 해명과 한국적 소설을 왜 이 작가는 쓰고 있는가에 대한 창작 동기에 해명된 것으로 보인다.

자전적 성장소설의 실패와 성공

성민엽 충북대 중문과 교수

『그 많던 싱아는 누가 다 먹었을까』
박완서 지음 / 1992 / 웅진

작가들은 나이가 들면 자기 이야기를 가지고 소설을 쓰고 싶어지는 것일까? 그렇기도 하고 그렇지 않기도 하다. 어떤 문학이론가들이 특히 강조하는 것처럼 모든 작품이 그 작가 자신의 삶을 어떤 방식으로든 반영하는 것이라면 그런 식의 물음은 별로 의미 없는 물음이 될 것이다. 거기서는 그 반영의 방식이 문제가 될 것이다. 외관상 작가 자신의 삶과 전혀 무관해 보이는 이야기 속에서도 우리는 작가 자신의 모습(외적인 데서 내적인 데에 이르는, 통시적인 데서 공시적인 데에 이르는)을 얼마든지 발견할 수 있고, 많은 경우 그 발견은 그 작품을 이해하고 공감하는 데 유익하다. 또 반대로 작가가 의식적으로,

심지어는 공개적으로 자전을 추구하고 표명하는 경우에도, 거기에서 우리는 자전적 사실들을 많은 부분이(어쩌면 그 대부분이) 일정 정도 변형, 굴절되고 있음을 알아차릴 수 있다. 그 변형, 굴절은 의식적인 것도 있겠고 무의식적인 것도 있겠는데 그것을 통어하여 작품 전체와 결합시키는 것은 소설 혹은 서사(넓게는 문학 혹은 예술)의 원리이다. 그러니까 내밀한 것이든 공개적인 것이든, 부분적인 것이든 전면적인 것이든, 자전적 사실들의 소설 작품 속에서의 반영은 항상 소설적 반영인 것이며 또 그래야 하는 것이다. 요컨대 자전적 소설은 자전이기에 앞서 우리 소설인 것이다.

박완서의 전작 장편 『그 많던 싱아는 누가 다 먹었을까』는 일단 자전적 성장소설이라 할 수 있다. 작가 자신이 서문에서 "웅진에서 성장소설을 써 보라는 유혹을 받았을 때, 성장소설이란 인물이나 줄거리를 새롭게 창작할 부담 없이 쓸 수 있는 자서전 비슷한 거려니 했기 때문에 솔깃하게 들었다", "화가가 자화상 한두 장쯤 그려 보고 싶은 심정 정도로 썼다"고 말하고 있기도 하거니와, 실제로 이 작품은 작가 자신의 유년 시절에서부터 시작하여 소녀 시절의 육이오 체험에 이르기까지 일인칭의 회상체로 서술하고 있다. 박완서 소설에 있어서 자전적 요소는 사실 새삼스러운 것은 아니다. 시점이 되는 작중 인물의 대부분이 작가 자신을 강하게 반영하고 있으며, 그 주변 인물들 역시 작가 자신의 주변 인물을 강하게 반영하고 있다. 예컨대, 박완서의 데뷔작 『나목』만 해도 자전적 성격이 아주 짙은 것이다. 이러한 자전적 사실들의 반영은 상당히 큰 변형, 굴절을 거쳐 이루어지고 있다. 그에 비해, 『그 많던 싱아는 누가 다 먹었을까』는 그러한 변형, 굴절이 거의 나타나지 않는다. 말하자면 자전적 사실들이 직접태로 드러나고 있는 것이다.

그러나 자전적 사실들의 직접적인 드러냄이라고 해서 『그 많던 싱아는 누가 다 먹었을까』가 소설이 아닌 자서전이 되는 것은 아니다. 작가 자신이 이 작품을 장편소설로 규정하고 있으며 독자 역시 이 작품을 소설이라는 전제 위에서 읽는다. 소설인 한 이 작품은 하나의 전체적 완결 구조를 가지는 '허구'가 아닐 수 없다.

소극적으로 보자면, 소설이라는 구조를 위해 자전적 사실의 선택, 최소한의 변형, 최소한의 허구적 덧붙임이 불가피해진다. 그래서 작가는 "소설이라는 집의 규모와 균형을 위해선 기억의 더미로부터의 취사선택은 불가피했고, 지워진 기억과 기억 사이를 자연스럽게 이어 주기 위해서는 상상력으로 연결고리를 만들어 주지 않으면 안 되었다"라고 말하고 있는 것이다.

적극적으로 보자면, 바로 그러한 선택, 변형, 덧붙임 그리고 그것들을 바탕으로 한 구조화에 의해 완전한 소설 공간을 창조해 내야 한다. 선택, 변형, 덧붙임은 불가피한 것이 아니라 필수적인 것이며 그것들을 통어하는 것은 소설의 원리인 것이다.

당겨 말하면, 『그 많던 싱아는 누가 다 먹었을까』는 소설적 구조화에 있어서 소극적 측면에 머물고 있고 적극적 측면으로까지 나아가지 못했다. 이는 이 작품의 결함이 아닐 수 없다. 가령,

엄마는 우리 남매를 별로 야단치지 않았고 주인 여자 욕도 하지 않았
다. 그런 엄마가 나는 더 무서웠다. 꼭 무슨 일을 저지를 것 같았다. 그후
현저동에 처음으로 집을 산 경위를 《경제정의》지에 소상하게 소개한 적
이 있어 여기 그중 몇 대목을 인용한다.

와 같은 대목은 오히려 가능하며 효과적인 하나의 기법이라고 볼
수 있다. 문제가 되는 것은 소극적 측면에 얽매인 탓에 서술의 균형
을 상실하고 있다는 점이다. 이 작품은 일인칭 화자가 문학에의 예감
내지 소명을 느끼는 것으로 종결된다.

그때 문득 막다른 골목까지 쫓긴 도망자가 획 돌아서는 것처럼 찰나적
으로 사고의 전환이 왔다. 나만 보았다는 데 무슨 뜻이 있을 것 같았다.
우리만 여기 남기까지 얼마나 많은 고약한 우연이 엎치고 덮쳤던가. 그
래, 나 홀로 보았다면 반드시 그걸 증언할 책무가 있을 것이다. 그거야말
로 고약한 우연에 대한 정당한 복수다. 증언할 게 어찌 이 거대한 공허뿐
이랴. 벌레의 시간도 증언해야지. 그래야 난 벌레를 벗어날 수가 있다.
그건 앞으로 언젠가 글을 쓸 것 같은 예감이었다.

이 작품은 세계와 자아에 대한 눈뜸이 문학에의 소명으로 이어지
는 성장소설이다. 그렇다면 그 공허와 벌레의 시간에 대한 자아의 맞
섬이 가장 중요한 요소가 되어야 한다. 그러나 이 작품은 전반부의
소외와 상실의 유년기 체험에 대해서는 치밀한 서술을 한 데 비해 후

반부의 해방 이후의 소녀기 체험에 대해서는 서술이 훨씬 소략하다. 그런 탓에 종결부의 각성이 다소 낯설고 돌연한 것으로 느껴진다. 그 밖에 부분적으로 산만한 서술은 도처에서 눈에 띈다. 예컨대 184쪽 의 "먼 훗날, 신문 같은 데에 시골 선비집에서 귀중한 자료가 될 만 한 고서나 국보적 가치가 있는 문헌이 발견됐단 소식이 나면 엄마 는……" 같은 대목이 그러하다.

그러나 이러한 소설적 결함에도 불구하고 이 작품은 박완서 독자 의 관심을 끌기에 족하며 나름대로 사랑을 받을 만하다. 그것은 이 작품이 박완서 소설을 이해하기 위한 좋은 길잡이가 되어 주며 인간 박완서를 이해하는 좋은 창구가 되어 주기 때문이다. 낮은 차원에서 보자면, 박완서 소설의 허구 뒤에 숨어 있는 전기적 사실, 그 본래 이 야기를 알 수 있기 때문이다. 박완서 소설의 개성적 인물들, 그리고 그 인물들 사이의 갈등, 그 관계의 가족적 성격 등의 밑그림을 이 작 품은 보여 준다. 높은 차원에서 보자면, 그 밑그림과 소설 사이에 존 재하는 변형과 굴절의 과정 및 그 내용을 알 수 있기 때문이다. 그 과 정과 그 내용에서 우리는 박완서 소설의 허구 공간이 갖는 적극적이 고 창조적인 의미를 좀 더 명확히 파악할 수 있는 것이다.

그러나 『그 많던 싱아는 누가 다 먹었을까』는 하나의 독립된 소설 로서도, 비록 상술한 소설적 결함을 가진 채로이지만, 주목할 말한 성과는 이루고 있다. 하나의 독립된 소설인 이상 이 대목이 무엇보다 도 중요할 것이다. 우선 유년기의 서술에서 뚜렷이 나타나는 주제와 그것의 형상화에 주목해야 한다. 그것은 상실감이다. 어린 박완서가 현저동으로 이사 와서 고향의 싱아를 찾아 인왕산 자락을 헤매는 대목에 그 상실감은 선명히 표현된다.

나는 마치 상처난 몸에 붙일 약초를 찾는 짐승처럼 조급하고도 간절하게 산 속을 찾아 헤맸지만 싱아는 한 포기도 없었다. 그 많던 싱아는 누가 다 먹었을까? 나는 하늘이 노래질 때까지 헛구역질을 하느라 그곳과 우리 고향 뒷동산을 헷갈리고 있었다.

그 상실감은 뒤에 가서 잃은 것에 대한 간절한 동경이라든지 회복에의 들뜬 예감으로 변하기도 한다. 대학에 갓 입학했을 때의 다음과 같은 대목 :

스무 살에 꿀 수 있는 온갖 황홀한 꿈 때문에 그 길이 그렇게 좋았던지, 그 길의 나무와 꽃과 풀이 훈풍이 그렇게 가슴을 울렁거리게 했는지, 그 길은 단순한 자연의 아름다움이라고만 볼 수 없는 매혹으로 가득 차 있었다.

그렇다, 그 계절에 나를 매혹시킨 것은 자유에의 예감이었다.

여기서 자유라는 말로 표현되는 어떤 가치, 그것의 상실감, 그것에의 동경과 욕망, 그것을 침해하는 일상적이고 속된 것들에 조소와 풍자, 이런 것들이 박완서 소설의 본질이다. '갓 잡아올린 생선처럼 싱싱하게 요동치는, 자유, 싱아'라는 식용이 가능한 풀은 그것의 상징이며 박완서에게 있어서는 그것의 원형이다. 이 맥락이 작품의 후반부 및 결미와 유기적으로 연결되며 작품을 관통했더라면 이 작품은 보다 훌륭하고 감동적인 것이 될 수 있었으리라는 생각이 든다.

길 떠나는 이의 바랑 바꾸어 메기

정현기 연세대 국문과 교수

『운명과 형식』

김윤식 지음 / 1992 / 솔

1

사람은 누구나 태어나는 순간부터 저 혼자만의 길을 떠난다. 그것을 삶의 길이라고도 하고 죽음에 이르는 길이라고도 사람들은 말한다. 한 단위의 존재로 태어나는 것, 그것을 숙명이나 운명이라고 우리는 일컫는다. 이 숙명 속에서 그가 선택하여 가게 된 길도 포함된다. 어떤 불가피성의 등밀이를 통해 사람들은 각자 자기 길을 선택하여 간다. 정치가의 길, 혁명가의 길, 지식인의 길(문학적 저술을 택한 이들의 길) 혹은 범상한 일상인의 길, 악역의 길, 이 모든 길들에는 끝이 있다. 자연적인 끝이 죽음이라면 인공적인 끝은 관념 바꾸기이다.

김윤식 교수의 최근 저술 『운명과 형식』을 읽으면서 나는 솔직히 말해 곤혹스런 느낌을 떨칠 수가 없다. 이 곤혹스러움은 사실 나 자신에 관한 절망과 관련되고 있다.

사람들이 길을 떠날 때는 으레 바랑을 짊어지고 간다. 이 바랑이 처음에는 아버지의 것일 수도, 형의 것일 수도, 혹은 삼촌의 것이거나, 아니면 이웃 형의 것일 수도 있다. 길 떠남의 시작은 대체로 삽짝 밖 마을 고샅이며, 다음은 이웃 마을이다가 면소재지나 읍내로 범위가 넓어지며 드디어 바랑을 지고 떠날 나들이 처는 휘황한 도시가 된다. 휘황한 도시의 낯선 거리를 자세하게 안내해 주는 이가 바로 바랑의 주인인 아버지나 형, 삼촌, 이웃사촌들이다. 사람들은 대체로 이 바랑 주인의 지시와 가르침을 본능적으로 습득하게 된다. 그렇게 해서 사람들은 자기 앞에 가로놓인 세계를 깨우쳐 그 세계와 친숙해지며 그 세계를 읽는 말 길을 터득한다. 벼 벤 논에 고인 물을 보고 바다라고 논증하는 법도 익히고 산 위에 걸린 조각달을 페니키아 인들이 젓던 배라고 주장하는 논리를 펴는 법도 배워 쓴다.

지식인들이 먼저 길 떠난 사람들의 바랑을 짊어지고 길 떠나는 것도 일종의 숙명에 속한다. 그들이 선인들의 말 바랑을 지고 선인들의 발자취를 좇다가 어느 때가 되면 바랑을 내던지거나 스승의 시신을 묻고 자기 길을 갈 때 비로소 뭔가 길 떠난 이(道士)의 수도를 완성했다고 일컬을 수 있다.

김윤식 교수는 모두 알다시피 일생 동안 엄청난 분량의 저술을 낸

이 시대 평론계의 기린아이다. 방대한 저술인『한국근대문예비평사 연구』를 필두로『이광수와 그의 시대』,『염상섭 연구』,『韓國近代文學思想史(한국근대문학사상사)』,『林和硏究(임화연구)』,『李箱硏究 (이상연구)』,『韓國近代小說史硏究(한국근대소설사연구)』,『韓國文學史(한국문학사)』(공저),『安壽吉硏究(안수길연구)』,『朴英熙硏究 (박영희연구)』,『한국 현대 현실주의 소설 연구』등 헤아리기 어려울 만큼의 저술과 평론집을 내어 후학들의 연구열을 북돋는 선구학자 역할을 오늘날까지 그는 쉬임 없이 수행하여 왔다. 그가 논물을 바다 라고 주장하면 일단 그의 고집스럽고 외곬인 용어 선택을 따라 후학 들은 그런가 보다 하고 따라설 만큼 그는 한국문학이라는 논리의 길 찾기에 온 힘을 기울였고 지치지 않고 그 한 목표를 향해 묵묵히 자 기의 길을 걷고 있었다. 많은 후학들이 그의 바랑을 메고 한국 지성 사의 말 길을 따라다니며 불도 지피고 때론 밥 지을 쌀을 구하러 마 을로 뛰어 내려가기도 하면서 그의 말 길 설명에 귀를 기울여 오고 있다. 나도 그 가운데 한 사람으로 나이 든 이후 맨 마지막으로 바랑 을 바꾸어 짊어진 사람이었다. 고등학교 시절부터 나는 꽤 여러 사람 들의 바랑을 짊어지고 길 찾는 순례에 올라와 있다. 이어령, 유종호, 이상섭, 정명환, 백낙청, 양주동, 김붕구, 최석규, 최익환 등 좀 괜찮 다 싶은 사람들의 길 찾는 말 떨기면 무조건 그 바랑을 짊어지고 나 섰던 것이다. 그들이 손가락질 하는 데 따라 서양 사람들의 말 길을 찾아보느라고 바친 시간과 정력은 또 얼마나 많았던가. 그 수많은 도 사(道士)들이 그리스 하늘 밑을 노래하였고 그곳 주민들이 대단히 빛나는 별빛 아래 있었으며 그들의 영혼은 내적 진정성으로 가득 차 있었다고 읊으면 그런가 보다 하고 나도 따라 읊었다. 그런데 이제 나는 그들 이름조차 들먹이는 게 부끄럽고 신물이 나 있다. 언제였나? 그야말로 엄청나게 비싼 무통판 로만 야콥슨의 논술전집 (Selected Writing) 다섯 권을 사다 놓고 읽는 척하다가 망연자실, 절망했던 내 영혼의 상처를 나는 잊을 수가 없다. 나이 45세가 지나서도 남의 바랑이나 지고 다니는 학자란 이미 사이비학자라고 내가 외치기 시작한 건 내 나이 50세쯤 돼서이다. 이런 내 관념이 김윤식 교수의 이 저술을 읽으며 곤혹스러워한 첫째 이유이다. 이 저술의 첫 글 〈나의 글쓰기, 한국근대문학 연구에의 도정〉은 그가 최초로 길 찾기 여정에 올랐던 사정과 그간에 짊어졌던 바랑의 주인공 내역을 상세하게 기록하고 있다.

2

김윤식 교수가 길 떠날 차비를 차리기 시작했던 곳은 시골 '동네에서 썩 떨어진 버드나무 숲으로 둘러싸인 강변'에 있는 집에서였다. 그는 초등학교에 다니는 둘째누님의 책을 넘겨 보며 그 놀라운 바깥 세계를 충격적으로 만나기 시작했고 정식으로 지적 모험을 떠나기 시작하면서 그는 루카치라는 도사를 만나 그의 바랑을 지고 주유천하, 우리 역사의 한 시대를 가로지르는 1900년대에서 오늘에 이르는 근대성에 대한 탐구에 몰두한다. 열다섯 편의 마디 글로 된 『운명과 형식』에서 김윤식 교수가 보인 내용의 특징은 그가 스스로 그 자신의 내면을 본격적으로 드러내고 있다는 점이다. 자신이 짊어졌던 지성의 바랑이 루카치 것이었으며 루카치의 말 길을 따라 오늘날까지 세계를 읽는 방식을 취해 왔음을 솔직하게 그는 토로한다. 김윤식 교수 그 자신의 바랑을 짊어지고 따라다닌 우리의 눈으로 볼 때 그것은 신선한 충격이기도 하고 곤혹스러움이기도 하다. 루카치를 둘러싸고 있던 마르크스와 헤겔의 바랑까지를 함께 메고 필생의 길 찾기에 몰두한 김 교수가 드디어 그 무겁고 칙칙하기만 한 루카치 시신을 묻게 되는 것인가? 그것을 땅에 파묻고 자신의 바랑을 메고 이제 새 길을 떠날 것인가? 그렇다면 우리가 짊어졌던 김 교수의 바랑도 한결 가벼워지고 이제부터 우리 식의 말 길 트는 일에 매진할 수 있지 않을까? 그렇다면 루카치나 그 일파들이 만들어 휘두르던 리얼리즘이니, 이데올로기니, 전형성이니, 발전개념이니 하는 도깨비 같은 방망이들은 어찌 되는가? 〈60년대 문학의 특질〉이나 〈우리 문학의 샤머니즘적 체질 비판-세 가지 도식과 관련하여〉에서 그처럼 냉혹하게 비판한 우리 민족의 문화적 감수성임에 틀림없을 샤머니즘 부정이 모두 루카치의 말 방망이를 빌려 왔던 소치가 아니었나?

반근대주의, 반문화적인 이러한 체질에서는 분단현실 속의 이데올로기를 결코 뛰어넘을 수 없다. 분단 자체가 이데올로기의 산물인 만큼 그것을 분석하여 극복하기 위해서는 논리적 조작이 불가피해질 것이다. 샤머니즘으로 이를 대결하는 것은 이데올로기의 잠정적 무화 현상, 혹은 안일한 타협(화해)이라는 환각, 환취 현상에 지나지 못할 것이다. 그것들은 한갓 부적이다.

제국주의와 대결하기 위해서는 반드시 이데올로기로 대응해야 한다는 이 마르크스, 루카치식 주장이 과연 참[眞]인지 아닌지는 사실 검증될 수 없는 의미 차원의 관념이다. 그리고 문화라고 하는 것도 일정한 시간 길이를 지닌 버릇일 터이므로 평등 이데올로기적 사고만을 문화라 읽는 데는 엄청난 무기가 따를 수밖에 없다. 루카치적 논리의 말 길 속에는 다른 문화 요소들을 향한 멸시와 증오가 숨어 있음을 나는 눈치 채고 있다. 모든 문화는 누구에 의해서든 멸시되거나 증오받을 그런 것이 아니다. 공산주의적 제국주의 사고는 근대적 제국주의와 마찬가지로 영혼을 물체로 바꾼 폭력적 용어로 모든 다른 문화를 부정하거나 파괴하려 했다. 그것이 바로 그들이 과학이라 부른 한 시대의 미신이었노라고 나는 읽는다. 그러므로 또한 그것은 김윤식 교수의 『운명과 형식』을 통독하면서 내가 크게 곤혹스러워한 두 번째 이유였다. 김승옥의 소설미학의 '사소함의 사소하지 않음' 공리는 그래서 다시 한번 치밀하게 검토해 보아야 한다고 나는 믿는다.

한국 근대문학의 성과를 심도 있게 분석, 해석한 『한국 현대 현실주의 소설연구』에서 김윤식 교수는 루카치(헤겔을 포함하는)의 바랑에서 나온 여러 측량계로 그가 중심부 문학이라고 설정한 이데올로기 추구의 작가들 키꼴을 거의 완벽하게 재어 놓았다. 수십 년간에 걸친 그의 이 작업은 앞으로 통일된 대한민국 문학사 정리를 위한 커다란 다리 역할을 하게 될 것이다. 그러나 우리의 관심은 임화 이래로 고착된 듯싶은 이식문학사의 극복을 위해 앞으로 그가 가르쳐 줄 진정한 우리 문학에의 새로운 길잡이 행보에 대해서이다. 그의 『운명과 혁신』은 스스로 자기 바랑 메기 공리를 향한 상징적 운 떼기를 시도하고 있어 보이기 때문이다.

한국전후소설의 비평적 해부

이태동 서강대 인문대학장 · 영문과

『**한국현대소설의 해부**』
조남현 지음 / 1993 / 문예

최근에 출간된 서울대 조남현 교수의 저서『한국현대소설의 해부』는 문학작품의 의미와 참된 내용이 시대와 비평가의 평가에 따라 달라진다는 것을 실증적으로 제시해 주고 있는 역저(力著)이다.

이 책은 그가 이미 간행한『한국 지식인 소설연구』(1984),『한국 현대소설 연구』(1987),『한국 소설과 갈등』(1990)에 이어 나온 비평서로서 한국 현대소설의 재발견이라는 그의 야심 찬 프로젝트의 일 부분을 완성한 것이다.

그래서 이 저서는 비록『한국현대소설의 해부』라는 다소 여유 있는 제목이 붙여져 있지만, 〈한국 전시소설 연구〉와 〈이기영의 두만강〉</p>

및 〈부조리 문학과 앙티로망〉 등의 무게 있는 논문들과 함께 한국전후소설을 문학사적인 퍼스펙티브 속에서 중요한 작가별로 치밀하게 분석하고 있다.

이 저서는 그동안 전후 한국소설에 관해 단편적으로 혹은 부분적으로 쓰인 여타의 글들과는 달리, 이들 작품들이 지닌 주체적인 측면은 물론 미학적인 차원을 보다 포괄적이고 심층적으로 분석하고 있다. 다시 말해, 이 책은 1950년대와 60년대에 대한 밀도 짙고 단층적인 문학사이자 개별적인 작가들에 대한 확실한 연구 논문집이다.

그런데 이 저서의 특징은 지금까지 다소 등한시해 왔던 오상원과 전광용의 작품세계를 집중적으로 탐색해서 정리하고 있을 뿐만 아니라 황순원, 손창섭, 선우휘, 박경리 그리고 최인훈 등과 같은 작가들의 대표적인 문제작들을 탁월한 비평적 시각과 통찰력을 통해 재분석해서 지금까지 밝혀지지 않았던 의미를 새롭게 발견하고 있다는 점이다.

사실, 정전(Canon)이 된 문학작품에 대한 기존의 해석과 평가를 뒤집거나 통념을 깨뜨린다는 것은 결코 쉬운 일이 아니다. 그렇지만 그가 이러한 비평적인 작업을 할 수 있었던 것은 스탠리 피쉬(Stanley Fish)가 주장한 바와 같이 오랫동안 책 읽기를 통해 전문적으로 지적인 훈련을 쌓았기 때문이다.

그런데 무엇보다 중요한 것은 그가 전후의 한국소설을 분석하는 작업에 있어서 많은 수의 한국 비평가들과는 달리 망원경과도 같은 거시적인 눈보다는 현미경과도 같은 미시적인 눈을 가지고 문학작품에 접근하고 있다는 것이다. 그렇다고 조남현 교수가 거시적인 안목이 없다는 것은 아니다. 다만 그의 비평적인 시각이 큰 것만을 보는 다른 비평가들보다 미시적이라는 것이다. 헨리 제임스가 지적한 바와 같이 문학작품의 참된 내용을 올바르게 분석하기 위해서는 그 작품에 나타난 어떠한 의미도 놓치지 말아야 한다는 것은 문학 평론에 있어서 기본원리지만 실천하기 어려운 부분이다.

아무튼, 조남현 교수가 이들 작품 속에서 이미 밝혀진 것과 다른 새로운 의미를 발견하게 된 것은 표면적으로 드러나서 쉽게 접할 수 있는 기존통념이나 미신처럼, 설정된 고정관념을 깨뜨리기 위해 작고 미세한 부분이나 모티브, 혹은 단어와 문장구성 하나하나에까지 이르는 디테일까지 차갑고 날카로운 이성적 시각을 보냈기 때문이다. 이를테면, 그는 황순원이 수정한 『카인의 후예』 텍스트를 수정되기 이전의 것과 면밀하게 분석해서 그것이 지니고 있는 절제의 소설미학은 물론, 지금까지 숨겨져 있던 주체의식을 새롭게 밝혀내고 있다. 그의 대표작인 『나무들 비탈에 서다』의 경우도 마찬가지다. 그는 '나무들 비탈에 서다' 라는 말이 지니고 있는 상징적인 의미를 새로운 시각으로 분석하는 작업을 시작으로 해서 이 작품에 나타난 구조 및 남녀관계 그리고 부자관계 등과 같은 사소한 것처럼 보이는 문맥과 코드를 통해서 기존 비평가들이 설정해 놓은 통념을 무너뜨리고 있다.

최인훈의 경우에도 마찬가지다. 많은 사람들은 최인훈의 대표작인 『광장』의 서사구조가 약하다는 것을 과학적인 분석 없이 막연한 느낌으로 이야기해 왔지만 조남현 교수는 이 작품의 표제어가 되고 있는 '광장'이란 말이 그 소설 공간에서 어떻게 나타나고 있는가를 구체적으로 일일이 나열해서 그 말과 실제 현실이 얼마나 걸맞지 않고 모순되는가를 실증적으로 분석해서 작품 『광장』을 둘러싸고 있는 '미신'을 타파하고 있다. 또 그는 최인훈이 『광장』을 여러 번 수정한 것은 황순원이 『카인의 후예』를 수정한 것과는 다르다고 말한다. 다시 말해, 그는 황순원의 개작은 작품의 주제를 더욱 명확하게 하는 결과를 가져와서 개선의 방향으로 나아갔으나, 최인훈의 개작은 그렇지 못하다는 것을 설득력 있게 제시하고 있다. 조남현 교수가 이러한 비평적인 결과를 얻어 내는 것은 그가 '풍문에 의존'하는 비평적인 방법에서 벗어나, 실제 작품의 언어구조를 과학적으로 파헤쳤기 때문이다. 그러나 그는 최인훈의 작품이 소설로서 부족한 점만을 지적한 것이 아니라, 그것이 에피그램을 지향하고 있다는 긍정적인 면도 발견하고 있다.

또 이렇게 조남현 교수가 1950년대와 1960년대의 한국소설을 새롭게 분석해서 그것의 숨은 의미를 새롭게 발견하여 조명할 수 있는 것은 그의 독특한 비평문의 문체에서도 나타나 있듯이 침착하고 균형 있는 비평 시각과 자세 때문이 아닌가 한다. 바꾸어 말하면, 그는 우리 시대의 대부분의 비평가들과는 달리 이들 작품들 가운데서 이념적이거나 계급투쟁적인 정치적인 요소만을 찾으려 하지 않고, 작가가 작품 속에서 실제로 의도한 부분을 가능한 객관적으로 밝히려고 했다. 그의 이러한 비평적인 태도는 아마, 그가 이념보다 인간의 실제적인 삶을 소중히 생각했기 때문일지도 모른다. 이를테면, 그는 손창섭의 문학을 분석하는 데 있어서 경직된 시각을 버리고 작품을 있는 그대로 정직하게 살펴보고 있다. 그 결과 그는 손창섭 문학을 단순히 소외된 국외자의 문학으로만 보지 않고 그의 작품 속에 나타난 그로테스크한 인물들의 몸짓에서 반항적인 의미를 발견함은 물론 그의 대표작인 『잉여인간』에 대해 새로운 평가를 내림으로써 그의 문학이 인간혐오와 소외문학이 아니라, 건강한 사회학적인 의미를 지니고 있다는 것을 설득력 있게 제시하고 있다. 더욱이 그가 손창섭이 『낙서족』을 통해서 역사 속으로 뛰어들었다고까지 말한 것은 비평적으로 시사하는 바가 매우 크다.

이러한 그의 비평적인 자세는 염상섭의 후기소설을 분석한 경우에도 마찬가지다. 대부분의 비평가들은 우리 시대가 리얼리즘을 지나치게 강조한 나머지 염상섭의 작품을 정전으로 보고 그것에 대한 논의를 터부시하고 있지만, 저자는 염상섭의 후기소설을 면밀하게 분석해서 반열에 오른 그의 실상과 허상이 무엇인가를 정직하게 밝히고 있다.

특히 그가 여기서 사용한 '중립적 진지성의 시점'을 통해서, 염상섭 문학의 근본적인 주제가 '인간 세상 속에서 이데올로기보다는 핏줄'에 있다고 지적한 것은 새로운 해석의 결과라고 하지 않을 수 없다.

이 저서는 앞에서 밝힌 마이크로 분석방법에만 한정된 것이 아니다. 우선 이 책의 서두에서 저자는 잃어버리거나 잊혀져 버리기 쉬운 한국 전시소설에 대한 자료를 수집해서 학문적으로 체계화하여 그 시대상을 문학적으로 조명함은 물론 그것이 한국소설의 르네상스라고 말할 수 있는 전후의 한국문학과 어떠한 관계가 있는가를 제시해 주고 있다.

그리고 이 저서 후반부에 실린 〈북한소설론〉과 북한의 대표적인 문학작품인 『두만강』에 대한 분석 및 〈부조리 문학과 앙티로망〉 등의 세 편의 글은 저자가 염려하는 것과는 달리 비극적인 한국동란을 전후로 한 우리 문학을 이해하는 데 절대적으로 필요하다. 전자는 상이한 정치체제와 사회제도가 인간경험을 담고 있는 문학에 어떠한 영향을 끼칠 수 있는가 하는 것은 물론 북한문학의 실상을 정직하게 일별하게 할 수 있게 하는가 하면, 후자는 전후의 한국소설에 지대한 영향을 끼친 사르트르와 카뮈의 실존철학이 어떠한 것인가를 비교문학적 차원에서 핵심적으로 밝혀 주고 있어서 그 시대를 이해하는 데 있어 큰 도움이 되고 있다.

결론적으로 말해, 조남현 교수의 저서 『한국 현대문학의 해부』는 우리 평단이 치밀한 논리와 과학적인 분석이 결핍된 '인상비평'의 단계를 넘어 투명한 비평적 시각과 착실한 스칼라십을 내용으로 한 학문적인 분석방법이 된 탁월한 결실로서 한국평단의 과도기적인 상황을 극복하는 중요한 이정표가 되고 있다.

한의 삶과 삶의 한

김치수 이화여대 불문과 교수

『서편제』

이청준 지음 / 1993 / 열림원

이청준의 『서편제』는 다섯 편의 연작으로 묶여 있는 〈남도소리〉와 〈눈길〉, 〈살아 있는 늪〉, 〈해변 아리랑〉 등 모두 여덟 편의 작품으로 된 작품집이다. 최근 동명의 영화가 공전의 성황을 이루고 있어서 갑자기 우리 독자들의 관심을 끌고 있지만, 이 작품들이 발표된 것은 지난 15~6년 전부터였다. 이미 1987년 『남도소리』라는 제목으로 연작을 묶어서 출간한 바 있는 이 작가가 다시 『서편제』라는 제목으로 작품집을 재구성하여 출판한 것은 작가의 강력한 의도가 엿보인다. 그것은 작품집 『남도소리』를 보완해 줄 수 있어서 독자들의 보다 큰 호응을 기대하게 된 것이 다른 하나가 아닐까 생각되기 때문이다. 실제로 이러한 보완 작업이 독자에게 이해되어서인지 영화의 성공에 영향을 받아서인지 새로운 작품집 『서편제』는 베스트셀러의 목록에 올라 있다. 그것은 이 작품집이 어떻게 엮어졌는지 우리로 하여금 검토하게 만든다.

이 작품집의 전반부는 〈서편제〉, 〈소리의 빛〉, 〈선학동 나그네〉, 〈새와 나무〉, 〈다시 태어나는 말〉 등 『남도소리』 연작들로 구성되어 있다. 이 연작은 이미 그 제목에서 알 수 있는 것처럼 소리꾼 일가의 삶과 죽음을 그리고 있다. 한 소리꾼 사내가 어떤 과부와의 사이에서 태어난 딸에게 소리를 가르치려 든다. 그 딸은 어머니의 죽음에서 태어났다는 점에서 비극적 운명을 지니고 태어난 것이다. 소리꾼은 원래 과부의 아들에게 소리를 전수하려 하였으나 그가 소질을 보이지 못했을 뿐만 아니라 열심을 보이지도 않기 때문에 그의 딸에게 소리를 가르치고자 한 것이다. 어미 없는 두 아이를 거느리고 여기저기 떠돌아다니며 소리를 해 주고 연명을 하는 소리꾼은 온갖 멸시와 가난 속에서도 소리를 연마하고 전수하고자 하며, 소리에 대한 자부심을 잃지 않는다. 북잡이를 시켰던 사내아이가 아무도 몰래 그들을 떠나자 그들 부녀는 소리를 하며 어려운 떠돌이의 삶을 이어 간다. 어느 날 소리꾼은 딸의 소리가 진전을 보이지 않자 그녀의 두 눈을 멀게 한다. 눈을 멀게 함으로써 딸을 명창으로 만들고자 하는 소리꾼의 집념은 전율을 느끼게 하는 비극성을 갖고 있다. 눈을 잃은 그의 딸은 그의 뜻대로 명창이 되지만 그들의 고달픈 삶은 조금도 개선이 되지 않고 그들의 한을 키워 줄 뿐이다. 그녀는 소리꾼 아버지가 죽자 그의 소원대로 명

당자리에 묻어 주고 떠돌이 소리꾼의 삶을 계속한다. 이『남도소리』연작은 이 작가의 많은 작품에서 볼 수 있는 것처럼 달아났던 사내아이가 성인이 되어 자기 누이를 찾아 '남도' 전역을 헤매는 이야기로 엮어져 있다. 그의 이러한 삶은 대단히 상징적이다. 왜냐하면 누이를 찾아 떠돌고 있는 그의 삶이 비록 소리꾼의 삶을 떠났을지라도 소리꾼 부녀의 삶의 궤적을 그대로 쫓고 있기 때문이다. 마치 탐정이 범인을 쫓고 있는 것처럼 하나하나 의문을 벗겨 가는 작가의 소설적 기법은 그의 소설을 이야기처럼 줄거리만 쫓아가게 하지 않고 독서의 순간순간에 머뭇거리고 생각에 잠기게 한다. 이것은 그의 소설을 빨리 읽지 못하게 만들고 일회용의 소비재처럼 한 번 읽고 버리지 못하게 한다. 읽으면서 느끼고 느끼면서 음미하고 음미하며 따져 볼 때 그의 소설인 진정한 재미를 알 수 있다. 따라서 〈서편제〉는 소리꾼 남자와 두 오누이 사이의 관계, 그리고 소리꾼 부녀를 찾아 나선 오라비의 정체를 밝혀 주고, 〈소리의 빛〉은 오라비가 명창이 된 누이를 만나 그녀의 소리와 함께 하룻밤을 지새우고 떠나가는 그들의 한 많은 삶의 모습을 전해 주고, 〈선학동 나그네〉는 아비의 유골을 들고 선학동에 돌아온 장님 소리꾼이 소리로써 다시 학이 날게 만들 정도로 절창을 하고 아비의 유골을 묻은 뒤에 마을을 떠나는 이야기를 하고 있고, 〈새와 나무〉는 소리꾼만이 자신의 한을 안고 사는 것이 아니라 많은 사람들이 한을 쌓아 가면서 소리꾼과 같은 떠돌이의 삶을 이어 가고 있음을 확인하게 하고, 〈다시 태어나는 말〉은 소리와 다도에 대한 해석으로서, 앞의 네 작품에 대한 해석이며 결론과 같은 것이다. 이 작품에서 작가는 작중인물의 말을 빌려 의붓아버지와 누이와 소리를 떠난 것이 "그 이상한 소리의 마력에서 자신의 의붓아비에 대한 미움과 복수심을 지키기 위하여"임을 밝힌다. 그들을 떠난 지 30여 년이 흐른 뒤부터 10여 년 동안 의붓아비와 누이를 찾아 헤매는 그의 행동은 그가 그 미움과 복수심에서 벗어났음을 의미한다.

> 사내의 헤매임은 말할 것도 없이 자신의 삶에 대한 깊은 화해와 용서의 마음 때문이었다. 아비를 죽이고 싶어한 부질없는 자신의 원망을 후회하고, 그 아비와 누이를 버리고 달아난 자신의 비정을 속죄하고…… 그러나 이제 와선 이미 서로를 용서하고 용서받을 길이나 사람이 없음을 덧없어 하면서, 그 회한을 살아가고 있는 사내였다.

이러한 해석은 화해와 용서에 도달했다 해서 한을 쌓지 않는다는 것이 아니라 삶 자체가 한을 쌓는 것이기 때문에 한을 안고 살 수밖에 없는 소리꾼의 숙명이 한 많은 사람들의 보편적인, 그러면서도 비극적인 숙명임을 상징적으로, 그러나 아름답게 제시하고 있다. 그래서 '남도소리'는 한의 가락이 아니라, '한풀이 가락'이 된다. 그것은 "우리의 마음속에 그 몹쓸 한을 쌓는 것이 아니라, 거꾸로 그 한으로 굳어진 아픈 매듭들을 소리로 달래고 풀어내는 것"이다. 그래서 그 한의 매듭이 깊은 사람들에겐 그것을 풀어내는 일 자체가 삶의 길이 되는 수도 있기 때문에 이청준의 연작에서는 소리나 다도에서 그것을 찾고 있다. "참 다도란 이를테면 자신의 삶 가운데서의 용서의 길"

이라고 하는 주인공의 말은 다도가 소리와 상통하는 것임을 이야기
하는 단서가 된다. 다도에서 "예법이 있어 그것을 익혀 따르는 것이
역시 멋대로 차를 마시는 것보다 마음이 편할 것 같지"만 예법을 "넘
어서 버리는 일 또한 쉬운 버릇이 아닐" 것이다. 그래서 〈다시 태어나
는 말〉의 주인공 지욱은 다음과 같이 말한다.

차를 마심에서도 법도에만 매달리면 부질없는 형식에 떨어진다 하셨던
가요. 거기엔 사람의 삶이 사무쳐 채워지고 있어야 비로소 올바른 법도가
된다고 말입니다. 말이란 것도 마찬가지인 듯싶군요……. 옳은 차 마심의
마음을 익히려는 사람이나 그 누이의 소리를 찾아 남도 천리를 헤매 다니
는 사람이나, 알고 보면 모두가 그 한마디 말에 자신의 삶을 바쳐 살고 있
음이 아니겠습니까. 그것도 필생의 삶으로 말입니다. 그래 그 용서라는
말은 운 좋게도 몇 번 다시 태어날 수가 있었겠지요.

여기에서 말하는 말은 "사람들 사이에 아직도 살아서 숨을 쉬고 있
는 말, 믿음을 지니고 살아 있는 말, 그런 말"을 의미한다. 그것은 소
리나 차 마심에서나 마찬가지로 이론이나 규범에만 얽매어 있을 경
우에 삶의 구체성을 얻지 못하여 허구적인 것이 된다. 작가가 작품집
제목을 '서편제'로 삼은 것은 그런 점에서 이해된다. 소리의 세계에
서 서편제는, 규범에 충실해야 하는 동편제와는 달리, 소리꾼 자신의
한을 내면화시킴으로써 개성 있는 소리의 획득을 목표로 삼고 있다.
그것은 자신의 처절한 삶의 표현의 절정을 지향하되, 내면화되고 풀

어 버린 한의 표현이어야 한다.

그렇다면 이들의 한은 어디에서 유래하는가? 이 질문에 대한 해답을 제시하고 있는 것이 이 작품집의 제2부에 해당하는 〈눈길〉, 〈살아 있는 늪〉, 〈해변 아리랑〉 등이다. 특히 〈눈길〉은 몰락해 가는 살림을 이끌어 가는 어머니가 타인에게 양도해야 할 집을 양도하기 전에 어린 아들에게 그대로 보여 주고 아들을 떠나보내는 어머니의 한에 가득 찬 모습을 감동적으로 그리고 있다. 집이 없어지기 전에 어린 아들을 한 번 더 그 집에서 맞고자 하는 어머니는 자신의 한에 대해서 한마디 말도 하지 않고 그것을 내면화시킨다. 이처럼 한을 쌓으며 살아온 어머니이기 때문에 아들에게 요구할 것이 있어도 언제나 딴청을 부린다. 가난과 억압 속에서 살아온 한국의 서민적 삶의 정서라고 볼 수 있는 이러한 어머니의 모습은 고난의 역사 속에서 우리의 서민들이 이기고 살아남을 수 있었던, 저항하고 용서할 수 있었던 힘으로 표현된다. 개인적으로 이 작품집에서 가장 빼어난 절창을 〈선학동 나그네〉와 〈눈길〉로 생각하는 서평자는 작가가 이 작품집을 집요한 애정으로 고집한 것이 80년에 남도에서 사라져 간 무수한 영혼들을 위로하면서, 우리 서민들의 놀라운 생명력을 보여 주기 위한 것이 아닐까 생각해 본다.

지적 능력 또는 온기와 슬기

김용직 서울대 국문과 교수

『우리 문학의 현실과 이상』
이태동 지음 / 1993 / 문예

1

비평을 크게 두 가지 유형으로 나누어 보면 어떨까. 그 하나로 독창적인 생각을 잡담 제하는 태도로 설파해 가는 경우가 생각될 수 있을 것이다. 그리고 다른 또 하나의 경우로 일단 택한 대상을 차분하게 검토하면서 거기에 충분한 논거를 제시해 가는 온건주의의 비평도 존재한다. 이태동 교수의 제3비평집인 『우리 문학의 현실과 이상』은 어느 편인가 하면 후자에 속하는 경우다. 이 말은 이 책이 문예비평의 최대 성인인 독창성이 모자람을 뜻하지 않는다. 그보다 이 책에 실린 여러 권의 글이 한결같이 서두르거나 덤비지 않으면서 성실하게 제재들을 음미·검토하는 입장에서 쓰였기에 하는 말이다.

2

『우리 문학의 현실과 이상』은 크게 4부로 나뉘어져 있다. 제1부는 '우리 문학에 필요한 것들'로 여기에는 '책 읽기와 나의 삶', '문학과 선택의 자유', '우리 문학의 현실과 이상' 등 세 편의 글이 실려 있고, 제2부는 '비극적 숭고미와 표백된 언어'로 정지용, 한용운, 서정주, 이상, 이상화, 신동집 등 시인이 다루어졌다. 또한 '한의 극복을 위한 시학'이라고 소제목을 부친 제3부에서는 황동규, 유경환, 정현종, 오세영 등의 시인론이 그리고 제4부인 '대덜러스의 욕망'에는 이태준, 이효석, 이어령, 선우휘, 최인훈 등의 소설가론이 수록되어 있다.

그 성격으로 보면 제1부가 원론적인 화제를 다룬 글이며, 2부와 3부는 시인론들이다. 그 차이가 있다면 2부에서 논의된 시인들이 이미 작고했거나 문단의 노대가들인 데 반해 3부의 시인들은 중견에서 신진들에 걸치고 있는 점일 것이다. 다음 4부는 소설가에 대한 논의다. 여기서는 전후 작가에 속하지 않는 소설가가 이태준과 이효석 두 사람뿐이다. 이로 미루어 우리는 이태동 교수의 비평적 관심이 어디쯤에 있는가를 손쉽게 짐작할 수 있다. 새삼스레 밝힐 것도 없이 그는 문과대학의 교수다. 대학에서 강의도 담당하는 비평가, 곧 강단비평가에게는 공통되는 취향이 있다. 그것이 가능한 한 문학사에서 크게 부각될 수 있는 화제를 택해 까다로운 이론을 적용시키려 드는 성향이다. 그리고 이에 알맞은 경우는 현재 진행형인 시인이나 작가가 아니라 이미 연구, 보고가 이루어진 시인, 작가, 또는 작고해서 그 작업 목록이 드러난 경우다. 그럼에도 이태동 교수의 소설가론에서는 이와 반대 현상이 된다. 이것은 그의 비평적 관심이 항상 신예와 현장에 있음을 단적으로 드러낸다.

3

『우리 문학의 현실과 이상』은 뚜렷이 드러나는 두 개의 태도가 버팀목이 되어 있다. 그 하나는 문학사에서 높은 봉우리에 비견됨 직한 대상, 곧 정전(正典)에 대한 관심이다. 그리고 다른 하나가 이제까지 크게 주목받지 못한 화제들에 대해서도 배려를 한 점이다. 이에 대해서 이태동 교수는 "나는 한국현대문학사에 정전(Canon)으로 오를 작품들과 지나친 편견에 의해 배제된 위험에 놓인 작품들을 무명천을 짜듯이 서로 엮어 가면서…… 이들 작품들이 지니고 있는 숨은 의미를 투명하게 분석하려고 했다"라고 했다. 그리고 또 다른 태도에 해당되는 것이 철저하게 문학적 현실, 곧 작품에 입각해서 논의를 전개하고, 사태를 판단하려는 태도다. 전자와 같은 태도는 우리 문학의 영역을 넓히고 기반을 다져 나가는 내실화 작업이다. 사실 비평가들은 그 관심이나 취향, 또는 이데올로기에 따라 그 이전까지 여러 사람에 의해 논의된 현상들을 다루는 습벽이 있다. 그 지양, 극복이 이런 태도로 이루어질 수 있는 것이다.

실제 이와 같은 태도에 의해 이태동 교수는 시인으로 김민부, 박정만, 송유하, 이경록 등을 다루었다. 이들은 대개가 요절한 시인들이지만 몇 편의 서정가작을 우리에게 끼쳤다. 그것을 발굴 평가함으로써 이태동 교수는 군소시인이나 작가, 또는 변두리 인간으로 소외된 사람들에게도 조명의 불빛을 던진 것이다. 다음 두 번째 태도에 대해서 이태동 교수의 생각은 상당히 확고하다. 여기서 그는 자신의 비평적 방법이 해석학에 주로 의존하고 있다고 한 다음 곧 그것만에 매달린 것이 아니라고 선언했다. 그 까닭을 그는 "해당 작품의 특성에 따라 상이한 비평적 접근방법의 사용은 그 작품의 숨은 의미를 가능한 빠짐없이 조명하는 데 절대적으로 필요"하기 때문이라고 밝혔다.

이와 함께 주목되는 것이 이태동 교수가 근대비평의 여러 방법에 대해 관심을 기울임과 함께 우리 전통적 사상이나 미학에 대해서도 그 나름의 촉수를 뻗친 점이다. 본래 작품을 작품으로 차분하게 검토하려는 태도는 절대주의 분석비평, 곧 러시아 형식주의나 미국의 신비평에서 뼈대가 된 비평 태도다. 그것으로 작품의 구조, 형태가 엄격하게 검토되는 것은 사실이다. 그러나 그 편협한 적용은 역사적 정보를 배제할 때 빚어지는 일종의 진공상태론이 될 가능성이 있다. 이태동 교수의 전통감각 수용론은 그 보완책일 수 있다.

4

『우리 문학의 현실과 이상』에서 특히 주목되는 것이 실제비평을 통해 얻어 낸 성과다. 그 구체적인 증거로 우리는 '자연과 교감의 세계'라고 제목을 붙인 정현종론과 함께 '비극과 비장미', '맹목과 수사학의 비밀 『시인』의 경우' 등 두 편의 이문열론을 들 수 있을 것이다. 우선 정현종론은 그 시각부터가 아주 독특하다. 본래 정현종은 도시형 감각의 시를 써 온 시인이다. 그런 그의 세계가 지닌 한 특성을 자연이라고 보는 것은 많은 사람들에게 의아한 느낌을 준다. 그것을 이태동 교수는 정현종의 시적 추구→자연과 그것이 나타내고 있는 생명력이라고 전제했다. 이런 생각은 그 후반부에서부터 정현종에게 기계문명이 인간 생명의 바탕을 이루는 자연을 파괴해 가는 데 대한 반감과 배제의식을 가진 시를 쓰게 만들었다. 그러니까 여기서 자연이란 소재 상태의 자연이 아니라 옹호, 건설하고 싶은 반기계문명, 탈산업사회의 차원에 해당된다. 이태동 교수는 정현종의 시가 그런 의미의 자연의식을 바탕에 깐 것이라고 판단한다. 다음은 그의 글 일부다.

시인은 이러한 노력과 함께(인간의 자연 파괴를 고발하는 일–필자주) 파괴된 자연의 생태계를 구원하기 위해 짓밟힌 자연의 아픔과 호흡을 같이 함은 물론 자연이 지닌 아름다운 빛과 또다시 교감하며 그것의 순진함과 아름다움에 대해 축복에 축복을 거듭한다. 예를 들면 〈장수하늘소의 인사〉에서 시인은 지리산 기슭에서 비닐봉지에 갇혀 있는 장수하늘소를 풀어주고 그와 인사를 나눈 후 흐뭇한 마음으로 산행을 계속하는가 하면, 〈갈대꽃〉에서는 광섬유와 같은 생광적인 빛을 발견하고 놀라움을 금치 못한다.

비평은 흔히 새롭게 사실들을 해석하기로 생각된다. 문학이나 예술이란 본래 새롭게 세계를 인식시킴으로써 그 길이 열린다. 그런 의미에서 비평의 위와 같은 정리에는 일리가 있다. 그러나 다른 양식과 달라서 비평은 사실 해석이라는 결론에 이르기 위해서 논리의 밑받침을 받아야 한다. 그런데 인공적이라고 생각되어 온 정현종의 시가 왜 자연과의 교감일 수 있는가를 이태동 교수는 위와 같은 삼단논법에 의해 자명하게 제시해 주었다. 이것은 기능적 실제비평이 얻어 낸 한 성과임에 틀림없다.

이문열론은 그 성격으로 보아 일종의 초이데올로기론에 속한다. 서론 부분에서 이태동 교수는 작가 이문열이 말한 정의를 이끌어 들여 '초월적 사인성(私人性)'이란 말을 문제 삼았다. 이태동 교수의 지적에 따르면 초월적 사인성이야말로 이문열의 작품들, 곧 『쇄하곡』, 『사람의 아들』에서 시작하여 『금시조』와 『영웅시대』를 꿰뚫는 공통특질이라는 것이다. '초월적 사인성'의 개념을 옹호하기 위해서 이태동 교수는 이미 이루어진 이문열론을 도마 위에 올렸다. 그 보기에 해당되는 것이 '왜 이런 소설을 자주 쓰는지 모르겠다' 식의 전면 배제론과 함께 '전망부재론'이라는 것이다. 물론 전자와 같은 생각은 소설, 문학, 나아가서는 행동철학에 대한 차이에서 빚어진 발언이다.

그리고 전망부재론이란 사회경제사적 관점에 입각한 문학론을 기저로 한 경우다. 이런 경우 전망이란 역사를 계급혁명의 과정으로 보고 그 지평타개에 대한 의지가 있고 없는 것으로 그 표준을 삼는 개념이다. 전자와 같은 발언은 이문열의 소설에 전혀 계급혁명 내지 진보에 대한 전망이 발견되지 않는다는 판정에서 이루어진 것이다. 그러니까 이와 같은 두 발언의 입각점은 공통되는 셈이다. 그런데 이태동 교수는 이런 생각들의 타당성 여부를 검토하는 근본적 논의에서 그의 이문열론을 출발시켰다. 사실 전망, 또는 역사적 전망이란 그것을 가능하게 하는 철학, 또는 이데올로기 자체는 조금도 회의하지 않는다. 단적으로 말해서 유물변증법적 역사철학이 여기서는 진리이며 진실인 것이다.

그러나 이런 전제는 두 가지 의미에서 참일 수가 없다. 우선 유물변증법적 역사철학이 인간에게 새 시대와 새 사회를 열어 주지 못함은 동구권과 소비에트 러시아의 붕괴로 이론을 삽입할 여지가 없다. 그럼에도 그 이데올로기에 입각해 쓰는 작품활동이 전망을 가졌다는 논리는 무슨 억설인가. 너무도 당연한 논리로 문학이 경제나 사회, 정치의 복사판은 아니다. 그럼에도 거기서 인출된 특정 이데올로기의 한 개념을 기계적으로 적용해서 빚어지는 것이 전망론이다. 그렇다면 우리는 시와 문학의 이름 아래 그것들을 부정해 버린다. 이것은 또 무슨 어처구니없는 자기 비하이며 자체 부정인가. 이태동 교수는 이런 감각에 의해 이문열의 소설들을 분석했다. 그리고 거기에서 유물변증법적 역사 철학에서 도출된 사회개혁의 의지 대신 인간이 끝까지 인간으로 살아남으려는 의지가 있다고 보았다. 결국 이태동 교수는 이문열이라는 한 작가의 행동 철학 내지 세계관까지를 도출, 옹호한 셈이다. 그런 의미에서 그의 비평은 우리와 같은 시대를 사는 한국의 시인 · 작가에 대한 깊은 이해, 애정 어린 눈길의 소산인 셈이다.

근현대소설의 내적 흐름

윤병로 성균관대 국문학과 교수

『한국소설사』

김윤식 · 정호웅 지음 / 1993 / 예하

한국 근현대소설의 흐름을 체계적으로 정리한 역저가 새로 나왔다. 서울대 사제지간인 문학평론가 김윤식, 정호웅 교수의 공저『한국소설사』(예하, 1993)가 바로 그것이다.

소설사로서는 이미 1960년대의 학술적 업적을 대표하는 김우종 교수의『한국현대소설사』(선명문화사, 1963 초판 ; 성문각, 1982 개정판)가 선편을 잡은 이래, 1970년대의 학문적 성과를 집대성한 이재선 교수의『한국현대소설사』(홍성사, 1979)가 나와 있다. 따라서 이번에 나온 소설사는 근 14년 만에 나온 80년대 연구성과의 집대성이라 할 만하다.

김우종 교수의『한국현대소설사』는 신소설부터 1960년대까지의 소설사적 흐름을 주로 문단적 경향과 문예사조적 특징을 중심으로 서술한 역저이다. 이재선 교수의 『한국현대소설사』 또한 1950년대까지의 소설 흐름에 대하여 작품들의 내재적 관련성을 비평적으로 엮어 서술한 특징을 가지고 있다. 전자가 문학작품의 사회역사적 관련을 균형 있게 의식한 것에 비하면 후자는 비교적 자유로운 비평적 감각을 중시하고 있다.

이번에 나온 『한국소설사』는 가장 최근에 나온 저서로 1980년까지의 전 시대를 담고 있으면서, 동시에 수많은 자료를 싣고 있다. 그간 소설사에서 소외된 작가와 작품을 소개하고 참고문헌, 작가의 아호 및 필명 일람, 등단작, 작품목록, 주요소설 목록, 당해 역사와 문단사정 및 문학작품을 대비한 연표 등을 수록하여 우리 소설사를 한눈에 개관하도록 자료집 구실을 다하고 있다.

게다가 이전까지 어느 소설사도 시도한 바 없는 북한소설사를 일부 소개함으로써 분단 극복의 의미까지 어느 정도 지니고 있다. 해방 직후의 북한소설을 '토지개혁과 전후복구과정의 형상화'란 의미로 정리하면서 『땅』, 『시련속에서』 등 대표적인 작품을 '한국소설사' 란 이름 아래 편입시켰다는 점이다. 다만 아쉬운 것은 이기영, 한설야 등 월북작가의 장편이나 천세봉, 윤세중 등의 몇몇 1950년대 소설만 다루고 있어 전체적인 흐름을 알기는 어려운 점이다. 언젠가는 제대로 된 통일문학사가 쓰여야 할 터이지만, 그러한 방향을 위해서도 이러한 작업은 소중한 의의가 있다고 할 것이다.

이제 이 책의 소설사 서술 방법을 살펴보기로 하자. 문학이 작품 자체의 독자성을 가지면서 그것이 산출된 역사적 공간과 무관할 수 없다면, 모든 문학사가들이 그 문제를 어떻게 하나로 아우를 수 있는지 고민하는 것은 당연할 것이다. 이 점에 대하여『한국소설사』의 공저자는 '내적 형식'이라는 개념을 내걸고 있다.

이 책은 소설사를 작품 위주이면서 형식 중심으로 기술한다는 원칙을 표방하고 있다. 이때의 형식이란 내용과 구분되는 외적이고 기교적인 차원의 것이 아니라, 루카치의 개념을 수용한 듯한 내용 형식의 종합으로서의 내적 형식이다. 따라서 소설사적 의미가 큰 작품이란 새로운 내적 형식을 창조한 작품이며 중심작과 그 아류들이 하나의 의미로 묶여지게 하는 것도 공통된 내적 형식이라는 것이다. 추정컨대 루카치의 소설사회학을 원용한 듯하며, '문제적 개인'이 타락한 현실에서 진정한 가치를 추구하는 소설 양식의 본질을 충실히 구현하는 작품에 의의를 두고 있는 듯하다.

그러나 이러한 서술이 작품 중심의 서술과 맞물려 소설사의 흐름을 문제소설 위주로 본 것은 다양한 소설 양상을 좁혀 보게 되는 것은 아닌가 하는 생각도 든다.

문학사의 서술은 시간적이고 공간적인 형태로서의 유기적인 관계에서만이 아니라 그것을 떠난 문학 자족적인 위치에서의 다양성까지 폭넓게 포괄할 필요가 있다. 이 점에서 김우종 교수의『한국현대소설』이 많은 작가와 작품을 수용한 데 반해, 이번에 나온 김윤식, 정호웅 교수의『한국소설사』는 아쉬운 점이 없지 않다. 물론 시기적으로는 1980년까지의 소설사와 대하소설을 다루고, 공간적으로는 북한의

1950년대 소설까지 다룬 것은 진일보한 점이다. 그러나 근대적인 시각과 리얼리즘·모더니즘의 틀 속에서 엄격하게 비평적 기준을 적용한 결과 더러 주요한 작가와 작품이 누락되지 않았나 하는 아쉬움이 있다.

내적 형식에 의한 소설사 서술은 사적 흐름을 포착하는 데 있어서 새로운 인간형의 출현보다는 형식적 새로움에 눈을 돌리기 쉽다. 즉, 새로운 개성보다는 관계를 더 중시한다는 태도가 중요하다는 주장이다. 소설사적인 진전은 저자의 서문에서 표현한 대로라면, "전후의 관계 속에서만 정확하게 파악되고 설명될 수 있으며, 관계망의 동적 맥락 속에서만 그 창조적 역동성이 제대로 감지되고 기술될 수 있다"는 것이다. 그렇게 되면 예술적 완성도가 높고 뛰어난 걸작보다도 작품군의 성격 규명에 알맞은 작품이 오히려 중시될 것이다. 이에 대하여 저자는 뛰어난 작품이라고 해서 반드시 그 시대 소설문학의 일반성을 담지하고 있는 것은 아니라고 말한다.

그렇다면 궁극적으로는 문학사의 방향을 종잡을 수 없게 될 것이다. 문학사의 흐름보다는 비평적 공통항으로 묶여진 작품군에 대한 설명이 위주인 것이다. 한 예로 신소설의 대표작을 이인직의 『혈의 누』로 놓고 다른 작품을 모두 아류 취급을 하고 있는 느낌이다. 그러나 소설사의 방향과 관련시킨다면 전대 판소리계소설의 역량을 수용하면서 개화기의 역사적 의미를 담고 있는 신소설의 정점 『은세계』를 빠뜨린 소설사 서술은 문제라고 하겠다. 『혈의 누』는 신소설의 출발일 뿐 정점은 아니지 않은가 하는 점이다. 그러한 비평적 감각의 중시가 문학사의 발전적 흐름을 외면할 수도 있을 것이다.

이 소설사도 그러한 한계를 넘어서기 위해 '리얼리즘과 모더니즘'의 두 대립구도를 소설사의 주요한 흐름으로 포착하고 있다. 경향소설과 민족주의계열 소설은 리얼리즘의 축에, 이상과 최명익 등은 모더니즘의 축에 놓고 설명하고 있는 것이다. 그런데 일제시대 소설사의 전개에는 무리 없이 맞아떨어지는 듯하던 대립구도가 해방 후 1980년대 초 대하역사소설의 세계에 이르기까지는 제대로 들어맞지 않고 있다. '자유평등의 이념항'이라든가 '민중주의', '분단 · 이산소설' 등의 소설사 장 제목은 애초의 구도와는 벗어나 리얼리즘적 흐름만을 대세로 보여 주고 있는 것이 아닐까 생각한다.

결국 한국소설사의 주된 흐름이 리얼리즘이라는 사실을 역설적으로 반증하고 있는 것이 아닌가 한다. 그런데도 굳이 모더니즘을 대립구도의 한 축에 놓은 이유는 저자들의 비평적 감각에서 나온 산물이 아닐까 생각되기도 한다. 이런 점에서 저자들도 서문에서 밝힌 대로 한국소설사의 전개에서 새로운 개성의 창조는 계속 주목되어야 한다.

몇몇 한계를 지적하긴 했지만 김윤식, 정호웅 두 사제지간의 공저 『한국소설사』는 1980년대의 연구 성과를 모은 역저임에는 틀림없다. 앞으로 작가와 작품을 늘리고 좀 더 포괄적이고 발전적인 방향으로 내용을 보완하고 수정하여 이 시대의 가장 뛰어난 소설사로 서술되기를 기대한다.

포스트모던적 글쓰기에 숨은
복고주의의 위험성

황도경 이화여대 국문과 강사

『영원한 제국』

이인화 지음 / 1993 / 세계사

이인화의 『영원한 제국』을 읽은 후의 첫 느낌은 놀라움과 당혹감이다. 여기에서 놀라움이란 일차적으로는 그의 책이 직접, 간접으로 깔고 있는 역사적 사실이나 지난 시대의 세시 풍속, 일상의 모습들에 대한 철저한 고증 그리고 이를 위해 필요했을 막대한 양의 자료와 지식의 폭에 대한 감탄에 다름 아니고, 또한 정조의 독살설이라는 민담적 주제를 역사적 문맥 속에서, 다시 말해 새로운 역사 인식과 사상에 근거해서 소설화시켜 놓은 해석의 폭, 그리고 이를 흥미 있고 박진감 있게 전개시켜 가는 서술의 힘에 의한 매료이기도 하다. 사실

이러한 감탄 밑에는 독자로서의 지적인 갈증, 그리고 교양적 자료들로 가득한 흥미로운 역사 소재의 이야기를 엿들음으로써 그 교양적 세계에 참여하고 있다는 지적 충만감이 은밀하게 작용하고 있다. 출판된 지 녁 달 남짓한 사이에 수십만 권이 팔렸다든지, 영화와 연극으로 공연될 것이라는 사실 등은 이 책이 독자들의 이러한 기호와 욕구에 적절하게 부응하고 있다는 한 반증일 것이다. 정체불명의 무협지나 연애소설, 감상적인 넋두리 글들의 홍수 속에서, 혹은 난해하고 무미한 그래서 근접하기 어렵고 막막함만 더하게 하는 글들 속에서 이 책은 교양과 흥미를 적절하게 갖춘, 그야말로 교훈성과 재미라는 문학의 두 기능을 충족시켜 주는 것으로 여겨지고 있는 것이다. 이것은 문학작품으로서의 품격과 함께 이 책이 갖고 있는 대중적 개방성을 확인시켜 주는 것으로써 이 책의 중요한 정점임에는 분명하다.

그러나 이러한 경탄과 뿌듯함 한편으로 이 책에서 저자가 선망 어린 시각으로 기대고 있는 '영원한 제국'에의 향수가 내게는 참으로 당혹스럽다. 그리고 문민시대라고 하는 지금의 우리에게 불어 닥친 작가의 '영원한 제국'에의 선망, 독자들의 『영원한 제국』에의 경도를 어떻게 해석해야 할지 난감하기도 하다. 나로서는 이러한 대중화 속에 지난 시대의 군국주의나 절대권력에의 향수가 숨어 있는 것은 아닌지, 고전으로, 옛날로 돌아가자는 복고주의의 목소리가 숨어 있는 것은 아닌지, 그리하여 저자의 어투에서도(텍스트 속에서뿐 아니라 작가 후기에서조차) 드러나는 고어적 근엄함 속에 '충신'과 '열녀' 지향의 지난 시대의 윤리와 가치관이 다시 절대성을 띠고 고개를 들게 되는 것은 아닌지 걱정스럽다. 근자의 거리에는 이미 복고풍이 여성들의 긴 치마와 통굽 구두, 등에 매달린 거북이 가방과 머리를 동여맨 수건 등의 포스트모던식 패션 감각 속에 되살아나고 있거니와, 때로 이들의 포스트모던한 외양에는 아이러니하게도 여성이나 사회에 대한 전근대적 인식이 여전히, 아니 포스트모던한 포장으로 더욱 은밀히, 숨어 있곤 한다. 『영원한 제국』은 나로 하여금 이러한 포스트모던 문화에 숨은 음험한 복고주의를 환기시킨다.

『영원한 제국』은 본격적인 이야기 앞에 '책'이라는 제목이 붙은 0장을 갖고 있다. 그에 따르면 '나'는 일본 동경에서 우연히 『취성록』이라는 책을 발견하게 됨으로써 역사의 진실에 대한 의혹이 일기 시작하였으며 바로 그러한 숨겨진 진실에의 욕망이 이 책을 쓰게 된 동기라는 것이다. 거의 작가적 목소리로 들리는 이 진술은 그러나 가상의 역사속으로 진입하기 위해 설정한 허구적 상황으로, 독자로 하여금 소설속의 이야기가 갖는 진실성에 대해 한층 신뢰감을 갖게 만들 뿐 아니라 실제와 환상, 현실과 허구의 경계 사이에서 그 무너짐을 경험하게 만드는 기능을 하고 있다. 이것은 허구와 현실, 실제와 환상의 사이를 허무는 작가의 포스트모던적 글쓰기의 한 반영으로서, 그의 첫 번째 소설인 『내가 누구인지 말할 수 있는 자는 누구인가』에서 이미 방법론적으로 시도된 바 있다. 원론적으로 말하자면 『영원한 제국』에서 그는 허구와 현실, 실제와 환상의 넘나듦을 방법론적으로 시도함으로써 진실과 거짓의 전도성을 함께 부각시키고자 하는 것이다. 그 구체적인 이야기는 바로 정조의 독살설이다.

이야기는 정조 24년 정월 십구일 규장각 서고에서 검서관인 장종오가 누군가에 의해 독살됨으로써 시작된다. 29세의 규장각 대교인 이인몽은 이 의문의 죽음을 처리하는 과정에서, 이것이 권력의 핵심에서 멀어진 노론파가 자신들의 입지를 어렵게 하는 '선대왕마마의 금등지사'를 얻어 내기 위해 벌인 일임을 깨닫게 되고, 결국 그들의 음모로 정조가 독살됨으로써 왕권 중심의 이상국가의 꿈이 좌절되는 것을 경험하게 된다. 이때 이인몽은 정조가 추구한 개혁정치와 왕권 중심의 이상국가에 대한 철저한 믿음을 지닌 인물로서 금등지사의 비밀을 간직한 이야기의 근원처로 설정되어 있을 뿐 아니라, 작가 자신의 세계관과 역사관 그리고 이인화(異人化)된 삶에의 꿈이라는 이인몽(異人夢)의 주제를 실현하는 인물이기도 하다. 실제로 정조의 독살에 얽힌 이야기의 서술이 거의 그의 시점에서 이루어져 있는 바, 조선조 당쟁을 남인 대 노론의 세계관적 대립으로 해석하고 있다고 할 때 작가의 입장이 기본적으로 남인에 대한 소박한 찬동에서 출발하고 있어 그와 같은 소기의 의도나 목적에 있어서의 객관성에 많은 문제점을 안고 있다. 작가가 작품의 기본적인 대립항으로 설정하고 있는 남인과 노론 혹은 정조와 노론 사이의 갈등은 육경 중심주의와 사서 중심주의, 왕권 중심주의와 신권(臣權) 중심주의, 주나라 문왕, 무왕에 의해 구현된 '성왕정치(聖王政治)'와 송대의 문인 관료정치인 '붕당정치(朋黨政治)' 그리고 퇴계의 주리론과 율곡의 주기론의 대립에까지 이어지고 있고, 이때 작가적 분신과도 같은 이인몽이 서 있는 자리는 철저하게 전자이기 때문이다. 따라서 작가는 알게 모르게 붕당정치의 붕괴와 타락의 원인을 노론에게 전가시키고 조선 왕조의 쇠퇴를 정조라는 영웅적 군왕의 죽음에 전적으로 전가시킨다.

이인몽에게 있어 임금이란 "바로 황극인(皇極人), 땅의 이치를 드러내는 사람"(196쪽)이며, "나라가 나라다운 것은 군신간에 의리가 있기 때문"으로 "임금은 어디까지나 임금이요, 신하는 어디까지나 신하"이다.(135쪽) 그가 꿈꾸는 세상은 "위에는 성스러운 군왕이 계시고 아래에는 착한 백성이 있는 그런 단순한 세상"(51쪽)이며, 이 옛시대의 꿈을 실현시키기 위해서는 탐욕스럽고 간사한 특권계급들을 남김없이 숙청해야 한다고 믿는다. 그러나 이러한 역사관, 국가관은 그야말로 '단순한' 인식이며 또한 위험한 인식이다. 이인몽에게 "천년에 한 번 만나기 어려운 성군"(200쪽)으로 비친 정조나 음모와 술수로 사도세자와 정조 모두를 음해하고 있는 것으로 파악된 노론 일파는, 모두 극단적으로 옹호되거나 부정됨으로써 객관성을 잃고 있는바, 그의 시점에 밀착되어 진행되는 작가적('나') 서술이 이에 대해 별다른 거리나 비판적 여지를 드러내고 있지도 않다. 오히려 늙고, 초라한 노인이 된 이인몽의 회상과 그의 쓸쓸한 죽음으로 처리되고 있는 결말은 그 허무적 정조와 안타까움으로 인해 이인몽이라는 인물뿐 아니라 그가 지닌 정치관, 역사관을 묻혀진 진실이라는 타이틀 속에 더욱 강하게 접목시킴으로써 독자의 심적 동조까지 유도하고 있는 형국이다. 작가 자신이 후기에는 말하듯이 이인몽은 정조의 곁에 서 있던 꿋꿋하고 충성스러운 젊은 선비인 것이며, 따라서 우리는 그의 인간됨에 대해서뿐 아니라 그의 사상과 역사관에 대해서까지도 함께 박수를 보내도록 유도되고 있는 것이다.

이 작품이 주는 혼란과 당혹스러움은 그것이 주는 매력만큼이나 크다. 작가는 역사가 인간보다, 왕이 백성보다, 절대적 권력에 의한 평화가 권력 분산에 의해 야기되는 어지러움보다 우선하는 것이라고 믿고 있는 것인가? 이 1993년의 포스트모던 시대에 갑작스레 떠오른 절대 왕정에 대한 향수, 주나라로 돌아가려는 꿈을 어떻게 해석해야 할까? '성스러운' 국왕과 '착한' 백성에 대한 이 소박한 꿈은 충분히 소박하게 이야기로 담길 수 있는 것이겠지만, 이 책이 그렇게 소박하지만은 않은 세계관과 철학을 담고 있으며 독자의 교양적 욕구에 부응하여 대중화되고 있음을 생각할 때 정치적, 사상적, 윤리적 복고주의를 은연중에 조장하고 있지는 않는가 경계하게 만드는 것이다. 뿐만 아니라 현실과 상상, 실제와 허구, 과거와 현실 사이의 경계를 뛰어넘으려는 작가적 의도와 꿈은 종국에 냉철한 역사인식과 허무적 운명론의 경계마저도 지워 놓고 있는 듯이 보인다.

『영원한 제국』은 포스트모던적 글쓰기 방법에 의한 서스펜스 스릴러로서는 성공하고 있지만, 그것이 담고 있는 복고취향은 이 작품의 대중적 성공 때문에 더욱 위험스럽다. 작가의 의도와는 달리 독자들은 이 책을 단순히 이야기꾼이 들려주는 옛날이야기로서가 아니라 작가 자신의 고유성과 내면적 진실을 드러내는 소설로서 읽고 있는 것이다.

다의적인 사고를 요구하는 사회

설의웅 시인

『한국 현대시 해석 · 비판』
김용직 지음 / 1993 / 시와시학사

『한국 현대시 해석 · 비판』이라는 시론집을 펴낸 김용직 교수는 문학평론가이자 서울대학 인문대학 교수이다. 경북 안동에서 나고 서울대와 동 대학원을 거쳐 1961년 《자유문학》에 〈우리 현대시에 나타나는 두 양상에 대하여〉를 발표하면서 문단에 등단케 되었다. 1947년에 『한국문학의 비평적 성찰』, 1983년에 『한국 근대시사』, 1989년에 『해방기 한국 시문학사』를 썼다. 『해방기 한국 시문학사』로 세종문화상을 받았다.

그동안에 발표한 김용직 교수의 주요 평론 1961년 〈샤머니즘과 비평의 거리(距離)〉 등 100여 편과 1986년 『정명의 미학』이라는 수필집 등을 상재하였다. 이번에 '시와시학사'에서 낸 시론집 서문에서 김용직 교수는 "안내지도 한 장도 지니지 못한 꼴로 한국문학, 더구나 근대문학의 영역을 헤매며 더듬어 왔고, 물론 그 가운데 이루어 냄은 미미할지 모르지만 그런데도 이웃들에게 서투른 손길로 알아낸 여정을 적어 두려는 생각에서 시도된 것"이라고 하였다.

그는 시론집에 수록된 평론들은 최근 4, 5년 사이에 썼고 매체의 요구에 따라 또는 부끄럽게도 생활에 보태어 쓸 생각으로 신청한 연구비의 보고서로 작성도 하였지만 보다 많이는 좋아서 하였다고 밝혔다. 크게 보아 김용직 교수의 시론집은 그의 말대로 한국문학 연구라는 자원봉사 활동의 결과로 이루어졌고 진행 도중에 안팎으로 비판이나 간섭 비슷한 말도 있었지만 끝내 한국문학 연구, 우리 시의 이해, 파악이라는 이 탐사 작업을 포기하지 않았다면서 "이 일은 어느 모로 보든 내 자신"이라고 한 만큼이나 핏줄로 이은 저작임에는 틀림없다. 김용직 교수의 시론집에 실린 한용운, 양주동, 정지용, 이상, 김기림, 오장환, 백석은 대체로 1930년대 전후에 걸친 근대문학의 영역에서 시작활동을 하였던 시인들이다.

육당의 〈해에게서 소년에게〉라는 신체시가 《소년》지에 발표된 해는 1908년이다. 신체시는 4·4조 가사나 3·4조 시조의 음률을 부순 구어체였고 전통시를 무너뜨리는 일종의 해체시 구실을 하였다. 이렇게 출발한 신체시란 전통시보다는 질이 떨어졌지만 어쨌든 한 걸음 발을 내디딘 사실만은 틀리지 않다.

1920년대는 유럽의 세기말 문학풍조가 시단을 지배하였다. 탐미주의, 상징주의 등이 소개되고 시작에서도 그런 현상이 나타났다. 후반에 접어들면서 카프파를 중심으로 문학의 계급운동이 일어났고 문학의 사회적 기능에 비중을 두었다. 1930년대에 들어서자 비로소 국제적인 안목으로 말할 수 있다. 모더니티가 시단에 나왔다. 이 연대는 탈아류, 탈아마추어리즘을 이룩한 시기이다. 첨예한 모더니즘의 시들이 대량으로 생산되는가 하면 전통적 서정과 토속의 세계를 리얼하게 영상화시키기도 하였다. 기독교적인 메시아사상을 바탕에 깐 관념시와 선(禪) 감각의 탈속세계를 시도하는 등 처음으로 맞이한 시의 부흥기였다. 이 시기를 다룬 김용직 교수의 이번 시론집은 『시와 시학 학술 총서2』로서 책의 크기는 국판, 부피는 376쪽, 차례는 다음과 같다.

1. 서구(西歐)와 철저(徹底) — 한용운론(韓龍蕓論)

2. 무애 양주동(無涯 梁柱東)의 시작세계

3. 정지용론

4. 실험과 체질 — 이상론(李箱論)

5. 모더니즘과 그 초극(超克)시도 — 김기림(金起林)의 경우

6. 열정과 행동 — 오장환론(吳章煥論)

7. 토속성과 모더니티 — 백석론(白石論)

8. 현대시의 상황(狀況)과 전개 — 30년대 후반기 시의 경우

9. 80년대 후반기 시

10. 일제 암흑기 문학인들의 의식과 행동

'한용운'은 19세기 말 충청도 홍성에서 태어났다. 그는 향리에서 한학을 익힌 다음 곧 잠행의 길에 들어섰고 이어 불문에 귀의하는 몸이 되었다. 설악산 백암사에서 득도한 후에 현상계를 넘어 공(空), 무(無)의 경지를 헤아리는 본체의 차원을 체험해 보려고 골몰하였다. 만해가 민족운동에 투신한 시기는 동학 편에 서서 홍주(洪州) 전투에 참가한 때부터이다. 그의 반제투쟁은 헌병 철권통치의 1910년대를 지나 20년대와 30년 그리고 일제 암흑기에 이르는 기간 동안 쉬임 없이 줄기차게 이어졌다. 위당 정인보가 "풍난화 매운 향기 님에게야 견줄 손가"라고 노래한 것처럼 그의 높은 지조와 매운 절개는 항일 저항투쟁사에 가장 뜨거운 불길로 타올랐다.

김용직 교수는 만해의 작품 가운데서 항일, 저항의식이 뚜렷한 시로서 다음 한시(漢詩)를 들었다.

쌓인 세월 한 해도 얼마 남지 않았는데

왜놈의 군대소리 산골에도 울리네

이 천지를 뒤집어 훔쳐가려 하거니

먼 땅 비바람마저가 익숙하구나

그는, 이 시 속에는 일제의 국토침략에 퍼붓는 혐오감이 넘치지만 만해의 이 한시는 민족어로 구축되지 아니한 이유 때문에 근대시로서는 한계가 있었다고 꼬집었다. 그러나 한시에 나타나는 만해의 한계는 『님의 침묵』에 수록된 작품들에 이르러 극복되었다며 『님의 침묵』에 수록된 작품이 모두 88편인데 그중에 시인으로서 만해의 위치를 튼튼하게 확보케 하는 작품으로 10여 편을 꼽았다. 그 제목들은 〈님의 침묵〉, 〈알 수 없어요〉, 〈나는 잊고저〉, 〈예술가〉, 〈나룻배와 행인〉, 〈사랑의 측량〉, 〈비밀〉, 〈복종〉, 〈심은 버들〉, 〈꽃이 먼저 아러〉, 〈당신의 편지〉, 〈수의 비밀〉 등이다. 이 작품에는 현대시들이 요구하는 문체형태에 관한 인식이 뚜렷할 뿐 아니라 그 기법 역시 적지 않게 현대적이라고 끝을 맺었다.

시집 『조선의 마음』을 낸 다음 시작활동에서 비평 쪽으로 옮긴 무애 양주동, 순수 시인인 동시에 모더니스트였던 정지용, 충돌과 부정의 시학 그리고 상식의 선에서는 이해가 불가능한 〈실험과 체질의 이상〉, 1930년대 후반기의 한국시단에서 그 발생부터가 매우 이색적인 〈바다와 나비〉의 시인 김기림, 《시인부락》의 참여로 한국 시단에 본격적으로 등장하고 한때 '시의 황제'라는 호칭이 붙었던 오장환, 토석의 세계를 리얼하게 영상화시킨 백석은 한국 근대시사에서 빼놓을 수 없는 시인들이다. 우리 근대시사에는 뜻밖에도 풍문과 잡보에 내맡겨진 부분이 적지 않다. 한 시인이 올바르게 이해, 파악되는 일은 매우 중요하다.

김용직 교수는 '머리말'에서와 같이 안내지도 한 장도 지니지 못한 꼴로 한국문학, 더구나 근대문학의 영역을 헤매며 더듬어 오면서 그러나 포기하지 않고 어느 모로 보든 분신이며 '나 자체'인 『한국현대시 해석·비판』이라는 시론집을 탄생시켰다. 이 작업은 한국문학 연구, 우리 시의 이해 파악에 귀중한 매체가 될 것으로 확신한다.

　문화란 인공이다. 그냥 먹고 그냥 잠자고 그냥 자연 상태에 만족한다면 문화는 필요없다. 예술은 문화의 정수이다. 좋은 예술은 그냥 태어나지 않고 만들어진다. 시인의 입에서 꽃이라는 말이 어느 때 새어 나온다면 현실에 없는 꽃이 하나 피어난다. 그것은 말이 만들어 낸 꽃 중의 꽃이다. 그것이 바로 꽃의 실재이다. 말은 문화의 매개요 문화 그 자체이다. 우리는 시를 쓰는 사람, 시를 연구하여 이론을 세우는 사람, 시를 읽는 사람이 따로 있다고 생각해 왔다. 그러나 현대는 다의적인 사고를 요구한다. 모든 분야가 융합되어 있는 미래학이 태동하여 관심을 모은다. 그러나 요즈음 예술분야에서 전문화의 경향이 두드러지게 나타난다. 꽃만을 찾고 뿌리나 토양에는 관심조차 가지지 않는 사람이 많다. 이런 풍토에서 진정한 의미의 열매를 거두기란 참으로 어렵다. 읽는 사람의 좋은 반응을 기대하는 바이다.

프랑스문학의 '고고학'인 고전주의에 대한 총체적 검증

김기봉 서강대 불문학과 교수

『프랑스 고전주의 문학』
이환 지음 / 1993 / 민음사

프랑스문학 중에서 세계문학사에 내놓아 그 특이성이나 독창성을 두드러지게 인정받을 만한 문예사조가 있다면, 그것은 아마도 고전주의와 상징주의가 아닌가 싶다. 고전주의는 그것이 합리적 명료성이라는 중요한 프랑스적 정신을 하나의 문화적 결정체로 승화시켰다는 점에서 그렇고, 상징주의는 프랑스 정신의 기본틀인 그 명료성의 원칙과는 너무나도 상반되는 관념적 본질의 세계를 다른 어느 나라 문학사에서도 찾아보기 힘들 정도의 체계적인 문예사조로 그 정체성을 확립시켰다는 점에서 그렇다.

특히 프랑스 고전주의는 사유의 명석성과 추리의 명료성을 문화자

산의 중요한 요소로 그 첫손가락에 꼽는 프랑스적 정신, 이성(지성)과 양식을 판단이나 가치정립의 기초로 삼고 있는 프랑스인의 합리적 사고, 규범 속에서의 자유와 자유 속에서의 규범이라는 상치되는 요소를 조화롭게 교직해 나가는 프랑스인의 건강한 윤리의식, 무엇보다도 사상(事象)을 하나의 기본적인 원칙 속에 '틀짜넣기(Encadrement)'를 선호하는 프랑스적 귀납정신 등을 문학이나 사상을 통해 문화의 총체적 결집체로 훌륭하게 꽃피워 놓았다는 점에서 프랑스가 자체의 문학사에서뿐만 아니라 세계문학사에 내놓고서도 그 우월성과 독창성을 한껏 자랑할 만한 문예사조인 것이다.

실제로 고전주의 시대이었던 17세기의 프랑스는 정치적으로도 왕정제도가 그 절정에 도달해 있었고, 사회적으로도 안정된 번영의 시기였으며, 문화적으로도 고도의 지적(이성적) 기량이 삶의 형식을 규정하고 정립시킨 세기여서, 따라서 프랑스의 자존심이라 할 수 있는 이른바 프랑스가 세계의 중심이라는 '배꼽' 사상의 긍지를 한껏 구가하면서 역사상 전성기를 누리고 있었다. 이와 같은 견지에서 볼 때, 프랑스 고전주의 문학은 가장 프랑스적이고 프랑스 정신을 가장 밀도 있게 정제해 놓은 문학으로서, 또 프랑스인의 정체성을 흔들릴 수 없게 확립해 놓은 문학으로서, 그 독창성이 범세계적으로 평가되고 있는 문예사조이다. 그러기에 이 책의 저자도 서문에서 프랑스 고전주의를 '프랑스 정신의 영원한 본향이자 영감의 원천'이라 했고, 고전주의 문학을 극단한 표현으로 '문학의 고고학'이라 단정했을 것이다.

이같은 프랑스 고전주의 문학에 대한 본격적인 연구서가 이제 우리의 책상 앞에 놓이게 되었다. 해방 이후로만 쳐도 50년이 가까운 짧지 않은 기간인데, 프랑스 문예사조에 대한 전문적인 연구서가 아직도 손에 꼽을 정도로 우선 수적인 열세를 면치 못해서 프랑스문학 전공자로서 항상 부끄러움과 아쉬움을 떨치지 못하던 차에, 대우학술연구 지원의 일환으로 민음사에서 나온 이환 교수의 『프랑스 고전주의 문학』은 불모지나 다름없던 프랑스문학 연구의 못자리에 단비를 내린 듯한 반가움과 효과를 가져다주었다. 특히 고전주의 문학에 대한 전문 연구서로는 아마도 이 책이 처음이기에, 이 책의 존재는 고전주의 연구의 테이프를 끊었다는 점에서도 그 자체로서 큰 의의를 지닌다 하겠다. 더구나 이 책은 저자의 고백대로, "불문학은 나의 평생의 반려자였고 그래서 그것을 떠나서는 나를 생각할 수 없을 만큼" 40여 년 이상 프랑스문학을 자기자신과 동일시하면서 연구해 온 저자의, 그중에서도 '고전주의의 포로' 가 되고 만 저자의 주 전공 분야에 대한 연구서로서 프랑스문학 연구의 한 큰 성과라 할 수 있다.

저자는 이 책을 집필하는 데 있어 세 가지 기본적인 관점을 일관되게 관철하고 있다. 그 하나는, 저자도 서문에서 밝히고 있는 바와 같이, 고전주의 문학을 독립된 하나의 문학현상으로 보고서 그것을 인식하고 기술한 것이 아니라, "그것의 독자적인 영역에도 불구하고 한 시대의 지적 · 문화적 총체와 연계되어" 있는 한 문화적 양상으로서, 다시 말하자면 '비옥한 땅' 으로 비유되는 문화와 역사라는 문화적 토양, 즉 '문화적 전체' 속에 뿌리를 드리우고 피어난 정화(精華)로서 문학을 보고 해석하려는 시각이다. 그것은 한 민족 또는 한 나라의 역사성과 풍토성의 결합체인 문화라는 총체성 속에서 그 총체성을 결합시켜 주는 연결고리로서의 정신현상으로 문학을 이해하려는 시작이다.

그리고 다른 하나는 프랑스 고전주의의 틀을 거시적으로 조망하려는 태도이다. 기실 엄밀한 의미에서 프랑스 고전주의는, 대부분의 문학사나 연구가들이 그렇게 지적했듯이, 17세기를 본격적인 시간과 공간의 장으로 하고서 이룩된 문예사조이다. 그럼에도 불구하고 저자는 16세기의 휴머니즘 시대까지를 포괄해서 하나의 유기적인 체계를 세워 놓고 있다. 그 까닭은 고전주의가 그 문화적 규범을 정립하고 그 규범에 입각해 이룩한 문학현상을 미시적으로 보는 엄격성을 벗어나, 고전주의 문학의 문화적 자양이 되었던 시대까지를 포괄해 근대성이라는 하나의 커다란 범주 속에서 고전주의를 조명하겠다는 저자의 거시적인 의도가 있었기 때문이다. 또 다른 하나는, 대단히 광범위한 의미에서 근대성의 개념이 고전주의에서 어떻게 형성되었고, 그 성격이 어떠했으며, 어떠한 문화적 근거에서 정립되었는가 하는 근대성의 원리 규명이라는 지극히 역사적인 관점이다. 왜냐하면, 고대성에 대립되는 개념으로서의 근대성 즉 근대적 성격은 휴머니즘이 사상의 근간을 이루게 되는 르네상스 이후의 문화사에서 비로소 온전하게 그 본모습을 드러내 놓고 있기 때문이다. 저자의 이와 같은 세 가지 기본적인 관점은 프랑스 고전주의를 질과 양의 두 측면, 즉 깊이와 넓이의 두 축에서 동시에 조명함으로써 가능한 한 연구의 완벽성을 기했다는 점에서 타당하다고 본다.

이 책은 전부 5장으로 나뉘어져 있다. 제1장에서는 17세기 고전주의 문학의 문화적 자양이 되었던 16세기의 휴머니즘과 그것의 문화적 실현으로서의 플레이아드(Pléiade) 문학에 대해 서술하고 있다. 주지하다시피, 16세기는 르네상스의 힘을 입어 중세의 신 중심적 가치규범이 붕괴되고 인간 중심적인 가치체계가 확립된 세기이다. 저자는 16세기의 이같은 코페르니쿠스적인 전환이 있었던 문화현상 중에서도 특히 당대의 주체적이고 현실 중심적인 세계관을 형성했던 정신과, 이에 따른 희랍·로마 문화에의 복귀·모방 현상과, 그로부터 각성된 모국어의 존중사상 등을 특기하면서 그것들이 고전주의 문학 형성에 어떠한 역할을 했고 어떻게 젖줄을 대어 주었나를 체계 있게 설명하고 있다. 다음 제2장과 3장에서는 17세기 전반기를 흐르는 사상적인 풍토와 문학현상을 양분해서 비교적 자세하게 점검하고 있다. 이들 장에서 저자는 시대적으로 다양성과 극도의 혼돈이 표출되는 가운데 확산성의 미학이 정립되었던 16세기를 거쳐 이제 반성적 성찰에 힘입어 본격적으로 규범과 절제의 사상 및 미학을 기초 세우려는 계제에서 나타난 17세기 전반부의 정신 현상들을 조명하고 있는 것이다. 그 대표적인 예로 사상에서는 몽테뉴의 반성적 회의주의, 데카르트의 이성적 논리체계, 말레르브의 규범의 시학이 다루어져 있고 문학에서는 16세기의 정신적 유산으로서의 바로크 문학과 17세기의 정제의 미학적 실현으로서의 프레시오지테 문학이 다루어져 있다. 그리고 제4장에서는 이 책의 핵심부분이랄 수 있는 고전주의가 첫째로는 사상과 시학의 양 측면에서, 둘째로는 장르와 작가별로, 셋째로는 사회적 문화적 반영으로서의 문학이라는 관점에서, 넷째로는 전기적 측면에서 자세하고 깊이 있게 연구되어 있다. 이 장을 읽어 보면 저자의 고전주의에 대한 애정 및 이해와 그 연구의 열정이 얼마나 깊고 강도가 있는지, 그러면서도 얼마나 전문성과 보편성을 획득하고 있는지를 더욱 확실하게 느낄 수 있을 것이다. 다만 아쉬움이 있다면, 고전주의 문학의 시학을 집대성한 보왈로(Boileau)에 대한 연구가 한 항목을 이루어서 더욱 깊이 있게 다루어졌으면 하는 점이다. 마지막으로 제5장에서는 고전주의의 대표적인 3대 희곡작가인 코르네유, 라신, 몰리에르에 대한 사상 및 작품 연구가 개괄적으로 이루어져 있다.

이상과 같은 준열하고도 지속적인 고전주의 천착 작업이, 수십 년 전부터 파스칼에 대한 일관된 연구를 거듭하면서(그는 훌륭한 세 권의 파스칼 연구 서적을 이미 출판했다), 저자의 지적대로 파스칼을 통해 자연스럽게 그리고 필연적으로 인연을 맺게 된 고전주의에 대한 또한 수십 년간의 강의를 담당하면서 연구를 거듭해 온, 이를테면 전통적인 고전주의 전공자에 의해서 이루어졌다는 데에 깊은 신뢰를 보내지 않을 수 없으며, 따라서 그 연구의 정체성과 보편성에 대해서도 우리는 정당하게 높이 평가하는 것이다.

역사의식과 작가의 비전

이태동 서강대 인문대학장 · 영문학

『화두』(1, 2)
최인훈 지음 / 1994 / 민음사

작가 최인훈이 최근에 출간한 『화두』는 근래에 볼 수 없을 정도의 지적인 충격을 우리 문단과 독서계에 던져 주고 있다. 이 작품이 우리에게 이렇게 큰 울림을 가져다줌은 물론 큰 관심의 대상이 될 수 있는 것은 크게 보아 두 가지 이유 때문이라고 말할 수 있다. 그 하나는 『화두』가 이른바 '전후 최대 작가'로서 평가를 받아 오던 최인훈이 『옛날, 옛적에 훠어이 훠이』라는 희곡을 쓴 뒤 면벽 20년 만에 어렵게 쓰인 작품이기 때문이고, 다른 하나는 이 작품이 전통적인 의미의 소설 장르를 초월한 소설 형식과 그것이 다루고 있는 독특한 주제 의식 때문이다.

『화두』는 어느 평론가가 지적한 바와 같이 작가 최인훈의 작가적인 삶을 결산하는 듯한 그의 생애에 관한 작품이다. 다시 말하면 이 작품은 고은의 『나, 고은』과 박완서의 『그 많던 싱아는 누가 다 먹었나』 등과 같은 자서전적인 소설로서 작가 자신의 일생과 그의 작가정신을 역사 속에 투영시켜 스스로 자리매김을 하려는 의도에서 이루어진 듯하다. 그러나 이 자서전적인 소설은 외부적인 극적 사건에 바탕을 둔 인식론적 전개를 중심으로 이루어진 『빌헬름 마이스트』와 사회적인 풍자를 중심으로 한 『톰 존스』와 같이 잘 만들어진 소설형식을 취하지 않고, 제임스 조이스가 『젊은 예술가의 초상(肖像)』에 이어서 쓴 세계적인 걸작 『율리시즈』와 같이 '의식의 흐름'을 중심으로 한 '내면적인 리얼리즘' 형식을 취하고 있다. 그런데 이 작품은 그가 몇 곳에서 언급한 것처럼 『율리시즈』와 유사한 구성과 기법을 가지고 있으나, 주제면에서는 그것과 일치되지 않는다. 이 작품의 주제는 작가 정신이 무질서하고 혼돈된 상황 속에서 유토피아적인 이상사회를 찾아가는 작가정신의 편력과 그 역사적 의미를 탐색하는 것에 관한 것이다. 그가 신문기자와의 인터뷰에서 "소설은 결국 이데올로기이다"라고 주장한 것은 이러한 사실을 간접적으로 뒷받침해 주고 있다. 왜냐하면 그가 여기서 말한 '이데올로기'는 글 쓰는 사람이 '유토피아'로 향한 그의 작가적인 비전을 말과 논술을 통해 역사적 현실 속에 구체화하려는 인간의지를 말하기 때문이다. 그가 이 작품의 많은 부분에서 힘겹고 삭막한 현실과 이상적인 문화세계는 물론 평범한 일상적인 언어와 사변적인 색채가 짙은 문화적인 언어를, 자본주의와 사회주의의 이념을 비교 분석하듯 병치시키면서 소설의 플롯을 움직인 것 또한 위에서 말한 사실과 깊은 관계가 있다고 하겠다.

그래서 그는 이 소설의 제목으로 사용한 '화두(話頭)'에 대해서 다음과 같이 쓰고 있다.

'화두(話頭)'라는 것이 옛날 지식인들에게 어떤 의미였었던가를 알 것 같다. 대개 어느 문명에서나 그 문명의 중심개념 역할을 하는 개념이 있기 마련인데. 동아시아 문명의 우리가 속한 지난 2천 년쯤의 기간에 우리 선배 지식인들의 정신생활의 소식을 가장 내면적으로 전달할 수 있는 개념이 이 '화두'라는 용어라고 나는 생각하고 싶다. '너 자신을 알라'라든지, '견신(見神)'이라든지, '회심(回心)'이라든지, '변증법'이라든지. 'Cogito Ergo Sum'이라든지 하는 서양의 사고생활이 전해 오는 열쇠 개념 모두를 떠올리는 힘이 '화두'라는 말에서 전해 온다. 마음이 벗어 놓은 허물들, 마음이 머물다 간 거푸집인 이미 틀 지워진 기성의 개념들을 벗어나서 마음의 생성과 변화를 거슬러가 보려는 결의가 내비치는 말이다. 생물학에서의 발생(發生)의 개념을 의식에 적용하려는 태도다.

이 '발생'이라는 개념으로 의식현상을 이해하는 것이 지금 나에게는 제일 생산적으로 느껴진다. 의식의 발생과정의 가장 분명한 궤적이 언어라는 생각이다. 언어 이전에도 의식은 있었지만, 언어의 발생을 분수령으로 해서 의식은 동물의 감각과 갈라진다. 그러나 동물의 감각과 끊어지는 것이 아니다. 아마 변모(Metamorphosis)했다거나, 지양(止揚)되었다고 보인다. 그런 사정을 화두라는 개념이 잘 전하고 있다.

그래서 작품『화두』는 인간 최인훈 자신이 현 단계까지 살아온 생애에 대한 자서전적인 소설의 형태를 띠우고 있지만, 이것의 소재는 그의 삶 전체를 포함하고 있는 것이 아니라, 언어의 대장장이로서의 작가 최인훈의 예술적인 삶에 한정시키고 있다. 그 결과 이 작품은 작가 최인훈의 일생을 언어 속에 담은 이야기도 되겠지만, 역사 속에서의 부조리한 현실을 언어의 힘을 통해서 개선하고자 하는 한 작가의 열한 의식의 표백이기도 하다.

이러한 사실은 이 작품의 시작과 끝이 식민지 시대에 일제에 빼앗겼던 풍요로운 조국의 땅과 민족의 주권을 도로 찾기 위해 독립운동에 참여했다가 일년 반 동안 투옥 생활을 하고 난 후 구러시아로 망명을 했으나, 그곳에서 불행히도 희생된 1920년대의 선구자적인 작가 포석(砲石) 조명희(趙明熙)의 『낙동강』에 관한 명상적인 글로 되어 있다는 것으로 증명되고 있다. 다시 말하면 이 소설의 처음은 최인훈이 작가의 꿈을 키웠던 이북의 W시에 있는 고등학교 일학년 국어시간에 면면히 이어 온 우리 민족의 정신사적인 흐름과도 같은 〈낙동강 칠백리, 길이길이 흐르는 물〉에 대해서 쓴 작가적인 의식이 싹튼 작문이었고, 이것의 끝은 그후 40년 동안 온갖 시련과 유혹 속에서도 탁류에 휩쓸리지 않고 의연한 자세로써 역사의식을 지키면서 우뚝 서서, 『낙동강』과 더불어 문학사 속에서 새로운 좌표를 설정하는 『화두』를 쓰는 것으로 되어 있다. 그래서 『화두』가 인간의 이성적인 진실을 침몰시키는 그의 시대의 부조리한 역사적 사회상황과 대결하는 최인훈의 원숙한 작가의식을 나타내는 것이라면, 이 작품의 발생학적인 씨앗이 되고 있는 『낙동강』에 대한 소년 최인훈의 감상문은 그 당시 그가 처해 있던 비이성적인 사회상황과의 의식적인 갈등을 나타내고 있다. 그는 어릴 때 이북 W시의 H고등학교에서 포석의 『낙동강』에 대해 훌륭한 감상문을 썼었기 때문에, 학교의 담벽에 대자보를 쓸 수 있는 기회를 얻었지만, 가족의 성분이 밝혀진 후 그것 때문에 '자아비판'을 받고 급우들로부터 소외됨은 물론 고향으로 추방되어 남쪽으로 내려와서 작가로서의 엑소트스의 길을 걷게 된다.

그러나 그의 엑소트스는 의미 없는 방황이 아니라, 그가 운명적으로 부딪혔던 비극적 현실을 극복할 수 있는 있는 길을 모색하기 위한 것이었다. 그래서 그는 기존의 제도적인 틀이나 혼탁한 정치적인 현실에 대해 항상 말할 수 없는 저항감을 보이면서 새로운 이성적인 사회를 창조하기 위해 인간의 꿈과 이상이 담겨 있는 '책 속의 세계'에서 '노예 철학자'처럼 면벽의 수인(囚人)생활을 끊임없이 계속했다.

다시 말하면, 그는 작가로서 인간이 원시시대의 밀림에서 벗어나 이성적인 문명사회에서 흔들림 없이 살아갈 수 있는 길을 치열하게 모색해야만 되었기 때문에, 그가 처해 있는 부조리한 상황에 대해 불만족스러운 비판적인 지식인의 시선을 보냈다. 그가 소설 공간에 나타난 정치적인 현실 및 그것과 관련이 있는 정치적 사회상에 대해 남다른 관심을 가지고 그것의 기원과 역사적 흐름을 추적하고, 현실로 나타난 좌·우, 그 어느 세계에서도 결코 만족하지 못하고 항상 작가적인 출발을 새로이 시작하는 것은 이와 같은 이유 때문이다. 이를테면 그는 『웃음소리』, 『광장』, 『회색인』 그리고 『소설가 구보씨의 하루』와 같은 우리 문학사에 새로운 이정표(里程標)를 세울 만큼 역작을 발표했음에도 불구하고 경제적으로는 물론 의식적으로 안정하지 못해 미국으로 이민을 가서 그곳에 자리 잡고 사는 부모와 형제들과 함께 잠시 동안 머물지만, 그곳이 그가 영원히 정착할 곳이 되지 못함을 발견하고 귀국을 한다. 그러나 그가 그곳에서 만족스럽고 행복한 순간을 보낼 수 있었던 순간이 그의 창작극『옛날 옛적에 훠어이 훠이』를 무대에 올려놓는 것을 보았을 때와 아이오와 대학에서 '작가 수업'을 하면서 보낸 시간이었다는 것은 우리들에게 시사하는 바가 매우 크다. 전자의 경우, 그는 연극무대가 비록 미국 뉴욕 주의 조그마한 도시에 있는 브록포드 대학의 좁은 공간이었지만, 그의 작가적인 비전이 민족과 계급을 초월해서 그곳에서 실현되는 것을 볼 수 있었기 때문에 어머니를 잃은 슬픔을 극복할 수 있을 정도로 행복했고, 후자의 경우 버지니아 주에 있는 그의 동생 집에서 어머니의 장례식을 마치고 돌아와 얼마 동안의 세월을 보낸 아이오와의 대학촌 마을에서의 그의 생활은 경제적이고 정치적인 압박에서 완전히 벗어난 낙원에서의 공동체 생활 그것과 같았기 때문이다.

그는 정신적인 삶이 없는 물질추구가 마치 폐광을 파는 것과도 같다고 느끼면서 조국으로 돌아온 후, 오랫동안 직접 작품 쓰는 일을 계속하지 않았지만, 후진들에게 작품 쓰는 일을 가르치면서 그의 작가적인 비전을 실현하려고 한다.

또 다른 한편, 그는 식민지적인 억압에서 벗어나서 인간의 이성적인 독립을 허용해 줄 것이라고 생각해서 월북했다가 희생된 이태준과 박태원의 작가정신과 그들의 비극적인 생애를 그들의 작품과 함께 더듬으며 바람직한 사회를 모색하는 명상을 세계문학사적인 맥락 속에서 추구한다.

결국 그의 작가적인 명상의 결론은 공산주의가 무너진 러시아를 방문하는 데서 얻는다. 그의 판단에 의하면 이상주의적인 사회주의 정치체제가 모스크바에서 허무하게 붕괴되는 것은 이념 그 자체에 모순이 있기보다는 그것을 운용하고 실천하는 사람들의 인간정신의 결핍 때문이다. 인간은 결국 신이 아닌 시간의 힘에 의해 퇴각해야만 하는 '폴의 형제'이기 때문에, 이성적인 인간정신을 상실하면 원시적 밀림의 상태로 되돌아가게 된다고 확신한다. 다시 말해 그는 좌·우 그 어떠한 정치 체제에서든지 간에 인간이 사람다운 삶을 유지하고 이상을 실현하기 위해서는 작가정신과도 같은 인간의지가 필요하다고 생각하고, '기억의 밀림 속에 옳은 맥락'을 찾아 위대한 러시아 작가들이 이룩한 인간정신의 빛줄기에 자기자신의 글쓰기를 포함시키고자 한다.

이러한 의미에서 볼 때 작가 최인훈의 자서전적인 소설 『화두』는 무질서하게 변천하는 역사 속에서 인간정신과 이성적인 진실의 맥을 구축하고 확대시킨 인간의지의 지적 기념비이다. 불교적인 의미에서 '화두'가 인간정신의 초극을 의미하는 것이라면, 문화적인 의미에서 '화두'는 부조리한 역사적 현실을 초극하려는 작가정신의 총화이며 그 '빛 무리'이다.

종교문학의 새로운 양상과 그 가능성

정하영 이화여대 국문과 교수

『생의 이면』
이승우 지음 / 1994 / 문이당

우리 민족은 불교를 국교로 받아들인 이래 전 인구의 대부분이 종교를 가지고 있다. 그렇다면 종교는 우리 생활에 깊은 영향을 끼쳐 왔을 것이고, 그 결과 우리 나름의 종교적 정서가 깃든 철학, 사상, 예술 등의 종교문화를 창출해 낼 수 있었으리라고 기대할 만하다. 그러나 아쉽게도 우리의 종교문화는 주로 건물이나 행사 위주의 외형에 치우쳤고, 그것을 내면적으로 승화시킨 예술작품은 그리 많지 않다. 이런 경향은 문학의 경우에도 예외가 아니다.

종교문화의 중요한 영역을 차지하는 종교문학은 그 성격에 따라 크게 두 가지로 구분해 볼 수 있다. 하나는 종교의 교리를 전파하기 위한 선교문학이고, 다른 하나는 그러한 목적의식 없이 종교적 체험을 작품 속에 담고 있는 문학이다. 향가(鄕歌) 가운데 균여의 〈보현십원가〉가 전자에 속한다면, 월명사의 〈제망매가〉는 후자에 속할 것이다.

우리나라에 내세울 만한 종교문학이 빈약하다는 사실은 기독교문학에도 그대로 해당된다. 가톨릭을 포함한 기독교의 전래 역사가 2백 년이 넘었고 신도 수는 전 인구의 절반에 육박한다. 그렇다면 지금쯤은 기독교문학이 일정한 자리를 잡을 때가 되었다. 그런데도 우리는 아직 기독교문학이라고 내세울 만한 작품을 별로 갖지 못했고, 문학적으로 인정받는 기독교 작가를 찾기 힘들다.

이런 상황에서 기독교문학의 가능성을 보여 주고 있는 이승우의 존재는 우리의 주목을 끌기에 충분하다. 그는 서울신학대학을 졸업하고 연세대 연합신학 대학원을 수료한 경력을 가진 작가이다. 그를 주목하게 되는 이유는 그의 이같은 경력 때문만이 아니다. 그는 데뷔작품인 『에리직톤의 초상』에서 교황의 저격사건을 소재로 다룬 이래, 『연금술사의 꿈』, 『가시나무 그늘』, 『생의 이면』 등에 이르기까지 대부분의 작품에서 기독교적 체험을 형상화하고 있다. 그가 다루는 소재들은 남녀간의 사랑이나 가족관계 또는 사회문제 등 여느 작가들도 흔히 다루는 것들이지만, 그것을 대하는 작가의 시각이 기독교적 사유에 기초하고 있다는 점이 이채롭다.

『생의 이면』은 이승우의 문학세계를 집약적으로 보여 주는 작품이다. 원래 이 작품은 여러 해에 걸쳐 발표했던 몇 편의 중·단편을 골격으로 하면서 새로운 부분을 보완하여 엮은 연작형 장편소설이다. 이 작품은 서술자인 '나'가 잡지사의 청탁을 받아, '15년 동안 15권의 장편소설과 7권의 중·단편집 그리고 3권의 에세이집'을 낸 중견 작가 박부길에 대한 '작가 탐구'의 형식을 빌고 있다. "작품 뒤에 숨어 있기만 하던 작가를 전면에 내세워 독자들로 하여금 보다 친밀하고 치밀하게 작가의 내면과 외면을 들여다보도록"(12쪽) 하자는 것이다. 작가가 서문에서 밝히고 있는 바와 같이, 주인공인 박부길의 삶이 상당 부분 작가 자신의 모습과 일치한다는 점이 독자들의 흥미를 끈다.

> 모든 소설은 어떤 식으로든 글쓴이의 자전적 기록이다. ……하나의 소설은 독서를 통해 완성되는데, 그 소설은 결국 작가가 원하든 원하지 않든 독자들에 의해 작가 개인의 삶의 이력으로 읽히고 만다. 그런 뜻에서라면, 부인할 필요가 없다. 이 소설은 자전적이다.(서문)

이 소설의 주인공 박부길은 개인사적으로 파란만장한 삶을 살아온 인물이다. 그의 아버지는 장래가 촉망되는 수재로서 고시공부를 하다가 정신분열증에 빠져 폐인이 된다. 그의 어머니는 동네에 세워진 교회당에 나가다가 드디어는 총각 전도사와 이상한 소문을 남기고 자취를 감춘다. 외톨이가 된 부길은 큰집으로 옮겨 살게 되고, 거기서 그는 뒤꼍에 차꼬를 차고 감금되어 있는 이상한 사내를 만난다. 큰아버지의 무서운 감시를 피해서 어린 부길은 그 사내와 은밀한 만남을 계속하고, 드디어는 그 사내가 부탁한 손톱깎이를 가져다주어 그를 자살하도록 만든다. 그 사내의 장례를 치르면서 부길은 그가 자기 아버지임을 알고, 일생 동안 아버지를 죽인 죄의식에 사로잡히게 된다.

엄청난 충격에 방황하던 부길은 선산에 불을 지르고는 고향을 도망쳐 나오고 만다. 중국집 배달꾼으로 객지를 떠돌다가 개가한 어머니를 만나게 되고, 그 어머니가 계부 몰래 가져다주는 돈으로 어렵게 학교공부를 계속하지만 그의 방황은 그치지 않는다. 어느 날 밤 통금에 쫓기다가 우연히 찾아든 교회당에서 그는 피아노를 치고 있는 처녀를 발견한다. 그녀는 교회 사찰의 딸로서 신학대학을 나온 후로 어머니를 도와 교회의 일을 거들고 있었다. 부길은 그녀의 사랑을 구하기 위해 그녀의 희망대로 신학교에 들어가서 목사가 되기로 결심한다. 그러나 한 여자의 사랑만을 얻기 위해 시작한 목사 수업은 중도에 꺾이고 곡절 끝에 작가의 길로 들어서게 된다. 당연히 그녀와의 관계도 거기서 끊어지고, 따라서 기독교도 그에게는 더 이상 의미가 없게 된 것이다.

이 작품이 제시하는 메시지는 여러 가지로 읽을 수 있다. 작품의 배경에 초점을 맞추면 우리 민족사의 한 불행한 사건과 연결되고, 박부길의 가정환경에 초점을 맞추면 시대 변화에 휩쓸려 몰락하는 가족사가 된다. 그러나 작가가 보여 주고자 하는 것은 이같은 소재적 차원이 아니라 그런 상황에 대처하는 한 인물의 삶의 방식이다. 박부길이라는 한 사람이 살아온 삶의 과정에서 종교가 어떤 의미를 갖는지를 보여 준다. 박부길은 삶의 중요한 전환점에서 종교와의 만남을 체험한다. 첫 번째 만남은 고향을 떠나는 계기를 제공했고, 두 번째 만남은 그의 방황에 종지부를 찍고 작가적 삶을 찾게 해 주었다. 선산에 불을 지르고 고향을 뛰쳐나오기 전날 밤에 그가 찾아간 곳은 전에 어머니와 함께 다녔던 교회였다. 폐허가 되어 텅 빈 교회에서 하룻밤을 지내면서 그는 이같은 결심을 굳힐 수 있었다. 또한 그가 오로지 한 여자의 사랑을 얻기 위해 출세의 꿈을 깨끗이 버리게 된 것도 교회와의 만남에서 얻은 결과였다. 그것을 계기로 그는 작가의 삶을 찾게 된 것이다. 어떻게 보면 단순한 사건일 수도 있는 기독교와의 만남을 통해 그는 '포기를 통한 새 생활의 시작' 이라는 종교적 삶의 의미를 체험하게 된 것이다.

이 이야기는 작가 자신이 밝히고 있는 것처럼 허구로 위장한 자전적 소설이다. 그런 의미에서 우리는 이 작품을 통해 남다른 삶을 살아온 한 인물의 내면세계를 들여다보는 즐거움을 맛보게 된다. 『생의 이면』은 종교를 표면에 내세우지 않았다는 점에서 기독교문학이라고 할 수 없을지도 모른다. 그러나 종교적 체험을 용해시켜 이야기 속에 수용하고 있다는 점에서 어설픈 종교문학과는 비교할 수 없는 깊이를 가진다. 이 작품이 스토리 전달의 표면적 구성보다는, 인간 내면의 심리적 갈등을 밀도 있게 분석하고 방법을 사용하고 있다는 점에서 종교문학의 새로운 양상을 보여 준다.

이 작품은 단편적 기록을 엮은 연작 형식을 취하고 있기 때문에, 필요 없는 부분을 과감하게 생략하고 보여 주기와 감추기의 적절한 배합을 할 수 있었다. 그러나 그것 때문에 한편으로는 이야기가 다소 어지럽게 전개되고 군데군데 중복되는 내용이 엿보이기도 한다. 더구나 작품의 전개가 박부길과의 인터뷰 내용과 그가 쓴 다양한 작품의 인용으로 이어지면서 가끔 서술자의 목소리까지 내비치고 있어서, 전통적 형식의 작품에 길들여진 독자들에게는 당혹스러운 감이 없지 않다.

이승우는 현재 30대 중반의 왕성하게 활동하는 작가로서, 지금까지 내놓은 업적보다는 앞으로의 활동이 더욱 기대되는 작가이다. 그런 그에게 '기독교 작가'라는 딱지를 붙이는 것은 성급한 평가일 수도 있다. 그러나 지금까지 그가 살아온 삶의 과정과 그가 추구해 온 작품 경향을 볼 때, 그에게서 기독교문학의 새로운 가능성을 기대한다는 것이 그리 무리한 일은 아닐 것이다.

독자 앞에 던져진 화두(話頭)

김현숙 이화여대 국문과 교수

『고등어』

공지영 지음 / 1994 / 웅진

신선한 감각의 글쓰기로 우리에게 다가온 작가 공지영은 『더 이상 아름다운 방황은 없다』, 『그리고 그들의 아름다운 시작』, 『무소의 뿔처럼 혼자서 가라』에 이어 『고등어』를 네 번째 장편 작품집으로 내놓았다.

그녀가 지금까지 작품집의 제목으로 설정했던 것들에 비해 『고등어』는 아무 수식이 없어 궁금증을 불러일으키게 하는 것이 또한 새롭다. 그녀는 지금까지 여성, 또는 인간이라는 존재 규명의 문제를 다루면서도 항상 소설이라는 기존의 형식을 잘 지키면서 작품을 써 온 작가이다. 『고등어』도 그러한 소설의 형식을 성실하게 지키고 있어 작가의 소설작가로서의 자세를 보여 주는 작품이기도 하다. 내용에 있어서도 소설의 서두에서 볼 수 있는 옛 연인들의 7년 만의 재회라는 데서 갖게 되는 연애소설이라는 편견으로 『고등어』를 대할 수도 있으나, 독서가 끝났을 때는 작가의 노력하는 자세를 알게 해 주는 작품이다. 이제 『고등어』에 좀 더 접근해서 살펴보면 다음과 같은 네 가지 사실을 알게 된다.

첫째, 우리 앞에 던져진 '고등어'라는 제목이 주는 그 어휘의 의미이다. 작가와 독자가 만나게 되는 구체적 장은 작품이고 그 시작은 제목을 통해서이다. 그래서 제목은 수수께끼의 시작이며, 그 해답은 독서의 진행과 함께 풀리거나 아니면 영원히 미해결로 남겨지기도 한다. 이 『고등어』의 경우 그 해답을 얻기 위해 독서를 했을 때, 고등어라는 어휘는 작품의 단순한 소재가 아니라 상징으로 다음처럼 표현되고 있다.

가끔씩 방파제 멀리로 은빛 비늘을 무수히 반짝이며 고등어 떼가 내 곁을 스쳐 지나가기도 했는데 살아 있는 고등어 떼를 본 일이 있니? 그것은 환희의 빛깔이야. 짙은 초록의 들을 가진 은빛 물고기 떼 화살처럼 자유롭게 물 속을 오가는 자유의 떼들 초록의 등을 한 팽팽한 생명체들, 서울에 와서 나는 다시 그들을 만났지 그들은 소금에 절여져서 시장 좌판에 얹혀져 있었고 배가 갈라지고 오장 육부가 뽑혀져 나가고……(207쪽)

"하나의 생명체로 물 속에 살아 있는 환희의 빛깔을 지닌 고등어가 이제 변색되어 시장 좌판에 놓여진 것을 보며 화자는 지금의 나는 생각하지, 한때 나는 왜 고등어로서 힘들여 바다를 헤엄쳐 다녔을까"(207쪽)라는 생각을 한다. 그리고 죽어 좌판에 놓여진 고등어의 모양에서 자신의 현재 모습과 일치된 것을 느끼며, 따라서 자신의 과거를 떠올리고, 또한 그 끝없이 반추하는 '나는 누구인가', '나는 왜 인간인가' 라는 질문을 자신을 향해 던지고 있다. 이렇게 볼 때 작가가 제목으로 선정한 『고등어』는 작중 인물의 자신을 찾아가기 위해 의식의 문을 여는 주인공의 화두이며, 작가가 이 소설을 읽는 독자들 앞에 던지는 화두이다.

둘째, 주인공 정명우와 노은림, 문여경 그리고 이혼한 아내 연순을 둘러싼 사랑의 갈등이다. 이 점이 이 소설을 불륜을 다룬 진부한 소설로 드러나게 하는 요소이기도 하다. 그러나 이들의 관계에서 가장 중심된 사랑의 관계는 노은림과 정명우를 둘러싼 이야기이다. 그들은 사회의 윤리라는 측면에서 서로가 사랑할 수 없는 관계임을 알면서 사랑했고 결국 그러한 이유로 사랑을 포기할 수박에 없었다. 그들의 만남에서 둘은 자신들의 행동에 후회나 어리석었음에 대한 반성은 없다. 특히 노은림의 경우 그녀는 조국을 사랑했고, 시대를 사랑했고, 사회를 사랑했고, 연인을 사랑했다. 그녀의 사랑은 몸과 마음으로 부딪혀 깨지면서도 후회하지 않는 여인으로 자신의 행동이 어떤 결과로 이어질 것인가에 대한 판단도 접어놓고 생각을 실천하고 그리고 생을 마감한다. 노은림의 이러한 삶의 자세는 자신에 대한 사랑이며 타자에 대한 용서와 사랑이다.

　이혼한 아내 연순은 정명우가 노은림과의 관계가 끝나고 노은림을 잊지 못하면서 결혼한 여인이다. 이때 정명우는 결혼에 대해

　　그런 세상이 올 수만 있다면 어떤 것을 잃는대도 설사 제 몸을 잃는대도 무섭지 않았다. 하물며 감정의 흔들림쯤이야…… 그랬다. 그는 결혼이란 그런 거라고 생각했었다. 직업적인 혁명가로서 살아남기 위해 최소한의 가정을 꾸미는 것이라고 그 대상이 사랑하는 사람이면 좋지만 그렇지 않아도 그만이라고, 서로 믿고 의지하며 같은 길을 가는 것.……(236쪽)

　그런 그의 결혼 생활은 결국은 깨질 수밖에 없었다. 사회혁명가로의 목적이 시간이 흐름으로 희석될 때, 목적을 위한 수단도 의미가 없어지고 만 것이다. 그후에 만난 현재 애인 문여경은 주인공 정명우의 동생 명희의 학교 후배로서 만나게 되었으며 노은림의 분위기를 닮고 있다. 그것은 정명우의 의식 밑바닥에 항상 노은림이 자리 잡고 있음을 보여 주는 것이다.

　작가는 주인공 정명우의 성격을 설명하는 것이 아니라 이 세 여인들을 통해서 드러내 주고 있다. 그가 현대를 살아가는 인물의 한 성격이라고 하더라도 그에게는 오늘이 있기까지 형성되어 온 그 나름의 특성이 있게 마련이다. 여기에서 드러나는 정명우의 성격은 위의 세 여인들에 비해 부정적이다. 즉, '배반하는 남자', '책임질 일을 하지 않는 남자', '더러운 아빠', '죽는 것이 더 나은 아빠'라는 표현들을 통해 작가의식 밑에는 작중 인물에 대한 차이를 관념적으로 느끼

게 한다면 비약일까. 하지만 그 차이는 결국 남성과 여성들 행위에 대한 인식의 차이이며, 그것은 더 나아가 사회가 드러내는 남성과 여성의 제도의 차이에 관계됨을 드러내고 있다.

그래, 임마, 우리 딸이 이담에 커서 우리 마누라쟁이들처럼 차별받고 그런다는 생각을 하면 지금부터 몸이 오싹해. 그러니 나는 이제부터 페미니스트가 되는 거야. 우선 남녀 고용 평등법을 확실하게 실시하라! 이렇게 외치고 또 혼수문제며 이런 불평등도 모두 끝내는 거야.(183쪽)

이것은 이 사회가 안고 있는 생각해야 할 문제를 작중 인물들의 언술과 행위를 통해 보여 주고 있는 것이다. 다시 말하면 정명우, 노은림, 연순, 여경의 관계와 갈등은 불륜이나 애정의 이야기라기보다 작가가 설정한 인물들의 지향점을 담아내는 그릇인 셈이다.

셋째, 이 소설에서 다루고 있는 언어의 질서가 과거 지향의 시간 언어로 되어 있는 점이다. 예를 들면 '~를 알다', '옛사랑', '추억', '기억', '잃어버리다', '~떠나다', '이별'의 어휘는 구체적으로 시간현상 자체의 언어는 아니지만 시간성이 내포된 어휘들이다. 그리고 이 시간과 관련된 어휘들은 긍정적인 것이 아니라, '황량한', '~을 잃어버린', '무너지는' 등처럼 강한 부정적 서술어와 이어져 있다. 그러한 점은 그 시대를 살아간 젊은이들이 국가와 민족, 사회 이외의 모든 것을 포기하고 살았음을 의미한다. 즉, 그들의 말대로 운전도 영어회화도 테니스도 배우지 못했고 샤갈의 그림도 보지 못했고 사랑마저도

대의 앞에서 사치라고 간주해 버렸던 시대였다. 그러나 지금 되돌아볼 때 빼앗기지는 않았지만 스스로 잃어버린 세대들, 잃어버리고도 기뻐했던 세대들의 가장 의미 있는 삶이었다. 그러나 지금의 시간에서 과거는 황량한 것이다. 작가는 이 황량한 과거를 그대로 묻어 버리거나 환상의 세계로 밀어 놓는 것이 아니라 그 아픈 상처를 건드려 그 아픔의 의미를 되새기며 오늘을 살아내는 지혜를 다음처럼 얻고 있는 것이다.

그 영화(카사블랑카)를 보고, 한동안 그는 잉그리드 버그만 같은 여자와 험프리 보가트가 나눈 것 같은 뜨겁고 냉정한 사랑을 꿈꾼 일이 있었다. 그때 험프리 보가트 같은 남자를 진짜 사내라고 생각했던 것이다. 하지만 그는 이제 그렇게 생각하지 않는다.

삶은 영화처럼 곧 불이 꺼지고 막이 내리는 것이 아니다. 그들이 그후 일년 안에 곧 죽지 않은 한 그것은 결코 아름답지도 않고 고귀하지도 않은 일인 것이다. 그건 그저 폼을 잡은 일일 뿐 그 이상 아무 의미도 아니었다.(242쪽)

공지영의 『고등어』는 우리 민족에게 어둡고 힘들었던 80년대에 자신을 잃어버리면서 온몸으로 살아 낸 이 땅에 건강한 젊은이들 모두의 이야기이다. 그 어둡고 아픈 이야기를 정명우, 노은림, 연순이라는 연인들의 과거의 사랑 이야기처럼 쓰고 있어 부담 없이 받아들일 수 있는 것이다. 그러나 작가는 과거라는 어두운 이야기를 어두움으로 반복하는 것이 아니라 반추하되 더 나은 미래를 향해 나아갈 수 있는 원동력을 이루게 해 주고 있다. 그것은 이 소설의 제일 마지막 장의 '절망이라는 이름의 희망' 으로 설정한 작가의 의도를 통해 알게 한다.

네 번째, 또 하나 지적할 수 있는 것은 이 소설의 형식의 새로움이다. 노은림의 유고를 에피그람 형식으로 소설 각 장 첫머리에 주고 있는 점이다. 본문 내용 속에 집어넣을 경우 진부해지거나 지루해질 수 있으나, 에피그람으로 설정하므로 독자들이 지금까지의 소설보다 새로움을 느낄 수 있게 한다. 내용의 서술에서는 현재 진행되는 이야기 외의 에피그람으로 또 하나의 이야기 틀을 이루어 현재와 과거의 복합적인 구성을 간결하게 느낄 수 있게 하는 장점이 된다.

이제 이 작품에서 좀 더 욕심을 내고 싶은 것을 지적해 본다면, 소설의 갈등과 구조에서 작가가 의도하고 있는 과거와 현재의 만남을 세 여인들을 통해서 이루어 내는 점이다. 감추어져 있던 갈등을 극적으로 드러내기 위한 장치로 설정한 부분이라고 여겨진다. 그러나 그 만남의 장이 우연으로 이루어져 있어 자연스럽지 못함을 느끼게 하는 점이다. 그리고 현재의 정명우가 살아가는 방법이 과거에 그들이 가장 경멸하던 기업가, 그들의 표현대로라면 이긴 자들의 자서전을 써 주는 직업을 택했다는 것은 정명우의 현재의 삶이 실패했음을 의미하기 위한 것인지, 아니면 이제는 과거와 같은 투쟁의 행위가 필요 없어졌기 때문에 모든 과거와의 화해를 의미하는 것인지 명확하지 않다. 과거에 자유롭던 고등어가 그와 일체성을 이루고 있다고 하더라도, 그것만으로 설득력은 약하다.

　그럼에도 불구하고 『고등어』는 이 시대의 의미 있는 작품이다. 현재는 90년대이다. 『고등어』의 주인공들이 살았던 80년대와는 너무도 많이 변했다. 또한 영원한 사랑이 없듯 영원한 과거도 없다. 그리고, 과거와 맞물린 현재는 끝없이 진행될 뿐이다. 그 진행에서 되돌아보고 그 의미를 되새길 수 있는 과거를 가졌다는 것은 소중한 것이다. 그 소중함을 누군가가 일깨워 준다면 그것은 더욱 값진 것일 것이다. 공지영의 『고등어』는 설교나, 설명의 언어가 아니라 아름다운 감각의 언어로, 그리고 아름다운 사랑의 이야기로 독자들 앞에 주는 과거를 되새기게 하는 귀한 작품이다.

현대예술에서 전통과 객관화

송동준 서울대 인문대 교수

『사유하는 존재의 아름다움』
밀란 쿤테라 지음 / 김병욱 옮김 / 1994 / 청년사

최근 청년사가 밀란 쿤테라의 에세이집 『사유하는 존재의 아름다움(김병욱 역)』을 펴냈다. 쿤테라는 우리 독자들에게 비교적 많이 알려진 체코 출생의 작가이다. 『참을 수 없는 존재의 가벼움』, 『웃음과 망각의 책』, 『불멸』 등 그의 주요 소설이 거의 우리말로 번역되었다. 그의 작품은 우리나라에서 독자의 관심을 넘어 문학 논의 및 평론의 차원에서도 신선한 새바람을 몰고 왔다.

때마침 나온 그의 이 에세이집 『사유하는 존재의 아름다움』은 쿤테라 문학 이해와 논의에 큰 활력소가 될 것으로 의심치 않는다. 이 책에 수록된 에세이는 『불멸』(1990) 이후 발표된 글임을 역자는 그의

'책을 옮기면서'에서 언급하고 있다. 그리고 이 책을 일정한 '소설'로 읽을 수 있다고 말한다. 하지만 소설로 본다는 것은 과장된 견해로 생각한다.

물론 이 책은 단순한 에세이집 이상의 구성을 보인다. 그리고 이 구성은 일종의 소설미학적 형식으로서 독자로 하여금 책의 내용을 재미있고 긴장되게 읽게끔 하는 데 한몫을 한다. 실은 쿤테라 자신 그의 책에서 이 구성을 시사하고 있다. 책의 제6부 12장에서 언급되고 있는 니체의 작품 구성에 상응한다. 책을 9부로 나누고, 제1부에는 11개의 소제목, 제2부에는 9개의 일련번호, 제3부와 제6부에는 각기 11개의 일련번호, 제7부에는 일련번호가 붙지 않은 서문과 13개의 일련번호, 제8부에는 12개의 소제목, 제9부에는 17개의 일련번호를 붙였다. 이것은 곧 이 책에서 언급되고 있는 니체의 작품 구성이다. "최대한으로 분절된(상대적으로 숱한 단위들로 나누어진) 동시에 최대한으로 결합된(동일 테마들이 끊임없이 되풀이된다) 구성"이며, 짧고 긴 장들이 교체하는 리듬을 가진 구성, 그 때문에 긴장이 늦춰지지 않는 구성—그것은 이 책의 구성에도 분명 해당된다. 이 독특한 형식의 새로움은 니체의 '실험 사상'에서 읽을 수 있듯 독자의 생각을 자극하고 그에게 영감을 줄 수 있다.

책의 주제내용을 요약하면, 유럽소설 전통과 유럽음악 전통에서 카프카나 체코 태생의 음악가 야나체크 그리고 러시아 태생의 스트라빈스키의 위치를 확인하고 이들에 대한 잘못된 이해를 수정하고 이들을 유럽의 현대라는 큰 맥락에서 복권시키려는 시도인데, 이와 동시에 쿤데라 또한 이 맥락에서 자신의 위치를 분명히 하고 자신의 작품에 카프카와 야나체크처럼 잘못 이해되고 해석되는 것을 막으려는 시도라 볼 수 있다.

이 책의 원래 제목 『Les testaments trahis(배반된 유언)』은 책에서 수차 언급되고 있는 내용으로서 막스 브로트가 친구인 카프카의 유언을 이행하지 않고 그를 배반, 그가 남긴 작품 및 기록들(사생활에 속하는 것까지 포함)을 모조리 출간한 것을 시사한다. 브로트는 자신 작가로서 카프카의 둘도 없는 친구였다. 하지만 그는 카프카와 같은 수준의 작가는 못 되었다. 그는 카프카의 예술성을 올바르게 파악할 수가 없었다. 그 때문에 카프카 문학을 탄생시킨 그의 공적에도 불구하고 카프카 문학의 올바른 이해를 저해하고 잘못된 연구를 유도하게 되었다.

책의 제2부에서 언급하고 있는 브로트의 모델소설 『사랑의 마법왕국』(1926)은 이를 분명히 한다. 카프카를 모델로 한 작중 인물 가르타는 '우리 시대의 성자'로 언급된다. 그리고 브로트가 집필한 카프카에 대한 책들 『프란츠 카프카의 신앙과 교시』(1946), 『길을 가리키는 자, 프란츠 카프카』(1951), 『프란츠 카프카 작품에서의 절망과 구원』(1959)은 이미 그 제목에서 카프카를 '성자'의 방향에서 해석하고 있다고 말한다. 그 결과 카프카를 현대소설의 작가보다는 '종교적 사상가'로 해석하도록 했다는 것이다. 이로 인해 카프카학은 카프카를 키에르케고르, 니체, 신학자들과의 관계에서는 많이 연구되나 정작 소설가나 시인 작가들과의 연관에서는 거의 연구되지 않는다고 말한다. 또 카프카학은 '주석'에 머물러 종교적 메시지를 해독하고 철학적 잠언들을 해독하는 꼴이 되었다고 비판한다.

카프카의 소설 『소송』에서 주인공 K는 자신이 무슨 죄를 범했는지 모르고 기소되어 재판에서 유죄선고를 받고 처형된다. 브로트에 의하면 주인공은 아무도 사랑하지 못했기 때문이라는 것이다. 여자관계에 있어서도 더없이 저속한 성적 차원에서만 머무는 거의 '사랑놀이'가 그 예라는 것이다. 제8부에서 쿤테라는 바로 이것이 소설을 소설로서 읽지 않은 결과인 것으로 비판한다. 그로 인해 이 주인공에서 저자 자신을 보도록 한 것과 맞물려 작품 이해를 비본질적인 방향, 혹은 전혀 잘못된 방향으로 유도했다는 것이다. 그러면 소설을 소설로 읽는다는 것은 무엇을 뜻하는가?

이 책의 제1부는 쿤테라의 소설론이라 볼 수 있다. 그는 유럽소설의 연원을 세르반테스와 라블레에서 본다. 그리고 이와 더불어 탄생한 '유머'를 소설미학의 핵으로 본다(19세기 초 독일의 소설가 쟝-파울 Jean Paul 그의 『미학입문』에서 '유머'를 소설미학의 핵으로 정립했다). 쿤테라는 유머를 이 세계의 도덕적 모호성을 발견케 하는, 그리고 다른 사람에 대한 뿌리 깊은 판단을 불가능케 하는 '신성한 빛', '인간의 상대성에 대한 도취, 확실한 것이 없다는 야릇한 쾌감'으로 정의한다. 유머세계인 소설에서는 현실세계의 도덕성에 의한 판단이 불가능하여 모든 것이 상대화되고 고정되지 않는다는 말이다.

이것을 쿤테라는 라블레의 『제4의 책』과 토마스 만의 『요셉과 그의 형제들』을 예로 해명한다. 라블레의 소설에서 주인공 파뉘르쥬가 바다 한가운데서 자신을 오쟁이 진 놈으로 놀려대는 양떼 팔이 상인들을 재치 있는 기지로 물에 쓸어 넣어 통쾌한 복수를 하는 장면, 토마스 만의 소설에서 요셉에 반한 포티파르가 그에게 집요하게 동침을 요구하자 요셉은 자신에게 사랑이 금지되어 있음을 내세워 반항하다 남근이 발기하여 밖으로 드러난다. 그럼에도 한사코 동침을 반항하자 포티파르가 그를 강간범으로 몰고 구원의 비명을 지르는 장면—이 두 장면을 유머의 예로 서술한다. 아무도 파뉘르쥬에서 상인들의 죽음에 대한 죄를 요셉에서 신성모독죄를 보려 하지 않는다는 것이다. 그보다는 상인들에서 그들의 고루한 본성을, 요셉에서 인간의 본성을 보려 할 것이다. 바로 이것이 소설을 소설로 읽는 태도다. 소설세계에서 현실세계의 도덕적 판단의 잣대를 사용할 수 없다는 말이다.

쿤테라가 루시디의 소설 『악마의 시』(1988)를 옹호하고 이와 더불어 유럽소설 예술을 옹호하고 나선 근거가 바로 여기에 있다. 이 소설이 나오자 호메이니는 저자 루시디에게 신성모독죄로 사형판결을 내렸다. 하지만 비평가들은 정말 이 소설이 신성모독을 했는지 책의 내용을 비판적으로 검토하지도 않고 호메이니의 판결에 의거한 국민의 신성에 대한 모독 또한 표현의 자유 침해 못지않게 부당하다는 중립적 입장을 견지했음을 비판한다. 쿤테라에게 문학비평은 작품에서 현실의 시사성을 찾는 데 있지 않고 작품을 여러 차례 읽어 미학적 의도와 가치들을 파악하고 작품에 고유한 독창성을 논하는 것이다. 그리고 그는 이 독창성을 유럽소설사의 대맥락에서 확인해야 함을 강조한다. 여기서는 카프카, 무질, 보르흐, 콤브로비치, 루시디의 맥락이 바로 이 대맥락이며 쿤테라 자신의 소설 또한 이 맥락에서 파악해 주기를 바란다는 것은 분명하다. 작품에서 작가를 찾는 파악은 소맥락인 것으로 이것은 작품의 올바른 이해를 오히려 방해한다. 문학비평이 오늘날 비평의 본령을 떠나 "사태의 추이에 의해, 사회 언론의 변화에 의해 하나의 단순한 문학시사에 관한 정보로 탈바꿈해 버렸다"고 그는 비판한다.

제4부에서는 카프카 소설의 번역을 간략하면서도 집중적으로 서술했다. 번역에서도 작가의 '미학적 의도' 파악이 문제된다는 것을 소설『성』에서 주인공 K와 프리다의 성교장면을 예로 구체적으로 확인한다. 은유, 은유의 성격, 어휘의 제한, 반복, 리듬, 멜로디 등 모두가 미학적 의도와 연결되어 있다. 이를 무시하고 역자가 역자의 한계를 넘어, 창조적 참여를 하려 할 때, 그것은 오역 못지않게 소설의 소설적 이해를 저해한다는 것이다.

쿤테라는 이 책에서 소설에 못지않게 음악에 대해서도 많은 지면을 할애하고 있다. 스트라빈스키와 야나체크에 집중적으로 초점을 맞추고 있다. 이 두 유럽 현대음악가에 대한 잘못된 평가를 바로잡고 1000년 유럽음악 전통에 뿌리한 현대음악의 관점에서 이들의 정당한 복권을 위해서다. 음악사 전체를 기반으로 한 재구성적 작곡을 기하는 스트라빈스키의 음악을 아도르노는 '음악에 의한 음악'이라 비판한다. 또한 주관적 표현에서 음악의 존재 이유를 보지 않고 반대로 음악의 객관화를 기하는 스트라빈스키에 대해 그는 '스트라빈스키 음악이 예찬하는 것은 개별자의 제거'로써 주관성을 압살하려는 자본주의에 대한 동의로 비판하다. 『봄의 축제』에서 봄을 소생시키기 위해 제물로 한 처녀를 희생시키는 결말에 대해 아도르노는 스트라빈스키가 '야만의 편'이라고 비판한다. 이에 대해 음악의 객관화는 바하의 ⟨푸가⟩에서 이미 나타난 음악미학으로 현대음악의 일반적 경향임을 쿤테라는 지적한다. 야만적 의식을 미적으로 구현함으로써 비로소 이 의식 실존을 드러낼 수 있음을 지적하고 아도르노의 '유머' 감각을 의심한다. 여기서 서술되고 있는 스트라빈스키의 음악 특성은 카프카의 소설 특성 단면을 그대로 드러낸다. 특히 이 '야만'에 대한 언급은 카프카 소설의 '성교장면' 서술의 기능에 상응한다.

야나체크의 악곡은 1920년대 스트라빈스키, 바르토크, 힌데미트의 악곡과 나란히 연주 프로그램에 자리했다. 그럼에도 그의 음악은 체코에서 인정을 받지 못했다. 음악에서 '스메타나 이외의 신들'을 모르던 체코의 보수적, 폐쇄적 지방성 때문으로 비판한다. 막스 브로트는 그의 모든 작품을 독일어로 번역해 그의 음악에 국경을 열어 주었고, 1924년에는 야나체크에 대한 전문서를 독일어로 펴냈다. 하지만 브로트는 야나체크 음악이 체코의 전통에 근거하며 스메타나 음악에 손색없이 버금간다는 것을 증명하려 했지 그의 작품이 담은 미학적 새로움의 분석이나 유럽음악 전통의 대맥락에서 그를 평가하지 못했다. 그 때문에 브로트의 이 책은 오히려 야나체크를 현대음악으로부터 단절시켜 그의 고립을 봉인해 버린 결과를 빚었다고 말한다. 이것은 카프카의 경우처럼 그의 작품이해를 오히려 방해할 수 있다.

야나체크의 음악에서는 모든 것은 표현이며 어떤 음정도 그것이 표현이 아니면 존재할 권리가 없다고 말한다. 본질적인 것을 파악하고 옹호하며 본질을 겨냥하는 작곡법으로 단순히 기교상의 이행 부분을 모두 제외시킨다. 여기서 우리는 다시금 쿤테라 자신의 소설 작법을 생각하게끔 된다. 상황묘사나 인물소개 등 비본질적인 것을 생략하고 직접 주제와 맞부닥치는 쿤테라의 생략과 압축기법이 이에 상응한다. 쿤테라의 소설은 유럽소설의 대맥락에 뿌리를 두고 있지만 그의 소설미학이 갖는 새로움은 유럽의 현대음악, 미술, 영화가 담은 예술기법과 연계되어 있음을 확인할 수 있다. 이런 관점에서 그의 이 에세이집은 많은 것을 조명해 준다.

이 책 번역은 별 나무랄 데 없이 잘 되었다고 본다. 역자의 빼어난 재능을 읽을 수 있었다. 몇 가지 아쉬운 점을 지적하자면, 원문 속의 독문(獨文) 인용 처리가 좋지 않았고, 독일 인명을 불어 및 영어식으로 읽어 우리말로 옮겨 놓아 어색했다. 예를 들면 브로트(브로드), 프리다(프리에다), 펠리체(펠리스), 울리히(율리히) 등 인명발음 사전을 찾았어야 했다고 생각한다. 작품명 번역에서도 이미 우리말로 번역된 것을 참조했어야 했다. 그랬다면 "단식 광대"가 "금식 챔피언", "유형지에서"가 "감화원" 등으로 되지 않았을 것으로 생각한다. 내 경험으로는 번역이란 무엇보다도 사전과의 싸움이다.

삶에 대한 섬세한 관찰과 프랑스적 감수성

오생근 서울대 불문과 교수

『새들은 페루에 가서 죽다』
로맹 가리 외 지음 / 김화영 옮김 / 1994 / 현대문학

김화영 교수가 번역한 현대 프랑스의 중단편 소설 모음집 『새들은 페루에 가서 죽다』는 대략 두 가지 관점에서 그 중요한 의미가 정리될 수 있다. 하나는 이 책이 공쿠르상을 비롯한 프랑스의 유명한 문학상들의 수상작 모음집으로서 프랑스 현대문학의 특성과 문학적 기류의 중심을 보여 준다는 것이다. 물론 문학상을 받은 작품들이라고 해서 한 작가나 한 나라의 대표작이라는 논리는 성립할 수 없겠지만, 실존주의 문학이나 누보르망처럼 뚜렷하게 공통된 문학적 경향을 말하기가 어려운 오늘날 프랑스의 문학적 상황에서, 이러한 문학상 모음집은 무엇보다 일정한 수준 이상의 내용들로서 문학적 특성

을 보여 주는 것이 사실이다.

두 번째는 이 작품집에 실린 이야기들이 무엇보다 삶의 진실을 추구하려는 작가들의 진지한 열정과 삶에 대한 섬세한 관찰로 특징지울 수 있다는 것이다. 삶에 대한 그들의 시각과 탐구의 주제는 어떤 이데올로기나 거창한 행동과 관련된 것이 아니라 사랑과 고독, 삶의 유한성과 인간의 권태, 행복에의 갈증과 충족되지 않는 인간적 욕망 등 우리의 삶에서 빚어지는 사소하면서도 근원적인 문제들이다. 겉으로는 안정되고 편안한 것처럼 보이는 삶과 세계가 그 안을 조금만 자세히 들여다보려는 의지와, 그 실체를 손으로 직접 만져 보려는 주의 깊은 관심이 있으면, 여지없이 연약하고 불안한 그 속의 내용물이 포착되고 만다. 삶의 본질이 그렇기 때문일까? 죽음이 삶 속에 있다거나 인간은 병들기 때문에 죽는 것이 아니라, 살아 있기 때문에 죽는다는 몽테뉴의 말처럼, 인간의 비극은 멀리 있는 것이 아니라 우리가 행복하다고 믿는 순간의 삶 속에 있다.

바로 이러한 논리를 실감 있게 말하듯이 이 책에 수록된 대부분의 작품들은 일상적인 삶의 외피를 벗기고, 그 벗긴 자리에서 구석구석 스며들어 있는 아픔과 슬픔, 허전함과 권태, 기다림과 좌절 등의 상처를 섬세하게 드러내 준다. 그것은 여기에 수록된 르 클레지오의 『매혹』에서의 한 구절로 비유될 수 있다. "나에게 그 여자는 벌써부터 마술과 신비에 싸인 하나의 꿈이었고, 혼을 빼앗아 가는, 그러나 부서지기 쉬운, 그러나 일체의 현실적인 삶으로부터 쫓겨난 하나의 이미지로서, 살아 있는 사람들의 눈에는 보이지 않는 저 슬픔과 비밀을 지닌 존재였다." 작가가 묘사하는 이 여자의 모습은 그대로 삶의 모습, 사람의 풍경으로 바꿔 놓을 수 있다. 삶은 '부서지기 쉬운 꿈'과 같고, 속물처럼 살아가는 사람들의 '눈에는 보이지 않는 저 슬픔과 비밀을 지닌 존재'와 같은 것이다. 그것은 해독하기 어려운 암호문 같은 것이지만, 그것을 해독하려는 열의와 특이한 시각, 자기 나름의 비법을 가진 사람에게는 의외로 그 열쇠를 쉽게 건네줄 수 있는 까다로우면서도 너그러운 사람의 모습과도 같다. 그런 점에서 이러한 소설들의 인물과 배경은 이국적이지만, 그 이야기의 사연과 작가적 전언은 별로 낯설게 느껴지지 않는다.

이 소설들에서 삶은 대체로 행복하게 이야기되기보다 비극적으로 인식된다. 삶이 근본적으로 비극적인 것은 아니겠지만, 다양한 작가들의 관점이 삶에 대한 어떤 낭만적 환상이나 상투화된 도덕적 시각을 벗어난 차갑게 가라앉은 응시의 눈길에 의존하고 있는 것은 사실이다. 그것이 사랑을 체험하고 더 이상 사랑에 대한 기대를 하지 않게 된 사람의 차갑고 허무한 시선인지, 아니면 사랑의 체험과는 무관하게 삶의 본질을 깨달은 사람의 깊이 있는 인식인지 분명히 단정지을 수는 없겠지만, 여러 작품들의 개성과 서정적 분위기에 따라 그 양상은 어둠과 빛의 다양한 무늬로 채색되어 있다.

가령 미셸 투르니에의 『소녀의 죽음』은 삶의 권태로움과 그 권태의 파괴적 힘이 얼마나 견디기 어려운 것인가를 보여 주기 위해서 끊임없이 죽음의 연습을 시도하는 여자의 섬뜩한 사연을 보여 준다. 때로는 밧줄에 의해서, 때로는 도끼나 톱과 같은 광물적인 도구들에 의해서, 결국은 권총으로 자살을 시도한 여자의 삶과 죽음을 통해, 작가는 죽음이라는 형이상학적 문제를 추상적으로 다루지 않고, 그녀의 생기 어린 감각적 경험의 추이과정 속에 담아서 이야기하는 것이다. 죽음의 의미를 말하기 위해서 죽음의 이미지와 반대되는 치열하고 생명력 있는 삶의 동적인 이미지를 동원하는 작가의 수법은 대단히 개성적이며 독특하게 보인다. 그리하여 독자는 삶과 죽음의 극단이 대립되어 있지 않고 자연스럽게 연속되어 있다는 깨달음을 받아들이게 된다.

또한 로제 그르니에의 『약간 시들은 금발의 여자』는 시골에서 도시로 올라온 후 여러 가지 외모와 태도로 변화할 수밖에 없는 여인의 모습을 통해, 인간은 누구나 시간의 흐름 속에서 조금씩 무너져 가고, 순진성의 영혼은 때묻고 세속화되기 마련이라는 전언을 보여 준다. 평범한 일상의 삽화적 장면을 중첩시키면서 그 일상 속의 섬세한 부분들을 포착하는 작가적 시각이 돋보이는 작품이다. 같은 작가의 『카리아티드』는 육체의 병이 아닌, 마음과 정신의 병을 앓는 여자와 그녀를 사랑하는 가난한 남편의 이야기를 담고 있다. 요양원의 입원과 퇴원, 그리고 다시 입원하게 되는 여인의 삶이 소설의 주축을 이루지만, 그러한 삶에 연결될 수밖에 없는 남편의 미묘한 심리적 변화가 자연스러우면서도 섬세하게 전개되어 있다. 그녀의 입원 중에 그녀의 친구를 만나 우연한 정사를 갖게 된 행위의 설정도 작위적으로 보이지 않는다.

로맹 가리의 『새들은 페루에 가서 죽다』와 『벽』은 단편소설의 전형적 특징을 담아서 인생에 대한 날카로운 인식과, 외롭고 절망적인 심리적 풍경을 절실하게 보여 준다. 새들이 날아와서 죽는다는 세계의 끝, 페루의 바닷가에서, 지하운동과 혁명 등 격동적인 젊음을 보낸 후 "위대한 목적에도 아름다운 여자에도 이제 아무런 기대를 하지 않게 된" 47세의 쟈크 레니에는 외딴 카페를 차리고 고독하게 여생을 보낸다. 세계의 끝에서 살고 있는 그의 모습이 암시하듯이 삶에 별다른 희망을 갖지 않는 그의 마음은 이제 자연의 풍경을 통해서만 위안을 찾을 뿐이다. 그러나 그에게도 문득 희망의 유혹이 찾아올 때가 있다. 어느 날 밤 광란의 카니발이 있고 난 후 이른 아침에 파도 속에 몸을 던져 자살하려는 여자를 구하게 되고, 그녀와 우연한 정사를 나누고 사랑을 느끼기도 하지만, 그것은 덧없는 순간적인 사랑일 뿐이다. 대화는 많지 않고, 인상적 장면들로 중첩된 영상적 처리가 많은 어느 영화처럼, 이 소설은 상당히 압축된 느낌만큼 시적이고 암시적이다. 그리하여 카니발의 화려하고, 소란스러운 분위기는 죽음처럼 적막하고 차가운 내면적 정황과 대비되면서, 주인공의 심리적 움직임이 긴장된 극적 전환 속에서 잘 표현되어 있다.

이처럼 단편소설의 특징을 가장 잘 살린 요소들은 '성탄절을 위한 콩트'라는 부제가 붙어 있는『벽』에서도 그대로 연장되어 있다.『벽』은 궁핍과 고독 속에 빠져 있던 청년이 옆방의 '천사' 같은 여자를 짝사랑하다가 어느 날 밤 그 여자의 신음소리를 정사의 절정에서 자아내는 관능적인 신음소리로 오해하여 분노와 절망감 속에서 자살하는 이야기이다. 그러나 이 소설의 역설적인 핵심은 그 여자의 신음소리가 관능적 쾌락의 표현이기는커녕, 음독자살로 죽어 가는 사람의 고통스러운 죽음의 소리였다는 점에 있다. 벽을 사이에 둔 두 남녀의 대립과 일치를 보여 주는 이 짧은 소설은 제목이 환기하듯이 인생에 관한 ‘직접적인 의미와 동시에 상징적인 의미’를 함축해서 보여 준다. 사실상 우리의 삶은 얼마나 많은 벽으로 가득 차 있는가? 우리는 수많은 벽 속에서 살아가고 있다. 그러나 문제는 벽 속에 살면서 대부분의 우리들이 벽 속에 살고 있는 것을 모르고 있다는 것이다. 고독을 견디지 못해 목숨을 끊은 주인공의 비극이야말로 삶의 부조리성을 잘 반영하는 비극이다. 벽 속에 갇힌 채 살아갈 수밖에 없는 인간은 도처에서 비극을 겪는다.

로제 그르니에의 『북경의 남쪽에서』 역시 아주 짧은 소설로서 늙고 외로운 신문기자의 쓸쓸한 모습을 부각시키는데, 작가적 시각의 깊이와 노련한 전개방법이 돋보인다. 이처럼 짧은 소설이건 긴 소설이건 사랑의 이야기이건 일상적 삶의 이야기이건, 대부분의 소설들은 삶에 대한 진지한 성찰과 제각기 다른 개성적 서술의 특징을 보여 주면서 독자의 관심을 집요하게 붙잡아 두는 마력을 발휘한다. 독자는 적당히 건너뛰면서 대충 읽고 난 후에 알았다고 말하기가 어렵다. 그만큼 짧은 소설은 짧은 소설대로의 긴장과 압축, 암시성이 많고, 긴 소설 역시 줄거리만 따라가면서 사건을 요약하면 재미가 없게끔 세부적인 사항들에 비중을 둔 복합적인 장치가 설정되어 있다.

『고독의 피에로』와 같이 비교적 긴 소설의 완만한 흐름 속에서 다음과 같은 경구적인 문장을 발견했을 때도 우리는 독서의 흐름을 중단하게 된다.

　서로 사랑하는 사람들은 이 세상에서 고독한 존재들이라지만 서로 헤어지는 연인들은 그보다도 더 고독한 존재들이다. 사이가 좋은 듯이 보이려고 억지로 꾸며 보이면 보일수록 오직 그들 사이의 거리만 더 확실해질 뿐이다. 사랑에 법칙이 있듯이 헤어짐에도 그 나름의 메커니즘이 있는 법.

　결코 가볍지 않은 이런 문장들이 튀어나와도 우리는 잠시 멈춰서 생각에 잠기게 된다. 이처럼 독서의 멈춤과 흐름이 즐거운 긴장 속에서 이어질 수 있게 한 원인은 물론 뛰어난 작품들의 문학성에도 있겠지만, 그 문학성을 자연스럽게 살린 번역의 솜씨에도 있을 것으로 생각된다.

실존의 범주에서 고찰한 시간의 문제

박희진 서울대 영문과 교수

『문학과 시간의 만남』

한스 메이어호프 지음 / 이종철 옮김 / 1994 / 자유사상사

일찍이 하이데거(Heidegger)가 개인에게 경험되는 바의 시간은 실존의 기본 범주에 속하는 것이라고 말했듯이, 인간과 시간의 관계는 불가분의 그것이라고 아니할 수 없는 것이다. 따라서 물리적인 시간의 인위적인 측면, 나아가 그것의 불충분성에 대한 불만을 토로한 문학가는 현대에 와서야 비로소 등장한 것은 아니다. 예를 들어서 『트리스트람 쉔디(Tristram Shandy)』를 쓴 로렌스 스턴(Laurence Sterne)과 같은 작가는 18세기에 이미 물리적 시간에만 의존하여 작품을 쓰는 풍토에 대하여 나름대로 거세게 항의했다.

그러나 물론 스턴과 같은 작가들이 명시적으로 인간과 시간의 기

묘한 관계, 한걸음 더 나아가 시간의 철학적 의의를 작품에 제시하고 있다고는 할 수 없다. 그러다가 20세기에 들어서서 일군의 작가들이 인간의 내면세계로 시선을 돌리면서 보다 적극적으로 이러한 시간 취급의 오류를 지적하고, 고뇌하고, 적극적으로 항의하게 되는 것이다. 이리하여 금세기에 대두된 소위 모더니즘 계열의 작가들이 그들의 작품에서 과감하게 그리고 구체적으로 연대기적 서술방식을 거부하기에 이른다. 예컨대 영국의 작가 조이스(James Joyce)는 800여 쪽의 장편소설 『율리시스(Ulysses)』에서 불과 16시간 안팎의 물리적 시간만을 다룬다거나, 같은 계열의 작가 울프(Virginia Woolf)도 『댈러웨이 부인(Mrs. Dalloway)』이라는 장편소설에서 시간 설정을 단 하루로 하게 된 것이다.

다음의 인용문은 앞에서 언급한 울프가 『올란도(Orlando)』라는 작품에서 구체적으로 시간에 관한 그녀의 견해를 표명한 것이다.(63~64쪽)

놀랍도록 정확하게 동·식물을 성장시키는 물리적인 시간이 인간의 정신세계에서는 그와 같은 효과를 발휘하지 못한다. 인간의 정신은 그것대로 이상하게 시간에 작용한다. 기이한 인간의 정신세계에서는 한 시간도 시계상의 길이의 50배 혹은 100배로 늘어날 수 있는 반면, 한 시간은 정확히 일 초로 정신의 시계에 나타날 수도 있다. 시계시간과 정신시간의 이와 같은 어긋남은 마땅히 좀 더 알려지고, 더 철저하게 연구해야 하는데도 그렇지 못하다.

이와 같이 『문학과 시간의 만남』이라는 이 저서의 제목은 현대문학의 주된 관심사와 긴밀하게 연관이 지어진 것이기도 하고, 문학과 철학이라는 학제 간의 긴밀한 연관성을 상기시키는 것이기도 해서, 우선 우리의 지적인 호기심을 강하게 유발시킨다. 따지고 보면 문학과 철학 간의 관계만 긴밀하겠는가? 인생을 다루는 것이 문학이고 보니 역사, 심리학, 정치학, 과학, 예술 그 어느 분야인들 연관성이 없다고 할 수는 없다. 하지만 인간의 능력에는 한계가 있어서 문학을 전공하는 사람들이 인접 학문들까지 깊이 천착하기가 어려우니까 하는 수 없이 접어 두는 형편인 것이다.

그러나 이 저서에서 다루고 있는 시간의 문제는 문학과 철학에 있어서, 아니 인간에게 있어서 너무도 중차대한 것이어서 심도 있게 고찰하지 않을 수 없는 항목이다. 인간이라는 존재 자체가 그지없이 신비롭고 복잡 미묘한 동물이어서, 인간에게 있어서의 시간이라는 문제도 똑 부러지게 간단명료할 수는 없는 것이다. 시간은 소위 크로노미터로 대변되는 시간과 ─시계상의 시간이라고도 하고, 기계적인 시간이라고도 하며, 때로는 객관적(외면적)인 시간이라고도 불리움─주관적(심리적 혹은 내면적) 시간이라고 하는 양면성을 지닌 존재로서 인간에게 작용하게 된다. 주로 이 주관적 시간의 세계에 심리학과 철학이 깊숙이 끼어들 자리가 마련되어서, '순수 지속'이니 '의식의 흐름', '자유 연상', '정지된 순간'과 같은 심리학적, 철학적 용어들이 시간과 관련되어 문학에서 쓰이게 되는 것이다.

이 저서의 구조를 살펴보면, 먼저 서문에서 저자는 이 저서의 성격을 다음과 같이 규명해 놓고 있다. 즉 이 책은 시간에 관한 철학적 논문도 아니고, 문예비평을 위한 시론도 아니며, 문학에서의 시간의 취급에 관한 일반적인 해석을 시도하는 글임을 밝히고 있다. '경험과 자연'이라는 타이틀을 붙인 제1장에서 저자는 인간이란 어떠한 존재인가?라는 근원적인 물음은 필연적으로, 시간이란 무엇인가?라는 물음이 된다고 운을 뗀다. 이어서, 문학은 시간적인 예술이라고 정의를 내리고서는 문학, 특히 현대문학에서의 시간문제의 다음과 같은 측면들을 고찰하겠노라고 한다. 1. 문학에서의 '시간'의 취급 방법 2. 문학에서의 시간의 주요 요소들 3. 근대 세계에서의 시간의 의미 4. 시간에 관한 문학적 논의의 철학적 의의.

'문학에서의 시간의 제측면'이라는 부제가 붙은 제2장에서는 '주관적 상대성', '시간과 강물', '순서와 연상', '시간과 자아에 관하여', '영원성', '방향성과 죽음'이라는 소제목하에서 저자는 흥미 있는 내용을 다루고 있다. 시간, 달리 표현하면 인간실존의 역사적 측면은 인간에 대한 실존주의적 분석의 초점이 되었다. 개인 자신에게 경험되는 바의 시간은 하이데거에 의하면 실존의 기본 범주이니까. 따라서 시간과 자아 그리고 예술작품은 동일성을 드러내게 된다. 이리하여 근대문학에서 이와 같은 상호관계는 시간과 자아에 대해 동일한 상징을 구사하는 것으로 나타난다('의식의 흐름', '연상 테크닉', '이미지의 논리학' 등을 참조할 것).

'시간과 근대세계'라는 타이틀의 제3장에서는 근대 세계에서 시간이 특별히 부가되는 원인 몇 가지를 중점적으로 고찰한다. '시간의 역사', '시간의 사회적 의미'라는 소제목하에서 의식의 흐름이나 자유연상과 같은 문화적 기법은 마땅히 사회적인 맥락에서 조명되어야 한다는 논지를 편다. 그러고 나서 시간과 경험의 혼란스러운 흐름은 궁극적으로는 현대인의 의식의 파편화를 극복하려는 시도라고 밝힌다. 이러한 의미에서 시간을 문학적으로 다루는 것 자체가 철학적 의미를 동시에 지니게 되는 것이다.

'문학, 과학 그리고 철학'이라는 부제가 붙은 마지막 장인 제4장에서는 이 저서의 내용을 최종 정리하고 있다. 우선 이 저서의 서두에서 제기했던 문제들을 상기시킨다. 1.문학작품에 표현된 경험적 시간의 주요 요소들 2.문학에서의 시간의 취급 방법의 의의 3.근대문학에서 특별히 나타나는 시간에 대한 관심의 원인들, 문학은 지식의 원천인가? 만약 그렇다면 왜, 그리고 어떻게 그러한가? 이러한 물음들은 예술의 진리라는 방대한 주제와 연관될 뿐만 아니라, 자연히 문학과 철학의 관계에 관한 고찰로 이어지게 된다. '문학에서의 진리에 관하여'라는 소제목하에서 저자는, 예술은 특수자 속에서 보편적 이념 혹은 전형을 드러낸다고 한 헤겔의 올바른 견해를 재확인한다. 이어서 '문학 철학'이라는 소제목에서는 철학적 시간 문제의 제기는 심리적으로 확실하고 의미가 있는 것처럼 보이는 것과, 논리적으로 분명하고 의미 있는 것 간의 딜레마에서 비롯되었다고 지적한다. 시간의 주관적 요소는 객관적으로 검토하면 애매모호성과 모순에 부딪혔고, 논리적인 시간 개념은 인간의 내면적 측면들을 배제하게 된다. 따라서 시간과 삶이라는 강 안에서의 방향 설정은 과학의 세계와는 공존할 수 없는 것처럼 보인다. 다시 말해 우리가 과학적인 지식을 다량으로 습득할수록, 우리는 더욱더 우리의 체험적 맥락 안에서 지혜롭고 의미 있게 방향 설정을 할 수 있는 기반을 상실하게 되는 것이다. 이리하여 인간의 정신이 시간과 삶이라는 가치담지적 측면들 안에서의 방향 설정을 시도하면 그것은 필연적으로 예술과 문학을 향하게 된다고 결론짓고 있다.

'문예 철학'에 관심을 가진 것으로 알려진 미국 캘리포니아 대학의 교수 한스 메이어호프의 저서를 명지대학 강사로 재직 중이며, 다수의 역서를 펴낸 이종철 씨가 번역하고, 자유사상사가 펴낸 『문학과 시간의 만남』은 180여 쪽 분량의 책이다. 앞에서도 언급했듯이 이 책은 우선 문학과 철학이 한 자리에서 다루어지는 것이어서 독자의 지적인 호기심을 강하게 유발시킬 수 있는 것이라는 사실을 지적해야 할 것이다. 문학, 그것도 특히 난해하기로 소문난 현대작품들, 그리고 수많은 철학자들에 관한 사전지식을 전제로 하고 저술한 책이기 때문에 물론 독자의 폭은 넓을 수 없으리라고 생각할 수 있다. 그러나 학제간의 교류의 중요성이 그 어느 때보다도 절실한 요즈음 최소한 문학도와 철학도들에게 있어서만이라도 이러한 성격의 저서는 쌍방의 시야를 넓히고, 또한 각각의 전공분야의 이해의 깊이를 도모하는 데 큰 도움이 될 것이라고 생각하기 때문에 일독을 권하고 싶다.

우리가 번역을 반역이니, 제2의 창작이니 하면서 그 어려움을 통감하고 있듯이 사실 번역은 절대로 수월한 작업이 아니다. 이 저서의 번역도 대단히 만족스럽다고 할 수는 없지만 적어도 책의 내용은 제대로 전달된 것으로 사료된다. 한 가지 두드러진 취약점은 번역자의 전공과도 무관하지 않을 듯한데, 영국과 미국의 작가들과 작품들의 번역에 오역이 많았던 점이라고 할 수 있다.

신화읽기의 문화적 의미

정진홍 서울대 종교학과 교수

『변신이야기』

오비디우스 지음 / 이윤기 옮김 / 1994 / 민음사

우리는 흔히 이야기란 전달이라고 말한다. 보고 들은 것, 곧 겪은 것을 우리는 이야기로 말한다. 이야기는 사실을 담는 것이다. 그러한 이야기를 통하여 우리는 앎을 쌓기도 하고 뜻을 전하기도 한다. 물음을 묻기도 하고 해답을 다듬기도 한다. 나를 드러내는가 하면 우주의 신비조차 그 이야기에 싣는다. 마침내 이야기가 없으면 사실조차 그 있음을 잃어버리고 만다.

그러나 이야기는 근원적으로 사실의 진술이지 않다. 이미 그것이 사실의 진술인 경우에도 그것은 이야기하는 사람의 경험 안에서 재구성된다. 사실의 묘사가 아니라 사실을 경험한 그 경험을 드러내고

있기 때문이다. 그렇기 때문에 이야기는 스스로 진술하는 사실을 늘 벗어난다. 어쩌면 우리는 이야기란 사실의 잉여에 대한 진술이라고 묘사하는 것이 더 옳을는지 모른다. 따라서 이야기는 사실로부터 비롯하지만 그 사실과는 다른 사실을 빚는다. 그 다른 사실을 우리는 의미의 실체라고 불러도 좋다.

모든 이야기는 이러한 속성을 지닌다. 그러므로 허구의 이야기가 현존할 수 있는 가능성은 이미 이야기 자체가 배태하고 있는 것과 다르지 않다. 없는 사실을 꾸며 낸 이야기와 사실을 전달해 준다고 믿어지는 이야기의 사이에는 우리가 예상하듯 그렇게 충분한 거리가 있는 것이 아니다. 이야기는 어떠한 사실이든, 심지어 없는 사실조차, 그 사실을 넘어서는 사실이거나 있는 사실에게 하는 '변신의 모티브'를 지닌다. 다시 말하면 모든 이야기는 근원적으로 변신을 그 진술의 내용으로 삼는 것이다.

그 소박한 양식이 고대로부터 신화라고 일컬어지는 독특한 이야기 형식으로, 그리고 그 신화가 담고 있는 수많은 변신설화들로 전승되어 오고 있다는 사실은 참으로 흥미로운 일이다. 그것은 인류가 지녀 온 아득한 때로부터의 언어문화가 어떻게 그 이야기 다음을 빚었는가를 보여 주는 생생한 증언이기 때문이다. 그리고 그러한 자료들은 지금 우리의 언어문화나 소통문화 안에 현존하는 어쩌면 우리가 망각하고 있을지도 모르는 삶의 원형을 시사하는 것으로 기능하고 있을는지도 모른다.

그러나 신화는 그것이 이야기로 받아들여지지 않고 역사에 대한 반개념으로 간주되면서 삶의 변경으로 추방되었다. 근대성의 출현은 그것을 분명한 사실이게 하였다. 신화는 유치한, 또는 무사려한 인식의 표출로 간주되면서 다만 그 원시성이 지닌 상상의 '기특함'만을 문학적 상상력이 수용하는 것으로 그 존재의미를 겨우 지탱하였다. 신화는 유치한 허구이고, 그것이 지닌 변신의 모티브나 플롯은 어처구니없는 어리석음의 징표에 지나지 않았다.

심층심리학이 무의식의 실재성을 운위하기까지 신화는 아직 그렇게 천덕꾸러기였다. 그러나 역사의식이라는 근대의 자의식이 스스로 자신이 새로운 신화임을 터득하는 것은 그러한 지적 탐구의 언저리에서 낯설지 않은 일이었다. 신화는 새삼스럽게 지적 노작의 표적이 되었고, 신화적 상상력이라고 일컬어지는 심성의 어떤 결은 새로운 해답의 가능성으로 인식되기조차 하였다. 신화가 문화적 유행으로 지적 관심의 내용을 형성하게 된 것은 현대 이후를 치닫는 오늘의 상황에서도 별로 다르지 않다. 최선의 경우 신화가 재미있는 이야기라고 하는 인식은 이제 너무 소박하여 의미 없는 것이 되고 만 신화에 대한 편애이다. 신화는 마치 모든 문을 열 수 있는 열쇠처럼 그렇게 오늘의 문화 속에서도 살아 움직이고 있는 것이다.

이러한 계기에서 우리 독서 풍토에 오비디우스의 『변신이야기』가 역간되었다고 하는 것은 참으로 의미 있는 일이다. 엄밀하게 말한다면 이 책은 로마인이 희랍신화를 자기의 신화로 만들어 버린 표절쯤으로 여겨도 된다. 그러한 의미에서 이미 출간된 수많은 희랍-로마 신화들과 별로 다르지 않다. 적어도 이야기의 자료성으로 보면 그러하다. 우리가 이미 익숙하게 알고 있는 많은 신화들을 우리는 이 책을 통하여 접하게 된다. 그러나 이 책의 출간은 몇 가지 간과할 수 없는 중요한 의미를 지닌다. 기원전 43년에 저술된 로마의 책이 기원후 1994년에 동방의 이 땅에서 번역이 되었다고 하는 것은 신화의 변신 모티브를 이해하지 않고는 그 의미를 짐작도 할 수 없는 사건이다. 물론 역자가 밝히고 있듯이 이 번역이 원저인 라틴어로부터 직역한 것은 아니다. 그러나 서양고전의 완역은 이제 우리도 본격적인 서구 문화의 탐구에 착수하고 있다는 것을 증언하는 일이기도 하다. 더구나 치밀하고 정교한 어휘의 선택과 주석의 첨가, 고유명사에 대한 놀라울 정도의 조심스러운 정돈은 이 책을 읽으며 번역작업의 전형이 어떠한 것인가를 짐작케 하는 외경스러움을 자아내기조차 한다. 우리의 문화계는 이러한 저서를 역서로 결정하는 성숙함과 이러한 번역을 이렇게 완성할 수 있는 전문성과 이 책을 즐겨 찾을 수 있는 선택안이 마련되었음을 알리는 반가운 증언 자체이기도 하다. 그러나 무엇보다도 이 책의 출간이 가지는 의미는 신화가 제대로 대접을 받고 있다는 것을 보여 주는 우리 문화의 성숙한 모습이다. '변신'으로 신화의 이야기를 제호화한 그 의도를 읽을 수 있을 만큼 우리는 충분히 자라 있는 것이다.

제1부 '모든 것은 카오스에서 시작되었다'로부터 '신들의 전성시대', '영웅의 시대', '인간의 시대' 등에 이어 '로물로스와 레무스'의 이야기를 거쳐 '카에사르의 승천'에 이르러 끝을 맺기까지 이야기는 15부로 나뉘어져 있다. 이러한 이야기들이 실린 이 책을 읽는 의미가

과연 어떠한 것인가 하는 것을 역자는 그의 후기에서 가장 명확하고 아름답게 진술하고 있다.

> ……인류 2천 년 문화의 두 줄기 중 한 줄기는 기독교적 인식체계를 바탕으로 한 문화인데, 그 인식체계에 물들지 않은 고대의 인식체계, 그리스도 이전의 세계관과 인간관을 읽는 것은 신선한 읽기의 즐거움을 줄 뿐만 아니라, 하늘이 열리던 아득한 때와 우리가 사는 때 사이에 가로놓인 긴긴 세월이 소거되는 듯한 희한한 경험도 가능하게 합니다.

역자의 이러한 언급은 적절하고 정당하다. 그 '희한한 경험'은 내 성숙의 새로운 지평일 것임에 틀림없다. 또한 마땅히 그래야 할 것이다. 넉넉한 여백에 겸허하게 자리 잡은 무수한 주(註)들, 이야기에 따라 적절하게 배치된 헤일 수 없이 많은 사진 자료들, 18쪽에 달하는 친절한 찾아보기, 직접 보지 않고는 설명하기 힘든 장중하고 화려한 장정 등이 이 책의 귀함을 더 돋보이게 한다.

저자 오비디우스는 이 책을 다음과 같은 말로 마감하고 있다. "시인의 예감이 그르지 않다면 단언하거니와, 명성을 통하여 불사를 얻은 나는 영원히 살 것이다." 이 오만한 예언은 적중하고 있는지도 모른다. 그는 불사의 저자로 오늘 우리에게 다가서고 있다. 그러나 불행히도 그는 자기를 그러한 영원한 존재이게 한 것이 신화, 곧 변신의 이야기라는 사실을 잠깐 망각하고 있음에 틀림없다. 이 책을 통하여 참으로 우리가 읽을 수 있는 것은 이야기의 이야기 다음의 영속성이 지니는 신비이다. 그렇다면 오히려 우리는 이 책을 '번역'한 역자에게 그 불사의 명성을 부여해야 좋을는지도 모른다. 당연히 그 불멸의 명성은 이 책의 모든 독자가 누려야 하는 변신의 모티브일 수밖에 없을 것이다.

세계인식은 언제나 미로여행이다. 현대 이후라고 하는 오늘도 인식의 자리는 언제나 미로의 입구 그 언저리이다. 그리고 그것을 출구로 이끈 것은 언제나 이야기였다. 현대 이후도 이 원형에서 예외일 수 없다. 인류의 역사는 한 번도 인류의 역사이기를 단절한 적이 없기 때문이다. 이 책은 그러한 이야기를 하고픈 누구에게나 상상력의 원천으로 그 몫을 다할 것이다. 옮긴이 이윤기 선생님께 드리는 고마움이 각별할 수밖에 없다.

이상택 서울대 국문과 교수

대상의 양가적 인식 그리고 방법론

『**한국 옛소설론**』

성현경 지음 / 1995 / 새문사

성현경 교수가 1981년의 『한국고전소설의 구조와 실상』 이후 또 다시 역저를 우리 학계에 상재(上梓)하였다. 이 책은 그가 첫 번째 저서를 상재한 이후 꾸준하게 고전소설을 연구한 결과들을 별다른 가감 없이 묶은 것이다. 개별 논문들의 취합본(聚合本)이지만 한 권의 책으로 묶여지고 난 이후에도 일관된 체제를 유지·심화시킨 데서 연유한 것이다. 따라서 이 책은 성 교수의 고전소설 연구의 궤적을 한눈에 살필 수 있을 뿐 아니라 고전소설 연구의 한 흐름을 검토하는 데에도 매우 유용하다고 하겠다.

이 책은 총론과 작품 각론으로 구성되어 있다. 총론에서는 개념론,

갈래론, 범주론, 비평론, 작자론, 독자론 및 유통론 등에 관해 기왕의 연구 성과들을 매우 요령 있게 정리하고 저자 자신의 견해를 덧붙임으로써 고전소설 연구에 발을 들여놓은 사람에게는 좋은 길잡이가 되게 하였고, 강단에 선 교수들에게는 훌륭한 강의 교재 노릇을 할 수 있게 하였다. 이는 저자가 서론에서 밝혔듯이 이 책의 독자층을 대학생, 대학원생, 이 분야 관련 교수들로 설정한 결과라 할 것이다. 다만 갈래론을 논하는 자리에서 이전에 성 교수가 제시했던 유형체계(類型體系)를 좀 더 심화시켜 새로운 그 자신의 관점을 보여 주었으면 하는 아쉬움이 있다.

작품 각론에서 저자는 여덟 개의 작품을 통해 그 자신의 방법론적 틀을 유감없이 보여 주고 있다. 개별적인 작품들을 분석하고 해석하는 과정에서 성 교수는 일관되게 작품을 바라보는 관점을 견지한다. 대상에 대한 '양가적 인식(兩價的 認識)'과 작품 속의 주인공이 보여 주는 행위 양상을 '입사식 주지(入社式 主旨)'로 파악하는 관점이 바로 그것이다. 홍길동전을 양면적 인물성격과 양면적 공간의미로 이해한 점, 운영전의 등장인물들을 긍정과 부정의 양면성을 지닌 인물로 파악한 점, 숙향전에서 지상계·속계를 부정적 의미 공간으로만 보지 않고 인간의 욕구를 실현할 수 있는 긍정적 의미 공간으로 함께 이해한 점, 춘향전에서 이 도령을 긍정과 부정의 양면적 성격의 소유자로 규정한 점, 남창 춘향가와 동창 춘향가의 명명이 창자 중심에 의한 것인지, 작품의 성격이나 내용 중심에 의한 것인지, 향유자 중심에 의한 것인지를 판별하는 자리에서 결국 복합적 요인에 의한 것

으로 결론지은 점 등에서 우리는 성 교수의 다면적 접근 구도를 읽어
낼 수 있다. 이것이 자칫 편의적 절충론으로 오인받을 소지가 있다
하겠으나 논지의 맥을 짚어 가면 성 교수의 입체적이고 다면적인 관
점의 결과임을 알게 된다. 이 점은 성 교수가 작품의 구조를 소위 '이
분절적(二分節的) 겹침의 구조―작품구조가 중심축을 기준으로 겹
쳐지는 것'으로 파악하는 것과도 관련된다고 본다.

성 교수는 또한 근자에 발표한 논문들에서 다양한 방법론을 적용
하고 있다. 작품의 미시적 분석에서 기호학(記號學 : Semiology)을 이
용하고 있으며, 판소리계 소설들을 바흐친의 다성적(多聲的 :
Polyphonic) 소설이론을 적용하여 해석하고 있는 점이 그렇다. 기호
학은 작품의 행위소(行爲素)나 의미소(意味素)들을 일련의 규칙적
틀 속에서 파악하여 작품 분석의 객관화를 지향하는 방법론인데, 이
방법론은 작품의 미시적(微視的) 분석에 치중한 나머지 작품의 총체
적(總體的) 의미를 간과할 위험을 내포하고 있는 것도 사실이다. 그
러나 성 교수는 기호학을 미시적 분석에 적용하여 이를 총체적 해석
으로까지 끌고 나아갔다는 점에서 우리의 우려를 씻어 주었다.

한편 판소리계 소설들에 대하여 바흐친의 다성성 이론을 통해 접
근함으로써 판소리계 소설의 민중문학적 성격을 명쾌하게 밝혀 준
다. 그는 판소리계 소설을 민중해학문학(民衆諧謔文學)으로 규정하
고, 바흐친의 이론을 원용하여, 이 갈래의 지배 원리를 '물질적 육체
의 원리·격하의 원리·유쾌한 상대성의 원리·과장의 원리·다성
성의 원리'의 다섯 가지로 제시하고 있는데, 실상을 제대로 파악한

탁견이라 아니할 수 없다. 그에 의하면 민중해학문학의 세계 안에서는 절대적인 가치와 권위가 거부되고 상대화되어 새로운 가치와 질서가 수립된다. 이와 같이 기존의 가치 규범이나 양식들이 모두 부정·파괴되고 새로운 가치규범과 양식이 자리잡아 가는 과정에서 웃음이 유발되므로, 이 웃음은 양면성·양가성을 갖게 마련이며, 한편에서는 부정성과 파괴성을, 다른 한편에서는 긍정성과 생산성을 지닌다. 성 교수의 이러한 지적은 앞서 언급한 대상에 대한 '양가적 인식'이 그대로 드러난 것이기도 하다. 다만 성 교수가 "작자는 흥부를 화자 내지 서술자의 입을 빌어…… 긍정적으로 말하는가 하면, 또 그를 기괴한 외모를 지닌 인물, 기괴한 행위를 하는 우스꽝스런 인물로 그림으로써 격하시켜 버리기도 한다"(535쪽)라고 표현한 대목은 다성성의 개념과 조금 거리가 있는 듯하다.

다성성에 입각하면, 작자는 철저하게 서술자나 작중 인물과 거리를 유지해야 한다. 작자는 인물의 조작에 관여하기보다는 한 인물을 바라보는 다양한 세계관(혹은 그 인물을 바라보는 다양한 세계관을 지닌 계층)을 객관적으로 드러내면서 그 인물이 적나라하게 폭로되게 하는 데에 중점을 둔다. 작중 인물들은 작자의 의도에 따라 움직이는 자동 인형이 아니라 작자의 의도를 비판하거나 배반하기도 하는, 한 시대의 다양한 욕망의 목소리들을 들려주는 살아 있는 주체들로 등장한다. 그리하여 작자는 등장인물과 대화하고, 등장인물을 바라보는 다양한 세계관과 대화하는 것이지, 인물의 양면적 성격을 서술자나 화자를 통해 다양하게 보여 주는 것은 아닌 것이다. 성 교수가 "등장인물들이나 서술자의 다양한 여러 목소리들이 자주 대립·충돌하면서 공존·공생하고 있는"(535쪽) 것을 다성성이라고 규정한 것은 올바른 것이므로, 이후 서술 내용은 성 교수 자신의 이해나 의도와 상관없이 표현상의 문제라고 생각한다. 한 가지 덧붙이자면, 다성성의 개념은 판소리계 소설의 수다한 이본(異本)에도 확대·적용될 수 있을 것이다. 각 이본들마다 독특한 세계관과 다양한 목소리를 내재하고 있는 바, 이는 조선후기의 격동적 상황과 맞물려 각각의 이본들이 상호 대화하는 확대된 개념의 다성성일 수 있다는 점이다.

여하튼 새로운 이론을 이해하고 이를 작품 분석에 새롭게 적용해 보는 시도가 그리 만만한 일이 아님을 안다면, 성 교수의 이러한 학문적 열성은 우리 학계에 큰 자극이 될 것으로 본다. 서문에서 성 교수 자신이 고전소설 작품들에 관한 독자들의 안목과 연구방법을 신장시키고 계발시켜 주는 데에 이 책의 목적이 있다고 진술한 것과 연관된다.

한편, 성 교수는 이 책의 곳곳에서 자신의 학문적 목적을 드러내고 있다. 작품의 구조나 인물의 분석과 해석에서, 그는 구체적 사례와 논거를 통해 보편적 진리, 대우주의 본질에 다가서려는 노력을 한다. 대상에 대해 '양가적 인식'을 일관되게 보여 준 성 교수의 방법론과 '입사식 주지'를 통해 작품을 해석하는 관점 역시 이와 무관하지는 않을 것이다. 진리와 본질은 인간 삶의 총체적 모습에서 탐색될 수 있는 것인 바, 성 교수의 학문적 목적이 여기에 닿아 있음은 그가 고전소설 연구를 통해 인간 삶의 방식의 역사를 고민하고 그 고민의 결과로 인간 삶의 전망을 보여 주려고 하는 치열한 학문적 태도에서 기인하는 것일지도 모른다.

이 책에서 지엽적으로 보이는 문제점은 개별 논문의 취합본이 가지는 어쩔 수 없는 결과이다. 성 교수가 조만간에 수정·증보판을 내겠다고 한 만큼 우리 학계는 보다 심화된 성 교수의 역작을 머지않아 접할 수 있게 될 것이다. 그리고 이 역작이 우리 학계의 학문적 갈증을 해소해 줄 수 있으리라 믿어 의심치 않는다.

구술성과 문자성에 대한
새로운 이해를 위하여

장경렬 서울대 영문과 교수

『구술문화와 문자문화』
월터 J. 옹 지음 / 이기우 · 임명진 옮김 / 1995 / 문예

너무도 자명한 것처럼 보이는 것이 반론의 대상이 되거나 논쟁거리가 되는 경우가 종종 있다. 아마도 그 가운데 하나가 문명과 자연의 관계일 것이다. 당연한 이야기일지 모르지만, 문명이란 인간이 자연을 인위적으로 변형시키고 개조하는 가운데 생성된 것이라고 할 수 있다. 따라서 자연은 시간적으로나 존재론적으로 문명에 선행한다. 당연히 문명이 지닌 부정적 측면에 주목하는 사람들은 문명에 의해 훼손되지 않은 세계인 자연에 대한 동경을 갖게 된다. 루소가 "자연으로 돌아가라"고 했을 때 그는 바로 이러한 상식을 되풀이한 것이리라. 그러나 이와 같이 너무도 당연한 주장을 논쟁거리로 삼을 수도

있다. 즉, '정말로' 자연으로 돌아가기 위해 우리는 문화를 우리의 기억 속에서 완전히 지워 버려야 한다. 의식 어느 한구석에 문명이 남아 있다면 진정한 의미에서 자연으로 돌아가는 것이 아니기 때문이다. 그러나 문명을 완전히 기억 속에서 제거했다고 해서 문제가 해결되는 것은 아니다. 그 이유는, 만일 문명을 기억 속에서 제거했다면, 과연 문명이 아닌 자연으로 돌아가는 것인지를 확인할 도리가 없기 때문이다. 요컨대 자연으로 정말 돌아가기 위한 노력이 성공하기 위해서는 비교 개념인 문명을 잊지 말아야 하나, 문명을 잊지 않는 한 우리는 정말 자연으로 돌아갈 수는 없다. 따라서 자연을 선행 개념으로 생각하는 우리의 의식 속에는 이 자연을 규정하는 문명이라는 개념이 항상 선행되어 존재하고 있다고 할 수 있다. 이런 논리를 따르면 자연은 문명에 선행되는 개념이 아니라 문명이 자연에 선행되는 개념이라고 할 수도 있다.

유사한 논리가 '말'과 '글'의 관계에 적용될 수도 있다. 이 역시 당연한 이야기일지 모르지만, 인류 역사 전체를 문제 삼는다면 글의 역사는 정말로 보잘것없다. 글이 사용되기 이미 오래전부터 말은 사용되어 왔고, 글이 아닌 말로 인해 인간이 인간일 수 있었던 것이다. 요컨대, 말은 역사적으로나 존재론적으로 글에 대해 선행하는 개념이다. 어떤 의미에서 보면, 서구 형이상학의 역사는 바로 이처럼 글에 선행하는 말에 대한 의미 부여의 역사이다. 말은 근원적이고 직접적인 것인 반면 글은 파생적이고 간접적인 것이라는 전제 아래 서구의 형이상학자들은 말이야말로 진리를 전할 수 있는 수단이라고 보았다. 데리다의 표현을 빌리자면, 말이야말로 글과 달리 '의미의 현존'을 가능케 하는 수단으로 대접을 받았던 것이다. 그리하여 "말로 돌아가라"는 말을 누가 구체적으로 한 것은 아니지만, 근원으로서의 말에 대한 이와 같은 동경은 소크라테스 이래로 오랫동안 서구 철학자들의 의식을 지배해 왔다. 그러나 우리는 앞에서 벌인 것과 유사한 트집을 잡을 수 있다. 즉, 우리가 진정 말로 돌아가기 위해서는 글의 개념을 완전히 우리의 의식 속에서 제거해야 하나, 그것은 불가능할 뿐만 아니라 그렇게 할 수 있다고 하더라도 문제는 여전히 남게 된다. 글이라는 비교 개념이 전제되지 않는다면 말의 '말다움'은 결코 이해할 수 없기 때문이다. 이런 관점에서 보면, 말의 '우월성'이란 다름 아닌 글이 만들어 낸 환상인지도 모른다.

사실 이런 트집잡기는 단순한 트집잡기일 수도 있지만 심오한 철학적 문제 제기일 수도 있다. 무엇보다도 우리가 세계를 이해할 때 그 행위는 기본적으로 '비교'하고 '차이'를 확인하는 행위일 수 있음을 암시하기 위한 트집잡기일 수 있기 때문이다. 그러나 같은 이유 때문에 우리의 트집잡기는 문자 그대로 트집잡기일 수 있다. 즉, 우리가 문제 삼는 것은 '이해의 행위'와 관계된 인식론적인 것이지 역사나 존재론과는 무관한 것이다. 자연이 문명에, 말이 글에 역사적으로 존재론적으로 선행한다는 것은 부정할 수 없는 사실이다. 우리는 바로 이 역사적이고 존재론적인 선행 관계를 문제 삼을 수는 없다. 다만 우리가 문제 삼고자 하는 것은 "자연으로 돌아가야 한다"든가 글보다 "말을 중시해야 한다"라는 시대착오적인 발상이 갖는 허구성과 불가능성이다.

어떤 의미에서 보면 이상과 같은 트집잡기에 몰두해 있는 사람들에게 월터 옹의 저서 『구술문화와 문자문화』는 역설적으로 또 하나의 신선한 충격일 수 있다. 데리다의 영향 아래 이런 식의 사변적(思辨的) 트집잡기가 만연한 세상에 글과 글 사이의 역사적 관계를 이른바 정공법을 통해 파헤치는 월터 옹의 작업은 진실로 돋보이는 것이다. 말이 글에 선행한다는 이 엄연한 역사적 사실에 입각하여, 월터 옹은 먼저 "구술문화의 시대에 사고와 언어 표현은 어떠한 것인가"의 문제를, 이어서 "문자에 익숙한 사람의 사고와 표현이 구술성에서 어떻게 해서 생겨났는가"와 "그러한 사고 및 표현과 구술성과의 관계는 어떠한 것인가"의 문제를 통시적(通時的)으로 검토하고 있다. 다시 말해, '구술성과 문자성의 차이'를 언어사적, 문화사적 측면에서 천착하고 있는 것이다.

여기에서 책의 내용을 좀 더 구체적으로 검토해 보기로 하자. 옹은 먼저 제1장과 제2장에서 구술성에 대한 몇 가지 문제 제기를 한 다음 구술성과 관련하여 최근의 연구 결과를 검토하고 있다. 이어서 제3장에서 구술성의 특징을 여러 각도에서 검토한 다음 제4장에서 문자성의 시대에 넘어오며 인간의 의식에 어떤 변화가 따르게 되었는가를 상세하게 논의하고 있다. 제4장에서는 자연스럽게 과거의 구술문화와 새로운 문자문화 사이의 관계도 논의되고 있다. 제5장에서는 문자문화에 결정적인 영향을 미친 인쇄술과 인쇄술에 따른 텍스트 개념의 확립을, 제6장에서는 내러티브 성격의 문학과 관련하여 구술성과 문자성의 문제를 다루고 있다. 제7장은 문학사, 형식주의, 구조주의 등등 몇 가지 분야와 관련하여 구술성과 문자성의 문제를 논의하고 있다.

옹의 논의는 우리들이 그동안 너무도 문자문화에 젖어 있어서 별 달리 주목하지 않거나 문자문화의 잣대로 이해하던 구술문화 고유의 특성에 새롭게 주의를 환기시켰다는 데 무엇보다도 큰 의의를 찾을 수 있을 것이다. 또한 구술문화에서 문자문화로의 변이 과정이 인간의 언어 사용과 사고 양식에 어떠한 영향을 미쳤는가를 언어사적, 문화사적으로 조명함으로써, 인간의 정신 구조를 새로운 각도에서 조명하였다는 데에서도 그 의의를 찾을 수 있을 것이다. 사실 구술문화에 비추어 본 문자문화의 특성 및 문자문화에 비추어 본 구술문화의 특성에 대한 월터 옹의 연구는 컴퓨터와 방송 매체가 일반화된 우리의 시대를 이해하는 데 각별한 도움을 줄 수 있다. 옹 자신이 그의 저서에서 논의한 바와 같이, 우리는 방송 매체 등의 영향으로 새로운 구술문화의 시대에 처해 있다. 또한 컴퓨터로 인해 이제까지와는 다른 인쇄문화와 문자문화의 시대에 처해 있는 것도 사실이다. 비록 옹이 이 문제를 사회문화 현상 전반과 관련하여 체계적으로 논의하고 있지는 않지만, 여기저기에서 신뢰할 만한 견해를 제공하고 있다. 아마도 그와 같은 옹의 견해를 바탕으로 우리는 전자 매체와 컴퓨터의 절대적 영향 아래 살고 있는 우리의 정신 구조를 깊이 있게 파헤칠 수 있을 것이다.

구술성과 문자성에 대한 월터 옹의 통시적 연구는 우리에게 새롭고 흥미로운 안목을 제공하고 있긴 하지만, 그러나 여전히 우리는 우리 나름의 트집을 잡을 수도 있을 것이다. 옹은 책의 앞부분에서 우리는 문자성에 젖어 있어서 구술성의 특성을 제대로 보기 어렵다는 점을 힘주어 말한다. 옹이 말하는 "말로 조직된 것의 유산이 쓰기와는 전혀 관계가 없을 때조차도 그 유산을 쓰기의 한 변종으로밖에는 인식하지 않는 우리의 무능함"은 이런 맥락에서 이해될 수 있을 것이다. 결국 구술문화의 사람들이 갖는 정신 구조를 우리가 이해하는 방식이란 기껏해야 '말[馬]을 바퀴 없는 자동차로 생각하는' 수준 이상을 벗어나기 어려울지도 모른다. 옹의 지적대로, 이런 식으로 역으로 출발해서 말보다 먼저 자동차를 대상으로 하여 양자의 진정한 차이를 알아보는 일은 절대로 불가능하다. 옹은 "문자성은 그 선행자인 구술성을 소멸시킴으로써 주의해서 감시하지 않으면 선행자가 있었다는 기억조차 파괴해 버린다"라는 말을 통해 '주의해서 감시' 하는 것으로 문제가 해결될 듯한 인상을 준다. 또한 문자성의 '무한한 적용 가능성' 으로 인해 "문자를 사용함으로써 전혀 문자를 알지 못했던 시대의 무수한 인간 의식을 완전하지는 못하더라도 적어도 상당한 양까지 재구성할 수 있다"고 주장한다. 문제는 그러한 재구성이 '말을 바퀴 없는 자동차로 생각하는' 수준 이상의 것인지 어떻게 확증할 수 있는가에 있다. 또한 '주의해서 감시' 한다는 것은 너무 막연한 문제 해결책이라는 점도 지적될 수 있을 것이다.

어쩌면 구술문화에서 사는 사람의 정신 구조를 이해하기 위해서는 문자문화에서 완전히 벗어나 구술문화 속으로 들어가야 할지도 모른다. 그러나 그것은 문명이나 언어를 의식에서 제거하는 일과 마찬가지로 애초부터 불가능한 일이다. 더욱이 진정한 구술문화의 일원이되었다고 하더라도 문제는 마찬가지로 존재한다. 스스로의 어떤 정신 구조의 통제를 받으면서 그 구조를 어떻게 객관적으로 관찰하고이해할 수 있겠는가.

물론 우리의 트집잡기는 단순한 트집잡기일 수도 있다. 그러나 우리의 트집잡기는 옹이 얼마만큼 어려운 작업을 시도하고 있는가를반어적으로 말하기 위한 것일 수도 있다. 물론 그가 이전의 여러 학자들의 연구에 대한 세심한 검토에 의지하여, 또한 옹 자신의 비판적안목에 힘입어 어려운 작업을 대단히 성공적으로 수행하고 있고, 이점은 그의 책 자체가 말해 주고 있다.

끝으로 번역에 대해 한마디 언급하기로 하자. 대체로 이론서의 번역은 원문으로 읽는 것보다 더 힘든 경우가 적지 않다는 것이 많은사람들의 지적이다. 그만큼 이론서의 번역은 쉽지 않다. 사실 어렵지않은 번역이 어디 있겠는가. 그러나 이론서는 용어의 적절성 및 논리의 흐름에도 유의해야 하기 때문에 더욱 어렵다. '있는 그대로' 옮겨놓는 바람에 논리의 흐름이 막히거나, 사전적 어휘 설명에만 의존하는 바람에 번역이 무의미한 글자의 나열이 되는 경우가 얼마나 많은가. 이런 어려움을 생각할 때, 이기우 교수와 임명진 교수의 번역은그런대로 노작(勞作)이라고 하지 않을 수 없다. 물론 좀 더 명료하거나 유연한 번역이 아쉬운 곳이 눈에 띄지 않는 것은 아니었지만, 처음부터 끝까지 큰 어려움 없이 읽을 수는 있었다. 한편 끝까지 걸리는 용어가 있었으니, 그것은 'Performance'에 대한 번역어인 '연행 (連行)'이었다. 물론 적절한 용어를 찾기 위한 고심이 담겨 있는 번역어이긴 하지만, 자주 사용되었음에도 불구하고 책을 덮을 때까지 이 단어가 부자연스럽고 낯설다는 느낌을 지울 수 없었다.

평가로서의 비평적 기능

이태동 서강대 인문대학장 · 영문학

『시란 무엇인가』
유종호 지음 / 1995 / 민음사

남다른 견인력으로 힘겨운 비평작업을 하며, 30년 이상 외길을 걸어온 유종호 교수가 근자에 출간한 평론집 『시란 무엇인가』는 주체적이고 창의적인 비평작업이 부족한 우리 평단에 신선한 충격과 함께 많은 것을 시사해 주고 있다.

우선 그의 글은 외국이론에 지나치게 의존하거나 '영향의 불안'에서 벗어나지 못하는 대부분의 비평가들의 그것과는 달리 뚜렷한 자기 목소리를 지니고 있다. 여기서 그가 뚜렷한 자기 목소리를 지니고 있다는 것은 그의 글이 이른바 '아카데미시즘'이라는 명목하에서 작품을 분석하는 데만 그치지 않고, 풍부한 문학적인 경험을 바탕으로 작품을 성숙한 입장에서 주체적으로 평가하는 비평적 입장을 취하고 있다는 것을 의미한다.

혹자는 작품을 주체적으로 평가하는 비평작업을 '아카데미시즘' 적인 분석과 거리가 먼 것으로 가볍게 생각할지 모르지만, 비평적인 평가는 과학적인 분석과 오랜 시간을 두고 쌓아올린 '문화적인 경험' 과 도덕적인 믿음이 없으면 이루어질 수 없다. 물론 주체적인 비평도 성숙한 것이 되지 못하면, 균형을 잃고 주관주의적인 늪 속에 빠질 위험이 얼마든지 있다. 그러나 유종호 교수의 비평적 시각은 탁월한 균형을 지니고 있다. 그의 글을 자세히 읽어 보지 않은 사람들은 그 가 리얼리즘적인 입장을 취하고 있기 때문에, 그것이 문학작품에 나 타난 사회적인 면만을 다루고 있는 것으로 잘못 생각할지 모른다. 그 러나 서정시를 다루고 있는 그의 글에서 볼 수 있듯이 외면과 내면에 대해 탁월한 균형을 이루고 있다.

서정시는 주관성과 내면성의 표현영역이다. 가령 자연에의 경도나 비세속적인 것에 대한 몰입을 정신의 깊이와 섬세함을 통해서 보여 준다. 초월의 정념을 통해서 사회와 사회적 소음을 극복하려는 충동 을 가지고 있다. 그러한 면에서는 사회적 소동과 소음에 기초한 근대 소설과는 대조적인 위치에 있다. 언뜻 보아 몰사회적이고 몰역사적 인 일면 때문에 고유 서정시가 폄하되고, 비판된 경우도 흔하다. 그 렇지만 서정시만이 드러낼 수 있는 내면경험의 영역을 우리는 홀대 할 수 없다. "마르크스가 횔덜린을 읽고 난 연후에야 비로소 사회주 의가 그 국민적 사명을 감당할 수 있을 것"이라고 토마스 만은 『괴테와 톨스토이』에서 말하고 있다. 인문주의 전통과 그리스 정신의 중요성이라는 맥락에서 토로한 말이지만, 맥락에서 떼어 놓더라도 참으로 시사하는 바 많은 의미심장한 발언이다. 횔덜린을 서정시로 바꾸어 놓으면 그 뜻은 더 깊어진다고 할 수 있다.

그가 이렇게 작품을 분석하고 '주체적인 평가'를 하는 데 있어서 균형 있는 시각을 보여 남다른 설득력을 가지게 된 것은 무엇보다 작품을 편견 없이 읽고 이해할 수 있는 범상치 않은 비평적인 능력을 가지고 있기 때문이다.

이 저서는 그 제목이 말해 주듯이 '시를 이해하고 즐기는 과정'을 통해 유종호 교수만이 지니고 있는 주체적인 독서방식과 비평지식을 독자들과 함께 나누고자 하는 데 그 목적을 두고 있는 듯하다. 그가 이 저서에서 유연한 여유스러움으로 보여 주고 있는 그의 시학은 민족문학뿐만 아니라, '세계문학'에 대한 깊은 성찰과 이해에 그 바탕을 두고 시의 '언어적 세목'을 자상하게 음미하고 시 예술이 지니고 있는 숨은 의미와 진실 및 그것의 미학적인 충격을 근원적으로 탐색하고 있다. 그래서 그의 시학은 그가 새로이 생명을 불어넣은 토착어에서 쉽게 접할 수 있듯이 잃어버렸거나 잃어버릴 위기에 처해 있는 아름다운 우리말과 향토적인 시적 풍경을 되찾으려는 그의 노력은 시의 의미를 올바르게 파악하려는 데서부터 시작해서 '말과 힘'을 올바르게 파악하는 데까지 이어지고 있다.

그런데 그에게 있어서 잃어버린 우리말을 다시 찾아 즐기는 것은 곧 잃어버린 우리말을 되찾는 길이 될 뿐만 아니라, 시의 의미를 올

바로 이해하는 주체적인 독자가 되는 길이다.

오빠가 가시고 난 방 안에

숯불이 박꽃처럼 새워간다.

산모루 돌아가는 차, 목이 쉬여

이밤사 말고 비가 오시랴나?

망토 자락을 여미며 여미며

검은 유리만 내여다 보시겠지!

오빠가 가시고 나신 방안에

時計소리 서마 서마 무서워.

— 〈무서운 時計〉 전문

위의 시에서 "숯불이 박꽃처럼 새워간다"라는 말 중에서 밤에 하얗게 되는 박꽃의 풍경이 도시에 사는 우리들의 시야에서 완전히 사라져 버리고 없는 것처럼, 그것과 이미지적인 측면에서 연결되고 있는 '사위어간다' 라는 말이 줄어진 '새워간다' 는 말은 사라지고 없어서 유종호 교수의 도움이 없으면 일반 독자들뿐만 아니라, 전문적인 독자들마저도 쉽게 파악할 수 없는 부분이다. 더욱이 기적소리가 목이 쉰 듯이 가깝게 들리는 것은 '비 오기 전 저기압' 때문이라고 그가

지적한 사실 또한 위의 경우와 마찬가지다. '서마 서마'가 지닌 의성
음의 음률적인 효과에 관심을 갖도록 하는 것 또한 시를 꼼꼼하게 읽
고 시의 언어조직을 제대로 파악하자는 것이다. 이러한 그의 접근 방
식은 신비평적인 것으로 보일 수도 있지만, 작품에 대해 어떠한 접근
방식을 취하든지 간에 꼼꼼히 읽는 것은 평가를 중심으로 한 주체적
인 비평작업을 하는 데 있어서도 가장 기본적이라는 것은 여기서 새
삼 밝힐 필요도 없겠다.

우리가 시를 올바르게 이해하기 위해서 놓치지 말아야 할 부분은
일탈의 시학으로서 시적인 언어가 지니고 있는 즐거움과 그것이 우리
에게 가져다주는 자기 인식의 명료한 깨달음이다. 그래서 그는 시에
있어서 말의 근원적인 의미인 '기의'보다 '기표'의 즐거움과 미학을
지적하면서, 시는 시로서 읽어야지 '사상'으로 읽으려고 하지 말아야
만 된다는 점을 구체적으로 설명하고, '기표'의 중요성을 강조하기 위
해 시작(詩作)과정에 있어서 '생성과 소멸'과정까지 밝히고 있다.

유종호 교수는 주체적인 독자가 되기 위해 시의 언어적 세목에 대
한 '자상한 음미'가 필수적이라고 주장하고 있지만, 수수께끼와 같이
내용 없이 난해한 시에 대해서는 "대답 없음을 간파하여 수수께끼를
무효화하는 것이 주체적 독자의 실력행사"라고 말한다. 그래서 그 자
신이 주체성이 있는 비평가가 되어, 서정주와 조지훈과 같이 아무리
평판이 높은 시인들이 쓴 작품들이라고 하더라도 그들의 시편들 가
운데는 어렵기만 하고 '실없는' 것들이 있다는 것을 다른 훌륭한 작
품들과 대조시키면서 설득력 있게 밝힌 것은 그의 비평적 자세가 얼

마나 뚜렷하고 편견이 없는가를 선명하게 나타내어 준다.

　그런데 그가 어떤 작품의 모호성이나 다의성을 검토하는 것이 분명히 시를 읽는 즐거움의 하나라고 주장하면서도 "세심한 검토에 값하지 못하는 수수께끼에 대해 분별없는 저자세를 보이는 것"을 경계하는 것은 중요한 비평적인 의미를 지니고 있다. 이어서 그는 훌륭한 작품이란 아무리 쉬운 것이라고 하더라도 그 속에는 '고전적 투명성'을 지니고 있기 때문에, 심층구조를 밝히는 것이 무엇보다 긴요하다는 사실을 어김없이 지적하고 있다. 그리고 일반 독자들이 주체적으로 평가하지도 못하면서 다른 사람들이 훌륭한 시라고 단순히 평가하기 때문에, 끝없는 분석 대상(對象)으로 삼는 이상의 〈오감도〉를 수수께끼 시의 대표적인 실례라고 지적하며, 그것이 지니고 있는 허위적인 너울을 벗긴 것은 유종호 교수만의 몫이다.

　그가 허위적인 너울을 벗기고자 한 것은 잘못 인식된 문학작품에만 국한된 것이 아니라, 잘못 쓰인 비평, 즉 '2차 담론'에도 해당된다. 그는 문학 외적인 요소로 인해 잘못 쓰인 '2차 담론'이 독자들을 오도시켜서, 실제 작품의 허(虛)와 실(實)을 판단하기가 어렵게 만든다고 지적하면서 풍부한 문학적인 경험을 가지고 다른 사람이 쓴 '2차 담론'을 읽지 않고 작품 그 자체를 주체적으로 읽는 것이 훨씬 바람직한 결과를 얻을 수 있다고 『미메시스』의 저자 아우얼바하의 경우를 예로 들어 설명하고 있기까지 하다. 특히 미숙한 비평가들이 잘못된 시각으로 인용한 시편들이 유명한 시로써 자리매김을 해서, 독자들의 눈을 어지럽히고 있다는 그의 말은 그늘에 묻혀져 있는 좋은 시들을 발견해서 그것들을 새로이 비평적으로 평가하는 작업에 있어서 독자의 주체적 성격이 얼마나 필요한가를 누누이 강조하는 것이다.

다음으로 그는 훌륭한 작품들이 될 수 있는 요건들을 몇 가지 지적하면서 주체적인 비평을 쓸 수 있는 길잡이가 무엇인가를 깊은 통찰력으로 제시해 주고 있다. 그래서 그가 여기서 제시한 몇 가지 기준들은 누구나 어렴풋이 알고 있지만 표현하지 못한 것들이기 때문에, 우리들에게 더욱 절실하게 다가오고 있다. 그것들 가운데 하나는 '인지의 충격'을 가져와 줄 수 있는 '시적인 순간'의 안팎에 관한 것이고, 다른 하나는 '상호 텍스트성'과 깊은 관련이 있는 시 속에 '숨어 있는 부호'에 관한 것이다. 이것은 또한 '문학적 과거와 그 의식'과 관련이 있는 것으로서 인지적인 충격을 통시적으로 확대시키는 것을 의미한다. 그런데 여기서 무엇보다 중요한 것은 비록 유종호 교수가 원칙론적인 시학을 이야기하지만, 그것이 민족문학과 세계문학에 걸친 그의 독서 경험에 의해서 새롭게 살아 있도록 조탁(彫琢)한 것이기 때문에, '2차 담론'으로서 우리들에게 적지 않은 지적인 충격을 주고 있다는 것이다. 다시 말해, 크나큰 '인지의 충격'을 주는 프삼메니투스의 슬픔에 대한 그의 비평적 담론은 발터 벤야민이 『니콜라이 레스코프이 작품에 대한 명상』에서 제시한 것보다 '문학적인 과거'를 더욱 깊이 파고 들어가서, 그 원인을 심리학적으로 밝히고 있기 때문에, 그의 주체적인 비평의 영역이 어디까지 확대될 수 있는가를 나타내어 주고 있다.

시가 침묵으로 다의적(多義的)인 의미를 말할 수 있게끔 하는 '맹아적인 힘' 또한 위의 사실과 깊은 관계가 있다는 것을 그에 의해서 구체적으로 배우게 될 때, 우리는 시를 주체적으로 이해하는 것이 얼마나 중요한지를 새삼스럽게 깊이 깨닫게 된다. 그는 이어서 '시와 은유'에 대해서 탁월한 담론을 펼치면서 시에 있어서 은유가 지니고 있는 '유일성과 공유성'의 의미가 무엇이며 훌륭한 시 속에서 그것이 어떻게 기능하고 있는가를 주체적으로 자세히 분석하고 검토해서 실증적으로 '추인'하고 있다. 또 그가 시에 나타난 '관습과 모티브'를 검토하고 분석해서 그것이 시 속에서 작용하고 있는 기능과 역할은 물론 그것이 지닌 한계성이 무엇인가를 소상히 밝히면서, '개개 작품의 독자적인 글결을 포괄하고 검토하는 균형의 논리'에 관한 비판적인 퍼스펙티브를 제공하는 경우도 마찬가지이다. 관습이나 모티브를 통해서 작품을 구조적으로 분석할 수 있으나, 그것이 작품을 훌륭한 것으로 만들지 못한다고 그가 주장하는 것은 주체적인 독서를 하지 못하는 것이 얼마나 허망하고 무의미한 것인가를 설득력 있게 나타내어 주고 있다.

주체적인 비평가로서의 유종호 교수의 단호한 자세는 '시와 정치적 전언'의 관계에 대해서도 명확하게 나타나고 있다. 그에 의하면 시는 정치적인 메시지를 실을 수가 있으나, 시와 정치적인 구호 및 '전언'은 별개의 것이기 때문에, 그것은 어디까지나 견실한 문학성에 기초를 두어야만 한다. 이것은 시를 이해하는 과정에서 시적인 것이 무엇인가를 밝히는 비평적 작업과 이어지고 있다. 그래서 그는 그의 문학적인 경험과 밝은 눈을 통해서 한국 현대시가 지니고 있는 음률성을 찾아내어 그것이 지니고 있는 시적인 기능을 로만 야콥슨의 이론에 기초를 두고 친절하게 설명하고 있다. 이것을 설명하는 과정에서 '소리와 뜻의 균형'을 유지하는 것이 때로는 시를 불투명하고 난해하게 만들지만, "그것이 시적인 것이다"라고 말한 것은 '골똘히 음미해 보아야만 할' 가치가 있을 뿐만 아니라, 그의 비평적인 시각이 얼마나 균형적인가를 다시 한번 의미 깊게 제시해 주고 있다.

그의 균형된 비평적인 입장은 마지막 장(章)인 '말의 힘'에 있어서도 뚜렷이 나타나고 있다. 그는 문학작품 속에 있어서 언어적인 힘은 '창조적 구사'에서 일어날 수 있는 것이라고 말하고, "관용적인 어법으로부터의 일탈이나 창의성 있는 배열로 새로운 의미를 마련해 낼 수 있다"고 했다. 이러한 그의 주장은 그의 관심의 무게가 문학작품의 미학적 가치에 얼마나 무겁게 실려 있는가를 충분히 나타내 주고 있다. 그러나 그는 작품 속에 담겨져 있는 '사회적 동향이나 합의'를 배제하기를 결코 원치 않는다. 그는 양자를 하나로 조화롭게 결합하는 균형된 시학을 원한다. 그의 비평적 담론은 상업주의와 졸속주의 그리고 거친 외부적인 힘이 가져온 '폭력의 시학'으로 인해 잃어버리거나 황폐화된 문학을 되찾고자 하는 강한 욕망과 집념에서 비롯되었다는 것을 나타내어 주고 있다. "시란 무엇인가"라는 명제가 시를 다시금 정의한 데 있다면, 그는 그것을 통해 빛을 잃고 퇴색되어 가는 문학을 다시 구원하고자 하는 숨은 뜻을 지니고 있다 하겠다.

그가 부록에서 김소월론과 윤동주론에서 강조하고 있는 것도 메시지 전달보다 시적인 요소를 부각시키면서, 모더니즘 시를 '무효화' 시킨 신경림 시가 '폭력의 시학'으로 인해 시대에 뒤떨어져서 퇴색될 수 있는 가능성을 우정 어린 설득으로 지적한 것은 상실되어 가는 시의 힘을 되찾기 위함이다.

아무튼 이 저서는 시를 주체적으로 올바르게 이해하고 즐길 수 있도록 만드는 입문서일 뿐만 아니라 경험론적인 시학에 관한 전문적인 이론으로서도 조금도 손색이 없다. 대가(大家)적인 면모를 나타내는 품격 있는 문체와 시사(詩史)를 작품 속에서 조명하는 그의 탁월한 비평적 식견은 울림이 있는 지적인 충격을 줄 뿐만 아니라 '2차 담론'을 읽는 기쁨이 무엇인가를 새롭게 인식시켜 주고 있다.

좋은 한시와 잘된 역주
그리고 그 이해의 한계 문제

송준호 연세대 국문과 교수

『다시 陶山 매화를 찾아서』
이황 지음 / 신호열 역주 / 1995 / 창작과비평사

이 서평을 쓰기에 앞서 먼저 시의 원작자 퇴계와 역주자 신호열 선생, 두 분의 자리와 생각이 지금 우리들의 그것과 다르다는 것을 전제하고, 두 분의 시와 역주 내용에 대해 그 절대적 가치의 인정과 상대적 문제점들의 평가로 병행할 수밖에 없다는 점을 말해 둔다.

"시는 곧 그 작가의 반영이다"라는 정의는 지극히 상식적이지만, 우리가 이제 퇴계의 한시를 이해함에 있어서는 그 '반영'이라는 점에 보다 유의해야 할 필요가 있다. 퇴계는 누구나 다 아는 전형적인 성리학자이며 더욱이 우리 유학사(儒學史)에 있어서 그 누구보다도 양지수신(養志修身)과 거경궁리(居敬窮理)에 철저했던 선비였다는 점

을 감안한다면, 퇴계 시에 대해서도 단지 인격의 반영이라고만 치부할 것이 아니라, 시를 짓는 행위 자체를 양지수신과 거경궁리의 한 과정으로 삼고 있었다고 봐야 하기 때문이다. 실제 그의 시에서 확인되는 바와 같이, 퇴계는 재기(才氣)를 한껏 부려 감정과 욕구를 풀고 흥과 멋을 내기 위해 시를 짓는 것은 심성을 스스로 해치는 행위로 인식했을 것이 분명하다. 따라서 퇴계의 시에 대해서는, 우리가 흔히 시에서 기대해 보는 기상묘사(奇想妙思)의 시경(詩境)이나 활달유창(豁達流暢)한 성조(聲調)를 기대해서는 안 된다. 이런 점 때문이었는지는 알 수 없으나 당시에도 권응인(權應仁)은 퇴계의 시를 "다닥 風月(풍월)"이라 평하였다고 전하고 있다.

그러나 이런 점을 가지고 퇴계 시의 문예미적 자질이나 퇴계의 시인적 재기를 논의하는 잣대로 삼아서는 안 된다. 퇴계는 결코 그런 시경이나 성조를 시로 얽고 읊어 낼 재간이 없어서가 아니라, 그런 시경이나 성조를 위해서 감정을 유희하고 상상에 몰입하고 아름다움을 꾸미는 짓은 오히려 스스로 멀리했고, 양지수신과 거경궁리의 철저한 인격화와 생활화의 자연스런 결과로서 시를 지었음을 발견할 수 있기 때문이다. 따라서 우리가 퇴계의 시에서 작가의 시인적 재기나 작위적 수사미 등을 탐구하려는 노력은 대상의 본질을 오해한 결과로 빚어내는 무용한 짓이며, 그보다는 시가 고양된 인격 자체의 차원 높은 상징물들로서 어떻게 무작위의 순수 문예미를 살려 내고 있는가를 추적해 볼 필요가 있는 것이다. 이렇게 본다면 정양완 교수가 이 번역시집의 작품들을 뽑고 시집 제목을 붙이는 과정에서 이미 시사한 바대로(발문에서) 매화(梅花)를 제재로 삼은 일련의 작품들은 퇴계의 고매한 인격과 정신 경향은 물론 시 자체의 순수미적 자질을 확인해 볼 수 있는 중요한 대상들이다. 여기의 매화는 바로 퇴계 자신을 위한 수양의 인격적 모형으로 대응 설정된 상징물임을 바로 알 수 있다. 퇴계는 매화를 유의미적(有意味的)으로 인격화하여, 때로는 자신을 바로 매화로 주체화하기도 하였고 때로는 매화를 오히려 자신의 분신처럼 설정하여 상대하기도 하였다. 다음 작품에서는 퇴계 자신이 매화에 동화되어 궁극에는 그것으로 주체화하고 있음을 보여 주고 있다.

獨倚山窓夜色寒 梅梢月上正團團 不須更喚微風至 自有淸香滿院間
(독의산창야색한 매초월상정단단 불수갱환미풍지 자유청향만원간)
— 〈陶山月夜詠梅六首(도산월야 영매육수) 제1수〉

이 작품의 발상과 전개에 있어서는 작가 퇴계가 매화를 고고한 정신세계의 교감 대상으로 설정하여 상대화하고 있으나 결구에서는 고도의 감흥으로 그것에 동화되면서 주체적으로 일체화하고 있다.

퇴계는 고향 도산에 매화를 손수 심고 기르면서, 앞에서 본 바와 같이 자신이 그것에 주체적으로 일체화하기도 하였고 때로는 그것을 자신의 분신처럼 상대화하여 서로 연민하기도 하였다.

梅花孤節稱孤山 底事移來郡圃間 畢竟自爲名所誤 莫斯吾老困名關

(매화고절칭고산 저사이래군포간 필경자위명소오 막사오노곤명관)

— 〈得鄭子中書 益歎進退之難 吟問庭梅 (득정자중서 익탄진퇴지난 음문정매)〉

이 작품의 매화는 소망하는 나로서의 퇴계 자신이면서 지금은 소망하지 않는 처지의 내가 되어 버린 퇴계 자신으로 분신화하여 호소의 상대로 등장된 것이다. 이 작품의 제목에서 알 수 있듯이 퇴계는 친구의 편지를 받고 자신도 벼슬살이에 대한 진퇴 문제로 매우 고민하며 한탄했고, 그래서 뜰(아마도 관청의 뜰일 것) 앞 매화에게 자신의 거취를 묻고 있다. 기막히게 고고한 매화 너는 마땅히 고고한 선비 임포(林逋)와 학이 있는 고산(孤山)에 함께 있어야 하는데, 무슨 연유로 이 군청 채마밭에 옮겨 와 있느냐고 묻는 것은, 고산에 있어야 할 매화, 곧 고향 안동에 있어야 할 퇴계 자신이, 생리에 맞지 않게 채마밭(그것도 꽃들이 있는 정원이 아닌 채소들만 있는 밭)에 옮겨져 있는 매화, 곧 뜻에 어긋난 채 벼슬살이를 해야 하는 지금의 퇴계 자신에게 던지는 물음이다. 그러나 그것은 문장의 표면 형식 그대로 상대에게 던지는 물음만이 아니라 내적으로는 독백의 넋두리와 한탄을 함축하고 있음을 간과해서는 안 된다. 여기에서 퇴계와 매화는 분명 내적으로 일체화되어 있기 때문에 문장 표면으로 대상화한 매화는 필연적으로 동병상련(同病相憐)의 동반자가 되어 매화, 너는 고상하다는 그 명성 때문에 오히려 사람들에 의하여 이 채마밭(실제는 뜰이지만 관청 집의 뜰은 속된 곳이라 채마밭과 다를 것이 없음)으로 옮겨져 와서 생리에 맞지 않게 삶을 그르쳤구나! 하며 동정하고, 나 역시 허망한 명성 때문에 세상에 불려 나와 내 뜻에 어긋난 채 벼슬살이에 매어 있어, 우리는 서로 같은 처지이니 너무 꾸지람하지 말라는 부탁이다. 이 매화에는 물론 퇴계뿐만 아니라 이 작품 제목에 등장하는 정자중(鄭子中)도 대입될 수 있다.

퇴계가 매화를 대상으로 하여 정신적 교감의 대화를 시도하는 방식은 이상에서 살펴본 것 말고 또 다른 적극적인 방식으로 나타나기도 하였다. 매화를 상대로 한 일방적 질문이나 호소, 내지는 독백만으로 교감의 대화가 이루어질 수 없는 것이므로 자신이 그 매화의 대답을 들어야 했고, 그래서 자신이 매화로 대역하는 시적 화자가 되어 청자로서의 자신을 향해 시를 읊기도 하였다.

寵榮聲利豈君宜 白首趨塵隔歲思 此日幸蒙天許退 況來當我發春時
(총영성이기군의 백수추진격세사 차일행몽천허퇴 황래당아발춘시)
―〈季春 至陶山山梅贈答 二首(계춘 지도산 산매증답 이수) 중 梅贈主(매증주)〉

이 작품에서는 매화가 늦게 돌아온 주인에게 책망과 함께 격려를 보내고 있거니와 이것은 물론 퇴계 자신의 자책과 자위를 대변하고 있는 것이다. 다음 작품에서는 역시 퇴계 자신이 매화로 대역하는 시적 화자가 되어 청자로서의 자신을 향해 대답을 하고 있다.

我從官圃憶孤山 君夢雲溪客枕間 一笑相逢天所借 不須仙鶴共柴關
(아종관포억고산 군몽운계객침간 일소상봉천소차 불수선학공시관)

— 〈代梅花答(대매화답)〉

　이 작품은 앞서 예로 든 '음문정매(吟問庭梅)'에 대한 대답의 형식으로 지어진 것이다. 매화인 나나 퇴계 당신이 서로 같이 안식처를 잃은 처지이니, 반갑게 서로 의탁해 보자는 화답이다. 물론 이 두 수는 매화를 무한히 애착하는 퇴계의 간곡한 소망을 담은 자문자답형의 작품들이다.

　이상으로 퇴계 한시에서 작가의 인격과 상관하여 특징적 국면들을 보이는 작품류들로서 매화를 제재로 한 것들을 살폈다. 퇴계는 고결한 인격으로의 도야를 위해서 시 짓기를 부단한 내수(內修)와 자성(自省)의 행위로서 실천했으며, 이 수양의 지표 그리고 성찰을 위한 내적 대화의 상대로서 이 매화가 선정된 것을 확인할 수 있었다. 동시에 이 매화를 객관적으로 물체화, 구체화, 구상화하지 않고, 주관적으로 인격화, 관념화, 추상화함으로써 필연적으로 매화 자체의 자연미는 포착될 수 없었고 그 묘사를 위한 수사도 필요로 하지 않았다. 퇴계는 이 매화의 시화(詩化)단서를 임포의 매처학자(梅妻鶴子) 일화에서 원용했으면서도 때로는 매화를 나로, 때로는 자기 연민의 상대로, 때로는 좋은 벗의 인격으로 삼아, 자연스럽게 시적 주체의 내적 구성이 일원화되기도, 이원화되기도, 삼원화되기도 하였다. 퇴계의 시는 이렇게 수사적 작위가 전혀 없이 이루어지고 있으면서도 매화와의 정신적 교감을 통해서 자기 수양을 위해 부단하게 노력하는 그의 순수, 진실한 인격미를 꾸밈없이 보여 주고 있다. 따라서 퇴계의 시에서는 그 시의 아름다움 자체를 맛보려고 할 것이 아니라 인격을 접해 보는 것이 마땅하다. 그러나 그럼에도 불구하고 시의 독특하고 개성 있는 수사적 문예미를 요구하는 오늘 우리들에게는 아무래도 새로운 흥미로의 접근을 유도해 주지 못하는 한계가 있다.

번역시가 원시의 기본적 구상의 틀과 그 내적 함축미 그리고 섬세, 오묘한 감각미까지를 그대로 살려 옮겨야 한다면, 무엇보다 번역자가 그 원작을 백분 이해할 수 있어야 하고, 또한 번역되는 어문에 대해서 해박한 어휘력과 뛰어난 언어감각으로 어문활용이 숙달되어 있어야 한다. 전고의 활용도도 다양하고 구문 자체도 껄끄러운 퇴계 한시의 역주는 신호열 선생 말고는 누구도 쉽게 해낼 수 없다는 점에 동의해야 한다면, 이 번역 부분에 대해서는 새삼 용훼할 여지가 없다. 3.4조 혹은 7.5조의 4음보 혹은 3음보로 옮겨 번역하는 것이나 참신한 감각의 어휘 사용, 그리고 행간 연결고리들의 처리 등 모두에 대해서 그렇다. 그러나 이 역주 시집이 독자층의 대중적 저변 확대를 도모해야 한다는 전제에서, 더 욕심을 낸다면 시의 내면 영상을 명료하게 살리기 위해서 연결어미의 선택(예 : 늦봄에 도산에 와서 산매화와 미미한 두 수 중 〈주인이 답하다〉의 제1행 끝 '~하자서리'는 '~하자서랴'가 좋겠음), 고체어의 사용(예 : 감회에 부친 절구 다섯 수 중 '제4수'의 제2행의 '사랑흡다'는 '사랑스럽다'가 좋겠음), 시상에 맞는 시어 번역(예 : 〈날이 개므로 기뻐서〉의 제3행의 '옥을 끌어당기는'은 '굴려대는'이 좋겠음) 등 보다 많은 수사적 문제점들을 지적할 수는 있다.

이 역주시집이 퇴계 자신의 인격 자체대로의 시를 담고 있다는 점

과 또한 신호열 선생 자신의 해박한 한시 이해와 원숙한 어문 활용능
력으로 역주되었다는 점에서는 그 자체로서 값진 것이면서도, 출간
의 목적대로 대중 독자층으로의 저변확대를 위해서는 소기하는 바대
로의 효과를 기대할 수는 없겠다.

애틋한 진리에의 몸부림

김광수 한신대 철학과 교수

『문학과 철학』
박이문 지음 / 1995 / 민음사

1

산다는 것은 한 편의 소설을 쓰는 것이다. 물론 이야기는 자신의 삶에 관한 것이고, 주인공도 저자도 자기자신이다. 멋있는 소설, 감동적인 소설이 되어야 한다. 비록 베스트셀러는 못 되더라도 아름다운 장미처럼 향기 그윽해야 하고 빛나는 보석처럼 값져야 한다. 도대체 이렇게 생각하는 이유는 무엇이며, 이렇게 생각하는 사람은 어떤 자세로 삶을 살까?

박이문 교수의 『문학과 철학』을 읽으면 이 궁금증이 풀리게 된다.

중학생 시절부터 문학에 빠져 고등학교를 마칠 때까지 수없이 많은 발표되지 않은 시를 쓴 그는 서울대 불문학과를 마치고 소르본 대학교에서 불문학 박사를 받고서도 달랠 수 없는 영혼의 허전함 때문에 미국 남가주 대학교에서 철학으로 박사학위를 따게 된다. 그후 그는 미국 시몬스대학과 포항공대(현직) 등의 대학 강단에서 철학 교수의 역할을 하면서도, 8년 전에 네 권째의 시집을 펴냈고, 『시와 과학』, 『예술철학』 등의 문학 · 예술 분야의 저서와 글들을 꾸준히 쓰고 있다. 그러한 그를 보고 단순히 "그는 문학과 철학 둘을 하고 있다"라고 하는 것은 적절치 않다. 오히려 "문학과 철학이 그 안에서 어우러지고 있다"고 해야 할 성싶다. 지금 그는 백발의 노교수이다. 그래도 그에게서 30대 청년에게서 느낄 수 있는 힘을 느낄 수 있는 것은 바로 이 점 때문일 것이다.

　『문학과 철학』은 본격적인 연구서는 아니다. 그가 지난 2년 동안 여기저기 발표했던 문학과 관련된 철학적 문제를 다룬 글들을 모은 책이다. 그리고 그러한 책의 분위기가 늘 그렇듯이 '문학의 철학적 성찰'을 다룬 제1부와 '인간과 텍스트'를 다룬 제2부는 잘 어울리지 않는다는 느낌을 받을 수 있다. 그러나 이 '느낌'은 그의 글을 깊이 음미해 보면 느낌에 불과하다는 것을 알 수 있다. '인생'이라는 텍스트를 창작하기 위해서 '부단히 긴장'하면서 살고 있는 한 진지한 인간의 철저하고 일관된 사고의 가닥을 잡을 수 있기 때문이다. 이 '가닥'이 어떤 것인지 더듬어 보기로 한다.

2

문학작품을 통해서 감동을 맛본 독자는 그 감동이 어떤 철학적 메시지로 표현될 수 있다는 것을 느낄 수 있을 것이다. 다시 말해서 문학과 철학이 깊은 관계가 있다는 점을 우리 모두는 공감하고 있는 것이다. 그러나 이 '관계'가 정확히 어떤 것인지 말하기는 쉽지 않다. 문학작품 속에서 철학이 차지하는 위치가 제각각 다르기 때문이다.

먼저 우리는 철학적 문제들이 문학작품 속에서 다루어지고 있다는 점에 주목할 수 있다. 볼테르의 『캉디드』는 우리가 사는 세계가 가능한 세계들 중에서 최선의 것이라는 라이프니츠의 철학을 비판한다. 카잔차키스의 『희랍인 조르바』는 속물의 '때'가 묻지 않은 조르바의 삶을 통해서 우리들의 속물적 삶을 반성케 한다. 도스토예프스키는 『카라마조프의 형제들』에서 우리 모두의 관심사인 '구원'에 대하여 어떤 철학적 담론보다 못하지 않는 철학적 탐구를 보여 준다. 이처럼 문학작품(소설)은 철학적 교훈을 전달하는 도구로 사용된다. 문학과 철학은 수단과 목적의 관계 속에서 이해될 수 있는 것이다.

그러나 이러한 관계는 '외재적 관계'에 불과하다(57쪽). 철학적 메시지를 전하지 않는 문학작품이 얼마든지 있을 수 있으며, 문학작품의 수단을 빌지 않고서도 철학적 문제들이 훌륭하게 논의될 수 있기 때문이다.

그러나 문학과 철학은 단순히 '외재적 관계', 즉 우연적 관계가 아니라 '내재적 관계', 즉 본질적 관계를 가질 수 있다. 가령 실존주의

문학과 실존주의 철학은 서로 떼려야 뗄 수 없는 본질적 관계 속에서 얽혀 있다. 첫째, "실존주의 문학은 실존철학자들에 의해서 쓰였고 그래야만 한다."(59쪽) 둘째, "실존주의 문학은 자율적으로 존재할 수 없고 (실존주의)철학으로서만 그 의미를 갖고 존재할 수 있다."(59쪽) 실존주의에 관한 한 "문학 텍스트와 철학 텍스트의 차이는 똑같은 철학의 서로 다른 표현 방식이라는 것이다."(59쪽)

전통적인 철학에 의하면 인간의 존재 양식은 어떤 철학적 원리로부터 연역적으로 도출되는 어떤 것이어야 한다. 그러나 이 '철학적 원리'는 나 자신의 밖에 있는 어떤 초월적 존재 또는 원리이다. 그러나 실존주의에 의하면 그러한 전통적인 세계관은 받아들일 수 없다. 인간의 삶은 인간 밖의 어떤 '본질'을 구현하는 장이 아니다. 그러한 '본질' 같은 것은 없기 때문이다. 인간의 삶은 그냥 '던져진 것'이다.

이와 같은 실존주의 철학의 성격은 문학을 철학의 도구에 머물지 않게 한다. 실존주의 문학은 삶 자체가 실존주의적 철학의 메시지를 보여 주는 무대이기를 요구한다. 실존주의는 어떤 종류의 본질주의도 배격하기 때문에 그 자체의 정당성을 철학적 이론을 통해 제시할 수 없는 것이다.

문학과 철학의 이러한 관계를 놓고 볼 때 문학 평론가들 중에는 그 정체가 매우 의심스러운 사람들이 있다. 소위 '문학 이론'을 하는 문학 교수, 문학 평론가, 문학 연구가들은 문학에 관한 철학적 분석을 한다. 그러나 그들이 양산하고 있는 문학 이론의 텍스트들은 철학적 입장에서 볼 때 논리적 설득력이 부족하고 "불필요하게 잡다하고 어

수선해 보인다."(44쪽)

　　문학과 철학의 관계는 삶의 맥락 속에서 더 잘 이해될 수 있다. 삶은 한 편의 소설을 창작하는 과정이라 할 수 있다. "인생 전체를 통해서 어떤 통일된 이야기가 성립될 수 있는 인생일 경우에만 그의 삶은 비로소 정체성, '자아'가 있었다고 말할 수 있다."(227쪽) "나 오직 나만이 내가 죽는 날 끝을 내야 하는 소설·텍스트의 책임자이며, 내 인생의 의미 내용 즉 가치의 책임자이다."(229쪽)

　　그(박이문)의 경우 최선의 '인생 소설 쓰기'는 시를 쓰고 철학을 하는 것이다. 시는 "철학적 글쓰기가 잃은 것을 찾고 왜곡시킨 것은 바로잡으려는 시도이며 철학적 글쓰기의 어망에 잡히지 않았던 수많은 물고기를 조금이라도 더 걷어 올리자는 방책"(201~202쪽)이기 때문이다. 따라서 우리는 그가 다음과 같이 생각하는 이유를 알 수 있다.

　　나의 모든 경험과 지식의 축적 그리고 나의 모든 작업이, 아직은 쓰이지 않았지만 내가 죽기 전 언젠가는 꼭 쓰고 싶은, 아니 써 남겨야 할 한 권의 시집, 아니 한 편의 시를 위한 준비이며 습작에 지나지 않는다는 생각을 나는 늘 속으로 해 왔던 것 같다.(190쪽)

3

박이문 교수는 백발의 노교수답지 않게 매우 '문학 소녀적'이다. 철학자들과 문인들이 자신들의 '껍질' 속에 안주하는 동안 그는 조금은 '순진한' 목소리로 우리 시대에 드문 진실을 논한다. 바로 이 점이 그가 『문학과 철학』에서 말하는 모든 것에 동의할 수는 없음에도 불구하고 그가 전하고자 하는 메시지에 옷깃을 여미지 않을 수 없는 이유이다. 그는 삶을 한 편의 이야기를 쓰는 과정으로 이해한다. 그것도 향기롭고 값진 멋있는 이야기이길 원한다. 그는 그의 인생이 굳이 '베스트셀러'가 되는 것을 바라지 않는다. 철학적 작업의 틈새를 시로 메우는 삶을 통해서 그는 완전한 '진리'에 도달하고자 하는 것이다. 『문학과 철학』에서 확인된 그의 진솔한 아마추어리즘이 어쭙잖은 프로들을 일깨우는 모습을 보고 싶다.

역사, 체험 그리고 소설로의 승화

김현숙 이화여대 국문과 교수

『그 산이 정말 거기 있었을까』
박완서 지음 / 1995 / 웅진출판

95년 묵은해가 저물어 가기 전 출판된 박완서 선생의 소설 『그 산이 정말 거기 있었을까』는 92년 출간한 『그 많던 싱아는 누가 다 먹었을까』의 후속 작품이다. 박 선생은 1970년 장편 『나목(裸木)』으로 40세에 문단에 등단한 이후 왕성한 작품 활동을 해 오고 있다는 것은 누구나 잘 알고 있는 점이다. 그러나 1992년 가을에 출간된 『그 많던 싱아는 누가 다 먹었을까』의 서문에서 '뼛속의 진까지 빼 가며 쓰는 고통'으로 작품 쓰는 어려움을 표현하기도 했지만, 이번에 출간한 『그 산이 정말 거기 있었을까』는 박 선생의 글쓰기의 저력을 또 한 번 보여 준 셈이다.

『그 산이 정말 거기 있었을까』를 보는 데는 두 가지 면에서 접근이
가능하다.

하나는 이 소설의 소재로서 '역사적 사건 속에서 개인이 얻은 체험
의 측면'이라는 점과 이 작품의 장르적인 성격인 소설로서의 형식에
관한 것이다.

먼저 소설이 소재면에서 바탕을 이루고 있는 내용을 살펴보자. 박
선생의 작품을 대할 때마다 느끼는 것은 글쓰기 고통의 흔적보다는
마치 말의 물레가 있어 말을 풀어내듯 말이 쏟아져 나와 한 편의 작
품이 시작으로부터 마지막 장까지 연결된 한 올의 말의 실로 연결된
말의 실타래를 보는 것 같다. 대부분의 작품들은 다루고 있는 소재의
차이만 있을 뿐 끊임없이 쏟아져 나오고 있는 말의 흐름은 변하지 않
는 속력을 갖고 있으며, 시간의 진행에 따라 말의 강도가 심화되고
있는 점이다.

전작인 『그 많던 싱아는 누가 다 먹었을까』는 작가가 의식할 수 있
는 한에서의 아름답던 고향과 태어나 살던 그 고향을 떠나오던 어린
시절로부터 한 사람의 성인이 되기까지 젊은 날의 아름다운 이야기
이고, 『그 산이 정말 거기 있었을까』는 『그 많던 싱아는 누가 다 먹었
을까』에 비해 결코 아름다울 수만은 없는 슬픔과 아픔으로 얼룩진,
그러나 한 사람의 성년으로 그 아픔을 안으로만 삭이며 살아내야 했
던 인고의 세월을 기록한 것이다. 철없던 시절 아름다운, 그리고 잊
어버리고 싶지 않은 젊음을 풋열매인 '싱아'로 살아가면서 잊고 싶은
기억들은 언젠가 있었던 것과 같은 그러나 이제는 그 모습을 확인해

내기 어렵도록 묻혀져 버린 그래서 현재와 과거를 대비하며 스스로 자문하는 말이 '그 산이 정말 거기 있었는가' 이다.

여기에서 저자가 책 제목으로 쓰고 있는 '그 산이 정말 거기 있었을까'에 대한 질문의 대답은 이 책의 본문에서가 아니라 서문에서 이렇게 쓰고 있다.

거기 그 동산 말예요 그 예쁜 동산을 꼭 그렇게 만들어야 했을까요? 운동할 데가 그렇게 없나요 라고. 그러나 아무도 호응을 안 한다. 거기가 동산이었다는 것도 모르는 사람도 있다. 그 예쁜 동산을 어쩌면 그렇게 감쪽같이 잊어버릴 수가 있을까? 아니면 일부러 시침을 떼는 걸까 그 동산이 없어져서 잘된 사람도 없지만 아쉬운 사람도 없는데 웬 걱정이냐는 투다.

불도저의 힘보다 망각의 힘이 더 무섭다. 그렇게 세상은 변해 간다. 나도 요샌 거기 정말 그런 동산이 있었을까, 내 기억을 믿을 수 없어질 때가 있다.(서문 6쪽)

오늘만 지나면 잊어버리는 모든 것들, 그러나 잊어버려서는 안 되는 것들, 작가가 표현하고 있는 '그 산'은 우리나라 역사의 한 장이며 그 시절을 살았던 사람이라면 누구나 체험할 수밖에 없었으며, 삶을 지배했던 사건이다. 그 역사적 사건인 6·25를 경험했던 모든 사람들이 이제는 언젠가 있었던 것도 같고 그러나 지금을 사는 데는 아무런 지장을 주지 않는 것과 같은 동산처럼 "그 산이 정말 거기 있었을까"

라고 되뇔 뿐이다. 나와 관계가 없는 것은 잊으면 그만이다. 모두들 그렇게 산다.

그러나 박 선생은 그 슬프고 아픈 이야기를 쓸 수밖에 없는 이유를

> 그 부분은 개인사인 동시에 동시대를 산 누구나가 공유할 수 있는 부분이고, 현재의 잘사는 세상의 기초가 묻힌 부분이기도 하여 부끄러움을 무릅쓰고 펼쳐 보인다. "우리가 그렇게 살았다우."
>
> 이 태평성세를 향하여 안타깝게 환기하려다가도 변화의 속도가 하도 눈부시고 망각의 힘은 막강하여 정말로 그런 모진 세월이 있었을까 문득문득 의심스러워지면서, 이런 일의 부질없음에 마음이 저려 오곤 했다.(서문 7쪽)

로 표현하고 있다. 모든 사람이 체험한 삶이라고 해도 누구나 다 똑같은 것은 아니다. '시대' 라는 씨줄과 '체험' 이라는 날줄의 만남은 무수하게 다양하고 많은 삶의 무늬들을 만들어 낸다. 그 시절엔 내세울 수 있는 인격도 자존심도 없다. 단지 죽지 않아야 하고 그러기 위해서는 어떤 방법으로라도 먹어야 한다. 살아남을 수 있는 방법은 평상시에는 생각할 수조차 없는 '짓들' 이다. 이를테면 피난으로 떠나 버린 빈집에 들어가 뒤져서 먹을 것을 들어내 오고, 그렇게 하기 위해 대문을 열고 들어가기도 하지만 담을 넘어 들어가는 것이 더 보편적인 방법이기도 하다. 이러한 행동들은 되돌아보면 부끄러운 무늬의 삶들이다. 그래서 태평성세가 된 지금은 『그 산이……』처럼 그런

시절이 정말 있었는가를 자문하지만 조금만 더 자신을 들여다보면 그 시절은 분명히 있었고 어느 한 부분에, 혹은 더 많이 자리하고 있다. 역사라는 거대한 획 속에서 무시될 수밖에 없었던 개인들의 삶, 그러나 그것은 역사적 사건이라는 거대한 획이 자리하고 있는 표면 속에 속절없이 희생당해 온 무수한 개인들의 작은 역사적 사건들이 함께하고 있는 것이다. 그러나 희생으로보다는 부끄러움과 아픔으로 기록된 개인의 인생사인 것이다.

그러한 부끄러운 개인적인 역사적 사건들을 모든 사람들이 다 문학이라는 장르의 글로 표현할 수 있는 것은 아니다. 사람들에 따라서는 끝없이 지껄이는 것으로 표현하기도 한다.

그래서 우리들의 할머니 어머니들은 모여 앉기만 하면 그 시절 생명을 부지할 수 있었던 기적을 어떻게 이루어 내며 살 수 있었는가를 주장하고 모든 사람들에게 드러내 인정받고 싶어한다. 그래서 그분들이 곧잘 하시는 말씀들이 내 이야기를 책으로 엮으면 몇 권은 되리라는 말씀들이시다. 그러나 그러한 이야기에도 자신들이 살아 낸 기적을 이룬 무용담은 있어도 그렇게 시시콜콜 부끄러운 갈피를 드러내지는 못한다. 아마 어느 부분은 실제로 망각하고 싶은 욕망으로 망각되어 버렸기 때문일 것이다. 그러나 역사라는 거대한 수레바퀴는 어떠한 형태로 개인들에게 영향을 주었는가를 들추어내려 하지 않는다. 그러한 작업은 겪어 낸 개인들과 그것을 귀담아 들으려는 청자들에 의해서만 이루어질 수 있다. 그것은 부끄러움의 강도를 측정하기 위해서가 아니라, 동족간의 전쟁이 준 피해로 어떠한 개인들의 희생이 묻혀 있는가를 규명해야 하고, 과연 누구를 위한 행위들이었는지의 판단도 이루어져야 할 것이기 때문이다.

또 하나 관심을 가져야 하는 것은 6·25라는 민족적인 사건이 어떤 연령층 이상의 사람들에게만 제한되는 특수성의 장으로 옮아가고 있기 때문에 더 많이 망각되기 전에 개인의 체험들은 모아져야 할 필요가 있다. 지금까지의 6·25를 다룬 소설들이 갖는 객관적 거리 갖기나 기록으로서가 아니라 지금은 아물어 버렸지만 그 상처의 자리를 확인하듯 우리에게 있어 6·25의 의미는 재점검되어야 한다. 이러한 작업은 지금까지의 남북한이 이데올로기로 인한 분단국가로만 머물 수 없다는 맥락과도 일치한다. 형제나 가족들이 본인들의 의사와 관계없이 총을 잡고 맞서 싸우던 시절 서민들에게 이데올로기의 적대관계는 사실상 죽음을 피하려는 행위일 뿐 자신들의 의지의 표출이었던 경우는 드물었을 것이다. 그러나 지금까지 많은 사람들의 경우 자신이 그 시절 어떻게 살 수 있었는가를 밝히지 못하는 것은 모든 것이 드러났을 때 받을 불이익이 두렵기 때문일 것이다. 이제는 그런 흑백의 논리에서 벗어나 북한의 주민들 중에도 그들이 어떻게 살아날 수 있었는가를 들어 주기 위해서는 우리 자신부터 우리 내부의 진솔한 이야기를 귀담아들어야 할 필요가 있음을 『그 산이 정말 거기 있었을까』는 보여 주고 있다. 남북한에 나뉘어져 살고 있는 사람들의 경험의 공통분모의 요소들은 영원히 분단국가로 남을 필요가 없으며 이제 우리가 통일의 시대 문학으로 우리가 자연스럽게 이행해 갈 수 있음을 제시한다고 하겠다.

이제는 소설 장르로서의『그 산이 정말 거기 있었을까』를 살펴보자.

소설과 역사의 차이점은 흔히 역사는 일어날 수 없는 일, 그보다는 일어나지 않기를 바라는 일이 일어나는 경우이고, 소설의 경우는 우리의 일상사 속에서 일어남 직한 일을 기록하는 것이라 한다. 그래서 역사로 기록되는 사건들이 항상 시대를 가르는 거대한 획이 될 수밖에 없다. 이에 비해 소설은 일상사, 주변사의, 그리고 시대를 가르는 획에 의해 파괴되어 가거나 변해 가는 인간들의 내부 심리를 다루게 되거나 시대와는 무관한 개인들의 이야기에만 머물러 버리는 경우도 있게 된다. 오늘날과 같은 사회적 변화의 속도가 빠르고 여러 가지의 사건들이 쉴 새 없이 터지는 이러한 시대에는 더욱더 사람들의 관심이 역사로서 기록될 수 있는 사건들에 관심을 가질 수밖에 없다.

이러한 시점에서 6 · 25를 여성 체험자로서 살아 낸 이 글은 역사적인 동족 전쟁에 대한 새롭게 보기이다. 어떤 세대들에게는 익숙한 일이지만 오늘의 젊은 세대들에게는 우리와 무관한, 역사에만 기록되어 있는 한 사건으로 망각되는 것이 당연한 일로 생각되기 쉬우나 이러한 사건을 1995~96년이라는 새 시대의 시간과 공간 속에 다시 펼쳐 놓음으로써 새롭게 인식할 수 있으리라 여겨진다.

또 하나 관심을 가질 수 있는 점은 체험소설인 경우에 흔히 나타나는 자기도취적이며 끝없는 독백의 나열인 점이다. 소설이 갖는 형식으로서의 구성력이 무시되는 경우가 많은 데 비해 이 작품의 경우에는 개인 체험의 세계에 대한 무조건의 몰입이 아니라 소설로서의 구성력을 갖고 있다는 점이다. 내용으로는 6 · 25의 시작으로부터 전쟁이 끝날 때까지의 시간 속에서 화자와 그 가족들이 어떤 공간 이동 속에서 살아 냈는가 하는 점이다. 이들의 공간 이동은 이들의 소속을 결정하게 하고 있고 공간의 움직임은 6·25라는 역사적인 사건을 작가의 개인적인 삶으로만 볼 수 없는 민족 개개인의 삶의 공통의 요소로 드러나게 하는 점이라 생각된다. 개개인이 겪어 낸 체험의 양상은 다르나 그들의 움직임의 공통적 요소는 어떠한 방향으로 움직여 갔는가에 따라 신분 사상의 방향을 알 수 있게 한다.

『그 산이 정말 거기 있었을까』의 작품은 6·25라는 역사적 과거와 오늘을 연결하는 고리의 작품이다. 작가는 그 시절의 부끄럽던 갈피갈피를 감추지 않고 드러내 한 편의 작품으로 승화시켜 역사적 사건으로 무수한 개인들이 받을 수 있는 상처와 그 극복의 방법을 소설이라는 장르로 보여 줌으로써 다시 우리 민족의 수난사와 개인의 아픔이 어떻게 맞물려 있는가를 보여 준 작품이다. 박완서 선생은 이미 한국문화 속에서 중산층 여성의 입장이 어떠한 위치에 있었는가를 보여 주어 왔던 작가이다. 『그 산이 정말 거기 있었을까』는 역사, 정치, 사회의 흐름 속에 지성인 여성들이 살아 내는 방법의 모습이다. 이러한 점으로 미루어 볼 때 박 선생의 문학에 대한 열정은 식지 않고 끊임없이 관심의 폭을 넓혀 말의 물레를 돌릴 것이다. 앞으로의 작업의 결과를 기대할 뿐이다.

가난과 외로움과 절망 그리고 문학

김태현 순천향대 독어독문학과 교수

『외딴 방』(1, 2)
신경숙 지음 / 1995 / 문학동네

신경숙은 1985년에 등단한 젊은 소설가다. 그녀가 첫 창작집 『겨울 우화』를 세상에 내놓았을 때 그녀를 눈여겨본 이들은 많지 않았다. 그러나 신경숙이 두 번째 소설집인 『풍금이 있던 자리』를 펴냈을 때는 그녀를 찾는 이들이 매우 많았다. 그 때문이겠지만 『풍금이 있던 자리』가 나온 뒤 곧 그녀는 공지영, 김인숙, 김형경, 윤대녕, 김소진 등과 함께 90년대 소설가를 대변하는 젊은 작가군의 선두에 배속되었다. 그녀가 그런 작가로 대접받은 것은 대체로 그녀의 문체 때문이다. 물론 신경숙의 감각적이며 시적인 문체, 여성적 감성을 진하게 반영한 문체는 오정희 문체를 크게 닮았고 게다가 동세대의 작가들인 윤대녕이나 김형경 역시 신경숙과 유사한 문체를 구사하고 있는 만큼 아주 개성적인 문체라고 할 수는 없다. 그렇지만 신경숙은 쉼표와 '나'를 애용할뿐더러 특유의 감각을 보여 주는 문체를 구사함으로써 여타 소설가들과는 다른 반향을 불러일으켰다. 그 반향의 와중에 발표된 작품이 그녀의 첫 장편소설인 『깊은 슬픔』이다. 이 장편소설은 발표되자마자 베스트셀러가 됨으로써 대중의 관심을 끄는 데 성공하였다. 하지만 문단에서는 이 장편소설이 상반되는 평가를 받았다. 즉 이 소설은 그녀의 문학적 재능을 고루 드러내고 있는 작품이라는 평과 이와 정반대로 그것을 훼손하는 작품이라는 평을 함께 받았던 것이다. 어쨌든 이 소설을 발표할 때까지 신경숙은 비교적 일정한 문학세계의 범주를 벗어나지 않았다고 할 수 있겠다. 그러다가 신경숙은 최근에 두 번째 장편소설인 『외딴 방』을 독자에게 선보였다. 그런데 『겨울우화』에 실린 동명의 단편소설을 전면적으로 확대 개편한 이 작품을 통해 그녀는 예전과 판이한 문학세계를 보여 주고 있으며 그리하여 이 작품은 신경숙의 새로운 문학적 진로를 예고하고 있다 하겠다. 이를 구체적으로 살펴보는 것이 이 글의 주된 과제다.

『외딴 방』에서는 시종일관 현재의 사건과 과거의 사건이 번갈아 나온다. 이런 기법은 이미 김원일의 『노을』 등이 도입하여 큰 관심을 모은 적이 있다. 그런데 신경숙은 『외딴 방』에서 이런 기법에 만족하질 않고 주로 현재의 사건은 과거시제로 과거의 사건은 현재시제로 기술하고 있다. 그런 점에서 이 소설은 다른 작가들이 미처 도입하지 못하였던 신선한 기법을 선보이고 있는 실험적인 작품이기도 하다.

그렇다면 이같은 파격적 기법을 통해 작가가 노리는 것은 무엇일까. 과거의 사건이 현재시제로 기술되어 있다는 것은 작가가 과거의 사건을 현재의 삶과 동떨어진 과거의 일로 치부하는 것이 아니라 현재의 삶과 깊이 연계된 오늘의 사건이나 다름없는 사건으로 여기고 있음을 의미하며, 현재의 사건이 과거시제로 기술되어 있다는 것은 작가가 현재의 사건을 과거의 사건과 무관한 어떤 사건이 아니라 그것과 밀착된 사건임을 강조하고 있다는 것을 뜻한다. 이는 결국 이 작품에서 과거의 사건과 현재의 사건이 별개의 두 사건이 아니라 서로 불가분의 관계를 맺고 있는 사건임을 의미하는 것이다. 따라서 우리는 이 소설의 두 축인 과거의 사건과 현재의 사건을 살펴보면서 그둘의 불가분성을 확인하지 않을 수 없다.

이 작품이 보여 주는 과거의 사건은 작가의 직접 체험에 크게 의존하고 있다. 다시 말해, 신경숙이 열여섯 살 때(1978)부터 스무 살이될 때(1981)까지 겪은 일이, 작가가 성장기에 만났던 이들과 그때 경험하였던 일이, 그 과거 사건의 핵심이다. 그것의 구체적인 내용은이렇다.

농촌에서 살고 있던 주인공은 1978년에 외사촌 언니와 함께 고향을 떠나 서울로 온다. 그뒤 이들은 취업을 위해 직업훈련원에 다닌다. 주인공의 주경야독하는 큰오빠와 함께 이들은 가리봉동의 '외딴방'에 기거하며 구로공단에 자리 잡은 동남전기주식회사에 다닌다. 이 시절에 주인공은, 그 시절 가난한 농촌 출신의 여공들이 대개 그랬듯이, 한편으로는 열악한 노동현장에서 고된 노동에 시달렸고 다른 한편으로는 가난과 고독과 절망에 시달렸다. 말하자면 주인공의 일상을 지배하는 것은 모종의 기쁨이나 보람이 아니라 뚜렷한 피로와 짜증이었던 것이다. 그러나 주인공은 이런 일상과 싸우면서도 상경의 원천이었던 향학열을 결코 버리지 않았다. 1979년부터 그녀는 공장에서의 작업을 마친 뒤에 산업체 특별학교인 영등포 여고로 달려갔던 것이다. 이런 길마저 주인공에게 쉽게 허용되었던 것은 물론 아니다. 그것은 주인공이 노조의 탈퇴라든가 평소 따뜻하게 대해 주었던 노조지부장이나 주변 인물들과의 불편한 관계 등 이런저런 부담을 지불하고 힘겹게 선택한 길이었다. 그렇긴 해도 주인공이 소중하게 품고 있었던 문학적 열망을 위해서라도 그녀는 배움을 포기할 수 없었다. 이런 생활을 하던 79년 봄에 그녀는 희재 언니를 처음 본다. 희재 언니는 이 작품에서 주인공 못지않게 중요한 비중을 차지하고 있고 동시에 가난한 고독과 절망 속에서 살다 죽은, 혹은 그렇게 인생을 마감하지는 않았다 하더라도 그와 다를 바 없는 고난의 일상을 보내야 했던 모든 불우한 젊은이들을 상징하고 있는 인물이라는 점에서 주목된다. 특히 작가의 얼굴을 하고 있는 주인공과 달리 희재 언니는 얼마간 허구적인 인물로 보이지만 주인공의 '외딴 방' 시절의 비극적 분신이라는 점에서도 즉 희재 언니는 주인공의 어두운 심사와 삶을 극적으로 보여 주는 인물이라는 점에서도 주목되는 여성이다. 그러나 주인공은 희재 언니의 비극적 삶과 다른 삶을 살면서 그녀를 극복한다. 주인공은 희재 언니의 비극성을 암시하는 '외딴 방'에 매몰되지 않음으로써, 그러니까 공장과 학교라는 비교적 넓은 공간에서의 생활에 충실함으로써, 희재 언니가 노정한 음울한 삶을 극복하는 것이다. 이 소설은 바로 이를 소상하게 드러냄으로써 주인공의 과거를 밝힌다. 그 가운데서도 우리의 눈길을 세게 당기는 대목은 역시 주인공의 공장생활이다. 이 생활을 통해 신경숙은 격랑이 몰아닥쳤던 유신시대와 5공 시절의 공장생활의 실상을 꽤 드러내고 있는데 이로써 신경숙은 새로운 면모를 보여 줄뿐더러 특이한 노동소설을 제시하고 있기 때문이다. 그런 점에서 이 작품은 체험소설이요 노동소설이지만 그러나 『외딴 방』은 결국 그들을 내포한 성장소설이다. 여러 측면에서 작가와 닮은 점은 주인공이 성장하면서 겪는 복잡다단한 사연을 기록한, 주인공의 젊은 날의 내면세계를 파헤치면서 아울러 자아를 둘러싸고 있는 외부세계와 자아가 충돌하여 노출하는 갖가지 상황을 다루고 있는 소설이라는 점에서 그렇다. 이런 맥락에서 『외딴 방』은 가난한 고독과 절망이 주로 지배했던 주인공의 과거를 혹은 신경숙의 과거를 독특한 방식으로 보여 주는 성장소설이다.

한편, 이 소설이 보여 주는 현재의 사건은 이 작품이 창조되는 과정에서 작가가 느낀 것이거나 생각난 것과 그 과정에서 생긴 여러 일화로 구성되어 있다. 그 중심적인 내용은 이렇다. 신경숙은 이 작품을 약 일년 동안 썼으며 집필의 공간은 작업실과 제주도였는데 집필의 시작과 끝은 수미쌍관하게 제주도에서 하였다. 그러니까 4계절이 지나는 동안 서울과 제주도에서 진행된 신경숙의 글쓰기가 어떤 경로를 걸었으며 또 어떤 사유와 감정의 지휘를 받았는가를 『외딴 방』은 집중적으로 기술하고 있다는 것이다. 물론 여러 작가들이 벌써 소설에 대한, 또는 소설가에 대한 소설이라고 부를 수 있는 이런 소설을 선보인 바 있다. 이청준, 이인성, 최수철 등의 많은 소설들이나 최근에 나온 최인훈의 『화두』가 그 좋은 예가 될 것이다. 그런 점에서 이런 시도 자체는 새로운 것이 아니다. 그렇지만 소설가 소설이랄 수 있는 이 작품에서 우리가 따로 눈여겨볼 대목이 있다. 이 소설의 집필 동기가 바로 그것이다. 그 동기는 얼핏 보면 대수로운 것이 아니다. 『깊은 슬픔』으로 신경숙이 대중에게 알려지자 야간학교 시절의 친구가 어느 날 작가에게 전화를 걸어 그 시절의 이야기는 왜 하지 않느냐고 작가에게 질문하였는데 이 돌연한 질문에 성실하게 답한 것이 이 작품이기 때문이다. 그러나 이 작품의 진의에 도달하려는 이들은 이를 숙고하지 않으면 아니 된다. 우리는 이 작품을 통해 작가가 그동안 드러내지 않았던 개인적 과거를 끝까지 감출 것인가 아니면 솔직하게 토로할 것인가를 고민하다가 결국은 그것을 가능한 한 진솔하게 드러내기로 결심하였음을 알 수 있는데, 이는 글쓰기가 개인적 진실의 드러내기나 사회적 진실의 드러내기를 피할 수 없다는 인식의 소산이며 그리하여 신경숙은 문학이 아무리 상상력의 소산이라 하더라도 이런 인식을 외면할 수 없다는 것을 이 소설에서 강력하게 주장하고 있기 때문이다. 다름아닌 이런 주장이 신경숙의 새로운 문학관의 일단을 드러내면서 우리의 깊은 공감을 유발하고 있다. 그런 점에서 이 소설은 삶에 대한 성숙한 안목을 바탕으로 한 예술가 소설로서의 기품을 구비하고 있다 하겠다. 말하자면 『외딴 방』은 작가의 현재 사건을 통해 글쓰기의 진정한 의미를 밝히고 있다는 것이

다. 그리하여 이 소설은 작가의 과거 사건과 현재 사건을 결합한 성

장소설이자 예술가 소설이 된 것이다.

『세계문학사의 허실』의 시각과 문제점

박철희 서강대 국문과 교수

『세계문학사의 허실』

조동일 지음 / 1996 / 지식산업사

조동일 교수의 『세계문학사의 허실』은 제목 그대로 그 의욕이 매우 도전적이면서 야심만만한 것이며, 아마도 그 주장이나 가능성에 있어서 가장 충격적일 듯하다. 그것도 자국 문학사가 아니라, 세계문학사 서술이라는 세계사적 과업에 아래와 같이 정면으로 도전하고 나섰다.

세계문학사 서술은 과연 가능한가? 필요한 내용을 갖춘 세계문학사는 혼자 쓸 수 있는 것도 아니며, 어느 한 나라 학계의 역량으로 이룩할 수 있는 것도 아니다. 여러 문명권 많은 나라 학자들이 두루 참여해 각자 자기가 가장 잘 아는 문학에 관한 세부 사항을 분담해 집필하는 세계적인 규모의 공동작업을 해야 명실상부한 세계문학사를 이룩할 수 있다.

그런 작업은 아직 시도되지 않았으며, 가까운 시일 안에 실현되기 어려운 꿈이다. 그러나 그 일을 실제로 하고자 할 때, 지침으로 삼을 수 있는 설계, 또는 설계의 초안을 마련하는 작업은 누가 맡든 우선 한 사람이 해야 한다. 내가 그 일을 맡겠다고 자임해서 세계문학사에 관한 3부작의 저술을 내놓고자 한다.

그리하여 1부에서는 기존의 세계문학사를 비판적으로 검토하고, 2부에서는 세계문학사 서술의 새로운 방법을 제시하고, 3부에서는 세계문학사의 서술의 실제를 목표한다고 하였다.

이 책은 3부작 중 1부에 해당한다. 여기서 세계문학사 서술이 지금까지 어떻게 쓰여 왔으며 무엇이 문제인가를 검토하면서, 제1세계 중심의 세계문학사나 제2세계의 세계문학사가 지닌 결함을 시정하고, 제3세계문학을 정당하게 평가하고, 그리고 제1, 제2, 제3세계문학을 함께 다루는 세계문학사의 기본원리를 마련하고 있다. 무엇보다 우리는 여덟 가지 언어로 된 37종의 세계문학사 저술을 비판적으로 검토한 그의 엄청난 독서열의와 정보량에 감탄하게 된다. 물론 이중에는 학술서적이 아닌 교양서적도 있어, 검토의 대상으로 삼을 필요가 있겠는가 하는 의문의 여지가 없지 않아 있다. 그러나 이 책에서도 지적하였듯이 세계문학사는 순수한 학술서적이 아니다. 널리 읽히기 위한 대중용 서적이 아니면 강의에서 사용하는 교재이다.

그동안『한국문학통사』와『동아시아문학사 비교론』에서 얻은 성과를 확장하고 발전시켜 세계문학사 서술의 설계도를 마련하는 예비연구가『세계문학사의 허실』이다. 특히 우리 문학을 근거로 해서 얻은 한국문학사의 서술의 성과를 동아시아문학사로 확장해 점검하고, 그 성과를 다시 세계문학에 널리 적용해서, 세계문학사의 새로운 방향을 모색하려는 장기간에 걸친 그의 쉼 없는 노력은 무엇보다 우리에게 긴장감을 준다. 특히 한국문학사를 유럽 각국의 문학사와 견주고, 일본·중국·월남의 문학사와 비교해서 고찰한 것은 앞서 나온『동아시아문학사 비교론』이 거둔 성취다. 문제는 그 성취가 학문 일반에 대한 반성과 세계문학과의 보편성에 얼마나 부합하느냐에 있다. 이런 점에서 이 책은 한국인과 제3세계의 입장에서 쓴 세계문학사인 셈이다. 그렇다고 한국문학 중심주의를 표방한 것도 아니다. 하지만 유럽문명권 중심주의가 세계문학이라는 편견에 맞서기 위하여는 한국문학이 커다란 구실을 할 만큼 유산이 풍부하고 연구가 진척되었고, 특히 한국 근대문학은 제국주의 침략과 맞서 싸우는 제3세계 민족문학의 한 모범 사례로서 평가되어 마땅하다고 하였다.

그러므로 이 책은 무엇보다 지금까지 세계문학사 서술에서 거의 외면되었던 한국문학이 세계문학에서 차지하는 위치를 정당하게 평가하면서, 그 가능성을 여러 문명권, 많은 민족이 공통되게 이룩한 세계문학사 전개의 기본원리를 통하여 입증하는 데 바치고 있다. 말하자면 유럽문명권 중심주의의 시정, 제1세계의 관념사관과 제2세계의 유물사관의 비판적 극복, 그리고 학문을 하는 기본원리에 대한 근본적인 반성이 세계문학사를 다시 쓰는 새로운 방향이며, 그것을 하는 데는 우리가 앞설 수 있다는 것이다. 이 과정의 서술과 설명은 신선하고도 명쾌하다.

그는 자신의 말과 같이 자신의 주장의 상당한 부분에 걸쳐 최한기로부터 암시를 받고 있다. 그만큼 그는 곳곳에서 근대문학론 대신에 중세에서 근대로의 이행기 철학에서 스스로 모색한 근대사상을 주목하고 있었다. 인문과학적인 가치가 존중되는 것이 우리 사회의 특징이라고 하면, 그 점에서 18세기 이전에는 동양사회가 우월하다고 대담한 결론을 내린 그의 시각은 잘 알려진 사실이다. 근대 다음의 시대가 어떤 시대여야 하는지 아직 분명하지 않으나, "근대를 이룩하기 위해서는 중세를 부정하고 고대를 계승했듯이, 다음 시대를 만들기 위하여는 근대를 부정하고 중세를 재인식하는 것이 반드시 필요하다"는 것이다.

이러한 관점에 입각하여 범위를 한정하여, 세계문학사의 서술의 세계사를 비판적으로 읽고 있다. 『문학의 새로운 핸드북』(클라우스 폰 제 총편), 『문학의 일반적 역사』(피에르 지아옹 총편), 『세계문학사』(세계문학연구소)의 경우와 같이 중요하다고 생각되는 책은 세부까지 집중 논의하고, 그렇지 않은 것들은 『슈페만출판사 황금색 총서 세계문학』, 『일반문학핸드북』(앤리치 보타)과 같이 서문과 차례에만 중점을 두었다.

먼저 세계문학사의 세계사를 제1세계문학사, 제2세계문학사로 나누고, 특히 제1세계문학사는 기본형과 변이형으로 나누어 검토하고 있다. 기본형으로는 헤겔의 역사철학과 관련된 유럽문명권 중심주의 문학사를 주로 다루고, 변이형으로는 세계문학사를 개별 문학사로 해체해서 서술한 것, 진화론과 관련된 문학사 서술, 주제별 서술을 한 것을 각각 독립시켜 논의하고 있다. 하지만 제1세계문학사는 그 서술의 양상이 상이함에도 불구하고, 공통적인 것은 헤겔 역사철학에서 언급된 서양 중심 역사관의 문학적 반영이라는 것이다. "그래서 아프리카문학은 논의의 대상에서 제외되었고, 아시아문학은 고대문학 또는 중세까지의 문학으로나 그 의의가 인정되고, 고대에서 시작해서 근대까지 일관된 발전을 보인 문학은 유럽문명권 문학뿐이라는 서술체계"를 그대로 반복할 수밖에 없는 것이 그 한계라고 하였다.

제2세계문학사는 마르크스의 사회경제사 이론을 근간으로 해서 이루어진 『세계문학사』(세계문학연구소) 서술을 주로 다루고, 중국의 『외국문학사』(鄭判龍 외)와 북한의 『외국문학사』(평양, 1985) 등을 그 대상으로 삼고 있다. 제2세계의 시각 또한 제1세계의 문학관을 부정하면서도, 마르크스주의 사회발전 단계설에 매이고, 그 한계를 극복하지 못하여, 그 결과 유럽문명권 중심주의에서 자유로울 수 없다고 하였다.

다음 유럽문명권이 아닌 다른 문명권에서 유럽문명권의 세계문학사를 여하히 수용하고 비판하고 있는가를 고찰하고 있다. 이 경우 동아시아의 경우만 문제 삼았다. 일본은 제1세계의 세계문학사를 받아들이고, 중국과 북한은 제2세계의 문학사를 다시 쓰면서도 실제의 작업에서는 세계문학사 서술의 유럽문명권 중심주의를 극복하지 못하였고, 남한의 작업 또한 일본과 마찬가지로 '문예사조사' 라는 교재가 보여 주듯이 대동소이하다는 것이다. 오히려 제1세계 세계문학사의 유럽문명권 중심주의 시각을 더욱 확대하고 있다고 하였다.

그만큼 그의 문제의식은 한국문학이 세계문학의 구심점이 되어야 한다는 관점에 있으며, 오로지 탈유럽중심주의, 나가서 탈동양주의와 같은 신역사주의 내지 탈식민주의적 시각의 강조가 세계문학사 서술에 관한 실상의 논의보다 핵심을 이루고 있다. "이제 우리는 다시 출발하여야 한다. 제3세계의 관점에서 제1세계뿐만 아니라 제2세계의 잘못도 비판하고 대안을 제시하는 역사적인 과업을 수행해야 인류 역사의 위기를 극복하고 새로운 세대를 창조할 수 있다. 제3세계의 세계문학사를 써서 진정한 진보를 이룩해야 한다"는 주장이 바로 그것이다. 그래서 제3세계 문학사야말로 그렇게 하는 과업의 선구자이고 개척자라는 것이다.

그의 논의방식은 이렇듯 기술적이기보다 평가적이고, 포용적이기보다 선택적이다. 사실 그의 말대로 기존 세계문학사의 서술과 그 근거가 그렇게 단선적이라는 점에는 의구심이 없지 않아 있다. 검증된 맥락상의 의미를 유일한 의미로 생각하는 것은 자칫하면 추상적이고 비역사적 환원주의로 떨어질 수도 있다. 언제 어떤 경우에 있어서도 특정한 시각에 매이지 않는 보편을 강조하는 것은 이 때문이다. 주지하다시피 마르크스의 사회경제사나 헤겔의 정신사에 관한 단순논리는 이미 그 선명성으로 자신을 합리화할 수 없을 만큼 복잡한 것이 아니던가. 그래서 그의 태도를 교조적으로 만들기 쉽다. 무엇보다 헤겔이나 마르크스를 균형 있는 감각을 통한 파악이 필요하다.

　어쨌든 이 책은 제1세계와 제2세계가 이룩한 세계문학사 서술의 편향성을 한꺼번에 넘어서는 새로운 세계문학사의 이상이자, 그 모색임은 틀림이 없다. 이러한 이상과 모색이 개인적인 차원을 넘어서 세계문학사의 보편적 이론으로 확산되느냐가 문제다.

'고독'이라는 마법

우석균 서울대 서어서문학과 강사

『**백년 동안의 고독**』
가브리엘 G. 마르케스 지음 / 임호준 옮김 / 1996 / 고려원미디어

『백년 동안의 고독』을 쓴 가브리엘 가르시아 마르케스는 1928년 콜롬비아 카리브해 연안의 한 작은 마을인 아라카타카에서 태어났다. 1947년 보고타 대학 법대에 진학하였으나 소설 창작에 관심을 기울인다. 젊은 시절 동안은 거의 무명에 가까워서『백년 동안의 고독』을 쓰기 전에 4권의 단편집 및 중편소설들을 발표했지만 특별히 주목을 끌지는 못했다. 그러나 이 소설이 1967년 부에노스아이레스에서 출판되자 순식간에 전 세계적으로 수백만 부가 팔려 가르시아 마르케스 자신이 일약 유명인사로 변했음은 물론이고, 중남미 문학사, 나아가 세계문학사를 뒤흔든 뛰어난 책으로 평가받아 1982년 노벨상을

수상하는 영광을 누렸다.

이 소설이 각광을 받은 건 우연이라고는 할 수 없다. 작가의 문학적 역량뿐만 아니라 여러 가지 대내외적 여건이 이미 성숙되었기에 가능하였다. 작가 개인적으로는 『백년 동안의 고독』 이전에 발표했던 작품들에서 다루었던 주제들을 한층 완숙해진 소설기법으로 총체적으로 결집시키는 데 성공했다. 한편, 1940년대부터 미학적 수준이 높은 소설들을 선보이기 시작한 중남미문학은 1960년대에 들어서는 그 어느 나라 문학에도 뒤지지 않는 작품들을 대량으로 산출한다. 19세기 말에 러시아문학이, 1930년대에 미국문학이 그러했듯이 중남미문학이 세계문학의 당당한 주인공으로 탈바꿈하던 시절이었다. 1950년대 말부터는 제3세계의 진로를 두고 정치적인 관심이 국제적으로 고양되고 있었고, 쿠바 혁명으로 전 세계가 중남미에 시선을 돌렸다. 제3세계의 세력화는 단순한 정치적 변화만을 요구한 것이 아니었다. 제3세계로서의 중남미는 자신의 정체성을 확립할 필요를 느꼈고 문학도 이런 사명감으로 중남미적인 독특한 숨결을 담은 작품을 연이어 탄생시켰다. 따라서 『백년 동안의 고독』의 출간은 우연한 사건이 아니라, 한 작가의 빼어남과 시대적 요청이 만났을 때 잉태시킨 중남미 문학의 필연적인 사건이었다.

『백년 동안의 고독』이 발산하는 중남미적 숨결은 흔히들 '마술적 사실주의'라 부르는 미학이다. 이 용어의 기원은 독일에서였다. 20세기 초반 전위주의 물결이 유럽을 강타할 때 후기 표현주의 회화의 기괴하고 환상적인 분위기를 뚜렷이 정의하기 힘들자 고안된 신조어였다. 이 용어는 곧 스페인을 거쳐 중남미에 파급되었지만 확실히 정착되지 못하다가, 『백년 동안의 고독』이 출간되자 중남미문학의 한 흐름을 지칭하는 구체성을 획득하면서 새 생명을 얻었다.

'마술적' 이라는 수식어의 존재 이유는 소설을 들여다보면 쉽게 깨달을 수 있다. 라벨레에게서 볼 수 있는 과장법적 해학도 존재하지만, 문명의 합리성이나 과학성과는 거리가 먼 미신적이고 전설적인 이야기들이 현실 세계와 공존한다. 예를 들어, 한 미녀가 어느 날 갑자기 승천한다. 비는 때로는 5년 가까이 계속 내린다. 온 동네 사람들이 어느 날 갑자기 건망증에 걸린다. 유령들은 살아 있는 이들을 방문한다. 근대사회의 비인간적이라고 하리만큼 냉철한 합리주의를 비웃기라도 하는 듯한 중남미의 원초성을 물씬 풍기는 이런 점들이 서구 독자들에게 우선 소설을 읽는 재미를 주었고, 제3세계에 대한 관심이 고조되어 가는 시기였으니 맹목적인 매혹을 느끼게 해 주었을 법도 하다.

그러나 『백년 동안의 고독』이 단지 이런 점 때문에 극찬을 받은 건 결코 아니다. '사실주의' 라는 용어를 동반하는 점이 암시하듯이 『백년 동안의 고독』은 중남미 현실을 잘 파헤치고 있다. 구체적으로는 1950년대 전후 콜롬비아의 '폭력고발문학' 전통의 연장선상에서 자유주의자들과 보수주의자들의 갈등을 고발하고 있고, 넓은 맥락에서 보면 중남미 수탈의 역사와 사회적 모순들을 총체적으로 허구화한 소설이다.

소설은 마콘도라는 마을을 창건하고 백여 년 뒤 이 마을과 함께 지상에서 영원히 사라지는 부엔디아 가문의 역사이고, 바로 중남미의 역사이기도 하다. 마콘도가 창건되었을 때 이곳은 사물들이 아직 이름조차 지니지 못한 신천지였으니 유토피아적 이상향을 건설할 수도 있을 가능성이 내포된 곳이다. 즉, 콜럼버스의 신대륙 발견과 관련이 있다고 할 수 있다. 그러나 이후의 중남미 역사가 그랬듯이 인간의 욕심과 어리석음은 마콘도에서의 이상향 건설을 불가능하게 한다. 제2세대인 아우렐리아노 대령은 보수주의자들과 맞서 32번의 전쟁을 일으키고 모두 패한다. 자유주의의 대의명분에 맹목적이다시피 휩싸인 그이지만 철저히 반동적인 보수주의자들 모두 작가에게는 비판의 대상이다. 내란으로 인한 혼란은 콜롬비아 역사의 아픔이기도 하고 19세기 초 독립 후 군벌들끼리의 오랜 전쟁을 경험했던 대부분의 중남미 국가들의 상황이었기도 하다. 제4세대의 호세 아르카디오 2세는 제국주의의 경제적 수탈의 증인이다. 미국회사 소속의 바나나 플랜테이션 노동자들의 시위가 무참한 학살로 진압되고 3천이나 되는 시체가 한밤중에 기차에 실려 어디론가 사라진다. 유일한 생존자인 호세 아르카디오 2세는 사람들에게 이 사실을 상기시키지만 모두들 마법에 걸린 듯 아무것도 기억하지 못한다. 그리고는 4년 11개월하고도 이틀 동안 비가 내려 마콘도는 황폐해지고 부엔디아 가문도 종말적 징후를 보인다. 맨 마지막 후손인 또 다른 아우렐리아노는 폐허가 된 집에서 짐승과도 같은 삶을 살고 근친상간이라는 반인륜적 죄까지도 범하게 된다. 그 결과 돼지꼬리가 달린 아이가 태어났으니 결국 부엔디아 집안은 신천지에서 이상향을 건설한 게 아니라 야만적 상태로 파행적 퇴행을 한 셈이다. 아우렐리아노는 부엔디아 집안의 창건자들과 친분을 맺었던 집시 멜키아데스가 100년 전에 산스크리트어로 쓴 양피지를 해독하는 일에 편집광적으로 매달린다. 놀랍게도 이 원고는 마콘도의 역사와 부엔디아 집안의 운명을 정확히 예언하고 있었다. 아우렐리아노가 점점 원고에 열중해 가는 동안 마콘도는 초자연적인 거센 바람에 휩싸인다. 그리고 그가 마지막 구절을 채 읽기도 전에 자신이 양피지를 읽던 방에서 영원히 나가지 못할 것이라는 걸 깨닫는다. 마콘도는 "바람에 휩쓸려 갈 것이며 아우렐리아노 부엔디아가 양피지의 해독을 막 끝내는 순간 인간의 기억에서 사라질 것이고,…… 백년 동안의 고독을 언도받은 집안은 그대로 지상에서 사라져 버릴 수밖에 없다고 적혀 있었던 것이다."(458쪽) 즉, 이 집안은 '고독'이라는 마법에 이미 100년 전부터 걸려 있었다.

여러 세대에 걸친 가문의 구성원들이 제각기의 삶을 살았지만 아무도 이 마법에서 풀려나지 못했다. 그리고 이 마법은 필연적인 것이었다. 부엔디아 집안의 모든 남자들은 아우렐리아노 혹은 호세 아르카디오라고 불렸는데, 아우렐리아노들은 총명하지만 자폐적 성격을 지녔고 호세 아르카디오들은 광기에 가까운 충동적인 성격을 지녔다. 부엔디아 가에서 유일하게 통찰력을 지닌 현자라고 할 수 있는 제1세대의 우르술라는 이런 성격들이 반복되는 것을 한탄한다. 어느 성격으로도 타인들과 진정한 의사소통을 하기에 알맞지 않고, 따라서 그들에 대한 진정한 이해가 불가능하기 때문이리라. 한편, 호세 아르카디오 2세가 고발하는 노동자 학살이 마콘도인들에게 쉽게 망각되었다는 점은 마콘도인으로 상징되는 모든 중남미인들이 부조리하고 불평등한 현실 때문에, 혹은 인권 탄압에 대한 공포 때문에 아무도 신뢰하지 못한 절대 고독에 빠져 있음을 뜻한다. 결국, 부엔디아 집안 사람들도 마콘도인들도 마법의 영원한 포로로서 고독이라는 저주의 늪에서 운명적으로 허우적 댄다.

중남미의 역사는 이 고독이라는 사슬에 얽매어 악순환을 거듭하는 역사라는 것이 소설이 전하는 메시지이다. 그리고 절대 고독이 계속될 때 중남미는 마콘도처럼 황폐해져만 갈 것이라는 우려를 담고 있다. 가르시아 마르케스는 이 소설에 관한 어느 대담에서 고독의 반대말이 유대(紐帶)라고 밝힌 적이 있다. 중남미의 난맥상을 극복하기 위해서는, 즉 고독이라는 마법에서 풀려나기 위해서는 사람들 사이의 이해와 단결이 가장 중요하다는 믿음을 역설한 것이고, 이 소설은 고독의 상황이 사라지기를 갈구하는 마음으로 쓰였음을 표명한 것이다.

가르시아 마르케스의 작품은 국내에서도 꾸준히 소개되어 왔다. 그러나 가장 걸작인 『백년 동안의 고독』은 중역판으로 소개된 것이기에 아쉬움을 금할 길 없었다. 고려원의 이번 직역본은 독자들이 원전의 맛에 더욱 가깝게 다가갈 수 있는 좋은 계기가 될 것이다.

자전적 내면세계의 미학적 승화

정덕애 이화여대 영문과 교수

『등대로』
버지니아 울프 지음 / 박희진 옮김 / 1996 / 솔

한 평범한 날의 한 마음속을 한순간 조사해 보라. 그 마음은 무수히 많은 인상들을 받아들인다……하찮은 것, 놀라운 것, 덧없는 것, 또는 강철의 날카로움으로 새긴 것. 인상들은 수없는 원자의 끊임없는 소나기로 모든 방향에서 내린다. 그것들이 내려올 때 그리고 스스로를 월요일 또는 화요일의 삶으로 구성할 때 예전과는 다른 곳에 강조점이 떨어진다.

소설가 버지니아 울프는 자신을 포함한 일단의 현대소설가들이 갖고 있던 삶에 대한 태도를 1919년 이렇게 묘사했다. 바로 전 시대 사실주의 작가들은 한 인물의 인생을 열을 맞추어 늘어선 마차등처럼,

또는 본드 가의 양복쟁이들이 단 단추처럼 가지런하게 보여 주었다. 우리가 가령 디킨스의 소설책을 덮을 때 주인공의 출생과 성장 과정, 사랑과 결혼과 직업 그리고 시련과 마지막 승리 또는 실패가 하나의 긴 끈처럼 연결되어 뇌리에 남아 있는 것을 발견할 것이다. 그러나 한 인간의 진실이 과연 그가 사회에서 경험하는 사건들의 집합일까? 아니면 아무리 혼란스럽고 하찮을지라도 그의 의식을 스쳐 지나가는 잡다한 상념 속에 더 중요한 진실이 놓여 있지 않을까? 울프는 소설의 옳은 소재는 "습관이 우리로 하여금 믿게 하였던 것과는 다른 것"이라고 주장한다. 즉, 알 수 없고 다양한 인간의 내면세계를 외적인 설명은 될 수 있는 대로 섞지 않고 전달하는 것이 소설가의 임무라고 주장한다. 이러한 울프의 실험정신은 소설『제이콥의 방』(1922)에서 시작하여『댈러웨이 부인』(1925)을 거쳐『등대로』(1927)에서 가장 원숙한 결실을 이룬다.

울프가『등대로』를 쓴 목적은 물론 기법적인 실험만을 위한 것은 아니었다. 이 소설의 착상은 매우 개인적인, 그러므로 울프 자신에게는 더 절실한 이유에서 비롯되었다. 울프는 빅토리아 시대의 대표적 문인이었던 레슬리 스티븐 경과 미인으로 소문났던 줄리아 덕워스 사이에 태어났다. 존경받던 아버지와 아름답고 자상했던 어머니 아래서 보낸 어린 시절을 울프는 일종의 이상향으로 기억한다. 특히 어린 시절 세인트 아이브스에서 보낸 여름의 추억은 그녀 존재의 기반이라고 울프는 자서전에서 적고 있으며 바로 그곳이 소설『등대로』의 모델이 되었다. 연약한 성격의 울프는 열세 살 때 어머니를 잃고 나서 정신이상 증세를 보일 정도로 충격을 받고 일생 동안 어머니의 죽음이 가져다준 상실감에 시달린다. 한편 어머니의 죽음 이후 자기 연민에 빠진 까다로운 성격의 아버지는 9년 후에 돌아가시며 울프는 권위적이던 아버지가 어머니를 쇠진시켰고 계속 살아 계셨다면 자신의 창조력마저 억눌렀을 것이라고 생각한다. 그러므로 울프는 이 소설을 어머니에 대한 일종의 조가로 착안했었다. 철학 교수인 괴팍한 남편에게 정신적인 지주가 되고 여덟 명의 아이들에게는 자상한 어머니이며 별장을 방문한 손님들을 돌보고 또한 마을의 가난한 사람들을 구호하는 소설 속의 램지 부인은 바로 울프 어머니의 모습이었다. 인생을 희망적으로 보고 갈등과 화해점을 감상적으로 발견하는 부인과는 반대로 램지 씨는 어린 아들의 마음을 상하게 할 정도로 이성적, 논리적이다. 그는 부인으로 하여금 남성으로서 또한 철학자로서의 자신감을 자기에게 주도록 요구하는 이기적인 사람으로 그려진다. 이는 울프가 본 아버지의 일면임은 두말할 나위도 없다. 그러나 소설을 써 나가면서 울프는 점차 램지 씨와 부인의 대조를 미학적으로 승화시키며 이를 통해서 부모에 대한 자신의 병적 아집에서 벗어난다. 그러므로 이 소설에서 울프가 당면한 큰 과제는 개인적인 필요와 예술적 실험을 조화시키는 일이며 울프는 그 과제 자체를 소설 속의 한 등장인물인 화가 릴리 브리스코에게 맡긴다.

릴리 브리스코는 이 별장에 손님으로 온 노처녀로 램지 부인의 풍요로움을 동경하는 화가이다. 첫 장에서 릴리는 잔디밭에 캔버스를 펼치고서 창가에 앉아 아들에게 책을 읽어 주는 램지 부인의 초상화를 그리고 있다. 그러나 화폭 위에서 보랏빛 삼각형으로 추상화된 램지 부인의 모습은 릴리에게 미학적으로 만족을 주지 못한다. 그녀는 그 그림을 10년 동안 미완성으로 둔다. 두 번째 장에서 10년 세월의 흐름이 그려지고 마지막 장에서는 살아남은 가족과 친구들이 다시 별장에 모인다. 램지 부인은 이제 죽고 첫 장에서 계획했던 그러나 폭풍우 때문에 취소되었던 등대로의 여정을, 램지 씨는 아들 제임스와 딸 캠을 데리고 떠난다. 그들이 떠나고 난 빈 별장에서 릴리는 다시 캔버스를 펼치고 이제는 비어 있는 창가를 보면서 램지 부인의 초상화를 완성시키려 노력한다. 여전히 화폭 위의 부조화 때문에 고민하면서 릴리는 그림의 대상인 램지 부인을 회상한다. 그러던 릴리는 마침내 그림과 램지 씨라는 '상반된 힘 사이에서 면도날 같은 균형'이 필요함을 깨닫게 된다. 즉 그림의 문제는 미학적인 것이 아니라 램지 부인에 대한 자신의 견해의 문제이며 또한 부인에 대한 올바른 이해는 램지 씨에 대한 이해 없이는 불가능한 것임을 깨닫게 된다. 릴리가 이제 올바로 볼 수 있게 된 점은, 일상생활에서 일어나는 충동과 대립에도 불구하고 램지 부부의 관계에는 엄청난 위엄이 있었다는 사실이었다. 푸른 숄을 두른 부인과 넥타이를 휘날리는 남편이 팔짱을 끼고 온실 쪽으로 산책하던 모습을 회상하며 릴리는 그 부부의 관계를 단순히 대립적인 것으로 본 자신의 실수를 깨닫는다. 램지 일행이 등대에 도착하는 순간 릴리의 그림은 완성되며 그러므로 이 소설은 남성과 여성, 부모와 자식 그리고 예술과 현실 사이의 상징적인 조화로써 마무리된다. 울프가 일생 동안 전념하던 죽음이나 페미니즘 같은 문제에 대해

이 소설은 남성과 여성, 부모와 자식 그리고 예술과 현실 사이의 상징적인 조화로써 마무리된다. 울프가 일생 동안 전념하던 죽음이나 페미니즘 같은 문제에 대해 이 소설은 또한 일종의 해답을 주고 있다. 물론 울프 자신의 감정도 정리되었다. 소설을 쓴 지 13년이 지난 어느 날 울프는 아버지의 회고록을 읽으면서 "그들은 얼마나 아름다운가—나의 아버지와 어머니, 얼마나 단순하고 분명하고 평화로운가…… 아버지는 어머니를 사랑하셨다"라고 느낀다.

이런 소설을 번역할 때의 어려움은 램지 부인이란 대상을 그리는 릴리가 겪었던 무지막지한 어려움과 같은 것이리라. 이 소설은 극적인 스토리도, 작중화자도 없다. 인물을 묘사하는 일관된 시각도 없다. 창가에 앉아 있는 램지 부인은 그녀를 쳐다보는 여러 인물들의 내면 속에서 각각 약간 다른 모습으로 등장하며 그녀의 의식 안에서는 더욱 다양한 모습을 보여 준다. 한 인물에 대한 이런 다양한 시각을 정리해 주기는커녕, 작가는 연결사도 없이 여러 사람의 내적 독백들을 나열해 놓는다. 그러한 내적 독백들은 마침표도 없이 세미콜론과 이음줄 그리고 괄호로 끊임없이 연결된다. 번역자 박희진 교수는 우선 한글에는 쓰이지 않는 세미콜론을 다 제거하였고 관계대명사와 접속사로 길게 연결된 문장들을 일부 끊어 놓았다. 문장의 뒷부분부터 먼저 해석되는 한글 번역은 상념의 순서를 뒤바뀌게 할 수도 있으므로 이는 적절한 조치였다고 생각된다. 또한 원문에서 복잡할 수도 있는 문장들이 오히려 번역본에서 더 쉽게 읽히는 장점을 지니고 있다. 한편 한 인물의 상념 속에 등장하는 특별한 장소라든가 인용되는 작품들에 대해 역자는 본문 속에 괄호를 넣어 간단한 해설을 삽입해 놓았다. 의식의 흐름을 깨지 않으면서 자연스럽게 해설하고자 한 역자의 의도를 높이 살 만하다. 그러나 원문 속에 많이 쓰인 둥근 괄호와 역자 해설의 괄호가 구별이 안 되며 편집상 혼돈을 피하고자 사용한 사각괄호가 간혹 더 혼돈스러울 수가 있다.

아마도 일반적으로 번역에서 가장 어려운 점은 인유일 것이다. 인유를 해설해서 번역하기도 어색하고 또한 한 인물이 사용하는 인유와 직접 등장하지 않는 작가가 사용하는 인유가 함께 섞이는 경우 더욱 해석하기 어렵다. 예를 들어 해결되지 않는 그림을 앞에 놓고 릴리는 눈물을 흘리며 옆에 있던 카마이클에게 무언의 도움을 청한다. 만약 그가 말을 한다면 릴리는 수면이 갈라지고 그 속에서 "손이 하나 밀어 올려지든지, 면도칼 날이 번쩍일 것이었다"(234쪽)라고 생각한다. 다른 장면에서 릴리가 자신의 그림에 대해 면도날 같은 아슬아슬한 균형이 필요하다고 언급한 적이 있으므로 역자는 칼날을 특별히 면도칼 날이라고 번역한다. 그러나 논의의 여지는 있지만 이 장면은 죽어 가는 아서(Arthur)왕이 마지막 계시를 구하기 위하여 시종을 시켜 보검 엑스칼리버를 바다에 던지라고 하자 물 속에서 손이 나와 칼을 잡고 허공에 흔드는 장면에 대한 작가의 인유일 수 있다. 그런 경우 그냥 칼날로 번역할 수도 있을 것이다. 그러나 역자의 번역도 한국 독자에게 작품의 의미를 전달하는 데에는 무리가 없는 것으로 생각된다.

이 소설에서 번역하기 가장 어려운 부분은 제2장 '시간이 흐르다'

일 것이다. 여기서는 인물이 주인공으로 등장하지 않고 대신 파도와 등대 빛이 시간의 흐름을 보여 주고 있다. 이 부분을 저술하면서 울프는 '붙잡을 것이라곤 아무것도 없이, 보는 눈도 없이' 시간의 흐름을 보여 주어야 하며 그러므로 '가장 어려운 추상적인 글'이라고 토로하고 있다. 특히 이 부분은 울프의 독특한 문체 즉 시적 산문의 위력이 두드러지는 부분이다. 놀랍게도 박 교수의 번역은 이 부분에서 가장 뛰어나지 않을까 생각한다. 울프 특유의 시적 문체와 공허한 분위기를 그대로 전달하면서도 전혀 어려움 없이 읽히는 번역이다. 전체적으로 박 교수의 번역은 원문에 충실하면서도 한글 독자에게 어색하지 않은, 독특한 의식의 흐름 수법을 살리면서도 자연스러운 번역이다. 일단 첫 장의 낯선 느낌을 극복하고 나면 우리는 마치 자신의 마음을 읽듯이 자연스럽게 인물들의 내면세계를 읽어 내려가게 된다. 의식의 흐름 수법을 70여 년 전 처음으로 시도한 작가들 중 대표적 작가인 울프가 기법과 주제를 가장 원숙하게 조화시킨 작품이 『등대로』이다. 이 소설은 반드시 제대로 번역되어야 할 고전이며 박희진 교수는 과감히 그리고 성실하게 그 작업을 완수하였다.

'어머니 소설'의 교본

조남현 서울대 국어국문학과 교수

『축제』

이청준 지음 / 1996 / 열림원

이청준의 전작 장편소설 『축제』는 수년 동안 치매를 앓다가 87세에 돌아가신 어머니의 장례를 치르는 과정을 메인 플롯으로 삼고 있다. 부음을 듣고 고향에 내려가 장례를 치르기까지의 과정을 그리는 것과 비슷한 비중으로 주인공인 작가 이준섭은 회한과 죄의식 그리고 허망감 속에서 어머니의 삶을 돌이켜 보고 있다. 기본적으로, 주인공이 어머니의 삶을 돌이켜 본다는 현재적 사건과 어머니의 삶의 내용을 중심으로 한 과거가 뒤섞이고 있다. 장례식을 축제로 풀이한 것은 분명 새롭다고 할 수 있지만, 사실상 이 소설은 장례식을 치르는 과정보다는 어머니의 삶의 내용을 거짓 없이 들려주는 데 무게를 두고 있다. 축제의 과정보다는 '축제'라는 규정의 필연성을 드러내는 데 역점을 둔 것이라고 할 수 있다.

작가 이청준은 임권택 감독이 '이 시대의 효를 살리려는 의도'에서 만든 영화 〈축제〉와 소설 『축제』가 동시진행된 것이라고 밝히고 있지만, 이미 단편 〈눈길〉, 〈기억여행〉 등에서 어머니를 소재로 한 장편소설의 출현이 예고된 것이나 다름없다. 〈눈길〉이 1977년에 발표되었던 만큼, 근 20년 만에 그 예고가 감동적인 현실로 나타나게 된 것이 아닌가.

작가 이청준은 이준섭으로 분장하여 이 소설의 공간 안에서 어머니를 소재로 한 수필을 쓰던 중에 부음을 들었다. 이준섭은 '축제'라는 제목의 영화를 만들어 가고 있는 임 감독에게 돌아가신 어머니의 한 자식으로서의 죄의식과 회한으로 가득 찬 심정과 한 작가로서의 문학적 의도를 솔직하게 털어놓은 편지를 8통이나 보내었으며, 딸 은지에게 '할머니에 대한 마음가짐을 가르치기 위해' 〈할미꽃은 봄을 세는 술래란다〉라는 동화를 쓴 바 있다.

말하자면, 이청준은 읽는 이름을 달리해 가면서 자신의 어머니를 그리거나 기리는 글을 써 온 것이다. 실제로 작품은 몇 편 안 되지만 최소 이십 년간 어머니를 소재로 한 글을 쓰기도 하고 한편으로는 보다 큰 작품으로 내기 위해 어머니의 삶을 마음속에 담아 두고 지내왔다.

기본적으로 어느 때 어느 나라 문학에서든 어머니란 소재는 결코 새로운 것이 아니다. 그만큼 이를 소재로 하여 어떠한 문학양식을 만들어 내든지 간에 성공작이나 문제작을 만들어 내기란 쉽지 않다. 그러나 이러한 관념은 오랜 세월에 걸쳐 수필, 동화, 단편소설 등의 여러 양식을 통해 '어머니 문학'을 연습해 오고 준비해 온 이청준 앞에서는 무색해질 수밖에 없다.

이청준이 이렇듯 개인적으로나 문학사적으로 부담스럽기 짝이 없는 소재를 다루면서도 문제작으로 나아갈 수 있었던 비결의 하나는 참회하는 심정으로 진솔하게 어머니의 삶을 형상화한 데서 찾을 수 있다. 어머니의 장례를 축제라고 한 것은 얼핏 보면 냉정한 이성주의자라는 비난을 받을 수도 있다. 그러나 여기서 말하는 축제의 본뜻을 염두에 두면 이청준은 오히려 어머니의 죽음의 의미를 한 단계 올려 생각한 것이 된다. 이청준은 애이불상(哀而不傷)하고 있는 것이며 많은 문인들이 헤어나지 못하고 있는 '우리 엄마는 특별한 엄마'라는 다분히 허세가 깃든 의식에서도 잘 벗어나고 있다. 불효자라는 죄의식이 가져오기 쉬운 어머니 예찬이나 어머니 미화에 이청준은 무서우리 만큼의 절제와 범인의식(凡人意識)으로 빠져들지 않고 있다.

결과적으로 이 소설은 창작태도에 있어서 겸손함이나 소박함이 오히려 많은 독자의 공감을 살 수 있다는 이치를 일깨워 주고 있다. 경우에 따라서는 진솔미와 소박미는 현란한 수사보다 감동적일 수가 있음을 재확인시켜 주고 있다. 별 것 아닌 내용에 신기한 담론으로 진하게 화장하기 일쑤인 요즈음의 신인작가들은 이청준의 이러한 창작태도를 한번쯤 배울 필요가 있다. 이청준의 이러한 창작태도, 아니 인간적 자세는 『축제』의 소제목만 보아도 충분히 실감하게 된다. 이 소설은 '1.큰일 채비를 갖춰 시골로 내려가다', '3.노인이 비녀를 찾으신다', '7.바람되고 구름되고 눈비되어 가시다' 등과 같이 평이하고 담백한 소제목으로 짜여져 있다.

『축제』에서 어머니의 삶은 게자루, 손사래질, 비녀, 아들과 손녀 옷보퉁이, 가출한 손녀 기다리기, 말년의 치매 등으로 요약된다. 게자루는 자식에 대한 어머니의 내밀하면서도 뜨거운 사랑을, 비녀는 친정으로 향한 그리움과 늙고 병들어 가는 자연의 섭리를, 옷보퉁이는 떨어져 사는 자손들에 대한 절절한 그리움을 매개하고 있다. 이러한 물건이나 행위를 통해서 어머니의 삶은 독자들에게 거부감을 주지 않고 자연스럽게 여장부, 인고, 자기희생, 의리 등의 이미지로 채색된다. 어머니의 이러한 행위나 물건이 독자들의 눈시울을 붉게 만든다고 한다면 단순한 감상일까.

이중에서도 떠나가는 자식들에게 '거푸거푸 손을 내쳐 보이는 것'을 뜻하는 손사래질에서 어머니로서의 내밀한 아픔과 슬픔을 읽어내어 그를 시적 이미지로까지 승화시킨 데서 이청준의 작가로서의 역량을 다시 확인하게 된다.

그것들이 어찌 단순한 내쫓음이요 떠나감에 대한 재촉의 뜻일 뿐일 것이랴. 그것은 오히려 떠나보내기를 아쉬워하고 가슴 아파하는 자기 마음 다독거리기요 아픈 정 자르기의 황량한 몸짓으로, 이쪽 일을 걱정 말고 마음 편히 떠나가라, 마음을 굳게 하고 떠나가서 네 뜻이나 잘 이루거라, 이제 그만 내 서운한 마음을 거두고 가게 하여라…… 절절한 당부와 호소

의 몸짓의 몸짓말들일 것이다.(78쪽)

이청준은 어머니의 삶을 눈이 아닌 가슴으로 잡아낸 특징으로 설명하기도 한다. 어머니가 아버지를 일찍 여의고 가난과 외로움 속에서 처절하게 살아오는 사이에 형성된 한, 망설임, 부끄러움을 제시했는가 하면 치매에 걸리고 난 다음의 '침묵'에도 작가적 시선을 보내고 있다. 작가는 이러한 침묵을 비녀와 함께 '당신을 지키려는 마지막 마음의 빗장'이라고 풀이하고 있다.

이청준은 이 소설을 통해 한국적 어머니의 초상을 똑바로 보게 해 주었을 뿐만 아니라 '효'가 가치 있는 삶의 이법임을 일깨워 주고 있으며, 동시에 삶의 허망함도 깨닫게 해 준다. 호남지방 고유의 장례 절차를 재현해 놓은 것도 이 소설의 한 특징이 된다. 여기서 이청준은 장례식을 조상이 종교의 대상인 신으로 떠받드는 계기가 되는 축제의 성격을 지닌 것으로 해석하면서 어머니를 여읜 슬픔에서 빠져 나오려 한다. 이는 삶의 허무를 역설적으로 더욱 강조하는 것으로 볼 수도 있다. 장례를 축제로 보는 것은 살아 있는 자들의 자기 위안이 아니고 무엇이겠는가. 반대되는 시각도 있을 수 있다. 장례를 축제라고 함으로써 삶의 허무를 극복하려고 한 것이 된다. 이에 연결지어 산 자와 죽은 자를 계속 긴밀하게 연결시키고자 한 의도로 볼 수도 있다. 주인공 이준섭, 아니 작가 이청준은 불효했다는 죄의식을 장례를 축제라고 함으로써 대상받으려 한 것인지 모른다.

어머니를 모시고 살지 못하는 것을 평생 가슴 아파하면서 어머니

의 삶의 정수를 절대 신앙으로 건져 올리려 한 작가적 태도를 만나는
것이 앞으로는 점점 더 힘들어질 것 같다. 『축제』가 '어머니 소설'의
마지막 교본이 되어서는 안 될 터인데…….

신범순 관동대 국어교육과 교수

한국 현대시의 연속성에 대한 통찰

『**한국 근대문학론과 근대시**』
오세영 지음 / 1996 / 민음사

1

『한국 근대문학론과 근대시』라는 방대한 저작을 오세영 교수가 써냈다. 대개 지금까지 그분이 써낸 비평서 쪽의 책들을 읽어 왔던 필자로서는 반가운 마음이 앞선다. 왜냐하면 나로서는 그분이 몸담고 있는 서울대학교 국어국문학과의 학문적 분위기가 좀 더 갈증으로 다가왔기 때문이다. 현 한국문단에서 대표적인 시인의 한 분이기도 한 오세영 교수에게 나는 문학의 한 독자로서보다는 학계에 몸담고 있는 후진 학자의 하나로서 무엇인가 배우고 싶은 바가 있는 것이다.

이번에 출간된 이 책은 나의 그러한 기다림에 대해 여러 가지 측면에서 용기 있고 섬세하며, 치밀한 열정의 편린들을 여기저기 심어 놓았다고 느낀다.

이미 한구석에 치우치지 않으면서 우리 문학사의 전반적인 부분을 꿰뚫고 흘러가는 중요한 맥락들을 오세영 교수는 적절히 잘 다루어 나갔다. 이 책에서 저자는 문학 속에 맥맥히 흘러가는 사상의 측면을 하나의 기둥으로 삼고자 한 점이 역력하다. 제1부의 첫 논문은 〈한국 현대문학과 휴머니즘〉이라는 제하에서 근대문학의 가장 근본적인 사상사적 과제를 다루었다. 아마도 저자가 휴머니즘에 주목하는 것은 단지 문학사적으로 중요하기 때문만은 아닌 것으로 생각된다. 그 정신적인 흐름이 하나의 기둥이라는 것을 강조하고자 한 것이며, 우리의 잡다한 혼란 가운데서도 여전히 가장 의미 있는 사상적 그물이 아직도 거기서 만들어질 수 있다는 생각이 자리 잡고 있지 않을까? 이 책의 여러 논문들 가운데 〈6·25와 한국전쟁시〉나 〈모더니즘, 포스트모더니즘, 아방가르드〉 등이 이러한 정신의 맥락 속에서 구체적인 문학 현상 등을 파헤친 것이다. 『한국전쟁 문학론』 역시 마찬가지이다.

그러나 필자가 이 책에서 감동을 받은 부분들은 그보다는 역시 저자의 전공과 보다 밀접하게 관련되는 '문학사의 연속성' 부분들이다. 〈자유시 형성에 있어서 사설시조와 잡가〉, 〈기호학적으로 본 문학사의 연속성〉 등은 한국시가의 율격을 문제 삼은 〈한국 시가 율격 재론〉의 이론적 틀 속에서 정밀하게 그 역사적 연속성을 다룬 글들이다. 아마 이 글들이 이 책에서 가장 빛나는 성과를 보여 준다는 데에 누구도

이의가 없을 것이다.

하나의 독립적인 논문이지만 〈소월과 이상의 원형비평적 비교〉는 그 주제가 전문적이고 특이하지만 매우 흥미 있는 내용을 담고 있다. 가장 비교하기 힘든 두 시인을 대상으로 삼은 것부터가 새로운 시도이지만, 시 연구의 가장 본격적인 부분인 이미지들을 분석의 수단으로 삼고, 그 이미지들을 분류하고 그 의미들을 꼼꼼하게 분석한 것은 쉬운 일이 아니었을 것이다.

〈'국경의 밤' 과 서사시의 문제〉는 일종의 장르론적 관점에서 쓴 논문이다. 가장 논쟁적인 부분의 하나였던 이 문제를 저자는 이 한편의 글로 완전히 해결될 수 있으리라고 기대했을 것이다. 이 글을 제대로 읽어 내기 위해서는 서사시와 서술시에 대한 이론적인 무장이 어느 정도 필요하다. 문학연구는 언제나 이론연구와 함께 가야 하기는 하지만, 한 편의 시를 이해하기 위해 너무 많은 이론이 동원된 느낌을 지울 수는 없다.

2

학문적으로 한참 후배인 필자로서 이 책의 무게는 그렇게 쉽사리 '견디어 낼 만한' 것이 아니다. 부분적으로 여러 곳에서 견해가 다르고, 또 비판적인 생각을 제시할 수 있지만 막상 이만큼의 글을 써낸다는 것에 대해서는 쉽게 넘볼 수 없는 담이 있는 게 사실이다. 그러나 담 속에는 '귀'가 있어야 된다고 옛날에 누군가 말하지 않았는가? 그 '귀'에 대고 한번 속삭여 보도록 하자.

오세영 교수는 이 책의 정신적인 뼈대인 휴머니즘을 다루면서 이 광수의 주역에 대한 비판을 한 측면에서 긍정하고 있다. 주역의 가르 침을 일종의 숙명론으로 처리하는 것은 이광수류의 '근대적인 입장' 일 수 있지만, 한편으로 이광수류의 학문적 천박함에 대해 지적이 있 어야 하지 않았을까 생각한다. 물론 근대주의 자체에 대한 반성도 이 제는 본격적으로 제시되어야 할 때가 아니겠는가? 오세영 교수가 지 적하듯이 '인간과 세계의 인식에 있어서 이성의 역할을 중시하는 자 연과학적 태도'가 근대주의의 핵심이다. 그러나 그러한 이성이 그 이 전의 지성들에 대해 비합리적, 비현실적, 비과학적이라고 했던 것들 을 우리는 너무나 당연하다라고 생각하는 것은 아닌가? 우리는 혹시 '자연 그 자체'로부터 멀어져 가는 인간의 추상적 인식활동을 '이성' 이며 '과학'이라고 부르는 것은 아닐까? 이 문제는 나중에 우리나라 의 휴머니즘 논쟁이 1930년대에 심화될 때에도 여전히 계속된다. 단 지 이전의 계몽주의적이고 낙관적인 상황에서 이제는 암울한 인간존 재의 실존성이 문제되고, 어떻게 행동해야 되는가 하는 것이 문제되 면서 비관적인 상황으로 바뀌었을 뿐이다.

개화기 이후 근대적인 지식인들이 비판의 대상으로 삼던 조선 후 기의 주자학적 형식주의가 지닌 이념들은 낡은 것으로 폐기처분된 지 오래이다. 그에 대해 얼마나 강력하게 비판하느냐 하는 것이 근대 에 대한 강력한 긍정과 통한다는 것은 어느 분야에서건 동일한 진리가 되었다. 그러나 필자의 생각으로는 우리는 이미 그 중세적인 이념이 내뿜었던 독기보다 훨씬 심한 독기가 근대주의 이념이 자란 자리에 뿌려져 있다는 사실을 목격하고 있다는 것이다.

오세영 교수가 자유시 형성에 맥을 댄 사설시조와 잡가를 다룬 부분들에서 필자의 갈급함은 바로 이러한 부분에 있다. 우리는 과연 근대시에 있어서 '자유'의 승리라고 당당히 외칠 수 있겠는가? 한 개인의 자유로움과 섬세한 내면성을 위해 우리는 공동체적 풍요로움과 자연과 인간의 합일 상태의 많은 부분을 잃어버린 것이 아닌가? 이러한 물음은 오세영 교수뿐만이 아니라 필자를 포함해서 현대문학을 전공하는 거의 대부분의 사람들에게 해당될 것이다.

오세영 교수의 다른 글보다 필자는 이러한 맥락에서 〈식민지 시대의 농민시〉를 좋아한다. 이 논문은 식민지 시대 농민시의 여러 부류를 다 다루고 있다. 하지만 거기서도 특히 주목하게 되는 부분이 '목가적 농민시'의 항목이다. 그는 이것을 전원시나 목가시와 구별하면서 전원풍경과 농민의 생활이 결합되는 측면을 주목하였다. 그는 이 목가적 농민시를 세 가지 경향으로 나누고 있다. 첫째 우리 농촌의 향토적이며 토속적인 농민의 삶을 보여 준 시, 둘째 농민의 건강하고 도덕적인 삶을 묘사한 시 ― 자연과의 관계에서 농민이 가진 덕목들이 주제가 되는 것들, 셋째 삶의 이상으로, 낭만적으로 상상된 유토피아로서의 전원을 그린 것들이 바로 그것이다.

그가 이러한 부류의 대표적인 작품들로 꼽는 것 중에는 첫 번째 계열로 김소월의 〈여름의 달밤〉, 노천명의 〈보리〉, 백석의 〈고방〉, 정지용의 〈향수〉 등이 있고, 두 번째 계열로 김상용의 〈남으로 창을 내겠소〉, 김동환의 〈산너머 남촌에는〉, 박아지의 〈농부의 선물〉, 김태오의 〈흙을 노래하는 시인〉 등이 있으며, 셋째 계열로는 신석정의 〈그 먼 나라를 알으십니까〉, 〈작은 짐승〉 등이 있다. 그러나 필자의 생각으로는 김소월의 〈여름의 달밤〉은 오히려 셋째 계열로 넣어야 하지 않을까 한다. 그 시의 내용으로 볼 때 현실을 그대로 그렸다기보다 이상적인 꿈의 낭만적 요소가 더 깊이 배어 있기 때문이다.

그가 다른 부분에서 어렵게 구해 낸 작품들을 꼼꼼히 읽어 냄에도 불구하고 이 부분의 가치를 따라갈 수는 없다. 필자로서는 이 부분을 좀 더 확대하여 한 편의 논문으로 써도 되지 않을까 생각해 본다.

3

이 책에서 가장 분량을 많이 차지하는 〈모더니즘, 포스트모더니즘, 아방가르드〉는 많은 논쟁점을 포괄하고 있다. 아마도 저자 자신이 시인이기 때문에 문단에서 그 논쟁의 한 부분에 휘말린 적도 있었을 것이고, 포스트모더니즘에 비판적인 자신의 견해를 적극적으로 표명하고 싶기도 했을 것이다. 그러나 이 방대한 논문은 사실 포스트모더니즘의 가장 중심에서 볼 때 약간은 아마추어적인 요소들이 곳곳에 산재해 있다. 필자 역시 포스트모더니즘에 대한 논쟁적인 토론의 자리에 몇 번 끼어든 적이 있었지만, 그리고 지금은 또 그때와 다른 견해를 지니게 되었지만, 포스트모더니즘에 대해 전반적으로 개괄하거나 그것의 본질을 한마디로 정의 내린다는 것은 불가능한 일에 가깝다. 아니 거의 중요하지 않다고도 할 수 있다.

지금도 그렇지만 앞으로도 그에 대해 무엇인가 이야기하고자 한다면 전반적인 것보다는 세부적인 줄기가 끄집어내져야 할 것이다. 포스트모더니즘이라고 우리가 묶어 버리는 범주는 사실 서로가 이질적이며 또 때로는 서로가 모순적인 여러 가지 성질과 방향들을 포함하고 있다. 그것들 전체를 하나로 묶어 이야기한다는 것은 논쟁 자체를 거의 무의미한 것으로 만들기도 한다.

오세영 교수는 여러 가지 문헌을 통해 그러나 거의 확연한 하나의 맥을 건져 낸다. 거기서 그가 탁월하게 하나의 결론을 끄집어낼 수 있음은 행복한 일이다. 그는 그러한 것들이 어떤 것이든 "우리들의 삶에 과연 바람직한 것이며 바람직하게 기여했던 것인가를 살펴보는 문제"가 가장 중요하다고 여기기 때문이다. 그가 결국 읽어 낸 것은 인간의 존재와 삶의 신성성을 해체하는 것들이다. 그가 이 책의 서두에서 휴머니즘을 다룬 것과 이것이 서로 같은 맥락에 있음을 그는 은밀히 드러낸다. 그래서 그가 "포스트모더니즘 자체가 목적이 되어서는 안 된다"고 주장할 때 어떻게 동조하지 않을 수 있겠는가? 오세영 교수가 이 책에서 이룬 업적은 이제 이미 자신의 것이 아니다. 그것은 학문의 바다에서 우리 모두가 만들어 내는 지식과 지혜의 파도 위에서 새로운 생명력들을 퍼뜨리는 한 물결이 되어 버렸기 때문이다.

새 푸대 만들어내기의 역점

김용직 서울대 국어국문학과 교수

『들림, 도스토예프스키』

김춘수 지음 / 1997 / 민음사

1

어느 의미에서 시인(詩人)은 사냥꾼이다. 그가 연장으로 삼는 것은 상상력의 그물이다. 그것으로 그는 하늘을 나는 새들을 날렵하게 사로잡는다. 그러나 유능한 시인은 그에 그치지 않는다. 그의 그물에는 한 마리 새만이 걸리는 게 아니다. 새를 잡으면서 우리 앞에 새가 난 천공(天空)과 호밀밭, 푸른 강물과 초원, 숲들의 싱싱한 공기까지를 총량으로 출현케 한다. 그리하여 시인은 창조주에 비견될 또 하나의 자연을 우리 앞에 부려 놓는 것이다.

2

　시인 김춘수(金春洙)의 새 잡이 내지 상상력의 그물코에는 그동안 몇 차례의 탈바꿈이 있었다. 등장 초기에 그는 다분히 낭만파의 단면을 드러내는 시를 썼다. 그 무렵에 그는 즐겨 산령(山嶺)과 호수(湖水), 릴케의 기(旗)를 제재로 택했다. 그것을 높은 목소리에 실어 직접적으로 노래한 바 있다. 한 차례 이런 단계가 지난 다음 김춘수 시인은 영미계 모더니즘의 흐름을 느끼게 하는 작품세계를 개척해 나갔다. 이때부터 그의 시에는 두드러지게 객관적 상관물 이용의 빈도가 높아졌다. 또한 진술의 차원에서 말을 쓰는 경향이 후퇴하고 그 대신 심상이 제시되는 쪽으로 시작 태도에 방향선회가 시작되었다.

　우리 시단 안팎에서 김춘수 시인의 시가 특히 주목의 과녁이 된 것은 6·25를 치르고 나서부터다. 단순하게 현대적 감각을 살린다든가 심상제시에 치중하는 작품을 쓰는 데 그쳤다면 그것이 이 시인의 전매특허일 수는 없었다. 그 이전에 이미 우리 시단에는 김기림, 김광균 등의 시인이 있었고 그 뒤를 이은 오장환이나 백석도 그런 계보에 드는 시인들이다. 이 시인들과 6·25 이후의 김춘수 시 사이에는 뚜렷한 변별적 편차가 이루어진다. 전자에 속하는 시인들에게 전쟁체험을 씨날로 한 극한 상황의식은 찾아보기 힘들다. 그에 반해서 『꽃의 소묘(素描)』, 『부다페스트에서의 소녀(少女)의 죽음』, 『타령조(打令調)·기타』에 수록된 시편들에는 여기저기에 김춘수 나름의 극한 상황에 대한 의식이 그 바닥에 깔려 있는 것이다.

산토끼야 산토끼야

너는 보았겠지

무덤속

조상(祖上)들 영혼까지 짓밟고 간

그 사나이의 거대(巨大)한 군화(軍靴)를

(……)

꽃들은

명절(名節)날의 아가씨처럼 하고

왜 얼굴을 붉힐까.

지금은 아니 무너진 성(城)이 없고

무구(無垢)한 아무것도 없는데

왜

유구(悠久)한 하늘 아래 어디서는

새봄의 속잎들도 돋아나고 있을까.

3

60년대에 접어들면서 김춘수의 시는 또 한 번 그 상상력의 그물 형태를 바꾸어 간다. 이때부터 그의 시에는 희랍신화의 분위기가 번득이기 시작했고 그보다 더 자주 무당과 토속신앙에 뿌리를 둔 귀신들 이름이 오르내리게 되었다. 이런 경우의 좋은 보기가 되는 것이 『타령조(打令調)·2』라는 작품이다. 이 시는 "저 / 머나먼 홍모인(紅毛人)의 도(都) / 비엔나로 찾아갈까나, / 뱀이 눈뜨는 / 꽃피는 내 땅의 삼월(三月) 초순(初旬)에"로 시작한다. 그리고 이어 같은 어조로 "용(龍)의 아들 / 라후라 처용(處容) 아빌 찾아갈까나"와 같은 구절이 이어진다. 그리고 더욱 주목되는 것이 그 후반부다.

엘리엘리나마사박다니

나마사박다니, 내 사랑은

먼지가 되었는가 티끌이 되었는가, 굴러가는 역사(歷史)의

차바퀴를 더럽히는 지린내가 되었는가

구린내가 되었는가

썩어서 나목(果木)들의 거름이나 된다면

내 사랑은

뱀이 눈뜨는

꽃피는 내땅의 삼월초순(三月初旬)에

여기서 간과될 수 없는 것이 하느님을 향한 예수의 처절한 외침이다. 이것은 김춘수가 적어도 우리 자신과 서구의 정신문화 집약판으로 그의 새 잡이 그물을 받들고저 했음을 뜻한다. 얼핏 보아도 나타나는 바와 같이 이 시의 제작 동기에 해당되는 것은 '내 사랑'이다. 그 사랑이 '굴러가는 역사(歷史)'의 수레바퀴에 깔려서 볼모양이 없게 되어 버렸다는 상실감이 시의 의미내용상 시발점이다. 여느 시인의 경우라면 이 시는 단순한 애정단곡에 그칠 수도 있었던 경우다. 그럼에도 이 작품에서는 그와는 다른 이야기가 성립된다. 적어도 『타령조(打令調)·2』는 애정소곡에 그치지 않는 상상력의 폭 같은 것이 느껴진다. 그리고 그 비밀을 이루는 것이 동·서양의 고전 내지 정신문화의 슬기를 이끌어 들이고저 한 김춘수 나름의 시도다.

70년대에 접어들면서 김춘수의 시에는 또 하나의 상상력적 탈바꿈이 이루어진다. 이 무렵부터 그의 시는 상당히 짙게 프로이드 내지 초현실주의적 그림자를 지니기 시작했다. 그와 함께 상황의식, 또는 존재에 대한 감각을 후퇴시키면서 무의미의 시라고 스스로 일컫고 나선 순수시 실험을 꾀하게 되었다. 연작시로 발표된 〈처용단장〉 1부와 2부 및 그를 전후한 시편들이 구체적인 보기다.

남자(男子)와 여자(女子)의

아랫도리가 젖어 있다.

밤에 보는 오갈피나무

오갈피나무의 아랫도리가 젖어 있다.

맨발로 바다를 밟고 간 사람은

새가 되었다고 한다.

발바닥만 젖어 있었다고 한다.

―〈눈물〉 전문

　그의 자서전인 『꽃과 여우』에 따르면 이 시는 김춘수 시인 자신의 유년기 체험에 바탕을 둔 것이라고 한다. 이 작품의 주인공은 '남자'로 지칭된 사내아이다. 그는 상당한 악동으로 어린 김춘수 시인을 괴롭혔고 교통사고로 죽었다. 시인의 심상 속에서 그는 남근(男根)을 내보이며 오줌을 세차게 보는 아이로 남아 있다. 그의 죽음을 이 작품에서는 '새가 되었다고 한다'로 서술했다. 매우 엄격하게 감정이 절제되어 있다. 뿐만 아니라 이 작품은 가능한 한 제작자의 의도나 사상, 관념을 드러내지 않도록 힘쓴 듯 보인다. 그의 시론에서 김춘수는 이것을 기술적 또는 서술적 심상 제시의 길이라고 말한 적이 있다. 그리고 이런 기법이 시를 이데올로기나 사상, 관념, 의도에 매달리게 하지 않는 경우, 곧 무의미의 시를 만들게 하는 것이라고 밝힌 적이 있는 것이다.

　이와 함께 주목되어야 할 것이 이 시에 나타나는 프로이트적 답변이다. 이 작품의 여자는 다시 『꽃과 여우』에 의하면 초등학교 때 시인을 가르친 여선생님이다. 그녀와 악동 남학생을 '아랫도리가 젖어 있다'로 동격화시킨 것은 프로이트가 말한 자아의 망각 상태다. 그것과 '오갈피' 나무의 일체화는 더욱 그런 것이다. 이것은 명백하게 시를 이드의 영역으로 돌리는 초현실주의의 기법이다.

김춘수 이전에 초현실주의의 기법을 수용한 시인들이 우리 시단에 전혀 없지는 않았다. 30년대 중반의 이상이나 《삼사문학》 동인들부터 그 역사가 시작된다. 그러나 김춘수에게는 그들과 다른 특징적 단면이 있다. 그것이 철저하게 시를 절제된 언어의 조직으로 만들고저 한 순수시를 지향한 가운데 초현실주의의 기법을 원용한 점이다. 본래 초현실주의는 의식의 착란 상태를 재현시키려는 것이다. 자동기술법으로 지칭되는 그 유형의 시는 따라서 절제된 언어사용이 이루어질 수 없다. 절제 자체가 이들의 영역이 아니라 에고 내지 초자아의 범주에 드는 것이기 때문이다. 이렇게 보면 김춘수의 70년대 시는 모순 충돌하는 두 개념을 한 형태 속에 묶어 낸 결과다. 이것은 매우 재미있는 시도요 시작법이었던 것이다.

4

이번에 나온 김춘수의 시집 『들림, 도스토예프스키』는 70년대와 80년대의 계승판인 동시에 그 지양·극복판이다. 기능적으로 이 시집을 이해·파악하기 위해서 먼저 우리는 그 발문을 읽을 필요가 있다. 이 글의 허두는 니버의 말을 끌어들여 정신분석학의 몰가치·몰이념성을 비판했다. 그리고는 곧 시인의 최근 정신상태인 도스토예프스키에 대한 경도 상태를 드러낸다.

도스토예프스키를 읽으면 들리게 된다. 프로이트를 읽을 때처럼 단지 논리적 수긍만 하고 있을 수 없다. 그것이 문학과 과학의 차이라고 한다면 너무 단순한 도식적 해석이 되지 않을까?

여기서 김춘수는 명백하게 프로이트의 폐기선언을 했다. 그러나 『들림, 도스토예프스키』에 수록된 시편들을 보면 이 말이 그대로 전면적 진실이 되는 것은 아니다. 다음은 이 시집 3부의 허두에 놓인 작품이다.

얼룩, 세상은 하얗게 얼룩이 지고

무릎이 시다.

발 아래 올해의 분꽃은 지고

소리도 없다.

꿀밤 먹은 멧돼지처럼

너는 너 혼자 너무 멀리 달아났구나, 베르호벤스키, 너

넙치눈이,

이 작품의 주인공인 베르호벤스키는 〈악령〉의 주인공 가운데 한 사람이다. 그를 다룬 점으로 보아 이 시가 프로이트적인 것이 아니라고 할지도 모른다. 그러나 그의 독백 형태가 문제다. 이 작품 허두에서 그는 세상을 '얼룩' 과 일체화시켰다. 그리고 그것은 곧 그의 육체의 한 부분이 '무릎' 의 통증을 유발한다. 본래 프로이트의 본령인 정신분석학은 인간의 질병을 잠재의식의 결과로 본다. 그런 의미에서

이 작품은 프로이트에 대한 채무를 가지고 있으며 따라서 초현실주의의 그림자를 완전하게는 벗어나지 못했다.

『들림, 도스토예프스키』가 그 전 단계를 극복한 단면은 의식면을 통해서 드러난다. 위에 든 발문에서 김춘수 시인은 그가 도스토예프스키에게 매료된 까닭을 철저하게 인간 존재의 비극성을 파헤친 데 있다고 밝혔다. 같은 자리에서 그는 범박한 의미의 역사주의에 대해서도 비판의 화살을 날렸다. 그에 따르면 역사주의는 인간의 기본특질인 비극성을 돌보지 않고 마치 우리에게는 열린 미래가 있는 양 믿는 낙관주의에 사로잡혀 있다는 것이다. 그의 이런 생각을 다시 감안하면서 김춘수의 시작과정을 헤아려 보면 재미있는 이야기가 성립된다.

낭만파적 기질로 시를 쓴 단계에서 김춘수 시인은 좀 막연하게 인간과 세계의 진실을 노래하고저 했다. 그것이 소박한 예술태도라는 것을 느낀 시기에 그는 실존철학의 수용결과를 보이는 상황의식을 곁들였다. 원체험이 6·25라고 생각되는 그의 참여시편들이 그 단적인 보기에 해당된다. 그러나 종국에 있어서는 그것이 역사주의의 다른 한 면인 낙관주의라는 사실에 시인은 눈떴다. 본래 그는 남달리 인간의 존재방식에 매달리는 정신의 소유자였던 것 같다. 그런 그의 입장에서 보면 역사주의의 미온적 세계의식이 배제되지 않을 수 없었다.

역사를 배제 내지 극복한 단계에서 그가 숙명적으로 만난 것이 프로이트일 수밖에 없었다. 본래 김춘수는 심하게 정신의 결벽증 같은 것을 지녔던 듯 생각된다. 그런 그의 입장을, 인간을 일체의 수식어로부터 떼어 낸 프로이트의 정신분석학이 빨아들인 것이다. 그러나 한 차례의 실험을 거친 다음 이 시인은 거기서도 안주의 땅을 얻지 못했다. 프로이트는 과학의 이름 아래 인간을 가치중립의 상태에서 해부·제시해 놓기만 했다.

그러나 우리 모두에게 그렇듯 시인 김춘수에게 우리 자신은 그 이상의 실체, 곧 선과 악의 개념을 수반시키는 이념으로 해석되어야 할 존재다. 그리고 도스토예프스키가 그 선행 형태로 포착되었다. 그리하여 90년대에 접어들면서 그는 도스토예프스키 학파의 일원이 되기 시작했다.

『들림, 도스토예프스키』는 그 발문에서도 밝혀져 있듯이 김춘수 시인이 갖게 된 도스토예프스키 체험의 충실한 보고서다. 물론 그는 이 보고서를 시로 만들어 냈다. 이 시집의 대부분 시편들은 그 형태가 편지글 형식으로 되어 있다. 본문에는 심상이 제시되어 있고 그 어투 역시 가락을 가지는 시 형식이다.

그러나 많은 이 시집 수록 작품은 말미가 "1871년 2월 / 아직도 간간히 눈보라치는 옴스크에서 / 라스코리니코프", "1881년 세모 / 작은형 이반" 식으로 되어 있다. 이런 형태를 통해 김춘수는 '도스토예프스키'를 그가 파악한 인간과 세계의 선행형태 내지 경전의 위치로 잡은 셈이다. 그리고 그를 토대로 그동안에 익힌 솜씨를 살려서 새로운 유형의 시를 만들어 낸 것이다. 대충 셈쳐도 이것은 매우 새로운 시도다. 동시에 매우 뜻이 있으며 재미있는 시도라는 점도 반드시 기록되어야 할 것이다. 이것으로 시인 김춘수의 시가 이루는 상상력의 그물이 거느리는 전설이 더욱 확충되기를 바란다.

이데올로기와 이론 사이의 텍스트기호학적 중재

박여성 고려대/동국대 강사

『이데올로기와 이론』

페터 V. 지마 지음 / 허창운 · 김태환 옮김 / 1996 / 문학과지성사

인문과학자의 반성적 노력

텍스트사회학을 주창한 오스트리아 클라겐푸르트 대학의 일반 문예학 연구소장인 페터 지마 교수의 방대한 역저가 언어학과 기호학의 성과를 충실히 반영한다는 점에서 평자는 감히 서평이라는 과제에 도전하게 되었다. 그 무모함은 이 책을 나누어 보아야겠다는 감격 때문이었다. 이 책은 총체적 아노미로 요약되는 포스트모던 시대에 이데올로기와 이론의 상호관계를 파헤치려는 거대한 프로젝트의 결실이다. 술화들이 이데올로기적인 성격을 가진다면 술화 분석 또한

이데올로기 분석의 성격을 가지지 않을 수 없다는 텍스트사회학의 구상에 비추어 보자면, 대화를 표방하는 적지 않은 담론이 실은 진리-테러리즘으로 무장한 이분법적 이데올로기가 아닌지 되돌아보아야 한다. 그런 점에서 로티가 말하는 자유주의적 아이러니스트의 입장을 고백하는 지마의 간술화성 테제야말로 진정한 이론가의 자세가 아닐까 한다. 그 점에 있어 언어학 또한 달라야 할 이유가 없다.

술화비판의 과제

지마는 또 다른 아르키메데스의 점을 찾으려 한 사회철학자들의 테제를 낱낱이 분석한 결과, 그들이 술화구조에 내재된 이데올로기의 싹을 간파하지 못했다고 지적한다. 이런 맥락에서 지마가 주목하는 단초는 아도르노와 데리다의 입장이다. 그러나 아도르노가 '미메시스'를, 데리다가 '해체'를 추구하다가 미로에 빠진 것과는 달리, 지마는 술화가 생산해 낸 의미-통사적 그리고 서술구조 자체에서 실마리를 찾고 있다. 이런 점에서 텍스트사회학은 지금까지의 이데올로기와 이론의 비판이 양자 사이의 차별성을 나타내는 낱말과 문장층위의 변별특징의 규명에만 몰두했지, 상이한 술화구조를 배태하는 사회언어학적 상황을 도외시했다고 비판한다. 지마의 이 책은 앞선 저서 『이데올로기와 소설』(1986)의 연장선상에서 '술화구조 이론의 보편적 적용 가능성'을 확장하는 것이다.

이데올로기와 이론은 일단 다음과 같이 정의된다. 이데올로기는 사회어에 고유한 어휘목록, 의미론적 대립, 분류법, 서술구조를 기반으로 성립하는 술화적 부분체계로서, 그 진술 주체는 자신의 의미-통사적 처리방식에 대해 반성하거나 대화로 이끌 능력도 의사도 없다. 진술 주체는 자신의 술화를 유일한 진리로 내세우며 현실 전체와 동일시한다. 반면 이론적 술화는 사회어로부터 발생한다는 점에서는 이데올로기와 다르지 않지만, 이데올로기적 언어의 이원론에 변증법적인 의문을 제기하며 자신의 사회―언어적 입지와 의미―통사적 처리방식을 반성하고 나아가 이러한 처리방식이 가지는 우연성을 인정하여 스스로를 대화의 대상으로 삼는다. 따라서 양자의 구별은 (만하임의 부동적 지식인 등과 같은) 술화의 주체에 따라 좌우되는 것이 아니라 술화 자체의 구조에 기인한다.

주요 내용

1부에서는 마르크스 이래 전개되어 온 이데올로기 비판의 토대를 점검하여 이데올로기와 이론의 자리를 매김하는 테제를 제시한다.

제1테제 : 이론을 특정한 역사적 그룹(프롤레타리아, 시민, 지식인)이나 조직에 묶어 두는 것은 이론의 비판적 잠재력을 보여 주기는커녕 이를 파괴할 수 있다. 따라서 이론은 이데올로기와 달리 자율적인 개인의 관심사로 구상되어야 한다. 비판의 주체를 자유부동적 개인으로 본 만하임의 자유주의적 견해나, 시민·프롤레타리아의 이분법을 비판하고 이와 무관한 새로운 유관성 기준으로 체계·생활세계를 상정한 하버마스를 통하여 비마르크스주의적 술화의 어휘밭이 창출된다.

제2테제 : 이론의 영역에서 이데올로기적 갈등은 혁명이 아니라, 대화를 통해서만 해결된다. 그런데 대화를 통한 진리의 탐구는 자유부동적 지식인(만하임)이나 이상적 발화상황(하버마스)을 통한 획득이 아니라 상이한 이데올로기-이론 집단 사이의 반성적 커뮤니케이션 과정으로 이해되어야 한다. 이때 이상적인 발화상황을 감당하는 자유부동적 개인들간의 간주관성보다는, 이론적 집단어의 이질성이 사회과학의 대화적 합리성의 기초가 되기 때문에 사회적 상황을 담고 있는 집단의 사회어들 사이의 간술화성 개념이 요청된다. 그에 대한 근거로서 지마는 하버마스가 원용하는 오스틴과 설의 화행론이 문장 층위의 비판이기 때문에, 술화(텍스트) 전체의 층위를 간과하게 된다고 지적한다(이와 같은 반성은 언어학에서는 분더리히와 슈미트 '화용론적 언어능력(Pragmatische Kompetenz), 그레마스와 쿠르테 '기호서술능력(Compétence Sémio-narrative)에 의해서 시도된 바 있다).

제3테제 : 사회과학이 처한 현황에 비추어 보건대, 가치중립적 술화(베버)의 설정은 이미 가치중립이라는 판단을 내리는 술화구조 자체에 개입되는 어휘, 의미, 서술의 차원을 통해서 무력화된다. 그렇다면 가치중립성 개념을 전제하는 반증가능성(포퍼)의 정리도 의심스러워진다. 대화나 비판적 검증은 간주관적 차원이 아닌 술화(집단)간에 이루어지는 과정에서 이루어져야 한다. 행역자가 일정한 유관성 기준을 가지고 의미론적 분류에 따라서 구성한 서술 연속체의 구조는 주체들 사이의 간주관성보다는 술화의 주체들 사이의 관계인 간술화성에서 확인된다.

제4테제 : 이데올로기와 이론의 상호작용을 감안할 때 반성되지 않은 이데올로기는 이론에 침투될 수 있다. 이데올로기 비판으로 제시된 구상 자체가 이데올로기적 술화구조를 함축한다는 것은 마치 제논의 역설을 생각나게 한다. 이데올로기를 술화구조의 문제로 인식할 때, 알튀세르가 보이는 마르크스 비판은 그레마스의 동위성 개념에 비해 술화의 의미구조를 분석하는 틀이 결여되어 있다. 개별명제들은 가치중립적일 수 있으나, 술화구조는 그렇지 못하다. 이데올로기는 주체만을 결정하는 것이 아니라 형식 또한 결정한다. 따라서 술화비판은 술화의 역사적 기원, 의미-통사론적 차원 사이의 상호관계, 사회적 기능을 검증할 수 있어야 하며, 궁극적으로는 자신의 술화에 대한 비판적 태도를 가져야 한다.

제5테제 : 아도르노(병렬체Parataxis)나 데리다(차이次異, Différance)가 염두에 두는 술화비판의 대상은 낱말이나 개별 문장이 아니라 술화구조 전체이다. 이데올로기를 극복하기 위해서 아도르노는 대상에 대한 열려 있는 서술을 추구하면서 대상을 이원론적인 술화의 감옥에 가두지 않기 위해, 논리적 판단의 경우와 달리 론도형식의 글쓰기(에세이)를 택한다. 그러나 아도르노나 데리다도 자신의 텍스트에 재차 개입되는 이분법의 침투를 막지는 못하였다. 이에 대한 지마의 대안은 또 다른 로고스 중심주의로 회귀하기보다는, 비판적 커뮤니케이션의 문제를 회피하지 않고 술화간 대화의 과정 속에서 이론 술화의 개방성을 보전하려는 것이다. 이런 점에서 이론은 이데올로기와 구별되는 것이 아니라, 변증법적 관계(부정)를 가진다. 즉 이론은 이데올로기의 양가성과 폐쇄성을 극복하며 술화들간의 대화를 중재하는 무엇으로서, 이 과정에서 인식론적 과정의 끝은 존재하지 않는다.

2부와 3부에서 지마는 주체성을 구성하는 전략이 술화 층위에 관련된다는 아도르노와 데리다 및 크리스테바의 단서를 수긍하지만, 데리다와 같은 술화구조 자체의 해체에는 반대한다. 그 대신에 지마는 그레마스와 프리에토(사회기호학)의 행역자(Aktant) 모델을 적용하여, 부류소(Classeme)를 바탕으로 전개되는 동위관계(Isotopie) 속에서 행역자가 조직하고 행사하는 이데올로기 내지 이론을 담아내는 술화구조 속에서 점진적인 답을 찾아가고 있다. 어휘 차원에서는 낱말의 이데올로기적 함의를 연구하며, 의미 차원에서는 기존의 의미구조(1차 모델링)가 새로운 장(2차 모델링) 속에서 가지는 상응하는 새로운 입장에 관여하는 유관성 기준을 검토한다. 이때 다양한 사회언어학적 상황에서 형성되는 의미론적 동위관계를 추적한다. 통사–술화구조에서는 서술의 내용과 술화 주체, 행역자, 행위자, 사역자, 주체, 반주체 등의 구조를 규명한다. 화용론적 차원에 가서는 (다른 집단과 구분되는) 어휘목록과 의미론적 토대를 공유하는 술화의 총체인 사회어와, 동시에 같은 집단 고유의 어휘목록을 특정한 약호체계에 준거하여 분할한다. 끝으로 사회언어학적 차원에서는 특정한 역사적 상황하에서 발생한 텍스트들 사이의 대화적 순간들(간텍스트성)을 포착한다.

　이에 따라 지마가 내리는 요약은 다음과 같다. 이데올로기의 술화적 전략은 전형적으로 평가(선 · 악)를 수반하는 양분법적 동위체와 동일 부류에 속하는 어휘의 과밀화로 인하여 지나친 의미론적 강도(과잉동위성)를 각인한다. 행역자로는 신화적 행역자(보기 : 대명사 man, on, we)가 동원되어 개인적 책임을 회피하는 동시에, 진술대상을 진술주체와 동일화한다. 예를 들어 초월적인 행역자로서의 사회주의와 자본주의는 곧 진술대상 자체가 된다. 이러한 대상 내재적 목적론은 대상구성에 대한 문제의식을 원천적으로 봉쇄하는 독백구조를 창출한다. 이데올로기적 술화와 달리 이론적 술화는, 자신을 배태한 이데올로기에 대한 변증법적 부정으로서, 술화간 대화를 통한 대화적 객관성을 추구한다. 이론은 자신의 가치체계나 술화적 처리방식에 대한 거리두기를 통하여 반성할 수 있다. 그렇다면 이론적 술화의 진술주체는 초역사적인 이상적 구성물이 아니라 당대의 사회어와 술화, 당대의 사회언어학적 상황에 대한 논쟁적인 간텍스트적 만남의 집단주체이다. 이질적인 술화간의 대화는 간주관성을 넘어서는 간술화적 상호관계를 통해서만 대상에 대한 접근가능성을 얻는다. 이렇게 하여 술화들 사이의 비판인 간술화적 정리가 탄생될 수 있다. 그러나 이 정리는 초역사적인 또 다른 아르키메데스의 점이 아니라, 오히려 끊임없는 새로운 대화를 촉발시키는 양자적이고도 이율배반적인 가치이다.

평자는 그레마스나 코세리우, 포티에의 구조적 의미론의 기본개념인 classeme의 역어에 대해 다른 의견을 가지고 있다. 분류의 직접적인 결과가 부류이기는 하지만, '분류소'로 번역된 classeme(평자주 : 부류소)은 언어학적 입장에서 보자면, 분류가 아니라 부류(또는 어휘밭 Champs Lexicaux)의 추상단위(素 : -em)이다. 그렇다면 classeme을 '분류소'로 번역하면 classification의 추상단위로 오독될, 즉 용어의 위계가 헝클어질(Tangled Hierarchy) 위험이 있다. 덧붙여 대언어(영어, 독일어, 불어 등)가 아닌 언어의 인명·지명에서 원어를 배려했으면 하는 생각이다(그것이 술화구조에까지 영향을 주지는 않겠지만 말이다). Van Dijk(반 다이크→판 다이크), Zijderveld(지더벨트→자이더펠트), Allgäu(알개우→알고이), Göran(괴란→외란), Jimenez(지메네즈→히메네즈), Togliatti(토를리아티→톨리아티) 등. 이런 사소한 문제에도 불구하고, 지마의 프로젝트가 간술화적으로 처리되는 유려한 번역을 읽으면서 평자는 학도로서 최대한의 기쁨을 맛보았다. 문학작품 못지않게 매끄러우며 어머니의 음식을 대하는 듯한 부드러움을 주는 이 쾌역은 시니피앙의 수동적인 대체에 불과한 옮김이 아니라, 거대한 코스모폴리탄의 담론을 어떻게 곱씹어 낼 것인가를 고민해 오며 텍스트사회학을 우리 학계의 담론으로 정착시켜 온 허창운 교수님과 김태환 선생님의 작업의 꽃이라고 하겠다. 예를 들어, '차연(差延)'으로 통용되는 'Différance'나 '담론'으로 통칭되는

'Diskurs'를 적절한 근거를 제시하며 '차이(次異)' 및 '술화(述話)'로 번역한 것은 주목할 만한 시도이다. '차연'이라는 기존의 역어가 '속성과 시간'을 나타낸다면, '차이'는 '속성과 시간'은 물론 담화를 이루는 '공간·배열의 역동성'을 나타낼 수 있다. 이런 세심함을 기울인 이 역서가 낱말의 층위뿐만 아니라, 술화의 층위에서도 자연스럽게 읽힌다는 것은 술화비판이라는 이 책의 기본정신을 한순간도 잃지 않은 번역자의 비상한 노력을 반증하고 있다. 그 뒤에는 인문학도의 표본이 될 아카데미즘의 중노동이 밑받침되었음을 확신한다.

영웅 신화의 재현

이재룡 숭실대 불어불문과 교수

『람세스』(1~5)
크리스티앙 자크 지음 / 김정란 옮김 / 1997 / 문학동네

커다란 피라미드와 그 곁을 한가히 지나가는 낙타. 이 정지된 영상이 이집트에 대한 인상의 전부이니 세계문명의 발상지에 대한 것치고는 너무 보잘것없다. 여기에 굳이 덧붙이자면 한결같이 몸통은 앞을 향하지만 고개는 옆으로 돌린 그림 정도가 떠오른다. 아마도 이집트에 대한 언급은 역사서보다는 미술 쪽에서 자주 접한 탓일 것이다. E. H. 곰브리치는 그의 역저 『서양 미술사』에서 이집트 예술이야말로 한눈에 다른 것과 분명히 구별되는 특징을 지닌 예술, 소위 양식의 개념을 적용할 수 있는 최초의 예술이라 갈파했다. 그리고 그는 또 다른 저서 『예술과 환영』에서 지금껏 이집트 예술을 원시 예술 정

도로 폄하한 것은 헬레니즘에 입각한 관점으로 보았기 때문이라고 지적하면서 서구예술이 눈속임의 재현 예술인 반면 이집트는 관념의 세계를 그렸다고 주장했다. 그의 주장을 조금 확대 해석하자면 이집트는 다른 것과 분명히 구별되는 개성을 지닌 문명, 하지만 헬레니즘의 그늘에 가려져 있던 문명쯤으로 요약될 수 있을 것이다.

그런데 헬레니즘에 가려졌던 이집트가 소설가의 손에 의해 빛을 보게 되었다. 이집트 학자였던 크리스티앙 자크가 작년에 프랑스에서 펴내 현지에서 호평을 받았던 소설 『람세스』가 우리네에서도 다섯 권 분량으로 완역되어 이집트에 대한 관심을 불러일으키고 있다. 『람세스』의 매력은 그간 우리 문학이 줄 수 없었던 감흥을 준다는 데 있다. 기원전 13세기 이집트가 불러일으키는 이국정서야말로 그간 우리가 잊고 지냈던 중요한 예술적 감흥이 아니겠는가? 우리 시대는 교통과 통신이 발달한 덕분에 세상이 좁아지고 편리해지긴 했지만 그와 더불어 아득히 먼 곳에 대한 환상이 싱겁게 희석된 시대이다. 센 강변도, 태평양 어느 섬의 야자수도 이제는 지루한 일상에서 크게 벗어나지 못하는 손바닥 안의 세상이 되어 버렸다. 시공간적으로 기원전 13세기의 장대한 사막과 나일 강변 정도 되어야 이른바 다른 나라에 대한 막연한 일탈의 꿈이 펼쳐질 수 있을 것이다. 우리의 꿈에서 사라진 또 하나의 요소는 영웅이다. 어느 나라 정치판에서나 웅장한 비전을 제시하는 담대한 영웅은 실종되었고 그저 꼼꼼한 관료 정도가 서로 발돋움을 하며 거인 흉내를 내는 답답한 현실이 한때 권력남용형 정치가로 비난받던 인사를 아쉬워하는 반동적 정서를 자아내고 있다. 우연의 일치겠지만 프랑스나 우리네나 유사한 정서가 국민 속에 널리 퍼져 있는 것 같다. 14년간 권좌에 앉아 있었지만 재임 중에 야당과 동거정부를 강요받았던 미테랑, 그가 갖은 비난을 무릅쓰고 루브르 광장 한복판에 세운 유리 피라미드는 파라오의 무덤에 비해 얼마나 왜소한가! 영웅을 그리는 심성은 이미 프로이트나 오토 랑크가 짚어냈듯 인간 무의식의 가장 밑바닥에 깔린 본능이고 그것이 수많은 영웅신화를 꾸며 내는 동인이 된 것이다.

바로 『람세스』는 이렇듯 인간 무의식에 깊게 깔린 영웅 희구의 욕구를 읽어 내어 시원스레 해소시켜 준다. 고고학자 출신인 작가 크리스티앙 자크는 과연 오토 랑크가 제시한 영웅신화의 시나리오를 작품에 교묘하게 적용했다. 우선 모든 영웅은 저절로 권좌에 오르는 적통을 타고나지 않는 것처럼 파라오의 자리는 원래 람세스의 형인 세나르에게 돌아가야 했다. 소설은 열네 살의 람세스가 황소와 마주하고 담력을 시험받는 입문과정을 그리면서 시작한다. 황소는 바로 아버지의 표상이다. 파라오 세티는 '승리의 황소'라는 별명을 지닌 불세출의 영웅이니 차기 대권은 바로 그 황소를 누르는 자에게 돌아가는 것이다. 바로 이것이 우리네 인간 밑바닥에 깔린 뜨거운 욕구, 다른 이름으로 부른다면 외디프스 콤플렉스일 것이다. 세티가 부과한 시련을 통과한 람세스는 이제 형 세나르와 치열한 경쟁에 돌입하고 1권부터 3권 카데슈 전투까지의 과정은 바로 외디프스 콤플렉스의 또 다른 변형인 카인 콤플렉스가 해소되는 과정을 그린 것이다. 여기에는 음모, 책략, 사랑, 검은 마술, 무공 등 가히 무협소설에서 볼 수 있는 흥밋거리가 총망라된다. 소설이 이렇듯 우리의 깊은 욕망을 건드리는 면도 있지만 보다 많은 독자를 끄는 소위 대중적 요소는 다른 데에도 있다.

람세스가 다소 봉건적 현군 스타일의 영웅이라면 세나르를 비롯한 수많은 등장인물은 지극히 현대적 풍모를 풍긴다. 람세스의 측근은 처음에는 인간적 우정으로 맺어진 관계로 시작하지만 점차 권력의 핵심부로 부상하면서 파워게임의 요석이 된다. 아샤는 적지에 단독 침투하여 사랑을 미끼로 여인을 이용할 만큼 냉철한 정보부장 역할을 해내는가 하면 전직 해적 출신의 경호대장은 우직할 정도로 맹목적 충성을 다하고 낭만적 성격의 세타우는 당시 첨단과학인 뱀독을 능란하게 다룬다. 이쯤 되면 등장인물은 현대 첩보전을 다룬 추리소설을 능가할 정도의 인물 구성으로 손색이 없다. 그래도 람세스의 측근은 우정과 충성이라는 봉건적 덕목에 매달린 인물이지만 세나르를 중심으로 야합한 인물군이야말로 이 소설이 신화와는 다른 층위를 지닌 현대적 소설임을 여실히 보여 준다. 국가의 이익은 다국적 기업을 살찌우고 해양로를 통한 무역이라 믿는 세나르야말로 대부분의 우리 시대 정치가를 닮았고 무역상을 위장해 히타이트 첩자가 등장하여 고정 간첩망을 조직하는가 하면 타국과 은밀한 연맹을 통해 자국의 혁명을 꿈꾸는 음모도 진행된다. 사실 역사학자라는 작가는 역사적 고증을 통한 사실성의 확보보다는 인물 형상화에 뛰어난 재능을 발휘한다. 하지만 서사문학의 절정점인 전쟁 대목에 이르러선 작가의 필력이 따르지 못한 느낌이다. 그리고 모세와 헬레네가 동석하고 호머가 람세스의 사랑방 식객으로 끼어드는 대목에서 연대표를 떠올리며 고민할 독자는 많지 않을 것으로 믿는다. 그것은 소설과 역사를 혼동하여 소설『동의보감』에 나온 처방대로 약지어 먹는 것과도 같은 우행일 것이다.

문학성이란 내면화의 법칙에 충실한 정도에 비례한다는 믿음 탓인지 근래 들어 소설은 서사성을 외면하고 있다. 서사성의 복원이 내면성 추구에 역행하지 않을 터인데 소설은 자꾸 안으로만 파고들어 자폐적 독백으로 흐르고 있는 판국에 장대한 스케일에 조직적 플롯이 독자의 사랑을 받는 것은 당연한 현상일 것이다. 여기에 속도감 있는 문체는 왕가위 스타일의 빠른 템포에 익숙한 영상세대에게 크게 호감을 얻었을 것이다. 서사의 소재도 독특하여 작가 크리스티앙 자크는 오로지 이집트를 중심 배경으로 한 전문작가로 떠오르고 있다. 문학시장도 개방되어 이제 경쟁력 있는 외국상품이 마구 밀려들 터인데 이 소설을 읽으며 우리네 작가들이 어떻게 독자를 끌어들일지 걱정이 앞선다.

그래도 '길'을 가야 하는 '나그네'

김용표 한신대 중어중문학과 교수

『루쉰』

전형준 엮음 / 1997 / 문학과지성사

K형! 우리를 가장 슬프게 하는 것은 무엇일까요? 그것은 혹시 분노해야 할 때 분노할 줄 모르고 아파해야 할 때 아파할 줄 모르는, 매사에 무덤덤하고 마비된 영혼이 아닐까요? K형이 지금 큰 슬픔에 잠겨 있는 가장 큰 이유도 바로 그 때문이 아닐까 싶습니다. K형과 마찬가지로 인간의 마비된 영혼을 몹시도 가슴 아파한 한 위대한 작가가 있습니다. '20세기 중국의 기적'이라는 찬사까지 받은 루쉰(魯迅)이 바로 그입니다.

K형. 문학에 특별한 애정을 지닌 형은 아마도 루쉰이란 인물에 대해서 많이 들어 보았을 줄 압니다. 금세기 초, 열등근성을 지니고 있

는 우매한 중국민중을 문학을 통하여 계몽시키고자 한 계몽주의자. 1930년대에는 낡은 중국의 전통 봉건 계급사회의 모순을 타파하는 길로 뛰어든 사회주의 계급투쟁의 전사! 아마 이러한 이미지가 루쉰에 대한 과거의 인식이었을 것입니다. 하지만 루쉰의 세계가 과연 그러한 평가만으로 충분히 납득될 수 있을 정도로 좁은 것일까요? 재미없고 어둠침침하기만 한 그의 소설이, 그러한 치명적 약점에도 불구하고 전 세계 80여 개 국가에서 오늘날에도 스테디셀러가 되고 있는 이유가 과연 그 때문일까요? 저는 평소 루쉰의 작품을 읽으며, 혹시 루쉰에 대한 그러한 인식이 오랫동안 이데올로기에 지극히 민감할 수밖에 없었던 국제 정세 속에서 형성된 편협된 평가가 아닐까 막연히 혼자 우려해 본 적도 있었습니다.

물론 당시 중국의 수많은 사회적 병리 현상은 의심할 나위도 없이 그 문학세계의 절박한 주제임에 틀림없겠지만, 그보다는 오히려 루쉰이 자주 언급하고 있는 '마비', '절망', '적막', '희망', '방황'과 같은 인간의 내재적 심리활동이 저에게는 보다 더 심각하게 부각되었기 때문입니다. 결국 그의 궁극적 고민은 생명의 진정한 의미와 가치를 규명하고자 함이 아니었던가 하는 의문이 강하게 일어났던 것이죠.

그러던 차에 최근 일독한 평론집 『루쉰』(문학과지성사, 전형준 엮음)은, 비록 딱딱한 문체의 논문 모음집이었습니다만, 우려와 의문에 차 있던 저에게 몇 가지 즐거움을 선물해 주었습니다. 제가 루쉰에 대해서 판단하고 있던 방향이 결코 틀리지 않았구나 싶은 즐거움도 있었지만, 그보다는 무덤덤하게 마비된 인간의 영혼과 정신을 목도하고 슬픔에 잠긴 K형에게 루쉰의 작품세계를 소개하면 좋겠다는 기쁨이 더욱 컸다고나 할까요? 원래 의학도였던 청년 루쉰을 문학가의 길로, 아니 생명의 참된 의미를 찾는 '나그네'(그의 산문집 『들풀(野草)』에 실린 〈나그네(過客)〉를 읽어 보시기 바랍니다)의 길을 찾아 떠나게 만든 결정적 변수는 바로 '인간의 마비된 영혼과 정신'이라는 요인 때문이었습니다.

그 결정적 전기는 그가 20대 초반, 의학을 배우기 위해 일본에 유학하던 시절의 어느 날 운명처럼 찾아왔습니다. 어느 중국인이 일본군에게 총살을 당하는 슬라이드 장면을 보던 루쉰은, 그 사실 자체보다도 그 장면을 목격하고 있는 중국인들의 눈동자가 아무런 초점도 없이 마비되어 있는 사실에 엄청난 충격을 받은 것이죠. 루쉰은 그로부터 육체의 병을 고치는 의사가 되기에 앞서 마비된 인간의 영혼의 병을 고치는 길을 걷는 '나그네'가 되었던 것입니다.

K형. 철로 만든 것같이 견고하기만 한 현실의 장벽에 갇혀서 '삶과 사랑과 문학'의 아름다운 실체를 추구하는 길을 찾아 방황하는 K형의 힘겨운 상황을 옆에서 지켜보며, 저는 루쉰을 떠올리지 않을 수 없었답니다.

루쉰은 K형이 말하는 바로 그 길을 찾아 떠난 '나그네'였습니다. 그는 '길을 걸어가는 행위'로 대변되는 상징적인 생명 형식을 통해 자아에 대해 긍정해 보고자 했고, 절망에 대해 대항해 보고자 했습니다.

몽롱한 가운데 나의 눈앞에 해변의 초록빛 모래밭이 펼쳐졌다. 그 위의 쪽빛 하늘에는 황금빛 둥근 달이 걸려 있었다. 나는 생각했다. 희망은 본래 있다고 할 수도 없고, 없다고 할 수도 없다. 그것은 지상의 길과 같다. 지상에는 원래 길이 없었다. 걸어다니는 사람이 많아지면 길이 되는 것이다.

―〈고향〉의 마지막 부분에서

루쉰은 자못 낙관적인 말투로 말합니다. 지상에는 원래 길이 없지만 자꾸만 걸어다니다 보면 길이 생길 것이라구요. 자꾸만 걸어다녀 다음 세대를 위하여 길을 만드는 '나그네'의 역할을 맡자고 합니다. 그래서 『광인일기』에서는 다음 세대의 "아이들을 구하자"고 외치기까지 합니다.

1923년, 그는 〈고향〉과 함께 〈광인일기〉, 〈쿵이지(孔乙己)〉, 〈약(藥)〉, 〈아Q정전〉 등, 우리에게도 잘 알려진 대표적 단편소설들을 수록한 첫 번째 작품집 『외침〔喊〕』을 발표했습니다. 루쉰은 무엇을 외치고 싶었던 것일까요? 절망과 실의에 빠진 젊은 지식인들에게 다음 세대의 희망을 위하여 '나그네'가 되어 그 초석이 되자고 외치고 싶었던 것은 아니었을까요? 아마도 그랬을 것입니다.

하지만 그는 정말 희망에 대해 확신하고 있었을까요? 아니, 그는 오히려 부정하는 쪽이었습니다.

나 혼자 아무리 외쳐도 그들이 찬성도 없고 반성도 없이 아무런 반응을

보여 주지 않는데 어찌하랴. 막막한 황야에 홀로 서 있을 때처럼 어찌해
야 할지 알 수가 없었다. 나는 그 느낌을 '적막(寂寞)'이라 이름하였다.
─『외침』서문에서

그러나 루쉰이 함께 '나그네'의 길을 떠나고자 원했던 사람은 아
무런 반응도 없었습니다. 정신적 혼돈 상태에서 판단력을 잃고 마비
되어 있었던 것이죠. K형이 지금 느끼고 있는 그 슬픔, 그 절망감을
루쉰은 '적막'이라고 이름하였더군요.

루쉰은 이러한 개인적 경험을 통하여 희망이란 결국 존재하지 않
으리라는 사실을 충분히 인지하고 있었습니다. 그 당시 그는 단지 달
콤한 꿈을 꾸고 있는 청년들에게 나 자신을 괴롭혔던 '적막'을 전염
시키고 싶지 않았기에 '곡필' 했노라고 고백합니다. 그는 자신의 절망
적 환경을, 자신이 소속되어 있는 이 세계를 증오하지만, 어쩔 수 없
이 자신이 그 세계에 밀접하게 연계되어 있음을 인정한 것이겠죠. 하
지만 그는 말합니다. "절망은 허망하다. 희망이 그러하듯이." 1925년
경, 길을 떠난 '나그네' 루쉰은 값싼 낙관주의, 무의미한 희망론은 분
명 현실과는 괴리된 허상이로되, 그렇다고 그대로 절망을 인정하고
그 자리에 주저앉을 수도 없는 모순에 빠졌습니다. 그때 발표된 그의
두 번째 작품집 『방황』은 자신이 그 모순 사이에서 길을 잃고 방황하
고 있음을 고백하고 있는 게 아닐까요?

공허의 무거운 짐을 지고 매섭고 싸늘한 눈길 속에서 이른바 인생의 길

을 가야 한다는 것은 얼마나 무서운 일인가! 더구나 이 길의 끝은 묘비도 없는 무덤일 뿐인데……

— 〈죽음을 슬퍼함(傷逝)〉에서

K형이 지금 그러한 상황에 처해 있듯이, 그는 끝내 자신의 경험 범위 밖에 있는 희망을 자신의 내부에 이입시킬 수는 없었습니다. 하지만 개인의 경험 범위 내의 절망이 곧 전체 세계의 절망이라는 명제를 증명할 수도 없었죠. 그렇다면 이 모순의 갈림길에서 방황을 거듭하던 루쉰이 찾아낸 길은 무엇일까요? K형. 어쩌면 우리가 말하는 이른바 희망이란 것도, 또 절망이란 것도 모두 지극히 주관적인 감각이 아닐까요? 루쉰은 그것은 모두 허망한 환영이라고 믿었을 것입니다. 그는 희망과 절망의 고정된 이분법에서 뛰쳐나와 '담담하게 괴로움을 씻어내고' 현실 그 본연의 길을 걸어갑니다.

마음이 가벼워져 편안한 마음으로 축축한 돌길을 걸어간다. 달빛을 받으면서……

— 『고독한 사람(孤獨者)』에서

객관적으로 보면 이 달빛 아래 뻗어 있는 길 끝이 설령 고독한 무덤이라 할지라도, 루쉰은 방황을 멈추고 그 길을 향해 걸어갑니다. 가벼워진 편안한 마음으로.

K형. 문학의 사명은 무엇일까요? 알 수 없는 우리네 삶의 실체, 그

편린들을 조명하고 진리와 선함과 아름다움의 좌표를 제시하는 것이 그 사명 중의 하나가 아닐까요? 그에게 있어서 '길을 걷는' 이 생명 의식은 절망에 대한 담담한 대항일 것입니다. 목적지가 무덤인지 번연히 알면서도 그래도 길을 떠나가는 '나그네'의 정신, 설령 아무런 소득이 없더라도 '나 자신의 '적막'만은 제거하지 않을 수 없기에' 묵묵히 현실 속의 길을 떠나가는 그 '나그네'의 정신 속에 생명의 참된 의미가 존재하고 있다는 잔잔한 감동을 루쉰은 우리에게 전달해 줍니다.

K형. 누구나 이 세상에서 단 한 번뿐인 인생을 삽니다. 그런데 그 마지막 페이지에 이르러 비극적 결말을 만나는 것을 두려워해서 '적막'과 절망만을 안고 산다면, 그것은 아마 생명에 대한 치욕이요, 모독일 것입니다. 이제 다시 길을 떠나야 합니다. 절망이 기다리고 있을지도 모를 그 길을 담담하고 따뜻한 마음으로 떠나십시다.

실의에 잠겨 매섭고 싸늘한 인생의 눈길 위에 주저앉아 있는 모든 사람에게 루쉰 작품집의 일독을 권해 봅니다. 특히 K형처럼 루쉰의 길을 함께 가고자 하는 문학도들에게 평론집 『루쉰』의 정독을 권해 보고 싶습니다. 건투를 빕니다.

증언으로서의 문학

이경호 추계예술대 문예창작과 강사

『봄날』(1~5)
임철우 지음 / 1997 / 문학과지성사

임철우의 장편소설 『봄날』이 마침내 완간되었다. 1990년 봄부터 문예지에 연재되기 시작하다가 집필이 중단되더니 올해 2월에 마침내 모두 다섯 권의 분량으로 출간이 되었다. 임철우는 1981년에 등단한 이래로 거의 대부분의 작품 속에서 분단의 현실과 이데올로기의 갈등 문제, 그리고 광주민주화항쟁을 다루어 왔다. 이 세 가지 화두는 그의 소설세계를 삼각형 모양으로 그려 볼 때 각각의 꼭지점에 해당하는 것이다. 그 꼭지점들이 서로 연결되어야만 삼각형의 모양이 완성되듯이 임철우의 소설 또한 세 가지 주제를 각각 분리시키기보다는 서로 연결시켜 다루는 모습을 보여 줄 때가 많다.

이번에 펴낸 『봄날』에서도 세 가지 주제는 하나로 연결되어 다루어지고 있다. 작가가 『봄날』의 서문에서도 밝히고 있듯이 이 작품은 1990년에 출간된 『붉은 산, 흰 새』의 연장선에서 구상된 것이었다. 『붉은 산, 흰 새』는 작가의 고향인 전라남도 완도군 평일도에서 실제로 일어난 간첩사건의 진상을 파헤치며 분단의 현실과 이데올로기의 갈등을 다룬 작품이었다. 『봄날』에 등장하는 주요한 인물들이 『붉은 산, 흰 새』와 같다는 점에서, 그리고 무엇보다도 『봄날』의 첫 부분이 『붉은 산, 흰 새』에 이어지는 내용으로 시작되고 있다는 점, 그리고 작품의 주인공들인 '한씨 일가'의 형 '무석'과 동생 '명치'가 각각 시민군과 진압군의 편에 서서 총부리를 겨누고 한쪽을 죽이게 되는 골육상쟁의 전형적인 모습을 보여 준다는 점에서 우리는 작가가 광주민주화항쟁의 역사적 의미를 분단의 현실이 초래한 동족상잔이나 이데올로기의 대립 문제와 연관시켜 파악하고 있다는 사실을 이해하게 된다.

그러면서도 이번 작품이 광주민주화항쟁을 직접 대상화하여 객관적이며 총체적으로 점검하고 있다는 점에서 그간에 작가가 발표한 광주민주화항쟁 관련 소설들을 총결산하는 의의를 확보한다는 사실도 주지할 필요가 있다. 임철우는 1984년부터 〈동행〉이라는 단편을 시작으로 하여 〈사산하는 여름〉, 〈불임기〉, 〈직선과 독가스〉 등의 작품에서 광주민주화항쟁을 다루었는데 그 작품들은 광주민주화항쟁의 실상을 직접적이며 구체적으로 그려 내기보다 간접적이며 상징적으로 그려 내는 모양을 보여 주었다. 그간에 발표된 작품들이 그런 모양을 보여 준 까닭은 1980년대 전반기의 시대적 상황이 광주민주화항쟁의 실상을 직접 거론하거나 구체적으로 묘사하는 것을 금기시하였기 때문일 것이다. 그러한 1980년대의 정치적 현실이 작가로 하여금 더욱 이 문제를 정면으로 그리고 상세히 다루어야 한다는 사명감과 의욕을 고취시켰을 것이다. 결국 작가는 그때의 상황이 벌어진 지 18년이 지나서야 그러한 의욕이 결실을 맺게 할 수 있게 되었다.

이번에 출간된 작품은 형식과 내용을 구성함에 있어서 작가가 매우 고심한 흔적을 여실히 보여 주고 있다. 소설의 형식은 1980년 5월 16일부터 5월 27일까지 일어난 상황을 시간별로, 그리고 장소별로 나누어 서술하고 있다. 작가가 서문에서 "적어도 이번 소설에 관한 한, 나는 최대한 사실성에 의지하려 했다"고 밝혔듯이 작품의 내용은 주로 사건에 연루된 사람들의 체험담과 증언 그리고 이미 발표된 자료들을 치밀하게 활용하여 객관적인 사실을 재구성하는 데 치중하고 있다.

다만 소설의 제1장부터 5장까지에 서술되어 있는 5월 16일의 상황만은 작가의 허구적 상상력을 중심으로 전개되고 있다. 이 부분은 앞에서도 말했듯이 분단과 이데올로기의 대립, 광주민주화항쟁이라는 세 가지 화두를 하나로 묶어 놓기 위하여 '한씨 일가'의 내력과 현재의 생활모습을 서술하고 있는 대목이다. 또한 '한씨 일가'의 세 아들이 장차 시민군과 계엄군 그리고 대학생의 입장에서 첨예한 갈등과 비극적인 결말을 겪게 되는 주인공들이라는 다소 도식적인 인물구성이 도입되어 있는 대목이기도 하다.

작가는 5월 16일과 5월 17일의 장면 서술에서 각각 비극적인 상황이 벌어지리라는 것을 암시하는 상징물을 도입해 놓기도 한다. 5월 16일 새벽 '한씨 일가'의 집 앞에 마치 '불에 타 까맣게 그을려 있는', '누군가의 잘려져 나간 팔뚝'처럼 떨어져 있는 '식칼'이 그것이다. 액땜을 위해 남의 집 앞에 떨어뜨려 놓은 그 물건은 곧 몰아닥칠 대살육을 암시해 준다. 5월 17일에 진압군으로 나서게 될 '한씨 일가'의 둘째아들이 진압훈련을 받다가 올려다본 하늘에 '피 묻은 알의 노른자위처럼 붉고 칙칙한 빛깔'로 떠 있는 오월의 태양 또한 닥쳐올 대환란을 암시해 주는 역할을 한다.

5월 18일부터 서술되는 내용들은 시위와 진압과정에서 생겨나는 대학살의 장면들을 생생하게 묘사하는 데 주로 비중을 두게 된다. 아마도 작가가 체험담과 증언 그리고 참고자료를 가장 집중적으로 활용하는 반면에 허구적 상상력은 거의 배제하는 대목들일 것이다. 이러한 대목들은 지나치게 많거나 자주 반복된다 싶을 정도로 상세히 묘사되고 있어서 소설이라기보다 거의 다큐멘터리로 읽히게 되는 효과를 갖는다. 소설적 효과를 위해서라면 동일하거나 거의 유사한 장면 묘사는 의도적으로 회피하였을 것이다.

이 작품에서 작가가 특히 공을 들여 서술하고 있는 대목은 5월 27일 계엄군의 광주재진압작전이 시도되기 전까지 광주 시민들이 자율적으로 구성한 수습대책위원회에서 대표위원들 사이에 노출되는 입장의 착잡한 차이점이다. 그러한 차이점 속에서 작가는 특히 '윤상현'이라는 강경노선을 주장하는 인물의 생각과 행동을 통하여 광주 민주화항쟁이 국내외의 정치상황 속에 처한 입지점을 직시하고 그것을 돌파할 방법과 대의를 서술한다.

우리는 여기서 작가가 특히 강경노선을 선택한 사람들의 생각과 행동에 많은 비중을 두면서 광주민주화항쟁의 대의를 서술해 나가고 있는 점을 직시할 필요가 있다. 작가는 주로 ‘윤상현’이라는 인물을 통해 그러한 대의를 표명해 나가는 방법을 보여 주고 있다. 윤상현은 비극적인 투쟁의 길을 꿋꿋하게 밀고 나가는 영웅적인 인물로 그려져 있어서 사회주의리얼리즘 소설의 전형적 인물을 연상케 한다. ‘윤상현’이라는 인물 설정은 광주민주화항쟁에서 실제적으로 강경노선을 내세우고 도청에서 결사항전에 임하여 비장한 최후를 맞이한 윤상원이라는 실제인물에서 비롯된 것이다. 작가가 그의 생각과 행동에 초점을 맞추는 까닭은 광주민주화항쟁에 대한 작가의 주체적 의식이 그곳에 맞닿아 있기 때문이다.

작가는 우선 ‘윤상현’을 비롯하여 시위와 투쟁에 앞장서 죽음을 맞거나 고초를 겪은 사람들에 대하여 부끄러움과 죄의식에 시달려 왔고 그것들이야말로 이 작품을 쓰게 된 원동력으로 작용하였던 것이다. 보다 구체적으로 말해서 작가가 당시에 광주라는 공간 속에 거주하고 있으면서도 투쟁의 비극적인 현장에 동참하지 못했던 자신의 입장에 대한 부끄러움이나 죄의식을 참회하려는 의도로 소설을 쓰게 되었다는 것이다. 그리고 참회의 의식으로 소설을 쓰기 때문에 작가의 허구적 상상력은 제한을 받게 된다. 당시의 비극적인 상황을 회피한 자에게는 허구적 상상력을 제한하며 비극적인 상황을 사실적으로 재현해 내야 하는 작업이 너무도 고통스러울 수밖에 없으며, 그 고통

스러움을 정면으로 감당함으로써 작가는 스스로의 부끄러움과 죄의
식을 속죄하려는 것이다.

두 번째로 광주민주화항쟁에 대한 작가의 주체적 의식은 당시에
광주와 철저하게 분리되어 있었던 타지역의 국민들이 보여 준 무관
심과 이기심을 비판하고 그들에게 광주민주화항쟁의 바른 진실을 밝
혀 주려는 의욕을 노정한다. 작가가 '윤상현'의 입을 통해 "그래, 시
간이야. 결국은 시간의 문제라구. 우리에겐 절대적으로 시간이 필요
한 거야. 우리가 버티고 있는 그 사이 서울에서, 부산에서, 또 다른
불꽃이 거대한 불기둥으로 타올라 주기만 한다면, 우리는 그때야말
로 승리의 가능성을 믿어도 되겠지"라고 역설한 것도 광주시민들이
광주의 비극적인 상황을 전국에 알리기만 하면 온 국민의 공동투쟁
을 이끌어 낼 수 있다고 믿었던 사실을, 그리하여 죽음조차 두려워하
지 않았던 사실을 밝히고 싶었던 것이다. 또한 그런데도 불구하고 철
저하게 침묵으로 일관한 타지역의 시민들과 완벽하게 고립된 광주의
현실이 결국 당시에 그러한 비극적 결말을 초래하였다는 사실도 밝
히고 싶었던 것이다. 계엄군이 무자비한 살육을 자행하고 있던 시간
에도 서울에서 전국으로 방송되는 텔레비전과 라디오의 스피커에서
는 단 한 토막의 사태 보고도 생략한 채 태평스럽게 내보내던 프로야
구 중계와 쇼프로그램들……. 작가는 그렇게 철저하게 무시되고 왜
곡된 가운데 짓밟혀 버린 광주의 진실이 과연 오늘날에 이르기까지
바르게 규명되었는지 되묻고 싶은 것이다. 바로 이 점에서 작가는
1980년대 말의 국회청문회에서 밝혀진 사실들과 1990년대 중반에 제

정된 5·18 특별법을 통해 재차 밝혀지고 처리된 문제들조차 광주민주화항쟁의 진실과 아픔을 바르게 정리했다고 믿지 않는다. 그렇기에 당시에 일어난 사건들을 가장 진실에 가깝게 복원해 내는 작업이 필요하다고 생각했을 것이다.

결국 작가는 이 작품을 통하여 문학적 과업을 충실하게 완수하겠다는 의욕보다는 고립된 상태로 참혹하게 짓밟혔던 역사의 진실을 충실하게 발굴하여 복원하겠다는 의지를 앞세운 것으로 보인다. 그리하여 앞으로 광주민주화항쟁을 화두로 한 문학적 형상화가 이 작품을 밑거름으로 삼아 결실을 맺기를 기대할 수 있게 되었다.

구비서사시의 세계지도

김인환 고려대 국어국문과 교수

『동아시아 구비서사시의 양상과 변천』
조동일 지음 / 1997 / 문학과지성사

『카타르시스 · 라사 · 신명풀이』를 내어 세계연극사 안에서 한국연극이 차지하는 위상을 조명한 조동일 교수가 이번에는 구비서사시의 세계지도를 새롭게 작성하였다. 종래의 서사시 연구는 희랍의 호메로스에서 시작하여 로마의 비르길리우스를 거쳐 밀튼과 괴테에 이르러 종결되는, 유럽문학에 한정되어 있었다. '소설은 부르주아 사회의 서사시'라는 헤겔의 말을 인용하는 평론가들이 적지 않은데, 그러한 규정 속에는 암암리에 서유럽의 문학이 세계문학의 표준이고, 다른 민족의 문학에는 서사시가 없으므로 소설도 보잘것없으리라는 가정이 들어 있다.

조동일 교수는 세계문학의 단위를 동아시아, 내륙아시아, 남-동남아시아, 서아시아, 아프리카, 태평양 지역, 미주, 유럽으로 나누고, 국가 대신 민족을 중심으로 세계문학사를 기술하고자 시도하였다. 모든 민족이 자신의 문화를 보존하고, 주체적으로 세계문화에 기여하는 시대를 전망하면서 조동일 교수는 중국·인도·유럽·일본 등 강대국의 정치적 패권이 어떻게 행사되어 왔건, 실제의 세계문화는 운남 민족, 타밀 민족, 하와이 민족, 세르보크로아티아 민족, 아이누 민족들의 주체적 역량에 의해 형성되어 왔다는 사실을 해명하였다. 그는 소수 민족이나 종족이라는 명칭이 중요하지 않다는 어감을 가지고 있다고 보고, 독자적인 문화를 생산하는 모든 집단적 주체를 한결같이 민족이라고 부른다.

유럽 언어에는 에픽(Epic)과 로만스(Romance)를 포괄하여 서사시 전체를 지칭하는 용어가 없다는 데 착안하여 조동일 교수는 세계서사시에 두루 해당되는 갈래 구분을 마련하였다.

1. 신령서사시

    1.1 신앙서사시

    1.2 창세서사시

2. 영웅서사시

    2.1 여성영웅서사시

    2.2 남성영웅서사시

3. 범인서사시

3.1 신앙비판서사시

3.2 성자서사시

3.3 생활서사시

　　조동일 교수는 구비서사시의 여러 갈래를 두루 갖추고 있는 제주
도의 구비서사시에서 서사시 비교론을 시작하였다. 제주도 민족과
한국 민족이 서로 다르다고는 단언할 수 없으나 한국의 여러 가지 문
화적 간섭과 억압을 받으며 고유의 문화를 형성하고 유지해 왔다는
점에서 독립된 문화단위로 구분하는 것이 이치에 맞는다는 이유에서
이다.

　　제주도가 한국의 변방이라고 하는 것은 민족국가 지상주의에 사로잡혀
있는 부당한 편견이다. 제주도민은 한국의 수도 서울을 거쳐서 외국의 여
러 곳과 관련을 가져야 하는 것은 아니다. 어디에 있는 누구든지 자기 나
름대로의 주체적인 의식을 가지고 세계를 상대하는 것이 당연하다.(110쪽)

　　본토에 복속되어 독립을 상실했으면서도 제주도민은 주체성을 지
키고자 하는 의지를 간직하고 남성영웅서사시를 전승했고 구비서사
시 전반에 걸쳐서 본토보다 우위를 지킬 수 있었다. 그러나 한국 본
토에서는 중국에서 받아들인 한문학이 다루지 못하는 영역을 서사민
요·판소리·한문서사시·국문서사시로 보충함으로써 사회적 갈등
을 묘사하는 생활서사시를 다양하게 개척하였다.

중국과 일본의 경우에는 정치적 패권의 확립이 오히려 구비서사시의 쇠퇴를 야기하였다. 지배민족이 다른 민족을 침공하여 통치하는 과정에서 다른 민족이 민족어를 잃고 고유한 전승을 잃어버리게 되었을 뿐 아니라, 지배민족 또한 민족생활의 공동체가 파괴되어 구비전승의 오랜 층위가 사라졌다. 특히 일본은 모든 신화를 왕권신화로 통합하고 정복당한 민족의 신화를 의도적으로 파괴하여 구비서사시의 발달을 저해하였다. 구비서사시는 지배민족에게 박해를 받으면서 민족의 독자성을 유지해 온 민족들에 의하여 왕성하게 생산되었다. 구비서사시는 억압받은 민족들이 세계문화에 기여한 선물이다. 구비서사시의 차이는 세계정치사의 위상을 반영한다. 민족국가를 지켜오고 한족에게 타격을 주기까지 했던 몽골인이나 티베트인은 자기네 민족국가의 위업을 기린 영웅서사시를 거대한 규모로 창작했고, 다른 민족과 싸워 자기 민족의 위세를 떨쳐 보지 못한 운남민족군은 창세서사시를 특별히 존중하여 그것을 민족적 자부심의 근거로 삼았다. 내륙아시아의 유목민족들은 중국의 서남북에 자리 잡고 각각 자기 나름의 보편적 세계질서를 구상하였다. 몽골인·터키인·티베트인은 각각 〈장가르〉·〈마나스〉·〈게사르〉를 거대한 서사시로 발전시키고 그 안에서 천하의 질서에 관해 논쟁을 벌였다. 그들은 한족의 세계질서에 대항하여 한족과 경쟁하면서, 전략적으로 서사시와 미술을 개발하였다. 중국인·터키인·티베트인·몽골인은 동서남북에 자리 잡고, 중간 지점인 돈황 일대에서 일대 문화전쟁을 벌였다. 이러한 소용돌이 가운데 대승불교가 확립되고 돈황의 벽화가 제작되었

다. 터키민족이 택한 이슬람문화와 티베트·몽골 민족이 택한 불교
는 한족문화에 예속되지 않으려는 문화적 성채들 중의 하나였다. 유
목민족들은 유교에 대항해 다른 종교를 선택하였고 문자문화에 대항
해 구비문화를 발달시켰다. 중국에는 서사시라고 할 만한 것이 별반
없는데 내륙아시아에는 서사시가 풍부하게 전승되어 민족의 자부심
과 이상을 구현하는 구실을 수행해 온 것은 각 민족이 자기에게 적합
한 문화를 창조한 결과이었다.

어느 한 민족이 다른 민족을 지배하지 않고 여러 민족이 오랫동안
다양한 경쟁을 전개해 온 필리핀 민족은 사람 중심의 사고를 영웅이
구현하는 수많은 서사시들을 만들어 냈고, 타일랜드로 이주한 운남
민족은 국왕 중심의 국가 창작 서사시를 창작하였다. 타밀민족은 아
리안 민족의 정치적 패권에 맞서서 민족영웅서사시를 중세서사시로
만들고 성자서사시로 창작하는 작업을 적극적으로 전개하였고, 라자
스탄인은 아리안 민족의 한 갈래이면서도 라자스탄의 국가를 수호하
고 이슬람에 대항하는 문화적 주체성을 서사시로 구현하였다. 〈데브
나라얀〉·〈파부지〉 등 특정 생업 집단의 서사시가 널리 불리어지는
것도 라자스탄 서사시의 특징이다.

고유의 문화를 유지하고 지배민족의 패권에 저항하는 힘이 구비
서사시에 내재한다는 사실은 자이레의 〈므윈도〉, 하와이의 〈쿠무리
포〉, 끼체의 〈뽀뽈 부〉, 바빌로니아의 〈길가메쉬〉에서도 확인할 수
있다. 〈길가메쉬〉는 작은 왕국의 서사시가 거대 제국의 서사시로 변
화한 것이고, 〈뽀뽈 부〉는 마야제국의 서사시가 끼체왕국의 서사시

로 변화한 것이다. 자이레의 니양가족은 여러 왕국으로 나뉘어 살고 있으나 공동의 영웅 므윈도를 숭배하고 있으며, 하와이의 〈쿠무리포〉는 사실 차원의 역사에 가까이 와 있는 영웅서사시로서 주인공이 신령에서, 신령과 사람을 겸한 영웅으로, 다시 왕가의 인물들로 바뀌고 있다. 지배문화와 민족문화의 관계는 대립의 측면과 결합의 측면을 동시에 드러낸다. 스와힐리 서사시 〈헤라클리오스〉에는 아프리카 반투문화의 작은 전통과 아랍—이슬람 문화의 큰 전통이 결합되어 있다. 이러한 현상을 조동일 교수는 생성—극복론으로 설명하였다. 잘못된 과거를 청산하고 역사를 쇄신하는 비약적인 결단이 필요할 때에 우리는 인류 역사의 공통된 체험의 증언인 서사시에서 극복과 투쟁, 생성과 화합의 경험을 배우고 생성이 극복이고 극복이 생성이며, 투쟁이 화합이고 화합이 투쟁이라는 통찰을 되살려 내야 한다는 것이다.

조동일 교수의 이 책은 누구나 재미있게 즐길 수 있는 여행안내서이다. 우리는 이 책에 제시되어 있는 지도를 보면서 동아시아에서 시작하여 내륙아시아, 남-동남아시아, 서아시아, 아프리카, 미주, 태평양, 유럽을 거쳐 다시 동아시아로 돌아오는 긴 편력을 무사히 마칠 수 있고, 그 가운데 어느 한 지역을 택하여 자신만의 특별한 여행계획을 설계할 수 있다. 누가 어디서 만들어 어떻게 전승했든 모든 서사시는 인류의 공유재산이기 때문이다.

이 책을 읽어서 얻는 가장 중요한 소득은 무엇보다도 우리 눈으로 세상을 보는 용기이다. 주인공의 일생을 다루지 않고 고정된 연행자에 대해 아무런 정보가 없고 수식이 과다한 『일리아스』와 『오디세이아』는 서사시의 일반론을 수립하는 데 크게 기여하지 못하는 작품임을 알게 되면, 우리는 훨씬 편안한 마음으로 서양문학을 대할 수 있게 된다. 다만 『성경』과 『쿠란』과 『불경』에 나오는 이야기들이 창세서사시나 영웅서사시와 어떠한 관계에 있는가 하는 궁금증은 이 책을 다 읽고 나도 여전히 풀리지 않는 문젯거리이다.

토마스 베른하르트와 애증의 미학

조현천 부산대 강사

『옛 거장들』

토마스 베른하르트 지음 / 김연순 · 박희석 옮김 / 1997 / 현암사

생전에 카프카와 비견될 수 있을 정도의 작가로 격찬을 받았던 토마스 베른하르트(Thomas Bernhard, 1931~1989). 그는 바흐만, 한트케와 더불어 오스트리아가 자랑하는 세계적인 작가이지만 우리에게는 아직도 생소한 이름으로 남아 있어 아쉬운 감이 없지 않았는데, 최근 작가의 완숙기에 접어든 80년대 소설 두 편(『비트겐슈타인의 조카』, 『옛 거장들』)이 동시에 출판되어 그를 연구하고 있는 필자로서는 반가운 소식이 아닐 수 없다.

'알프스의 베케트' 혹은 '인간혐오자'로 불리었던 베른하르트는 작품 전반에 걸쳐 죽음과 질병, 고립과 광기라고 하는 지극히 부정적

인 주제를 다루고 있다. 베른하르트 스스로 자신의 글은 언제나 죽음
에 관한 것이라는 점을 누누이 강조하였다. 그래서 마치 신앙처럼 베
른하르트 문학에 군림하고 있는 죽음의 철학을, 질병을 문학의 원동
력으로 보고, 죽음을 삶의 원동력으로 보고 있는 낭만주의자들, 특히
노발리스의 그것과 비교할 수 있을 것이다. 그리고 또 실존의 위기,
질병과 죽음 등 실존적 테마를 다루고 있다는 점에서는 호프만스탈,
릴케, 카프카로 이어지는 모더니즘 전통 속에서 베른하르트 문학을
조명해 볼 수도 있을 것이다.

어쨌든 베른하르트의 부정적인 인생관 내지는 문학세계의 뿌리는
작가의 유년 시절과 청소년 시절에서 찾아볼 수 있을 것이다. 사생아
로 태어나 죽음만을 생각했던 불행했던 어린 시절과 그 시절에 겪었
던 2차대전의 참상, 어머니의 죽음, 특히 그의 성장에 결정적인 영향
을 미쳤던 외할아버지의 죽음, 결핵에 걸려 죽음의 문턱까지 드나들
었다가 그후 여러 해 동안의 요양소 생활, 그리고 먹고살기 위해 미
친 사람의 대소변을 받아 내는 등 작가가 되기 전까지 그의 인생은
그야말로 파란만장한 삶의 연속이었다. 베른하르트는 이러한 자신의
인생역정을 5부작으로 된 자서전인 『한 아이』, 『원인』, 『지하실』, 『호
흡』 그리고 『냉기』에서 다루고 있다. 이 자서전에서 그는 불행으로
점철된 자신의 인생을 되돌아보면서 자신을 그렇게 만든 사회에 대
해 분노를 쏟아 낸다. 결손가정에서 자란 자신의 어린 시절, 나치와
오스트리아의 국교인 가톨릭의 위선적인 얼굴을 리얼하고도 날카롭
게 파헤쳐 나감으로써 분노의 원인을 사회의 탓으로 돌리고 있는 것

같지만, 묘하게도 작가가 과거의 불행에 몰두하면 몰두할수록 행복이라고 하는 반대감정이 동시에 자리 잡고 있음을 알게 된다. 이 행복의 근원은 바로 베른하르트의 외조부인 무명의 향토작가 요하네스 프로임비힐러였다. 1931년 네덜란드 헤를렌의 한 수도원에서 사생아로 태어나 줄곧 외조부모 슬하에서 성장했던 베른하르트가 진정으로 사랑했던 유일한 사람은 바로 이 할아버지였다. 외할아버지가 없는 베른하르트의 문학세계는 생각조차 할 수 없을 정도로 그는 베른하르트에게 결정적인 영향을 끼쳤다. 비록 불행했던 과거의 기억이 아픈 고통으로 각인되어 있지만, 할아버지가 있었기 때문에 그것을 하나하나 들추어내어 확인하고 기술함으로써 상처는 아물고 행복이라고 하는 역전의 드라마가 된다. 이렇게 볼 때 베른하르트에게 있어서 글쓰기가 자아인식을 통해 자신을 구제하고 치료하기 위한 시도임을 알 수 있는데, 이는 비단 그의 자서전뿐만 아니라 전 작품에 걸쳐 나타나는 중요한 주제 중의 하나이기도 하다.

예를 들면 1982년에 발표된 『비트겐슈타인의 조카』에서 일인칭 화자로 등장하는 베른하르트는 정신병원을 드나들었던 언어철학자 비트겐슈타인의 조카 파울 비트겐슈타인이 죽은 후 그를 회상하면서 자신의 정체성을 찾아가는 과정을 묘사하고 있다.

베른하르트 문학의 또 다른 특징은 서술의 불가능성을 주제화시키고 있다는 점이다. 조이스의 작품이나 릴케의 『말테의 수기』 등 현대의 유럽 고전소설에서 종종 볼 수 있는 것처럼 베른하르트의 작품에도 줄거리라 할 만한 것이 없거나, 있다고 하여도 간단히 요약될 수 있을 정도로 지극히 단순하다. 그래서 베른하르트의 작품에서는 한결같이 소위 말하는 구성이 주는 긴장감은 찾아볼 수 없다. 이러한 창작원칙을 베른하르트 스스로 밝힌 바가 있는데, 그는 자신을 전형적인 '이야기 파괴자'로 칭하고 있다.

> 나는 이야기파괴자이다. 나는 전형적인 이야기파괴자이다. 내 작품 어디에서라도 이야기가 형상화되려는 기미가 보인다거나, 멀리서라도 산문의 언덕 뒤에 어디에선가 이야기가 암시적으로나마 나타나는 것을 보게 되면 나는 이를 종결시켜 버린다.

한마디로 이야기 파괴란 총체적 세계상의 불가능성의 미학적 표현이다. 이를 포스트모더니즘 이론을 빌려 말하면 이야기 파괴에 대한 이러한 확신을 통해 베른하르트는 메타서술의 해체라고 하는 새로운 글쓰기의 가능성을 열어 주고 있는 것이다. 그래서 그의 작품에서는 글쓰기를 통한 해체작업을 하지 않을 경우 걷기를 통해 해체해 나가거나 관찰을 통한 해체작업을 펼치고 있다. 1985년에 발표한 『옛 거장들』에서는 관찰을 통한 해체과정을 묘사하고 있다.

이 작품에서도 우리 시대를 단장의 시대로 규정하면서 완전한 것 내지는 총체적인 것에 대한 거부감을 피력하고 있다. 대위법과 푸가의 대가였던 오스트리아의 작곡가이자 음악이론가 막스 레거(Max Reger, 1873~1916)를 모델로 삼고 있는 이 소설 역시 베른하르트의 다른 작품들처럼 사건으로서의 줄거리는 없는 것이나 마찬가지이고,

그 대신 일인칭 화자가 주인공을 관찰하고 그와의 대화 내지는 독백을 들으면서 떠오르는 생각의 편린이 소설의 내용을 이루고 있다. 《타임스》지의 음악평론가인 주인공 레거의 취미는 36년 전부터 이틀에 한 번 빈의 예술사 박물관을 찾아가 옛 거장들의 걸작품을 하루종일 바라보는 것이다. 그는 이곳에서 규칙적으로 이 소설의 일인칭 화자인 아츠바허를 만나 그에게 예술, 철학 및 정신사에 관한 자신의 견해를 밝히면서 오스트리아와 오스트리아 국민, 오스트리아의 정치가 및 렘브란트, 괴테, 베토벤, 슈티프트 등 모든 분야의 예술가들에 대해 난도질을 가하고 있다. 철학자 하이데거를 '가장 별볼일 없는 20세기의 응석꾸러기'로, 오스트리아의 대문호 슈티프트를 '형편없는 작가'로 간주하고 있다. 또 예술을 이해하지 못할 뿐만 아니라 레거 같은 천재를 증오하는 국가를 인간성을 말살시키는 형무소로 규정하고, 정치가를 살인자로 규정하고 있으며, 학생들을 인솔하여 예술사 박물관을 참관하지만 예술에 대한 몰취미로 인해 학생들을 망치는 교사를 '예술파괴자'로 비판하고, 렘브란트 같은 거장들을 인간성 그 자체는 무시하고 가톨릭 이념에 봉사하거나 돈과 명예를 위해 그림을 그리는 사람으로 혹평하고 있다.

　베른하르트의 이 이야기가 비록 유럽, 그것도 오스트리아에 국한된 이야기이긴 하지만, 획일적인 것만을 강요하는 체제와 교육제도의 희생양이 되어 개성을 상실하고 자유로운 인간의 길을 용납하지 않는, 따라서 진정한 천재를 거부하고 그래서 유토피아를 거부하는 사회를 신랄하게 비판하는 베른하르트의 작품을 대하는 독자의 갑갑

하던 가슴은 후련하기 그지없을 것이다. 이러한 카타르시스가 바로 베른하르트 작품을 읽는 매력이긴 하지만, 카타르시스만으로 작품의 진가가 평가될 수 없을 것이다.

화자가 이 소설을 쓰게 된 계기는 주인공 레거가 30년 넘게 이틀에 한 번씩 박물관을 방문하던 여태까지의 관습을 깨고 '어제'에 이어 '오늘'도 화자더러 박물관에서 만나기를 제안한 일이었다. 레거의 의도가 무엇일까 하는 의문은 끝 부분에 가서 해명된다. 클라이스트의 '깨진 항아리'를 같이 보러 가자는 말을 하기 위해서였다. 그런데 레거가 부르크 극장에 가는 것을 그 어느 것보다도 더 증오하고 있다는 것을 화자는 알고 있기 때문에 화자는 더욱더 의아해한다. 그러나 세심한 독자라면 모순, 그것이 바로 레거의 생존방식임을 알 수 있다. 작가 베른하르트가 자서전에서 어린 시절 학교를 지옥으로 여기고, 할아버지의 집을 천국으로 여기고 있음을 밝혔듯이, 이 작품의 일인칭 화자인 아츠바허 역시 지옥과 천국을 왔다갔다 하면서 성장하였던 어린 시절을 회상하고 있을 뿐만 아니라 삶 자체를 지옥과 천국을 왕래하는 과정으로 보고 있다. 이 작품의 주인공 레거 역시 삶을 모순 그 자체로 파악하고 있는데, 이를 극명하게 드러내어 주는 것이 그의 예술관이다. 그는 예술을 "최상인 것인 동시에 역겹기 짝이 없는 것"으로 정의하고 있다. 거장들의 걸작은 그 자체로 최고의 경지에 이른 것이긴 하지만, 레거의 개인적인 고통이나 아픔을 달래 줄 수 없기 때문이다. 즉 칸트의 정의에 따라 예술을 무목적의 목적성으로 볼 경우, 그것은 현실의 고통에서 해방된 것이므로 최상의 것이 될 수 있지만, 또 예술이 그 자체의 해방을 위해 현실의 고통과 아픔을 도외시한 것이므로 역겹기 짝이 없는 것이기도 하다. 예술과 세계에 대한 레거의 독설은 무엇보다도 그렇게도 사랑하던 부인의 죽음에 근거를 두고 있는데, 그는 부인이 죽은 후 자신의 인생도 죽은 것이나 다름없다고 생각하였지만 역설적으로 이 죽음이 그를 진정 자유로운 인간으로 변신시켜 주었음을 깨닫는다. 그토록 싫어했던 부르크 극장에 가자고 한 레거의 제안 역시 이러한 문맥에서 파악되어야 할 것이다. 증오만 있다면 그것은 카타르시스로 끝날 뿐이며, 애정만 있다면 그것은 세상을 너무 미화시켜 결과적으로 거짓이 되고 말 뿐이므로, 증오의 밑바닥에 애정이 깔려 있을 때 그것이 진정한 건설적 비판이 될 수 있기 때문에 베른하르트는 항상 애증을 강조하였다. 실생활과 작품을 통해 보여 준 베른하르트의 독설은 바로 이러한 애증의 표현으로 보아야 할 것이다. 이 작품의 주인공 레거의 결론 역시 이러한 애증, 즉 모순에 대한 통찰이다. 소설의 마지막 부분에서 그는 다음과 같이 말하고 있다.

우리가 생각하고 말하지 못할 것이 뭐가 있겠소. 우리는 그렇게 믿고 있지만 사실은 그렇지 못하잖아요. 이게 바로 코미디지요, 그리고 앞으로 어떻게 될 것인가라고 묻는다면 그게 바로 비극이지요, 아츠바허 씨.

이러한 희비극성에 대한 확신은 바로 포스트모더니즘의 특징인 메타서술, 즉 총체성과의 완전한 단절, 다원주의, 이질성, 비연속성,

모순성에 대한 믿음인 것이다. 이러한 상대성 내지는 다원주의의 원칙에 부합하도록 베른하르트의 화자는 철저하게 간접화법, 과장, 반복 그리고 등장인물의 말을 인용하는 기법을 통해 주제를 구성해 나가고 있다. 따라서 베른하르트 문학의 매력은 박진감 넘치는 줄거리에 있는 것이 아니라, 화자의 자기성찰을 통한 언어 그 자체에서 찾아야 옳을 것이다. 언어의 음악성 내지는 언어가 주는 박진감, 특히 호흡이 긴 만연체 문장에 대한 시적인 이해가 그의 문학 이해의 본질이기 때문에 그를 언어의 마술사라고 부를 수 있을 것이다.

고치를 뚫고 날아오르는 꿈

김화영 고려대 불어불문학과 교수

『홍어』

김주영 지음 / 1998 / 문이당

'태백산 남쪽 막바지 기슭에 자리잡은 마을'에 폭설이 쏟아지던 어느 날 아침. 삯바느질로 연명하는 젊은 어머니와 열세 살 난 사내아이 세영, 이 두 사람의 '단출한 식구'는 잠에서 깨자 갈 곳 없이 떠돌던 열여섯 살짜리 '낯선 계집아이' 하나가 밤새 자기네 집 부엌으로 숨어든 것을 발견한다. '반들거리는 눈'에 '당찬 성깔과 넉살'이 만만치 않은 이 아이를 어머니는 하는 수 없이 집안에 거두어 한 식구로 삼고 삼례라는 이름을 지어 준다.

옆집 남자가 아들아이 세영에게 들려준 이야기에 따르면 '홍어'라는 별명을 가진 아버지는 읍내의 주막 춘일옥 부인네하고 불미스런 일을 저지르고 도망친 후 여러 해 동안 소식이 없다고 한다. 어머니는 돌아올 기약 없는 아버지를 기다리며 말없이 긴 겨울을 견딘다.

몽유병과 연날리기와 새 잡기와 한밤중의 밀회 등 온갖 수상하고 신기한 행동으로 소년에게 '온 삭신이 옥죄어드는 듯한 섬뜩한 흡인력'을 행사하던 삼례는 겨울이 끝나 가던 어느 날 마을 자전거포에서 일하던 청년과 사라져 버린다. 그녀가 캐어다 놓은 씀바귀 반 아름만 부엌 문설주에 파릇파릇하게 매달려 있다.

아버지가 떠난 지 6년 후인 이듬해 봄날, 이 집으로 한 낯선 사내가 찾아와 결혼 후 종적을 감춘 삼례의 간 곳을 대라고 위협한다. 어머니가 돈을 주어 달래자 떠난 그는 가끔씩 마을 방천둑과 소택지 부근을 배회하곤 한다. 그러나 그 역시 여름이 되자 아주 사라진다.

12월, 옆집 남자는 삼례가 술집 색시가 되어 읍내에 나타났음을 귀띔한다. 눈 내린 밤, 혼자 읍내를 헤매다가 어느 술집에서 삼례를 찾아낸 세영은 여러 차례 그녀를 찾아가 만난다. 마침내 읍내로 나간 어머니가 삼례를 불러낸 다음, 그동안 아버지를 찾기 위하여 모아 둔 고액의 돈을 쥐어 주고 그녀를 멀리 떠나보낸다.

그후 어느 날, '흡사 삼례를 대신한 것처럼' 30대 초반의 젊은 여자가 갓난아이를 업고 찾아든다. 사흘을 묵고 난 뒤 그 여자는 차편을 알아본다고 읍내에 나간 뒤 '연기처럼 사라지고' 돌아오지 않는다. "겨울 눈 속에서는 감당키 어려운 일들이 자주 일어난다"고 어머니는 말한다. 아버지가 떠난 날도 그랬다.

여인이 남기고 간 갓난아이가 소식 없는 남편의 소생임을 눈치 챈 어머니는 아이를 거두어 키운다. 세영은 난데없는 이복동생에게 쏟는 어머니의 관심과 정성에 일종의 배신감을 느낀다. 어린 호영에게 계란을 먹이기 위하여 일부러 사 온 수탉이 자취를 감춘다. 이웃집 개 누룽지가 닭을 물어 죽인 것을 알면서도 그 사실을 어머니에게 숨기면서 세영은 '대리복수'의 쾌감을 맛본다. 그 결과 어머니는 이웃집 남자가 수탉을 잡아먹은 것으로 오해한다.

어머니의 채근에 못 이겨 수탉을 찾아 밤중에 마을을 돌아다니던 세영은 정미소에서 일하고 돌아온 이웃집 남자가 밤에 자기 집 부엌에서 혼자 '회색곰'처럼 목욕하는 광경을 몰래 훔쳐보기도 하고 어머니의 바느질을 돕는 창범이네가 옆집 남자와 정을 통하고 있다는 사실도 알게 된다. 한편 삼례에 대한 그리움에 그는 읍내의 선술집을 찾아가 미스 민으로부터 대구 쪽으로 떠난 삼례의 주소를 얻어 뒤꼍 담구멍 속에 숨겨 놓는다.

어느 날 발길을 끊었던 세영의 외삼촌이 뜻밖에 찾아온다. 아버지가 돌아올 수 있도록 하기 위하여 삼례가 외삼촌을 찾아갔었고 외삼촌의 주선으로 어머니는 춘일옥 주인과 화해한 것이다. 2월 하순, 마침내 집을 떠나 있던 아버지가 돌아온다. 그러나 아버지가 돌아온 이튿날 아침, 잠에서 깬 세영은 "간밤에 내린 눈으로 마을과 들녘은 온통 눈나라가 되어 있었고" 그 오랜 세월 동안 아버지를 기다렸던 어머니가 숨겨 둔 삼례의 주소쪽지를 지닌 채 사라지고 없다는 것을 발견한다. 어머니는 "아버지를 떠나기 위해 내게서 삼례를 훔쳐 간 것"이라고 세영은 생각한다.

김주영의 초기 단편 〈익는 산머루〉에 뿌리를 두고 있는 이 장편은 작중화자인 동시에 등장인물인 '나' 세영의 성장소설의 형식을 취하고 있다. 그의 어린 눈에 비쳐진 어머니, 삼례, 옆집 남자, 읍내의 술집 여자들, 문득 찾아든 사내 '엘 콘도르', 낯선 30대 여자와 그녀가 남기고 간 어린 호영 그리고 소설의 끝에 가서야 집으로 돌아오는 아버지, 모두가 신기한 '발견'의 대상이고 모두가 삶의 비의를 드러내는 나름대로의 안내자들이다. 그의 성장은 '깊은 잠에서 깨어나는' 고통스런 과정인 동시에 정적이고 내향적, 폐쇄적인 누에고치에서 껍질을 깨고 능동적 외향적인 날개를 달고 생명의 춤과 비상으로 나아가는 과정으로 나타난다.

사실 소설의 도입부 약 10쪽에 걸쳐서 지극히 인상적으로 서술되고 있는 폭설의 아침과 하얀 눈 속에 파묻힌 채 외부와 단절된 두메 산골집에서 잠이 깨는 '두 사람의 단출한 식구'는 누에고치 속의 번데기를 연상시킨다. '뒤척이며 밤을 새운 자리옷의 옷고름 하나 흐트러진 데 없이 단정한 그대로'인 채 '조촐한 가난'을 인고하는 어머니는 이 누에고치를 영원히 닫힌 보호의 세계로 지키고자 한다. "남편으로부터 외면당하고 있는 아내로서의 모멸감과 오 년 동안 홀로 스산한 집을 지키며 살아가는 여자로서의 고적감 외에 겉모습만 보면, 어머니의 생활은 별다른 고통이나 질곡을 겪고 있는 것 같지 않았다."(31쪽) 그러나 세영은 마침내 그것은 삶이 아니라 분묘 속의 은폐, 즉 죽음의 모습임을 깨닫는다.

어머니는 스스로 쌓아 올린 작은 분묘 속에 몸을 숨기고 있는 꼴이었
다. 그러나 사람들은 그 분묘의 존재를 확연하게 바라보고 있었다. 고치
의 겉모양은 땅콩처럼 생겼지만 그 속에는 땅콩 아닌 누에가 들어 있다는
것을 누구나 알고 있다.(205쪽)

이런 인식에 이르는 과정에서 결정적인 역할을 하는 인물은 물론
삼례다. 그는 눈에 덮인 아침, 돌연 이 고요한 세계 속에 난폭한 위반
의 모습으로 출현하여 소년과 어머니의 삶을 송두리째 뒤흔들어 놓
는다. 우선 요란한 '코고는 소리'로 모자의 잠을 깨우는 그의 첫 등
장은 어머니의 '비명'을 촉발한다. 비린내를 씻는 그의 목욕은 일종
의 세례의식이지만 오히려 세례를 받는 쪽은 누에고치 속의 두 모자
다. 그녀의 난데없는 출현은 소년의 '호기심의 뇌관에다 불을 댕길
충분한 폭발력'을 갖고 있다. 삼례는 그 자체가 '불량기'이며 '섬뜩
한 흡인력'이며 '폭발물'이다. '간절히 기다리는 마음이 없는 사람
에겐 얼굴도 마주할 수 없다는 도도한 자태의 노란 두메 양귀비꽃'
인 그녀는 눈밭에서도 살아 있는 생명 그 자체다. '허연 엉덩이를 까
내리고' 배설을 서슴치 않는 그녀는 반항이며 위반이며 해방이며 성
의 유혹이다. 삼례는 요지부동의 격리된 세계에 이처럼 생명과 유혹
의 바람을 몰고 온 유목민이며 떠돌이다. 그녀는 '몽환의 공간을 떠
다니며' 생명의 춤을 춘다. 그녀는 가오리연을 날리기보다는 살아
있는 새를 잡는다. 그리하여 "폭설이 마을을 덮쳐 오랫동안 머물렀
던 그해 겨울, 우리 마을에서 살아 있었던 사람은 삼례 한 사람뿐이

었다." 그녀의 생명력과 위반의 유혹은 강한 전염성을 지닌다. '낯선 사람이라도 찾아왔으면 좋겠다는 기대' 는 이리하여 삼례가 모자의 마음속에 드리우고 간 '길고 긴 그림자' 가 된다. 과연 그녀가 사라진 뒤, 철저히 격리되어 있던 이 집으로 낯선 사내 '엘 콘도르' 와 '30대 여인' 과 '외삼촌' 과 '아버지' 가 차례로 찾아든다. 하얀 눈으로 상징된 고치의 단단한 껍질은 깨어졌다. "삼례는 드디어 메마른 가슴 속에 응고되어 있던 회한의 심지에 불을 댕긴 것이었다." 마침내 "삼례를 따라 떠나고 싶었다"는 어머니, '겨드랑이에 날개가 달려 있는' 어머니 역시 파릇파릇한 씀바귀를 남기고 집을 떠난다. 뒤에 남은 세영도 '종이쪽지에 적혀 있는' 삼례의 주소를 기억한다. 그러나 그 주소는 어느 낯선 붙박이 장소가 아니라 '떠남' 그 자체, '삶의 발견' 그 자체일 뿐이다.

그런데 아이로니컬하게도 김주영의 소설 『홍어』에 홍어는 없다. 소설의 시작과 더불어 홍어는 '사라지고 없는' 것이다. 게다가 없어진 홍어도 살아 있는 홍어가 아니라 '언제나 문설주에 너부죽하게 꿰어 매달려 연기와 그을음을 뒤집어쓰고 있던' 말린 홍어, 즉 부재하는 아버지의 '별명' 에 불과하다. 홍어는 누가 먹었을까? 비린내를 풍기는 삼례가? 비린내를 풍기는 누룽지가? 어쩌면 그런 것은 중요하지 않을지도 모른다. 중요한 것은 이 소설이 존재하는 홍어가 아니라 '없어진' 홍어, '홍어의 부재' 에 관한 이야기라는 사실이다. 말린 홍어가 비워 놓은 자리, 그 결핍의 공간에서 비로소 삶에 대한 치열한 욕망이 싹트기 때문이다. 거기에서는 한겨울의 씀바귀가 파릇파릇하게 살아나고, 지느러미를 파상으로 움직이며 유유히 소택지를 헤엄치고 싶은 홍어의 꿈, 하늘 높이 날고 싶은 가오리연의 꿈이 요동친다.

그 격정적인 꿈이 탕진되는 날, 고만한 나이면 앓게 되는 '몽유병'이, 이곳에 몸을 두고도 늘 저곳을 꿈꾸는 '사팔뜨기'가 치유되는 날, 소년은 마침내 어른이 되어 집을 떠날 것이다. 그때 마른 홍어는 다시 문설주에 돌아와 매달리고 폭설이 쏟아지는 어느 날, 소설은 다시 시작될 것이다.

인물 · 문단사 중심의 일본 현대문학사

김채수 고려대 일어일문학과 교수

『일본 현대문학사』
호쇼 마사오 외 지음 / 고재석 옮김 / 1998 / 문학과지성사

현재 한국에는 80여 개의 4년제 대학에 일어일문학과가 설치되어 있다. 그러니까, 수도권의 서울대 · 연세대 · 이화대 · 서강대의 4개 대학을 제외한, 전국 모든 대학에 일어일문학과가 설치돼 있는 셈인 것이다. 이들 대학의 교과과정을 볼 것 같으면, 반드시 '일본문학사'라는 학과목이 설치되어 있을 뿐만 아니라 필수과목으로 지정되어 있다.

그러면, 이 강좌를 담당하는 교수들은 어떤 텍스트를 쓰고 있는가? 십수 년간 이 강좌를 담당해 온 필자로서도 궁금한 일이다.

한국 내 대학에서 이 강좌를 맡고 있는 우리로서는 텍스트 선정에

있어서 고민을 하지 않을 수 없다. 우선, 우리는 한국어로 쓰인 것으로 할 것인가, 아니면 일본어로 된 것으로 할 것인가의 문제에 직면한다. 원서 독파능력 배양의 문제는 완전 포기해 버리고 일본문학사에 대한 지식 습득을 목표로 해서 전자로 했을 경우라 하더라도 또 하나의 커다란 문제에 부딪친다. 한국어로 쓰인 것이란 한국인에 의해 쓰인 것이거나, 혹은 일본인에 의해 쓰인 것으로서의 한국어 번역본을 가리킨다. 그런데 문제는 그것들 중에서 이렇다 할 만한 것이 없다는 것이다. 이유는 무엇인가? 우선 한국인에 의해 쓰인 것은 한두 개에 불과하고 한국어 번역본도 한두 개에 불과하다. 그러면 그것들은 어떠한가? 이 점에 대한 논의는 우리가 '일본문학사'의 텍스트를 선정하는 과정에서 직면하는 두 번째 고민과도 직결되어 있다.

문학연구의 한 방법으로서의 문학사 연구는 19세기 중반 서구에서 국민주의 국가의 정신적 기반과 국민적 정서가 계승 · 계발되는 과정에서 설립되어 나왔다. 따라서 문학사 연구는 국가나 민족을 단위로 해서 연구되었다. 그러한 문학연구 방법이 일본에 전래돼 일본문학 연구자들에 의해 시도된 것은 청일전쟁 · 노일전쟁이 행해졌던 19세기 말 20세기 초였다. 그때 이래 일본에서의 문학사 연구는 일본민족의 정신적 계승 · 계발과 민족적 정서의 확립 수단으로서 그 역할을 수행해 왔다.

그 과정에서의 문학사 연구는 그러한 역할의 보다 효과적 수행이 행해질 수 있도록 다양한 기술방법의 개발 쪽으로 진행되어 나왔다. 그 대표적 예가 국문학사로서의 문학사 기술과 일본문학사로서의 문학사 기술이다. 전자의 경우는 어디까지나 일본민족의 정신과 정서의 성립과 전개양상을 일본민족의 시각에서 주체적으로 파악해 보려는 입장이다. 후자는 외국의 시각에서 그것을 가능한 한 객관적으로 파악해 보려는 입장이다. 일본인 자신들의 시각에서 그들의 민족적 정신과 정서를 기술해 보려는 소위 내부시점을 통한 일본문학사의 기술방법은 19세기 말부터 1970년대까지 지속되었다. 그러나 70년대 말 80년대로 들어와서 외국이나, 혹은 일본이라고 하는 한 국가나 이웃인 한국 등과 같은 국가들이 다 같이 소속된 문화권, 즉 동아시아 문화권이라고 하는 하나의 시각, 다시 말해서 외부시점을 통해 기술된 일본문학사가 나오기 시작했다. 가토 슈이치(加藤周一)의 『일본문학사서설(日本文學史序說)』(1979, 筑摩書房), 고니시 진이치(小西甚一)의 『일본문예사(日本文藝史)』(1984~1992, 講談社) 등이 그것이다. 외부시점을 취한 일본문학사 기술은 내부시점을 통해서 기술된 국문학사들의 주관성을 지양하기 위한 한 방법으로 개발된 것이다. 이렇게 볼 때, 내부시점을 취해서 기술된 국문학사와 마찬가지로 외부시점을 취해 기술된 일본문학사도 그것들이 일본인에 의해 일본의 민족적 정신과 정서의 성립 및 전개양상이 기술된 문학사들이라고 하는 의미에서 이것저것 할 것 없이 다 일본민족성의 계승·계발 수단으로 나와 그 역할을 착실히 수행하고 있다는 것을 알 수 있다.

필자가 일본문학사의 텍스트 선정과정에서 겪는 고민은 바로 현재 시중에 나와 있는, 한국인 학자에 의해 쓰인 일본문학사나 일본인에 의해 쓰인 것들이나 할 것 없이 다 그것들이 일본의 민족적 정신과 정서의 계승·계발의 수단으로서의 역할을 이상적으로 해낼 수 있는 시각에서 쓰인 것들이라고 하는 의식에 기인한다. 이것은 바로 현재 한국에는 우리가 외국문학으로서의 일본문학에 대한 이해를 위한 길잡이로서 쓰인 일본문학사가 나와 있지 않다고 하는 말이기도 하다. 그럼에도 불구하고 어쨌든 우리가 '일본문학사'의 텍스트로서 어떤 한두 개를 선정해야 하기 때문에 고민을 하게 된다. 그러면, 한국의 일본문학사 연구자들은 어째서 그러한 일본문학사를 써내지 않는 것인가? 그것은 두말 할 필요도 없이 일본문학에 대한 본격적 연구가 시작된 지 불과 20여 년밖에 지나지 않아, 우리의 시각에서 일본문학을 객관적으로 기술해 낼 만한 문학사적 연구업적이 축적되지 못했기 때문이다.

이러한 상황에서 이번에 한 젊은 국문학자에 의해서 일본학자들이 쓴 일본문학사가 번역되어 나왔다. 호쇼 마사오 등이 쓴『일본 현대문학사(상·하)』(문학과지성사, 1998)가 그것이다. 상술한 입장을 취해 봤을 때 이것이 일본학자들에 의해 쓰인 것인 한, 두말 할 나위 없이 우리가 외국문학으로서의 일본문학을 객관적으로 이해할 수 있는 어떤 이상적 길잡이일 수는 없다. 그러나, 현재 우리에게 그러한 일본문학사가 존재하지 않은 상황에서 이것이 번역되어 일본문학에 관심을 가진 사람들에게 출현된 것인 한, 우리는 이것의 특징을 정확히 파악하여 일본문학의 이해를 위한 길잡이의 하나로 삼는 것은 지극히 당연한 일이다.

이 책이 지닌 특징은 무엇인가? 원서와 번역서의 두 측면에서 논하는 것이 좋겠다.

이 책이 일본에서 출판된 것은 1990년의 일이다. '쇼와문학 전집' 전35권의 별권『쇼와문학사(昭和文學史)』로 해서 나온 것이다. '쇼와'란 쇼와천황이 즉위한 1926년에서 그가 사망한 1989년까지의 63년간을 가리킨다. 번역자가 이것을『일본 현대문학사』라고 이름을 붙였는데, 그가 그렇게 한 것은 그렇게 무리한 것은 아니다. 내부시점이 취해져 쓰인 일본문학사에서의 '현대'는 메이지 혁명의 발발 시점인 1868년을 기점으로 하는 '근대'와 구별되어, 관동대지진 발발 시점(1923)이나 쇼와천황 즉위 시점(1926) 이후로 하고 있기 때문이다. 이 문제와 관련해서 단, 우리가 하나 알아 둘 필요가 있는 것은 일본 학자들이 단행본으로 해서『일본 현대문학사』를 저술할 경우에는 1923년이나 1926년부터가 아니고 1868년부터 시작한다는 것이다.

이 책은 내부시점을 통해서 쓰였다. 일본에서 내부시점을 취해서 쓰인 일본문학사들은 주로 일본에서의 문학사 연구의 주류라 할 수 있는 도쿄대학 국문학과 출신들에 의한 것들이다. 이들에 의한 일본문학사의 기술방법은 다음과 같이 세 가지로 특징지어진다. 우선 시대적 배경과 문단과의 관련양상에 대한 기술이다. 다음으로 문단을 대표하는 작가들의 사생활과 그들의 창작활동에 관한 기술이다. 그 다음으로 작품들의 내용이나 주제에 대한 기술이다. 이에 대하여 외부시점을 취해서 쓰인 것들은 주로 외국문학에 정통한 비(非)도쿄대 국문학과 출신자들에 의한 것들로서, 이 경우 기술상의 특징은 외국

문학들과의 관련성의 파악을 통해서 일본문학이 기술되었다고 하는
점이다.

이 책의 특징은 내부시점을 통해서 쓰인 것이기는 하지만, 비도쿄
대 국문학과 출신들에 의해 쓰인 것으로서 우선 외국문학들과의 관
련성에 대한 기술들이 무시되고, 다음으로 시대적 배경과 문단과의
관련양상, 작가들의 사생활과 창작활동, 작품들의 내용이나 주제 등
이 대등하게 기술되지 않고, 주로 문단과 문단을 구성하는 작가들의
사생활과 그들의 창작활동이 기술되었다고 하는 것이다. 한마디로
말해, 이 책은 '쇼와문학 전집' 전35권의 독자들로 하여금 그것을 보
다 체계적이고 흥미롭게 읽어 갈 수 있도록 젊은 일본문학 연구자들
에 의해 쓰인 문학사이다.

이 책의 역자는 앞에서도 언급했듯이 일본문학자가 아닌, 젊은 국
문학자이다. 일본문학과의 관련성을 통해서 한국문학을 연구하려는
국문학자이다. 일문학자가 아니고 젊은 국문학자이긴 하지만 번역상
에서의 이렇다 할 미스는 없다. 오히려 국문학자답게 쉬운 한국말로
잘 번역해 냈다. 아쉬움이 있다면, 역자 자신이 '후기'에서 말하고
있듯이 '작가나 저서 및 기타 사진을 배치하여 내용을 보다 실감 있
게 이해하도록' 정성을 들인 만큼, 필요한 곳에 역주도 좀 달았으면
좋았을 것 같다. 금후 전문서적 번역은 역주가 요구된다. 덧붙여, 일
본 고유명사의 한자는 일본한자로 처리하는 것이 타당하다.

이 책은 한국의 국문학자들이나 일본문학자들이 일본의 쇼와기
작가들과 문단사를 이해하는 데 좋은 길잡이가 될 수 있는 문학사로

판단된다. 한국의 일본문학자들이 하기에 거북한 일을 용기 있게 행
한 역자의 노고에 감사를 표한다.

순간과 영원의 사이에서

김재홍 경희대 국어국문학과 교수

『박재삼 시전집 1』
박재삼 지음 / 1998 / 민음사

1

박재삼의 『박재삼 시전집 1』에는 첫 시집인 〈춘향이 마음〉(1962)부터 제2시집 〈햇빛 속에서〉(1970), 제3시집 〈천년의 바람〉(1975), 제4시집 〈어린 것들 옆에서〉(1976) 및 제5시집 〈뜨거운 달〉(1979)까지의 작품이 수록되어 있다.

박재삼이 1955년 등단하여 1997년 작고하기까지 펴낸 15권의 시집 가운데서 이번에 수록된 것은 분량상으로는 약 삼분의 일에 해당한다. 그렇지만 시기상으로는 그의 활동 기간의 반 이상을 차지한다는 점에서, 또한 내용적인 면에서는 그의 시세계의 원형성과 중심상을 포괄하고 있다는 점에서 의미를 지닌다. 그것은 박재삼이 40여 년간의 시작 생활을 통해서 지속해 온 한국의 전통 서정 탐구와 허무의 시학을 집중적으로 형상화하고 있는 것으로 여겨지기 때문이다.

2

이번에 간행된 시 전집을 통해 대략 박재삼 전반기의 시들을 살펴보니 거기에는 시인의 시적 특성이랄까, 그 원형질이 잘 드러나 있는 것으로 여겨져 관심을 환기한다.

첫째로 그것은 자연사와 인간사의 대조적인 모습으로 드러난다.

천년 전에 하던 장난을

바람은 아직도 하고 있다.

소나무 가지에 쉴 새 없이 와서는

간지러움을 주고 있는 걸 보아라

아, 보아라 보아라

아직도 천년 전의 되풀이다.

그러므로 지치지 말 일이다.

사람아 사람아

이상한 것에까지 눈을 돌리고

탐을 내는 사람아.

— 〈천년의 바람〉

한마디로 말해 그것은 자연사의 영원성과 그에 대비되는 인간사의 유한성이라 할 수 있다. 나아가서 자연사의 아름다움에 대조되는 인간사의 부정적인 면모라고 하겠다. 탐욕과 성냄과 어리석음에 시달리며 사는 인간사에 대한 안타까움이자 좌절감이고 비애가 드러난다는 뜻이다.

둘째로 그의 시에는 인간의 본질에 대한 관심이 집중적으로 제시된다. 그것은 아무런 가진 것 없이 태어난 모습으로서 '가난'의 문제이자 인간의 본성으로서 고독과 허무의 발견이다.

어머니는 모래뜸질로 / 남향 십리 밖 사등리에 가시고 / 아버지는 어물도부로 / 북향 십리 밖 용치리에 가시고 / 여름해 길다……중략…… 십리 밖 칼끝 같은 세상을 / 짚어 짚어 앓았더니라.

— 〈추억에서〉 부분

이 시에서 보듯이 그의 시세계의 저변에는 가난의 문제가 지속적으로 깔려 있다. 어머니나 아버지는 생선장수 또는 도붓장수로 한세상 고달프게 살아가는 모습이고, 시의 화자로서 나도 그렇게 가난 속에 살아가도록 운명지어진 모습으로 제시돼 있기 때문이다. 그러기

[366]

에 "아, 그분 말이라, 바람같이 떴다고? // 하기야 사람 소식이야 들어 무얼 하나, / 끝내는 흐르고 가고 하게 마련인 것을"(《고향소식》 부분)이나 "마음도 한자리에 못 앉아 있는 마음일 때, / 친구의 서러운 사랑 이야기를 / 가을 햇볕으로나 동무삼아 따라가면, / 어느새 등성이에 이르러 눈물나고나"(《울음이 타는 가을 강》 부분)와 같이 허무한 것으로서의 인생 또는 슬프고 고독한 것으로서의 삶이 지속적으로 제시되고 있는 것이다. 이러한 가난과 허무, 고독과 슬픔의 정서는 점차 후기 시로 가면서 허무의 시학(시집 『허무에 갇혀』(1993))을 형성하게 됨은 물론이다.

셋째로 그의 시는 전통 정서에 깊이 침윤돼 있는 것이 특징이다.

형(刑) 틀에 매여 원통하던 일을 이승에서야 다 풀고 갔으련만
저승에 가 비로소 못 잊겠던가
춘향이 마음은 조롱조롱 살아 다시 열렸네.

저것은 가냘피 아파 우는 소리였던 것을,
저것은, 여럿이 구슬 맺힌 눈물이던 것을,
못 견딜 만큼으로 휘드리었네
— 〈포도〉 부분

특히 초기 시집에는 〈춘향이 마음〉 연작을 비롯하여 〈한(恨)〉, 〈흥부 부부상〉, 〈한 명창의 노래에서〉, 〈꽃상여 곡소리〉, 〈수양산조〉, 〈촉

석루지에서〉, 〈화상보〉, 〈피리구멍〉, 〈죽세공 노래〉 등 수많은 전통
소재 또는 고전적인 정감을 노래한 것들이 담겨져 있다. 그런데 그러
한 것들은 대부분 애(哀)·원(怨)·한(恨)으로서 비극적인 인생관을
기저로 하고 있음을 볼 수 있다. 그야말로 인용시에서처럼 "원통 / 아
픔 / 저승 / 눈물"과 같은 비관적 정서가 가득 출렁이고 있으며, "사
라지고 / 소리죽은 / 병들어 / 찢기는 / 해다진 / 떨어짐 / 죽는"과 같
은 소멸의 시학을 형성하고 있는 것이다. 바로 이러한 한의 정감 또는
소멸의 시학이 박재삼 시의 정서적 원형질이자 중심 뼈대를 이루고
있다고 할 수 있음은 물론이다.

넷째로 그의 시집에는 끊임없이 사랑에 대한 갈망이 드러나고 있
어 주목된다.

바람과 햇빛에

끊임없이 출렁이는

나뭇잎의 물살을 보아라.

사랑하는 이여,

그대 스란치마의 물살이

어지러운 내 머리에 닿아

노래처럼 풀려가는 근심,

그도 그런 것인가.

사랑은 만번을 해도 미흡한 갈증(渴症),

물거품이 한없이 일고

그리고 한없이 스러지는 허망이더라도

아름다운 이여,

저 흔들리는 나무의

빛나는 사랑을 빼면

이 세상엔 너무나 할 일이 없네.

― 〈나무〉

가난과 슬픔, 한과 눈물로 가득 출렁이면서도 그의 시에는 사랑에 대한 끊임없는 갈망이 드러나는 것이 특징이다. 실상 춘향의 상징이 그러하며, 가난한 부모와 이웃 그리고 사라져 가는 세계상에 대한 연민 자체가 그러한 사랑의 정감을 드러내는 한 방식이라고 하겠다. 인용시에서도 사랑은 근심을 풀어 버릴 수 있는 하나의 근원적인 힘이면서 동시에 사랑만이 인간의 희망이고 기다림이며 구원의 표상이라는 깨달음이 제시되어 있다. 사랑이야말로 인간이 인간다워질 수 있는 힘이고 허무와 고독, 한과 슬픔을 이겨 낼 수 있게 하는 현실적인 추동력이 될 수 있다는 내용인 것이다. 이러한 사랑의 추구는 허무와 함께 초기 시부터 후기 시까지 관류하는 중요한 주제를 이루고 있다.

3

　박재삼의 시는 기법적인 면에서 화려하지 않으면서도 개성적인 특징을 지닌다. 먼저 그의 시는 대조와 아이러니의 방법을 효과적으로 활용하는 것이 특징이다.

그 곡절 많은 사랑은
기쁘던가 아프던가.

젊어 한창때
그냥 좋아서 어쩔 줄 모르던 기쁨이거든
여름날 헐떡이는 녹음에 묻혀들고
중년 들어 간장이 저려오는 아픔이거든
가을날 울음빛 단풍에 젖어들거라.

진실로 산이 겪는 사철 속에
아른히 어린 우리 한평생
……중략……
사랑을 기쁘다고만 할 것이냐,
아니면 아프다고만 할 것이냐.
― 〈산에서〉

이 시에서 사랑은 아픔과 기쁨의 양면성을 지니는 것으로 파악된
다. 그러면서 "젊어 한창때 / 중년 들어", "녹음 / 단풍", "산 / 우리"
등과 같이 대조적인 시상 전개를 통해 의미를 강조한다. 특히 "사랑
을 기쁘다고만 할 것이냐 / 아니면 아프다고만 할 것이냐"라는 결구
에서 보듯이 아이러니를 발생시킴으로써 사랑의 양면성, 나아가서
삶의 모순성을 제시하고 있는 것이다. 아울러 "진실로 산이 겪는 사
철 속에 / 아른히 어린 우리 한평생"에서 보듯이 자연사와 인생사를
대비시켜 인간의 유한성·순간성 속에 담긴 무한성·영원성을 섬세
하게 읽어 내기도 하는 것으로 이해된다.

박재삼 시의 또 다른 특징은 시의 어조에서 드러난다.

1. 춘향이 마음이 아니었을레 / 춘향은 바람에 어울린 수정(水晶)빛 임자
가 아니었을까나.

— 〈수정가〉

2. 우리 마음 그림자는, 드디어 마음에도 등을 넘어 내려오는 눈물이 아
니란 말가.

— 〈바람 그림자를〉

3. 감나무쯤 되랴 // 그 사람의 머리 위에서나 마지막으로 휘드려질까 본
데 // 그러나 그 사람이 / 안마당에 심고 싶던 / 느꺼운 열매가 되는지 몰라!

— 〈恨〉

시집에는 "글쎄 / 비로소 / 모르긴 하지만 / 쯤 / 어찌어찌 / 어찌

할거나” 등과 같이 판단 유보의 어사들이 주로 선택되고 활용된다. 또한 위에 예거한 바와 같이 어미에 있어서도 “아니었을레 / 아니었을까나 / 아니란 말가 / 되랴 / 휘드려질까 본데 / 될는지 몰라” 등 애매모호성을 유발하는 종지법이 취택되고 있다. 이러한 어사들의 습용은 시인의 조사법이 단정적이기보다는 유화적이고, 의지적이기보다는 감성적인 특성을 형성하는 데 작용하는 것으로 이해된다.

시인 박재삼, 그는 분단 후 남쪽 시단의 시적 특성을 가장 선명하게 보여 준 천부적인 서정시인의 한 사람임에 분명하다. 이른바 미당 학교와 청록파의 순수서정시 계보를 형성하면서도 소멸의 시학, 허무의 시학을 집중적으로 추구함으로써 시적 개성을 이루어 낸 시인으로서 독보적인 시사적 위치를 지닌다고 하겠다.

동독문학에 각인된 분단의 그림자

임한순 서울대 독어독문학과 교수

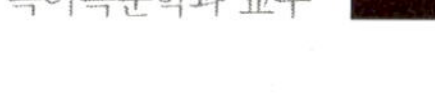

『독일의 현대문학』
전영애 지음 / 1998 / 창작과비평사

독일 통일이 공식 선언된 1990년 10월 3일을 기해 동독(독일민주공화국)이라는 동구권 제2의 세력이 국가로서 40대의 짧은 수명을 마감했고, 이로써 동독문학이라는 개념도 주로 역사적 표기로만 사용되기에 이르렀다. 저자 전영애 교수(서울대)가 오해와 혼란의 위험을 무릅쓰고 『독일의 현대문학』을 제목으로 뽑은 까닭이 아마도 이런 사정과 무관하지 않을 듯하다. 또 부제 '분단과 통일의 성찰'은 그러한 주제의 동독문학이 현대 독일문학의 본줄기에 해당한다는 해석을 담고 있는 것일까? 표지에서부터 제기되는 이러한 의문점은 우선 이 책에서 다뤄진 작품들이 동독과 동시에 주로 서독에서 출판·보급되었다는 사실 이외에도, 대상을 향한 저자의 각별한 열정이 낳은 결과라 하겠다. "여러 해를 베를린 장벽에서 서성"이고,(3쪽) 수많은 작가와 학자들을 면담하고, "몇 권의 책을 구하기 위하여 서독으로 뛰어가고 동독으로 뛰어가고 통일 독일로 뛰어가 낯선 거리를 헤매며 책보따리를 지고 끌고"(6~7쪽) 돌아와 "남의 산의 돌멩이를 허겁지겁 집어들고 정신없이 들여다보듯"(450쪽) 집필했다는 저자의 숨 가쁜 열정과 집념은 서두와 말미에 토로되어 책을 감싸고 있을 뿐 아니라 문체와 어조까지 지배하고 있어서, 경탄과 신뢰감을 넘어 때로는 일말의 불안감마저 느끼게 한다. 저자 자신이 이미 번역한 작품들을 주요 분석 대상으로 한정한 점도 신뢰감과 의아심을 함께 일으킨다. 완전히 기우만은 아닌 이러한 첫인상에도 불구하고, "남의 산의 돌 따위에 눈길이 끌릴 일 같은 건 없는 시대"가 도래하기를 기대한다는 희구에 대부분의 독자는 공감하며 이 책을 감동적인 기록으로 읽을 것이다.

책의 내용과 범주를 좀 더 정확히 소개하자면, 저자는 과거 동독의 대표성 있는 소설과 시 문학에서 분단의 아픔과 통일의 충격을 공감과 연민의 눈길로 추적하는 한편, 그 배경이라 할 동서독 문학계의 교류와 통일 후 동독문학의 '정리' 및 고사(枯死) 과정을 때때로 저자 자신의 현장 체험을 끼워 넣으며 생동감 있게 '보고' 하고 있다. 총 8장 가운데 1~4장은 1. 전후의 동서독 분단 2. 베를린 장벽의 구축 3. 체제 비판적 지성 세력의 대두 4. 사회주의 사회에서의 주관주의적 경향을 각각 반영한 작품들을 선별하되, 1장 우베 욘존의 『야콥에 대

한 추측』(1959)에 이어 2장에서는 같은 작가의 『두 가지 견해』(1965)
와 크리스타 볼프의 성공작 『나누어진 하늘』(1963)을, 4장은 '두 독
일을 이은 작품들'이라는 제목 아래 크리스타 볼프의 『크리스타 T에
대한 추념』(1968)과 크리스토프 하인의 1982년 작 『낯선 연인』(1983
년 서독 출간시 제목: 『용의 피』)까지, 도합 5편의 장편 내지 단편소설
을 다각적으로 분석했다. 중간에 '동독의 비판문학'으로 표기·삽입
된 제3장은 라이너 쿤쩨의 비판적 서정시와 가수시인 볼프 비어만의
공격적인 노래시에 할애되었는데, 여기에서 다룬 시 장르가 책의 마
지막 부분인 제7장(시모음집 『독일 분단』 및 폴커 브라운)과 8장(시모음
집 『국경 붕괴의 시』 및 우베 콜베, 폴커 브라운)에 이어져 각각 문학 속
의 '독일 분단'과 '독일 통일'을 다시 한번 점검하는 자료로 활용되
었다. 그 앞의 5~6장은 작품 분석 대신 '문단과 학계의 동향에 대한
보고에 치중'하여 통일에 이르기까지의 동서독 문인들의 교류, 그리
고 통일 당년 이후 청산 작업을 위시한 독일문학계의 급격한 변동을
서술했다. 소설 작품의 사건, 인물, 구조에 관한 치밀한 분석과 서정
시의 주제 중심 해석, 문학계 동정에 관한 연대기적 르포, 게다가 저
자의 체험기까지 곁들인 복합적 구성에 혼란을 느끼는 독자는 제5장
에 간접 인용된 다음 구절을 먼저 읽어 시대 구분의 기준으로 삼아도
좋을 것이다.

　　동독문학은 크게 나누면, 패전 이후 동독 건국에서부터 베를린 장벽이
　세워지는(1961) 시기까지의 건설기, 베를린 장벽 이후 볼프 비어만의 시

민권 박탈 사건(1976)에 이르기까지의 비판적 논쟁 및 문학의 질적 상승기 그리고 마지막으로 비어만 사건 이후부터 통일까지의 현실사회주의 이념 구조의 자체 침식 내지는 와해기로 나눌 수 있다.(250쪽)

저자가 이 책에서 보여 준 가장 큰 덕목은 대부분 그 자신이 장기간에 걸쳐 번역한 다수의 작품들을 기초로 독일 현대문학사의 일부를 정리했다는 것이다. 이렇게 하여 그는 외국문학 연구자로서 결코 쉽지 않은 자신만의 야무진 토대를 확보함과 더불어, 독자로 하여금 이 책을 독서 지침에서 연구 입문서로까지 다각적이고 다층적으로 활용할 수 있게 했다. 선정된 작품 자체의 대표성과 예술적 가치에 대해서도, 특히 소설 부분에서는 탓할 바 없을 듯하다. 복합적 서술 시점과 입체주의적 문체만으로도 『야콥에 대한 추측』은 독일문학 또는 동독문학이라는 범주를 넘어 현대 서구문학의 새로운 한 흐름을 파악하기에 적합하다. '두 독일을 이은', 즉 '이미 동서독을 구분할 필요가 없는 작품들'이라는 제4장의 두 소설도 항속적인 호소력을 지닐 수 있을 것이다. 사회와 개인의 대립이라는 고전적 갈등 구도가 공산 독재체제의 여건상 참신해서일 뿐만 아니라, 60년대 후반의 반전운동과 '학생 봉기' 이후 70년대에 들어 한층 활발해진 서독의 이른바 신주관주의 문학을 선취 내지 계승한 면이 있고, 또 그러한 갈등 구도란 자본주의 사회의 물신화와 기능주의에 의해서도 여전히 야기될 것이기 때문이다. 다만, 이 부분을 위해 저자가 선정한 두 작품(『크리스타 T.』, 『낯선 연인』)의 연대가 15년 가까이 벌어져 있다는 사실에 비추어, 이러한 개인주의 경향의 소설들을 뭉뚱그려 동독문학 발전 과정의 마지막 단계로 분류하는 데는 다소 무리가 느껴진다. 분단의 상징인 기차 선로를 야콥이 "언제나 가로질러 다녔다"는 화자의 진술에 함축되어 있듯이, 동서독 어느 사회 체제에도 안주하지 못하는 개인의 갈등은 이미 욘존의 작품에서도 포착되기 시작했다 할 것이다.

'동독문학'이 한국의 독서계와 학계에 거의 불모 상태였던 시절부터 번역과 논문을 꾸준히 발표, 이를 기초로 작품 분석과 문학사적 기술을 종합한 것이 저자의 독보적인 업적이라면, 통일까지와 그 이후로 나누어 서술한, 가벼운 문체를 섞어 지루함을 피한 문학 교류 '보고'는 잊혀지기 쉬운 역사적 정보들을 우리 글로 보존했다는 점에서 중요성이 인정된다. 동구권 몰락과 더불어 아직까지는 금세기 말엽의 최대 사건인 독일 통일을, 그 문학적 반영을 망각에서 건져 새삼 회고하거나 젊은 독자층과 후세로 하여금 배우게 한 것은, 관점에 따라서는 아마도 작품 이해에 못지않게 의미심장하다 할 것이다.

그런데 역사가 일회적이듯이, 이 책에 소개된 서정시들은 소설에 비해 단명의 약점을 더 많이 안고 있다. "정황의 상세한 분석이 필요할 때는 소설작품을 다루었고, 개관이 필요할 때는 주로 시작품을 다루었다"(4쪽)는 집필 방침에 따라 서정시가 지나치게 도구화됐고, 그런 목적에 합당한 정치시들을 집중적으로 동원한 것이 주원인일 것이다. 물론 급박한 변혁의 역사를 서정시에서 읽어 낸 독창성은 가히 경탄을 금치 못할 착상이고, 시편들을 적절히 배열하여 분단의 아픔

-국경 붕괴-실향감-통일의 부수 현상으로 이어지는 물리적·심리적 변화 과정을 일목요연하게 재현한 구성력은 책을 손에서 뗄 수 없게 하는, 연구서에서는 매우 예외적인 마력마저 발휘한다. 그러나 감정을 직접 어법으로 표출한 시일수록 수명이 짧은 법이고, 그것이 충분히 시적으로 승화되었더라도 진실을 함의하지 못하면 호소력을 잃는다. "떠돌이 양탄자 행상이 바꾸어 준다 / 일대일로 / 주석병정 대신 어릿광대를."(408쪽. 마지막 행은 '어릿광대와 주석병정을'이라고 번역되어 있다.) 시장경제에 내맡겨져 헐값에 팔려가는 동독의 모습을 풍자한 이 구절은 그 탁월한 이미지에도 불구하고, 이념과 물질을 대비시킨 이분법이 비현실적이기 때문에 설득력이 없다. 떠돌이 행상으로 비하된 마르크화가 현실에서는 파산국가 동독을 해체하고 그 주민을 구원했기 때문이다. 실패로 끝난 비어만의 라이프치히 귀향 공연(212~216쪽)도 정치적 구호의 한계를 보여 준다 하겠다. 하이네가 그의 본령이라 할 사회풍자 대신 달콤하고 애잔한 민요풍의 초기 시집 『노래의 책』으로 세계인의 사랑을 받듯이, 동독 시인들의 직설적인 풍자와 한탄과 애도 가운데 세월의 풍상을 이기는 부분은 많지 않을 것이다.

이런 뜻에서 예컨대 브레히트의 『부코 비가』가 도외시된 것은 아쉬운 점의 하나이다. 초기 동독문학의 '대부'였고 여전히 그러한 브레히트를 비롯, 페터 학스에서 하이너 뮐러에 이르는 동독 극작가들을 전혀 진지하게 다루지 않은 사연이 무엇인지도 이 책에 던져야 할 질문이다. 소설과 시에 한정한다는 집필 의도가 있었다면, 그에 대한 해명을 요구하는 것은 독자의 당연한 권리일 것이다. 스탈린 사후에 현실사회주의 예술의 퇴락을 재촉한, 루카치와 브레히트 사이의 이른바 ‘표현주의(리얼리즘) 논쟁’의 영향도 상론되지 않았다. 이처럼 설명 없이 누락된 부분과, 사소하지만 간과해선 안 될 번역 문제 등도 보완되기를 기대한다. 저자는 이 책에서 그런 역량과 열정과 치열성을 의심의 여지없이 보여 주었다.

이 책의 자료에서 저자가 읽어 주려는 타산지석의 교훈은 일차적으로 북한의 문인들을 향할 수밖에 없고, 그러한 구도는 많은 자료의 일회성과 마찬가지로 동독문학의 지속적인 국내 소개와 수용에 유리하게만 작용하지는 않을 것이다. 과거 동독 작가들이 증명해 보인 “문학의 윤리적 덕목들”(450쪽)이 고무적이더라도, 그리고 우리 사회가 비록 여전히 금력과 권력의 악취에 덮여 있을지라도, 그 덕목들을 여과 없이 ‘우리의 것’으로 느끼기에는 그들의 체제와 이상이 너무 허황되었었다. 그래서 이 책은 침묵하는 저 북녘의 녹슨 철갑이 아직은 얼마나 더 견고하고 야만적인지를 우선 실감케 해 준다. 하얀 표지의 잿빛 그림이 보여 주는, 베를린의 구멍 뚫린 철근 장벽에서 이런 연상들이 절로 흘러나오는 것은 물론 우리 남과 북 모두의 비극이고 불행이다. 이 불행을 인내와 희망과 도전으로 이겨 내야 할 우리의 의무도 전 교수의 책은 새삼 각성시켜 준다.

생이 왔다 가는 지점의 시학

최동호 고려대 국어국문학과 교수

『**어느 날 나는 흐린 酒店에 앉아 있을 거다**』

황지우 지음 / 1998 / 문학과지성사

1

　황지우의 시를 읽고 있는 사람들은 도전적인 시대에 토로했던 다음과 같은 그의 도발적인 말을 상기하며 자극을 느낄 필요가 있다.

　비평가들은 바보들이다. 칭얼 대는 어린아이 하나 달랠 줄 모른다.

　80년대 중반에 쓰인 짧은 시적 잠언 『시의 얼룩』에서 토로된 이 말은 비평가는 물론 그의 시를 읽는 모든 독자들을 겨냥한 것이다. 그러니까, 그의 말을 뒤바꿔 보자면 그의 시들은 바보들을 놓고 벌이는 말의 유희적 장광설이다. 그가 쏟아 내는 현란한 말의 폭포 앞에 휘둘리는 독자들은 그의 달변과 역설과 기지에 설복당하지 않을 수 없다.

표준적인 의미에서 그의 시들을 모두 좋은 시라고 할 수는 없지만, 풍성한 말의 성찬을 즐길 수 있다는 점에서 읽어 볼 가치가 있다. 1980년 〈연혁(沿革)〉으로 등단한 황지우는 80년대 시의 선두주자로서 내내 세인의 주목의 대상이었다. 첫 시집 『새들도 세상을 뜨는구나』(1983)가 문단에 일으켰던 반향은 그의 시적 입지를 굳혀 주었고, 『겨울-나무로부터 봄-나무에로』(1985)나 『나는 너다』(1987) 그리고 네 번째 시집 『게눈 속의 연꽃』(1990)에 이르는 왕성한 시작 활동은 그로 하여금 80년대의 대표적인 시인으로 자리 잡게 하는 데 결정적으로 기여하였다.

그런데 90년대 그는 어떠했는가. 80년대 기성의 권위를 파괴하는 부정적 해체시의 대변자였던 그가 정작 포스트모더니즘적 해체시가 횡행하던 시절에는 오히려 시단과 일정한 거리를 두고, 자기 침잠의 세계로 잠적하고 만다.

황지우의 다섯 번째 시집 『어느 날 나는 흐린 酒店(주점)에 앉아 있을 거다』는 이 90년대적 침잠의 시기에 그가 무엇을 느끼고 어떻게 살았는가를 집약적으로 보여 주는 시집이라는 점에서 그 일차적 의의를 찾을 수 있다.

2

황지우의 90년대적 침잠은 어디로부터 온 것일까. 그것은 다음 두 가지이다. 하나는 80년대 그에게 기성의 권위를 마음껏 두들겨 부술 수 있는 근거를 마련해 주었던 이데올로기의 붕괴이고, 다른 하나는 그의 생명적 탯줄이던 어머니의 죽음이다.

그의 나이 40에 소비에트가 무너져 버렸다. 정통 마르크스주의자 는 아니지만, 그의 시적 생의 근거가 반명제로서 마르크스주의에 기 초하고 있지 않았던가. 이렇게 80년대가 황당하게 떠나가자 40대의 그에게 찾아온 것은 우울과 무력증과 자기분열이었다. 환각과 공포가 그에게 찾아왔다. 이데올로기가 무너진 자리에 그를 더욱 공허하게 만든 것은 운동권 시절, 아니 그 이전부터 삶의 근원으로서 모성의 원천이던 어머니의 죽음이다. 병원을 드나들면서 과거와 현재가 엇갈리는 어머니가 잘 계신가 아침저녁으로 문안을 살피던 황지우에게 어머니가 돌아가신 것은 논리나 감각 이상의 문제였음에 틀림없다.

"우주의 내 배꼽이 뚝 떨어진 듯했다"고 말한 후반부와 더불어 이 시를 읽을 때 우리는 역설적으로 황지우 시의 한계점을 되짚을 수 있을 것이다. 죽음 뒤에 정말 아무것도 없다면 '정말' 그는 어떻게 할 것인가. 그것이 앞으로 그가 해결해야 할 시적 난관이다. 그가 비록

나는 언제나 한계에 있었고

내 자신이 한계이다.

어디엔가 나도 모르고 있었던,

　　—〈등우량선(等雨量線)1〉 중간 부분

　이라고 말한 바 있지만, 이런 발언의 배면에는 항상 안전판과 같은 어떤 막이 있었다. 시가 되지 않아 진흙을 만지고 있었던 90년대 초에도

바르르 떠는 셀로판紙가 알려주는 공기

　　—〈점점 진흙에 가까워지는 존재〉 마지막 행

　와 같은 셀로판지가 있거나, 제법 득의의 마음을 표현한 것 같은

빨래 끝에 매달린 비누방울처럼

나는 투명한 물고기알 속에 있다.

　　—〈막(膜)〉 마지막

　라고 할 경우에도 그는 다음과 같이 막에 대한 연상을 포기하지 않는다.

지하철 유리문에 머릿고기처럼 눌린 얼굴,

막에 닿아 있다, 터질 듯한 충만으로

— 〈막(膜)〉 중간 부분

셀로판지나 비닐막이나 유리막이 항상 그를 보호하고 있다는 사실은 그의 시를 이해하는 중요한 근거이다. 그의 활달함이나 폭로적 솔직성 또한 이 막이 매개함으로써 가능했던 것이다. 이 막이 있음으로 해서 흐린 날 주점에 앉아 있을 수도 있고, 살찐 소파에 대한 명상도 가능했던 것이다.

이 막은 그의 어머니이고, 그의 아내이기도 하다. 그러므로 '뼈아픈 후회'가 기다림도 기대도 없는 작위적인 후회를 담고 있다면, '거울에 비친 괘종시계'에서 피아니스트가 될 뻔했던 그의 아내가 한 다음 발언은 뼈아픈 것이다.

"당신은 세상에 안 어울리는 사람이야

당신, 이 지독한 뜻을 알기나 해?"

이와 같은 아내의 말에 그가 할 수 있는 답변은 다음과 같은 것이다.

"그래, 내 삶이 내 맘대로 안 돼!"

마음대로 쉽게 될 수 있는 것은 어디에도 없다. 서가에 꽂힌 『자본론』이 허한 장식으로 전락한 90년대 그의 삶은 생이 왔다 가는 지점

에서의 늙은 어머니의 젖꼭지처럼 동적 변증법을 발휘할 수 없었던
것이다.

3

황지우에게 과연 90년대 모든 삶은 허망한 것이기만 했던 것일까.
물론 우리는 그의 과장된 속임수에 넘어갈 필요는 없다.

이곳에서 쓴맛 단맛 다 보고

다시 떠날 때

오직 이 별에서만 초록빛과 사랑이 있음을

알고 간다면

이번 생에 감사할 일 아닌가
― 〈발작〉 중간 부분

초록빛과 사랑의 심화야말로 우주의 배꼽이 떨어진 어머니의 죽
음 다음에 그가 나가야 할 길이 아닐까. 그러므로 80년대의 진흙바닥
이 고갈될지라도 다음과 같은 떡갈나무 하나를 본다는 것은 아직도
우리가 그에게 어떤 희망을 걸 수 있다는 확신을 만들어 준다.

……그들은 나를 옛날의 그 26호실 앞에 두고 가 버렸다. 문이 저절로

열렸다. 그리고 나는, 창살로부터 저녁 햇살을 집중시키고 있는 떡갈나무 한 그루가 마루 위에 서 있는 것을 보았다.

— 〈감옥 안에 있는 떡갈나무〉 끝 부분

1980년대 7월의 햇살이 길게 자의식의 음영을 그리고 있는 이 시에서 우리는 그가 80년대의 감옥으로부터 자유로워진 것을 기대한다. 정치적인 것이 시적인 것이라는 전략에서 선적인 것이 시적인 것이라는 전략으로, 그리고 다시 정신착란적인 것이 시적인 것이라는 전략으로 전개되는 그의 시에서 우리가 아프다고 칭얼 대는 어린아이를 본다는 것은 지나친 비약일까. 명백히 말할 수 있는 것은 언제나 단순하다. 착란적인 것은 착란적인 것일 뿐이다.

중생이 아프므로 내가 아프다는 유마적 명제는 그가 죽음 뒤에 정말 아무것도 없다는 명제를 마지막까지 밀고 나갈 때만 해결될 것이다. 서툰 유마는 세기말적 공허를 증폭시켜 줄 뿐이다.

"옛날에 내 노래를 들어 주던 아이들은 다 어디로 갔는가(〈서해까지 밀려 있는 강〉)"이라고 탄식조로 토로하는 것보다는 "한 칼의 두 날이 서로 상처를 낸다"는 임제의 화두가 그에게 더욱 절실한 것이 아닐까. 비평가들은 바보들이다. 그러므로 그 바보들은 다음과 같은 화두를 던진다.

잠드신 우리 어머니, 발이 옛날 보선발 그대로이다.

80년대가 채 마무리되기도 전에 90년대가 닥쳐왔다. 어느 겨를에 우리 모두의 90년대도 다 지나가고 있다.

존재의 성찰을 담은 소설

김태현 순천향대 어문학부 교수

『지상에 숟가락 하나』
현기영 지음 / 1999 / 실천문학사

현기영은 제주도 출신의 소설가라는 사실을 과시하기라도 하듯이 등단 이후 줄기차게 고향인 제주도를 소설의 공간으로 삼았다. 작가가 고향을 문학적 공간으로 설정하는 일은 흔하지만 현기영은 유별나게 제주도의 조형에 집착하였다. 두루 알려져 있듯이, 아름다운 풍광과 순박한 이들의 섬을 순식간에 '초토'로 만든 4·3사건으로부터 현기영은 지금껏 자유롭지 못하였고, 그 때문에 그는 제주도를 적어도 문학적으로는 떠나지 못하였던 것이다. 달리 말하면, 그는 4·3사건에 문학적 닻을 내린 작가이자 그것을 일종의 문학적 역사적 소명으로 여긴 작가라는 것이다. 등단작 『아버지』를 비롯하여 현기영의 문학적 명성에 크게 기여한『순이 삼촌』,『길』,『아스팔트』,『마지막 테우리』같은 작품들은 그 좋은 증거들이다.

얼마 전에 선보인 장편소설『지상에 숟가락 하나』역시 현기영의 그런 문학적 '개성'과 '고집'을 여실히 보여 주고 있다. 그러나 이 장편소설은, 최근작『마지막 테우리』가 이미 예고한 바와 같이, 4·3 사건을 배음(背音)으로 처리하고 그 대신에 제주도의 자연과 그 속에서 자연의 일부로 살아가는, '자연의 자식들'을 전면에 배치하고 있다는 점에서 이전 소설과 다르다 하겠다. 특히 이 작품에서 해방과 6·25 전쟁 전후사(前後史)를 포함하는 작가의 유년기와 소년기가 그 시절의 현실에 대한 면밀한 묘사의 지원을 받으며 놀라울 정도로 생생하게 재현되고 있다는 점은 그런 차이를 한층 밝게 드러내고 있다. 이는 이 소설이 작가의 존재론적 통찰과 사회 역사적 상상력의 합작품임을 보여 준다. 그러나 이 작품에서 후자는 전자를 뒷받침하는 선을 결코 넘지 않고 있다. 말하자면 시종일관 전자가 이 소설을 선도하고 후자는 이 소설을 후원하고 있다는 것이다. 그래서 우리는 『지상에 숟가락 하나』를 '존재의 성찰'을 담은 소설로 부를 수 있는 것이다. 그렇다면 이제 우리는 이를 구체적으로 확인하여야 할 터인데, 그러기 전에 이 소설의 이해를 돕기 위해서 이 소설의 탄생 과정과 외양을 잠시 살펴보기로 하겠다.

현기영은 1994년에 소설집『마지막 테우리』를 펴낸 뒤 줄곧『지상에 숟가락 하나』의 완결에만 매달렸다. 그리하여 이 장편소설은《실천문학》(1994년 겨울호)에『지상에서 숟가락 하나』라는 제목(이 제목은 곧 『지상에 숟가락 하나』로 바뀌어진다)으로 연재되기 시작한 뒤 거의 5년 만에 완결되었다. 현기영이 과작의 작가임은 소문나 있지만 이 소설의 완성에 거의 5년이 소요되었다는 점은 그 소문이 사실임을 다시 한 번 입증해 준다. 그러나 여기서 우리가 생각해 봐야 할 것은, 그가 무르익지 않은 작품을 결코 세상에 내놓지 않는 결벽증이 심한 작가라는 사실과 함께 근년에 만사를 제쳐 놓고 오로지 이 소설에 혼신의 힘을 쏟아 부었다는 사실이다. 그만큼 이 작품의 창조에 필사적인 투혼을 발휘하였던 것이다(이를 지켜보던 이들의 초조와 불안을 나는 아직도 잊지 못한다). 그러므로 이 소설의 완성도가 타의 추종을 불허할 정도에 이른 것은 분명 우연이 아니다.

한편, 이 작품은 연재를 시작할 때에는 이런저런 소제목을 달고 있지 않았지만 곧 각양의 소제목을 달아서 마침내 136개의 소제목을 거느리게 되었다. 그 소제목의 글은 각기 다른 인물과 사물과 사건을, 대체로 주인공의 성장 과정에 맞추어 다루고 있다. 하지만 그 짧은 글은 한결같이 인간과 자연과 역사를, 혹은 인생과 문명과 문화를 깊은 통찰력으로 해석하고 있는 빼어난 '팡세'이다. 그래서 우리는 이 소설을 읽을 때 그 전체적인 서사에 반드시 얽매이지 않고도 부분부분을 즐겁게 읽을 수 있다. 아니, 이 작품은 일사천리로 읽어 치우기보다는 천천히 음미하며 읽기를 독자에게 조용히 요청하고 있다. 그것은 눈으로 읽기보다 가슴으로, 나아가 온몸으로 읽을 것을 은연중에 독자에게 요구하고 있는, 넓고 깊은 사색을 바탕으로 한 독창적인 철학 서적이기도 하기 때문이다. 그래선가, 이 장편소설은 얼핏 보면 주인공의 성장기의 체험과 연관된 여러 개의 에세이를 느슨하게 조립하고 있는, 서사적 구조가 취약한 작품으로 간주될 수도 있다. 그러나 이 소설을 자세히 들여다보면 여러 개의 삽화들이 유기적으로 조직되어 있으며, 그리하여 이 소설이 치밀한 구조를 뽐내고 있다는 것을 독자는 곧 알게 된다. 바꾸어 말하면, 여러 개의 삽화들을 관통하는 큰 서사적 동력이 이 작품에는 엄연히 있으며 그 힘이 이 소설의 독특한 외양이 조장하는 소설 읽기의 원심력을 적정한 거리에서 제어하고 있다는 것이다.

그 서사적 동력은 앞에서 언급한 적 있는 '존재의 성찰'이다. '나'를 "존재의 한 점 씨앗"(7쪽)이라고 표기하는 대목이나 아버지의 성기(性器)를 "나라는 존재의 우연을 발생시킨 곳"(7쪽)이라고 표현하는 대목 등 작품 곳곳에서 '존재'라는 단어가 출현하고 있다는 사실로도 이같은 점을 우리는 알 수 있지만, 무엇보다 이 소설의 제목으로 이같은 점을 우리는 확연하게 알 수 있다. 『지상에 숟가락 하나』라는 제목은 '지상에서 숟가락 하나 들고 살아가는 사람'을, 다시 말해 이 세상에 태어난 '한 존재'를 암시하는 것이며, 그런즉 우리는 이 작품이 한 존재를 즉 작가 자신을 탐구하고 있다는 것을 어렵지 않게 추정할 수 있기 때문이다.

이를 입증하기 위해 많은 인용이 필요하지는 않을 것이다. 두 대목만 보자. 가령, 주인공은 아버지의 죽음을 "숟갈을 아주 놓아 버린 것"(5쪽)으로 설명하고 있다. 이는 숟가락 드는 것이 생존을, 놓는 것이 죽음을 각각 뜻한다는 설명이다. 이처럼 숟가락을 드는 것과 놓는 것이 존재의 생사를 의미한다는 것은 숟가락이 곧 존재를 상징하는 것임을 잘 보여 준다 하겠다. 또, 콩밭 벌레들 가운데 초록빛을 띠는 팥벌레는 "숟가락 하나만 달랑 들고 천상에서 쫓겨나 이승의 콩밭에서 푸른 옷 입고 꽁무니에 숟가락 꽂은 슬픈 몸으로 평생 그 밭을 벗어나지 못하고 귀양살이"(204쪽) 하는 벌레로 소개되고 있다. 이 뒤에 곧 그 벌레의 운명이 '나'의 운명이 아닐까 하는 주인공의 생각이 첨부된다. 여기서도 숟가락 하나만 달랑 들고 살아가는 존재가 '나'를 시사하고 있다는 것이 밝혀진다. 요컨대 숟가락은 이 작품에서 '나'라는 존재를 의미하고 있는 것이다. 그러므로 이 소설이 존재의 성찰로 가득한 것은 당연한 일이다.

그 성찰을 위해 이 작품은 주인공의, 혹은 작가의 성장 과정을 추적한다. 작가의 성장기에 대한 서사적 외피 속에서, 좁게는 '나는 누구인가' 라든가 '나는 어떻게 작가가 되었는가' 등이 진지하게 성찰되고 있지만, 넓게는 '나'라는 특정 존재의 범주를 넘어서서 존재 일반에 대해 다채롭게 성찰되고 있다는 것이다. 그런 성찰은 불현듯 우리를 역사라는 도도한 '바다'로 인도하기도 하고 가족이라는 내밀한 '골짜기'로 안내하기도 하여, 과연 역사나 가족은 무엇인가를 스스로 묻고 답하게 한다. 그 성찰의 도움으로 우리는 일상이나 풍속에 숨어 있는 지혜에 눈뜨고 이데올로기적 폭력의 잔인성에 경악하고 생명의 고귀함에 귀를 기울인다. 물론 그 성찰은 이따금 넓고 깊어서 인생의 굴곡을 미처 다 알 수 없는 이들에게 아포리아나 은유로 남기도 한다. 그럼에도 그런 성찰로 우리는 인간과 자연과 역사의 정체

(正體)에, 또 그것들이 어우러져 만들어 내는 이 세상의 속내와 신비에 어느 정도 접근할 수 있다. 이 소설의 매혹은 바로 여기에 있다.

어쨌든 간에 이 작품은 그런 존재론적 성찰의 진수를 보여 주려고 괴테의 『빌헬름 마이스터의 수업시대』처럼 뛰어난 성장소설의 면모를 구비하고 있다. 이 소설이 성장소설로서의 면모를 구비하고 있다는 점은 작가의 육성에서 이미 잘 드러나고 있다. 작가는 "한 인간 개체가 어떻게 자연의 한 분자로서 태어나서 성장하는가를 반추해 보려는 의도"(377쪽)에서 이 소설을 썼다고 고백하고 있기 때문이다. 아닌 게 아니라 이 소설은 너무도 명백한 자전적 성장소설인 것이다.

이 성장소설의 시간적 폭은 작가의 기억이 가능한 네 살 때부터 "자연을 상실하게 되는"(377쪽) 중3까지이다. 즉 이 소설은 작가의 유년기와 소년기만 다루고 "자연아로서의 본능과 순진성을 잃고 부정한 세속적 삶에의 입문이나 다름없었던"(377쪽) 고교 시절 이후는 배제하였다. 그 표면적인 이유는, 한마디로 말하면 "잊혀진 어린 자아를 되찾아 보는"(10쪽) 데 있지만, 두세 마디로 말하면 이렇다.

물로 갇힌 섬 땅, 그 수평선을 뚫고 세계로 나아갈 꿈을 키우던 소년, 그 문턱에 장애물로 서 있는 아비를 박차고 나아갔던 그 소년이 이제 심신이 피로한 중늙은이가 되어 다시 모태로의 회귀를 시험해 보고 있는 것이다. 그러니까 이 글을 쓰는 목적은 다른 데 있지 않고 다만 잊혀진 어린 시절을 글 속에서 다시 한 번 살아보자는 것이다.(9쪽)

나는 시간의 자식, 시간의 냇물 속에서 태어나 그 흐름 속에 몸맡겨 부
대껴온 조그만 바위 같은 존재일 것이다. 하상에 뿌리박힌 그 바윗돌 주
위로 냇물은 쉬지 않고 흘러갔고, 이제 중늙은이의 길로 들어선 나의 이
마에는 그 시간의 침식 작용에 의한 주름살들이 내 천(川)자로 파여져 있
다…… 오, 시간의 덧없음이여. 진화의 생명력으로 충만했던 나의 유년,
나의 소년이여, 손가락 사이로 빠져나가 버린 그 시절의 편린이라도 붙잡
아보려고 나는 지금 이 글에서 얼마나 부질없는 노력을 하고 있는가.(145
쪽)

이런 인용문에서 작가는 짐짓 유년과 소년 시절을 문학적으로 부
활시킴으로써 "잊혀진 어린 시절을 글 속에서 다시 한 번 살아 보"려
고, 또는 "진화의 생명력으로 충만했던 나의 유년, 나의 소년…… 시
절의 편린이라도 붙잡아 보려" 했다고 겸손하게 말하고 있다. 하지
만, 그것은 의당 작가의 자아 성찰, 혹은 자아에 대한 재해석을 겨냥
한 것이다. 그것은 "나는 지금 검게 탄 폐허의 어둠과 망각의 어둠을
동시에 뚫고 들어가 죽어 있는 그 부락을 되살리고 잊혀진 나의 유년
을 다시 만나 봐야겠다"(11쪽)라는 진술 속에 내포되어 있다. 현기영
은 한때 폐허로 치부하였던 고향을 되살리고, 잊고 싶었던 과거와 정
면 대응하려는 의지를 이런 진술로 강력하게 내비치고 있기 때문이
다. 그러니까 이런 의지야말로 작가와 고향의 단순한 재회, 작가와
과거의 소박한 만남이 이 소설의 목표가 아니라는 점을 반증한다는
것이다. 실상 그런 의지를 통해 작가는 유년기와 소년기 시절의 시간

과 공간을 재생하고, 나아가 자아의 성찰과 재해석을 도모하고 있음을 피력하고 있다. 그것이 궁극적으로 '존재의 성찰'로 이어진다는 점은 강조할 필요도 없겠다.

이 소설은 그런 성찰을 위해 주인공 이외에도 그의 주변 인물들, 즉 가족과 친지들과 동무들을 자주 찾아간다. 그러므로, "생과 늘 불화를 일으켰던"(6쪽), 그런 점에서 주인공에게는 늘 '출장 중'인 아버지, 생활전선에서 항상 싸우며 가족을 지킨 '전사(戰士)'인 어머니 등 가족들과, 주인공의 성장에 큰 영향력을 행사하였던 '신석이형'과 '웬깅이' 등이 이 소설에서 큰 비중을 차지하는 것은 불가피한 일이다. 또한, 이런 이들 못지않게 이 작품에서 중요한 배역을 맡고 있는 것이 자연이다. "내 심신의 성분 구조 내에는 자연 속의 숱한 사물들과 풍광이 용해되어 있을 것이다. 사람들만이 나를 키운 것은 아니다"(10쪽)라는 말이나 "나는 자연에 젖줄대고 성장한 셈이다"(10쪽)라는 말은 이를 명쾌하게 증명하고 있다 하겠다.

이처럼 주인공의 주변인물들과 고향 자연은 이 소설에서 각별한 조명을 받고 있다. 그렇게 함으로써 작가는 성장기를 예술적으로 아름답게 복원할 수 있었던 것이다. 말하자면 현기영은 『지상에 숟가락 하나』에서 고난과 슬픔의 성장기 시절을 '아름다운 시절'로 승화시킬 수 있었던 것이다. 이를 위해 작가는 놀라운 기억력과 풍부한 자료 등을 활용하였지만 동시에 "생기발랄했던 옛시절"(161쪽)에게 "술잔을 부어 환상을 심어"(161쪽) 주기도 하였다.

이런 성장기의 형상화를 통해 작가가 마침내 얻은 것은 부모를 비롯한 고향 사람들과 고향의 산천(山川)에 대한 깊은 사랑이다. 그리하여 한때 그에게 '투쟁'의 대상이었던 아버지는 이제 생명의 창시자가 되고, '변경'으로 여겨졌던 고향은 이제 '세계의 중심'이 된다. 회한과 비애가 작품 곳곳에 배어 있어도, 작가의 인생관을 혹은 사유 세계를 크게 흔들어 놓는 그 사랑을 얻기 위해 작가가 걸은 길을 우리는 이 장편소설에서 뚜렷이 확인할 수 있다. 그러니 그 길을 진솔하고도 아름답게 제시한 작가와 작품 앞에서 경의를 표시하지 않을 독자가 있겠는가.

악은 악을 파괴할 권리가 있다

김미현 문학평론가

『엘리베이터에 낀 그 남자는 어떻게 되었나』
김영하 지음 / 1999 / 문학과지성사

난 모든 종류의 위반을 사랑했고

버려진 욕설과 은어만을 사랑했다.

— 유하, 〈세운상가키드의 사랑 3〉 중에서

내 소설쓰기가……스스로 더러워져서 더 더러운 것들과 엉겨, 후루

룩, 씻겨내려가 준다면, 얼마나 좋겠는가.

— 김영하, 자전소설 『포스트잇』 중에서

김영하의 소설은 환상과 환멸을 동시에 보여 주는 만화경(萬華鏡)

이다. 만화경 속에서 여러 형상들이 화려하게 펼쳐지듯이 김영하 소설 속에는 나르시시즘, 니힐리즘, 탐미주의, 환상성, 추리성, 키치 등의 요소가 모두 담겨져 있다. 그토록 넓고도 다양한 스펙트럼이 연애하는 애인에게서 찾아진다면 엄청난 매력이겠지만 평론을 해야 할 텍스트로서는 여간 까다로운 특징이 아니다. 마치 한 우물을 파는 다른 작가들에게 시위라도 하듯이 김영하는 현실과 환상, 허무와 무관심, 죽음과 삶, 타나토스와 에로스 사이를 종횡무진으로 오간다.

만약 한 작가의 작품집에 같이 묶여 있지 않았다면 B급 영화나 하드코어 포르노를 연상시키면서 3류 인생들의 이야기를 전해 주는 『비상구』와 서정적인 상징과 정돈된 구조를 통해 사랑의 파괴성과 생산성을 이야기하는 『당신의 나무』를 동일한 작가가 썼다고는 상정하기 어려울 것이다. 또한 동일한 사랑이야기라도 김영하는 그 사랑에 전혀 다른 색깔을 입힌다. 『당신의 나무』에서는 서로가 서로에게 나무가 되어 그 뿌리로 상대방을 부숴 버리면서도 역설적으로 완전히 무너지지는 않도록 버텨 주기도 하는 이중성을 한 편의 심리극이나 서정극으로 보여 준다. 반면 『사진관 살인 사건』에서는 살인 사건을 둘러싼 남녀 사이의 불륜과 치정 관계를 추리극이나 살인극으로 보여 준다. 이처럼 사랑을 다루더라도 서로 다른 형식과 언어에 담기에 그 결론 또한 "서로를 서서히 깨뜨리면서, 서로를 지탱하면서 살고 싶다"(『당신의 나무』)와 "아름다운 사랑? 그런 건 없다. 정액으로 칠갑한 치정 사건이나 그도 아니면 여고생의 일기장에나 들어 있을 치기 어린 감상이다"(『사진관 살인 사건』)처럼 지극히 상반된다. 이런 상반됨의 능란함과 자연스러움. 김영하는 카멜레온처럼 내용에 따라 형식의 색을 너무나 잘 바꾼다. 그러니, 결국에는 그 색이 곧 주제가 된다.

하지만 그런 상반됨과 다양함 속에서도 가장 김영하의 소설답고, 김영하가 지향하는 바에 근접해 있으며, 김영하밖에는 쓰지 못하는 것이 있을 것이다. 그것을 구별하고 분석해서 평가하는 것이 바로 독자와 평자의 의무일 터이다. 먼저 타고난 이야기꾼으로서의 재주가 유감없이 발휘되었지만, 『엘리베이터에 낀 그 남자는 어떻게 되었나』와 『사진관 살인 사건』은 그 서사성 때문에 상상력이나 인간관계의 허상에 대한 관심이 위축되어 버린 소품이라는 혐의로부터 자유롭지 못하다. 『어디에도 있고 어디에도 없는』과 『당신의 나무』는 김영하가 쓴 소설치고는 다소 물기가 많은 눅눅한 작품들이다. 서사성과 서정성, 내용과 형식, 현실과 환상의 경계를 잘 구분 짓기도 하고 잘 구분 지우기도 한 소설들이 『바람이 분다』, 『피뢰침』, 『고압선』 등이다. 이 작품들은 환상이 현실이 된 가상현실 속에서도 떨쳐 낼 수 없는 삶의 무의미성과 중압감을 리얼하게 문제 삼고 있다. 그럼에도 불구하고 이 작품집에서 가장 김영하다운 소설은 『흡혈귀』와 『비상구』라고 할 수 있다.

김영하는 사이보그나 킬러, 흡혈귀에 가까운 소설가이다. 그들의 냉혹함과 건조함, 파괴력을 추구하기 때문이다. 이전의 소설들에서 그가 죽음에 천착한 것이 삶 자체가 무의미하기 때문이고, 성을 등장시킨 것이 삶과 죽음의 경계를 문제 삼기 때문이었으며, 컴퓨터나 삐삐를 등장시켰던 것이 소통의 불가능성 때문이었듯이, 김영하가 이런 '악마성'에 주목하는 것은 악이 악답지 못하기 때문이다. 악마의 후일담이라고 할 수 있는 『흡혈귀』에서 흡혈귀로 의심받고 있는 김희연의 남편은 "세상의 모든 흡혈귀들은 거세당했다. 세상은 빛으로 가득하다. 어디에도 숨을 곳은 없다. 우리는 흡혈의 자유와 반역의 재능을 헌납당했고 대신 생존의 굴욕만을 넘겨받았다"라고 토로한다. 이 말의 의미심장함은 김영하 소설의 일탈성과 불온성, 반역성이 바로 여기에 잘 녹아 있기 때문이다.

악이란 무엇인가. 악은 어둠이고, 반역이며, 도전이다. 때문에 빛과 규칙, 질서를 파괴한다. 이런 파괴력이 부정과 저항의 정신을 생산한다. 때문에 '나'는 '나'를 파괴할 권리가 있고, 소설은 소설을 파괴할 권리가 있으며, 선(善)은 선을 파괴할 권리가 있다. 파괴하는 '나·소설·선'은 파괴되어야 할 '나·소설·선' 속의 허위와 억압, 금기에 도전하고 저항하는 주체이다. 체제 속의 나, 정전(正典)에 종사하는 소설, 순수나 낭만을 조장하는 선은 '삶에 대한 극한의 염증'이나 '죽음이나 삶의 허무'를 치유하지 못한다. 그래서 김영하는 "인생을 흉내 내는 영화는 인생보다 더 지겹다"거나 "인생을 모사하는 게임들은 싫다"고 말한다.

김영하에게 필요한 것은 이성을 반성하게 하는 이성이다. 삶을 이토록 무의미하고 황폐하게 만든 것은 이성의 이름으로 행해진 근대적인 계몽의 프로젝트이다. 이런 이성의 악마성을 간파하고 있기에 김영하는 이성의 적으로 감성(感性)이 아닌 마성(魔性)을 택한다. 이성을 공격하거나 이길 수 있는 것은 천사가 아니라 악마이다. 체제나 규범, 도덕에 익숙한 이성적 인간들을 불편하게 만드는 것은 신파나 비극이 아니라 야유와 냉소이기 때문이다. 울고 있는 인간은 달랠 수 있고 속일 수도 있지만, 비웃는 인간은 세뇌시키기도 어렵고 속이기도 쉽지 않다. 근대인들에게는 불편하게 만드는 존재가 곧 악마이다. 세계가 잘 정돈된 무균질의 상태에 있다는 믿음의 허위성을 폭로함으로써 이 세계 속에 존재하는 더러운 세균에 현미경을 갖다 대는 존재가 바로 악마인 것이다. 김영하는 이처럼 불편하지만 가치 있는 존재, 이성을 반성하게 하는 마성, 제대로 기능하는 악이 사라진 시대의 암울함을 『흡혈귀』에서 그려 내고 있다.

흡혈귀가 거세당해 현실에 적응해 갈 때, 그래서 공포스러운 존재이기는커녕 연민의 대상이 되었을 때 그 역할을 대신해 주는 존재들이 바로 체제 밖의 아웃사이더인 건달이나 창녀들이다. 『비상구』는 이런 악마적 인간들의 탈주기이다. 『흡혈귀』가 상실된 악마성에 바쳐진 만가(輓歌)라면, 『비상구』는 그나마 유지되고 있는 악마성에 대한 찬가(讚歌)라고 할 수 있다. 흡혈귀가 오히려 피해자가 되는 전도된 상황을 그린다는 점에서는 우울한 이야기이지만, 아직도 흡혈귀 같은 존재들이 살아 있다는 사실을 알려 준다는 점에서는 유쾌한 이야기이다. 이 소설 속의 나쁜 아이들은 거세된 흡혈귀들이 그랬던 것처럼 학교 다니고, 취직하고, 결혼하는 짓을 하지 않는다. 피 대신 빵이나 밥을 구하지도 않는다. 어쩌면 그렇게 '안 한 것'이 아니라 그렇게 '못 한 것'일 수도 있다. 그러나 그들은 인생이 컬트영화나 지루하고 허무한 영화에 더 가깝고, 테트리스나 지뢰찾기처럼 무한히 반복되는 게임임을 안다는 점에서 '돌빡'이 아니다. 그들은 "다 지 갈 곳을 알고 그쪽으로 흘러가면서 구겨지는 거다." 이 세상 자체가 '니미 씨팔'임을 아는, 그리고 그것을 불편하게 상기시키는, 그래서 그들이 존재한다는 사실만으로도 편치 않은, 그런 존재라면 바로 그들이 흡혈귀이다.

악이 악인 이유는 선을 상기시켜 주기 때문이다. 선이 선인 이유가 바로 악이 아니기 때문인 것과 같은 이치이다. 만약 악이 제대로 된 악이 아니라면, 혹은 힘이 없어서 악의 구실을 못한다면, 그래서 위선이 오히려 악의 자리를 점령한다면 그것보다 더 악마적인 상황은 없다. 김영하는 악이 악다워야 그 악으로 인한 공포와 두려움 속에서 세상이 공격받고 정화될 것임을 안다. 김영하가 『비상구』의 악동들의 일탈적 행동 속에서도 유년에 대한 동경과 그리움을 '슬쩍' 내비치는 것도 이 때문이다. '뒤집개'로 상징되는 평범한 여사의 일생을 바라지만 그렇게 살지 못할 것이기 때문에 공격적이 되는 여자애는 음모(陰毛)를 밀어 버린 후에 오히려 멘스를 처음 할 때로 돌아가 다시 어려진 기분을 느낀다. 그런 여자애의 '비상구'(성기)에서 남자애는 아주 어릴 적에 맡았던 된장찌개의 냄새를 다시 맡는다. 그들의 슬프고도 괴로운 일탈적 행동들을 통해 상기시켜 주는 것이 지금처럼 구겨지기 이전의 유년시절이라는 사실이 악의 존재 의미를 반증해 주는 셈이다. 이런 이유로 『비상구』는 진정한 악을 위해 쓰인 '무거운 동화'이자 '나쁜 소설'이라고 할 수 있을 것이다.

김영하가 보기에 세계가 타락한 것은 악이 제대로 그 기능을 수행하지 못했기 때문이다. 악의 위악성이 가장 큰 문제라는 것이다. 바타이유가 말했듯이 악은 그 자체로 가치 있는 것이기에 문학은 악의 표현이 되어야 할 필요가 있다. 문학 속의 악은 '도덕의 부재'가 아니라 '도덕을 넘어서는 도덕'이라는, 때문에 문학은 결백한 것이 아니라 비난받아야 할 것이라는 바타이유의 말이 김영하의 소설에 바쳐지는 헌사처럼 들리는 것도 이 때문이다. 김영하는 진정한 악이 위악이나 위선에 대한 예방접종임을 아는 작가이다. 그리고 선이 오히려 인간을 억압한다면, 악이 차라리 인간을 해방시켜 준다는 사실을 아는 작가이기도 한다. 악을 단죄하지 않고 변호한다는 점에서, 그래서 작가 후기에서 밝혔듯이 담배처럼 유독해서 주위에 피해를 끼치는 소설을 쓰고 싶어한다는 점에서, 김영하는 진정한 우리 시대의 카인이다. 그리고 그런 김영하의 소설은 진정한 악 속에서 피어난 '악의 꽃'이다. 더욱 독해지고 싶어하는. 더욱 독해질 수 있는.

한시사의 실상과 해석의 시각

안병학 고려대 한문학과 교수

『18세기 한국한시사 연구』
안대회 지음 / 1999 / 소명출판

한시사뿐만 아니라 문학사에 있어서 존재하는, 혹은 존재했던 텍스트와 문학사적 사건의 실상과 인과관계에 대한 정밀한 기술(記述)이 바로 역사 그 자체를 구성한다는 생각은 당연한 것으로 여겨질 수도 있다. 그러나 극단적으로 우리가 경험하듯이, 어떤 이유에서든 '보아서는 안 된다'고 규정된 이른바 금서(禁書)들이 위대한 저술로 평가되거나, 나아가서는 예술로 치부되지 않던 것이 위대한 예술로 인정되기도 한다. 이러한 현상은, 알려지지 않았던 중요한 사실이 새로 밝혀져서인 경우도 없지 않겠으나, 대개는 해석 시각의 변화에 따른 것이다. 이는 연구자와 연구자를 둘러싸고 있는 세계가 연구 대상인 과거의 문학적 현상에 불가피하게 간여한다는 것을 의미한다. 그러므로 존재한다고 여겨지는 텍스트의 실상 및 그 인과관계와 해석 시각 사이에는 미묘한 긴장이 형성되며, 그 긴장은 해석 시각의 문제가 실상의 문제와 매우 긴밀하게 연계되어 있다는 것을 뜻한다. 이는 과거의 텍스트를 현재에 되살리려는 문제의식과 직결된 것이기도 하며, 각도를 달리해서 생각해 보면 예술 혹은 문학의 역사를 시간적 계기에 따라 발전하는 것으로 보느냐 보지 않느냐 하는 문제와도 연결된다. 이 책이 조선 후기 중에서도 '18세기 한국한시사'라는 단대사(斷代史)의 실상과 그 사적 궤적을 탐구하는 것을 목표로 삼고 있으면서도, 최소한 '17세기 한시사'의 실상에 무관심할 수 없는 이유는 이런 문제와 연결되어 있기 때문이다. 이는 구체적으로 무엇을 선택하며 무엇을 배제할 것인가, 어떤 현상과 현상이 서로 인과관계를 맺고 있는가, 어떤 변화의 현상을 '발전'으로 인정할 것인가 하는 문제로서, 말하자면 '18세기 한시사의 서술'의 구도와 골격을 형성하는 것이 된다.

이런 각도에서, 이 책의 기본 관점을 시풍과 관련하여 요약하자면, 한국한시사에 있어서 17세기의 '낭만적, 이국적, 격정적, 의고적(擬古的)' 시풍이 18세기에 와서는 대체적으로 '현실적, 일상적, 묘사적, 개성적, 진실한, 참신한' 시풍으로, 그리하여 시간적 계기에 따라 종국에는 사실적 시풍으로 변화·발전했다는 것이다. 이를 논증하기 위하여 이 책은 16세기 '삼당파(三唐派)' 시인인 최경창(崔慶昌)·백광훈(白光勳)·이달(李達)의 시, 그중에서도 악부체(樂府

體)와 17세기에 의고악부체를 많이 창작한 인물인 정두경(鄭斗卿)의 경우를 이른바 '낭만적', '의고적' 시풍의 대표로 예시하면서 그들에 대한 후배와 후인들의 평가를 들고, 18세기 변화의 선두에 선 인물로 특히 김창흡(金昌翕)의 시론과 시를 그 선취로써 거론하였다. 시와 시론을 풍부한 자료를 활용하여 포괄적으로 다룬 것이 이 책의 장점인데, 이는 주로 조선 후기의 시와 시화를 연구해 온 저자의 학문적 관심과 성취가 잘 반영된 것이기도 하다. 아울러 이 책은 이른바 조선 후기의 진경산수론 등 회화사적 흐름을 함께 고려하기도 하였다.

18세기 전기의 변화의 핵심적 양상들은 조선 후기 대표적 벌열가 문인 안동 김씨 김창협과 김창흡의 영향권 내에서 전개된다고 설명한다. 우선, 이들 형제와 교류가 있었으며 조선 후기 여항 문인들의 활동을 연 홍세태(洪世泰)의 시세계가 이룩한 진실성을 새로운 성과로 인정하면서도 17세기 시풍의 특징과 연계되는 격정적, 감상적 태도를 여항인이라는 그의 신분적 문제와 연계하여 해석하는 것이 그 하나다. 이어 노론에 속하는 경화사족(京華士族)으로서 넉넉한 삶을 누릴 수 있었던 이병연(李秉淵)이 구축한 여유와 담박의 시세계를 그 일상성과 진솔함 그리고 산수 경물의 자연스러운 묘사라는 관점에서 조명하는 것이 또 다른 하나이다. 이와는 달리, 정권에서 소외된 소북(小北) 출신으로서 여성 정감의 형상화를 통해 독특한 세계를 구축한 최성대(崔成大)를 18세기 시사에 있어서 하나의 변주로서 기술하면서 염세적 세계관을 지적한다. 여기까지가 이 책에서 본 18

세기 전기의 주요한 국면들이다.

이 세기의 중기는 정치적으로는 몰락한 남인인, 그러면서도 당대의 현실적 문제를 진지하게 탐구했던 실학자 이익(李瀷)의 조카인 이용휴(李用休)를 중심으로 전개된다고 설명한다. 여기서 중요하게 다루어지는 것은 6언시라는 종래에는 흔히 사용되지 않았던 시형식의 사용을 통해 드러나는 바 실험적 정신이 지니는 '과거와의 결별'이라는 성격이다. 이는 시에 산문적 특징을 구사하거나 신기한 것을 추구하거나 하는 그의 시풍을 일관하는 정신적 특징이라 볼 수 있다. 이를 교량으로 이어지는 후기는 이른바 초림체(椒林體)의 창시자라는 서얼 이봉환(李鳳煥)이나 남옥(南玉) 등의 시풍을 넘어서서 담헌 홍대용·연암 박지원과 함께 활동했던 이덕무(李德懋)·유득공(柳得恭)·박제가(朴齊家) 등에게서 새로운 시풍이 한 정점에 이르게 된다고 설명한다. 그들의 박학과 고증적 정신, 예술에 대한 애호는 명말청초의 신사조를 흡수한 바탕 위에서 새롭게 전개된다. 이론적으로는 "옛 것을 참고하면서도 새로운 것을 창조한다"는 이른바 법고창신(法古創新)으로 무장하고 참신한 감수성을 기초하여 감각적, 사실적 묘사라는 도구를 통해 시정의 일상적 삶과 자연에 대한 사실화와 세밀화를 그려 냄으로써 종래에 없던 새로운 시풍을 형성했으며, 그것은 이른바 '조선풍(朝鮮風)'이라 특징지을 수 있다고 본다.

18세기 한문학사 실상과 그에 대한 해석의 관점을 연결하여 보자면, 17세기와 18세기 사이에는 건널 수 없는 심연이 존재한다는 것이다. 그것은 '전통적, 규범적'인 세계에서 '반전통적, 반규범적'인 세계로의 전이라고 규정된다. 여기서 아쉬운 점은 '반전통적, 반규범적' 이라는 규정과, 상당한 여러 설명에도 불구하고, 시세계 사이에 보이지 않는 막이 있어 시야를 방해하는 듯하다는 점이다. '반전통적, 반규범적' 이라는 개념이 일반적으로 '한 시대가 공유하거나 인정하는 일체의 가치를 거부하며 새로운 이념과 체제와 도덕적 기준을 추구하는' 것이라고 한다면, 지배층의 벌열화가 확대되던 시기인 18세기에 존재하는 '반전통적, 반규범적' 성격이 일정한 범위에서 제한적으로 규정되어야 하지 않는가 하는 문제이다. 아울러 시적 대상에 대한 세밀한 묘사가 시적 사유에 있어서 왜, 그리고 어느 정도에서 반규범적인가 하는 문제 역시 명료하게 해명되지는 않았다고 생각된다. 또한, '낭만적' 이라는 개념이 너무나 다양한 탓도 있겠지만, 17세기가 '낭만적' 이며 '규범적' 이며 '보수적' 이라는 규정도 좀더 세밀하게 검토되어야 할 사안이라 여겨진다. 과연 정두경의 경우만으로 17세기에 대한 이해는 충분한가, 그리고 실상이 그러한가 하는 의문은 차치한다 하더라도, 낭만적이면서 보수적이라는 규정은 복잡한 매개과정을 통한 설명이 아니면 이해하기 곤란한 논의이기 때문이다. 필자의 이같은 아쉬움은 한시에 있어서의 낭만성, 규범, 반전통, 서정시와 현실과의 관련 문제, 사실주의와 서정시와의 논리적 필연성의 문제, 표기수단으로서의 모국어와 이른바 동북아시아의 '중세 보편 문자인 한문' 의 문제, 한국한시와 시론의 통시적 양상에 대한 포괄적 파악 등에 대한 필자의 총체적 전망의 미흡에서 기인한 것인지도 모르겠다.

　이 책은 18세기 한시사는—아마도 '반전통적, 반규범적' 성격이 이미 절대적 기준을 상정하지 않기 때문에—다양성과 개성을 지닌 '다채로운' 면모를 보인다고 한다. 그럼에도 불구하고, 거기에는 친연성을 갖는 특징이 있다. 이는 목차를 일별해도 알 수 있는 것이지만, '개성적, 일상적, 사실적, 진실한' 등등의 형용사로 규정되는 세계가 그것이다. 여기에는 낭만적인 것에서 사실적인 것으로, 고전의 답습에서 진실과 진정의 표현으로, 상상적이거나 이상적인 것에서 일상적이며 현실적인 것으로 이행하는 세계관의 변화가 이른바 근대로의 이행이라는 역사적 실상에 합당하다는 사고가 묵시적으로 전제되어 있다. 사실 동북아시아에서 식민지 경험을 가졌건 가지지 않았건 주요한 문제의 하나는 서구문명의 세례와 그 이전 시대 사이의 간극을 어떻게 좁히고 메우느냐 하는 것이었다. 우리나라에서의 사실주의 문학의 발전을 탐구하거나 중국철학사에서 이른바 유물론의 맹아를 고대 철학에서 찾고 그런 사유의 발전 과정을 철학사의 중심축으로서 기술했던 태도도 역시 이런 관심에서 비롯한 것이다. 이 책의 기본 시각 역시 아마도 이러한 문제의식의 발로로서 궤적을 일정하게 공유하는 것에서 비롯한다고 여겨진다.

100가지 이야기 속에 투영된 한 세기

정서웅 숙명여대 독어독문학과 교수

『나의 세기』(1, 2)

귄터 그라스 지음 / 안삼환 · 김형기 외 옮김 / 1999 / 민음사

스웨덴 한림원은 1999년 마침내 독일의 귄터 그라스에게 노벨 문학상 수상의 영예를 안겨 주었다. 1959년 『양철북』을 내어 놓은 이후 수시로 노벨상 후보에 오르던 그였기에, 어찌 보면 만시지탄의 감이 없지 않다. 활발한 현실 참여의 태도를 견지하면서도, 왕성한 창작활동을 통해 비중 있는 작품들을 잇따라 발표함으로써, 문학적 주제가 끝없이 샘솟아나는 저력 있는 작가로 인정받은 것이 또한 수상의 동인이었을 것이다. 『고양이와 쥐』(1961), 『국부 마취』(1969), 『넙치』(1977), 『아득한 평원』(1995)을 거쳐 지칠 줄 모르는 노대가는 올해 (1999) 7월 『나의 세기(Mein Jahrhundert)』를 발표함으로써 또 한 번

기발한 문학적 착상으로 세인을 감탄하게 했다.

소설 『나의 세기』를 집필하게 된 아이디어는 지극히 간단하다. 지난 20세기의 100년 동안을 역사적 배경으로 삼고, 매년 한 개씩의 중요한 사건을 뽑아 소설 형식으로 형상화한 것이다. 100개의 사건을 그라스는 한 역사학자에 의뢰하여 선별했는데, 지극히 일상적인, 즉 저잣거리에서 회자되는 이야깃거리가 대부분이다. 예컨대, 샛노란 밀짚모자가 유행하던 일(1902), 새로 개발된 철모가 펠트 헬멧을 몰아낸 이야기(1915), 모던 댄스의 등장(1921), 제국 라디오 방송이 개국된 해 TV 프로그램의 송신(1952), 베를린 장벽의 설치(1961), 프랑크푸르트에서 열린 아우슈비츠 재판(1964), 최초의 베트남전 반대시위(1966), 바르샤바의 게토에서 독일 수상 빌리 브란트가 무릎을 꿇은 일(1970), 적군파 창시자 마인호프의 체포(1972), 석유 파동이 있던 해(1973), 동독 시인 볼프 비어만의 시민권 박탈(1977), 펑크족의 확산(1978), 테니스 선수 베커의 윔블던 대회 우승(1985), 체르노빌의 원자로 사고(1986), 베를린 장벽이 무너진 해(1989), 독일 통일 후 로스토크 등지의 소요(1993), 복제 양(羊) '돌리'의 탄생(1997) 등이다.

재미있는 것은, 각 사건을 이야기하기 위해 설정된 일인칭 화자가 각양각색의 인물들이라는 점이다. 작가 자신이 화자로 나서는 경우를 제외하고는, 그 사건과 관련이 있는 인물을 교묘히 선정하여 작가의 시각을 대신해 주는 방법을 사용하고 있다. 즉 내세운 인물을 통해 당시를 이야기하게끔 하면서 사실 그 서술자 속에 귄터 그라스 자신이 공존하면서 사건을 관찰하고 기술하는 것이다. 『1900년』의 첫

머리에 썼듯, "실제의 내가 모습을 바꾼 서술자로서의 나는 해마다 현장에 있는" 것이다.

도이치 그라모폰의 사원을 통해 하노버 레코드 회사의 화재사건을 기술하고, LZ 비행선이 뉴욕까지 항해한 이야기의 화자는 당시의 기관사이며, 최초의 베트남전 반대 시위는 어느 독문학 교수가 시위에 참가했던 학창 시절을 회상하는 형식을 취한다. 1차 대전의 기술은 전쟁소설의 대가 레마르크와 윙어의 대담 형식으로 꾸미고, 2차 대전의 이야기는 당시의 종군기자들의 입을 통해 그 디테일이 몇 년에 걸쳐 차례로 그려진다. 예컨대, 독일군의 폴란드 침공(1939), 노르웨이와 프랑스 점령(1940), 발칸 반도의 침공(1941)과 스탈린그라드 공습(1942), 바르샤바의 게토에서 일어났던 폭동(1943), 원자폭탄 투하(1944)와 종전(1945) 등이 이야기된다. 전후의 참상은 생활고를 겪는 한 여인, 에너지 파동을 당해 그 공급의 책임을 맡았던 상원의원, 통화개혁을 경험한 당시의 연금생활자 등을 통해 그려 나간다. 20세기의 마지막, 즉 1999년은, 살아 있다면 103세가 되었을 그라스의 어머니가 화자 역할을 함으로써 피날레를 장식하게 한다. 한 세기를 마감하는 그녀의 소망은 우리 모두의 간절한 화두이기도 하다.

나는 2000년을 기쁜 마음으로 기다리고 있어요. 무슨 일이 일어나는지 보고 싶어요……제발 전쟁만 일어나지 않았으면 해요…… 저 아래쪽에서 그리고 온 세상에서 말이에요…….

이 일상적인 사건에 관한 이야기를 읽으며, 우리는 한 세기 동안의 다사다난함에 놀라게 된다. 불과 100년 동안 커다란 전쟁이 두 번이나 발발했고, 인플레이션과 실업 그리고 석유파동이 인간의 삶을 뒤흔들었다. 라디오 방송을 처음 듣고 신기해하던 우리는 불과 20여 년 후의 같은 세기에 TV 방영의 시대를 맞았고, 급기야는 유전자 조작에 의한 복제 양의 탄생을 지켜볼 수 있었다. 열거된 사건들이 세계적인 대사건도 있지만, 대부분 독일 안의 사건을 위주로 꾸려 가고 있음을 쉽게 알게 된다. 이러한 독일적 기준의 선별 이유를 묻는 인터뷰에서 그라스는 이렇게 말한다. "나는 독일의 작가이고, 내게 독일의 사건은 중요하다. 세기의 처음 절반에서 우리 독일인들은 자주 숙명적인 역할을 해 왔다. 두 번째 절반도 그 결과와 관계를 맺고 있다." 즉, 독일의 역사를 통해 세계의 한 세기를 조명해 보는 것이다. 두 번이나 전 세계를 전쟁의 소용돌이 속으로 몰아넣은 나라의 작가로서 당연한 일인지도 모른다. 그라스는 위의 인터뷰에서, 다른 나라의 작가들 역시 100년 동안의 100개의 이야기를 그들 시각으로 이야기했으면 좋겠다고 했다. 그러면 한 세기의 '멋진 도서관'이 되리라는 것이다.

『나의 세기』를 읽는 독자는 다양한 화자의 입을 통해 진술되는 갖가지 다채로운 사건에 이끌려 들어가기 마련인데, 이러한 흡인력의 이유는 재담가인 귄터 그라스 특유의 문장기술 때문이다. 그라스 전 작품에 나타나는 유머와 해학이 『나의 세기』에서도 유감없이 빛을 발한다. 태연하고 능청스레 늘어놓는 이야기를 들으며, 독자는 연방 그 신선한 해학과 반어와 풍자에 저절로 미소를 떠올리게 된다. 빌헬름 2세가 1905년 모로코의 탄지르를 방문했을 때, 그 지방에 살았던 어느 상인의 회상을 통해 그 방문의 정치적 실패가 익살스럽게 묘사된다.

폐하께서 힘찬 연설을 하는 동안, 프랑스와 영국은 이집트와 모로코에 관한 합의를 했다. ……하지만 영속적인 인상을 남긴 것은 오직 태양 광선에 번쩍이던 황제의 투구뿐이었다. 이곳의 구리세공사들은 부지런히 그 투구의 모조품을 만들어 각종 시장에 내다 팔았다.

1991년에 발발한 걸프만 전쟁에 대해 나이 든 68년 세대들이 주고받는 토론에도 날카로운 풍자가 번득인다.

"전쟁이라니? 쇼에 지나지 않아. CNN이 미국방성과 합작해서 산뜻하게 마련했고, 이제 일반 구매자들이 텔레비전 화면으로 그 쇼를 함께 감상하는 것이지. 특별히 거실을 위하여 연출한 불꽃놀이 같지. 정말 그럴듯하단 말이야. 죽은 사람들은 보이지도 않아. 사람들은 마치 공상과학 소설이라도 들여다보는 것 같아. 소금을 뿌린 막대기 과자를 야금야금 씹으면서 말이야." "하지만 타오르는 유전들과 이스라엘에 미사일이 떨어지는 장면은 보여. 사람들은 이제 가스 마스크를 쓰고 지하 창고에 있군 그래." "그런데 이란에 대항해 오랜 기간에 걸쳐 사담을 무장시킨 것은 누구였지? 그래, 바로 그거야. 미군과 프랑스군이었어……."

이 책에는 자신이 직접 그린 수채화를 일일이 곁들일 정도로 그라스의 흔적이 담뿍 들어 있다. 게다가 금년 3월에는 세계의 그라스 연구가들을 초청해 '귄터 그라스 번역자 세미나'를 개최하고, 그라스 자신이 나서서 『나의 세기』가 옳게 번역되도록 신경을 쓰기도 했다. 이 세미나에 다녀온 안삼환, 김형기 두 교수가 이 작품의 번역에 참여했기 때문에 그라스의 문장을 정확히 옮겼음은 물론, 앞에 언급한 해학과 반어의 전달 역시 그 뉘앙스를 충분히 살리고 있다고 생각된다.

앞의 인터뷰에서 그라스는, "1999년 12월 31일에 무엇을 할 것인가?"라는 질문에, "아내와 춤을 추면서 새 천년 속으로 진입하고 싶다"고 말했다. 우리는 그라스의 『나의 세기』를 읽으며 지난 세기의 무수한 사건들을 점검하고 성찰하며 나름대로의 교훈을 얻게 될 것이다. 그리고 새로운 세기에 대한 기대감과 더불어 부디 아름답고 축복받는 일만이 지구상에 넘쳐 나길 간절히 소망하게 될 것이다.

난해한 소설 쉽게 풀어읽기

안삼환 서울대 독어독문학과 교수

『소설의 곡예사』

헬무트 코프만 지음 / 류은희 편역 / 2000 / 문학과지성사

독일인들은 예로부터 시와 희곡에 큰 재능을 보인 반면, 소설에서는 세계문학의 반열에 들 만한 위대한 작가나 작품을 내지 못했다. 이 점은 문학의 거의 모든 장르에 관심과 재능을 보인 괴테를 보더라도 비교적 명백하게 드러난다. 하긴 괴테한테도 『젊은 베르터의 고뇌』라든가 『빌헬름 마이스터의 수업시대』와 같은 유명한 소설작품이 없는 것은 아니다. 그러나 괴테가 평생을 통해 심혈을 기울인 운문 희곡 『파우스트』가 그의 대표작이며 그가 남겨 놓은 주옥같은 서정시들을 보면 아무래도 산문보다는 운문이 그의 본령이라고 해야 할 것이다. 그렇다면 괴테 이후 독일이 낳은 세계적 소설가는 누구인

가? 괴테의 교양소설 『빌헬름 마이스터』를 전범(典範)으로 한 수많은 소설들이 19세기에 나왔지만, 그중 어떤 작품, 어느 작가가 독일 문학의 경계를 넘어 세계문학으로까지 인정을 받을 수 있었던가? 사실, 독일문학은 20세기에 들어와서야 비로소 한 사람의 세계적 소설가를 배출하였으니, 그가 바로 토마스 만(Thomas Mann, 1885~1955)이다. 괴테의 아류들이 지배하던 그 길고 무기력하던 세월의 터널을 뚫고 독일의 소설문학을 일약 세계문학의 대열에 올려놓은 토마스 만, 그는 누구이며, 그의 소설의 특성은 무엇이며 그 가치는 과연 어디에 있는가? 이 물음은 독문학계, 즉 독일 국문학계의 연구 과제들 중에서 가장 중요한 테마의 하나일 수밖에 없으며, 지금까지 수많은 학자들이 이 물음에 대한 해답을 찾고자 골몰해 왔다. 독일 아우그스부르크 대학의 헬무트 코프만(Helmut Koopmann) 교수는 현재 생존해 있는 학자들 중에서 이 방면의 연구에 탁월한 업적을 가장 많이 내어 독일 국내는 물론 세계적으로도 크게 인정받는 원로학자이다. 그는 본(Bonn) 대학에서 전후 독일 국문학을 주도한 유명한 베노 폰 비제(Benno von Wiese) 교수의 수제자로서 일찍이 본 대학 교수를 거쳐 70년대 중반에 아우그스부르크 대학 국문학과를 창건하기도 했다. 1933년생으로서 이미 은퇴할 시기를 넘겼으나 창과의 공적을 인정받아 아직도 아우그스부르크 대학의 현직에서 왕성한 교수 및 연구 활동을 하고 있는 그는 토마스 만의 작품에 관한 한 그 누구의 추종도 불허하는 해박한 전문지식, 독창적인 독해법과 예리한 분석력으로 정평이 나 있으며, 난해한 토마스 만 문학을 대중에게 보편적으로 풀어 줄 수 있는 희귀한 능력까지도 갖추고 있어서, 일종의 '문화적 순회대사' 처럼 미국을 비롯한 아시아와 아프리카 대륙의 여러 대학에서 교환교수 등을 역임하면서 토마스 만의 굴곡 많은 작가적 궤적과 그의 미궁 같은 문학 세계를 쉽게 풀어 설명해 왔다.

아우그스부르크 대학에서 코프만 교수의 지도를 받고 최근에 귀국한 류은희 박사가 평소 코프만 교수의 가르침을 받으면서 읽어 온 토마스 만에 관한 몇몇 탁월한 논문들을 우리말로 번역했고, 이 소식에 접한 코프만 교수가 특별히 제공해 준 미발표 원고 한 편까지도 추가로 번역해서 한 권의 책으로 묶어 펴내었는데, 최근에 문학과지성사에서 나온 『소설의 곡예사-토마스 만, 그의 문학과 세계』가 바로 그것이다. 이 책은 한마디로 말해서 토마스 만과 그의 소설에 다가가기 위한 중요한 열쇠라고 할 수 있다. 비록 토마스 만과 그의 소설들에 관해 전혀 모르거나 관심이 없다 할지라도 문학일반이나 소설에 관심이 있는 사람이라면, 한번 읽어 볼 가치가 충분히 있다. 왜냐하면, 사람들은 이 책에서 한 소설가의 청년기의 미묘한 콤플렉스, 소설가로서의 그의 인생 전략, 한 작가의 시대적 판단 착오, 뒤늦은 정치적 개안과 고통스러운 궤도 수정, 망명의 쓰라린 체험 그리고 세계에 대하여 조국의 문화를 변호하고 대표하고자 하는 작가의식 등을 엿볼 수 있을 것이기 때문이다.

이 책을 펼쳐드는 독자가 먼저 봉착하게 되는 생소한 문제는 작가 토마스 만이 형 하인리히 만과 숙명적으로 대결할 수밖에 없었던 소위 '형제갈등' 이다. 주지하다시피 토마스 만의 형 하인리히 만 역시

20세기 초반에 활동한 독일의 대표적 작가 중의 한 사람이다. 하인리히 만은 작가로서는 형식적으로 약간 느슨한 작품들을 많이 내어 놓은 흠이 있었지만 일찍이 서구적 민주주의에 눈을 떠서 독일이 한시 바삐 군국주의적 황제체제를 버리고 공화정으로 나아가야 한다는 정치적 견해를 표명함으로써 20세기 초의 독일 진보진영에서는 자타가 공인하는 지도자였다. 이러한 형에 비하여 토마스 만은 작가로서는 태작(駄作)이 거의 없을 정도로 항상 완벽하게 다듬어진 주옥같은 작품을 세상에 내어 놓았으나 정치적 개안이 늦어 한동안 빌헬름 황제체제를 지지했을 뿐만 아니라 제1차 세계대전에서 독일이 승리해야 천박한 서구적 삶의 양식에 필적하여 숭고한 독일정신이 그 존속과 영광을 보장받을 수 있다고 생각하는 등 작가치고는 지나치게 보수적인 입장에 함몰해 있었다. 물론, 1922년경부터 토마스 만도 이와 같은 정치적 오류에서 서서히 벗어나기 시작했으며, 나치 치하의 독일을 피하여 미국으로 망명할 즈음에는 거의 형 하인리히 만과 비슷한 정치적 견해에 도달하긴 했다. 그러나 1910년대의 토마스 만이 정치적 입장을 달리하는 그의 형과 대결한 갖가지 글들은 오늘날까지도 늘 토마스 만의 작가적 궤적에 붙어 다니는 중대한 오점으로 지적되곤 한다. 이와 같은 '형제갈등'을 헬무트 코프만 교수는 역사적으로 딱딱하게 기술하지 않고 형제 작가의 작품들을 각각 도전과 응전의 형식으로 짝지어 분석함으로써 갈등의 원인과 양상을 명쾌하게 설명하는 데에 성공하고 있는데, 독자의 지적 호기심을 일단 유발시켰다가는 그것을 설득력 있게 풀어 주고 승화시켜 주는 그의 지성적 분석 자체가 가히 또 하나의 작품이라 할 만하다.

'형제갈등' 다음에 논의되고 있는 것은 토마스 만에게 작가적 명성과 노벨문학상을 안겨 준 처녀장편『부덴브로크 일가』를 비롯하여 그의 대표작『마의 산』, 독일인으로서 나치 독일의 죄업을 참회하고 독일의 전통문화를 변호한 망명소설『파우스트 박사』, 근친상간과 인간의 원죄 문제를 다룬 만년의 작품『선택된 인간』, 교양소설의 패러디이기도 하고 작가 자신을 사기사로 뒤집어 서술하고 있는 일종의 예술가 소설인『사기사 펠릭스 크룰의 고백』등 그의 5대 장편소설이다. 코프만은 작가 토마스 만 개인사와 그가 산 시대사가 복합적으로 꼬여서 때로는 전혀 엉뚱한 형상으로 표출되어 있는 토마스 만의 난해한 작품들을 분석하되, 일견 어줍잖게 보이는 실마리부터 술술 풀어내어 작품의 핵심을 보여 주면서 독자들에게 한 소설가의 파란 많은 삶의 궤적을 보여 줌은 물론, 소설문학이란 궁극적으로 무엇인가를 은연중에 깨닫게 해 준다.

마지막 장에서 논의되고 있는 '유머와 아이러니'는 둘 다 토마스 만 산문문학을 특징짓고 있는 중심 개념들로서 비단 토마스 만의 소설에 관심을 가진 사람에게뿐만 아니라 소설문학 일반의 특징과 구조를 알고자 하는 사람에게도 유익한 독서 체험을 선사할 것이다.

끝으로 편역자를 위해 몇 마디 덧붙인다면, 우선『소설의 곡예사』라는 책 제목에 다소 이의를 제기하고 싶다. 줄타기 광대의 운명과도 흡사한 예술가(Künstler) 토마스 만을 적절하게 부각시키기 위해서 '곡예사'라는 어휘를 택한 충정은 이해할 수 있지만, '곡예사'라는 우리

말이 풍기는 부수어감이 다소 피상적인 인상을 주기도 하거니와, 설령 이 말이 가치중립적이라 할지라도 일생 동안 오직 소설 한 가지만을 위해 살고 소설만을 안고 궁근 진정한 예술가이자 삶과 생활, 조국과 세계시민이란 명제를 두고도 일생 동안 진지한 고민과 자기 성찰의 고삐를 놓지 않은 도덕가 토마스 만이 '곡예사'란 말로 적절히 표현되었는지 염려스럽다. 토마스 만은 확실히 '소설의 곡예사'인 측면이 있지만, 삶에 대한 진지한 고민을 예술로 승화시킨 그는 '소설을 통한 인생의 구도자(求道者)'로서의 면모도 지니고 있다. 요컨대, 독일인으로서는 드물게 인생과 예술 사이의 갈등과 고뇌를 정치(精緻)한 언어와 완벽에 가까운 구성으로 형상화해 내는 데에 성공한 그를 지칭할 때에는 오히려 '독일소설의 완성자'가 더 적절하지나 않을까 싶다.

번역 중 "우리 형제의 비극을 종결짓자 Laß die Tragödie unserer Brüderlichkeit sich vollenden"는 "우리 둘의 형제성이 지니고 있는 비극을 비극으로써 완성시키도록 하자"는 의미일 것이며, 토마스 만의 첫 소설 『호감(Gefallen)』은 '윤락', 또는 '타락'으로 옮기는 것이 옳겠다.

그러나 한 권의 책을 번역하다 보면 이런 사소한 실수는 누구나 범할 수 있는 번역의 필요악이리라. 이 책의 편역자 류은희 박사는 독일 유학생활로부터 막 귀국한 젊은 독문학도치고는 어려운 원문을 우리말로 잘 소화해서 평이하고도 재미있게 읽혀지는 한 권의 연구서를 펴내는 데에 성공한 것으로 보인다. 앞으로 활발한 연구 활동이 기대된다.

대화적 문예미학과 텍스트사회학

허창운 서울대 독어독문학과 교수

『비판적 문학 이론과 미학』
페터 V. 지마 지음 / 김태환 옮김 / 2000 / 문학과지성사

이 책에 실린 글의 원저자는 현재 오스트리아 클라겐푸르트대학 일반 문예학 및 비교 문예학 연구소 소장으로 있는 지마(Peter V. Zima) 교수이다. 역자 김태환 박사는 서울대학교에서 독문학 박사학위를 취득한 후 지마 교수의 지도 아래 최근 클라겐푸르트 대학에서 다시 비교문예학 박사학위를 취득하고 귀국한 신진 비평가이다. 바로 그가 이번에 한국의 독자들이 쉽게 접근할 수 있도록 지마 교수의 문학이론과 텍스트사회학에 관한 대표적인 논문들을 유려한 한글 문체로 번역해서 저자의 소개글과 함께 도서 시장에 내놓게 되었다는 것은 우리 독자로서는 여간 환영할 만한 일이 아닐 수 없다. 왜냐하면

그동안 지마 교수의 포괄적인 문학이론과 텍스트사회학에 관한 저서들은 국내에 비교적 많이 소개되었지만 일반 독자가 쉽게 다가가기에는 좀 버거운 감이 있었기 때문이다. 한마디로 문제의 『비판적 문학이론과 미학』에 실린 두 편의 글 중 첫 번째 글 〈현대 문학 이론과 미학〉은 지마의 저서 『문예 미학Literarische Ästhetik』(Tübingen 1991, 서울 : 을유문화사, 1993)의 내용을 축약해 놓은 서술이라고 해도 과언이 아니며, 또 두 번째 글 〈문학사회학을 넘어서〉는 지마의 이론서 『텍스트사회학Textsoziologie』(Stuttgart, 1980, 서울 : 민음사, 1991)의 이론적 골격에 기반해서 구체적인 작품 분석(카뮈의 『이방인』)의 예시와 이론적 부연 설명을 포함하고 있어서 문학이론에 관한 개략적인 정보를 쉽게 얻을 수 있도록 구성되어 있다.

특히 처음의 글에서 지마는 현재까지 개발된 여러 유형의 문학이론들(예컨대 영미 신비평, 러시아 형식주의, 체코 구조주의, 수용미학의 제 유형, 마르크스주의와 비판이론의 미학, 기호학의 두 유형과 해체주의 등)이 생겨난 역사적 배경과 철학적 미학적 기반에 대한 문제들을 추적·해명하는 작업을 전개한 후 그 바탕 위에서 바람직스러운 문학이론, 곧 '대화적 문학이론'의 성립 가능성을 타진하고 있다. 지금까지의 문학이론들이 하나같이 자신의 역사적 미학적 연원에 대해 충분한 천착과 성찰도 없이 일면적인 주장들만 펼쳐 온 맹목성을 지적하고, 차제에 바람직스러운 문학이론이 되려면 어디까지나 겸허하게 이론 본래의 우연성과 잠정성 내지 수정 가능성을 인정하면서 여러 다른 진영들의 견해를 상대로 기탄없는 대화의 광장에 나서는 일이 필연적으로 요청된다고 지마는 주장한다. 결국 그가 기획하는 대화적 문학이론과 텍스트사회학은 그와 같은 대화의 미덕을 철저히 실천하려는 이론적 시론이라는 점에 주목할 필요가 있다.

그리고 두 번째 글에서는 지금까지 문학사회학 영역에서 개발된 여러 유형들이 하나같이 문학이 텍스트의 형태로 제시된다는 엄연한 사실을 간과한 점에 각별히 관심의 초점이 모아지고 있다. 바꾸어 말해 지마는 전통적 문학사회학이 문학텍스트가 언어적 구조로 형상화되어 있다는 사실에 대한 관심을 근원적으로 결여하고 있다는 인식에서 출발한다. 따라서 텍스트사회학은 텍스트의 의미론적 서술 구조, 즉 언어적 형식을 집중적으로 조명함으로써 문학텍스트를 의미 층위에서뿐만 아니라 표현층위에서도 분석·이해·비판하는 문학사회학의 특정 유형으로 부각된다. 이 경우 언어는 특정 의도에서 집단적 형태로 이용되는 하나의 의사소통적 기호 체계, 즉 일종의 사회어(社會語 Soziolekt)라는 인식에 기반하고 있기 때문에 그것은 사회기호학적 속성을 획득한다. 게다가 텍스트사회학은 언어학의 범주를 뛰어넘어 언어구조를 문장 차원에 국한시키지 않고 텍스트의 층위로 대상 영역을 확장함으로써 서술적 술화(述話 Diskurs)의 차원으로 나아간다는 점에서 독특한 사회기호학이 된다. 더욱이 이 사회기호학은 언어적 형상화를 단지 독자적인 언어유희 내지 자율적 언술 행위로 보기보다는 이데올로기적 속성까지 드러내는 차원에서 구조 분석을 시도한다. 이 경우 텍스트사회학은 언어가 현실사회와 부단히 상호작용하는 가운데 조작·왜곡·굴절되는 일종의 이데올로기적 변질을 주목하기 때문에 그런 식으로 탈바꿈한 문학의 사회적 술화에 대해서는 비판적으로 접근해야 한다는 당위에서 '비판적 문예학' 의 위상을 획득한다.

결국 지마가 두 번째 글에서 전개하는 비판적 문예학으로서의 텍스트사회학에 대한 담론은 문학사회학의 주요 개념들인 사회체제와 제도, 이데올로기와 반영, 교환가치와 사물화 등에 관한 상론을 병행시키면서 자신의 핵심 개념인 사회언어학적 상황, 사회어와 술화, 간텍스트성, 양가성(兩價性)과 무차별성, 서술적 구조의 특수성, 생산과 수용 등과 관련해서는 이론적 논술과 구체적인 작품 분석의 실례를 통해서 해설을 도모하고 있는 셈이다.

궁극적으로 '대화적 문예학' 으로서의 텍스트사회학은 칸트주의적 불가지론과 헤겔주의적 인식요구 간의 긴장을 변증법적으로 담지하고자 하며, 대상을 대립자의 통일로 이해함으로써 문예미학을 부정적 변증법으로 처리하고자 한다는 점에 독자는 주목할 필요가 있다. 이러한 자세는 바로 아도르노가 『미학 이론』에서 언급하는 예술의 수수께끼적 성격을 사회과학적 맥락에서 진지하게 받아들이는 결과를 초래하며, 특히 양가성이 문학텍스트의 미학적 질을 결정한다고 할 때 그러한 양가성을 단의적으로 제거하는 일은 이데올로기 비판적 이론이 추구할 과제가 아니라고 지마는 주장한다.

인문 · 사회과학에서는 모든 이론적 술화가 지닌 집단어(사회어)적 연원과 집단적 관심을 감안하는 이론적 대화가 추구될 때 비로소 유관성(有關性 Pertinence, 참된 가치)의 문제도 해결될 수 있다고 보는 데, 이때 지마가 중요하게 생각하고 있는 점은 '전문가집단' 같은 사회집단의 동질성은 전문어적 성격뿐 아니라 이데올로기적 성격도 지닌다는 사실이다. 예컨대 동질적 집단으로서의 문예학자들간에 이루어지는 간주관적 대화(이를테면 가설에 대한 비판적 검증작업 등)는 극히 비생산적이 될 뿐이다. 따라서 보다 효율적인 집회와 토론을 위해서는 여러 집단어들간의 간집단적, 간술화적 대화의 가능성이 보장되는 일이 필수적이다. 왜냐하면 이 대화는 전문적이고 이데올로기적인 선입견들을 근원적으로 의문시함으로써 참여자들로 하여금 이데올로기적 이의(異意)와 이견들 속에서 합의(合意)를 도모하는 노력을 경주하게 만들기 때문이다.

이런 관점에서 지마가 제시하는 텍스트사회학의 입지에 대한 주요 논거는 대충 다음과 같다. 우선적으로 거론할 수 있는 것은 이데올로기의 의미론적 서술 구조, 곧 언어적 구조에 관련된 논거이다. 지마는 사회학과 기호학의 분리를 극복함으로써 사회기호학적, 텍스트사회학적 이데올로기 비판을 기획한다. 이 이데올로기 비판에 의하면 이데올로기 역시 '집단어'나 '사회어'로 이해됨으로써 이차적으로 모델화하는 체계로 정의된다. 사회어라는 것은 결국 일종의 이론적 구성물이다. 경험에 따르면 그것은 오직 어휘적 레퍼토리와 의미론적 약호체계를 공유하고 있는 무수한 친족적 술화들로서만 알아볼 수 있다. 이런 시각에서 이데올로기 개념에 대한 지마의 제한적·비판적 정의는 매우 생산적이다. 즉 "이데올로기는 한 특정 사회어와 동일시될 수 있는 하나의 술화적 부분 체계다. 이 체계는 의미론적 이분법과 이에 상응하는 서술적 처리 방식들(주인공과 반주인공)에 의해서 지배됨으로써 그 체계의 진술주체는 자신의 의미론적 통사론적 처리 방식들을 반성하고, 그것들을 개방적 대화의 대상으로 만들 수 있는 준비가 되어 있지 않거나 그럴 능력이 없다. 그 대신 진술주체는 자신의 술화와 사회어를 유일하게 가능한(진실되고 자연적인) 것으로 묘사하고 그것들을 자신의 현실적이고 잠정적인 대상들의 전체와 동일시한다."(『문예 미학』, 447쪽)

따라서 이데올로기의 편파성과 맹목성을 해체시키기 위한 이데올로기 비판적 간술화적 대화의 확충 노력은 인문·사회과학의 간학문적 요청 사항에 다름 아닐 것이다. 아무쪼록 간술화적 대화의 미덕을 문학이론적으로 천명하고 있는 지마가 우리에게 폭넓게 수용될 것을 바라면서 이 책의 독자에게 기대를 걸어 본다.

문학 연구의 영원한 화두
대중문학

임성래 연세대 인문과학부 교수

『대중문학을 넘어서』
김창식 지음 / 2000 / 청동거울

지난 90년대에 들어서면서 대중문학은 문학계의 최대 화두로 떠올랐다. 그러나 이 화두에 대한 접근은 매우 제한적이고 조심스러웠다. 실제로 카프시대를 제외하면 우리 학계에서 90년대까지 대중문학에 대한 본격적 논의는 별로 이루어지지 않았다. 물론 60, 70년대에 부분적 논의가 없지는 않았지만 90년대 중반부터 대중문학에 대한 관심이 높아진 것이 사실이다. 그러나 아직도 대중문학을 대하는 학자들의 태도는 매우 조심스럽다. 그것은 대중문학이 독자 취향의 소비적 속성을 중시하고 인간에 대한 진지한 통찰이 부족하다는 관점과 밀접한 관련이 있는 것으로 보인다. 고 김창식 선생이 지은 『대중문학을 넘어서』는 바로 그 지점에서 우리에게 대중문학을 어떻게 바라볼 것인가에 대한 답변을 준비한 것으로 보인다.

이 책은 모두 3부로 이루어져 있다. 제1부에는 '문화 연구와 대중문학', '대중문학과 독자', '연애소설의 개념' 등 3편의 글이, 제2부에는 '1930년대 한국신문소설의 존재방식―최서해의 『호외시대』를 중심으로', '추리소설 형성기의 실상과 김내성의 『마인』', '최인욱의 『임꺽정』 연구', '서양 과학소설의 국내 수용 과정에 대하여', '신문소설의 대중성과 즐거움의 정체', '대중문화와 소설 쓰기의 지형 변화' 등 6편의 글이, 제3부에는 '민족사의 복원과 민족혼의 부활을 위하여-조정래의 『아리랑』', '어둠의 끝을 향한 환상여행', '한국 도시소설의 세기말적 양상', '지구화 시대 우리 소설의 빛과 그늘' 등 4편의 글이 실려 있다.

그 가운데 제1부는 크게 두 가지를 탐색하고 있다. 하나는 대중문학의 연구 방법을 모색하기 위하여 문화연구 방법론을 활용한 것이고, 다른 하나는 대중문학의 하위 유형인 연애소설의 개념을 구체적으로 설정한 것이다.

그가 활용한 문화연구 방법론은 레비스트로스의 신화론과 그람시의 헤게모니론, 피스크의 카니발리즘(저항적 즐거움)이다. 그는 레비스트로스의 신화론의 이항대립의 상징적 의미해석을 원용하여 조중환의 『장한몽』을 빈부의 대립이 의리 : 이욕, 사랑 : 돈, 사람 : 짐승, 인간적 삶 : 사회적 출세 등의 대립구도와 상동관계에 있으며, 이 모든 것들은 사랑의 위대함을 증명하는 데 있다고 해석하면서 이런 구도는 김말봉의 『찔레꽃』에서도 같은 양상을 보인다고 했다. 그람시의 헤게모니론을 원용해서는 대중문학을 상충하는 두 이념이 투쟁을 벌이는 과정에서 찾아낸 일종의 타협점으로 보고, 『장한몽』은 의리와 정절을 지킨 자와 그렇지 못한 자의 투쟁과 그 타협점의 모색으로, 신달자의 『물위를 걷는 여자』는 여성들의 최대 관심사인 일과 결혼의 갈등과 그 타협점을 찾는 과정으로 그 의미를 해석하였다. 또한 카니발리즘이 기존 질서에 대한 저항과정에서 일어나는 일탈성에서 즐거움을 찾는다는 점에 주목하여 손창섭의 『부부』는 여필종부가 아닌 남필종부로 이야기를 전도시킴으로써 사회 규범을 뒤집는 데서 오는 일탈적 즐거움의 탐구 과정이라고 설명하였다. 또 기존 규범이나 규칙들을 깨뜨리는 데서 오는 해방의 즐거움은 박범신의 『물의 나라』에서 백찬규의 일탈적 행동에서도 그대로 드러난다고 보았다.

다음으로 그가 관심을 기울인 것은 연애소설의 개념 규정이다. 사실 그동안 학계에서 연애소설에 대한 논의가 상당수 있었지만 대부분 작품론에 머물렀고, 연애소설의 개념이나 원리에 대한 천착이 없었다. 그런데 그의 논의는 매우 구체적으로 연애소설의 개념을 규정하고 그런 토대 위에서 연애소설의 요건과 범주를 명확히 규정함으로써 연애소설의 논의의 토대를 마련하였다. 그리고 구체적으로 이언 플레밍의 '007' 시리즈나 서부극 『하이눈』이나 『OK목장의 결투』가 왜 연애소설이 아니고, 『닥터 지바고』와 『테스』, 『제인 에어』, 『폭풍의 언덕』, 『유정』, 『방랑의 가인』 등이 왜 연애소설인지를 명확히 설명하고 있다.

제2부는 대중문학의 하위 유형에 해당하는 신문소설과 추리소설, 역사소설, 과학소설 등을 다루었는데, 여기서는 해당 작품의 구체적 분석에 치중한 것이 특징이다. 그는 1920~30년대 신문소설을 분석하면서 최서해의 『호외시대』를 예로 들어 신문소설의 성격과 통속성과 문학성의 문제를 분석하였다. 그리고 신문소설이 대중성을 획득하는 요인을 당시 사회적 이슈를 소재로 삼고, 독자에게 친숙한 문학적 도식을 사용하면서 환상과 위안을 제공하는 데서 찾았다. 또 김내성의 추리소설 작가로서의 위상과 『마인』이 왜 우리 문학사에서 본격적인 의미의 추리소설인지를 설명하였다. 역사소설과 관련해서는 최인욱의 『임꺽정』을 홍명희의 작품과 비교하면서 문학적 성과와 한계를 밝혔다. 그의 꼼꼼하고 치밀한 자료 정리의 면모를 잘 보여 주는 글은 역시 과학소설의 국내 수용 과정을 밝히는 글이다. 그는 1900년대부터 1980년대까지 서양 과학소설 가운데 국내에 들어온 작품은 어떤 것이 있고, 그 특징이 어떤가를 일일이 자료를 찾아내서 밝히고 있다.

이처럼 그는 대중문학에 애정을 갖고, 다양한 방식을 통해서 대중문학을 분석하였다. 그리고 대중문학에 대한 논의가 별로 이루어지지 않고 있는 오늘날 학계의 현실을 고려할 때 그 나름대로 큰 성과를 거둔 것이 사실이다. 그가 거둔 가장 큰 성과는 대중문학 연구 방법론을 나름대로 제시했다는 점, 연애소설의 개념을 명확히 규정했다는 점, 대중소설의 하위 유형의 여러 작품을 구체적으로 분석하여 대중문학 연구의 가능성을 열었다는 점, 대중문화와 대중소설의 결합 양상과 대중성과 즐거움의 상관성을 밝혔다는 점을 꼽을 수 있다.

그럼에도 불구하고 이 책에서 가장 큰 아쉬움은 일관된 관점에서 해당 작품들을 분석한 것이 아니라 기존의 대중문학 관련 논문을 모아서 책을 만들었다는 데 있다. 그래서 이 책도 이런 종류의 책이 가지고 있는 약점, 곧 논지의 일관성을 유지하지 못하는 약점을 고스란히 드러내고 말았다. 곧, 저자가 제1부에서 시도한 문화읽기로서의 대중문학에 대한 분석의 틀이 제2부의 구체적 작품 분석에서 실제로 적용되지 못했다. 그 결과 그의 문화읽기를 활용한 대중문학 연구 방법론의 모색은 단지 방법론의 모색에서 끝나 버리고, 구체적인 작품 분석 방법의 적용은 기존의 틀에 따르는 이상한 방식이 되고 말았다.

이 책이 책 제목대로 대중문학을 넘어서기 위해서는 논지의 일관성을 유지해야 했다. 말하자면 그가 의도했던 문화읽기로서의 대중문학에 대한 분석의 틀이 구체적인 작품 분석과 해석에서 지속적으로 이루어졌어야 했다. 예컨대 최서해의 『호외시대』를 문화읽기 방법으로 분석했을 때 어떤 의미를 지니고 있으며, 그것은 기존의 논의와 어떻게 다른가를 밝혀야 했다. 또 김내성의 『마인』이나 최인욱의 『임꺽정』에 대한 분석도 문화읽기 방법으로 읽었을 때의 의미가 기존의 분석과 어떻게 다른가를 밝혔어야 했다. 만일 그렇게 했다면 '1930년대 한국신문소설의 존재방식'을 비롯한 많은 글들의 내용이 크게 달라졌을 것이다.

물론 이것은 그의 잘못이라기보다는 이 책이 그의 유저(遺著)로 출간된 까닭에 그가 그동안 발표한 글을 모아 책을 만든 데서 연유한다. 만일 저자가 지금 살아 있다면 그는 자신이 세운 문화분석의 틀을 토대로 많은 작품을 분석하는 성과를 거두었을 것이다. 그리고 그의 업적은 대중문학 연구에 큰 디딤돌 역할을 감당했을 것이고, 한국문학 연구에도 큰 기여를 했을 것임에 틀림없다. 대중문학에 대한 남다른 애정을 보였던 고인을 회상하면 그의 빈자리가 유난히 커 보인다. 이 자리를 빌어 고인의 명복을 빈다.

황의조 서울대 강사

김수영 시의 '존재론' 혹은 현상학적 현대성

『풍자와 해탈 혹은 사랑과 죽음』
김상환 지음 / 2000 / 민음사

저자 김상환 교수는 "유럽에서 가장 보수적인 학풍의 대학에서 문헌 고증을 중시하는 지도교수 아래 데카르트를 공부"(5쪽)한 철학자다. 그는, "남이 한 번 읽고 지나가는 곳을 골백번도 더" 그리고 "똑같은 내용의 책을 불어, 라틴어, 영어, 독일어로 번갈아 가면서" 읽어야만 했던 "그런 무미건조한 실증주의에 갇혀 있기에는"(6쪽) 너무 왕성한 상상력을 가지고 있었다고 한다. 그는 또한 "인생에서 한번은 데카르트를 읽었을 때만큼의 열정과 수고를 우리나라의 고전에 바치리라"라는 사명감과 "하이데거의 횔덜린론이나 데리다의 말라르메론에 대한 치기 어린 질투와 모방 심리"(7쪽)를 동시에 가지고 있었다고 한다. 김수영의 작품은 그러한 젊은 날의 저자에게 '해방구'가 되었는데, 그 이유는 거기에 '낙후한 현실에서 낙후하지 않게 사는 길'과 그것의 모색을 위한 투철한 '어떤 사유의 일관성'이 있었기 때문이며, 또한 그것들에 대한 '발견의 기쁨이자 모험의 기쁨'이 있었기 때문이라고 한다. 이 책은 '10년 전', 혹은 그 이상부터 꾸준히 숙성되어 온 그 '발견의 일지'로서 김수영의 시 속에 잠자고 있던 '정교하고 방대한 규모의 존재론'을 추적한다. 저자는 이를 3부로 구성하고 있다. 저자의 조언에 의할 것 같으면, 이 책에 실린 글들을 통해서 펼쳐진 생각의 범위는, 삼위일체를 이루는 세 꼭지점 "시(詩)와 시(時)와 시(視)"(103쪽)의 관계에 의하여 한정되고 있다고 한다. 독자들은 그것을 이해하기 위한 준비를 해야 할 것이다.

제1부는 왜 어떻게 살아나가야 하는가에 대한 존재론적 청사진을 감추고 있는 김수영 시의 '근원적' 현대성(이는 역설적으로 김수영의 "고전적 가치"(8쪽)가 된다)을 상정하고 그 구성 요소들과 그것들의 관계를 '시적 사유'와 '존재(론적) 사유'의 이원적 연대성을 통해 추론하는 방식으로 되어 있다. 그때 그의 시가 "시에 대한 시"(13쪽)여야 하는 것은 시적 사유가 감추고 있는 존재론이 성립하기 위한 필수 불가결한 첫 번째 조건이 된다. 왜냐하면 시는 시에 대한 시가 되면서 오지 않은 시, 앞으로 써야 할 시, 지금 없는 시적 본질을 알리는 시가 되기 때문이다. 그러나 이 '지금 없는' 시는 결코 그 자체만으로는 있을 수 없는데, '지금 없는' 시는 언제나 낙후된 현실의 시에 근거해서만이 존재가 가능하기 때문이다. 미래와 함께 있는 이 "환원 불가능

한"(22쪽) 시적 낙후성에 대한 인식은 역사의 특성과 방불하다. 와야 할 역사, 이루어야 할 역사 또한 숙명적으로 낙후한 과거의 역사 그리고 현실의 역사와 더불어 아프면서, 사랑하면서 동행해야 하기 때문이다. 이와 같이, '시에 대한 시'이면서 형이상학적 차원의 역사론이 되는 시를 쓰는 법, 저자는 그것을 〈현대식 교량〉, 〈적〉, 〈아픈 몸이〉 3편에 대한 현상학적 해석을 통해, 수영의 '교량술'이라고 명명한다. 그러나 시 속에서 이루어지는 역사는 현실의 역사가 아니라 허구의 시제, 차라리 "제3인도교"(28쪽)와 같은 표현의 오류로부터 추론된 "진공의 시제"로서 "역사보다 먼저 있어야 하는 가상적 현대성"(30쪽)을 요청한다. 작시(作詩)가 '교량술'이면서 또한 '작시(作時)'인 이유가 거기 있다. 이와 같이 환원 불가능한 낙후성과의 불가결한 공존에 대한 인식은 이 진공의 시제 속에서 역사를 선행하는 보다 더 초월적인 존재론적 경험으로 이어지는데, 거기에서 시 〈먼 곳에서부터〉의 독창적 가치가 나온다. 저자는 그 작품을 우리 고유의 선시와 시조에 그 뿌리를 박고 작시(作時)의 개념을 실현하는 자생적 현대성의 한 전범으로 제안한다. 이 책의 제목이기도 한 '풍자와 해탈 혹은 사랑과 죽음'은 수영이 바로 이 선시와 시조로부터 계승한 시적 존재론의 화두로서 참여시, 순수시의 대립을 훌쩍 지나 지역과 전통의 차이를 개방하는 화해의 문이 된다.

시 〈풀〉은 이 시적 존재론의 정점에 있으면서 이 책의 가장 감동적인 부분을 만든다. 저자는 거기에서 비로소 '시적 사유'와 '존재사유'의 연대적 관계를 공식으로 정립하기에 이른다 :

존재론적 사유와 동행하는 한에서 시적 사유는 사랑의 기술이겠지만,

존재론적 사유에 반하는 시적 사유는…… 죽음의 기술이다.(102쪽)

제2부 '모더니즘의 체험'은 1부에서 예시된 김수영 고유의 현대성이 다른 기원과 행로를 가지는 서구의 현대성과 어떻게 헤어지고 만나면서 그 보편적 가치를 제시할 수 있는가에 대한 논의이다. 이와 같이 '백색의 존재론', '시인과 책의 죽음'에서, 저자는 수영을 데카르트, 블랑쇼, 바르트에 접목시킨다. 시 〈눈〉은 그때 "책 안쪽의 현실에 대한 노래인 동시에 책 바깥의 현실에 대한 노래"(206쪽)로서, '세상의 사물과 책 속 관념의 실재성'을 상실하면서 '기의로부터 분리되어 가는 기표'와 그것들이 범람하는 오늘날을 암시한다. '시인과 모국어'에서는 우리말 정책의 반성 그리고 현대성과 관련하여, 〈거대한 뿌리〉에서 오용했던 '제3인도교'라는 표현이 가지는 창조적인 시적 가치를 벤베니스트와 훔볼트의 지지와 더불어 제시한다. "모더니즘과 한국적 광기"는 "한국의 자생적 모더니즘이 자라나기 위한 운명적 조건"(246쪽)으로서 겪어야 했던 서구 모더니즘에 대한 광기와 콤플렉스의 전말 그리고 그것의 미래지향적 수용을 〈헬리콥터〉, 〈VOGUE야〉, 〈사랑의 변주곡〉을 통해서 제시한다.

제3부 '사유의 금욕주의'는 김수영의 윤리학과 미학이 상대성을 가지며 하나의 중력을 형성하고 그 결과로 생산되는 고유한 시적 운동과 속도감에 대한 이야기이다. 저자는 그 이야기의 서두에 〈장마 풍경〉(외면적 무질서에 대한 거부와 반발) 앞에서 '첨단의 노래만을' 불

러왔음을 반성하고 후진적 현실에 닻을 내리며, '감히 상상을 못하는 거대한 뿌리', 그 '정지의 미'를 모색하는 시인의 '금욕주의'를 배치한다. '역경(力耕)주의'는 그때 정지된 풍경을 '보는 것' 이상으로 '살도록' 허락해 주는, 피곤하면서도 긍지에 찬 시인의 자아 쇄신을 지시한다. 이와 같이 "풍경의 미학이 말하는 풍경은 자아가 자신의 능력을 확장해 가는 운동 안에서 현상한다. 바로 그때 자아의 시선은 풍경 자체를 초월해 간다. 풍경은 보다 집적된 시(視)의 잠재력 안으로 여유 있게 잠기게 된다. 그때 시는 자신과 마주 선 풍경에 밀착하여 있는 것이 아니라 더 먼 곳에 이를 수 있는 가능성 안에 머물러 있다."(291쪽) 이 풍경의 미학을 완성하는 것이 존재와 시의 쫓고 쫓기는 숨바꼭질, 거기서 비롯하는 김수영 시의 '속도'이다. 이와 같이 저자는 다시 〈풀〉을 읽는다.

이 시론이 다른 시론들과 구별되는 어떤 확고한 독창성을 가진다면, 그것은 시의 해석에 있어 전례 없이 '치열하고 집요한' 저자의 현상학적 시선 때문인 것으로 보인다. "시적인 것 자체에 대한 현상학적 기술, 시적인 것에 대한 시적 서술"(86쪽)과 같은 메타언어는 비단 시 〈먼 곳에서부터〉와 〈풀〉에만 국한되지 않는다. "시 또한 자연 못지않게 깊이를 감추면서 현상한다"(297쪽)라는 견고한 경험적 확신은 추론의 척도인 시적 사유와 존재론적 사유의 이원성을 유지하면서 현상학적 관점의 인식론적 자명성과 방법론적 타당성을 보장한다. 저자가 아주 공을 들인 듯 여겨지는 시(詩)가 시(時)이고 시(視)라는 전략적 설정도 바로 거기서 비롯하는 것으로 보인다. 이와 같이 수영의 모든 시들은 끊임없이 '어떤 시적 현상학'의 자장 내에 놓이면서 그때까지 보이지 않았던 시와 역사와 삶의 환원 불가능한 본질적 조건들을 노정한다("환원 불가능한 낙후성"(22쪽), "환원 불가능한 모호성"(60쪽), "반성의 환원 불가능성", "실패와 절망의 해체 불가능성"(73쪽), "최후의 원리"(77쪽), "우연의 환원불가능성"(94쪽) 등등).

이 '치열하고 집요한' 현상학적 시선은 김수영 시가 가지는 진정한 현대성의 가치 재편에 기여한다. 특히, 시 〈먼 곳에서부터〉, 〈풀〉, 〈눈〉이 향후 김수영을 새로이 대표하게 된다면, 이는 순전히 저자가 극적으로 구성해 낸 '존재론적 우화'의 일관성과 설득력의 덕택일 것이다. 그 정도는, 해석이 해석이라기보다 시적 지향성을 가진다는 느낌을 넘어, 때로 시 자체라는 착각을 주는 데까지 도달한다.

이 책은 공화국에서 시인을 추방한 플라톤 스캔들 이후 거듭되는 시와 철학의 인식론적 이니셔티브 논의에 대한 한 입장 표명으로 보인다. 첫눈에 그것은 동반자에 대한 경의와 애정으로 보인다. 그러나 악수와 포옹에 이어, 한 마디만 덧붙인다면 헤라클레이토스는 "자연은 숨기를 좋아한다"고만 말하지 않았다. 필자가 다음 단장에 관심을 갖게 된 것은 순전히 벤베니스트의 덕택이다 :

> 그는 무엇을 이야기하지도, 감추지도 않는다. 다만 의미할 뿐이다.
> Oute légei, oute kryptei, alla semainei.

시를 향하여 가는 데 꼭 현명한 관념론의 길을 발견해야 할 필요는 없다고 본다. 시는 숨겨진 채로 있는 것만은 아니기 때문이다. 어떤 의미에서 시는 근원적으로 개방된 미로다. 모든 우매하고 단순한 헤매임도 받아들인다. 입구도 출구도 없는, 아무것도 아닌 의미의 재료들의 활동들에 이니셔티브를 주어 보자. 시는 시(視)가 아닌 때도 있다. 시를 알기 위하여 때로 우리는 눈을 감아야 할 때도 있다. 그 의미의 음악을 듣기 위해.

인류사적 경험의 만화경

황광수 문학평론가

『파경과 광경』
김정환 지음 / 2000 / 푸른숲

소설은 그 '죽음'의 풍문 속에서도 끊임없이 거듭나고 있다. 아니, 기존의 틀이 깨질 때마다 그 영토는 오히려 넓어지고 있다. 이런 점에서, 소설은 진화를 거듭하고 있다는 바흐친의 말은 아직 효력을 잃지 않았다. 소설의 형식적 탄력성은 놀랄 만하다. 예컨대, 프루스트나 조이스가 기존의 형식에서 막다른 골목을 느꼈을 때, 소설공화국에서는 '기억의 모험'이나 '의식의 흐름'과 같은 전대미문의 형식이 탄생했던 것이다. 그러나 우리가 잊지 말아야 할 것은 이 새로운 방법들은 소설가의 표현 욕구를 충동질하는 새로운 경험이나 삶의 내용과 내밀하게 조응하고 있다는 점이다. 그런 까닭에, 조이스는 소설 공간에 공시적(共時的) 세계가 들어설 수 있는 방법을 찾아낼 수밖에 없었고, 프루스트는 자신의 경험에서 축적된 심층의 풍요로움을 황홀하게 펼칠 수 있는 시간 여행을 감행할 수밖에 없었던 것이다.

김정환의 『파경과 광경』 역시 매우 특이한 형식적 모험으로 새로운 세기의 문을 열어젖히고 있다. 그는 시간을 공간화하는 데 성공했다. 물론, 여기서 말하는 '공간'은 원뿔과 같은 3차원적 고정성이 아니다. 그것은 시간과 공간이라는 사유 형식이 끊임없이 부서져 유동하는 심층의 용광로에 가깝다. 그리고 그것은 인류가 쌓아 온 지혜의 총량과 언어적으로 조응하고 있다. 그러나 작중의 화자인 '나' 또는 내재된 작가는 언어(Langue)와 그 자장(磁場)에 머물고 있는 경험적 지혜에 만족하지 않고 그것들을 뜨겁게 달구어 새로운 시대의 지혜, 또는 진리로 가공해 내려고 안간힘을 쓴다. 말하자면, 신화시대로부터 지금에 이르는 인간의 경험을 직선적 시간의 선후 관계나 기하학적 형상화(논리적 서술)에서 해방시켜 부피와 무게와 질감을 지닌, 그러면서도 끊임없이 유동하는 언어 공간을 빚어내고 있는 것이다. 초월적이면서도 육질(肉質)이 느껴지는 이러한 언어적 혼융(混融)은, 말은 할 수 없지만 정신은 사위지 않은 '나'의 소용돌이치는 의식 또는 잠재의식에서 빚어진다.

식물인간 상태에 있는 '나' 자신은 이런 상태를 '치매'로 비하하지만, 이것은 결코 병리학적 규정이 아니라, 정돈될 수 없는 삶의 내용이나 인류 전체의 경험적 소산을 가장 농축된 방식으로 소설 공간에 흘러들게 하는 고도의 방법적 시각이다. 그렇지만, "나는 지금 아흔 몇 살이다.……장례식을 준비하려면 식구들이 내 나이를 2천 년 가량으로 잡아야 하리라.……정을 끊으려면 그 정도 세월이 필요하다. 그래, 식구들도 이제 지친 거다. ……더 몹쓸 놈들은 2천만 년도 더 잡겠지"(11쪽), 또는 "그래, 나는 2천 년 전에 태어났고 1900년에 태어났고 1954년(작가가 태어난 해-필자)에 태어났다. 그리고, 지금 다시 태어나려 한다"(17쪽)고 할 때, 그는 이미 한 개인을 넘어서, 역사 전체에 맞서고 있는 작가 자신과 결합된다. 작가의 이러한 방법적 개입을 허용한다면, 우리는 더 이상 세상과 삶의 혼돈을 육화하는 그의 모험에 시비를 걸 수 없게 된다. 그 대신, 우리는 그의 모험이 지금까지 우리가 보지 못했던 새로운 세계를 펼쳐 보이도록 요구할 수 있는 권리를 지니게 된다.

우리는 이 소설의 문턱을 넘어서자마자 엄청난 규모의 보물창고에 들어선 듯 황홀경에 사로잡힌다. 그것은 한 인간의 기억이 퍼 올린 것들이 질서정연하게 진열된 '만물상' 이라기보다는 인류사적 경험의 만화경(萬華鏡) 또는 요지경(瑤池鏡)과 같다. 그 느낌은 기시감(旣視感)과는 거리가 멀다. 그것은 우리가 이미 보았던 광경들이 깨어져 속살을 드러내는 파경들로 가득하기 때문이다. '파경' 은 물론 경험적 실체들이 아니다. 작가의 방법적 사색과 해석에 의해 창조된, 새로운 세계의 열림이다. '나' 의 말, 아니 의식을 빌리면, 그것은 '죽음 속으로 젊어지는' 것이며, '형편없이 낡아진' 역사를 '파란만장해서 젊은' 것으로 치환하는 엄청난 작업에서 잉태된 것이다. 그런 만큼, 이러한 파경들을 드러내는 문장들은 하나하나가 낯설 만큼 새로운 느낌과 깨우침으로 부풀어 오르면서 또 그만큼 내밀하게 응축되어 있다. 의미론적 외연의 확장과 시적인 응축에 작용하는, 그래서 서로 반대 방향으로 뻗어갈 수밖에 없는 힘들이 팽팽히 맞서고 있는 것이다. 심층에서 발효하는 말들의 용광로에서 빚어진 이러한 역설(Paradox)과 은유들은 역사 또는 인간의 삶에 혼재해 있는 이질적인 요소들이 하나의 공간에서 함께 숨쉬며 그 자체로서 살아 있게 한다. 그리고 문단(Paragraph)들은 대체로 제각기 하나의 세계 인식을 거느리거나 여러 가닥으로 이루어진 삶의 상황들에 상응한다. 이처럼 '나'의 치매 또는 작가의 거침없는 상상력은 역사와 삶의 총량을 무리 없이 혼융하는 언어적 경제(經濟)를 최고 수준에서 달성하고 있다.

고유의 이름 없이 등장하는—오히려 출몰한다고 해야 할 만큼 무시로 호출되는—인물들은 가족 관계를 지칭하는 외할아버지, 외할머니, 아버지, 어머니, 외삼촌, 이모, 숙모, 형, 남동생, 누이 등(첩 또는 시앗도 가족 관계의 미묘한 자장을 이루고 있다)이고, 그들이 존재하는 공간은 마포, 한강, 이태원, 보문동, 와우아파트 등으로 일상적 공간을 넘어서지 않고 있지만, 이처럼 비근한 인물과 공간들은 전설, 신화, 역사, 오페라, 문학작품 등과 뒤섞이면서 신화적 근원성과 결합되거나 세계사적 보편성을 띠게 된다. 이러한 혼융의 기법에 눈이 익으면, 우리는 아버지에게서는 권력의 속성을, 첫째외삼촌에게서는 권위의 허울을 뒤집어쓴 조선의 남성상을, 둘째외삼촌에게서는 예술가 또는 혁명가적 기질—'나'는 이 둘째외삼촌을 닮았다—을, 남동생에게서는 자본가의 속성을, 증조할머니에게서는 시간을 초월한 전통적 삶의 감각을, 어머니에게서는 어리석어 보여서 패배할 수 없는 여성성을, 이모에게서는 침범할 수 없는 처녀성을, 누이에게서는 저항할 수 없는 부드러움 등을 어렴풋이 느끼게 된다. 그러나 이러한 특성들은 어디까지나 어렴풋한 느낌으로 지펴 오는 것일 뿐 리얼리즘론에서 말하는 인물의 전형성과는 미학적 기능이 사뭇 다르다. 그것들은 오히려 역사와 삶을 이루는 인간적 요소들에 가깝다.

혼융의 마술을 빚어내는 '나'의 언어감각은 그가 역설과 비유의 달인임을 보여 준다. 간간이 이정표들처럼 출몰하는, 아포리즘처럼 응축된 시적인 문장들은 붙박이별처럼 주변을 공전하는 수많은 위성들(파편 또는 파경들)을 거느리고 겉에 드러나 있는 혼돈을 수습하는 의미론적 축들로 작용하고 있다. 그래서 표면적 혼돈과 내면적 질서는 우주의 그것에 상응하는 듯하다. 그러나 시간적 질서를 형상화하는 서사(Narrative)와는 무관한, 확산과 응축의 기법은 체계화된 총체성과는 전혀 다르게, 세계와 삶 자체를 총체적으로 포괄하는 기능을 발휘한다. 이러한 언어체에 등가적으로 공존하고 있는 이질적이고 다양한 요소들은 체계화는커녕 계열화조차 불가능하다. 이 소설은 '치매'라는 혼돈된 의식에 매개되고 있음에도 불구하고 몽상이나 환상(Fantasy)과는 거리가 멀며, 오히려 이 세계의 실체성을 체계화로써 손상하거나 단순화하지 않고 있는 그대로 그려 내려는 야심에서 잉태된 것이다. 말하자면, 그것은 세계를 왜곡 없이 포괄하려는 새로운 서술 방식이다. 『파경과 광경』을 소설이라고 부를 수 있다면, 이러한 기법은 허구(Fiction)의 진짜 허구─형식만이 아니라 내용까지도 거짓인 ― 에 신물이 난 독자들에게 새로운 입맛을 돋우면서 체계화의 덫에서 벗어나지 못하는 철학적 서술까지 넘어설 수 있는 언어 활용의 빼어난 사례로 평가될 수도 있을 것이다. 그리고 이러한 방법에 내포되어 있는 정신은 사회주의가 좌초한 지점에서 인류에게 새로운 희망을 담보할 수 있는 인식과 실천의 방법 또는 삶의 태도를 가능케 하는 통로를 찾아 나서도록 촉구한다. 그러나 그 통로는 어디까지나 몸을 지닌 인간 자체의 한계를 넘어서는 것이어야 한다. 그래서 '나'는 죽음을 새로운 탄생으로, 그리고 무덤을 새로운 세계로 들어서는 '통로'로 뚜렷이 의식하고 있는 것이다.

이 소설은 미완성으로 열려 있다. 역사와 삶이, 그리고 이야기가 천일야화로도 소진될 수 없듯이. 작가 역시 '후기'에서 그의 소설이 다 쓰인 것인지 아닌지 가늠하지 못하고 있다.

설마 다 썼다는 얘긴가? ― 그럴지도 모른다. 어차피 시작도 끝도 없는, 아니 이야기가 없는 이야기였으므로.

그러나, 이 소설의 방식이 혹시나 작가의 경험과 사유의 대부분을 소진해 버린 것은 아닐까? 마치 블랙홀처럼.

현실과 환상의 변증법
혹은 그라스의 소설 미학

김형기 순천향대 연극영화학과 교수

『**귄터 그라스의 문학세계**』
박병덕 지음 / 2001 / 다섯수레

이 책의 저자인 박병덕 교수는 중견 독문학자로 특히 카프카, 그라스, 페터 바이스 등과 같이 실험성 짙은 글쓰기를 시도해 온 작가들의 연구에 몰두해 왔는데, 그것은 이들이 동시대인들의 다층적이고 복합적인 문제의식을 그에 걸맞은 실험적 형식을 빌려 표현하였다는 사실에 연유할 것이다. 이 저서는 이들 가운데서 현존 작가이자 더욱이 1999년도 노벨 문학상을 수상한 독일의 대표적 지식인 작가인 귄터 그라스에 대한 연구서이다. 지금까지 국내에서 귄터 그라스와 그의 작품에 관한 단편적인 소개의 글과 개별 논문들이 발표되기는 했으나, 본격적인 연구서가 단행본으로 발간되기는 아직 드문 경우이다. 그라스의 작품들도 아주 제한된 작품 몇 편만이 우리말로 번역되어 있어서 적어도 우리나라 독자들이 그라스 문학에 대한 총체적인 모습을 파악하기란 사실상 쉽지 않은 상황이다. 바로 이러한 때에 박병덕 교수의 다년간에 걸친 연구의 성과물로서 이 책이 출간되어 그라스와 그의 문학세계에 대한 독자들의 궁금증이 다소나마 해소될 수 있게 된 것은 다행한 일이 아닐 수 없다.

이 책이 연구의 중심 대상으로 삼고 있는 소설 『넙치』(1972년 집필 시작, 1977년 출간)는 그라스의 문학작품들을 서로 긴밀히 연결해 주는 핵심 고리의 역할을 하는 작품으로, 주제와 모티브 면에서 그 이전 작품들뿐만 아니라 이후의 작품들과도 밀접히 연관되어 있다. 복잡한 형식 구조와 의미의 그물망을 가지고 있는 『넙치』를 그라스 문학의 전체 맥락 안에서 제대로 파악하기 위해서 저자는 다면적 접근을 시도하고 있다. 이 책의 구성을 살펴보면, 제1장 머리말에서 이 소설의 수용사와 연구 상황을 비롯하여 연구의 필요성 등을 소개하고, 아울러 그라스의 현실 개념과 역사관을 고찰한 다음 『넙치』에 나타난 동화적 서술형식을 논하고 있다. 이 작품의 성립 과정 등 본격적인 분석을 시작하는 제2장에서는 『넙치』가 지금까지의 지배적 역사를 대체하고자 하는 의도의 소산임을 밝히며, 제3장은 서술자의 기능과 서술상황, 다양한 서술시각 등을 다루고, 제4장에서는 전래동화와 신화 같은 문학 전통의 수용과 변형의 문제, 제5장은 '환상적 리얼리즘'을 만들어 내는 현실과 환상의 변증법, 제6장은 『넙치』를 이끌어 가는 주도 동기들을 찾아내 심층적으로 분석한다.

이 가운데 머리말에서 다루고 있는 그라스의 현실과 역사에 대한 이해, 그리고 서술형식은 비단 『넙치』 한 작품에만 적용될 수 있는 것이 아니라 그의 전체 작품을 이해하기 위한 기본 전제이자 키워드가 되므로 각별히 눈여겨볼 필요가 있다. 우선 정치적 현실 참여와 관련하여 저자는 그라스가 어떤 경향이나 이념을 제시하고자 하는 참여작가가 아님을 지적한다. 이는 그라스 자신이 유년기와 청년기에 나치즘이라는 '불에 덴 아이'로서 나치 이데올로기처럼 총체성에서 출발하는 일체의 이데올로기에 대해 지극히 회의적인 태도를 보이고 있는 것과 직접적으로 관련이 있다. 그라스는 글을 쓰는 작가일 뿐만 아니라 사회 현실에 직접 뛰어들기도 하여 정치와 사회를 비판해 온 행동하는 양심이자 비판적 지식인으로 잘 알려져 있다. 그러나 스스로를 '시대의 산물'이라고 느끼는 그라스는 자신의 현실참여를 '평범한 시민'의 참여, 그러니까 우연히 동시에 작가이기도 한 시민의 자연스러운 참여라고 생각한다. 보통시민이 아닌 작가로서 그라스가 현실에 참여하는 방식은 미학적으로 매개된 형식을 취한다. 즉, 그라스는 근본적으로 상상력과 환상에 토대를 둔 예술성을 통해 현실 사회에 총체적으로 참여하며, 따라서 그라스의 작품 속에 묘사된 현실세계는 경험적인 현실의 공간에 그치지 않고 상상의 공간에서 태어난 전혀 새로운 의미를 지니는 제3의 현실 세계이다. 그라스는 이 상상의 공간에 힘입어 경험적 현실을 새롭게 해석함으로써 여기에 새로운 삶의 질서와 의미를 부여하려고 시도한다. 그리하여 저자는 '현실과 환상, 이 두 차원의 끊임없는 반어적 상호작용'이 그라스 문학에 시적인 생명력을 불어넣어 주는 요체라고 한다.

저자가 심도 있게 천착하는 그라스의 역사관 또한 그의 현실 정치 참여의 기준이 되면서 동시에 창작의 온상 역할을 하고 있다. 그라스는 역사를 직선적으로 전진하는 목적론적 과정으로 보지 않는다. 오히려 혼돈과 모순 그리고 우연으로 가득 찬 부조리한 과정이 구조적으로 반복된다는 것이 그의 역사관이다. 하지만 그라스에게서 보이는 이러한 순환적 역사관의 징후가 곧 염세적, 허무주의적 세계관과 직결되는 것은 아니다. 오히려 그라스는 역사의 순환을 지양할 수 있다고 생각하며, 이때 지양은 과거를 '기억'하는 현재의 의식 속에서 일어난다고 한다. 즉 역사의 '반복되는 벽' 앞에서 참담한 멜랑콜리를 느끼지만, 진보의 가능성에 대한 희망을 포기하는 것은 아니다. 그렇지만 희망은 과거에 대한 '기억'을 간직하는 자만의 몫이라는 것이다. 그라스의 문학은 벤야민이 말하는 의미의 이 '기억'을 환기시키고자 하는 것에 다름 아니다.

또한 그라스의 소설에 특징적인 디테일리얼리즘도 기존의 관념론적 역사관에 내포되어 있는 총체성의 사유에 대한 강한 거부에서 비롯되는 것이다. 관념론적 역사 서술방식에는 보편적인 것, 추상적인 것, 집단적인 것, 이데올로기적 편견이 개입되어 있는 반면, 그라스의 디테일리얼리즘은 개별적인 것, 구체적인 것, 개인적인 것에 충실함으로써 한 시대의 총체적 모습을 그려 내고자 하는 서술방식이다. 전체에서, 총체성에서 출발하는 자는 개별적인 것, 세부적인 것을 위조하거나 지워 버릴 위험이 있다는 인식이 이같은 서술방식을 결국 초래한 것이다. 『넙치』에서 역사상의 중요한 사건들이 포괄적이고 전형적인 추상적 관점에서 서술되는 것이 아니라, 작중 인물로 등장하는 서술자들(서술자―나, 넙치, 일제빌)의 눈에 비친 주관적 시각을 통해 다양하게 굴절되어 서술되는 것도 바로 이 때문이다.

저자는 또한 이 소설의 중요한 서술 전략으로 환상의 힘을 빌려 합리적인 것의 껍질을 부수어 여는 동화적 서술형식에 관해 상론하고 있다. 즉, 그라스는 소위 위대한 인물 중심으로 작성된 기존의 공적인 역사의 허구성을 드러내기 위하여 환상과 현실을 상호 넘나드는 동화적 서술형식을 이용, 이성 중심의 진보적 역사관을 비판하는 대체 역사를 서술한다. 여기서 동화의 환상적 요소는 더 이상 허무맹랑한 개념으로 이해되지 않고 오히려 현실을 간결한 형식으로 파악하는 알레고리로 이해된다.

그 다음에 저자가 심혈을 기울여 논의하는 부분은 그라스가 환상적인 동화형식, 다양한 서술시각과 구조를 통해 독자들과 소통하고자 하는 궁극적인 의도가 무엇인가 하는 점이다. 공적인 역사 기술에서 생략되거나 배제되고 은폐된 부분에 대해 오히려 흥미를 갖는 그라스는 이 소설에서 역사상 익명의 여성이 주도한 역사를 서술하기 위해 식량사의 시각을 선택한다. 이런 시각의 도입을 통해 그는 기존의 생략 투성이의 추상적 역사 기술을 수정, 보완, 확대하여 역사적 사건들 속에 있는 부조리와 모순도 아울러 서술하고자 한다. 다시 말해서 『넙치』는 남성적 지배 원리의 화신인 넙치를 재판하는 서술 차원에서 남성이 역사상 저질러 온 죄악과 그 청산, 극복 문제를 다룸으로써, ‘단치히 삼부작’에서 나치시대에 국한하여 다룬 과거 극복의 테마를 4천여 년에 걸친 남녀 대립의 변증법적 인류문명사의 차원으로 확대하고 있다. 이런 의미에서 『넙치』는 동화적 서술형식에도 불구하고 명백히 역사소설의 성격을 지닌다.

저자는 끝으로 『넙치』에 나타난 여러 특징들을 포스트모더니즘 문학의 이론적 논의와 관련지어 고찰하고 있다. 특히 다양한 서술시각을 동원함으로써 확정적인 결론을 유보하는 회의적이고 반어적인 서술태도, 여러 잠정적인 의미와 해석의 잠재력을 지닌 불확정성의 심연이 존재할 뿐 고정된 절대적 진리의 부재를 암시하는 이러한 서술태도는 독자에게 적극적이고 비판적인 독서 행위를 하도록 요구한다. 또한 『넙치』에는 메타픽션적 성격이 두드러지게 나타나며, 동시적 시간관이 주도적으로 나타난다. 일제빌의 임신 9개월에 따라 소설이 9개 장으로 나뉘어 있어서 전통적인 연대기적 기술방법에 따라 이야기되고 있는 것처럼 보이나, 내적인 서술구조를 들여다보면 몽타주 기법을 원용한 ‘동시성의 서술’이 지배적인 원리로 나타난다. 이는 역사 자체의 순환적, 반복적 요소를 중시하는 것을 의미한다.

이렇듯 위의 저서는 최근 독일 학계의 그라스에 관한 연구 결과와 새 동향을 충실히 반영하고 있다는 점에서 국내의 관련 학계는 물론 일반문학계에 커다란 기여를 할 수 있는 등 여러 장점을 지니고 있다. 그러나 다른 한편으로는 외국의 연구 결과를 소개하고 인용하는 데 치중한 듯한 아쉬움이 있다. 물론 외국인으로서 독문학을 연구하는 데서 오는 한계와 어려움이 큰 것이 사실이지만, 국내에서 우리

학자들 사이에 이루어지고 있는 연구의 담론을 중심으로 끌어들이는 노력이 필요하다고 본다. 그럼에도 불구하고, 의미의 복합성과 구조의 다층성을 특징으로 갖는 그라스의 소설미학과 『넙치』를 논리적이고 정치한 언어로 분석한 이 책은 동시대의 거장 그라스의 문학세계로 한국의 독자를 바르게 안내하는 길잡이가 되기에 부족함이 없다고 생각한다.

소설시학과 소설사

송하춘 고려대 국어국문학과 교수

『한국소설사』

이재선 지음 / 2000 / 민음사

이재선 교수가 이번에 『한국소설사』(근·현대편 1)를 펴냈다. 이 교수는 지난 1979년에 이미 『한국 현대소설사』를, 1991년에 『현대 한국소설사』를 펴낸 바 있어서, 그동안 한국소설을 공부하는 학생이라면 누구나 이 책 한 권쯤 읽지 않은 사람이 없을 정도로 그 성가가 높다. 『한국 현대소설사』가 처음 나온 것이 벌써 20년 전 일인데, 그때 이미 이 소설사는 다음 두 가지 점에서 크게 주목을 받았었다.

첫째, 조연현의 『현대문학사』나 백철의 『신문학사조사』를 읽으면서 공부하던 세대들에게 그것은 처음 보는 본격적인 소설사였다.

둘째, 그전의 문학사가 사실 위주의 연대기적인 서술이던 것에 비추어, 이 소설사는 문학작품의 내재적이고 심미적인 가치를 중심으로 우리나라 소설의 형성과 흐름을 파악하였다.

소설사를 사회사나 문화사 등 일반 역사로부터 분리시켜 문학 특유의 한 특수사로 인정하고, 소설을 문학작품의 내재적 원리에 입각하여 파악하고자 한 이재선 교수의 이와 같은 연구 태도는 그동안 소설사 외에도 『한국 개화기소설 연구』, 『한국 단편소설 연구』, 『한국문학 주제론』 등 많은 업적을 남겼다. 이것들은 모두 한국 근대소설의 형성과 특징을 역사적 관점과 미학적 관점을 통합하는 관점에서 파악하고자 한 노력의 결실인데, 이와 같은 노력은 다시 자연스럽게 1991년 『현대 한국소설사』 기술로 이어졌다. 1945년부터 1990년까지의 소설을 같은 방법으로 기술한 『현대 한국소설사』는 그래서 1979년 『한국 현대소설사』의 연장이다.

『한국소설사』를 언급하기 전에 잠시 이런 설명이 필요한 까닭은 이 책이 1979년 판 『한국 현대소설사』를 증보·개정한 것이기 때문이다. 이 책은 그동안 출판사의 형편 때문에 오랜 절판 상태에 있었다고 한다. 한국 근·현대소설 100년사의 앞부분이어야 할 이 책이 그 방법론을 새롭게 하고 미진했던 부분들을 보완하여 이번에 다시 새롭게 태어나게 된 것을 이 점에서 기쁘게 생각하지 않을 수 없다. 증보·개정에도 불구하고 이 책은 고대·중세소설과 근·현대소설을 하나의 체계로 연계시키려는 노력과, 소설의 미학성과 역사성을 밝히려는 의도를 초판본에서와 같이 그대로 보여 주고 있다.

내용 전체가 크게 네 부분으로 구성되어 있다.

　제1부에서, 개화기 소설의 시간은 19세기 말의 약 20년과 20세기 초의 약 15년이다. 이 시기의 소설을 그는 허구적 서사체로서의 신소설과 경험적 서사체로서의 역사, 전기, 문학양식으로 구분한다. 허구적 서사체로서의 신소설은 다시 정치 사상적인 측면에서, 사회현상적인 측면에서 그것들이 각각 친일로 떨어질 수밖에 없었던 비극적 운명과 오락성을 면치 못한 반이데올로기적 성격을 주목하는데, 상대적으로 신소설의 가치는 경험적 서사체로서의 역사, 전기, 소설 쪽에 치중된다. 열강의 침략주의에 대항하는 자보적 사상의 전개과정에서 반외세 민족 주체적 민족주의를 중시하는 작가와 작품들로부터 근대소설의 시작을 열고 싶어한다. 『무정』이 근대소설의 면모를 갖춘 최초의 작품이라고 하면서도 개화기 소설 연구의 끝 부분에 배치한 것도 이와 같은 관점에서 나온 것이다. 그것이 처음부터 공리적인 효용주의라는 점에서 춘원은 신소설이 제기하는 문제들을 바르게 계승하고 또 이를 문학적으로 확대하고 완성하였다고 한다.

　제2부에서, 1920년대는 한국소설의 현대성이 확립된 단계다. 이 시기 소설에 대한 논의 방법도 사조사나, 작가적 분류나 연대기에 따른 작품론이 아님은 말할 것도 없다. 서구 사상의 유입과 국내 현실 상황이 교착된 상태에서 우리 문학의 형식과 내용이 어떤 식으로 새롭게 형성되고 전개되는지를 주목하는데, 근대사상의 비극적 비전과 국내의 경제적인 빈궁 및 사회주의 수용과 외국문학의 수용은 그 당시 우리 문학을 형성하는 주된 요인이었다. 이 시기 여러 작가와 작품들을 통틀어 리얼리즘의 인식도와 서사기법을 주목한다.

제3부에서, 1930년대는 우리나라 소설의 관심이 수평적으로, 수직적으로 확대 심화된 시기였다. 관심의 영역이 다양해진 만큼 이 시기 소설사의 기술은 그 형성과 전개라는 관점보다 그것들을 분류하는 데에 치중하였다. 도시문명과 향토 및 자연, 도시의 시학과 모더니즘 소설, 도시문명 가운데서도 채만식의 도시소설, 이효석의 도시, 유진오의 지식인, 박태원의 도시풍경, 이상의 문학 등이 다양하게 세분화 되는가 하면, 향토 및 자연이라는 점에서도 이효석의 자연 친화, 농촌소설, 프롤레타리아의 농민소설, 박영준 · 이무영 · 김유정 · 김정한의 또 다른 농촌 문제들이 다양하게 언급되었다. 한편, 장편소설과 함께 나타난 역사주의와 시간문제들은 수직적인 심화 현상에 해당된다. 『삼대』, 『태평천하』, 『대하』의 가족사 소설과, 이광수 · 임꺽정 · 김동인 · 박종화 · 현진건의 역사소설들이 그 예로 채택되었다. 여성 작가와 여성적 글쓰기로서 박화성 · 강경애 · 백신애 · 최정희 · 장덕조를 주목한 것도 1930년대 다원화 경향 가운데 하나였다.

제4부에서, 일제 암흑기로 일컫는 1940년대 전반기는 우리 문학 유산이 매우 빈곤한 시기였다. 1979년 초판본에서 이 부분은 1941~1950 까지라고 확실하게 명기되어 있었는데, 그나마 해방 이후 소설은 1991년 『현대 한국소설사』로 옮겨져 본격적으로 다루면서, 이 부분은 더욱 생략된 셈이다. 황순원과 최명익 소설의 일부가 여기 해당될 뿐 이었다.

이재선 교수가 처음 소설사를 쓰기 시작할 때의 의도는 연대기 왕조사 편년체를 탈피하고 작품의 내재적 원리를 중시하여 근대소설의 형성과 흐름을 체계화한다는 것이었다. 사실, 작품의 내재적 원리를 파악한다는 것과 소설사를 작품의 내재적 원리에 입각하여 기술한다는 것이 어떻게 조화를 이룰 수 있는지는 그 결과가 말해 줄 수밖에 없겠는데, 이 교수가 『한국소설사』를 그 증거로 제시한 셈이다. 그리고 그는 필요할 때마다 자신의 저서인 『일인칭 소설 연구』와 『개화기 소설 연구』를 참고문헌으로 제시하면서까지 자신의 서사이론과 소설미학의 관점을 역설하였는데, 이와 같은 저자의 의욕적인 출발이 그 실제와 어느 정도 부합하였는지는 앞으로 우리가 함께 검증하고 보완해야 할 문제라고 생각한다.

내용 가운데 카프의 활동과 프로문학의 실체가 상대적으로 소략했던 점도 원래 이 책의 저작 의도 때문에 생긴 현상이라고 본다. 소설사를 기술함에 있어 소설시학의 관점과 그 사회사적인 상동 관계를 연계시킨다고 했을 때, 경향문학작품들이 상대적으로 허약해 보였을 것은 당연하다. 그건 그렇더라도 전체를 지향하는 소설사가 이 문제를 어떻게 해결해야 할 것인지는 앞으로도 더 논의되어야 할 것이다.

끝으로 이 책을 증보·개작하는 과정에서, 저자가 보여 준 의도와 고충을 통해 이 책의 성격을 파악하는 것도 필요하다. 이 교수는 이 책을 증보하면서 두 개의 심리적 역학이 작용하는 걸 체험하였다고 쓰고 있다.

원래의 관점이나 의의를 어떻게든 고수하고자 하는 마음과, 새로운 시각과 해석적 관심을 드러내고 바꿔 보고자 하는 마음의 갈피가 그 둘이다. 이를 균형 있게 유지한다는 것은 말처럼 쉬운 일이 아니다. 전자에 집착하면 너무 고집스럽고, 후자에 이끌리면 전혀 새로운 것만 강조할 뿐이기 때문이다. 이 책에서는 원저작의 관점과 틀 및 골격을 가능한 한 견지하면서 그 위에 그간의 관심 및 온축과 해석의 진도 및 학계의 객관적 연구 성과와 해석적 관습의 추이들을 수용하였다.

원작에 치중할 것인가, 개정본에 치중할 것인가, 이는 곧 증보·개정의 수위 조절을 묻는 말이겠는데, 이유야 어찌 되었든 간에 이 책은 원작에 치중한 것이 사실이고, 그만큼 개정·증보가 특징적이지는 않았다.

『한국소설사』(근·현대편 1)는 이재선 교수의 한국 근·현대소설 100년사 가운데 전편에 해당되는 아주 모범적이고도 방대한 소설사다. 그동안 20년이 넘도록 내 소설 공부의 자양분이 되어 준 이 책을 이번에 다시 새롭게 태어난 모습으로 보게 되어 기쁘기 그지없다.

영혼의 소리를 추적하는 차가운 여행

김용표 한신대 중어중문학과 교수

『영혼의 산』(1, 2)
가오싱젠 지음 / 이상해 옮김 / 2001 / 현대문학북스

삶은 싫건 좋건 하나의 여행이다. 가면 갈수록 목적지에서 멀어지는 여행. 그러나 그 자리에 머물러 있을 수는 없다. 아니, 진정한 여행이란 아무 목적지도 없는 여행인지도 모른다.

몇 년 전 필자는 배낭 하나 둘러메고 홀로 몇 달 동안 실크로드와 양자강 일대를 떠돌아다닌 적이 있었다. 끝없이 펼쳐진 타클라마칸 사막은 너무 아름다웠다. 무엇 때문에 내가 그곳에 서 있어야 하는지 이성(理性)과 논리는 필요 없었다. 경치가 아름답기만 하다면 목적지가 어디인지 그건 중요한 문제가 아닐지도 모른다. 그 여행은 동시에 나의 내면 여행이요, 미지의 세계, 상상의 세계로 떠나는 여행이기도

했으므로.

2000년도 노벨 문학상 수상자인 프랑스 국적의 중국 작가 가오싱젠(高行健,1940~)도 바로 그 양자강 일대의 오지를 나처럼 몇 달 동안 홀로 떠돌아다닌 적이 있다. 여행을 다니며 모든 현실이 차갑고 외롭고 허무했던 작가는 자신의 이야기를 들어줄 수 있는 '당신'이라는 또 하나의 '나'를 만든다. '나'는 양자강 일대를 떠돌아다니지만, '당신'은 '나'의 상상 세계에 침잠하여 '영혼의 산'을 찾아 '나'의 내면을 여행하게 한다. 이때 작가의 내면으로부터 울려 나온 소리를 녹음해 놓은 자아 독백이 바로 노벨 문학상 수상작 『영혼의 산』이다.

삶이란 도저히 표현할 수 없는 신비로운 여행. 그러나 어떤 순간, 운명에 의해 차단당할 때 우리는 실망하여 때로 절망의 나락으로 떨어진다. 그러나 길을 다시 떠나면 어디선가 불어오는 신선한 바람에 도저히 걷잡을 수 없을 것 같았던 그 절망도 이내 사라진다. 우리의 일반 독자들이 『영혼의 산』에서 그 여행의 지혜를 배우려면 다음과 같은 몇 가지 사전 정보를 알아 두는 게 유용할 것 같다.

첫째, 작가 가오싱젠에 대한 선입견에서 벗어나 작품 자체를 읽자. 그가 노벨 문학상을 수상한 사실을 놓고 설왕설래 말이 많다. 현실주의냐 모더니즘이냐, 동아시아적 정신이냐, 서구 아방가르드의 모방이냐, 가오싱젠이 과연 중국을 대표하는 문인으로 노벨 문학상을 탈자격이 있느냐, 수상 기준에 정치성이 개입되지 않았느냐 하는 그 모든 논쟁은 잠시 잊어버려도 좋다. 복잡다단하고 천변만화하는 우리 인간들의 삶이 아니던가. 그것도 수십 억 인구의 제각기 다른 삶을 하나의 잣대로 재단한다는 일은 어차피 불가능할 테니까.

둘째, 이 작품을 '소설'로 읽지 말자. 이것저것 '기행문들을 모으고, 이야기 조각들과 붓 가는 대로 쓴 메모들을 짜깁기하고, 감상문과 수필을 뒤죽박죽으로 뒤섞어 놓은' 이 작품에는 완결된 스토리란 없다. 흥미로운 스토리를 기대하면 단 몇 페이지를 넘기기가 힘들다. 게다가 '나', '당신', '그녀', '그' 등 인칭대명사만으로 등장하는 인물들은 그저 무질서한 이야기만을 끊임없이 늘어놓는다. 인물 묘사도 없다. 추억과 느낌, 경험과 상상의 세계를 구분하지도 않는다. 시간과 공간이 뒤죽박죽 혼재되어 있음은 물론이다. 소설이란 장르의 개념과 규범을 완전히 뛰어넘는 이 작품은, 차갑고 외로운 삶의 여행길에서 들려오는 영혼의 소리를 기록한 일종의 명상집으로 읽어야 한다. 그래야 읽힌다.

셋째, 이 작품에 등장하는 다양한 소재에 현혹되어 핵심을 놓치지 말자. 이 작품에는 신화와 설화, 자연과 여성, 문화대혁명 당시의 상처들 그리고 소수 민족의 삶과 죽음과 신앙에 대한 여러 가지 이야기들이 등장한다. 그러나 『영혼의 산』은 아팠던 시대를 돌이켜보는 상흔(傷痕) 문학도 아니고, 신화와 설화를 통해 민족의 뿌리를 찾고자 하는 심근(尋根) 문학도 아니며, 생태주의나 페미니즘도 아니다. 작가가 모든 이데올로기를 거부하고, 문학을 통해 그 어떤 메시지를 던져 주는 것도 거부했음을 상기해 보자. 작가는 단지 언어에 취해 이것저것 정신없이 떠들 뿐이다. "여자와 남자/ 사랑과 정열과 섹스/ 삶과 죽음과 영혼/ 육체의 쾌락과 고통……." 그리고 인간 삶의 그 모든 이야깃거리에 대해 그저 무질서하게 떠들 뿐이다. 삶이란 원래 무질서하고 무의미한 것이므로.

이 작품의 핵심은 '소리'이다. 작가는 '소리'야말로 자연과 인간, 그 모든 존재의 가장 깊은 곳에서 솟구쳐 올라오는 영혼이라고 인식한다. 작품 속에서 '당신'은 '영혼의 산'이 어디에 있는지 끝내 알지 못한다. 하지만 상관없다. '잘 생각해 보면 인간 삶의 궁극적인 목표는 별로 중요하지 않으므로.' '영혼의 산'은 어차피 '아무 의미 없는 그림자들의 세계이며, 모호한 이미지만이 이어지는 얼음의 세계, 완전한 고독'일 터이므로.

중요한 것은 '내'가 선택한 여행길이 얼마나 아름다운가일 뿐이다. 소리는 그 아름다움의 잣대이다. 영혼의 소리가 들리는 여행길의 풍광은 참으로 아름답다. 그리하여 '나'는 언제나 나뭇잎을 두드리는 빗소리, 계곡 소나무 가지 사이로 구슬피 우는 바람 소리에 귀 기울이며 길을 걷는다. 이따금 안개 낀 원시림에서 길을 잃어버릴 때도 강물이 속삭이는 소리를 좇아 길을 찾아간다. 하지만 자연의 소리만으로는 어딘지 공허하다. 제상(諸相)은 모두 허망하지만 상(相)이 없는 것 또한 허망한 법이니까. 그래서 작가는 인간의 소리가 듣고 싶다. 우선 별다른 의미 없이 횡설수설 무질서하게 펼쳐지는 그 말소리라도 듣고 싶다. 내용보다도 소리가 존재한다는 그 자체가 중요하므로. 비록 무질서한 대화의 소란일지라도 그 속에서 '나'는 비로소 생명의 숨결을 느끼고 잠시나마 행복을 맛볼 수 있으므로.

'나'는 자연히 민가 수집에도 깊은 관심을 보인다. 신농가(神農架)

부근 원시림 마을에서 '나'는 우연히 윤리와 도덕에 오염되지 않은
순수한 영혼의 소리를 듣고 감격과 흥분을 금치 못한다.

음이 있어 언어가 있고 / 양이 있어 소리가 있으니 / 음과 양이 결합하
여 인간이 탄생되었도다! / 인간이 태어나자 목소리가 트였고 / 목소리가
트이자 노래가 나타났네 / 노래가 많아지니 노래 책이 만들어졌다네!

3천 년 전, 그렇게 만들어진 순수한 영혼의 노래는 모두 3천 편. 유
가(儒家)의 성현이라는 공자는 그중 3백 편만을 걸러내어 『시경』이라
는 유교의 경전을 만들고, 나머지는 모두 내버린다. 민족의 영혼과
사랑이 버려진 것이다. 작가는 가식과 위선의 소리로 꾸며진 기존의
언어와 문학은 이제 그만 해체하고, 그때 버려진 오염되지 않은 영혼
의 소리를 찾아내어 참된 언어와 문학을 복원하자고 말한다.

『영혼의 산』은 그 영혼의 소리를 추적하는 외로운 여행이다. 그 소
리는 도가(道家)의 색채도 지니고 있지만 불교적인 색채를 보다 강하
게 지니고 있다. (『장자』와 『금강경』의 언어를 구현해 보고 싶었다고 어느
강연에서 작가는 고백했다.) '내'가 몰두하는 대자연의 소리는 "북소리,
종소리, 목어 소리, 방울 소리, 경쇠의 힘찬 소리가 빚어내는 거대한
심포니"에 투사된다. 그것은 바로 비로자나불의 모습이다. '나'는 동
시에 그 멜로디와 함께 낭랑하게 울려 퍼지는 염불 소리에도 귀를 기
울인다. 불경 한 구절이 끝날 때마다 울림의 덩어리 위로 솟아오르는
그 목소리에서 여전히 번민할 수밖에 없는 인간의 아픈 영혼을 조용

히 듣는다.

『영혼의 산』은 그러한 영혼의 소리를 포착하여 언어와 문학으로 재구성한 획기적인 작품이다. 작가는 여행길의 아름다움을 위해 '선율보다 더 고상하고, 어법과 문법의 한계 너머에 있고 주어와 술어 사이의 구별이 없는, 인칭을 초월하고 논리를 깨뜨려도 느낌이 끊임없이 이어지는, 이미지나 비유, 생각들의 연상이나 상징에 의존하지 않는, 순수하고 맑고 음악적이고 파괴될 수 없는' 언어를 초월한 언어, 언어의 그물을 벗어나는 선종(禪宗)의 언어로 완전히 새로운 스타일의 소설 『영혼의 산』을 쓴 것이다.

『영혼의 산』은 눈으로 줄거리를 읽는 '시각 소설'이 아니다. '언어의 흐름(語言流)'을 따라 소리내어 낭송하며 시시각각으로 변하는 등장인물의 심리를 추적해야 하는 '청각 소설'이다. 흔히 이 작품을 가오싱젠이 불어로 써서 처음 발표한 것으로 착각한다. 하지만 이 작품은 작가가 처음부터 의도적으로 새로운 중국어의 창조에 모든 초점을 맞추어 창작한 '언어 소설'이다. 그러므로 이 작품은 중국어로 된 원본을 중국어로 낭송하며 읽어야 가장 좋다. 그래야만 그 생생한 리듬감 속에서 작가의 영혼을 만날 수 있다. (《현대문학북스》에서 출간된 한국어 번역본은 역자의 매끄러운 문체가 상큼하게 느껴진다. 그러나 리듬감은 없다. 작품의 청각적 특성을 간과하고 불어판을 저본으로 삼은 점은 큰 아쉬움이다.) 언어는 '물질세계의 객관적 시공(時空) 관념을 무시해 버리는' 인간 개인의 가장 대표적인 심리 활동이다. 특히 가오싱젠의 '언어의 흐름'은 오로지 '나', 개인만이 존재한다. 그에게 '우리'란 낯설고 위선적인 존재일 뿐. 그의 문학은 독자의 입장을 배려해 주지도 않고, 사회 감시 기능도 거부하며, 모든 이데올로기를 배격하는 외롭고 '차가운 문학'이다.

여기서 잠시 생각해 보자. 인간의 삶은 어떤 상황에서 가장 외롭고 허무할까? 만약 절박한 빵의 문제와 물질에 대한 소유욕이 해결되지 못한 상황이라면 고독과 허무란 하나의 사치 아닐까? 작가 역시 말한다.

나는 외로움을 달래고 즐거움을 얻기 위하여 쓸 뿐이다. 생활비를 벌고 싶지는 않다. 소설 창작은 나에게 하나의 사치 생활일 뿐이다.

그렇다면 아직까지 '우리'와 '현실'의 문제가 보다 중요한 당면과제인 중국에서 그가 그다지 환영받지 못하는 이유를 짐작할 수 있을 것 같지 않은가? 그러나 경제적 문제가 해결된 후라면 인간 개인의 정신적 방황이 가장 절박한 당면 과제로 떠오를 것이다. 그렇게 생각하면 그가 서구 중심의 노벨 문학상을 수상할 수 있었던 것도 납득할 수 있지 않을까?

역사를 초월한 절망의 깊이

김인환 고려대 국어국문학과 교수

『칼의 노래』(1, 2)

김훈 지음 / 2001 / 생각의나무

김훈의 첫 번째 소설 『빗살무늬토기의 추억』과 이번 소설 『칼의 노래』는 몇 가지 공통점을 지니고 있다. 사람들이 다치고 죽고 집이 무너지고 그 위기의 순간에 판단하고 대처하는 사람의 외로움 같은 것을 공유하고 있는 것이다. 그러나 『빗살무늬토기의 추억』은 적지 않은 약점을 드러내고 있다. 장철민과 눈먼 안마사의 관계가 모호하고 불과의 싸움과 나날의 관습, 그리고 박물관의 신석기 토기와의 사이에 막연한 상징 이상의 연결 고리가 설정되어 있지 않다. 『칼의 노래』에는 첫 번째 소설의 이러한 약점들이 말끔히 가셔져 있다.

김훈은 『칼의 노래』를 이순신이 자기에 대하여 말하는 자기서술로 전개하고 있다. 작가의 입장에서 보면 1인칭 자기서술과 인물시각서술은 동일한 것이므로 김훈이 해야 하는 일은 이순신이란 인물의 시각을 보여 주기 위하여 상상의 영역을 최대한도로 확대하여 김훈이 이순신이 되기도 하고 이순신이 김훈이 되기도 하는 공간을 마련하는 것이다. 이것은 실로 조련치 않은 작업이다. 김훈은 16세기와 21세기의 시간적 간격을 넘어서 사유해야 할 뿐 아니라 평범한 문필가로서 민족의 사표 역할을 연기해야 한다. 이 소설의 장점은 작가가 이러한 아포리아를 명확하게 인식하고 있는 데서 빚어진다.

……나는 정의로운 자들의 세상과 작별하였다. 나는 내 당대의 어떠한 가치도 긍정할 수 없었다. 제군들은 희망의 힘으로 살아 있는가. 그대들과 나누어 가질 희망이나 믿음이 나에게는 없다. 그러므로 그대들과 나는 영원한 남으로서 서로 복되다. 나는 나 자신의 절박한 오류들과 더불어 혼자서 살 것이다.

'책머리'에 붙인 작가의 말은 작가가 이 소설의 곤경을 어떻게 인식하고 있는가에 대하여 진술한 고백이다. 예를 들어 21세기의 어느 작가가 공자에 대하여 소설을 쓴다고 해 보자. 그는 우선 그 자신이 성인이 아니라는 점에서 절망을 느낄 것이다. 성인의 말을 성인이 아닌 사람이 어떻게 이해할 수 있는가. 깨닫지 못한 자는 말하지 말라는 저 선사(禪師)들의 절반은 위협적인 언사를 다 믿을 것은 아니지만 고전적 권위주의에는 그 나름의 무시할 수 없는 진리가 있다. 예수가 간통한 여인을 변호하면서 "너희 중에 죄 없는 자가 먼저 돌로 치라"고 했다고 해서 아무나 그런 말을 해도 될 것인가? 아마 그렇게 한다면 그런 말을 한 사람이 먼저 돌을 맞게 될 것이다. 작가들이 중간계급의 허위의식을 다루기 좋아하는 것은 그것이 비교적 무난하고 익숙한 세계이기 때문일 것이다. 작가는 성인이 아니므로 성인의 도덕을 실천할 수는 없다. 그러므로 김훈의 고백은 성인의 세계에 규범적인 관점으로 접근하지는 않겠다는 작가로서의 선언이다. 작가는 성인의 세계에 대해서도 본 대로 느낀 대로 기술할 수 있다. 기술적인 관점에는 성역이 없다. 김훈은 이렇게 말하고 있는 것이다.

나는 이순신이 이렇게 생각했다고 본다. 당신들이 어떻게 보는가는 당신들의 자유이다. 당신들은 당신들의 본 바를 정직하게 말해 달라. 당신들이 내 시각을 존중해 준다면 나도 당신들의 시각을 존중해 줄 것이다. 다만 나에게 당신들의 시각을 강요하지는 말아 달라.

이광수는 『원효대사』를 쓰면서 자기가 원효인 체하였으나 김훈은 『칼의 노래』를 쓰면서 결코 그가 이순신인 체하지 않는다. 바로 여기에 『칼의 노래』가 성공한 이유가 있다.

『칼의 노래』는 지저분한 냄새로 가득 차 있다. 씻지 않은 여진의 몸에서는 오랫동안 뒷물하지 않은 여자의 날비린내가 나고 자른 목들에서는 썩은 물이 줄줄 흐른다. 장수들조차 겨를이 나면 종을 불러 서캐를 잡게 하고 들에는 역병으로 죽은 시체들이 쌓여서 악취를 풍긴다. 이순신은 한 치 앞을 내다볼 수 없는 상황에서 마지막 결단의 바로 직전까지 노심초사하며 고심한다. 죽음과 대면하고 사는 사람의 소심함과 대담함이 이웃이 되어 공존하는 모습을 묘사하는 데 김훈은 혼신의 정성을 다하고 있다. 싸움터에 있는 사람에게는 싸움이 나날의 삶이다. 사소하고 지저분한 일상의 사건 속에 전쟁을 함몰시킴으로써 김훈은 임진왜란을 예외적인 사건이 아니라 우리들 자신의 삶의 일부로 포섭하고 있는 것이다. 나는 이것이야말로 이 소설이 우리에게 주는 최대의 선물이라고 생각한다. 〈스페인 1937년〉이라는 시에서 오든은 스페인 내전에 참여하기 위해 꽃씨처럼 열차에 달라붙어 온 이역의 사내들이 한 일을 '나눠 피우는 담배꽁초와 애욕 없는 애무'로 묘사하였다. 일제시대에 상해에 모인 지사들이 매일 한 일도 화투치기였다. 독립운동을 한다고 해서 매일같이 적을 죽일 수는 없는 노릇이다. 그분들이 왜 집을 떠나 온몸의 방황을 견뎌 내고 있는가라는 근본 문제를 외면하고 혁혁한 업적에만 주의를 돌리는 것은 소아병적 역사의식이라고 아니할 수 없다. 백성들 앞에서 이순신이 느끼는 무력감을 묘사할 때는 김훈의 중립적 시선도 많이 흔들린다. 이 무력함이야말로 리얼리즘의 핵심이다. 항상 바보들만이 역사 앞에서 자신이 충만한 법이다. 선조에 대한 김훈의 묘사는 『실록』에 충실하다. 겁많고 눈물이 많고 의심이 많아 사람 죽이기를 서슴지 않는 용렬한 임금 선조의 묘사는 『임꺽정』에 나오는 명종의 묘사에 견줄 만하다. 선조는 살아 있는 전쟁 영웅이 나오는 것을 가장 싫어하였다. 김훈은 도요토미 히데요시의 칼날과 선조의 칼날 가운데 놓여 있는 이순신의 사정을 정확하게 기술하고 있다. 왜군과 조정은 다 같이 이순신의 죽음을 진심으로 갈망하고 있었다. 놀라운 것은 이순신의 균형 감각을 바라보는 김훈의 시선이다. 그는 백성을 사랑하지만 베어야 할 때 서슴지 않고 일자진과 학익진의 전환을 끈질기게 훈련하여 허를 실로 바꾼다. 죽음을 각오하고서도 결코 무모하게 나서지 않고 자신을 언제나 움직이는 자리에 두는 기동성은 이순신의 특징이다. 『실록』에도 이순신은 병약하고 소심한 사람으로 기록되어 있다. 잠시도 가만히 있지 않고 움직이는 균형 감각이란 오늘의 우리에게 얼마나 아쉬운 정신인가? 우리는 지금 저축과 투자의 균형이 무너지고 수출과 수입의 균형이 무너진 시대에 살고 있다. 16세기에나 21세기에나 보이는 것은 실질의 용기가 아니라 패거리들의 부화한 무모함뿐이다.

김훈의 초점은 무엇보다 이순신의 절망에 맞춰져 있다. 왜군의 칼날과 조정의 칼날에 맞서 자기 자신의 칼노래를 부를 수 있는 자리를 찾는 이순신의 절망은 아름답다. 절망을 회피하는 지혜보다 절망에 직면해서도 위축되지 않는 용기가 더 고귀하다는 것을 이 소설만큼 잘 보여 주는 작품을 나는 알지 못한다. 이순신은 명과 일본의 조약을 기다려 싸움을 회피할 수도 있었을 것이다. 그것이 전략적 지혜라고 할 수도 있을지 모른다. 그러나 만일 이순신이 적의 길목을 막지 않았더라면 전쟁 없이 얻은 해방이 곧 분단으로 이어졌듯 도요토미 히데요시의 철수 명령에도 불구하고 최소한 경상도의 일부는 일본에게 떼어 줘야 했을 것이다. 이순신이 다만 그 자신의 절망 때문에 죽을 자리를 찾으려고 철수하는 적의 길목을 막았다고는 생각할 수 없다. 침략자와의 평화조약이란 개념 자체 안에 모순을 내포하는 어사이다. 여러 가지 사정을 고려한다 하더라도 우리는 김훈이 묘사하는 절망의 깊이 앞에서 전율하지 않을 수 없다. 백성의 곤경을 구원하지 못한 관리, 자식의 죽음을 막지 못한 아비, 불의의 전쟁과 정의의 전쟁이 한결같이 무의미와 무내용으로 전락하는 국제질서를 속수무책으로 방관하는 장수. 고문을 가해 충성을 반역으로 몰아치는 정권의 음모를 겪고도 이순신의 내면에서 천자―왕―가문의 삼각형이 동요하지 않았으리라고 상상하는 것은 불합리한 추측이다. 이순신은 죽음을 선택한 것은 아니지만 적의 퇴로를 계획적으로 차단함으로써 피할 수도 있었을 자신의 죽음을 완성하였다. 이순신의 죽음은 그 자신의 선택이라기보다는 하느님의 선물일 것이다. 릴케의 말대로 과일처럼 성숙하여 저절로 떨어지는 죽음보다 더 아름다운 것은 없다. 나는 이순신의 절망 속에서 김훈의 절망을 읽는다. 동의할 수 없는 시대에 포위된 채 당대 제일의 산문가라는 평가의 허무함을 절감하는 김훈에게서 나는 무도덕의 도덕을 본다. 그리고 절망에 직면하여 작품을 쓴 그의 용기가 부럽다. 나의 절망은 아무것도 이뤄 낸 것이 없기 때문이다. 내가 경멸하는 자들, 나를 경멸하는 자들보다 내가 형편없는 자가 아니라는 것을 증명하기 위하여 나도 한 편의 아름다운 글을 쓰고 싶다.

환유와 은유의 경계에서

장경렬 서울대 영어영문학과 교수

『**그대의 차가운 손**』

한강 지음 / 2002 / 문학과지성사

1

　일종의 액자 소설인 『그대의 차가운 손』에서는 조각가 장운형과 그가 만나는 L과 E라는 여자의 이야기가 액자의 안쪽을 이룬다. 액자 안쪽을 형성하는 이야기의 모티브는 장운형의 눈에 비친 사람들의 '손'이긴 하지만, 손 이외에 얼굴과 눈에 대한 그의 관찰도 못지않게 중요한 의미를 갖는다. 장운형의 어린 시절 체험에 대한 기록에서 확인되듯이, 그에게 얼굴이란 미소 뒤에 자신을 가리고 감추고 숨기는 일종의 가면이요 탈이며, 눈 역시 "보는 대상만을 고스란히 상대에게 되비쳐 보이기만" 할 뿐 "거울 뒤에 있는 것이 무엇인지"를 알려 주지 않는 또 하나의 가면이요 탈인 것이다.(30쪽) 심지어 이 소설에서는 안경조차 자신을 숨기는 도구라는 점이 부각되고 있다. 그러나 앞서 말했듯 무엇보다도 중요한 이야기의 모티브는 '손'인데, 손은 특히 "어찌 보면 얼굴보다 교묘한 탈"(89쪽)이기 때문이다. 즉, "혀와 눈이 달린 얼굴과는 달리 손은 정확한 말을 하지 않으며" "말하려 하지만 말할 수 없고", "마찬가지로 가리려 하지만 역시 다 가리지 못하기" 때문(89쪽)이다. 따라서 장운형은 "얼굴보다 교묘한 탈"이면서 "가리려 하지만 역시 다 가리지 못하는" 손에 시선을 집중한다. "오래전부터 그는 처음 누군가를 만날 때 얼굴을 본 뒤 바로 손을 살피는 버릇을 가지게"(77쪽) 되었던 것이다.

장운형이 손이든, 얼굴이든, 눈이든 신체의 특정 부위를 가면이나 탈로 인식하고 이에 시선을 집중하는 이유는 무엇인가. 이 물음에 대한 답을 우리는 다음 인용에서 찾을 수 있다.

내가 남과 다르게 보고 생각한다는 것은 스스로 잘 알고 있었다. 남들이 모두 진짜라고 생각하는 것을 집요하게 의심했고, 남들이 모두 만족하는 것들에 만족하지 못했으며, 남들이 전혀 아름답지 않다고 생각하는 것에서 아름다움을 발견했다. 보이고 들리고 냄새를 풍기고 만져지는 모든 것들의 안쪽을 꿰뚫어 보기 위해 나는 안간힘을 썼다.(83쪽)

요컨대, '모든 것들의 안쪽을 꿰뚫어 보는' 가운데 가짜가 가짜임을 확인하려는 욕구, 또는 가면 뒤에 숨은 진실을 확인하려는 욕구, 바로 이런 욕구가 장운형을 사람들의 신체 부위에 집요하게 시선을 집중하도록 한다. 이와 관련하여 우리는 장운형이 어린 시절 외삼촌의 시신 앞에서 확인하는 진실에 주목할 수 있는데, 그는 "손가락이 잘린 자리를 뚫어지게 내려다보면서" 진실이란 "불쌍한" 동시에 "저렇게 누추한" 것(74쪽)임을 확인한다. 말하자면, 진실이란 "대대로 고이 물려받아 온 보물이 실은 10원 한 장의 가치도 없는 가짜였다는 것을 알게" 될 때처럼 "허전"함(74쪽)만을 주는 것일 수도 있다. 그럼에도 불구하고, 진실을 향한 장운형의 욕구는 병적일 정도로 완강하다. '미지의 은폐물들'을 '감싼 아슬아슬한 껍질을 벗기고 싶어하는' 마음, '내 눈으로 직접 꿰뚫어 보고 싶어하는' 마음은 그가 어린아이였을 때부터 이미 그의 의식에 자리하고 있었기 때문이다.

장운형의 마음을 그런 쪽으로 몰아간 원인 제공자는 누구일까. 그러나 원인 제공자에는 아버지나 고모를 포함한 주위 사람들, 심지어 어머니까지도 포함된다. 예민하고도 섬세한 눈을 지닌 어린아이는 어머니의 미소―주위 사람들에게 보이는 어머니의 의례적인 미소―에서조차 가면을 확인할 수 있었던 것이다. 이 놀라운 확인은 이른바 정신의 상흔이 되어 이후 어린아이의 삶에 능동적인 영향을 미친다. 즉, 어른이 되어서도 그는 사람들의 "손의 생김새와 동작을 관찰"함으로써 "그 사람이 얼굴 뒤로 감춘 것들의 일부를 느끼려는" 욕구에 몰리게 된다.(77쪽) 앞서 말한 바와 같이 손은 '가리려 하지만 역시 다 가리지 못하기' 때문이다. 어느 날 장운형은 우연히 주체할 수 없을 정도의 폭식증과 비만증에 시달리고 있는 여자인 L의 회고, 섬세하고, 순수한 손에 시선을 집중할 기회를 갖게 된다. 바로 이 L의 손에 장운형은 '변태'로 보일 정도로 집착한다. 이어서 그는 E와 만나게 되는데, 스스로 예쁜 구석이 없다고 생각하는 L과 반대로 E는 "평균보다 아름다운 외모를 가진 여자"(191쪽)이다. 그러나 E는 L과 달리 "그녀의 얼굴과는 전혀 어울리지 않는" 손, "차갑고" "예쁘지 않은" 손(294쪽)을 갖고 있거니와, E의 손 역시 "거친 말씨"와 "증오에 단련된 눈빛"을 지닌 외삼촌(34쪽)의 손과 마찬가지로 "솜씨 있게" 비밀을 숨기고 있다. 그 비밀은 그녀가 한때 "육손"이었다는 사실이다. E의 손이 감추고 있던 이같은 비밀이 드러나는 자리에서 장운형은 "삶의 껍데기 위에서, 심연의 껍데기 위에서 우리들은 곡예하듯 탈을 쓰고 살아"(313쪽)감을 새삼스럽게 깨닫거니와, 바로 이같은 깨달음으로 독자를 이끌어 가는 소설이 『그대의 차가운 손』인 것이다.

2

껍데기와 탈 또는 가면 뒤에 감추어진 인간의 의식 저편을 꿰뚫고 들어가 이를 뒤집어 보이려는 작가의 예리한 시선을 의식하면서 『그대의 차가운 손』을 읽어 나가는 도중, 필자는 돌연 마르셀 프루스트의 『잃어버린 시간을 찾아서』에 나오는 다음 대목을 떠올리게 되었다. 그리고 이 대목은 소설 읽기를 마칠 때까지 필자의 마음을 떠나지 않았다.

그림자가 광선을 연상시키듯 내 방의 이 그늘진 서늘함은 거리를 가득 메운 환한 햇빛을 연상케 했다. 말하자면, 거리를 가득 메운 햇빛만큼이나 환한 빛으로 내 방을 감쌌으며, 나의 상상력에 총체적인 여름날의 정경을 남김없이 선사해 주었던 것이다. 내가 만일 산책을 하고 있었더라면 내 감각은 여름날의 성경을 단편적으로만 맛보고 즐길 수밖에 없었으리라. 이처럼 내 방의 그늘진 서늘함은 내 평온한 마음과 아주 잘 어울리는 것이었다. 내 마음은 (내 책이 전해 주는 모험 이야기, 평온한 마음을 일깨우는 그 모험 이야기 덕분에) 격류의 충격과 활기를 견디어 내고 있었거니와, 마치 흐르는 시냇물에 가만히 담가 놓은 손과도 같았던 것이다.(마르셀 프루스트, 『잃어버린 시간을 찾아서』, 제1권, 플레이아드, 1987년판, 82쪽)

왜 위의 대목이 그리도 집요하게 필자의 마음을 사로잡았던 것일까. '흐르는 시냇물에 가만히 담가 놓은 손'이 등장하기 때문에 어쩌면 그럴지도 모르겠다. 『그대의 차가운 손』은 결국 '손'에 관한 이야기 아닌가. 앞서 살펴보았듯이, "오발된 탄환에 오른쪽 엄지손가락과 검지손가락의 윗마디들을 잃어"(33쪽) 불구가 된 외삼촌의 손에서 시작하여 L의 '성스러운 손'에 이르기까지, 나아가 E의 '차갑고' '예쁘지 않은' 손에 이르기까지, 이 소설의 주인공 장운형은 시종일관 신체의 일부인 손에 집요하게 시선을 모으고 있지 않은가. 그렇다면,

단순히 주인공이 손에 집요하게 시선을 모으는 이야기이고 또 이야기 자체가 손에 관한 것이기 때문에 『그대의 차가운 손』이 필자에게 '흐르는 시냇물에 가만히 담가 놓은 손'의 이미지가 등장하는 위의 대목을 계속 떠올리게 했던 것일까. 물론 그것이 이유의 전부일 수는 없다. 아니, 그것이 이유의 전부라면 이 짤막한 글을 쓰는 자리에서 『잃어버린 시간을 찾아서』에 나오는 위의 대목을 이처럼 장황하게 인용하지도 않았을 것이다. 그렇다면 무슨 이유로 장황한 인용까지 하면서 프루스트와 『잃어버린 시간을 찾아서』를 들먹이는 것일까.

이 물음에 대한 답을 위해 우리는 먼저 위의 인용이 자기 방에 틀어박힌 채 책을 읽는 마르셀의 모습을 담고 있다는 점에 주목해야 할 것이다. 우선 방의 분위기가 묘사되고 있는데, 방은 환한 햇살에 흠뻑 젖어 있는 바깥세상과 달리 '그늘진 서늘함'이 지배하고 있다. 그러나 마르셀은 바깥세상에 있을 때보다 방 안에 갇혀 있을 때 더욱더 생생하게 환한 햇살의 여름을 느낄 수 있으며, 여름의 현장에서 여름은 다만 '단편적으로만' 체험될 뿐이라고 말한다. 이 역설을 어떻게 이해해야 할까. 여기에서 우리는 수사법의 핵심을 읽어 낼 수도 있거니와, '그늘진 서늘함'이 '거리를 가득 메운 환한 햇빛' 또는 '총체적인 여름날의 정경'을 '대체'한다는 점에서 전자를 은유(Metaphor)와, '총체적인 여름날의 정경'이 다만 여름의 '단편'만을 제공한다는 점에서 후자를 환유(Metonymy)와 연결할 수 있을 것이다. 이와 관련하여 우리는 로만 야콥손이 문제의 대상을 뛰어넘어 전혀 별개의 대상에 주목하는 경향을 은유와, 전체를 놓친 채 부분에만 집착하는 경향을 환유와 관련지었던 것에 유의할 수 있을 것이다. 이런 맥락에서 보면, 프루스트는 여기에서 환유보다는 은유가 우월한 것인 양 말하는 것처럼 보인다. 그러나 뒤집어 보면 '내 방'의 '그늘진 서늘함'은 '빛'과 '그림자'가 어우러져 만드는 '총체적인 여름날의 정경'의 한 부분이라는 점에서 전자는 부분을 통해 전체를 더할 수 없이 생생하게 드러내는 수사적 전략과 연결될 수도 있다. 이렇게 보면, 프루스트가 위의 인용을 통해 보여 주는 것은 기본적으로 은유와 환유의 대비가 아니라, 은유적 이미지의 환유화일 수도 있다. 이와 관련하여 우리는 다시 한번 야콥손의 논의에 주목할 수 있는데, 그는 특정 대상의 일부에 주목함으로써 전체의 이미지를 환기시키는 수사적 기법을 환유로 규정하면서 이를 사실적 묘사에 치중하는 글쓰기와 관련지었기 때문이다.

여기에서 우리는 또 하나의 문제를 제기할 수 있는데, 마르셀이 방에서 책을 읽고 있는 자신의 이미지를 묘사할 때 신체의 일부인 '손'에 비유하고 있기 때문이다. 손이 감지하는 바는 한 인간이 감지하는 복잡다단한 느낌의 일부라는 점에서, 이는 명백히 환유적 이미지이다. 바로 이 환유적 이미지를 통해 외면적으로 고요하나 내면적으로 들끓고 있는 마르셀의 모습이 너무도 생생하게, 또한 사실적으로 드러나고 있지 않은가. 여기에서도 마르셀은 환유적 이미지의 우월성을 암시하고 있는 것처럼 보이기도 한다. 그러나 그렇게 단순화할 수 없는 것처럼 보이기도 하는데, 손은 환유적 이미지이기도 하지만 손의 느낌을 마음의 느낌으로 대체하고 있다는 점에서 은유적 이미지일 수도 있기 때문이다. 아울러 '책읽기의 행위'가 '흐르는 시냇물에 가만히' 손을 담그고 있는 행위에 대체되고 있다는 점에서도 이는 은유적 이미지일 수도 있다. 아니, 어찌 보면 환유적 이미지의 은유화일 수 있는 것이다.

요컨대, '은유적 이미지의 환유화'와 '환유적 이미지의 은유화'가 팽팽한 긴장 속에서 제시되고 있는 것이 위의 인용이거니와, 어떤 의미에서 보면 양자의 긴장 관계 위에서 구축되는 수사적 세계가 바로 문학일 수 있다. 만일 『그대의 차가운 손』이 우리에게 결코 범상하지 않은 문학작품임을 느끼게 한다면, 그 이유 가운데 하나는 바로 이처럼 은유와 환유 사이의 경계선 뛰어넘기 또는 양자 사이의 수사적 변용이 절묘하게 이루어지고 있기 때문이다. 명백히 손뿐만 아니라 눈이나 얼굴과 같이 신체의 일부분에 시선을 던지는 장운형의 모습에서 확인할 수 있듯이, 『그대의 차가운 손』에서는 환유적 이미지들이 이야기의 바탕을 이룬다. 그러나 이 소설에서도 환유적 이미지들은 단순히 환유의 차원에 머물지 않는다. 이 소설에서는 특히 손의 이미지가 그러한데, "손이 또 다른 얼굴, 또 하나의 독립된 몸이라는 것을 그때쯤 나는 알고 있었다"(88쪽)라는 장운형의 고백에서 암시되듯이, 손은 곧 몸을 대신하는 것으로 이해되고 있다. 아울러, "중지의 끝마디에 얼굴이 그려져 있고 손바닥에는 장기들의 부위가 표시돼 있다"고 보며 "손등은 등허리, 손톱 부위는 항문과 회음"으로 보는 "수지침의 교재"가 가르치듯, 작가는 장운형을 빌어 독자에게 손은 곧 "인체의 축소판"(88~89쪽)임을 환기시키고 있다. 손이 신체의 일부인한 그것은 물론 환유적 이미지의 영역에 속하는 것이지만, '인체의 축소판'이고 따라서 '인체'를 '대체'한다는 점에서는 은유적 이미지의 영역에 속하는 것이기도 하다. 이처럼 환유적 이미지를 부각시키면서 이를 동시에 은유적 이미지로 읽도록 하는 작품이 『그대의 차가운 손』이라고 할 수 있거니와, 환유가 은유로 바뀌는 극적인 순간을 우리는 손이 '없다면 이미 나는 없는 것이나 같음'을 말하는 다음 인용에서 확인할 수 있다.

> 그녀가 내 오른손을 잡고 하나하나의 손가락을 떼어 내는 동안 나는 질끈 눈을 감은 채 입술을 떨고 있었다. 처음으로, 내가 얼마나 내 손을 사랑하고 있었는지를 깨달았다. 나를 이 세상과 이어 주는 유일한 것. 내 얼굴보다 더 나에 가까운 것. 그것이 없다면 이미 나는 없는 것이나 같은 것. (310쪽)

수사학적 측면에서 보면, 환유와 은유의 경계를 무너뜨리는 가운데, 이 소설은 사실성 또는 리얼리티와 시적 환상성을 동시에 획득하고 있다고 할 수 있다. 소설 속에서 실제로 이와 같은 작업을 수행하는 인물은 물론 장운형인데, 장운형이 석고로 떠 놓은 손이 소설가 H에게 "등골을 훑어 내리는 섬뜩함"에 "발을 멈추도록" 하고, 또 "마치 보이지 않는 유령의 선득한 기운이 오른쪽 뺨을 스쳐 간 것 같은" 느낌을, "좁쌀 같은 소름이 목덜미를 타고 발끝까지 쫙 끼치는" 느낌을 주었다(10쪽)면, 이는 바로 장운형이 석고로 떠 놓은 손 조각 작품이 떠받치고 있는 작품의 환유성와 은유성 사이의 긴장 때문이 아니었을까.

　이런 맥락에서 볼 때, 장운형이 떠 놓은 손은『그대의 차가운 손』
이라는 소설을 '대체'할 수 있는 그 무엇이라는 점에서, 이 자체가 은
유적인 것으로 이해될 수 있다. 동시에 장운형이 기록한 자신의 이야
기는 H가 우리에게 전하는 이야기의 일부를 이루고 있다는 점에서
환유적인 것으로 이해될 수도 있다. 말하자면, 환유와 은유를 팽팽하
게 마주 세우는 가운데 이 작품이 또한 우리의 독서 행위를 긴장 속
으로 몰아가고 있는 것이다. 실로『그대의 차가운 손』자체가 겉으로
는 잔잔하나 '격류의 충격과 활기'를 숨기고 있는 '시냇물'과도 같은
작품일 수 있다. 또 이 작품에 대한 독서 행위는 그 자체가 '흐르는
시냇물'에 '가만히 담가 놓은' 우리의 손을 따라 전해 오는 격류의
느낌을 체험하는 것과도 같은 것일 수도 있다.

　　3

　그러나 이상의 논의에도 불구하고『그대의 차가운 손』은 모든 면
에서 만족스러운 작품이라고 하기는 어려울 것처럼 보인다. 무엇보
다도 액자 소설의 형식을 취해야 할 필연성이 잡히지 않는다. 액자의
틀에 해당하는 소설가 H의 이야기는 다소 작위적으로 보이는데, 장
운형의 기록을 입수하는 경위뿐만 아니라 장운형의 동생이 자기 오
빠의 글을 소설가 H에게 전하는 이유가 설득력이 없어 보이기 때문

이다. '오빠'와는 별 관계가 없는 '나'이지만 '글을 쓰는 사람'이라는 이유로 '나'에게 오빠의 기록을 우편으로 전하다니? 그것도 '내 인생에 오직 한 번만이라도 오빠를 이해하고 싶다'는 이유 때문에? 작위적이기는 "문득 나는 한 쌍의 키 큰 남녀를 발견했다"로 시작되는 소설의 마지막 부분도 마찬가지이다. 물론 무언가 미묘한 여운을 남기려는 작가의 의도를 이해하지 못하는 것은 아니다. 그러나 이런 투의 손쉬운 마무리는 작가의 산문 정신이 끝까지 긴장을 유지하지 못하고 있다는 투의 비판을 유도할 수도 있지 않을까.

물론 『그대의 차가운 손』은 이야기를 엮어 가는 작가의 능력뿐만 아니라 유려하고 명징한 문장 구사 능력이 돋보이는 작품이다. 또한 요즈음 발표된 작품들 가운데 유례를 찾기 어려울 만큼 성실하고 진지한 작품이기도 하다. 그럼에도 불구하고 이 작품에서 드러나는 작가의 성실함과 진지함이 관념이나 직관의 차원에서 벗어나지 못하고 있다는 느낌이 드는 때가 있는 것도 사실이다. 말하자면, 아직 인간과 세상에 대한 깊이 있는 이해가 작품 바깥쪽에 머물고 있는 듯한 느낌을 떨칠 수 없는 것이다. 현실에 대한 이해가 우의적인 것이 되든 상징적인 것이 되든, 또는 시적인 것이 되든 사실적인 것이 되든, 확고한 모습을 갖추도록 이 소설의 작가는 좀 더 노력해야 하지 않을까. 사실 이런 주문을 하는 것 자체가 이 작가의 역량에 깊은 신뢰를 갖기 때문이다. 하기야 깊고 치열한 현실 인식을 조건 없이 요구하기에는 이 소설의 작가가 아직 젊다. 아직 젊기에 '경험'보다 '직관'이 앞서는 소설 세계, '현실'보다는 '관념'이 앞서는 소설 세계를 펼쳐 보이고 있는지도 모른다. 그러나 이 작가의 역량에 비추어 볼 때 경험과 현실 인식에 확고하게 뿌리내린 작품 세계를 펼쳐 보이는 일은 다만 시간 문제일 것이다.

이 작품과 관련하여 또 하나의 문제를 제기하는 것이 허락된다면, 이는 글을 쓰는 주체의 문제일 것이다. 이 소설의 액자 안을 차지하는 이야기의 주제는 장운형이라는 남성이다. 그러나 우리는 이 소설의 작가가 여성임을 알고 있다. 그래서 어쨌다는 것인가. 사실 아무런 문제도 되지 않는 것을 우리가 문제 삼고 있다는 비판도 있을 수 있다. 그러나 남성 작가가 여성의 입장에서 여성의 시각 또는 심리를 드러낼 때 그것이 남성 중심적 이데올로기가 만들어 낸 허구적인 여성의 모습일 수 있듯이, 여성이 남성의 입장에서 전하는 남성의 시각 또는 심리도 허구적인 것일 수 있다. 비록 이 소설이 액자 형식을 취했음에도 불구하고, 여전히 여성이 여성의 시각으로 관찰하고 제시하는 남성의 심리 또는 내면세계가 소설의 요체를 이룸을 부정할 수는 없다. 과연 여성이 남성을, 남성이 여성을 관찰대상으로 삼을 때 비로소 객관적 거리가 확보될 수 있기에 이른바 냉정한 관찰이 가능한 것일까. 아니면, 남성이든 여성이든 상대의 심리나 내면세계에 대한 이해는 허구적인 것일 수밖에 없는 것일까. 이와 같은 문제를 제기하도록 할 만큼 『그대의 차가운 손』의 인간에 대한 관찰은 진지하고도 성실하다. 즉 이같은 진지함과 성실함으로 인해 『그대의 차가운 손』은 소설 쓰기와 소설 읽기의 행위가 성차(性差)와 어떤 연관 관계를 갖는가의 문제를 다시 한번 생각게 하는 것이다.

성석제 소설에 나타난
한국소설의 두 전통

방민호 국민대 국어국문학과 교수

『황만근은 이렇게 말했다』
성석제 지음 / 2002 / 창작과비평사

성석제의 새 창작집 『황만근은 이렇게 말했다』에는 모두 일곱 편의 중·단편 소설이 실려 있다. 이들을 좀 더 들여다보면 그 가운데 두 가지 뚜렷한 유형을 발견할 수 있음이 이 글의 출발점이다. 그 하나는 〈황만근은 이렇게 말했다〉, 〈천애윤락〉, 〈쾌활냇가의 명랑한 곗날〉, 〈천하제일 남가이〉 등 풍자적인 수법이 두드러진 작품군이다. 다른 하나는 〈책〉, 〈욕탕의 여인들〉, 〈꽃의 피, 피의 꽃〉 등 고백적 양상이 두드러진 작품군이다. 전자가 3인칭 전지적 작가 시점을 취하는데 반해, 후자는 1인칭 시점을 취하고 있어 두 유형은 외형상으로도 뚜렷한 구별점을 갖는다. 따라서 이러한 추측이 가능하다. 전자가 작가의 창작물에 가깝다면 후자는 경험담에 가까우리라는 것, 그러나 예단은 금물이겠다.

첫 번째 유형의 작품을 먼저 살펴보면, 이들 작품을 제출한 작가의 목적은 대상 인물을 적절하게 비판하기 위함일 것이다. 풍자란 역시 대상에 대한 비판적 시선을 전제로 한다. 그런데 『황만근은 이렇게 말했다』의 작품들을 살펴보면 즉각 그 비판되어야 할 인물이 풍자의 구비 조건을 갖추고 있지 못함이 드러난다.

풍자의 대상이 되는 인물은 외견상 남들보다 우월한 상황에 놓여 있지 않으면 안 되는데 이들 작품은 그렇지 못하다. 〈황만근은 이렇게 말했다〉의 황만근은 천대와 멸시를 받으면서 살아가는 지능 모자란 농사꾼에 불과하다. 〈천애윤락〉의 동환은 다방과 술집을 전전하며 정식 결혼식도 못 올린 아내를 먹여 살리는 일에 전전긍긍하고 있다. 〈쾌활냇가의 명랑한 곗날〉에 등장하는 여러 인물도 하나같이 모범적인 삶과는 거리가 먼 길을 걸어왔다는 점에서 일견 풍자에 값할 듯하지만 실제로는 살려고 바둥거리는 지리멸렬한 인생들일 뿐이다. 〈천하제일 남가이〉의 남가이도 천하제일이라고 했으나 기실 그는 분뇨 처리로 살아가는 하층민이다.

결국 성석제의 풍자는 그가 그리는 인물을 날카롭게 비난하기 위해서가 아니라 오히려 동정하기 위한, 그들을 연민 어린 시선으로 부드럽게 감싸기 위한 수법으로 기능한다. 그의 언어는 적대적이거나 공격적이지 않고 오히려 동정적이다. 그들을 세상의 아랫변에 놓고 살아가는 사람들의 몰인정과 무관심을 향해 작가는 딴전을 피우듯

이야기를 시작하지만 그 이야기가 끝날 무렵 읽는 이들은 작가의 뜻이 어디에 있는지 생각해 보게 된다. 성석제의 언어는 풍자답지 않게 우회적이다. 말의 경제보다는 말의 향연을 추구한다. 이 점에서 그의 풍자는 전통적인 해학의 요소가 다분하다. 이 '말잔치'는 좀 더 가깝게 들여다볼 필요가 있다. 그의 인물들은 어떻게 동정의 대상으로 창조되는가.

무엇보다 그의 이야기는 민담 요소가 강화된 전통적인 인물전의 형식을 취한다. 즉 성석제의 풍자적인 단편들은 황만근, 동환, 남가이 등 비천한 삶을 살아가고 있는 인물들의 일대기로 간주된다. 〈쾌활냇가의 명랑한 곗날〉은 예외를 형성하는 듯하지만 등장인물이 많을 뿐, 이 또한 작은 인물전들의 집합체임에는 별다름이 없다. 이 민담적인 '전(傳)'은 한국인의 의식 저층을 이루고 있는 매우 친근한 양식으로 이것이 냉소나 조롱을 위해 사용된 경우로는 박지원, 채만식 등이 있을 뿐이다. '전'은 본질상 긴장보다는 동화(同化)의 양식이다.

다음으로 비천한 인물을 더욱 비천하게 드러내는 과장과 희화화가 두드러진다. 일례로 황만근은 팔려오다시피 한 여인의 몸에서 난 유복자이다. 그는 제대로 걷지 못할 정도로 자주 넘어지고 혀짧은 소리를 내고 지능이 모자라 사람 수를 헤아리는 데 '마리'라는 말을 들이대고 동네 사람은 물론 자기 아들한테까지 천대를 받는다. 그런데 이 아들도 친아들이 아니라 그를 버린 아내가 남기고 간 남의 씨앗이다. 이 과장과 희화화는 통상적인 기대치의 한계선을 넘어서까지 펼쳐지므로 마침내 독자들은 당황스러운 감정과 함께 이야기의 결말에 남다른 관심을 갖게 된다.

셋째, 문장의 차원에서 보면 성석제는 사소하고 단순한 인과연쇄의 문장으로 신념이나 가치관 등에 의해 좌우되는 '강한 판단' 보다는 단순한 기호나 취미 등에 의해 결정되는 '약한 판단'의 세계를 보여 준다. 그의 인물들은 성격과 환경의 대립이니, 주체와 세계의 갈등이니 하는 서사적 요건과는 거리가 먼 세계를 살아간다. 그들의 삶은 그들 자신도 주체하지 못할 만큼 단순한 논리에 의해 이끌어진다. 이 '약한 판단'의 연쇄고리 문장은 독자들을 친숙한 줄 알았던 세계의 낯설음에 노출시킨다. 이 '약한 판단' 만으로 이루어진 주인공의 세계는 비속할 지언정 비판을 필요로 하지 않음을 독자들은 생리적으로 알고 있다.

마지막으로 그들은 누추하고 단순하고 투명한 삶을 이어 간 것으로 끝날 뿐 어떤 운명의 역전도 보여 주지 않는데 이같은 결말에서 독자들은 감정의 부담을 안게 된다. 아무런 선망의 대상도 되지 못하는 사람이 살아온 그대로 삶을 마감해 가는 쓸쓸한 결말에서 독자들은 그들의 희생 위에 내가 존립해 있다는 식의 부채감을 할당받는다. 결과적으로 성석제의 풍자는 그처럼 공동체답지 못한 한국사회에 대한 암묵적인 비판 기능을 행사하는 데 이른다. 성석제의 풍자는 '뜻하지 않게', 전경화된 인물이 아니라 후경으로 남아 있는 사회를 비판하는 특이한 국면을 형성하면서 종결되는 것이다.

이들 제1유형의 특이한 풍자와는 전혀 다른 양상을 보여 주는 것이 제2유형의 작품군, 즉 〈책〉, 〈욕탕의 여인들〉, 〈꽃의 피, 피의 꽃〉 등의 세계이다. 이들은 물론 허구일지언정 신변담에 가깝다. '강한 판단'의 소유자인 '나'라는 인물이 주인공이 되어 욕망과 욕망의 대상이 뒤얽힌 세상을 감당해 나가는 국면이 펼쳐진다.

〈책〉은 책에 평생을 바친 당숙의 이야기이자 동시에 감당 못할 만큼 많아진 당숙의 책을 떠맡게 된 '나'의 이야기이다. 그러나 그 진짜 주제는 "책은 무엇인가. ······아무도 모른다. 아직 아무도 모른다. 우리는 아무것도 모른다"라는 작중 말미 '나'의 자문자답에 드러나는 바, 책이라는 존재의 탐색에 있다. 시골 작업실까지 책을 옮기는 데 따르는 수고로움과 번거로움을 그리는 것으로 시종한 듯하지만 그 짐스러운 책은 과연 인간에게 어떤 의미가 있는가를 작가는 묻고 있다. 〈욕탕의 여인들〉은 '나'라는 인물이 만난 여인들의 이야기, 구체적으로는 '나'와는 다른 세계에 속해 있는 여인들에 관한 이야기이다. 그녀들은 "나와는 다른 세계에 사는 사람들"을 대표한다. 〈책〉에서와 마찬가지로 작가인 '나'는 지금 '나'의 삶과는 다른 삶을 살 수 있는 기회가 여러 번 있었다. 그런 꿈을 꿀 수 있는 때가 있었다. 그러나 그 모든 것을 버리고 '나'는 '나'의 세계로 돌아왔다. 그것은 경제적 안정이나 규칙적인 삶을 보장받지 못한 불투명한 세계이다. 마지막으로 〈꽃의 피, 피의 꽃〉의 '나'는 도박에 탐닉하는 존재이다. 그의 직업이 작가인지 아닌지는 불투명하지만 그 연관성은 암암리에 드러난다. 그런 '나'의 도박 일대기가 펼쳐진다. 갖가지 유형의 도박이 등장하고 그것에 탐닉하는 별종의 인간들이 형체를 드러낸다. 편력 끝에 '나'는 소결론에 도달했다. "노름은 믿음이다. 자신에 대한 믿음, 자신의 운에 대한 믿음, 노름의 일회성에 대한 믿음, 인생의 일회성, 반복되지 않을 것이라는 확신이 노름을 하게 한다." 이것은 도박관을 넘어 인생관이다. 도박의 자리에 문학이 환치될 수 있다는 사실이 중요하다. '나' 라는 존재를 통해서 작가는 풍자적인 작품들과는 비교할 수 없을 정도의 직접성을 수반하여 인생에 관해 언급한다. 인생의 일회성, 천차만별, 알 수 없음, 그것을 움직이는 수상한 욕망의 근원적 힘에 관해 말한다.

〈책〉, 〈욕탕의 여인들〉, 〈꽃의 피, 피의 꽃〉은 성석제 소설에서는 독특한 유형을 이루지만 한국의 전통적인 근대소설 형식에 속한다. 한국의 작가들은 이광수에서 최인훈에 이르기까지 신변담에 각별한 관심을 표명해 왔으며 이는 1962~3년생 세대의 작가들에서도 예외가 아니다. 경험담에 기초한 허구적 내러티브라는 이 형식은 이야기성과 사유를 함께 확보할 수 있는 유효한 수단으로 간주되어 왔다. 그렇다면 『황만근은 이렇게 말했다』는 풍자와 해학의 전통을 잇는 작품군과 신변담의 전통 위에 선 작품군으로 구성되어 있는 셈인데, 게재된 작품들 개개의 성격이나 완성도 등에서 판단해 볼 때 작가는 하나의 분수령에 올라서 있다. 지금까지는 전자의 작품군이 '성석제 소설' 의 이미지를 규정해 왔다. 그렇다면 앞으로는? 필자는 〈책〉과 〈꽃의 피, 피의 꽃〉에서 성석제의 또 다른 매력을 발견하면서 작가가 이 국면을 어떻게 처리해 갈지 깊은 관심을 갖게 된다.

백지연 문학평론가

『코끼리를 찾아서』

조경란 지음 / 2002 / 문학과지성사

조경란의 소설은 섬세하고 치밀한 사물 묘사를 인물의 내적인 심리로 이동시키는 독특한 서술 방식을 보여 준다. 그의 소설에서 감지되는 사물과 인간의 기묘한 긴장 관계는 작품의 상징성을 확장하는 효과를 갖는다. 이번 소설집인 『코끼리를 찾아서』에서도 작가의 꼼꼼한 세부 묘사는 각 단편들의 문체적 심미성을 보여 주는 직접적인 역할을 하고 있다. 우리의 삶에 널려 있는 갖가지 에피소드들이 소설의 소재로 동원되지만 그것을 형상화하는 데 작가의 본심이 있는 것은 아니다. 작가의 붓끝은 인물들의 마음 밑바닥에 자리 잡은 삶의 불가해함에 대한 성찰로 향한다. 작가가 유독 사람들의 관계 지형도를 그려 내는 데 집중하는 이유도 사소한 인연, 혹은 눈에 보이지 않는 운명의 연결 고리 같은 것들을 발견하는 데 있다.

대체로 그의 소설 주인공들은 내성적이며 타인과의 직접적인 소통에 서투르며 혼자만의 환상에 자주 잠겨 있다. 각 인물들은 서로의 실제적인 모습을 잘 알지 못한다. 〈마리의 집〉에서 이성현은 장말희의 이름을 '마리'로 착각하며 그녀에게 자신을 영화감독으로 소개한다. 장말희는 확실히 알지 못하는 요리 재료인 루콜라를 실제로 먹어 본 것처럼 이성현에게 이야기하고 그녀의 친구인 정미림은 노래방 접대부인 자기 자신을 카페 주인으로 소개한다. 이들의 거짓말과 허위의식은 상대방에 대한 기만을 목적으로 한 것이 아니기에 서글프게 다가온다. 자신의 삶에 대한 확신과 위로를 얻지 못한 이들은 별다른 자책감 없이 거짓말을 하고 스스로를 속인다.

내성적인 인물들을 통해 작가가 보여 주는 삶의 그림은 조각 퍼즐들처럼 제각기 다른 모습으로 흩어져 있어서 좀처럼 전체적인 모습을 드러내지 않는다. 〈동시에〉의 여성 화자는 자신의 삶에 뜨거운 사랑으로 다가왔던 정수규라는 인물에 대한 회상을 토로하고 있는데 실제 이 소설에서 극적인 사건은 한두 가지가 아니어서 핵심적인 스토리를 끄집어내기 힘들다. 언니와 형부가 사고를 당하는 바람에 조카를 자기 딸로 입양하여 키워 온 화자는 성장한 딸이 약혼자의 죽음 때문에 임신한 몸으로 자살을 시도하자 자신의 긴 생애를 돌아본다. 그녀는 지금의 남편이 아닌 다른 남자 정수규를 사랑했었다. 그녀는 정수규에 관한 감정적인 추억을 화상 입은 벌목꾼에게 유일하게 털어놓는다. 벌목꾼은 그녀에게 '한 번도 보지 못한 숲과 나무의 비밀'을 알려 준 사람으로 삶의 인연이라는 것이 얼마나 반복적으로 되풀이 되는가를 암시적으로 말해 준다. 이 소설에서 각 인물들이 간직한 사연들은 서로 겹치고 겹쳐서 핵심적인 결론을 찾아내기 어렵게 진행된다. 결국 삶이란 가슴 아픈 인연을 서로 담고 살아가는 것이며 마음속에 그리움을 담고 살아가는 것이라는 보편적인 전언만이 남는 셈이다.

인물들간의 관계에 인과적인 필연성을 부여하지 않는 스토리는 허술한 면모를 종종 노출한다. 대신에 묘사의 장면 하나하나에 대한 세심한 배려와 대화의 상징성은 조경란 소설의 강점이라고 할 수 있다. 〈우린 모두 천사〉에서 김요옥이 달력의 그림을 들여다보는 소설의 첫 장면은 삶의 미세한 기미를 포착해 내려는 작가의 의지를 드러낸다. "인디언들이 부르는 칠월의 노래를 연신 되뇌어 봐도 적들로 가득한 한밤의 숲속에 홀로 남겨진 듯 사뭇 두려워지기까지 한다. 천막 안에 앉아 있을 수 없다면, 저 먼 곳의 인디언들은 칠월에 어디로 떠날까"라는 속삭임에서 감지되듯이 인물들을 사로잡고 있는 것의 생의 앞날에 대한 막연한 불안감과 혼란이다. 김요옥은 결국 상실감에 휩싸인 채 특정한 이유 없이 자살하고 만다.

이 작품에서도 독자를 사로잡는 것은 인물들이 표출하는 단절감과 소외 그리고 심리적인 결핍과 불안이다. 장이혁과 김요옥, 박순례와 이미란은 서로 엇갈린 관심과 호의를 보이고 있으며 이들은 자신의 결핍감을 도벽이나 열등감으로 표출한다. 이들의 정서적인 공허와 불안은 심지어 운명적인 것으로 설명되기까지 한다. 박순례는 아들 정훈을 임신하고 있을 때 가게에서 샴푸를 계속 훔쳤던 기억을 떠올린다. 어린 정훈이 상습적인 도벽을 보이자 그녀는 자신의 고통이 운명적으로 세습되고 있음에 몸서리친다. 삶의 운명적 동질성은 이처럼 조경란 소설의 인물들을 압박하는 핵심적인 모티브가 되고 있다. 이들은 제각기 다른 유형의 삶을 살면서도 결국에는 끈끈한 동질성을 느끼는 가족들인 것이다. 〈마리의 집〉에서 장말희가 이름 모를 남자에게 박물관의 전시물을 훔치도록 추동하는 것도 이러한 운명적인 일체감에서 오는 것이다. 칼을 훔쳐 달아나는 남자에게 다급하게 칼 쓰는 방법을 일러주며 마지막으로 자신의 이름을 불러 달라는 장말희의 부탁은 심리적 결핍의 극단을 보여 주는 듯하다.

불행한 운명의 동질성은 〈김영희가 흘린 눈물 한 방울〉에도 나타난다. 우연히 영화감독인 이현 아빠가 고국을 떠나 있는 동안 그의 집에 거처하게 된 주인공 김영희는 예전에 사귀었던 남자의 존재를 시시각각으로 느끼게 된다. 목발을 짚고 있던 그 남자에게 냉정한 이별을 고할 수밖에 없었던 주인공은 빈집의 모든 사물들이 자기를 위협해 오는 환각에 휩싸인다. 사랑을 얻지 못하고 주인공을 떠나보낸 그는 환각이 되어 그녀를 찾아온다. 그러나 주인공 역시 그 못지않게 불행하고 외로운 인물이다. 그녀가 그의 흔적을 떨치고 집을 떠나는 순간 감지할 수 있었던 것은 격렬한 슬픔이 아니라 '손등에 떨어진 눈물 한 방울'이다. 오랜 시간이 지난 후에 그녀는 홀로 자신의 삶을 꾸려 가며 가끔씩 자신을 찾아오는 운명적인 기척을 감지할 따름이다. 그녀는 상처와 징후들을 고스란히 받아들이며 삶을 견뎌 나간다.
이러한 맥락에서 볼 때 조경란의 소설에서 관심의 대상이 되는 것은
인물들 사이에 놓여 있는 사건의 흐름이 아니라 그것을 예감하는 각
자의 내면 상태다.

그를 처음 만났을 때 나는 그를 이미 잘 알고 있는 듯한 느낌을 받았다.
나중에 그도 나에게 그런 말을 했다. 그러니까 우리는 한눈에 서로를 알아
버린 것이다. 세상에는 얼마든지 그런 만남이란 게 있는 법이다.

〈나는 마을의 이발사〉라는 등장인물의 고백에서도 알 수 있듯이
'인연'의 공감은 조경란 소설이 희구하는 삶의 유대감이다. 이들은 합
리적인 상식으로 설명되지 않는 운명의 순환에 놀라워하고 고통받지
만 결국 그것으로 인해 삶의 공허감을 견뎌 간다. 도서관에서 알게 된
남자가 소음으로 고통받고 있다는 것을 직접 목격한 '나'는 그 남자의
죽음 이후 끔찍한 소음을 환청으로 듣게 된다. 한밤중에 들려오는 폭
죽 소리는 '뼈마디가 우둑우둑 드러나는 깡마른 손으로 두 귀를 틀어
막는 그의 모습'을 순식간에 떠올리게 만든다. 타인의 고통을 운명적
으로 전달받는 이 장면은 조경란의 소설에서 자주 반복된다. 〈김영희
가 흘린 눈물 한 방울〉에서도 김영희는 장애자였던 연인의 소외와 고
통을 환청과 감각으로 전달받았던 것이다.
조경란의 소설로서는 보기 드물게 자전적인 체험을 상당 부분 반
영하고 있는 〈코끼리를 찾아서〉는 이러한 운명적인 동질성을 좀 더

따뜻하고 긍정적인 시각에서 들여다보고 있는 작품이다. 옥탑방에서 가족들과 부딪치며 글을 쓰는 주인공은 자신의 생에 드리워져 있는 운명적인 사건과 징후들을 예민하게 발견한다. 그 기척은 '코끼리'라는 은유적인 상징으로 표출된다. 유일하게 코끼리 이야기를 털어놓았던 연인은 현재 주인공의 옆에 존재하지 않는다. 그러나 그녀는 그가 떠난 후에도 자신을 찾아오는 무수한 운명의 손길들을 감지한다. 잠결에 누군가 자신의 손을 붙잡고 있는 것은 그녀 자신만이 느낄 수 있는 미세한 감각들이다. 애인과 싸운 후 자살해 버린 고모, 간암으로 세상을 떠난 삼촌, 오래전 복어국을 끓여 드시고 자살했다는 할머니의 생이 그녀의 삶에 그림자를 드리우고 있다. 힘겹게 빚을 갚으며 살아온 집에서 그녀는 이제 애정과 평안을 느낀다. 그녀는 '자매들 중 내가 가장 마지막까지 이 집에 남아 있을까봐' 두려워하면서도 '가장 행복했던 순간과 가장 불행했던 순간이 남아 있는' 옥탑방에 애정을 표시한다. 보이지 않는 생의 미미한 감각에 대한 작가의 관심과 집중은 결핍과 고통을 운명적인 힘으로 받아들이며 살아가는 인물들을 끊임없이 탄생시킨다. 소극적이고 자폐적으로 보일 수도 있을 주인공들의 현실대응 방식은 삶에 대한 희망을 섣부르게 껴안을 수 없는 외로운 이들의 내면을 엿보게 한다. 그럼에도 불구하고 이 갇혀 있는 인물들에게 자신의 경계를 벗어날 수 있는 출구를 조금씩 열어 줄 수 있는 것은 역시 작가의 몫으로 남겨져 있다.

성찰의 글쓰기와
자기 정당화의 글쓰기

유호식 서울대 불어불문학과 교수

『중국의 자전문학』
가와이 코오조오 지음 / 심경호 옮김 / 2002 / 소명출판

프랑스에서는 전기나 자서전, 또는 자전적 소설류의 작품들이 가장 널리 읽힌다. 이런 작품들이 단순한 소비의 대상이 아니라 철저한 고증과 연구의 대상이 된 것은 사실 그리 오래된 일이 아니다. 자전적인 작품이 유행하는 현상에 대해 어떤 사람들은 엿보기 취미에 따른 건강하지 못한 문화 현상이 문학에까지 침투했다고 그 의미를 절하하기도 하지만, 이런 유형의 작품이 허구와 사실 사이에 존재하는 경계를 허물어 문학의 지평을 확대한 것으로 이해하는 평자도 있다. 게다가 존재론적 불안, 거대 담론의 종말과 권위의 부재, 다원화된 세계와 다양한 역할로 특징지어지는 현대에 들어 자전적인 작품들은

본질적이고 합리적인 현상으로 이해되어 왔던 자아 정체성에 대해 의문을 제기하는 것으로 보이기도 한다. 자전적인 문학에 대한 관심은 자기 정체성에 대한 의문에서 출발하여 자기 성찰이라는 문학의 본령을 회복하는 것으로 이해해도 무방할 듯하다.

자서전은 근대 이후, 루소에 의해 규정된 자아 개념을 이용하여 이해하는 것이 일반적이었다. 그러나 서양에서도 근대적 자서전이 등장하기 이전에, 회심(回心)의 과정을 고백한 고백록이나 성자전의 전통이 천년 넘게 유지되어 왔기 때문에 자서전을 어떻게 규정할 것인가 하는 문제는 오랫동안 논란의 대상이 되어 왔다. 가와이 코오조오 교수는 중국의 자전문학이 서구의 자서전에서 유입된 근대적 장르인가에 대해 의문을 제기하고 중국에는 전한시대부터 당나라에 이르기까지 나름의 자전문학 전통이 있으며 특히 서적의 말미에 붙어 있는 서문, '허구화' 된 자신의 삶을 서술하는 방식, 묘지명과 같은 글쓰기를 자전문학으로 이해해야 한다고 제안한다. 자전문학에 대한 이와 같은 관점은 이 장르가 아직 명확하게 규정되지 않았고 여전히 생성 중인 장르임을 보여 주는 좋은 예인데 우리로서는 서구 자서전과 중국의 자전문학을 비교함으로써 중국과 서양의 독특한 자기인식 방식을 이해할 수 있다.

서구 자서전의 장르 규정 및 이론적 틀을 이해하기 위해서는 저자도 여러 차례 인용한 바 있는 필립 르죈의 『자서전의 규약』을 간단히 요약하는 것이 좋을 듯하다. 『자서전의 규약』이 출판되기 이전에, 자서전은 작가가 자신(auto)의 삶(bio)에 대해 쓴(graphy) 이야기라고 어원에 근거해서 정의하거나, 어린 시절에 대한 회고조의 이야기 혹은 성년으로의 통과 의식에 대한 이야기라는 식으로 정의하는 것이 일반적이었다. 필립 르죈은 자서전을 엄격한 내적인 규칙을 가진 하나의 독자적인 장르로 규정하기 위해서는 자서전을 ‘독서의 규약’에 따라 정의해야 한다고 제안한다. 그는 ‘자서전의 규약’이라는 명칭으로 텍스트 내적 요소인 ‘등장인물’, 언어학적으로만 존재하는 ‘화자’ 그리고 텍스트 외적 요소인 ‘저자’라는 세 인물의 ‘이름의 동일성’이 자서전을 인접 장르와 구별하는 특성이라고 주장한다. 자서전의 규약이란 저자의 이름으로 귀결되는 이름의 동일성을 텍스트 내에서 확실하게 드러내기 위한 규약인 것이다. 이 규약에 따라 작가가 진실만을 충실하게 고백할 것을 선언하는 ‘진정성’의 원칙은 작가의 담화 생산 규약이 된다. 또한 이름의 동일성이 확인되면, 독자들은 고백되어진 사실을 허구나 거짓이라고 비판하기보다는 작가가 ‘자신만의 진실’을 말하고 있다고 믿게 되기 때문에 자서전의 규약은 독자의 태도를 결정하는 ‘독서의 규약’이 된다. 이 규약에 따라 르죈은 작가의 존재론, 자서전을 쓰는 행위의 의미, 현실을 형상화하기 위해 작가가 이용하는 서술 방법, 작가가 설정하고 있는 독자와의 관계 등에 관심을 기울인다. 이러한 성찰은 자서전이 “한 실제 인물이 자신의 존재를 소재로 하여 개인적인 삶, 특히 자신의 인성(人性)의 역사를 중점적으로 이야기한, 산문으로 쓰인 과거 회상형의 이야기”라고 하는 그의 자서전 정의에 근거하고 있다. 물론 산문이나 과거 회상형이라는 원칙에 대해서는 다른 의견이 있을 수 있으나 자서전이 실제 인물이 자신의 개인적인 삶을 구체적으로 서술한 이야기라는 사실에는 의심의 여지가 없는 것으로 보인다.

중국의 자전문학은 서구의 자서전에 비해 자기 성찰의 성격은 결여되어 있는 반면 자기 변명, 자기 정당화의 성격이 강하다고 저자는 여러 차례 강조하고 있다. 서구의 근대적 자서전에는 개인의 구체적인 삶이 이야기의 대상이 되며 자기 기원의 문제를 통해 고뇌에 찬 현대인의 자화상이 형상화되어 있고 이러한 유형의 글쓰기가 지식인의 내적 순수성을 드러내는 윤리적 행위라는 사실은 새삼 강조할 필요가 없다. 저자는 중국인들이 사회 속의 개인, 다시 말하면 대체 불가능한 개별자가 아니라 공동체 속에서 공유되는 자신을 파악하고자 한다는 사실에서부터 시작한다. 중국인들은 개인적 자아보다도 집단적 자아를 우선시하며 사회적으로 인정받고 있는 전형과의 유사성을 통해 자신을 인식하기 때문에 동일 정체성이 개인의 특성을 강조하는 차별화를 압도한다는 것이다. 그래서 익명성을 지닌 제3의 인물들을 통해 개인의 특성을 표현하고자 하는 중국 자전문학 특유의 서술 방법이 등장한다. 또한 자전문학에서 주인공의 정치적, 물질적 상황은 변할 수 있어도 '자기라는 인간 자체'는 변하지 않기 때문에 과거와 현재 사이에 자기 변모 과정이 발견되지 않으며 그 결과 적극적인 자기 형성의 이야기가 발견되지 않는다는 것이 가와이 코오조오 교수의 일관된 주장이다.

중국 자전문학에서 발견되는 이러한 특징을 강조하기 위해 저자는 자전문학을 집필 동기에 따라 유형학적으로 분류한 후, 각 장을 한 작가의 작품이 다른 작가의 어떤 점을 계승했고 어떤 점에서 정형에서 일탈했는가에 관심을 기울이는 계보학적 관심에 따라 구성한다. 2장 ‘남들과 다른 나’에서는 서적의 서문에 나타난 자전문학을 대상으로 하여 저자는, 자신의 모습이 ‘대중’의 모습과 다를 때 자신의 특이성을 정당화하기 위해 자신과 존재 이상형 사이에서 발견할 수 있는 유사성을 강조한다는 사실을 지적한다. 3장 ‘이러하고 싶은 나’는 도연명의 『오류선생전』 유형의 자전문학을 기술하고 있다. 이 유형은 가공인물을 등장시켜 이상적 자아를 표출하는 것으로써 등장인물은 마치 하나의 초상화처럼 정지되고 완성된 인상을 주게 된다. 4장 ‘죽은 자의 눈으로 본 나’는 자신이 죽은 것으로 가정하고 묘지명을 쓰는 것이다. 이는 장례식에서 고인(故人)의 삶을 기억하고 찬양하는 방식으로 이용되었던 전기 형식이 발전했다고 생각할 수 있는데 글쓰는 주체와 글쓰기의 대상이 되는 인물이 동일 인물이라는 점이 잘 부각된다. 이러한 유형 분석을 통해 우리는, 중국의 자전문학에서 한 개인의 감정이나 성격 노출이 절제되어 있고 구체적인 에피소드가 부족하며, 그 결과 작품에 등장하는 인물은 개인을 서술하는 것이 아니라 전형으로서의 인물을 서술하고 있는 인상을 받게 된다. ‘자기라는 인간을 응시’한 것이 아니라 인생을 응시한 것이 중국의 자전문학의 특징인 것이다.

필립 르죈의 관점에서 보면 지금까지 열거된 자전문학을 자서전이라고 규정하기는 어려운 것으로 생각된다. 서적의 자서에 나타난 자전적 부분은 서적을 집필하게 된 유래를 기록하는 과정에서 자전적 서술에 미친 데 불과하기 때문에 자신의 인생을 서술하는 것을 주된 목적으로 삼지 않았다고 할 수 있다. 뿐만 아니라 여기에서는 한 개인이 3인칭으로, 가족사적인 관계 속에서 서술되어 있기 때문에 전기에 가까운 장르라고 할 수 있다. 『오류선생전』 유형의 경우도 이름의 동일성이 유지되지 않으며 이상적 자아를 허구적으로 제시하고 있다는 점에서 차라리 자전적 소설로 분류할 수 있는 장르이다. 이러한 문제가 제기되는 것은 저자가 자전문학이라는 용어를 사용할 때, 중국의 경우에는 회고록과 자전적 소설, 전기 등을 포괄하는 '자기에 대한 글쓰기'라는 광의의 개념으로 사용하고 서구의 경우에는 자서전이라는 협의의 용어로 사용하고 있기 때문인 것으로 생각된다. 장르 개념의 차원에서뿐만 아니라 서술 방식에서도 차이가 드러난다. 예를 들면 서구의 자서전에서는 한 개인의 변모 과정을 서술하는 성장소설적인 측면이 강조되면서 자서전은 시간의 드라마를 서술하는 방식으로 이해되고 있는 반면 정형화된 인생의 단면을 서술하는 『오류선생전』 유형의 자전문학에 이르면 시간은 더 이상 자전문학을 규정하는 요소가 아니다. 그러나 서구적 의미에서 자기 정체성에 대해 질문을 제기하고 자기 형성의 이야기를 제시하는 예가 없는 것은 아니다. 6장 '나는 누구인가-자전의 등장'에 이르면 이제까지의 자전문학이 자기 변화나 부정을 수반하지 않았던 데 비해 자기는 긍정하지만 자기가 속한 집단은 긍정할 수 없다는 복잡한 자기 파악 방법이 나타난다.

그렇다면 중국의 자전문학이 서구의 개인주의 정신과 반대해서 구축되었다라고 말할 수 있는가? 이 책에서 연구된 작가들이 개인주의가 형성되고 자기자신을 연구의 주체이자 대상으로 관찰하기 시작한 18세기적 자아와는 거리가 먼, 전한에서 당나라에 이르는 시기의 작가들이란 점에서 이렇게 말하는 것은 어폐가 있는 것으로 보인다. 다시 말하면 서구의 근대 개념을 이용하여 자서전과 자아를 규정한 후 이를 중국 '고전문학'에 적용시켜 자전문학의 특징을 규정하는 것은 아무래도 어색해 보인다. 차라리 낭만주의 시대 이래 전통으로 되어 온 과도한 자아 토로의 문학보다는, 서양에서 장례식 때 고인을 찬양하는 말이라든지, 강력한 전제 군주들이 자신의 족보를 찬송하기 위해 써 온 전기형의 글들, 또는 예수의 삶이라고 하는 전형적인 삶에 자신의 삶이 얼마나 근접했는가에 따라 삶의 완성도를 판단하고자 했던 중세의 성인전이 중국의 자전문학과 더 유사한 것으로 보인다. 그렇지만 서구의 자서전이 개성과 개별화를 강조하는 반면 중국의 자전문학이 집단성을 추구하는 독특한 전통을 지니고 있다는 사실은 충분히 강조할 만하다. 사실만을 서술하고자 하면서도 허구적 가치를 인정할 수밖에 없었던 서구적 서술 방식이나 재현 방식과는 다르게 허구적 인물을 등장시켜 현실과 자신을 묘사하고자 했던 중국의 자전문학은 자기 성찰이라고 하는 가장 근본적인 방식으로 정체성과 삶의 진정성을 문제시했던 것이다.

[

생명, 상생, 우주

정효구 충북대 국문학과 교수

『花開』

김지하 지음 / 2002 / 실천문학사

김지하의 시집 『花開(화개)』를 읽으면서 그의 시집이 불러일으키는 여러 가지 대립 쌍들을 떠올려 본다. 단절과 연속, 인공과 자연, 죽임과 살림, 경쟁과 상생, 분열과 공존, 개체와 우주, 유한과 무한, 지성과 신성, 관념과 생명, 집착과 해탈, 정지와 흐름, 소아(小我)와 대아(大我), 무관심과 교감……. 말할 것도 없이 김지하가 그의 시집 『花開』를 통하여 지향하고자 하는 세계는 방금 열거한 대립 쌍들 가운데 뒤쪽에 놓여 있는 것들이고, 그가 지양하고자 하는 세계는 그 중 앞쪽에 놓여 있는 것들이다.

나는 김지하가 지향하고자 하는 세계만을 뽑아내어 여기에 다시

일일이 적어 본다 : 연속, 자연, 살림, 상생, 공존, 우주, 무한, 신성, 생명, 해탈, 흐름, 대아, 교감……. 이런 말들을 일일이 적어 보는 시간 속에서 나의 몸엔 물기가 오르고, 나의 영혼은 잔잔해지고, 나의 마음은 훈훈해지며, 나의 가슴은 너그러워진다.

이런 상태로 나는 김지하가 그의 시집을 왜 '花開'라고 지었는지 그 이유를 시인의 말로부터 이끌어내 본다.

시집 제목은 '花開'라 하고, '한 송이 꽃이 피니 세계가 모두 일어선다(一花開世界起)'는 『벽암록』의 뜻을 취했다.

더 이상의 설명이 필요하지 않을 것이다. 그럼에도 불구하고 굳이 설명을 덧붙이자면, 김지하가 이번 시집 이름을 '花開'라고 지은 것은, 한 송이 꽃으로 표상되는 하나의 생명이 이 세계에 존재하는 데는 우주삼라만상 전체가 함께 작용하고, 그 생명과 더불어 우주삼라만상 전체의 교감이 이룩되는 것임을 알리고자 한 것으로 보인다. 우선 이렇게 간단한 설명을 덧붙이면서 김지하의 시집 『花開』의 세계를 좀 더 본격적으로 풀어 가기 위해 위의 인용문으로부터 세 가지 화두 격의 말을 찾아내 보기로 한다. 위의 인용문으로부터 찾아낸 화두 격의 말 가운데 그 하나는 '생명'이고, 그 둘은 '상생'이며, 그 셋은 '우주'이다.

왜 '생명'인가

인간에겐 두 가지 본능이 있다. 하나는 삶의 본능이고, 다른 하나는 죽음의 본능이다. 이 양자는 한 존재 속에서 대립되기도 하며, 더 나아가 거대한 우주 속에서 대립되기도 한다. 그러나 다른 면으로 보면 이 양자는 서로 대립된 관계로 존재한다기보다 마치 우로보로스의 원처럼 서로 꼬리에 꼬리를 물고 모순의 합일을 이루는 공존의 관계로 존재하기도 한다. 이런 것을 가리켜 대극의 합일이라고 부를 수 있을 것이다. 또한 모순의 역설이라고 부를 수도 있을 것이다.

김지하의 시집 『花開』를 보면, 그는 죽음의 본능을 비켜서서 삶의 본능을 만나고자 하는 모습을 보인다. 그것은 그가 살고 있는 이 세계가 삶의 본능으로 충일한, 이른바 생명의 역동적인 장이 되도록 만들고자 하기 때문이다. 가령 〈한식청명〉 같은 시를 보자.

한식청명
낼모렌데

눈이 내린다 내려
영동산간에 내 마음에

절기 뒤틀린 세월이
꽃 속에도 몰아쳐

수상한 꽃샘 닥치고

이상한 내 삶 덮치고

아파트에 오는 봄

봄 같지 않아

먼 하늘 너머

고향 보리밭 그리움

문득 봄비 소리에 놀라며

'봄은 봄인가?'
— 〈한식청명〉의 전문

　김지하는 위 시에서 계절 속으로, 자신의 내면 속으로 찾아드는 죽음의 힘 앞에서 두려워한다. 한식청명이 다가왔음에도 불구하고 죽음의 힘을 표상하는 추위와 눈이 영동산간뿐만 아니라 자신의 마음 속에까지 찾아와, 시인은 위축된다. 그럴수록 그는 봄다운 봄을 기다린다. 봄다운 봄이야말로 그에게는 생명의 힘을 안팎으로 가져다주는 존재이기 때문이다. 그러나 도시의 아파트 속에는 봄이 오더라도 흡족하지가 않다. 그래서 그는 "먼 하늘 너머 / 고향 보리밭"을 떠올린다. 상상으로나마 봄다운 봄의 생명력을 품어 안고 싶기 때문이다. 그런데 이게 웬일인가. 어디서 봄비 소리가 들리지 않는가. 봄비는 봄과 비가 결합된 존재로서 그야말로 생명의 힘이 두 배로 간직돼 있는 존재이다. 시인은 이 봄비 소리를 듣고 비로소 안심을 한다. 그러면서 '봄은 봄인가?' 라고 스스로에게 묻는다. 이런 물음 속엔 생명의 힘을 확인한 자의 기쁨이 녹아 있다.

다음으로 생명의 문제와 관련해서 한 가지 더 언급할 것은 김지하의 시집 『花開』를 보면 삶의 본능과 죽음의 본능이 하나로 이어지며 더 큰 생명의 힘을 창출하는 모습이 보인다는 것이다. 여기서 삶의 본능과 죽음의 본능은 공생의 조화와 화해의 신비를 연출한다. 이와 관련하여 김지하가 쓴 한 편의 시를 인용해 보면 그는 〈부끄러움〉이란 작품에서 "꽃 터질 때마다 / 울리는 쇠북 소리 // 바람 / 잎가에 서성거리고 // 대낮에도 / 별들이 반짝인다 // 다시 태어나고 싶다 // 이 봄에 / 스며들듯 / 죽고 싶다"라고 쓰고 있다. 꽃이 피는 것을 보고 생명의 힘이 확산돼 가고 고조돼 가는 이 시를 읽어 가다가, 마지막 연을 보면 불현듯 죽음의 본능이 밀려오는 것을 볼 수 있다. 그러나 이 마지막 연에서 보이는 죽음의 본능은 앞의 삶의 본능과 대립되는 것이 아니라 오히려 그 삶의 본능을 더욱더 강력하게 만드는 역할을 함으로써 이 작품을 읽는 독자들은 삶의 본능과 죽음의 본능이 더 큰 생명의 장에서 만나는 신비를 경험하게 된다.

세계가 삶의 본능과 죽음의 본능의 투쟁의 장이라면, 이 투쟁 속에서 삶의 본능을 승리로 이끌어 내고자 하는 노력이 김지하의 시집 『花開』가 담고 있는 내용이다. 그리고 또한 삶의 본능과 죽음의 본능이 투쟁하면서도 마침내는 이들의 역설적 합일로 인하여 궁극적으로는 생명의 확대와 연속이 이 세계에서 이루어지는 것이라면, 그 사실을 믿고 알리고자 하는 것이 김지하의 시집『花開』의 핵심 내용 가운데 하나이다.

왜 '상생'인가

상생은 제로섬 게임이 아니라 윈윈 게임의 방식이다. 김지하는 이 세계가, 그리고 그 속의 삼라만상이 상생의 신비 속에서 함께 살아가고, 서로 교감하며 평화와 기쁨을 맛보았으면 하고 소망한다.

한 송이 꽃이 피는 데 우주 전체가 일어나듯이, 이 세계는 서로 떼려야 뗄 수 없는 유기적 관계로 연결돼 있다는 것이 김지하의 생각이다. 그러고 보면 세계는 인드라의 그물처럼 서로가 서로를 반영하고 포용하고 비추이며 함께 한 편의 거대한 예술작품을 만들어 가는 과정인지도 모른다. 그런 과정 속에 너와 나로 표상되는 우리 모두가, 아니 삼라만상이 존재하는 것이라면, 나와 너라는 개체는 단절된 존재가 아니라 연속된 존재이다.

사실 세계의 외피만을 바라보면 김지하의 위와 같은 생각은 선뜻 동의를 얻기가 어렵다. 그러나 좀 더 거시적인 눈을 뜨고, 열린 마음으로 자아 해체와 자아 초월의 경지를 사모하다 보면, 김지하의 생각에 동의를 표하는 시간이 올 수도 있을 것이다.

김지하는 그의 시 〈첫 문화〉에서 다음과 같이 말하고 있다.

말하고 싶어 / 견딜 수가 없다

아파트 사이 / 공터에 나가

입에 / 손을 모은다 / 속삭인다

꽃이 피었다아 ────

꽃이 피었다아 ────

한겨울에 / 석 달 만에

'난초 피었다아 ────'

─ 〈첫 문화〉의 부분

간단하게 말하자면 위 인용시 속에서 시인과 공터와 난초꽃은 서로 상생의 관계 위에 놓여 있다. 이 세 가지 가운데 어느 하나만이라도 등을 돌리고 단절의 표정을 지어 보였다면, 이들 세 존재는 서로 무관한 관계로 끝나고 말았을 것이다. 그러고 보면 세상이란 얼마나 신기한 것인가. 상생의 신비를 볼 줄 알고 느낄 줄 아는 경우와, 그렇지 않은 경우는 그야말로 천국과 지옥 같은 차이를 보이고 있는 것이 아닌가. 김지하가 계속하여 소리치는 상생의 길 속으로 눈길을 돌리다 보면 부서졌던 세상이 조금씩 치유되며 새살을 내보이는 것 같은 느낌을 갖게 된다.

왜 '우주'인가

우주를 발견하고 우주적 상상력을 구사함으로써 김지하의 시세계는 역사적 시공 너머로까지 확대돼 있다. 그는 누구나 다 알다시피 역사적 존재로서의 자아규정과 세계인식을 통하여 시인으로서의 면모를 갖추기 시작한 사람이다. 그러나 그는 여기서 그치지 않고 그의 삶과 시 창작을 동시에 우주적 차원으로까지 올려놓은 사람이다. 한 인간이 실존적 자아의 발견에서 사회적, 역사적 자아의 발견으로, 그리고 마침내 우주적 자아의 발견으로 나아가는 것이 아주 자연스러운 일이라면, 김지하가 역사 이후에 우주를 발견하고 그 속에 자신의 존재를 세우면서 시 창작에 나선 것은 그리 특별한 일이라고 볼 수는 없다.

그런 점에서 우리들의 마음속에 내재한 인간중심주의 내지 역사 콤플렉스를 잠시 벗어 놓고 보면 김지하의 시집 『花開』는 매우 잘 읽히는 시집이며, 자연친화적 사상을 지녔던 전통적인 우리의 시가와도 친연성을 갖는 경우라고 볼 수 있다.

우주를 발견한 사람과 아직 인간사만을 발견한 사람 사이에는 커다란 차이가 있다. 그리고 인간사를 우주사 속에서 보는 사람과, 우주사를 인간사 속에서 보는 사람 사이에도 큰 차이가 있다. 김지하의 시집 『花開』를 읽으면서 이런 생각이 부쩍 드는 것은 인간 혹은 인간사 중심적인 사유방식에 고착되어, 우리의 의식과 상상력이 돌이킬 수 없을 정도로 한쪽으로 좁게 치우쳐 버렸기 때문이다.

내 가슴에 달이 들어

내 가난한 가슴에

보름달이 들어

고층 아파트 사이사이를

산책 가는 내 가슴에

가을달이 들어.

— 〈短詩(단시) 둘〉의 전문

위 시에서 달은 우주의 표상이다. 비록 가난한 가슴을 지닌 시인이지만, 그 시인의 가슴속엔 우주의 표상인 달이 들어와 산다. 이렇게 달이 시인의 가슴속에 들어와 살게 된 것은, 시인이 우주적 사유와 감수성을 발휘하여 그 달을 먼저 자신의 가슴속에 품어 안았기 때문이다. 여기서 달을 품어 안은 시인은 그대로 우주가 되어 버렸다. 그리고 시인과 우주의 표상인 달 사이에 아무런 간극이 없으니, 시인이 달이요, 달이 시인인 상태로, 이른바 합일이라 부를 수 있는 경지가 만들어진 것이다.

우주는 무심하다. 결코 인간에게만 인자하지 않다. 그러나 인간은 우주의 자녀이다. 아니 인간은 우주와 더불어 살 수밖에 없는 존재이다. 인간은 우주의 끝은 물론 그 표면조차도 제대로 아는 바 없으나, 우주적 사유와 사색과 상상을 통하여 인간은 우주의 식구가 될 수 있다.

김지하의 시집 『花開』를 읽는 재미는 우주의 식구가 된 것 같은 기

쁨과 신비를 체험하는 데 있다. 그리고 인간사를 옹호하면서도 그것
을 넘어설 수 있는 여유와 상상 속에서 자신을 우주적 자아로 설정해
보는 데에 있다. 또 한 가지만 더 들어 본다면, 과학과 과학자에게 빼
앗긴 우주의 진면목을 샤먼과 같은 김지하의 상상과 진술한 체험에
의하여 새롭게 만날 수 있다는 데 있다.

작동하는 삶 그리고 이제는 멈춘 삶

김예림 연세대 강사

『상속』

은희경 지음 / 2002 / 문학과지성사

연구팀은 이 실험으로 돌연변이 유전자가 신경계통에 영향을 끼친다는 것을 확인했습니다. 그 유전자에는 '불만' 이라는 이름이 붙여졌습니다.

은희경의 『아내의 상자』 한 대목에서 잠깐 언급되고 있는 이 실험 결과에 따르자면, 우리는 모두 불만이라는 돌연변이 유전자를 지닌 존재들이다. 불만이 무엇인가 충족되지 않음·못함에서 비롯된 내면의 이지러짐을 뜻한다면, 이 말이 언뜻 풍기는 일상적이고 사소한 듯한 가벼움에도 불구하고, 그것은 불행의 동의어로서 실은 충분히 무겁고 괴로운 것이다. 불만의 유전자를 생래적으로 가지고 태어난 우리에게 삶이란 결국 절박하고도 심원한 불행을 다루어 나가는 과정 그 자체이다. 거듭거듭 닥쳐오는 불행과 불운을 얼마만큼 능숙하게 취급해야만, 비록 이것에 상처는 좀 입을지라도 완전히 걸려 넘어지는 따위의 치명적 실수는 없이 살아갈 수 있는 것일까. 이는 곧 삶의 기술 문제로서, 은희경은 일찍부터 이 부분을 예리하게 포착해 왔다. 그녀에게 삶의 기술은 불행의 가공법을 의미하기도 하고 또 불만 유전자를 가진 자기의 처리법을 의미하기도 한다. 이 기술들의 작동에 대한 작가의 관심은 삶은 불우할 뿐이라고 외치는 직설법과는 좀 다른 화법을 취했고 그만큼 다른 이야기를 낳았다. 불행 가공법과 자기 처리법에 대한 작가 특유의 발견이 '나'와 타인 혹은 '나'와 나 사이에 존재하는 어떤 미시적이고 미세한 부분을 확대시켰거나 일종의 평면으로 간주되던 관계를 구조로 파악한 결과임은 분명해 보인다.

삶은 계속 삐걱거리고 관계는 종종 어긋나기 마련이며 상실감은 줄곧 존재를 잠식한다는 사실 자체는 그녀의 많은 작품에서 역설(力說)의 대상이 아니라 기본적인 전제이다. 중요한 것은 이처럼 절망적이고 곤혹스러운 조건에서 오뚝이처럼 다시 살아남는 일이며, 살아남기 위한 테크닉을 재빨리 강구하는 일이다. 이 점에서, 지금까지 은희경의 작품에 등장했던 많은 인물들은 냉정한 삶이 그(녀)를 속일 때 흔들린다기보다는 외부―타인과의 원활한 분리나 의식적인 자기 분리가 신속하게 이루어지지 않을 때 흔들린다고 하는 편이 옳을 것이다. 그(녀)들이 이런 식의 생존 기술, 방어 능력을 활용할 때, 사태를 대수롭지 않은 것으로 만들어 버리는 갖가지 방법들이 동원된다.

모른 체하기, 무심하게 되기, 우스꽝스럽게 바꿔 버리기, 없는 것으로 해 버리기 또는 그 반대로, 있는 것으로 해 버리기…… 등이 그것이다. 삶의 기술로서 이와 같은 방법들을 끊임없이 의식하고 계산하고 요구하는 주체에게 삶은 결코 낭만이나 환상의 소재지가 될 수 없다. 그러나 아니 그러므로, 낭만이나 환상을 가장할 수는, 당연히 있다. "자칫 깨지는가 싶었던 화해와 행복의 환상이 복구되는 아슬아슬한 순간이었다. 그것이 연출된 것이고 또 이 시간만 지나면 사라지리란 걸 알고 있었지만 환상이란 그래도 필요했다"는『상속』의 진술은 은희경이 파악하는 삶의 본질뿐만 아니라 삶의 기술에 대해서도 압축적으로 전해 주고 있다. 연출은 가장이다. 그러나 이때 가장은 단순히 가짜가 아니다. 가장 없이 삶은 살아질 수 없기 때문에, 이것은 생존의 문제이지 거짓이나 윤리의 문제는 아닌 것이다. 요컨대, 아무 희망 없이 그러나 희망은 있다는 약간은 달콤한 기만의 기술을 통해 '나'는 사는 것이다. 달콤함을 위장해야 하는 삶의 씁쓰름한 아이러니는 작가가 계발한 역시 아이로니컬한 스타일에 의해 말끔하게 재현되었다.『상속』에 실려 있는 단편들은, 강약의 차이를 갖긴 하지만 여전히 이러한 의식이나 스타일을 공유하고 있다. 〈내 고향에는 이제 눈이 내리지 않는다〉, 〈딸기도둑〉과 같은 작품은 불행과 불운 앞에서 이루어지는 자기 연출의 역학과 심리학을 보여 준다. 두 작품에서 진술을 행하고 있는 인물들은, 이들이 취하는 '심상하게 말하기' 태도와는 다른 방식으로 사실을 터놓자면, 타인에게 하찮게 취급된 존재들이다. '2월에 태어났지만 그러나 올해 2월에는 생일이 없는' 〈내 고

향에는……〉의 '나' 처럼, 〈딸기도둑〉의 은혜 역시 이 세상의 숱한
은혜들 중에서도 아마 가장 행복하지 못한 은혜 중의 한 명일 것이
다. 그녀의 이름이 무관심과 우연 속에서 얼떨결에 지어진 것처럼,
그녀의 존재는 미미하다. 더더구나 그녀는 또 다른 은혜 앞에서, 그
나마 자신의 상처 ─ 불행을 감춰 주던 방패였던 그 은혜라는 이름을
빼앗겨 버리고 '딸기도둑' 이 되어 버린다. 은희경의 인물들은 이와
같은 순간, 즉 기억하고 싶지 않은 과거를 잊기 위해, 살아내기 위해
선택한 자기 연출의 의장이 파열되는 순간 안으로 무너진다. 그러나
그녀는 의도된 무심함으로 다시 무너진 자기를 추스린다. 〈누가 꽃피
는 봄날 리기다소나무 숲에 덫을 놓았을까〉는 '진심으로' '이해' 받지
못하고 '사랑' 받지 못하며 성장한 한 여성의 심리와 행위 패턴을 세
밀하게 따라가고 있다. 이 작품에도 타인들과의 관계 속에서 끝없이
이들을 의식하고 자기를 연출해야 했던 인물이 등장한다.

> 배려 ─ 남이 원하는 게 뭔지 알아내려고 하는 것. 교양 ─ 남이 옳다고 하
> 는 가치를 학습하고 남이 좋다고 하는 기능을 익히는 것. 성실 ─ 남이 실망
> 하지 않도록 기대대로 해내는 것. 유행 ─ 남이 원하는 모습이 되는 것.

그녀가 남긴 메모이다. 어렸을 적 인물이 지니고 있었던 조숙함,
순진함, 소심함은 또래집단 속에서 '수난' 당하면서 이렇게 저렇게 뒤
엉켰고 이후 그녀로 하여금 엉뚱한 과장이나 뜬금없는 행동, 너무 앞
서 나가는 배려 아닌 배려를 연발하도록 했다. 앞의 메모에서처럼 소

라는 항상 타인의 시선을 의식하면서 자기를 바라보고 배치하고 가장하지만 안타깝게도, 타인을 위해 타인에 의해 스스로를 계산하곤 했던 그녀는 또 속아 넘어가고 만다. 그리고 이어서, "하긴 괜찮아. 불행한 사람에 비하면 이런 건 아무 고통도 아닐 테니까. 그저 따돌림 당한 것뿐이잖아"라는, 익숙한 자기 위무가 뒤따른다. 자기 연출과 가장은 담담한 포기와 미묘한 자위 사이에서 반복되는 것이다.

만들어 낸 환상과 낭만에, 그야말로 아무런 환상이나 낭만 없이 기대야 하는 삶의 구조, 이 구조에서 필수적인 생존 기술을 은희경은 조금의 감정적 과잉도 없이 매끈하게 보여 주었다. 이 테마가 주로 연출로서의 삶, 삶으로서의 연출이라는 지점에 무게중심을 두고 있다면 『상속』에는 좀 다른 방향에서 이를 공유하면서 의미화하는 작품들이 있다. 〈아내의 상자〉, 〈내가 살았던 집〉, 〈상속〉, 〈태양의 서커스〉가 그들이다. 여기에서는 삶이라는 아이러니, 그리고 이를 재현하는 형식으로서의 아이러니에 내재되어 있는 긴장이나 거리가 사라지고, 작가의 의식과 의도는 겹의 형식에서 벗어난다. '고독', '상실', '고통', '집착'은 그래서 솔직하게, 직접적으로 전달된다. 이러한 감정, 의식의 비교적 뚜렷한 출처를 〈내가 살았던 집〉과 〈상속〉은 죽음이라고 알려 주고 있다. 죽음은 압도적인 사건이다. 두 편의 작품에서 죽음은 "자기 삶의 주인으로서의 패기를 완전히 상실하게" 하는 것으로 문제된다. 다음과 같이:

인간의 삶이 육체가 있을 때까지만 존재한다는 데에 육체의 권능이 있었다. 아무리 멋진 정신을 갖고 있다 하더라도 육체가 죽어 버리면 하는 수 없이 멋부리기를 끝내야 한다.

그러나 모든 일을 끝마친 뒤의 엄숙한 침묵 같은 것이 깃들어 있었다 (……)그렇게 시작된 N의 육체의 모든 안팎은 농부가 땅을 경작하듯 아버지가 몸을 부려 세월 속에 거두어 온 것이었다. 할 일을 마친 육체의 휴식은 존엄하다고 N은 생각했다.

특히 두 번째 인용문은, 대상을 향한 이런 식의 긍정적이고 친밀한 접근이 그간의 작가에게는 매우 드문 것이었음을 생각할 때 이례적이다. '자기 삶의 주인'이 되기 위해 안간힘을 쓰면서 이런저런 생존 기술을 발휘해야 하는 속내를 얄궂을 정도로 꿰뚫어 보는 것이 은희경의 중요한 작업이었다면, 한편으로는 그 반대쪽, 즉 '자기 삶의 주인' 되려는 애처로운 발버둥이 완전히 멈춰 버리는 철저하게 운명적인 순간에 그녀는 눈돌리고 있는 것이다. 살기 위한 노력이었다고 할 수 있을 연출하기가 모두 끝나고 부정할 수 없이 남아 버린, 고요하게 정지된 육체. 작가는 삶의 작동이 멈춘 자리를 향해 진지한 시선을 던지고 있다. 이와 같은 시선의 옮김은 어떠한 내적 맥락을 가진 것일까. 두 지점 사이의 거리는 블랙유머와 비극의 그것처럼 가까운 듯도 하고 또 어찌 보면 먼 듯도 하다. 생존 기술의 나사를 바짝 조여야 하는 경우와 그것이 저항할 수 없이 스르르 풀어져 버리는 경우. 작가는 두 장면을 함께 그려 채움으로써 우리 삶의 축도를 좀 더 다면적으로 그려 가는 중일 것이다.

임규찬 성공회대 교양학부 교수

'제 고유의 빛깔'을 이루는 '각자성불(各自成佛)'

『사람의 향기』
송기원 지음 / 2003 / 창작과비평사

작가의 삶이나 작가 자신이 이래저래 밝혀 놓은 문학적 단상들을 중심으로 연구하는 경향을 비판하면서 흔히 제기하는 것 중의 하나가 '의도의 오류'이다. 실제 문학작품 속에 구현된 가치는 작가가 의도한 것과 다를 수 있다는, 따지고 보면 상식에 속하는 판단에 근거한 이야기이다. 그런데도 종종 작품을 분석하다 보면 작가가 슬몃슬몃 흘려 놓은 작품에 대한 소회들을 아무래도 주목하게 마련이다. 설혹 '오류'가 있을지라도 '의도'만큼은 알고 싶다는 생각 때문이다. 그리고 때로 그러한 작가의 진술에 흠씬 젖어들 때도 있긴 있다. 아마도 작가 자신의 창작적 산고가 자신의 실제 삶과 관련하여 절실한 관련성을 맺고 있을 때 그러한 것 같다. 송기원의 새 작품집 『사람의 향기』를 읽으면서 새삼스럽게 떠올랐던 생각이다. 그리고 이렇게 말머리를 여는 것은 이 작품집의 좋은 독법의 하나가 작품집 맨 말미에 있는 '작가의 말'을 먼저 읽어 보는 일이라는 뜻이기도 하다. 이것은 곧 이 자체가 어느 분석보다도 작품 이해의 좋은 길잡이가 되어 주는 탁월한 평론의 몫까지 이미 하고 있다는 생각 때문이기도 하다.

가령 이 글에서 작가는 이 작품집에 수록된 작품들의 성격을 작가 자신과 관련시켜 다음과 같이 말하고 있다.

여기에 묶은 단편들은 주로 어린 시절이 그 시대적 배경을 이룬다. 거기에는 이따금씩 무슨 고명처럼 현재의 내가 등장하기도 하지만, 내 역할이란 고작해야 어린 시절로 들어가기 위한 일종의 '문열이'에 지나지 않는다. 소설 속에 나오는 어린 시절의 나 역시, 주인공을 따라다니며 그가 하는 말이며 몸짓을 독자들에게 전달하는 화자의 역할에서 크게 벗어나지 않는다. 그런 식으로 나온 일련의 소설들이 『사촌아부지』, 『정애 이야기』, 『폰개 성』, 『울보 유생이』, 『바보 막둥이』, 『헤조갈래』, 『끝순이 누님』 등이다.

우선 이번 작품집의 특징은 작가 자신의 주변 인물이 주인공으로 당당히 내세워진 작품들이라는 점이다. 지금까지 송기원의 작품이 보여 준 세계는 '언제 어느 장소에서나 소설 속의 주인공은 나 자신이었으며, 주변의 인물들은 애오라지 나 자신의 이야기를 전개하기 위해 필요한 조연 내지는 엑스트라에 불과' 한 세계였다. 이를테면 〈월행〉, 〈다시 월문리에서〉 등의 초기 단편이 그러하고, 『너에게 가마 나에게 오라』, 『여자에 관한 명상』 등의 90년 이후 장편들도 다 그러했다.

이 말은 곧 지금까지 송기원의 문학적 근간은 '자의식'이었다는 의미이기도 하다. "흔히 유능하고 발빠른 작가라면 자신의 이야기쯤은 이미 이십대의 데뷔 시절에 흔쾌히 마무리짓고 걸음도 당당히 시대며 역사로 나아갈 터이다. 그런데도 나는 소위 작가라는 허울을 둘러쓰고 30년 가까이 글을 써 오면서도 제자리걸음만 계속하고 있었던" 것이다. 사실 '운동권', '퇴폐적 유미주의자', '기수련과 명상' 등 송기원이란 이름 앞에 이렇게 저렇게 따라붙고 있는 충돌적인 작가적 이력도 따지고 보면 '자의식'의 복잡한 갈래들과 맞물려 있는 셈이고, 그때마다 이른바 절필의 시간이 똬리를 틀고 있다.

그런 점에서 확실히 이번의 작품집은 갈림길과는 다른 하나의 고갯길을 훌쩍 넘어선 형상이다. 자신의 진술대로 '도니 명상이니 하는 식의 깨달음과는 다를' 지라도 '자의식에 대한 새로운 개안' 이 펼쳐 보이는 하나의 새로운 세계이다. 작가 스스로의 진술에 따르면, 5년 남짓 지리산이며 계룡산, 나아가 히말라야나 미얀마로 떠돌면서 자신에 대해서 무엇 하나 시비 걸지 않고 그대로 방치한 채 일종의 방관 비슷하게 스스로에 대해서 편해지고, 그러다 보니 전혀 알지 못하던 자신의 문제점을 발견하게 되었다는 것인데, 그것은 바로 '내가 스스로를 바라보는 시선이 잘못되었' 다는 것이다. 자신뿐만 아니라 세상의 모든 사물을 타고난 본래의 시선이 아니라 자의식의 시선으로만 바라보았다는 뜻이다.

그래서 작가 스스로 이번 작품집의 성격을 재차 이렇게 규정한다. 그리고 이 점이 필자 역시 동감하는 최종적인 문학적 성격에 대한 진술이라고 본다.

어쩌면 이번 작품집에 묶인 일련의 단편들은 가까스로 자의식에서 자유로워진 내가 비로소 사물들 본래의 빛깔을 되찾으려는 몹시 조심스러운 시도인지도 모른다. 저 무성한 자의식 아래서 한때 나의 어린 시절 또한 부끄럽거나 숨기고 싶은 기억으로만 일관되었을 것은 뻔한 일이다. 그 어린 시절이 이제야 비로소 자의식의 단색에서 벗어나 저마다 고유의 제 빛깔들을 내보이려 하고 있다. 『울보 유생이』, 『헤조갈래』, 『바보막둥이』, 『끝순이 누님』, 『폰개 성』…… 아아, 나의 자의식에서 자유로워진 순간, 저 모든 사람들은 나와는 전혀 무관하게 저마다 제 고유의 빛깔을 빛내며, 더욱 진하게 사람 냄새를 풍기고 있다.

물론 이런 문학적 성격이 이번의 작품집에서만 전적으로 새로이 구현된 특질이라고는 할 수 없다. 세상 속에서 길어 올린, 무엇보다 시궁창 세상 속에 움트고 있는 한 떨기 연꽃과도 같은 사람들에 대한 이야기인 〈늙은 창녀의 노래〉, 〈수선화를 찾아서〉 등에서 작가는 이미 특유의 '사람 향기'를 진하게 보여 준 바 있다. 그리고 "만약에 나한테 조금이라도 아름다운 게 있다면, 그건 내 게 아니야. 그건 내가 상처 입힌 모든 이들 것이지"라는 소설 『아름다운 얼굴』의 마지막 말처럼 그러한 단초는 진작부터 어느 정도 시작된 셈이다.(그 점에서 앞선 작품집 『인도로 간 예수』에 수록된 작품 〈사람의 향기〉가 이번 작품집에 재수록되면서 『양순이 누님』으로 바뀌고, 대신 작품 제목이 작품집 제목으로 재생되는 과정 자체가 그런 연관성을 말해 주는 것이기도 하다.) 어쨌든 『인도로 간 예수』에서 주류를 이루는 작가 자신과 관련된 인물들에 대한 태도는 그동안 거부만 했던 이들을 새로이 끌어안으면서 느끼게 되는 감정을 보여 주기는 하지만 그 역시 자기에 중심을 둔 자의식에 여전히 기반해 있었던 것이다.

하지만 『사람의 향기』 속의 인물들은 완전한 타인 대신 자신의 삶과 밀접하게 결부되었던, 특히 자신의 치부나 상처, 혹은 자기 존재의 수치를 환기시켜 주는 인물들이 중심을 이루고 또 그들과의 관계라는 자의식 차원이 아니라는 점에서 형상의 실제적 내실은 사뭇 달라진다. 말하자면 '자의식'의 실핏줄이 예민하게 뻗치고 있는 자기 존재의 거주처를 문제 삼으면서도 그로부터 자유로운 따뜻한 작가의 눈이 형형하다. 그런 시선으로 그가 불러들인 인물들을 보라. 무당의 딸이자 청맹과니라고 불렸던 처녀 당달봉사 끝순이 누님(『끝순이 누님』), 유복자로 태어나 눈칫밥을 얻어먹어 그런지 황소같이 커다란 두 눈은 항상 겁에 질린 채 걸핏하면 눈물바람이기 일쑤였던 외사촌형 유생이(『울보 유생이』), 남편을 많이 갈아 치워 '물걸레떡'으로 불렸던 여자와 허천병에 걸려 모든 게 먹을 것으로만 보이는 그녀의 아들 폐병쟁이 성관이(『물총새 성관이』), 험한 세파를 헤쳐 가면서도 착한 마음을 잃지 않았던 심한 안짱다리의 억척아줌마(『헤조갈래』), 좌익 아버지가 죽어 홀어머니의 보호 아래 살아가는 정신박약아 막둥이(『바보 막둥이』), 어머니의 문둥병 때문에 평생을 상처를 안고 살았던 정애(『정애 이야기』) 등 하나같이 신산한 사람들이다. 바로 그런 인물들에게서 작가는 ‘제 고유의 빛깔을 내며, 더욱 진하게 사람 냄새(향기)를 풍기고’ 있음을 따뜻하게 보여 주고 있는 것이다.

그런 점에서 작가는 우리에게 민중문학의 한 역설적 장관을 선보이는 셈이다. 그는 분명 “소위 운동권에 그야말로 어설프게 몸담게 되면서부터 나 자신도 모르는 사이에 어느덧 허위의식을 배우고, 그 허위의식을 적당히 얼버무리며, 게다가 남들 앞에서는 그럴듯하게 위선도 떨게 되었다”고 하여 일견 그동안의 자기를 규정했던 민중문학(운동)의 허위성을 통렬히 비판하고 있는 듯하기 때문이다. 그러나 그의 인식은 자의식의 강요가 단색으로 물들게 하는 그런 부정적 측면은 그대로 보되 동시에 그 자체가 ‘눈물겨운 자기표현이며 생명의 소중한 에너지’라는 점을 지적한다. 그렇기 때문에 오히려 가파른 능선을 통과한 후에 도달한 ‘민중성’이 새삼 아름답게 보인다. 그것은 한마디로 최원식의 표현처럼 ‘보편으로 환원되는 특수가 아니라 단독자로서의 그 사람’, 바로 진짜 ‘민중’의 아름다운 재발견이기도 한 것이다. 그리고 이런 정도의 인식을 인정하게 되면 우리는 송기원이 지금 펼쳐 내는 사람세상이 적어도 ‘스스로를 의지(自歸依)’해서 ‘제 고유의 빛깔’을 이루는 ‘각자성불(各自成佛)’의 경지라고 말해도 될 법하다.

더구나 작가가 불러들이는 세상과 사람에 대한 그의 문학적 태도가 "내가 살아 낸 삶의 고통과 쓰라림과 막막함을 바탕으로 하여 다른 사람의 고통과 쓰라림과 막막함으로까지 그 외연을 넓혀 가는 일이 아닌가. 그리하여 결국은 나와 다른 사람이 다 함께 동류의식을 갖는 일이 아닌가"(『울보 유생이』)라는 점을 확인하면 사람살이의 근본을 밝히고자 하는 사회적 존재론의 노선을 떠올리지 않을 수 없다. 그렇기 때문에 결국 "나는 내 안에 저렇듯 선명한 빛깔로 내 이웃사람들의 삶이 살아 있다는 사실이 신비하게까지 여겨지는 것을. 그래, 나는 어쩌면 이제야 비로소 나 자신의 이야기에서 벗어나 이웃으로, 그리하여 저 시대와 역사로까지 나아갈 것이라고, 아주 조심스럽게 말할 수 있을지도 모른다"는 그의 예감에 큰 기대를 갖게 된다. 왜냐하면 다른 누구 아닌 송기원의 새로운 문학적 바깥나들이가 바야흐로 시작되려 하고 있기 때문이다.

주변부 타자의
정체성 탐색의 가능성

정정호 중앙대 영문학과 교수

『영원한 이방인』

이창래 지음 / 정영목 옮김 / 2003 / 나무와숲

최근 미국 문학에서 중국계, 일본계뿐 아니라 다른 많은 한국계 미국인(Korean American)들의 문학 활동이 주목을 받고 있다. 60~70년대에 소설『순교자』등을 발표한 김은국 등이 있었지만 캐시 송, 이창래 등과 같은 미국 문학계의 주류 한가운데 뛰어들면서 활발하게 창작 활동을 하고 있는 경우는 처음이라서 우리는 깊은 관심을 가질 수밖에 없다. 더욱이 이번에 첫 소설『영원한 이방인』(원제: Native Speaker, 1995년 미국에서 발행)이 국내에 재번역되어 출간된 작가 이창래(Chang-rae Lee)의 경우는 미국에서 놀라운 문학적 성과를 거두고 있다고 해도 과언이 아니다. 한국계 미국인 소설가 이창래는 1965

년 서울에서 태어나 세 살 때 부모를 따라 미국으로 이민갔다. 명문 예일대학교 영문학과를 졸업한 뒤 증권회사에서 잠시 일하다가 소설을 쓰기 위해 사직하였다. 그후 오리건 대학에서 석사학위를 받았고 1995년에 데뷔작 『영원한 이방인』을 발표하여 미국 문학계에 큰 반향을 일으켰다. 이 소설로 인해 이창래는 헤밍웨이 재단상 등 7개 상을 휩쓸었으며 단번에 유망한 신인작가로 인정받게 되었다. 그는 1999년에는 일본군 위안부를 소재로 다룬 소설 『제스처 라이프(A Gesture Life)』를 발표하여 언론의 주목을 다시 받았고 아시아 아메리카 문학상 등을 받았다. 《뉴요커》지는 1999년에 이창래를 40세 미만의 대표적인 미국 작가 20명 중의 한 사람으로 선정한 바 있다. 1998년 미국 뉴욕시립대 헌터 칼리지 창작과정 학과장을 역임하였고, 2002년부터 명문 프린스턴 대학교 인문학 및 창작과정 교수로 재직 중에 있다. 그는 내년 3월 출간을 목표로 세 번째 소설인 『비상(Aloft)』을 쓰고 있는 중이다.

이 소설 『영원한 이방인』은 주류에 끼지 못하는 이민자들이 국외자로서 갖게 되는 관찰 능력과 고향에 대한 그리움 그리고 자신의 정체성을 찾아가는 아웃사이더들에 관한 이야기이다. 이민 2세대로 한국계 미국인인 헨리 박(Henry Park, 한국명 박병호)은 사설탐정소 직원으로 뉴욕 시장 출마를 계획하고 있는 재정적으로 성공한 시의원인 한국계 미국인 존 강의 정체를 밝혀내는 비밀공작에 참여한다. 이러한 떳떳치 못한 이중적인 사업을 수행하는 탐정소설과 같은 흥미진진한 과정에서 주인공 헨리 박은 결혼, 인종, 사랑, 정체성 문제들에 관련된 현대 미국의 딜레마를 의식하며 소수민족인 한국계 미국인으로서의 어떤 정체성 수립에 관한 여러 가지 문제들에 직면하게 된다. 소설의 말미에서 헨리 박은 자신의 감시 대상이었던 한국계 미국인 존 강의 가능성과 관계를 이해하며 다른 민족과 미국에서 가족의 소중함, 사랑의 중요성, 한국인으로서의 정체성 확인 가능성들을 막연하게나마 느낄 수 있게 된다. 이런 의미에서 이 소설은 성장소설(Bildungsroman)이라고 볼 수도 있다.

미국인 아내와 살고 있는 한국계 미국인 헨리 박은 미국 중부의 명문대학을 나오고 영어도 원어민(네이티브 스피커) 못지않게 잘하고 외모나 재능도 남에게 별로 뒤떨어지지 않으나, 그는 언제나 경계인, 주변인으로 중간지대(회색지대)에 머무를 수밖에 없는 주변부 타자에 불과할 뿐이다. 아내 릴리안과의 사이의 아들 밋이 여덟 살의 어린 나이에 사고로 죽은 이후에 부부관계는 원만치 못하고 거의 별거 상태에 있었다. 어떤 의미에서 이러한 순탄치 못한 결혼 생활을 가져오게 된 것은 무엇보다도 헨리 박 자신의 주체적인 정체성을 가지지 못했기 때문이다. 소설 1장에서 아내가 혼자 유럽으로 장기간 여행을 떠나면서 다음과 같은 재미있는, 그러나 의미심장한 목록을 주인공에게 전해 주고 떠난다. 미국인 아내가 헨리 박을 규정한 17개의 항목 중 몇 개만을 살펴보자.

•당신은 숨기는 게 많아 •불법 외인 •정치적 외인

•황화(黃禍): 신 미국인 •파파보이

•감상주의자 •_____ 분석가(빈칸은 스스로 채우도록)

•낯선 사람 •추종자 •반역자

•첩자

　17개의 목록 중 11개가 모두 고정되지 않고 중심에서 벗어나 주변부를 서성거리는 확립된 자아가 결여된 주체를 가리키고 있지 않은가? 주인공 헨리 박은 자신을 파파보이와 추종자로서 주체성이 없고 남이 시키는 대로 순종하는 자로 규정한다. 백인이 중심에서 주도하는 미국사회에서 나는 언제나 낯선 사람이고 정서적 외인이다. 백인들은 둥글넓적한 황색 얼굴을 가진 동양계―이 경우 한국계인 존 강이―뉴욕 시장과 같은 높은 위치에서 백인사회를 통치하는 것을 꺼려한다. 내가 지금 하는 일도 그러한 백인들의 보이지 않는 큰 손을 위해 일하는 하수인이 아닌가? 존 강의 불법과 비리를 캐기 위해 이 일에 고용된 사람들은 모두 소수민족들이다. 이들은 어차피 주류(와습 WASP: 앵글로 색슨계 백인 신교도, 미국의 지배적인 특권을 형성하고 있다. 101쪽)에 속할 수 없는 주변인들이며 경계인들로 낯선 사람들이다.

　왜 소수이민자들은 쉽게 주체성을 상실하는가? 그들은 거대한 다민족 국가조직인 미국에 어렵게 들어와서 고국의 모든 것을 잊고 열심히 일만 하면 된다. 그래야 이곳에서 편하게 살 수 있다. 그들에게 과거의 역사나 기억은 오히려 짐이 될 뿐이다. 그렇게 하다 보니 자신의 과거를 숨기는 게 많은 사람이 되고 이성과 순리를 중시하는 합리주의자가 되지 못하고 감상주의자가 되어 버리는 것이 아닌가? 주체를 해체하고 정체성을 망각해야 새로운 역사를 세우고 삶을 일굴 수 있는 것인가?

그래서 주인공 나는 그저 여기저기서 빌려 오는 나일 뿐이다. 나는 그 모든 것들을 납득이 안 갈 정도로 섞어 버렸고 바꾸어 버렸다.(306쪽) 그렇다면 이런 잡종적 주체성을 어쩔 수 없이 가진 소수민족인 내가 이 다민족사회라는 허울 좋은 탈을 쓴 백인사회에서 기대할 수 있는 것은 무엇인가? 백인들이 사회를 운용하고 지배하는 규칙을 문제 삼지 않고 그저 소시민으로 살아가는 것뿐이다. 주인공 헨리 박은 한국에서 일류대학을 나온 아버지가 자신을 위해 뉴욕에서 채소장사로 일생을 마친 것에 대해서 아버지가 이곳의 언어와 문화에 대한 지식이 빈약했기 때문에 그것이 허용하는 야망에 맞추어 자신의 삶을 재편성하고, 자신이 원하는 인간을 다시 발명해야 했다(540쪽)는 것을 이해한다. 그러나 여기에서 이민 1세대인 아버지와 이민 2세대인 아들 사이의 갈등은 깊다. 아들은 아버지의 삶에 대한 곤혹스러운 경외와 경멸과 경건을 떨쳐 버릴 수 없다. 주인공의 이러한 심리적 갈등은 아버지 세대에서는 결코 생각할 수 없었던 백인 세상인 미국에서 한국계 미국인으로서의 정체성을 꿈꾸기 시작한 결과일 것이다. 바로 여기에서 이 소설의 역전이 시작되는 것이다.

주인공 헨리 박은 백인 의뢰인들의 요구에 따라 감시 대상인 한국계 미국인 시의원인 존 강에 대해 공감 어린 관심을 가지게 된다. 그는 소수민족정치가로서 존 강의 이상을 어느 정도 이해하게 된다. 존 강은 뉴욕 시 같은 미국의 대도시에서 항시 일어나는 인종간의 갈등

—예를 들어 LA에서 일어났던 코리아타운에서의 흑인 폭동으로 인한 한흑 갈등—들이 해소될 수 있다고 주장한다. 주인공은 존 강의 이러한 주장을 인정한다. 이제 헨리 박은 같은 한국계 미국인인 존 강이 되어 가고 있다. 주인공이 자신의 감시 대상자인 존 강을 통해 한국계 미국인으로서의 정체성에 대해 눈을 뜨게 된다는 것은 아이러니이다. 주인공 헨리 박은 이제 존 강과 한없이 한국인으로서 동질감을 느끼면서 진지하게 자신의 정체성의 가능성을 추구하게 된다. 그러나 아쉽게도 존 강의 꿈은 자신의 몇 가지 개인적인 실수와 백인들에 의해 움직이는 언론의 집요한 덫에 걸려 좌절되고 실패한다. 그는 존 강이 떠나기 전에 벌어진 격투에서 오히려 존 강을 폭도들로부터 보호하기 위해 피투성이가 된다. 그후 존 강은 미국을 버리고 가족과 함께 고국 한국으로 귀국해 버린다. 주인공 헨리 박도 조직에게 존 강의 비밀을 모두 털어놓지 않고 조직을 떠난다.

복합문화시대의 기치를 내걸고 있는 다민족사회 미국이지만 한국계 미국인인 존 강이 뉴욕 시장에 출마하려는 소수민족정치가로서 미국인의 꿈을 이루기는 아직은 어려울 것이다. 자수성가해서 어느 정도까지는 올라갈 수 있으나 소수민족은 끝내 보이지 않는 유리 천장(Glass Ceiling)에 부딪혀 추락하고 마는 것이 아닌가? 그러나 주인공 헨리 박은 절망하지 않고 계속 한국계 미국인의 정체성을 추구할 것이다. 이러한 정체성 수립에 대한 자각은 주인공에게 많은 길을 깨닫게 해 준다. 그는 미국사회의 인종적 다양성 속에서 차이를 인정하는 가능성(450쪽), 종족간, 부모자식간, 개인간의 대화와 사랑을 통한 공동체와 가족의 회복(459쪽)의 가능성을 보았다. 마지막 장에서 제2외국어로서 영어 교사이며 언어치료사인 미국인 아내와의 재결합의 가능성도 인상적이다. 주인공은 이제 미국에서 의사소통의 기본 수단인 표준 영어를 갓 이민 온 소수민족 어린이들에게 가르치는 데 열정을 바치고 있는 미국인 아내를 도와주며 살아간다. 그들이 모두 네이티브 스피커처럼 말을 잘하게 된다면 그들은 영원한 이방인을 벗어나는 것일까? 이 소설은 단순한 대답을 요구하지는 않는다. 이 질문에 대한 대답은 결국 독자들의 몫으로 남겨 놓아야 할 것 같다.

'심청'의 현대적 해석, 성과와 아쉬움

박철화 문학평론가

『심청』(상, 하)

황석영 지음 / 2003 / 문학동네

황석영은 누가 뭐라 해도 우리 문학의 우뚝 솟은 봉우리 가운데 하나다. 특히 시대를 읽어 내는 순발력과 통찰력에 있어 그는 뛰어난 재능을 보여 주었다. 분단, 노동, 민중, 외세 등등 우리 현대사의 가장 예민한 현안이 그의 언어를 통해 자신들의 견고한 역사적 성채를 갖게 되었다. 문학으로 검증되지 않은 역사는 진정한 역사가 아니라는 차원에서 황석영은 우리 문학의 가장 힘 있는 역사가라고 해도 과언이 아니다. 게다가 그것은 단순히 인식의 문제로 그치지 않는다. 독자로 하여금 손에 땀을 쥐게 하며 그의 글을 따라 읽도록 만드는 솜씨는 타의 추종을 불허한다. 『장길산』, 『무기의 그늘』과 같은 장편

소설은 물론이고, 〈삼포 가는 길〉, 〈객지〉, 〈한씨 연대기〉 같은 중·단편소설을 통해서도 그는 꽉 짜인 구성과 생기 가득 찬 문체로 독자와 전문가의 아낌없는 찬사를 받았다.

그것을 가능케 한 힘은 무엇보다도 그가 가진 체험 영역의 넓고 깊음일 것이다. 그는 늘 우리 역사의 현장에 있어 왔다. 농민운동, 노동운동, 민주화운동, 통일운동 등의 현장에서 그는 언제나 가장 앞에 서 있는 일꾼이었다. 그러한 일꾼으로서의 직접적 체험은 고스란히 그의 소설에 녹아들어 서사의 피와 살을 이룬다. 그리고 이와 같은 직접 체험은 다시 취재와 문헌 연구를 통한 간접 체험으로 확대된다. 『장길산』의 그 강건하면서도 유장한 민중 언어는 바로 그의 성실한 발과 역사에 대한 예리한 통찰이 만나서 낳은 결과물이다. 『무기의 그늘』 또한 그의 베트남 참전 경험이 없었다면 형상화되기 어려운 세계다. 이처럼 어떤 작품에서든 그의 체험은 소설의 생생한 구체성으로 소화되어 독자를 매료하는 바탕이 된다. 이러한 면모는 그가 감옥에서 나온 뒤에 연이어 내놓은 『오래된 정원』과 『손님』에서도 변함이 없다.

어쨌거나 세계 인식의 차원에서 황석영에 버금가는 깊이를 보여 준 작가는 없지 않으나, 그만큼 생생한 목소리로 독자를 이끌어 들인 작가는 찾아보기 어렵다. 그는 타고난 이야기꾼 기질과 취재와 탐구의 후천적인 성실함으로 진정한 역사의 경지에까지 이를 수 있는 문학적 진경을 보여 준 작가다. 생존 작가로는 아마도 이청준과 박완서, 김원일과 김주영 그리고 최인훈 정도만이 그 목록에 오를 수 있을 것이다.

이번에 나온 『심청』 또한 황석영이 아니고서는 쉽사리 다룰 수 없는 세계를 그리고 있다. 우선 이것은 역사소설이다. 물론 그는 이미 『장길산』을 통해 역사소설의 가능성을 충분히 보여 준 바 있다. 그런데 장길산이란 인물에 비해 심청의 캐릭터는 황석영적 세계에서 보자면 이단에 가깝다. 여성 화자(話者)를 통한 세계 이해의 개진(開陳)은 드물었기 때문이다. 이번 작품을 통해 그는 여성의 시선으로 세계를 이해하려는 새로운 실험에 과감히 도전했다. 역사학에서도 이러한 노력이 최근의 경향인 것을 감안하면 역시 그의 순발력을 높이 사지 않을 수 없다.

다른 한편으로 황석영의 문학적 시야는 갈수록 우리의 국토를 넘어 세계로 확대되어 나갔다. 대부분의 역사가 그러하지만, 우리의 역사 또한 어쩔 수 없이 우리만의 것이 아니다. 그런데 단 한 번도 세계사를 주도한 적이 없어서인지 우리의 시야는 자꾸 이 좁은 국토 속에 갇히려 한다. 게다가 반세기가 넘는 분단의 역사는 '남과 북'이라는 절대 절명의 과제로 우리로 하여금 그밖의 것에 자꾸 눈멀게 한다. 하지만 이 '남과 북'이야말로 오히려 그러한 분단 체제를 낳은 외적 요소들을 종합적으로 고려할 지성을 요구한다.

황석영의 『심청』은 이러한 시대적 요청을 담고 있다. 즉 역사적 상상력을 넓혀서 우리의 모습을 좀 더 역동적인 대외 관계, 세계사적 조망 속에서 살필 수 있어야 한다는 것 말이다. 그리하여 조선에서 청나라로, 중국 본토에서 대만으로, 대만에서 오늘날의 오키나와인

유구로, 그리고 유구에서 일본을 거쳐 다시 조선으로 이어지는 『심청』의 새로운 무대가 탄생했다. 동아시아 전역을 아우르는 역사 지리의 무대다. '동아시아학'이라고 부를 수 있을 새로운 담론에 대한 문학적 고찰의 한 예가 될 이것 역시 황석영의 순발력을 보여 주는 증거다. 그래서 그의 『심청』은 단순한 민담과 전설 차원을 훌쩍 넘어선다. 전래의 『심청전(傳)』은 봉건시대의 희생양으로서의 여성들의 절망적 현실과, 그에 대한 상상적 대속(代贖)으로서의 희망을 그리고 있다. 그에 반해 황석영의 『심청』은 그러한 절망을 낳은 시대에 대한 냉철한 고찰과, 그 절망을 극복하려는 실제적 가능성에 초점을 맞추고 있다. 그리하여 민담과 전설에 녹아 있는 신화적 요소를 제거하고, 리얼리스트답게 심청을 역사적 현실의 공간 속에서 다시 그려 내고 있다. 창녀 심청은 그렇게 탄생했다.

오늘날에도 제3세계의 곳곳에서 그러하지만, 봉건시대의 가난은 손쉽게 여성의 육체를 상품으로 내놓게 만든다. 뱃길의 안녕을 빌기 위한 살아 있는 제물이라는 근사한 명분에 기대어 어린 나이의 여성을 노예로 파는 것이다. 이렇게 해서 심청은 중국 상인들에게 팔려나간다. 부유한 중국 노인의 회춘을 위한 도구로 시작한 그의 삶은 매춘의 영역을 제대로 벗어나지 못한다. 하지만 그는 자신의 불운에 좌절하지 않고 여러 가지 우여곡절 끝에 마침내 진흙 속의 연꽃처럼 고결한 존재로 피어난다. 해설자의 말처럼 '성창(聖娼)'이 되는 것이다. 그리하여 전혀 새로운 의미에서 다른 심청이 탄생한다.

이 심청의 행로를 따라가는 작가의 시선은 거시적(巨視的)이다.

때는 서구 열강이 아시아를 집어삼키던 시기다. 조선, 중국, 일본 할 것 없이 아시아적인 것이 서양적인 것의 포화 속에서 무너져 내리던 당시를 작가는 조망하고 있다. 동아시아 전체가 패배를 곱씹으며 위기감을 느끼던 때에 심청은 그 연이은 고난에도 불구하고 예지와 헌신으로 자신의 삶을 일으켜 세운다. 그러한 심청이라는 인물의 미시적(微視的) 내면과 당대 정세의 거시적 조망이 맞물리며 서사(敍事)를 이끌어 이 작품은 읽기에 지루함이 없다. 그 거침없는 행보는 미처 준비가 안 된 독자를 어리둥절하게 만들 정도이다. 사실 이 점이 특징이자 결점이 된다.

두 권 분량의 많지 않은 공간 속에 한 시기 동아시아의 역사를 각인해 놓은 그의 솜씨는 뛰어난 것임에 분명하지만, 동시에 황석영의 것이라고 하기엔 어딘가 허술하다. 청나라, 대만, 유구, 일본 등등 서사의 배경이 된 공간을 이해하려면 별도의 역사 공부가 필요할 정도다. 그래서 부분 부분 긴박감 넘치는 이야기 구성과 세밀한 묘사에도 불구하고 서사의 개연성 자체에 대한 의심이 들기도 한다. 문학이 실제의 기록이 아니고 허구인 한, 개연성은 생명과도 같다. 적어도 이것은 근대소설의 요체다. 따라서 심청의 인생행로 자체에 대한 개연성이 의심된다는 것은 단순한 문제가 아니다.

이것은 창녀 심청이라는 인물 설정과 맞물려 증폭된다. 물론 소설 속의 인물에 성격을 부여하는 것은 작가의 고유 권한이며, 어떤 종류의 인물이건 전혀 문제가 되지 않는다. 선과 악, 미와 추를 벗어나는 것이다. 하지만 그 인물의 행동은 서사 속에서 다른 요소들과 섞이며 하나의 '자연스런 세계'를 이루어야 한다. 그것이 이야기의 개연성이다.

황석영은 당시 서양 제국주의의 팽창에 짓밟히는 봉건적 동아시아의 불구성에 대한 상징으로 창녀를 선택했는지 모른다.

> 나는 근대의 동아시아 주변을 떠올렸다. 한국, 중국, 일본 세 나라에서 필리핀, 인도네시아, 베트남, 인도로까지 관심은 확장되었고 19세기는 이들 지역에 의미심장한 변화가 일어난 중요한 때라고 보았다. 그리고 여러 자료를 접하면서 이른바 동양사가 서양의 편에서 동쪽을 바라본 편견에 의하여 기술되었다는 것과, 이러한 세계관은 서구가 제패한 세계시장 속에 이 지역을 편입하려는 집요한 의지의 표현이기도 했다는 점을 발견했다.
>
> 동아시아에서 근대의 표상은 자유무역과 저자의 확보로 표현된다. 근대적인 도시며 거리가 형성되었고 모든 나라의 노동 상품은 새로운 형태로 변해 갔는데, 임금노동과 매춘이었다. 고장마다 전통적 형태의 매춘이 없었던 것은 아니지만 성을 직접 파는 시장으로서의 환락가나 매춘가가 생겨난 것은 서구에 의한 무역시장체제의 출현 이후부터였다.
>
> ― 작가의 말 (331~332쪽)

그리고 그 극한의 삶으로부터 아름다운 반전(反轉)을 이끌어 내려 했던 것으로 보인다. 교통수단이 발달한 오늘날과 달리 오고가는 일이 흔치 않았던 시대에 동아시아 전역을 전전할 만한 인물로 상품이

된 창녀가 필요했을 수도 있다.

　그렇다고 하여 나는 『심청』에서 이같은 흐름을 역사 맥락으로 짚어 가기보다는 한 여자의 몸과 마음이 변전하는 과정에 집중하기로 했다. 이는 마치 연꽃 한 송이가 봉오리에서 새벽이슬을 맞고 개화를 시작하고 햇볕과 비바람에 시달리며 지나는 행인을 만나고 보내기도 하며 밤낮을 거쳐 계절을 보내는 과정과도 같이 썼다. 그러므로 아편전쟁이나 태평천국, 또는 인도와 베트남과 동인도회사, 오키나와의 멸망, 일본의 메이지 유신과 민란, 동학과 청일전쟁, 노일전쟁과 조선의 식민지화 등의 과정을 멀리서 스쳐 지나가는 작은 우레 소리처럼 다루었다. 내가 힘을 기울이고 섭렵했던 자료들 거의가 이 시대 백성들의 일상을 다룬 것들이었고, 매춘과 남녀상열지사야말로 시정잡배들 삶의 자상한 기록인 셈이다.

　'심청'이 떠났던 자리로 돌아올 즈음에야 과거에 무엇이 잘못되었던가 하는 것들이 어렴풋한 어둠 속에서 차츰 명료해진다. 서구 열강이 눈 부릅뜨고 먹이를 찾아 동진하고 있었을 때에 동아시아의 봉건왕조들은 썩어서 붕괴 직전에 있었고, 이를 무너뜨리고 새로운 질서를 만들고자 한 위와 아래의 움직임은 어디서나 있었다. 그러나 아래로부터의 개혁의지는 하나같이 실패했고, 동아시아는 아직도 사회 실험의 와중에 있다.

― 작가의 말(332쪽)

　하지만 매춘을 통해서 이러한 세계사적 변화를 드러내려 한 움직임이 애초의 작가의 의도와 달리 성공했다고 말하기는 어렵다. 매춘부 심청의 시선에 포착된 세계는 표피적이며, 게다가 세계의 변화를 자신의 몸으로 받아내며 변화하는 심청의 모습은 시대의 상징이자 전형이 되기 어렵다. 오히려 성(性)에 대한 심청의 태도 변화와 그에 따른 육체의 반응은 남성의 편향된 성적 상상의 투사(投射)에 가깝다. 신문 연재물로서의 한계를 감안한다면 모르겠으나, 어쨌거나 창녀 심청은 '그러할 수밖에 없음'이라는 서사의 개연성 차원에서 상당히 의심스런 인물 설정이다.

결과적으로 심청의 변전하는 삶을 통해 20세기 전후의 동아시아라는 한 시대적 공간의 역사를 조명하려는 작가의 노력은 성공했다고 말하기 어렵다. 여성의 눈으로 역사의 이면을 비추는 것, '동아시아 담론'의 문학적 형상화를 위한 노력은 이 작품의 실패 위에서 또 다른 손길을 기다려야 하게 되었다.

기억과 해방과 자유

황광수 문학평론가

『소라단 가는 길』
윤흥길 지음 / 2003 / 창비

『소라단 가는 길』의 형식은 지난날 우리네 사랑방의 이야기판을 그대로 옮겨놓은 듯한 느낌을 자아낸다. 졸업한 지 40년 만에 모교를 찾은 초등학교 동기생들이 운동장 가운데 모깃불을 피워 놓고 둘러앉아 이야기 마당을 펼치고 있는 것이다. 자청을 해서든 지적을 받아서든, 이들은 마음속 깊이 간직해 두었던 이야기 한 자락씩을 펼치는 순간 우리의 마음을 송두리째 앗아 가는 빼어난 이야기꾼들이 되고 있다. 이런 방식으로 펼쳐 가는 이 연작소설은 이야기들을 이어 가는 진행 방식이나 다양한 화자들 사이의 공유된 경험으로 인해 내적 통일성과 대화체 소설의 효과를 극대화하고 있다. 이러한 내적 통일성은 이야기들이 펼쳐지는 공간적 이동과 시간적 추이의 유기적 연관성에서 빚어지는데, 이 소설집의 첫 자리에 놓인 〈귀향길〉과 끝자리에 놓인 〈상경길〉은 '떠남'과 '돌아옴'으로써 하나의 원환(圓環)을 이루면서 이 연작소설의 형식적 틀에 완결미를 부여하고 있다. 이 큰 틀에 담긴 이야기들은 그 주제가 가지각색이지만, 6·25를 전후로 한 초등학생 시절에 겪은 절실한 경험들이라는 점에서 공통된 역사적 시공간을 벗어나 있지 않다. 그러기에 이들이 한 자리씩 풀어놓는 이야기의 내용들은 하나같이 전쟁의 폭력에서 파생된 치유되지 못한 상처들과 연관되어 있고, 오랜 세월 화자들의 내면 깊숙이 도사리고 있던 은밀한 기억들이다. 그러기에 한 편 한 편의 이야기들이 끝날 때마다 청중들은 한동안 숙연한 정적 속에 빠져들게 된다. 이 연작소설이 지닌 또 하나의 힘은 이야기 마당의 생동하는 분위기에서 빚어지고 있다. 이것은 구김살 없이 이야기를 털어놓을 수 있는 동질집단 속에서만 가능한 것으로, 고향 말의 맛깔스러운 어투와 거침없는 해학을 통해 청중들의 감흥을 한껏 부풀어 오르게 한다. 이 연작소설의 첫머리에 놓인 〈귀향길〉은 서울이라는 생활권을 벗어나 고향에 가까워짐에 따라 달라지는 어투의 변화를 자연스럽게 드러내 보인다. 말하자면, 작가는 언어에도 중력권이 존재한다는 사실을 뚜렷이 의식하고 공간의 이동에 따른 언어적 중력의 변화가 화자들의 말투에까지 거스르기 어려운 영향력으로 작용하는 증거들을 제시하고 있는 것이다. 작중의 소설가는, 중국을 드나들며 무역업을 한다는 하인철에게 이러한 현상을 지적한다. "그동안 서울 것들 틈새에서 주력이 들어 맥을 못 추던 사투리란 놈이 느닷없이 벌떡벌떡 일어나 목구녁 배깥으로 질펀허니 쏟아져나오는 바람에 너도나도 고향 말씨 경쟁을 벌리니라 야단들”(19쪽)이라고. 그는 또, 논산을 지나면서부터 그들의 ‘사투리’가 더욱 심해진 사실을 의식하며 그 나름의 해설을 덧붙인다.

당연하지 고향이 불르는 소리가 아까보담 휘낀 더 가찹게 들리기 시작헌 탓일 거여. 시방 저 친구들은 고향이 마구잽이로 잡어댕기는 심에 꼼짝없이 끌려가고 있는 중이여.

이렇게 하여 이 소설은, 토속어의 현란한 잔치를 최고의 경지에서 펼쳐 보인 바 있는 이문구의 소설들에 조금도 손색이 없을 만큼 ‘고향 말투’(이리의 토속어)를 능수능란하게 구사하면서 비유와 해학의 맛을 풍요롭게 풀어놓는다. 그러던 것이, 상경길에는 언제 그랬냐는 듯이 분위기가 싹 달라져 버린다.

잘 들어봐. 경부고속도로로 들어선 다음부텀 저 녀석들 말씨가 고향 사투리에서 슬금슬금 도로 서울말로 바뀌기 시작혔어. 그러고 서울이 점점 가차워지면서 서울말 숭내는 점점 더 우심해지고 있어. 그런디 인철이 너는 정반대로 대세를 거스르고 있어.(309쪽)

하인철만이 유독 이러한 대세를 거스르고 있는 까닭은 그 자신의 서울살이가 참혹하게 파탄나고, 고향을 마땅한 죽음의 장소로 여기고 모교를 찾았으나 친구들과 함께한 하룻밤의 이야기판을 통해 자신의 인간성이 되살아나게 되었음을 마음속 깊이 되새기고 있었기 때문이다. 그는 집장사를 하다가 알거지가 된 다음 중국을 드나들며 '보따리무역'으로 근근이 먹고살다가 안면이 있는 동업자 때문에 마약사범의 혐의를 뒤집어쓰고 감옥살이를 하게 되었고, 자식놈뻘밖에 되지 않는 방장 녀석에게 강간까지 당한 이후 술로 세월을 보내며 가족들에게 손찌검까지 할 만큼 인격적 파탄에 이르렀던 탓에 가족들에게 배척당할 수밖에 없는 처지에 놓이게 되었었다. 그의 아내는 가출을 했고, 자식들은 아버지가 차라리 죽어 버리면 좋겠다는 뜻을 숨기지 않았다.

> 그렇게 사느니 차라리 가족들한티 마지막으로 적선허는 셈치고 일찌감치 죽어달라는 거여. 그러는 편이 아버지 자신을 위해서나 즈그들 장래를 위해서 일조가 되겠다는 거여.(307쪽)

그래서 그는 수면제 50알을 지니고 부모의 산소를 찾아가 죽으려 했으나 땅속에 묻혀 있는 부모님과의 대화를 나눈 끝에 당장 죽을 필요는 없다는 생각을 하게 되었고, "고향땅에 묻어두었던 어린시절 보물들을 다시 파낼 수 있었던 하룻밤 우연 덕분에 수면제를 대신 땅속에 파묻고 싶은 마음이 들었다"(309쪽)고 고백한다. 하인철의 태도와 고백은 우리에게 서울말의 중력과 권력(의 중력)이 중첩되어 있다는 사실을 새삼스레 깨우쳐 준다. '작가의 말'에서 윤흥길은 "반세기 가까이" 자신의 내부에 갇혀 있던 "6·25를 전후한 어린 시절의 기억들"을 해방시키자 그 "자신이 자유로워졌다"(324~325쪽)고 말하고 있듯이, 하인철 역시 어린 시절의 꾸밈없는 이야기들을 들으면서 서울이라는 대도시에서 가족들을 먹여 살리기 위해 참혹하게 훼손될 수밖에 없었던 그 자신을 되찾고 있다. 그는 또 〈상경길〉에서 작중의 소설가에게 아무에게도 말할 수 없었던 자신의 치부를 모두 털어놓음으로써 무거운 짐을 벗어 버린 듯한 해방감을 느낀다. 그는 "고백을 다 마치고 나니께 그동안 내 인생을 짓누르던 바웃뎅이 같은 짐을 벗어던진 기분이여. 인제는 족쇄가 풀려서 훨훨 널러갈 것같이 홀가분헌 기분이" 든다고 말할 수 있게 되었고, 앞으로 어떻게 할 거냐고 묻는 작중의 소설가에게 이렇게 대답한다.

> 열 살 안팍 어린시절 그 순수헌 기분으로 되돌아가서 새출발을 허고 싶어. 다른 무엇보담도 우선적으로 처자식들한티 용서를 비는 것이 바른 순서겄지.(310~311쪽)

풍요로운 고향말의 잔치 또는 동기생들끼리의 이야기 마당에는 아득한 옛날 우리 조상들이 솟대에서 감응했던 영검과 유사한 영적인 힘이 서려 있는 게 아닐까. 그렇다면, 그것은 살풀이처럼 우리의 삶을 옥죄고 있는 음험한 힘으로부터 우리의 몸과 마음을 해방시켜 주는 힘을 내장하고 있다고 주장할 수도 있을 것이다. 하인철을 포함한 열 사람의 이야기들은, "각자 자기 배꼽에다 미리감치 주민등록번호 같은 걸 적어 놓기 바란다"고 엄포를 놓고 시작한 우스운 이야기에도 하나같이 전쟁의 아픈 기억과 어둡고 슬픈 정서가 서려 있다. 그러나 이러한 이야기조차도, 아니 이러한 이야기이기에 오히려 더, 말잔치 판에 불려 나옴으로써 진정한 해방과 자유의 느낌을 자아내게 된다. 어린 시절의 경험은 어른들의 그것보다 수동적이고 은밀한 것이기에 그렇게 될 가능성을 더 많이 함축하고 있다. '복덕방쟁이' 유만재가 들려준 〈묘지 근처〉는, 윤흥길의 대표작 『장마』에서처럼, 어린아이의 섬세한 관찰자적 시각과 정서로 포착된 기억을 자연스레 풀어놓고 있다. 『장마』에서 어린아이의 정서는 한밤중에 멀리에서 들려오는 구렁이의 울음소리나 멀리에서 가까이 이동해 오는 개 짖는 소리에 대한 가슴 떨리는 공포감을 섬세하게 포착한다. 이러한 정서적 수동성은 세상에서 일어나는 일들을 가장 강렬하면서도 구김살 없이 받아들이게 하는 정신적 순수성에 가깝다. 어른들의 경우, 이러한 마음자리는 권력의 중심부에서 뻗쳐 오는 불가항력적인 힘을 수동적으로 수용할 수밖에 없는 주변부 사람들의 마음과 가장 쉽게 공명한다. 그러기에 하인철의 치욕과 절망은 어린 시절의 기억들을 풀어놓은 이야기 마당에서 효과적으로 치유될 수 있는 가능성을 지니게 된다. 『소라단 가는 길』이 폭넓은 호소력과 보편성을 지닐 수 있는 까닭도 바로 이 지점에서 비롯될 것이다. 그러나 우리의 삶에는 개인적 치유와 구원의 마당과는 다른 차원이 존재한다. 전쟁과 같은 거대한 폭력을 빚어내는 힘들 사이의 각축이 존재하는 역사-사회적 차원이 그것이다. 이 소설의 작가가 획득한 '자유'가 자신의 관심을 이러한 차원으로까지 힘차게 뻗어 갈 수 있는 계기가 되기를 기원해 본다.

지성과 천진함 사이의
우정과 사랑

정병권 한국외국어대 폴란드어과 교수

『**쇼샤**』
아이작 B.싱어 지음 / 정영문 옮김 / 2004 / 다른우리

아이작 싱어(Isaac B. Singer, 1904~1991)는 폴란드에서 태어나서 1935년 미국으로 이주할 때까지 폴란드에 살았던 폴란드계 유태인이다. 그는 폴란드에 살고 있을 때에도 폴란드어 대신에 당시 폴란드 유태인들이 사용하던 이디시어(Yiddish : 독일어, 슬라브어, 히브리어 요소들이 혼합된 언어로 히브리어 문자를 사용)로 작품을 썼다. 아이작 싱어는 폴란드문학에서 다루어지지 않는 작가이며, 해외 폴란드문학에서도 언급되지 않고 있다. 그러나 폴란드문학에는 폴란드어로 작품을 썼던 유태인들이 수없이 많다. 특히 20세기에 들어와서 브르노 슐쯔(Bruno Schulz), 레시미안(B. Lesmian), 투빔(Julian Tuwim), 아담

바직(Adam Wazyk), 야스트룬(M. Jastrun), 브란디스(K. Brandys), 루드니츠키(A. Rudnicki) 등은 당대의 대표적인 폴란드 시인, 작가에 속한다.

폴란드는 2차 세계대전이 일어나기 전까지 유럽에서 가장 많은 유태인이 살고 있던 나라이다. 3백만 명의 유태인이 폴란드에 살고 있었던 것으로 추정되고 있는데, 이는 당시 폴란드 인구의 약 10분의 1에 해당된다. 2차대전 동안 수백만에 달하는 유태인들이 나치에 의해서 살해되었던 아우슈비츠(Auschwitz), 마이다넥(Majdanek), 트레브링카(Treblinka) 등 대규모 집단 학살 수용소들 거의 대부분이 폴란드에 있다. 유난히 폴란드에 많은 유태인이 살게 된 것은 폴란드 역사에는 종교전쟁이 없었으며, 폴란드가 유럽 다른 나라들에 비해서 유태인들에게 정치적, 종교적으로 비교적 관대했다는 데서 찾을 수 있을 것이다.

아이작 싱어의 자서전적 소설 『쇼샤』는 1차대전과 2차대전을 겪으면서 바르샤바에서 살았던 십여 명의 유태인들의 이야기다. 전쟁으로 파괴된 유태인들의 다양한 삶의 모습들이 서정적으로 묘사되어 있다. 가난하지만 자족하면서 종교적 분위기 속에서 경건하게 살아가는 하시디즘(Hasidism) 랍비 가족, 남편에게 버림받고 가진 것이 없으면서도 항상 마음이 넉넉한 쇼샤의 어머니 바셀레, 철학과 종교, 인생에 대해서 놀랍도록 많이 알고 있으며, 신비로우면서도 속물적이고, 타산적이면서도 순수하고, 여인을 두 명이나 자살하게 만들고, 자기 딸도 전혀 돌보지 않으며, 아무 데도 정착하지 못하고 항상 곤궁 속에서 살아가지만 높은 자존심과 확실한 주관은 가지고 있는 파이텔존 박사, 돈이 너무 많아 어떻게 써야 할지 모르는 미국에서 온 나이가 70이 넘은 샘, 그의 젊은 애인 연극배우 베티, 부자이며 신비주의자인 하이믈, 지적이며 여자로서 뜨거운 피를 가지고 있는 그의 아내 셀리아 등이 주요 등장인물이다.

이 소설의 주인공 아렐레(본명은 아론 그라이딩거, 별명은 추칙)는 1차대전이 일어나기 전 바르샤바 유태인 거주지역에서 유태교 일파인 하시디즘 랍비의 장남으로 태어나, 유태교 학당에서 교리를 배우기도 했지만, 랍비가 되지 않고 이디시어로 작품을 쓰는 작가의 길을 선택한다. 아렐레는 비유태인들과는 접촉을 하지 않으며, 폴란드에 살면서도 폴란드어를 거의 모른다.

이 소설의 제목이기도 한 쇼샤는 어린 시절 아렐레의 친구이다. 열 살이 채 안 된 아렐레는 끊임없이 책을 읽고 그 내용들을 자기와 같은 또래의 소녀인 쇼샤에게 이야기하면 쇼샤는 그것을 재미있게 들어준다. 아렐레는 열심히 이야기하고, 소녀는 귀 기울여 열심히 듣는 모습이 아름답다. 쇼샤가 살고 있는 아파트는 아렐레가 살고 있는 곳에서 홀을 하나 지나면 바로 갈 수 있는 이웃에 있었다. 아렐레가 쇼샤에게 들려주는 이야기는 성서의 내용과 유대교 교리 그리고 과학과 철학에 관한 것들이었다. 아렐레와 쇼샤에게는 다른 친구가 없다. 내성적인 아렐레는 아이들로부터 따돌림을 받고 있었고, 쇼샤는 지능 발달이 더디어 학교 수업을 따라가지 못해서 학교에 다니지 않고 거의 외출도 하지 않는다. 쇼샤는 정신적으로뿐만 아니라 신체적으로도 성장이 거의 멈추어 있는 소녀이다. 아렐레도 학비가 없어서 학교를 중단하고 집에 있다. 그러나 아렐레나 쇼샤는 학교에 다니지 않고 있는 것을 아무렇지도 않게 받아들이고 있다. 유태인들의 운명에 순응하는 태도를 엿볼 수 있는 대목이다. 아렐레가 놀러 가면 쇼샤의 어머니 바셀레는 그를 항상 따듯하게 맞이해 주고 먹을 것도 내준다. 어린 시절 그가 가는 곳은 쇼샤네 집밖에 없었다. 그렇게 어린 시절을 보내고 있다가, 쇼샤네가 길 건너 건물 서너 개 떨어진 곳으로 이사를 간 후, 아렐레는 랍비의 아들이라는 이유로 주위 사람들의 이목이 두려워서 쇼샤를 더 이상 찾아가지 않는다. 그러다 1차 세계대전이 일어나고, 아렐레는 바르샤바를 떠나 갈리치아(Galicja, 오스트리아가 지배하던 폴란드 남동부 지역)로 이사한다. 그리고 20년이라는 긴 세월이 흐른다.

그 사이 폴란드는 독립(1918)했지만 정치적 불안상태에서 벗어나지 못한다. 1926년 쿠데타로 재집권한 피우수드스키(J. Piłsudski)는 과거 폴란드 건국의 아버지였으나, 쿠데타 후에는 늙은 독재자에 불과했다. 독일에서는 1933년 히틀러가 제국 수상(Reichskanzler)으로 임명된다. 독일과 폴란드는 발틱 항구도시 단치히(Danzig) 문제로 첨예하게 대립되어 있었다. 독일의 폴란드 침공이 임박하고 있다는 소문이 확산됨에 따라, 폴란드 유태인들은 자신들의 운명에 불안을 느끼고 동요하기 시작한다. 그러나 아렐레는 불안한 사회 분위기 속에서도 이디시어 신문과 잡지에 글을 발표하면서 유태인 사회에서 잘 알려진 작가가 된다.

쇼샤와 아렐레는 서로 만나지 않고 있을 때도, 한 번도 서로를 잊어 본 적이 없다. 아렐레는 자주 꿈에서 쇼샤를 본다. 때로는 쇼샤가 죽은 꿈을 꾼 적도 있어서 쇼샤가 1차대전 중에 죽었을 거라고 생각한다. 한편 쇼샤는 글을 읽을 줄 모르지만 이웃에 있는 늙은 시계공 라이저가 신문에 실린 아렐레의 글을 읽고 이야기해 주기 때문에 아렐레에 대한 소식을 자주 듣는다. 하루도 쇼샤를 잊어 본 적이 없는 아렐레는 우연히 쇼샤가 살던 집을 찾아가게 된다. 둘은 이십 년 만에 만났는데도 항상 같이 있었던 것처럼 다정하다. 쇼샤는 그동안 변한 것이 거의 없다.

독일이 폴란드를 공격하리라는 소문이 자자해지고 있을 때 아렐레의 애인이기도 한 베티는 아렐레에게 자기와 결혼하여 미국으로 가자고 제의한다. 샘으로부터 거액의 유산을 받기로 되어있는 베티는 미국에 가면 모든 것이 보장된다고 말하며 아렐레를 조르지만, 아렐레는 쇼샤와 결혼한다. 그는 쇼샤는 자기가 믿을 수 있는 유일한 사람이라고 베티에게 말한다.

이 소설은 아렐레가 만나는 다양한 유형의 유태인들을 통해 당시 유태인 사회의 모습을 생생하게 보여 주고 있다. 하이믈의 아내인 셀리아는 아렐레의 애인이기도 하지만, 하이믈과 아렐레의 친구인 파이텔존과도 성적인 관계를 갖는다. 종교적 신비주의자인 하이믈은 셀리아의 애정 행각에 대해서 무심한 반응이다.

폴란드계 유태인으로 미국 국적을 가진 백만장자 샘은 젊은 애인인 연극배우 베티를 바르샤바에서 배우로 성공시킬 목적으로 아렐레에게 베티를 위한 희곡을 쓰도록 청탁한다. 베티는 스스로 재능이 없는 것을 알면서도 남편의 욕심 때문에 꿈을 버리지 못한다. 베티는 연극보다도 아렐레에게 더 마음을 빼앗기고, 그와 결혼하기 위해서 여러 가지 계획을 세우기도 한다.

아렐레의 또 다른 애인인 도라는 열렬한 공산주의자이며 스탈린주의자이다. 아렐레는 도라의 '행복한 미래'니 '밝은 내일'이니 하는 공허하고 상투적인 구호들에 혐오감을 느끼면서도 도라의 아파트를 자주 방문한다. 도라는 사회주의의 조국 소련으로 가는 것이 꿈이었으나 볼프가 소련에서 탈출하여 들려주는 이야기를 듣고 절망한다. 볼프는 소련에 가기 전에 오만한 공산주의자로서, 이미 혁명이 시작되었고 자신은 막강한 인민위원이라도 된 것처럼 말하고 행동했다. 그는 그리던 소련에 갔지만, 곧 체포되어 폴란드 비밀경찰이라는 혐의를 받고 투옥되었다가 갖은 고초를 겪고 간신히 탈출한다. 볼프는 자기와 같이 소련에 갔던 동지들이 살해되거나, 투옥되거나 혹은 광산에서 강제 노동을 하고 있다고 자기가 겪은 일들을 이야기하지만, 폴란드에 있는 스탈린주의자들은 그의 말을 믿으려 하지 않고 오히려 볼프가 폴란드 비밀경찰의 끄나풀이 되었다고 비난한다. 이념 때문에 눈이 어두워진 당시 폴란드 유태인 사회주의자들의 경직된 성향이 잘 묘사되어 있다. 볼프를 좋아하지 않는 아렐레는 사회주의자들의 허구적인 이상주의를 비판하면서, 인류를 구원할 사명이라도 띠고 있는 것처럼 생각하고 말하는 자들은 교활하고 잔인해질 수밖에 없다고 꼬집는다.

이 소설에는 몇 명 안 되는 폴란드인들이 등장하고 있는데, 하녀 테클라를 제외하고는 모두가 부정적으로 묘사되어 있다. 착하고 성실한 테클라는 아렐레의 하숙집 하녀로서 아렐레와 성적인 관계도 갖는다. 이 소설에 나타나는 폴란드인들은 모두가 반유태적이거나 사납고 천박스럽게 그려지고 있다. 아렐레가 우연히 들른 이발소에서 아렐레의 머리를 깎고, 면도를 하던 폴란드인 이발사는 나치보다도 더 섬뜩한 인물이다. 역에서 본 폴란드 군인들은 유태인의 수염을 잡아당긴다. 호텔의 폴란드인 하인은 조금도 친절하지 않으며, 식당 종업원인 폴란드 여자는 혐오스럽게 생긴데다 비뚤어진 마음을 가지고 있다. 하녀 테클라의 약혼자 볼렉은 무식하고 난폭하다.

『쇼샤』의 한국어 번역판은 몇 군데 오역도 있고, 폴란드 인명과 지명, 서명 등이 잘못 표기되었으며, 의미가 모호한 문장도 있다. 또한 '그녀'라는 말을 젖을 갓 뗀 어린 아이에게도, 어머니에게도, 할머니에게도 쓰고 있는데, 이는 우리 언어 습관에는 어색하다. 그렇지만 이러한 것들이 전체적으로 소설의 내용을 음미하는 데 지장을 주는 것 같지는 않다.

『쇼샤』를 읽으면서 우리는 동심의 우정과 사랑에 비하면 세속적인 명예, 돈, 성공, 이념, 박식은 오히려 초라하고 공허하다는 것을 느끼게 된다. 어린 날 싹튼 사랑은 한 줄기 맑은 물처럼 보는 사람의 마음까지도 깨끗하게 씻어 주는 것 같다. 쇼샤와 아렐레는 죽음에 대해서도 초연하다. 쇼샤는 죽음보다도 오히려 아렐레와 헤어지는 것을 더 무서워한다. 전운이 감돌고 있는 불안한 현실 속에서도 아렐레는 당

황하지 않고 매사에 침착하며, 도움이 필요한 사람을 위해 나서기도
한다. 순진하고 착한 어린아이 같은 쇼샤와 마음이 따뜻하고 균형 잡
힌 지성인 아렐레의 대화를 듣고 있노라면, 단순하고 깨끗한 심성이
진실을 가장 정확히 보고 있다는 것을 깨닫게 된다.

서평자 약력

가나다순

■ **권영민**

서울대 문학 박사. **저서** :『한국 근대문학과 시대정신』『한국 민족문학론 연구』『한국 현대문학사』『한국 계급문학 운동사』 **논문** : 〈카프의 조직과 해체〉〈분단시대 비평문학의 논리〉〈새로 쓰는 한국문학 100년〉

■ **김광수**

서울대 철학과 및 미국 캘리포니아대 대학원(산타 바바라) 졸업. 철학 박사. **저서** :『논리와 비판적 사고』『존재적 삶에 대한 철학적 고찰』『법칙과 마음의 존재론적 지의』 외 다수.

■ **김기봉**

서울대 불문과 · 동 대학원 졸업. 프랑스 그르노블 대학교 박사과정 수료. **저서** :『프랑스 문학이론과 선언문』『서양문예사조』 등.

■ **김미현**

이화여대 국문과 · 동 대학원 졸업. 문학 박사. **저서** :『한국 여성소설과 페미니즘』『페미니즘과 소설비평』 등.

■ **김상태**

서울문리대 · 동 대학원 졸업. 문학 박사. **저서** :『문체의 이론과 해석』『언어와 문학세계』 등.

■ **김설자**

이화여대 영문과. 로우드 아일랜드 대학원. 서강대 대학원. **저서** :『Writing English as a Foreign Language』『인간희극』『엠마』(번역) 외.

■ 김승옥

고려대 독문과·동 대학원 졸업. 독일 에어랑엔 대학 문학 박사. 문학평론가. **논문** : 〈쉴러연구〉 기타 독일문학 및 한국문학에 관한 논문 다수.

■ 김시태

동국대 대학원 국문과 졸업. 문학 박사. **저서** : 『한국프로문학 비평연구』 **논문** : 〈한국프로문학 비평연구(1920~30년대를 중심으로)〉

■ 김예림

연세대 국문과·동 대학원 문학 박사. 1996년 《실천문학》으로 등단. **평론** : 〈깨진 거울 앞에 선 문학〉〈위반하는 소설을 위하여〉〈유토피아를 위한 변주〉 등.

■ 김용직

서울대 국문과·동 대학원 졸업. 문학 박사. **저서** : 『한국근대시사』(상·하) 『한국현대시사』(상·하) 『해방기 시문학사』

■ 김용표

한국외국어대 중국어과 졸업. 국립대만대 중국문학연구소에서 석사, 박사학위 취득. 문학 박사. **저서** : 『중국 현실주의 문학론』(공저) 『유종원 산문연구』 『증공산문연구』 등 다수. **논문** : 〈고문 음률의 예술적 효과에 대한 연구〉 외 다수.

■ 김인환

고려대 국어국문학과 졸업. 동 대학원 문학 박사. 문학평론가. 서울문화예술상, 김환태평론문학상 수상. **저서** : 『비평의 원리』 『기억의 계단』 『언어학과 문학』 『언어학과 소설』 『동학의 이해』 『상상력과 원근법』 외 다수. **역서** : 『에로스와 문명』 『주역』 **논문** : 〈동아시아 문학교육의 전통〉 외 다수.

■ 김정숙

이화여대 영문과 졸업. 노스캐롤라이나대·서울대 대학원 영문학 박사. **저서** : 『로렌스 스턴과 18세기 우주철학사상』 **역저** : 『월세입주자』 등.

■ 김재홍

서울대 국어교육과 및 대학원 졸업. 국문학 박사. 경희대 중앙도서관장. **저서** : 『한국 현대 시인 연구』 『한국 현대시의 사적 탐구』 **편저** : 『한국 현대시 시어사전』 등

■ 김채수

고려대 영문학과 졸업. 일본 쓰쿠바대 석·박사. 미 하버드대 포스트 닥터 코스 수료. 저

서 : 『동아시아 문학의 기본 구도』『21세기 문화이론 – 과정학』『일본 사회주의 운동과
사회주의 문학』 등. **논문** : 〈An Archetypical Style of Modern East Asian Novels〉
등 다수.

■ 김치수
서울대 불문과 · 동 대학원 졸업. 프랑스 프로방스 대학원 문학 박사. **저서** : 『한국소설
의 공간』『문학사회학을 위하여』 등.

■ 김태현
서울대 독문과 및 동 대학원 졸업. 《실천문학》 편집위원. 독일 지겐대 연구교수 역임.
저서 : 『열린 세계의 문학』『그리움의 비평』『리얼리즘의 아름다움』 외.

■ 김현숙
이화여대 국문과 및 동 대학원 졸업. 문학 박사. **저서** : 『문학상상력과 공간』『구조와
분석』『이태준 소설의 기호론적 연구』『사랑의 파문』『문학』 외. **논문** : 〈현대 실험소
설의 특성〉〈한국여성 소설의 흐름〉 외.

■ 김형기
연세대 독어독문학과 · 동 대학원 졸업. 독일 아헨대 문학 박사. 뮌헨대 연구교수 역
임. 연극평론가. **저서** : 『브레히트의 연극이론 연구』『브레히트의 서사극』(공저)『하이
너 뮐러 연구』(공저)『귄터 그라스 : 나의 세기』(공역) 외 다수.

■ 김화영
서울대 불문과 · 동대학원 졸업. 불 프로방스대 문학 박사. 고려대 도서관장. **저서** :
『문학 상상력의 연구』『행복의 충격』『바람을 담는 집』『한눈팔기와 글쓰기』 외 다수.

■ 박여성
고려대 독문과 및 동 대학원 졸업. 독일 뮌스터 대학교 철학 박사. **저서** : 『언어와 문
화 사이의 재구성으로서의 번역, 독일어와 한국어의 확언적 텍스트 종류에 대한 텍스
트언어학적 분석』 **논문** : 〈텍스트언어학과 화행론〉〈화행론적 텍스트 유형학을 위하
여〉〈간텍스트성에 대한 언어학적 접근〉

■ 박철화
서울대 불문과 졸업. 프랑스 파리8대학 불문학 석사. **평론집** : 『감각의 실존』『관계의
언어』『우리 문학에 대한 질문』 등.

■ 박철희
서울대 대학원 문학 박사. **저서** :『문학개론』『한국시사연구』『문학의 이론과 방법』
『한국현대사상 연구』『서정과 인식』외 다수. **논문** :〈시조의 구조와 배경연구〉〈한국
시가의 순환적 구조〉〈한국비평의 근대적 형성〉

■ 박희진
서울대 및 동 대학원 졸업. 미국 하와이대학 및 인디아나대학 졸업. 문학 박사. **저서** :
『버지니아 울프 연구』외. **역서** :『의혹의 시대』『잘려진 머리』『한 줌의 흙』외 다수. **논
문** :〈The Search Beneath Appearances : The Novels of Virginia Woolf and
Nothalie Sarraute〉

■ 방민호
서울대 국문과 졸업. 동 대학원 문학 박사. 문학평론가. **저서** :『비평의 도그마를 넘
어』『납함 아래의 침묵』등.

■ 백지연
경희대 가정관리학과 졸업. 동 대학원 국문과 박사과정 수료. 경희대 강사. **평론집** :
『미로 속을 질주하는 문학』

■ 설의웅
성균관대 국문과 · 단국대 대학원 졸업. 성균관대 강사. **저서** :『소나기』등.

■ 성민엽
서울대 중문과 · 동 대학원 졸업.《경향신문》신춘문예 문학평론 당선. 문학평론가. **저
서** :『지성과 실천』『문학의 빈곤』등

■ 송동준
서울대 문리대 독문과 및 동 대학원 졸업. 문학 박사. **저서** :『브레히트의 서사극』『토마
스 만』외.

■ 송준호
연세대 국문학과 · 동 대학원 · 동국대 대학원 졸업. 문학 박사. **저서** :『柳得恭의 詩文
學 研究』외. **논문** :〈朝鮮朝 後期 漢詩四家의 實學思想 檢討〉외 다수.

■ 송하춘
고려대 국어국문학과 · 동 대학원 졸업. 문학 박사. **저서** :『1920년대 한국소설 연구』
『발견으로서의 소설기법』『탐구로서의 소설독법』『소설발견』등.

■ **신범순**

서울대 국어국문학과 · 동 대학원 졸업. 문학 박사. **저서** :『글쓰기의 최저 낙원』(평론집) **논문** : 〈한국현대시사의 매듭과 혼〉

■ **안병학**

고려대 한문학과 · 동 대학원 졸업. 문학 박사. 고려대 민족문화연구원, 한국문학연구소 소장. **역서** :『성호질서』(공역) 등. **논문** : 〈삼당파 시세계 연구〉 외 다수.

■ **안삼환**

서울대 독문과 및 동 대학원 졸업. 독일 본(Bonn)대학 문학 박사. 서울대 독일학연구소 소장. **저서** :『프랑스혁명과 독일문학』 **역서** :『빌헬름 마이스터의 수업시대』『토마스 만 단편선』 **논문** : 〈토마스 만의 소설『파우스트 박사』에 나타난 독일망명문학적 양상〉 외 다수.

■ **오생근**

서울대 불문학과 · 동 대학원 졸업. 파리 10대학 불문학 박사. **저서** :『삶을 위한 비평』『현실의 논리와 비평』『초현실주의 연구』외.

■ **우석균**

서울대 서어서문학과 및 페루 가톨릭대 대학원 및 스페인 콤플루텐세대 대학원 졸업. 문학 박사. **논문** : 〈『EL zorro de arriba y el zorro de abajo』속의 혼돈(공간 상징의 전도와 의미)〉외.

■ **유한근**

동국대 국문과 · 동 대학원 졸업.《동아일보》신춘문예 문학평론 당선. **저서** :『한국문학의 공간구조』『문학의 모방과 모방』『현대불교문학의 이해』외.

■ **유호식**

서울대 불문과 졸업. 프랑스 파리10대학(낭테르) 문학 박사. **논문** : 〈자기에 대한 글쓰기 연구(1)─고백의 전략〉〈자서전의 논리와 문학적 의미─루소에서 뻬렉까지〉등.

■ **윤병로**

성균관대 국어국문학과 · 동 대학원 졸업. 문학 박사. **저서** :『한국근현대문학사』『한국근 · 현대작가작품론』등.

■ **이경호**

고려대 영문과 졸업. 동 대학원 비교문학 박사과정 수료.《현대문학》기획실장. **저서** :

『문학과 현실의 원근법』

■ 이상택

서울대 국문과 및 동 대학원 졸업. 문학 박사. 서울대 한국문화연구소장. **저서** : 『韓國古典小說의 探究』『韓國古典小說 研究(共著)』외 다수. **논문** : 〈寶月聘連作의 構造的 反復原理〉외 다수.

■ 이재룡

성균관대 졸업. 브장송 대학 문학 박사. **논문** : 〈사르트르, 텍스트 주석자 –『가족의 천치』를 중심으로〉 **역서** : 『벵갈의 밤』(미르세아 엘리아데)『욕조』(장 – 필립 투셍)『불확정성의 원리』(미셸 리오) 등.

■ 이태동

외국어대 졸업. 노스캐롤라이나대 대학원. 서울대 대학원 졸업. 영문학 박사. **저서** : 『우리문학의 현실과 이상』『생의 마루턱에서』등.

■ 임규찬

성균관대 독문과 졸업. 동 대학원 문학 박사. 문학평론가. **저서** : 『한국 근대소설의 이념과 체계』『문학사와 비평적 쟁점』 **평론집** : 『왔던 길, 가는 길 사이에서』『작품과 시간』등.

■ 임성래

연세대 국어국문학과 · 동 대학원 졸업. 문학 박사. 대중문학연구회 회장. **저서** : 『영웅소설의 유형 연구』『조선후기의 대중소설』『대중문학의 이해』(공저)『대중문학이란 무엇인가』(공저) 외 다수.

■ 임한순

서울대 독문과 및 동 대학원 졸업. 독일 본 대학교 문학 박사. **저서** : 『베르톨트 브레히트와 그의 중국철학에 대한 관계』(독문)『사천의 선인』(번역)『브레히트의 ‘변증법적 연극’』외.

■ 장경렬

서울대 영문과 및 미국 텍사스 대학교(오스틴 소재) 졸업. 영문학 박사. **논문** : 〈신비평, 무엇이 여전히 문제인가〉〈생명과 사랑의 시 그리고 틈과 여백의 시학 – 김지하 시론〉〈미국비평의 현주소 – 이론에의 관심과 저항〉외 다수. **문학이론서** : 『본질 지향적 비평 이론의 한계』 **문학평론집** : 『미로에서 길찾기』

■ 정덕애

이화여대 영문과 졸업. 뉴욕 주립대학 영문학 박사. **저서** : 『Some Lovely Glorions Nothing』 **역서** : 『제식으로부터 로망스로』

■ 정병권

한국외국어대 독어과 졸업. 폴란드 야기엘로인스키 대학 박사. **저서** : 『폴란드사』『한국·동유럽 구비문학 비교연구』 **논문** : 〈폴란드 민족성과 의사소통방식〉

■ 정서웅

서울대 독문과·고려대 대학원 독문과 졸업. 문학 박사. **역서** : 『파우스트』『로마 체류기』(이상, 괴테)『독일어 시간』(지그프리트 렌츠)『클린』(슈테판 하임) 등 다수.

■ 정정호

서울대 영어교육과 졸업. 미국 위스컨신대 영문학 박사. **저서** : 『현대 영미문학 비평론』『세계화시대의 비판적 페다고지』『문화의 타작』『문학과 환경』 등.

■ 정진홍

서울대 종교학과 및 동 대학원 졸업. 미국 샌프란시스코 신학대 대학원 졸업. 신학 박사. **저서** : 『한국종교문화의 전개』『종교학 서설』『종류문화의 이해』 외.

■ 정하영

연세대 국문과. 서울대 대학원 졸업. 문학 박사. **저서** : 『한국소설사』(공저)『국어문학연구사』(공저) 외. **논문** : 〈月印釋譜의 서사문학적 성격〉〈심청전의 제재적 근원에 관한 연구〉 등.

■ 정현기

연세대 국문과·동 대학원 졸업. 문학 박사. 문학평론가. **저서** : 『한국근대소설의 인물유형』『한국문학의 사회사적 의미』 등.

■ 정효구

충북대 국어교육과 졸업. 서울대 대학원 문학 박사. 1985년 〈한국문학신인상〉 수상. **저서** : 『존재의 전환을 위하여』『우주공동체와 문학의 길』『상상력의 모험』『몽상의 시학』『한국현대시와 문명의 전환』 등.

■ 조남현

서울대학교 문리대 국문과·동 대학원 졸업. 문학 박사. **저서** : 『한국지식인 소설 연구』(1984)『한국현대소설 연구』(1987)『한국현대문학사상 연구』(1994) 등.

■ 조현천

부산대 독문과 및 동 대학원 졸업. 독일 카셀 대학 독문과 문학 박사. **저서** : 『Wege zu einer Widerstandskunst bei Thomas Bernhard』 **논문** : 〈자서전과 진실〉〈광기와 저항〉 외 다수.

■ 차주환

서울대 중어중문과 졸업. 문학 박사. 학술원 회원. 한국 敦煌學會會長. **저서** : 『中國詞文學論考』『中國詩論』『韓國의 道敎思想』 등.

■ 최동호

고려대 국어국문학과 · 동 대학원 졸업. 문학 박사. 시인. 문학평론가. **시집** : 『아침 책상』『딱따구리는 어디에 숨어 있는가』 등. **시론집** : 『현대시의 정신사』『불확정시대의 문학』『한국명시』 등.

■ 허창운

서울대 독어독문학과 졸업. 독일 뮌헨대 석사, 박사. 훔볼트재단 연구교수. 한국독어독문학회 부회장. 한국뷔히너학회 회장 역임. **저서** : 『독일문예학』『니벨룽겐의 노래』『현대문예학개론』 등. **역서** : 『이데올로기와 이론』(공역)『문예미학』『텍스트사회학』 등.

■ 황광수

연세대 철학과 졸업. 현재 민족문학작가회의 문화정책위원장. **저서** : 『소설과 진실 - 조정래의 소설세계』『삶과 역사적 진실』(평론)『왜곡되는 미래』(번역) 등.

■ 황도경

이화여대 영문과 · 동 대학원 국문과 졸업. 문학 박사. **논문** : 〈이상의 소설 공간 연구〉〈빛과 어둠의 이중문체〉 등.

■ 황의조

서울대 대학원 불문학과 졸업. 파리 8대학 불문학 박사. 서울대 외국어교육연구소 연구원 및 강사 역임. **논문** : 〈말라르메 시니피앙 : 말라르메의 언어활동을 통해서 본 역사성 혹은 상호 주관성의 문제〉 등 다수.